Anonymous

Sgeulachdan Arabianach

Tales from the Arabian nights. Part 1

Anonymous

Sgeulachdan Arabianach
Tales from the Arabian nights. Part 1

ISBN/EAN: 9783337065485

Printed in Europe, USA, Canada, Australia, Japan

Cover: Foto ©Andreas Hilbeck / pixelio.de

More available books at **www.hansebooks.com**

TALES FROM THE ARABIAN NIGHTS

TRANSLATED INTO GAELIC

FROM THE ENGLISH EXPURGATED EDITION.

DIVISION I.

PRICE ONE SHILLING.

INVERNESS:
"NORTHERN CHRONICLE" OFFICE.
EDINBURGH: NORMAN MACLEOD, THE MOUND.

1897.

PREFATORY NOTE.

For a good many months back this Gaelic translation of the " Arabian Nights" has been, chapter by chapter, coming out, week after week, in the *Northern Chronicle*. Except that what may be called the case-story of the Sultan who resolved to revenge himself fearfully on the innocent for the guilt of his Sultana, is, properly, omitted, the translation is close and faithful. It should much help those who are anxious to learn Gaelic, and also interest Board School children, who, if they try, can earn a considerable specific subject grant for their schools. In the hope of serving these useful purposes, the publishers, with the hearty consent of the Translator, take the risk of issuing this First Division of the stories at the price of a shilling. Should it pay its own expense, it will be followed by other sections, in similar form, and at the same price, until the whole work will be completed. It is unnecessary to say that Translator and Publishers will be much encouraged to proceed if those who buy, read, and appreciate the first part, which is issued as an experiment, will book their names as subscribers for the succeeding parts, as if for a periodical to be issued say quarterly, or so.

SGEULACHDAN ARABIANACH.

AN DAMH AGUS AN T-AISEAL.

CAIB. I.

O CHIONN fada 'n t-saoghail bha marsanta anabarrach beairteach ann, aig an robh staidean agus taighean-comhnuidh ann an caochladh aiteachan de 'n duthaich. Agus bha moran spreidhe de gach seorsa aige. Bliadhna de na bliadhnachan chaidh e fhein 's a bhean 's a theaghlach a ghabhail comhnuidh air te de na staidean, a chum gu 'm faiceadh e cia mar a bha gach obair a bha e 'deanamh air an staid a' dol air aghart. Bha e 'na dhuine anabarrach fiosrach, foghluimte, agus bha e comasach air cainnt gach ainmhidh fo 'n ghrein a thuigsinn ; ach nan innseadh e gu 'n robh an t-eolas so aige, cha bhiodh an tuilleadh saoghail aige. Agus thug so air nach d' innis e do dhuine riamh aon lideadh de na chuala e na h-ainmhidhean ag radh.

Bha damh agus aiseal aige ann an cuil an t-aon, taobh ri taobh, anns an stabull ; agus air latha araidh 's e 'na sheasamh aig dorus an stabuill, chuala e an damh agus an t-aiseal a' bruidhinn ri 'cheile mar so :—" Is ann agad fhein,' ars' an damh ris an aiseal, "a tha saoghal an aigh dheth.

Bu tu an ceann fortanach 'gad bhreith. Smaoinich fhein air a' cheartas a th' agad, agus air cho beag 's a tha thu 'deanamh a dh' obair! Tha thu air do nigheadh 's air do chireadh gu math 's gu ro mhath a h-uile latha : tha thu air do dheadh bheathachadh le siol air a dheadh ghlanadh, agus gheibh thu do dheoch de 'n uisge ghlan, fhionnar, mar a thig e as an tobar. Cha 'n 'eil car agad ri dheanamh a's truime na do mhaighstir a ghiulan an uair a theid e air cheann turuis sam bith ; agus mur b' e sin, cha bhiodh car no cuiroan agad ri dheanamh latha deug 's a' bhliadhna. Cha 'n ionnan 's mar tha mise, cha 'n 'eil agam ach fior dhroch ceartas ann am biadh 's an obair. Mu 'n gann a shoilleiricheas an latha tha mi air mo chur a tharruinn a' chroinn-treabhaidh, agus bidh dubh-bheul na h-oidhche ann mu 'n leigear as mi. Bidh mi cho sgith a h-uile beul oidhche 's gur gann a theid agam air coiseachd dhachaidh. A bharrachd air sin, cha teid fois air an treabhaiche ach a' gabhail orm le bata cruaidh, cnuachdach, anns am bheil togail do laimhe. An aite braighde is siolachan is sintean a chur orm gus an crann a tharruinn, mar bu choir dhaibh a dheanamh, is ann a tha 'n crann air a cheangal ris an earball agam, agus, mar a dh' fhaodas tu fhein fhaicinn, cha 'n 'eil leobadh craicinn air m' earball. Agus an uair a bheirear dhachaidh mi anamoch 's an oidhche, cha 'n fhaigh mi ri itheadh ach droch fhodar, agus beagan de phonair chruaidh, thioram, gun ghlanadh. Ma 's e sin fhein e, cha ghabh iad an dragh mo leabadh a ghlanadh ach gle ainneamh. Feumaidh mi laidhe anns a' chuil fhluich, shalaich so fad na h-oidhche."

Cha dubhairt an t-aiseal guth fhad 's a bha an damh a' deanamh a ghearain ris. Mu dheireadh thuirt e ris :— " Tha iadsan a their, gur e creutair amaideach a th' annad, ag innseadh na firinn. Tha thu tuilleadh is faoin an uair a tha thu 'leigeadh leotha bhith 'gabhail brath ort mar a tha iad, gun a bhith cur gu laidir 'nan aghaidh. Aig a' cheart am, ciod e am math dhut a bhith leigeadh leotha do leith-mharbhadh mar a tha thu 'deanamh. Tha thu 'g ad mharbhadh fhein a chum socair is toil-inntinn is buannachd a thoirt do mhuinntir nach toir taing no duais dhut air a shon. Ach nam biodh do mhisneach cho mor ri d' neart, cha deanadh iad ort mar a tha iad a' deanamh. An uair a theannas iad ri d' cheangal anns a' chuil, c'ar son nach 'eil thu 'cur 'nan aghaidh? C'ar son nach 'eil thu 'g am bualadh le d' adhaircean, agus a' nochdadh dhaibh gu'm bheil fearg ort, le bhith 'sgriobadh air an talamh le do chasan-cinn? A dh' aon fhacal, c'ar son nach 'eil thu 'cur nan cridheachan aca air chrith le buirean? Tha thu comasach gu leor air d' aite fhein a sheasamh, nan togradh tu fhein, ach cha dean thu sin. An uair a bheir iad dhut droch fhodar, agus deannan de dhroch phonair, cuir do shron orra, agus na blais iad. Ma ghabhas tu mo chomhairle-sa chi thu ann an nine gun bhith fada, gu'm bi thu moran ni 's fhearr dheth na tha thu, agus gu'm bi a h-uile aoblhar agad air a bhith fada 'nam chomain-sa."

Chord comhairle an aiseil anabarrach math ris an damh, agus dh' aidich e, gu'n robh e fada 'na chomainn air a son. "Mo Shunndachan gaoil," ars' esan, "ni mise gach ni a dh' iarr thu orm a dheanamh, agus chi thu gu'n teid mi ann an ceann mo ghnothaich gle sgoinneil." Cha robh an tuilleadh comhraidh eatorra aig an am. Chual' am marsanta a h-uile guth a thubhairt iad, ach cha do leig e dad air.

An la-iar-na-mhaireach, gu math moch, thainig an treabhaiche a thoirt leis an daimh a threabhadh mar a b' abhaist da. Cheangail e 'earball ris a' chrann, agus dh' fhalbh e leis. Bha cuimhne aig an damh air a' chomh-airle a thug an t-aiseal air, agus bha e fad an latha anabarrach doirbh ri cheannsachadh. Anamoch feasgar, an uair a thug an treabhaiche dhachaidh e 's a thoisich e ri

'cheangal anns a' chuil, an aite a cheann a chumail gu
socrach fhad 's a bhithteadh 'g a cheangal, mar
a b' abhaist da dheanamh, is ann a bha e 'leum a
null 's a nall, agus a' falbh an comhair a chuil 's a'
buirean. An sin thug e ionnsaidh air an treabhaiche a
tholladh le 'adhaircean. A dh' aon fhacal, rinn e a h-uile
dad a chomhairlich an t-aiseal dha a dheanamh. An ath
latha, thainig an treabhaiche, mar a b' abhaist, gus an damh
a chur a dh' obair; ach bha 'n damh na laidhe 's a chuil 's a
chasan sinte 's e romhamaich mar gu'm biodh e air thuar a
bhith grad mharbh. Sheall e anns a' phrasaich, agus
chunnaic e nach do chuir an damh beul air a' chonnlaich no
air a' phonair a thug e dha an oidhche roimhe sin. Ghabh
e truas ris, air dha saoilsinn gu'n robh e tinn, agus gun dail
sam bith chaidh e far an robh am marsanta 's dh' innis e
dha mar a bha. Thuig am marsanta gle mhath gu'n do
ghabh an damh an droch comhairle a thug an t-aiseal air,
agus thuirt e ris an treabhaiche an t-aiseal a chur
a threabhadh, agus e bhith cinnteach gu'n oibricheadh e gu
math e gu dubh-bheul na h-oidhche. Rinn an treabhaiche
mar a dh' iarradh air. B' fheudar do 'n aiseal a bhith
treabhadh gu trang fad an latha; agus o nach robh
cleachdadh aige ri obair thruim, bha e amharrach sgith an
beul na h-oidhche. A bharrachd air sin, fhuair e de
dhochann o 'n treabhaiche rud a thug air gu'n robh e an
impis tuiteam as a sheasamh an uair a thill e dhachaidh.

Aig a' cheart am bha 'n damh cho toilichte 's a b' urrainn
a bhith. Dh' ith e a h-uile greim a bh' anns a' chuil, agus
leig e 'anail fad an latha. Bha e toilichte a chionn gu'n do
ghabh e comhairle an aiseil. Thug e mile beannachd dha
air son na deadh chomhairle, an uair a thainig e dhachadh
o 'n treabhadh.

Cha dubhairt an t-aiseal aon fhacal ris, oir bha e air a
thamailteachadh air son an droch dhiol a rinneadh air. Ach

thuirt e ris fhein, " Is ann le mo ghoraiche fhein a thug mi
am mi-fhortan so orm fhein. Bha beatha gle shocrach agam.
Bha mi cho sona 's bha 'n latha cho fad. Cha robh ni sam
bith a dhith orm. Is e mo choire fhein gu'n bheil mi an
diugh anns an t-suidheachadh thruagh anns am bheil mi.
Agus mur urrainn mi doigh fhaotainn air tighinn as na
croisean anns an deachaidh mi, cha 'n fhada bhios mi beo."
An nair a thubhairt e so, bha 'neart air failneachadh cho
mor 's gu'n do thuit e far an robh, mar gu'm biodh e leith
mharbh.

CAIB. II.

Bha fhios aig a' mharsanta gu'n robh an t-aiseal ann an
droch staid, agus bha toil aige an comhradh a bhiodh eadar
e fhein 's an damh a chluinntinn. Air an aobhar sin, an
deis dha 'shuipear a ghabhail, chaidh e mach ri solus na
gealaich, agus shuidh e far an cluinneadh e iad, agus shuidh
a bheam comhladh ris.

Cha robh e fada 'na shuidhe an nair a chuala e an t-aiseal
ag radh ris an damh, "A chompanaich, innis dhomh,
guidheam ort, ciod a tha run ort a dheanamh am maireach
an nair a thig an treabhaiche le biadh ugad ?"

"Ciod a tha run orm a dheanamh !" ars' an damh.
" Leanaidh mi air a bhith dheanamh mar a dh' iarr thu
fhein orm a dheanamh. Bheir mi ionnsaidh air an treabh-
aiche a tholladh le m' adhaircean, mar a rinn mi an de.
Leigidh mi orm gu'n bheil mi tinn, agus dluth air a'
bhas."

"Cha b' e mo chomhairle dhut," ars' an t-aiseal. " Ma
ni thu sin, cuiridh tu lion do mhillidh mu d' chasan fhein
An nair a bha mi air tighinn thun an taighe 's an fheasgar,
chuala mi am marsanta ag radh rud eiginn mu do thimchioll
a chuir namhas orm."

"Mo chreach! ciod a chuala tu?" ars' an damh. "A Shumndachain mo ghaoil, na ceil orm aon fhacal de na chuala tu."

"So mar a chuala mise ar maighstir ag radh ris an treabhaiche:—O nach 'eil an damh ag itheadh a bhidh, no comasach air obair a dheanamh, marbhaidh sinn am maireach e, agus bheir sinn an fheoil aige mar dheire do na bochdan. Bidh an t-seice feumail dhuinn fhein, an uair a chairtear i. Na dichuimhnich thusa fios a chur air an fheolodair gu math moch am maireach. Sin agad na chuala mise," ars' an t-aiseal "Tha 'n curam a th' agam mu do bheatha, agus an cairdeas a th' agam riut. a' toirt orm so innseadh dhut, agus comhairle ur a thoirt ort. Cho luath 's a bheirear a' chonnlach agus a' phonair a d' ionnsuidh, grad eirich, agus toisich ri itheadh cho sunndach 's a rinn thu riamh 'n ad' bheatha. Saoilidh ar maighstir gu'm bheil thu air a dhol am feobhas, agus gun teagamh sam bith, cha mharbhar idir thu. Ach mur dean thu mar a tha mise a' comhairleachadh dhut, theid do mharbhadh gun teagamh sam bith."

Chreid an damh a h-uile facal a thuirt an t-aiseal ris. Chaidh e air chrith leis an eagal, agus thoisich e ri buirean aird a chlaiginn.

An uair a chual' am marsanta an comhradh a bha eadar an damh 's an t-aiseal rinn e lasgan mor gaire. Ghabh a bhean ioghnadh mor an uair a chuala i 'gaireachdaich e, agus gun aobhar gaire aige, cho fad 's a b' fhiosrach i. " Innis dhomh," ars' ise, "ciod a thug ort a bhith 'gaireachdaich air an doigh ud?"

"Coma leat, a bhean," ars' esan, "ciod a thug orm a bhith gaireachdaich."

" Cha choma leam idir," fhreagair i, "feumaidh mi air a h-uile cor fios an aobhair fhaotainn."

"Cha 'n urrainn domhsa ni sam bith innseadh dhut, ach gu'n d' rinn mi gaire an uair a chuala mi na briathran a thuirt an t-aiseal ris an damh. Cha 'n fhaod mi ciod a thubhairt iad ri 'cheile innseadh do dhuine beo."

"C'ar son nach innis thu dhomhsa e ?" ars' ise.

"Ma dh' innseas mi dhut e, cha bhi an tuilleadh saoghail agam," ars' esan.

"Cha 'n 'eil thu ach a' fanaid orm," ars' a' bhean : "cha 'n urrainn gu'm bheil thu ag innseadh na firinn domh. Mur grad innis thu dhomhsa ciod a thug ort gaire a dheanamh, agus ciod a thuirt an damh agus an t-aiseal ri 'cheile, tha mi 'mionnachadh air neamh nach laidh mi 's an aon leabaidh riut ri do bheo."

An uair a thuirt i so, thug i an taigh oirre. Bha i gu stracadh le feirg. Shuidh i ann an oisinn an t-seomair, agus lean i air caoineadh fad na h-oidhche. Bha am marsanta 'n a laidhe 's an leabaidh 'na onar fad na h-oidhche. An uair a chunnaic e 's a' mhadainn gu'n robh i anns a' cheart staid 's an robh i fad na h-oidhche, thuirt e rithe gur i 'bha gorach 'g a cur fhein 'na leithid de staid air son ni nach mor a b' fhiach : agus ged nach deanadh e math sam bith dhise fios fhaotainn air an diomhaireachd, gu'n deanadh e cron mor dhasan na 'n innseadh e i. "A'r an aobhar sin," ars' esan, "tha mi 'guidhe ort gun smaoineachadh tuilleadh air."

"Bidh mi 'smaoineachadh cho mor air 's nach sguir mi chaoineadh gu brath gus an innis thu dhomh e," ars' ise.

"Ach tha mise 'g innseadh dhut gu saor, soilleir," ars' esan, "gu'n caill mise mo bheatha ma bheir mi geill do d' ghoraiche-sa."

"Biodh sin fior no na bitheadh," ars' ise, "tha mise ag radh riut gu'm feum thu innseadh dhomh."

"Tha mi 'faicinn," ars' am marsanta, "gu'm bheil e neo-chomasach tur a chur annad ; agus o 'n a tha mi 'faicinn roimh laimh gu'n toir do raigeann fhein am bas dhut,

iarraidh mi air a' chloinn tighinn a steach g' ad fhaicinn
mu 'm faigh thu am bas."

Uime sin dh' iarr e air a' chloinn tighinn a steach far an
robh i, agus chuir e mar an ceudna fios air a h-athair 's air
a mathair 's air na cairdean eile. An uair a thainig iad
agus a chual' iad an t-aobhar air son an do chuireadh fios
orra, rinn iad na b' urrainn daibh a chum a dhearbhadh
oirre, gu'n robh i fada cearr ; ach bha ise cho fada 'na barail
fhein 's a bha i riamh. Thuirt i riutha, gu'm b'fhearr leatha
am bas fhaotainn na gu'n striochdadh i do dh'fhear a taighe.
Labhair a h-athair 's a mathair rithe, agus gun anns an
t-seomar ach iad fhein 'n an triuir, agus thuirt iad rithe,
nach deanadh am fiosrachadh a bha i ag iarraidh feum sam
bith dhi. Ach cha gheilleadh i dhaibh air chor sam bith.
An uair a chunnaic a' chlann nach b' urrainnear a toirt as a
beachd, thoisich, iad ri caoineadh gu goirt. Bha am
marsanta fhein mar gu'm biodh duine a bhiodh glan as a
chiall, agus cha mor nach robh e deas gus a bheatha fhein
a chur an cunnart a chum a beatha-se a shabhaladh.

A nis, bha leith cheud cearc, agus coileach, aig a'
mharsanta : agus mar an ceudna, cu a bha toirt fa near gach
ni a bha 'tachairt. Agus an uair a bha am marsanta 'na
shuidhe am muigh, agus e 'smaointean ciod a b' fhearr dha
a dheanamh, thug e an aire gu'n robh an coileach a'
cleasachd ris an cearcan, mar is minic a bha e. Ruith an
cu far an robh an coileach, agus thuirt e ris :—" A choilich,
tha mi cinnteach gu'n d' thig breitheanas ort gun dail air
son do chuid aotromais. Bu choir naire a bhith ort air son
na h-obrach a th' agad an diugh."

Sheas an coileach air a chorra-biod, agus chuir e an colg
sin air 's fhreagair e, " C'ar son nach fhaod mise a bhith a'
cheart cho mhear 's a b' abhaist domh ?"

" Mar 'eil fhios agad c'ar son, innsidh mise dhut e," ars'
an cu. " Tha ar maighstir an diugh ann an trioblaid-inntinn

ro mhor. Tha 'bhean a' cur roimpe gu'n toir i air d'a aimdeoin, gu'n innis e dhi diomhaireachd shonraichte. Ma dh' innseas e an diomhaireachd so dhise, no do neach sam bith eile, cha bhi tuilleadh saoghail aige. Tha nithean air tighinn gu leithid a dh' airde 's gu'm bheil aobhar eagail gu'm buadhaich i air. Tha gradh aige dhi, agus tha e 'cur dragh anabarrach air a bhith 'g a faicinn a' sior chaoineadh; agus is docha gu'n caill e a bheatha air a tailleamh. Tha sinn uile air ar clisgeadh mu 'n chuis; agus tha e cur dragh mor oirnn a bhith 'gad fhaicinn-sa cho mear 's cho sunndach am measg nan cearc 's a tha thu."

Fhreagair an coileach, agus thuirt e, " Am bheil thu ag radh rium gu'm bheil ar maighstir cho beag tur 's gu'm biodh e mar sin ? Cha 'n 'eil aige ach an aon bhean, agus cha 'n urrainn da a cumail fo smachd ! Ged a tha leith chend bean agamsa, bheir mi orra gu'n gabh iad mo chomhairle. Deanadh e a ghnothach mar dhuine reusanta, agus theid mi an urras nach bi e fada 'g a cur fo smachd."

" Cia mar !" ars' an cu. " Ciod e is coir dha dheanamh ?"

" Innsidh mi sin dhut," ars' an coileach. " Glasadh e an dorus, agus gabhadh e dhi gu math 's gu ro mhath le deadh bhata : agus theid mise an urras gu'n toir sin gu rathad i. Agus rod eile dheth, sguiridh i 'bhith 'faighneachd dheth mu nithean ris nach 'eil gnothach sam bith aice."

Cha bu luaithe a chual' am marsanta na briathran a labhair an coileach na ghrad ghabh e steach far an robh a bhean a' tuiream 's a' caoineadh anns an t-seomar, agus bata math, cnuachdach aige 'na dhorn. Dhuin e an dorus ; chuir e car 's an iuchair, agus ghabh e dhi leis a' bhata, gus mu dheireadh an dubhairt i, " An ainm an aigh leig leam, leig leam. Cha tig an latha 's cha chian an trath a chuireas mise ceisd ort mu ni sam bith nach buin domh."

An uair a chunnaic e gu'n do ghabh i aithreachas a chionn a bhith cho rag 's cho mi-mhodhail 's a bha i, sguir e 'ghabhail oirre leis a' bhata. An uair a dh' fhosgail e an dorus, chaidh na cairdean gu leir a steach do 'n t-seomar far an robh i, agus an uair a chunnaic iad gu'n robh i air tighinn gu sith agus gu reusan, bha iad anabarrach toilichte. Thug iad mile taing do 'n mharsanta a chionn e bhith cho smaoineachail 's cho tapaidh 's gu'n do cheannsaich e i.

AM MARSANTA AGUS AM FATHACH.

CAIB. I.

Bha marsanta mor ann aon uair aig an robh staid mhath fhearainn, bath mor, agus suim mhor airgid. Bha aireamh mhor de luchd-riaghlaidh agus de sheirbhisich de gach seorsa fo 'laimh. Bha aige ri dhol o am gu am air turasan fada, a chum gu'm faiceadh e cia mar a bha gach aon de 'n luchd-riaghlaidh a bha fo 'laimh a' deanamh gach gnothaich a bha air earbsadh riutha. Air latha araid b' fheudar dha 'dhol air astar gle fhada, air cheann gnothaich a bha co cudthromach 's nach deanadh duine sam bith e ach e fhein. Thug e leis each fodha, agus bha aran is cnomhan aige anns a' mhaileid a bha 'n crochadh air a dhruim; oir bha aige ri dhol troimh fhasach mor far nach robh greim bidh ri fhaotainn. Rainig e ceann a thuruis gu sabhailte, agus au uair a rinn e gach gnothach a bh' aige ri dheanamh, rinn e deas air son tilleadh dhachaidh.

Air a' cheathramh latha, 's e air an t-slighe dhachaidh, dh' fhas an t-side cho teith 's gu'm b' fheudar dha bristeadh bhar an rathaid, agus a dhol a steach do 'n choille a bha dluth dha gus anail a leigeadh, agus fionnachd fhaotainn, gus an cromadh a' ghrian gu math. An nair a rainig e iomall na coille, chunnaic e tobar boidheach aig bonn creige; agus an uair a thainig e bhar an eich 's a cheangail e an t-srian ri craoibh, shuidh e aig an tobar, agus thoisich e ri itheadh an arain 's nan cnomhan a bh' aige 's a' mhaileid. Agus mar a bha e ag itheadh nan cnomhan, bha e 'tilgeadh nan sligean air gach taobh dheth. An uair a bha e ullamh dhe 'bhiadh nigh e a lamhan, agus 'aodann, agus a chasan, agus rinn e urnuigh. Mu 'n robh e ullamh a dh' urnuigh, chunnaic e fathach mor a' tighinn dluth dha agus a cheann geal le aois. Bha claidheamh ruisgte 'na laimh, agus labhair e ris le guth namhasach, ag radh—"Eirich a sin, a chum gu'n grad marbh mi thu leis a' chlaidheamh so, o 'n a mharbh thu fhein mo mhac-sa." An uair a thuirt e so, leig e sgriach eagallach as.

Chuir a chruth agus a choltas a cheart uireal a dh' eagal air a' mharsanta 's a chuir na bagraidhean namhasach a rinn e air, agus air dha bhith air chrith le eagal, thuirt e, "Och! mo dheadh thighearna, cha d' rinn mise ni ole riamh ort, agus c'ar son a tha thu 'g iarraidh mo bheatha 'thoirt air falbh?"

"Marbhaidh mise thusa, o 'n a marbh thusa mo mhac-sa," ars' am fathach.

"Gu sealladh ni math ort," ars' am marsanta, "cia mar a b' urrainn mise do mhac a mharbhadh? Cha 'n fhaca mise riamh e, agus cha mho na sin a chunnaic esan mise."

"Nach do shuidh thu ann an so an uair a thainig tu?" ars' am fathach. "Nach robh thu 'g itheadh chnomhan, agus an uair a bha thu 'g an itheadh, nach robh thu 'tilgeadh nan sligean air gach taobh dhiot?"

"Tha mi ag aideachadh gu'n d' rinn mi a h-uile dad a tha thu 'g radh," ars' am marsanta.

"Ma tha sin fior," ars' am fathach 's e 'freagairt, "tha mise ag innseadh dhut gu'n do mharbh thu mo mhac. Agus so mar a mharbh thu e: an uair a thilg thu sligean nan cnomhan uat, bha mo mhac a' dol seachad: bhuail thu te dhiubh air anns an t-suil, agus mharbh thu e. Air an aobhar sin marbhaidh mise thusa."

"Ah! mo thighearna, thoir mathanas dhomh," ars' am marsanta.

"Cha 'n fhaigh thu mathanas no trocair uamsa. Nach 'eil e ceart gu leor duine a mharbhadh, ma marbh e-fhein duine eile?" ars' am fathach.

"Tha mi 'cur m' aonta ris a sin," ars' am marsanta "ach gu cinnteach ceart, cha do mharbh mise do mhac riamh : agus ged a thachradh dhomh a mharbhadh, cha b' ann o' am dheoin ; air an aobhar sin, tha mi 'guidhe ort thoir mathanas dhomh, agus leig mo beatha leam."

"Cha leig, is mi nach leig," ars' am fathach. Feumaidh mi do mharbhadh, o'n a mharbh thu fhein mo mhac-sa."

An uair a thuirt e so, rug e air a' mharsanta 'n a chroig, agus thilg e air a bheul 's air a shroin air an talamh e, agus thog e an claidheamh gus an ceann a chur dheth.

Thoisich am marsanta ri sileadh nan deur 's ri fasgadh nan dorn. Bha e sior radh gu'n robh e neo-chiontach, agus bha e 'guidhe le 'uile dhurachd air an fhathach a bheatha leigeadh leis air sgath na mna 's na cloinne.

Bha am fathach ag eisdeachd ris gle fhoighidneach, ach aig a' cheart am bha a lamh an togail gus an ceann a sgudadh dheth leis a' chlaidheamh. Mu dheireadh thuirt e ris, "Cha 'n 'eil stath sam bith 'nad chuid caoidh is ochanaich ; ged a thuiteadh na suilean asad a' caoineadh, cha chum sin mise gu 'n do mharbhadh, o'n a mharbh thu fhein mo mhac-sa."

"Am bheil ni sam bith idir air an t-saoghal a bheir ort do run atharrachadh ? Am bheil thu suidhichte, as is as, air beatha duine bhochd, neo-chiontaich a thoirt air falbh ?" ars' am marsanta.

"Tha mi lan-shuidhichte air," ars' am fathach.

An uair a chunnaic am marsanta gu 'n robh am fathach a' dol 'ga ghrad mharbhadh, ghlaodh e aird a chlaiginn, agus thuirt e ris. " Air sgath neimh, cum air ais do lamh ! Leig dhomh aon fhacal a radh. Bi cho math 's gu 'n dean thu beagan foighidinn rium. Leig dhomh a bhith beo beagan uine gus an gabh mi mo chead de m' mhnaoi 's de m' phaisdean, agus gus an dean mi mo thiomnadh, a chum gu 'm fag mi mo chuid de 'n t-saoghal aca. Cha bu mhath leam gu 'n rachadh iad gu lagh mu 'n dileab an deigh mo bhais. An uair a chuireas mi gach ni a bhuineas dhomh ann an ordugh cho math 's is math leam, thig mi air ais do 'n cheart aite so, agus faodaidh tu an uair sin an rud a thogras tu a dheanamh rium."

"Ach ged a bheirinn dhut an uine a tha thu ag iarraidh, is docha nach till thu air ais gu brath tuilleadh," ars' am fathach.

"Ma chreideas tu mo mhionnan, bheir mise mo mhionnan air neamh 's air an talamh, gu'n tig mi air m' ais 's gu'n coinnich mi thu ann an so," ars' am marsanta.

"Ciod an uine a tha thu 'g iarraidh, ma ta," ars am fathach.

"Tha mi ag iarraidh bliadhna," ars' am marsanta. "Cha 'n urrainn domh mo ghnothaichean a chur an ordugh gu ceart, agus mi fhein a dheasachadh air son a' bhais ann an uine ni 's lugha. Ach tha mi 'gealltainn dhutsa, gu'n tig mi air m' ais an so bliadhna o 'n diugh."

"Am bheil thu 'gabhail neimh mar fhiannis gu'n cum thu ri d' ghealla'lh ?" ars' am fathach.

"Tha, agus tha mi 'boideachadh gu'n dean mi mar a tha mi 'gealltainn. Faodaidh tusa mo bhoidean a ghabhail," ars' am marsanta.

An uair a chual' am fathach so, chaidh e as an t-sealladh, agus dh' fhag e am marsanta aig an tobar.

Bha 'n cridhe air chrith aig a' mharsanta fhad 's a bha am fathach a' bagradh a bheatha 'thoirt dheth ; ach cha bu luaithe a chaidh am fathach as an t-sealladh na ghabh e misneach, agus gun dail sam bith leum e air muin an eich, agus thug e 'aghaidh air an taigh. Ged a bha e toilichte gu'n d' fhuair e a lamhan an fhathaich, gidheadh bha bron is cradh air a chridhe an uair a smaoinicheadh e air na boidean a thug e.

An uair a rainig e dhachaidh gabh a bhean 's a chlann ris
le mor-ghairdeachas. Ach an aite bhith aoibhneach an uair
a chunnaic e iad, is ann a thoisich e ri gul gu goirt. An
uair a chunnaic iad an staid mhulaclach anns an robh e, dh'
aithnich iad gu'n d' thainig mi-fhortan mor air choir-eiginn
'n a rathad air a thurus. Dh' fheoraich a bhean dheth c'ar
son a bha e cho mor fo bhron 's fo lionn-dubh. "Bha sinn
uile ro aoibhneach an uair a thainig tu," ars' ise, "ach tha
sinn a nis fo eagal mor mu d' dheidhinn. Innis dhuinn,
guidheam ort, aobhar do bhroin."

"Och, mo leireadh ! a bhean 's a chlann mo ghaoil," ars'
esan, "is mor aobhar mo bhroin. Cha 'n 'eil de shaoghal
agam ach aon bhliadhna eile." An sin dh' innis e dhaibh
mar a bh' eadar e-fhein 's am fathach, agus mar a thug e a
mhionnan gu'n tilleadh e air ais an ceann na bliadhna gu
bhith air a chur gu bas.

An uair a chual' iad so bhuail iad uile na basan 's thoisich
iad ri gul 's ri caoidh gu muladach. Bha glaodh na mna os
cionn glaodh chaich. Thoisich i air spionadh na gruaige
aisde fhein. Bha 'n aon ghlaodh ann an ceann gach aon
de 'n chloinn. Cha b' urrainn am marsanta cumail air fhein
ni b' fhaide, an uair a chunnaic e an staid anns an robh a
bhean 's a chlann. Cha b' urrainn teaghlach a bhith ni bu
bhronaiche na bha iad air an fheasgar ud.

An la-iar-na-mhaireach chuir am marsanta mu dheidhinn
gach ni a bhuineadh dha a chur ann an ordugh. Phaigh e
a h-uile sgillinn fhiach a bh' air. Thug e airgiod is nithean
luachmhor eile do gach aon de 'chairdean. Thug e suim
mhath airgid do na bochdan. Roinn e a chuid de 'n
t-saoghal gu cothromach, eadar a bhean 's a chlann ; agus
chuir e airgiod na cloinne a b' oige ann an lamhan luchd-
riaghlaidh, a chum gu'm faiceadh iad ceartas aca. A dh' aon
fhacal, chuir e gach ni a bhuineadh dha ann an ordugh cho
math 's a ghabhadh deanamh.

Mu dheireadh thainig ceann na bliadhna, agus b' eiginn da falbh a choinneachadh an fhathaich mar a gheall e. Chuir e an leine-bhais anns a' mhaileid ; agus rinn e gach deisealachd eile a bha feumail dha air son a thurnis. Ach ma bha bron is caoidh anns an teaghlach an latha a thainig e, is ann a bha 'm bron 's a' chaoidh ann an uair a bha e 'gabhail a chead de 'n mhnaoi 's de 'n chloinn, agus gun duil sam bith aca, taobh air thaobh, gu'm faiceadh iad a cheile gu brath tuilleadh anns an t-saoghal so. Bha iad cho fad an aghaidh dealachaidh ris 's gur ann a bha iad a' cur rompa gu'n leanadh iad e, eadhon gu bas. Ach an uair a thainig an t-am dha dealachadh rintha, thuirt e, " A bhean, agus a chlann, mo ghaoil, tha mise 'toirt umhlachd do dh' ordugh neimh an nair a tha mi 'dealachadh ruibh an diugh. Leanaibh an t-eisimpleir a tha mi 'cur romhaibh. Le deadh mhisnich cuiribh suas leis gach eiginn is trioblaid a thig 'nur rathad, agus thugaibh fa near gu'm bheil e air orduchadh do na h-uile dhaoine am bas fhulang."

An uair a thuirt e so, dh' fhalbh e as an sealladh 's as eisdeachd. Rainig e an t-aite anns an do gheall e am fathach a choinneachadh air a' cheart latha 'gheall e. Thainig e bhar muin an eich, agus shuidh e aig an tobar gus an tigeadh am fathach ; agus mar a dh'fhaodar a thuigsinn, bha e ann an suidheachadh cho bronach 's a b' urrainn duine a bhith.

An uair a bha e gu muladach a' feitheamh gus an tigeadh am fathach, chunnaic e seann duine liath, air an robh fior choltas coir, siobhalta, a' tighinn an rathad a bha e, agus cilid aige air rop. An deis dhaibh failte a chur air a cheile, thuirt an seann duine ris, " A bhrathair, am faod mi 'fheorach dhiot, c'ar son a thainig thu do'n aite fhasail, iomallach so ? Tha 'n t-aite so lan de dhroch spioradan, agus cha 'n 'eil e sabhailte dhut a bhith ann. Shaoileadh duine le sealltainn air na craobhan so gur aite e anns an bheil daoine a' gabhail comhnuidh ; ach is e th' ann fasach anns nach 'eil e sabhailte do dhuine sam bith fuireach fada."

Dh' innis am marsanta dha a h-uile ni mu'n aobhar air son an robh e anns an aite ud. Dh' eisd an seann duine ris le mor-ioghnadh, agus an uair a chuir e crioch air na bh' aige ri radh, thuirt an seann duine ris, "Is e so ni a's mo a chuir a dh' ioghnadh orm a chuala mi riamh. Tha thu gle cheart seasamh ris na mionnan a thug thu do'n fhathach. Ach fanaidh mise maille riut gus am faic mi cia mar a theid dhut."

Shuidh e ri taobh a' mharsanta, agus thoisich iad ri comhradh.

Am feadh a bha iad a' comhradh, chunnaic iad seann duine liath eile a' tighinn an rathad a bha iad, agus da chu dhubh aige. An uair a chuir e failte orra, dh' fheoraich e dhiubh ciod a bha iad a' deanamh anns an aite ud. Dh' innis an seann duine aig an robh an eilid dha a h-uile ni mar a bh' eadar am marsanta agus am fathach. An uair a chual' e mar a bha, thuirt e gu'm fanadh e mar an ceudna gus am faiceadh e cia mar a dh' eireadh do 'n mharsanta. Agus shuidh e comhladh riutha aig an tobar. Mu 'n gann a shuidh e chunnaic iad an treas seann duine liath a' tighinn an rathad a bha iad, agus e h-uile buille a cheart cho choir 's cho siobhalta ann an coltas ris an dithis eile. Cha bu luaithe a thainig e far an robh iad na dh' fheoraich e dhiubh, c'ar son a bha am marsanta fo bhron 's fo lionn-dubh. An uair a dh' innis iad dha mar a bh' eadar am marsanta 's an fathach, ghabh e ioghnadh mor, agus thuirt e gu 'm fanadh e gus am faiceadh e cia mar a dh' eireadh do 'n mharsanta. Shuidh e aig an tobar mar a rinn an dithis eile.

An ceann beagan uine chunnaic iad meall ceo a' tighinn dluth dhaibh 's e 'dol mu 'n cuairt mar gu 'm biodh e air a ghiulan le ioma-ghaoith. Ann an tiotadh chaidh an ceo as

an t-sealladh, agus bha am fathach 'n a sheasamh air am
beulaobh. Bha claidheamh ruisgte 'na laimh. Rug e air
ghualann air a' mharsanta, agus thuirt e, "Eirich gu grad
's gu marbhainn thu, o 'n a mharbh thu fhein mo mhac-sa."

Ghabh am marsanta 's an triuir sheann daoine a leithid
a dh' eagal 's gu 'n do thoisich iad ri gul 's ri caoidh gu
goirt. Ach an uair a chunnaic an seann duine aig an robh
an eilid gu 'n robh am fathach a' dol a ghrad mharbhadh
a' mharsanta, thilg e e-fhein aig a chasan, agus thuirt e, "A
Phrionnsa nam fathach, guidheam ort, dean de dh' fhabhar
gu 'n eisd thu rium car tiotaidh. Innsidh mi dhut each-
draidh mo bheatha, agus eachdraidh na h-eilid so a th' agam
air an rop; agus ma shaoileas tu gu 'm bheil i na 's
iongantaiche na eachdraidh a' mharsanta a tha thu 'dol a
mharbhadh, tha mi 'n dochas gu 'n toir thu mathanas do 'n
duine thruagh anns an treas cuid de 'n ole a rinn e."

Smaoinich am fathach air a' chuis car uine, agus mu
dheireadh thuirt e, "Tha mi ag aontachadh leat."

CAIB. II.

"Eisdibh rium le aire, tha mi 'guidhe oirbh," ars' an
seann duine, "agus innsidh mi dhuibh m' eachdraidh. Is i
an eilid so nighean bhrathar mo mhathar, agus is i mo bhean
mar an ceudna. Cha robh i ach da bhliadhna dheug an
uair a phos mi i. Agus faodaidh mi radh, gu 'm bu choir
dhi amharc orm, cha 'n ann a mhain mar a fear-daimh agus
a fear-posda, ach mar athair mar an ceudna."

Ged a bha sinn fichead bliadhna posda cha robh duine de
theaghlach againn. Ach ged a bha so mar so, bha mise cho
measail oirre 's cho caoimhneil rithe 's a b' urrainn fear a
bhith. Le' h-aonta fhein cheannaich mi banoglach o 'n robh

aon mhac agam, air dhomh a bhith toileach clann a bhith agam aig am fagainn mo chuid de 'n t-saoghal an deis dhi fhein 's dhomh fhein am bas fhaotainn. Bha mo mhac anabarrach tlachdmhor anns gach doigh, agus bha h-uile coltas gu 'm biodh e 'na dhuine glic, tuigseach, deanadach, agus ro mhaiseach, an uair a ruigeadh e aois fearachais. Ach ghabh mo bhean grain an uile air fhein 's air a mhathair, agus chuin i so an cleith ormsa gus an robh e tuilleadh is anamoch.

An uair a bha mo mhac mu dheich bliadhna dh' aois, thainig ormsa falbh air turus fada o 'n taigh. Dh' earb mi rithe mu 'n d' fhalbh mi curam a 'bhith aice de 'n bhanoglaich agus de m' mhac fhad 's a bhithinn air falbh. Cha robh smaointean sam bith agam gu 'n deanadh i cron air a h-aon aca, ged a bha agam ri bhith o 'n taigh fad bliadhna. Cha bu luaithe a dh' fhalbh mi na chaidh i do 'n sgoil-duibh, far an d' ionnsaich i draoidheachd. An uair a bha i lan ionnsaichte, thug i leatha mo mhac a dh' aite fasail, agus le buille de 'n t-slacan-draoidheachd rinn i laogh dheth. Thug i do 'n aireach e, agus dh' iarr i air a bhiathadh gu math 's gu ro mhath a chum gu 'm biodh e deas ann an uine ghoirid air son a mharbhadh. Thuirt i ris an aireach gur e 'cheannach a rinn i. Cha d' fhoghainn so leatha, ach rinn i mart de 'n bhanoglaich, agus thug i do 'n aireach i mar an ceudna, a chum a reamhrachadh gu math air son a marbhadh.

An uair a thill mi dhachaidh bhar mo thuruis an ceann na bliadhna, dh' fheoraich mi cia mar a bha 'bhanoglach agus mo mhac.

"Fhuair a' bhanoglach bas beagan an deis dhut falbh; agus mu dheidhinn do mhic, cha 'n 'eil fhios agamsa ciod a dh' eirich dha, no c'aite am bheil e. Cha 'n fhaca mi e o chionn da mhios," ars' ise.

Chuir bas na banoglaich dragh gu leor orm, agus bha dragh orm mu m' mhac mar an ceudna ; ach o 'n a thuirt i rium nach d' rinn e ach falbh as an aite, bha dochas agam gu 'n tilleadh e dhachaidh ann an uine ghoirid. Chaidh ochd miosan seachad, agus cha chuala mi guth air. An uair a thainig latha na feisd bhliadhnail am fagusg, chuir mi fios thun an aireich e thoirt a' mhairt a b' fhearr 's bu raimhre a bh' agam do m' ionnsuidh gus am marbhadh aig an fheisd. Rinn e so. B' i am mart a thug e do m' ionnsuidh, a' bhanoglach—mathair mo mhic. Cheangail mi i, agus an uair a bha mi 'dol g' a marbhadh, thoisich i ri ranaich gu cianail. Thug mi an aire gu 'n robh na deoir a' struthadh o na suilean aice. Chuir so ioghnadh mor orm. Agus ghabh mi a leithid de thruas rithe 's nach b' urrainn domh an sgian a chur innte. Dh' iarr mi air an aireach mart eile a thoirt thugam.

Bha mo bhean an lathair aig an am, agus bha i anabarrach feargach rium, a chionn nach do mharbh mi am mart. Thuirt i, " Ciod a tha 'n ad bheachd ? Marbh am mart a thug an duine g' ad ionnsuidh. Cha 'n 'eil mart eile agad cho freagarrach air son a marbhadh rithe."

Gus ise 'thoileachadh, chaidh mi rithist ann an dail a' mhairt gus a marbhadh ; ach thoisich i ri ranaich air a leithid a dhoigh 's nach leigeadh mo chridhe leam an sgian a chur innte. An sin dh' iarr mi air an aireach e g' a marbhadh e-fhein.

Bha 'n t-aireach na bu chruaidhe cridhe na mise, agus ghrad mharbh e i. An uair a dh' fheann e i, cha robh greim air a cnamhan, ged a bha i coltach ri bhith gle reamhar mu 'n do mharbhadh i. Thuirt mi ris e g' a toirt air falbh as mo shealladh, agus an rud a thogradh e 'dheanadh rithe. Thuirt mi ris mar an ceudna, ma bha laogh math, reamhar aige, e 'g a thoirt do m' ionnsuidh. An uine ghoirid thainig e 's an laoigh aige. Ged nach robh fhios agam gu'm b' e an

laogh mo mhac, cha leigeadh mo chridhe leam lamh a chur
ann gus a mharbhadh an uair a chunnaic mi an suidheachadh
truagh, cianail anns an robh e. Cha bu luaithe a chunnaic
e mi na thug e oidhirp air tighinn dluth dhomh. Bhrist e
an cord a bha mu 'amhaich, agus ruith e far an robh mi.
Laidh e aig mo chasan, agus rinn e gach ni a b' urrainn da,
a chum gu'n tugadh e orm truas a ghabhail dheth, agus
gu'n tugadh e orm a thuigsinn gu'm b' e mo mhac e.

Chuir a dhoighean barrachd ioghnaidh orm na chuir am
mart. Cha b' urrainn domh gun truas mor a ghabhail ris a'
chreutair bhochd, an uair a chunnaic mi an staid anns an
robh e. Thuirt mi ris an aireach, " Thoir leat an laogh sin
dhachaidh ; gabh curam math dheth, agus thoir an so laogh
eile."

Cha bu luaithe a chuala mo bhean mi 'g a radh so na
thuirt i rium, " Ciod e air an t-saoghal is ciall do 'n obair a
th' ort ? Gabh mo chomhairle, agus marbh an laogh 's a'
mhionaid."

" A bhean," arsa mise, " cha mharbh mi idir e. Na bi
thusa 'g iarraidh orm a leithid a dheanamh."

" Bha 'n droch bhoirionnach coma co dhiubh bhithinnsa
toilichte no nach bitheadh, nam faigheadh i a droch nadar
fhein a chur an ceill. O 'n a bha grain an uile aice air mo
mhac, cha robh a dhith oirre ach a chur gu bas. Air ghaol
a toileachadh, nam b' urrainn domh idir, cheangail mi an
creutair bochd, agus an uair a bha mi 'dol a ghearradh an
sgornain aige leis a' chuire, sheall e orm gu cianail, agus na
deoir a ruith o na suilean aige. Chuir a choltas a leithid de
thruas orm 's nach duiriginn a mharbhadh. Thilg mi uam
a' chore, agus thuirt mi ris a' mhnaoi, gu 'n robh mi am muigh
's am mach an aghaidh a mharbhadh : ach gus a toileachadh,
gheall mi dhi gu'm marbhainn e aig an ath fheisd, an
ceann bliadhna. Mharbh mi fear eile de na laoigh an latha
ud 'n a aite.

An la-iar-na-mhaireach, chuir an t-aireach fios do m' ionn-suidh, gu'n robh toil aige beagan comhraidh a bhith aige rium far nach biodh duine 'g ar n-eisdeachd. An uair a chaidh mi bhruidhinn ris, thuirt e rium, "Thainig mise le maigheachd do d' ionnsuidh a bheir toileachadh gu leor dhut. Tha nighean agam aig am bheil eolas math air draoidheachd. An uair a chaidh mi air m' ais an de leis an laogh nach robh thu toileach a mharbhadh, thug mi an aire gu'n d' rinn i gaire an uair a chunnaic i e. Ach an ceann tiot aidh thoisich i ri caoineadh. Dh' fheoraich mi dhith c'ar son a bha i 'gaireachdaich 's a' caoineadh aig a' cheart am.

"Athair," ars' ise. "is e an laogh so mac ar maighstir. Rinn mi gaire le aoibhneas an uair a chunnaic mi beo e; ach ghuil mi an uair a chuimhnich mi gur i a mhathair am mart a mharbhadh an de. Bha fuath mor aig bean ar maighstir dhaibh le cheile, agus le draoidheachd rinn i mart is laogh dhiubh." Sin agad mar a chuala mise o m' nighinn, agus thainig mi a dh' aon ghnothach g' a innseadh dhut."

"Smaoinich fhein a nis, a Phrionnsa nam fathach," ars' an seann duine, "air an ioghnadh a ghabh mi an uair a chuala mi so. Gun dail sam bith chaidh mi bhruidhinn ri nighean an aireich. Ach mu 'n do bhruidhinn mi rithe chaidh mi do 'n bhathaich far an robh na laoigh. Bha mo mhac an sin; ach ged nach b' urrainn da bruidhinn, dh' fheuch e ri leigeadh ris dhomh cho math 's a b' urrainn e gu'm b' e mo mhac e."

Thainig nighean an aireich far an robh mi do'n bhathaich. "Mo chaileag mhath," arsa mise, "an urrainn thusa mo mhac-sa a chur a rithist anns a' chruthachd anns an robh e an toiseach?"

"Is urrainn," ars' ise.

"Ma ni thu sin, bheir mi dhut mo chuid de 'n t-saoghal," arsa mise.

Thainig fiamh gaire air a h-aghaidh, agus thuirt i, "Is tusa ar maighstir, agus tha fhios agam gle mhath gu'm bheil sinn fada 'na d' chomain. Ach cha 'n urrainn domhsa do mhac a chur a rithist anns a' chruthachd anns an robh e roimhe, mur geall thu gu 'n toir thu dhomh an da rud a dh' iarras mi ort. Is e a' cheud rud a tha mi ag iarraidh, gu 'n toir thu dhomh do mhac ri 'phosadh, agus is e an dara rud, gu toir thu dhomh cead peanas a dheanamh air an neach a rinn laogh dhe do mhac."

"Bheir mi dhut a' cheud rud a dh' iarr thu le uile dhurachd mo chridhe; agus a bharrachd air sin, tha mi 'gealltainn gu 'n toir mi dhut cuid mhath dhe m' mhaoin a chorr air na bheil mi gus a thoirt do m' mhac. A dh' aon fhacal, chi thu gu 'm paigh mi gle mhath thu air son de shaoithreach. A thaobh mo mhna, tha mi 'toirt lan chead dhut peanas a dheanamh oirre; oir is math an airidh peanas trom a leagadh air neach sam bith a rinn gniomh cho eucorach 's a rinn i. Ach tha mi 'g earbsadh riut gun a beatha a thoirt air falbh."

"Tha mi," ars' ise, "a' dol a dheanamh oirre direach mar a rinn i fhein air do mhac-sa."

"Tha mi 'toirt cead dhut sin a dheanamh, ma gheallas tu gu'n cuir thu mo mhac anns a' chruthachd 's an robh e roimhe," arsa mise.

Dh' fhalbh i 'mach as a' bhathaich, agus ann an uine ghoirid thill i air a h-ais, agus soitheach lan uisge aice. Labhair i beagan fhacal os cionn an uisge nach do thuig mi, agus thuirt i ris an laogh—"A laoigh, ma bha thu air do chruthachadh le Ard-uachdaran Uile-chumhachdach an t-saoghail mar a tha thu, fan mar sin; ach ma 's duine thu, agus gu'n d' rinneadh laogh dhiot le draoidheachd, bi air d' atharrachadh gu do chruth nadarra le cead a' Chruith-fhir."

An uair a labhair i na briathran so, dhoirt i an t-uisge air an laogh; agus ann am priobadh na sul bha e 'na dhuine.

"Mo mhac, mo mhac graidh," arsa mise 's mi 'cur mo lamhan mu 'n cuairt da 's 'g a theannachadh ri m' uchd, agus mi cho aoibhneach 's nach robh fhios agam gu ro mhath ciod a bha mi 'deanamh. "Is e ni math fhein a chuir a' mhaighdean og so 'nar rathad a chum gu'n togadh i dhiot na geasan fo'n deachaidh do chuir le draoidheachd, agus a chum dioghaltas a dheanamh air an te a rinn an t-olc ort fhein agus air do mhathair. Cha 'n 'eil teagamh agam nach gabh thu i mar do bhean, mar phaigheadh air son gu'n do thog i dhiot na geasan ; oir gheall mise dhi gu'm posadh tu i."

Dh' aontaich mo mhac gu toileach gu'm posadh e i. Ach mu 'n do phos iad, rinn i eilid de m' mhnaoi ; agus is i a th' ann an so mu 'r coinneamh. B' e so an cruth anns am bu roghainniche leam i bhith, a chum nach biodh i 'na cuis-eagail do'n teaghlach.

O chionn uine tha mo mhac 'na bhantraich, agus dh'fhalbh e a shiubhal an t-saoghail. Tha bliadhnachan o nach cuala mi iomradh air. Tha mi 'falbh o aite gu aite feuch an tachair e rium, no am faigh mi 'mach co dhiubh tha e beo no marbh. Agus o nach robh mi deonach mo bhean earbsa ri duine sam bith gus an tillinn dhachaidh, smaoinich mi gu'n tugainn leam i a h-uile taobh a rachainn. Sin agaibh m' eachdraidh fhein agus eachdraidh na h-eilid. Tha i cho iongantach ri eachdraidh a b' urrainn a bhith.

"Tha mi ag aideachadh gu 'm bheil," ars' am fathach, "agus air an aobhar sin, tha mi toirt mathanais do 'n mharsanta ann an trian de 'n olc a rinn e."

An uair a chriochnaich a' cheud sheann duine a naigh-eachd, labhair an seann duine aig an robh an da chu dhubh ris an fhathach, agus thuirt e ris :—"Tha mi 'dol a dh' innseadh dhut mar a thachair dhomh fhein agus do 'n da chu dhubh so, a tha thu 'faicinn comhladh rium, agus tha mi cinnteach gu'n aidich thu gu'm bheil mo naigheachd

moran na 's iongantaiche na 'n naigheachd a chuala tu an
drasta. Ach an uair a dh' innseas mi i, tha mi an dochas
gu'm bi thu toileach mathanas a thoirt do 'n mharsanta
anns an dara trian de 'n olc."

" Ni mi sin, ma bhios do naigheachd-sa na 's iongantaiche
na an naigheachd a chuala mi mar tha," ars' am fathach.

CAIB. III.

' A Phrionnsa nam fathach," ars' an seann duine, " is triuir
bhraithrean mi fhein 's an da chu dhubh so. An uair a
dh' eug ar n-athair, dh' fhag e mile bonn airgid an t-aon
againn. Dh' fhosgail sinn 'nar triuir buth eadrainn, agus
thoisich sinn ri marsantachd. An ceann beagan uine is e
na smaointean a bhuail ann an ceann mo bhrathar bu
shinne, gu'n reiceadh e a chuid, agus gu'n rachadh e leis an
airgid a shiubhal an t-saoghail 's a dheanamh tuilleadh
fortain. B' ann mar so a rinn e."

An uair a bha e bliadhna air falbh, bha mi latha anns a'
bhuth, agus thainig duine bochd a steach far an robh mi,
agus shaoil leam an uair a chunnaic mi e gur ann a
dh' iarraidh deirce a thainig e.

" Gu'n cuidicheadh Dia leat, a dhuine bhochd," arsa
mise.

" Gu'n cuidicheadh Dia leat fhein," ars' esan : " cha 'n
fhaod e bhith nach 'eil thu 'g am aithneachadh ?"

An uair a thuirt e so, sheall mi na bu gheire air, agus
dh' aithnich mi e.

" Ah, bhrathair," arsa mise 's mi 'deanamh greim air gu
teann 'n am ghairdeanan, " cia mar a b' urrainn domhsa
d' aithneachadh 's tu cho truagh coltas 's a tha thu ?"

Thug mi air tighinn a steach do 'n taigh, agus dh' fheor-
aich mi dheth cia mar a bha e 'na shlainte, agus cia mar a
shoirbhich leis air a thurus.

"Cha ruig thu leas a bhith faighneachd cia mar a tha mo
shlainte, no cia mar a shoirbhich leam; foghnaidh dhut
scalltainn orm, agus tuigidh tu mar a thachair dhomh.
Ged a dh' innsinn dhut a h-uile car mar a dh' eirich dhomh
o 'n a dh' fhalbh mi, cha deanadh e 'dh' fheum dhutsa agus
dhomhsa ach mo bhron 's mo dhoilgheas a mheudachadh,"
ars' esan.

Gun dail sam bith dhuin mi a' bhuth, agus dh' fhalbh mi
leis do 'n taigh-fharagaidh, agus an uair a nigheadh 's a
ghlanadh e gu math 's gu ro mhath, chuir mi deise ur
aodaich uime. Beagan uine 'na dheigh sin, an uair a rinn
mi suas mo chunntasan, fhuair mi 'mach gu'n robh da
mhile bonn airgid agam, agus thug mi dhasan an dara leith
dhe na bh' agam.

"Ni an t-airgiod sin suas do chall, a bhrathair," arsa
mise.

Ghabh e an t-airgiod nam gle thoileach, agus bha e
'fuireach comhladh rium mar a bha e mu 'n d' fhalbh e.

An ceann uine 'na dheigh so, bhuail e anns a' cheann aig
mo bhrathair eile—fear de na coin so—gu'm bu choir dha
fhein a chuid de 'n t saoghal a reic, agus falbh a shiubhal an
t-saoghail 's a dheanamh tuilleadh fortain. Ged a bha mise
agus mo bhrathair bu shinne fada, fada an aghaidh dha so
a dheanamh, cha ghabhadh e ar comhairle. Chuir e roimhe
am muigh 's am mach gu'm falbhadh e. An uair a chunnaic
sinn nach robh feum dhuinn a bhith bruidhinn ris, leig sinn
leis a thoil fhein a dheanamh. Reic e gach ni a bh' aige,
agus cheannaich e gach seorsa bathair a shaoileadh e a
fhreagradh 's an duthaich do 'n robh e 'dol. An uair a
fhuair e gach gnothach deas, dh' fhalbh e comhladh ri
marsantan-siubhail a bha 'dol do dhuthaich fad as. An

ceann na bliadhna thill e, agus e a' cheart cho bochd 's cho truagh coltas ri 'bhrathair. Rinn mise ris mar a rinn mi ri mo bhrathair bu shinne—thug mi dha an dara leith dhe mo chuid de 'n t-saoghal.

An ceann bliadhna no dha, thuirt gach fear de m' bhraithrean rium, gu'm bu choir dhuinn 'n ar triuir falbh air turuscuain a reic 's a cheannach mar a bha iomadh duine eile 'deanamh. Thuirt mi riutha gur beag a bhuannaich iad fhein le cheile air a bhith air falbh, agus na 'n d' fhan iad aig na taighean a' toirt an aire air an gnothach mar a rinn mise, gu 'n robh iad moran na b' fhearr dheth na bha iad. "Co theid an urras dhuibh," arsa mise, "gu'm bi sibh na 's fhearr dheth le falbh na bhios sibh le fuireach?" Ach a dh' aindeoin na theirinn riutha cha b' urrainn domh toirt orra a' chuis a leigeadh as an cinn. A dh' aindeoin na rinn iad de chomhairleachadh orm, sheas mi 'mach 'nan aghaidh fad choig bliadhna. Mu dheireadh thall, thug mi m' aonta dhaibh. Ach an deigh dhomh mo chuid uile a reic 's mi 'deanamh deiseil air son falbh, fhuair mi 'mach nach robh bonn de 'n airgiod a thug mi dhaibh nach do chosg iad. Cha dubhairt mi gu'm b' olc riutha. An aite sin, o 'n a bha sia mile bonn airgid agam, thug mi dhaibh mile bonn am fear. Chum mi mile bonn eile agam fhein. "Mo bhraithrean," arsa mise, "falbhaidh sinn leis na tri mile bonn airgid, agus ni sinn ceannachd agus reic leotha. Ach air eagal nach soirbhich leinn cho math 's bu mhath leinn, cuiridh sinn na tri mile bonn eile ann am falach an aite sabhailte gus an till sinn. Chuir mi na tri mile bonn am falach fo 'n urlar ann an oisinn an taighe. Thuarasdalaich sinn long cudrainn, agus luchdaich sinn i leis gach seorsa bathair a shaoileamaid a b' fhearr a ghabhadh reic, agus sheol sinn."

Fhuair sinn soirbheas cho fabharach 's a dh' iarramaid. An ceann da mhios rainig sinn gu sabhailte am baile-puirt anns an robh sinn gus am bathar a chur am mach. An uair a chuireadh am mach am bathar, fhuair sinn reic dha cho math 's bu mhiann leinn. Is mise a b' fhearr a rinn ; oir rinn mi air a' bhathar a dheich uiread 's a chuir mi ann. An uair a cheannaich sinn luchd na luinge de bhathar a bha sinn gus a thoirt leinn air ais, rinn sinn deas gu falbh.

Mu'n deachaidh sinn air bord, bha mi 'n am sheasamh air bruaich a' chladaich. Thainig bean-uasal far an robh mi, agus ged a bha i gle mhaiseach ri amharc oirre, cha robh uimpe ach droch earradh. Cha bu luaithe a thainig i far an robh mi na phog i mo lamh. Ghuidh i orm, ann am briathran anabarrach durachdach, mi 'g a posadh 's a toirt leam. Cha robh mi deonach so a dheanamh. Ach lean i air bruidhinn rium 's air mo chomhairleachadh gus a posadh. Thuirt i, ged a bha i cho bochd coltas 'na h-earradh, gu'n rachadh i an urras nach ruiginn a leas aithreachas sam bith a ghabhail air son a posadh. Mu dheireadh, leis a h-uile comhairleachadh a rinn i orm, dh' aontaich mi gu'm posainn i. Gun dail sam bith cheannaich mi aodach freagarrach dhi. Agus an deigh dhuinn a posadh, chaidh sinn air bord, agus sheol sinn.

O latha gu latha, mar a bha mi 'fas na b' eolaiche air a' mhnaoi, is ann bu mho 's bu mho a bha mi 'gabhail de thlachd dhith. Aig a' cheart am bha cul mor aig mo dhithis bhraithrean rium, a chionn gu'n do shoirbhich leam air mo thurus na b' fhearr na iad fein. Mu dheiridh thainig an droch nadar gu leithid a dh' airde 's gu'n do shuidhich iad gu'n cuireadh iad gu bas mi. Oidhche dhe na h-oidhcheachan, an uair a bha mi fhein 's mo bhean 'n ar cadal, thilg iad am mach air a' mhuir sinn.

B' e aon de na mnathan-sithe a bh' anns a' mhnaoi agam, agus air an aobhar sin cha b' urrainnear a bathadh. Ach air mo shon-sa dheth, bha mi air a bhith dhith mur b' e gu'n do shabhail ise mi. Cha do tharr mi ach gann tuiteam anns

an uisge an uair a thog i leatha mi, agus chuir i air tìr ann
an eilean mi.

An uair a thainig an latha, thuirt i rium, "Tha thu nis
a' faicinn nach do chaill thu air a' chaoimhneas a nochd thu
dhomhsa. Is bean-shithe mise, agus an uair a chunnaic mi
thu 'n ad' sheasamh air bruaich a' chladaich, mhiannaich mi
gu laidir falbh maille riut. Bha toil agam deuchainn a chur
ort feuch am faighinn am mach an robh mathas agus
caoimhneas annad, agus thug sin orm mi fhein a nochdadh
dhut ann an eideadh suarach. Bha thu gle chaoimhneil
riumsa, agus tha mi toilichte gu'n d' fhuair mi cothrom air
do chaoimhneas a phaigheadh. Ach tha corruich mhor orm
ri do bhraithrean, agus cha bhi mi riaraichte gus am faigh
mi cothrom air an cur gu bas."

Dh' eisd mi le tlachd ris na thuirt a' bhean-shithe rium.
Thug mi taing dhi cho math 's a b' aithne dhomh air son
meud a' chaoimhneis a nochd i dhomh. Ach thuirt mi
rithe, "A bhean mhath, tha mi 'guidhe ort mathanas a thoirt
do m' bhraithrean. Ged a rinn iad olc mor ormsa, cha bu
toil leam an cur gu bas."

Dh'innis mi dhi mu gach caoimhneas a nochd mi dhaibh ;
ach is ann a mheudaich so a corruich 'n an aghaidh. Ghlaodh
i 'mach ag radh, "Feumaidh mi torachd a dheanamh air
na mealltairean neo-thaingeil, agus dioghaltas a dheanamh
orra gun dail. Cuiridh mi iad fhein 's an long do ghrunnd
a' chuain."

"Mo dheadh bhean," arsa mise, "cha dean thu sin idir.
Air sgath ni math, cuir casg air do chorruich. Cuimhnich
gur braithrean dhomhsa iad, agus gur coir dhuinn math a
dheanamh an aghaidh an uile."

Leis na briathran so chiuinich mi i ; agus ann an uine
ghoirid thug i as an eilean mi 's dh' fhag i mi air mullach
mo thaighe fhein, agus ann am priobadh na sul chaidh i as an
t-sealladh.

An uair a thainig mi nuas bhar mullach an taighe; dh' fhosgail mi an dorus; thug mi na tri mile bonn airgid as an fhalach 's an do chuir mi iad mu 'n d' fhalbh mi. 'Na dheigh sin chaidh mi do 'n aite 's an robh a' bhuth agam. Dh' fhosgail mi i; agus bha mo choimhearsnaich gle thoilichte an uair a chunnaic iad gu'n d' thainig mi air ais slan, fallainn. An uair a chaidh mi 'dh' ionnsuidh an taighe, thug mi an aire do dha chu dhubh, a thainig dluth dhomh ann an doigh gle shimilidh. Chuir so ioghnadh orm; oir cha do thuig mi ciod bu chiall da. Ach ann an tiotadh, thainig a' bhean-shithe 'n am shealladh, agus thuirt i rium, " Na cuireadh an da chu dhubh so ioghnadh ort. Is iad do dhithis bhraithrean."

Chuir so dragh mor orm, agus dh' fheoraich mi dhith ciod an cumhachd leis an robh iad air an cur ann an riochd chon.

"Is mise a rinn e," ars' ise; "a dh' aon chuid, is mi a thug ordugh do m' phiuthair a dheanamh. Chuir i an long do 'n ghrunnd aig a cheart am. Chaill thusa na bha de bhathar agad air bord, ach ni mise suas an call dhut ann an doigh eile. A thaobh do dhithis bhraithrean, tha iad gu bhith 'nan coin gu cionn choig bliadhna. Is math an airidh daoine a bha cho foilleil riutha air a leithid de pheanas."

An uair a dh' innis i dhomh far am faighinn am mach mu 'deidhinn, chaidh i as an t-sealladh. Tha na coig bliadhna a nis aig an ceann, agus tha mise air mo thurus feuch am faigh mi fios c'aite am bheil i. Agus an uair a bha mi 'dol seachad air an aite so, chunnaic mi am marsanta, agus an seann duine aig am bheil an eilid, agus shuidh mi comhladh riutha. So agad m' eachdraidh, a Phrionnsa nam fathach. Nach 'eil i anabarrach iongantach?"

"Tha mi ag aideachadh gu' bheil," ars' am fathach, "agus air an aobhar sin, bheir mi mathanas do 'n mharsanta anns an dara trian de 'n chionta a rinn e orm."

Cha bu luaithe a chuir an dara seann duine crioch air a naigheachd na thoisich an treas seann duine ri innseadh eachdraidh a bheatha fhein. Dh' iarr e de dh' fhabhar air an fhathach, gu'm mathadh e an treas trian de 'n chionta do 'n mharsanta, nam biodh a naigheachd na b' iongantaiche na 'n da naigheachd eile a chuala e. Gheall am fathach gu'n deanadh e so.

A nis cha 'n 'eil eachdraidh an treas seann duine air chuimhne idir. Ach tha e air aithris gu'n do chord i anabarrach math ris an fhathach, agus nach bu luaithe a chuala e i na dh' aidich e gu'm b' i moran a b' iongantaiche na 'n da naigheachd eile. Thuirt e ris an treas seann duine, "Tha mi 'mathadh an treas trian do 'n mharsanta de 'n chionta a rinn e, air son na naigheachd a dh' innis thusa dhomh. Tha e fad' an comain gach aon dhibh air son a shaoradh as a' chunnart anns an robh e; oir mur b' e sibhse, cha robh e beo an drasta." Agus an uair a thuirt e so, chaidh e as an t-sealladh. Thug am marsanta mile taing do na seann daoine. Thill e dhachaidh a dh' ionnsuidh a mhna 's a theaghlaich, agus chaith e a' chuid a bha roimhe dhe 'bheatha ann an sith 's an samhchair.

EACHDRAIDH AN IASGAIR.

CAIB. I.

O CHIONN fad' an t-saoghail bha iasgair bochd ann aig an
robh bean is triuir chloinne. A dh' aindeoin cho dichiollach
's gu'n robh e, bha e cruaidh gu leor air e fhein 's a bhean 's
a chlann a chumail suas. Gu math moch a h-uile madainn
bha e 'dol a dh' iasgach ; agus bha e mar chleachdadh
suidhichte aige, nach cuireadh e na lin na bu trice na ceithir
tursan a h-uile latha. Air madainn araidh dh' eirich e mu'n
deachaidh a' ghealach fodha, agus an uair a rainig e an
cladach, chuir e dheth a' chuid aodaich, agus chuir e na lin.
An uair a tharruinn e gu tir iad, dh' fhairich e anabarrach
trom iad, agus shaoil leis gu'n robh iad luma-lan eisg. Rud
nach b' ioghnadh, bha e anabarrach toilichte. Ach an ceann
tiotaidh, an uair a thug e na lin gu tir, ciod a bh' aige
annta ach closnach aisoil. Chuir so mi-ghean gu leor air.
Bha na lin air an stracadh. Cho luath 's a chairich e na
lin, chuir e iad an dara uair. An am a bhith 'g an tarruinn
dh' fhairich e gu'n robh iad gle throm, agus bha duil aige
gu'n robh iasg gu leor annta. Ach an uair a thug e gu tir
iad, cha robh annta ach seana chliabh lan puill is cabair.
Thug so a mhisneach uaithe gu mor. "O fhortain," ars'
esan, "na bi cho cruaidh orm, agus na bi 'cur cul rium
buileach, glan. Is duine bochd, truagh, mi aig nach 'eil
doigh eile gus mi fhein 's mo theaghlach a chumail suas ach
a bhith, mar a's fhearr a dh' fhaodas mi, a' sas ann an
iasgach. Agus a dh' aindeoin na bheil mi 'deanamh de
shaoithreachadh, is gann a theid agam air biadh a chumail
ri mo theaghlach. Ach cha bu choir dhomh bhith 'cur

coire ort. Tha thu 'gabhail tlachd ann a bhith gle chruaidh air daoine bochda, onarach, agus tha thu 'leigeadh an toil fhein do na daoine a tha ann an suidheachadh ard, inbheach, am feadh 's a tha thu 'nochdadh iomadh fabhar dhaibhsan a tha'eucorach agus fo dhroch ainm."

An uair a sguir e de 'n ghearain so, thilg e maithe an cliabh le feirg. Nigh e na lin o 'n pholl 's o 'n t-salchar, agus chuir e an treas uair iad. An uair a tharruinn e gu tir iad cha robh deargadh eisg aige annta. Is gann gu'n b' urrainn an duine bochd cainnt a chur air an t-suidheach-adh-inntinn anns an robh e. Cha mhor nach robh e as a chiall. Ach an uair a thoisich an latha ri soilleireachadh, chaidh e dh' urnuigh mar bu ghnath leis, agus thuirt e :— "A Thighearna, tha fhios agad nach 'eil mise a' cur nan lion ach ceithir uairean 's an la'ha ; chuir mi mar tha iad tri uairean, agus cha d' fhuair mi iasg. Tha mi 'dol 'g an cur aon uair eile, agus tha mi 'guidhe ort gu 'n toir thu air a' mhuir a bhith fabharach rium mar a rinn thu do Mhaois."

An uair a sguir an t-iasgair a dh' urnuigh, chuir e na lin an ceathramh uair. An am dha 'bhith 'g as tarruinn gu tir dh' fhairich e gu'n robh iad gle throm. Ach an aire eisg 's e bh' annta soitheach copair, a bha cho trom 's gu 'n do shaoil leis gu 'n robh e lan de stuth fiachail air choir' iginn. Thug e an aire gu'n robh an soitheach air a dhunadh le luaidhe, agus air a sheulachadh. Thug so toileachadh dha.

"Reicidh mi e," ars' esan, "agus gheibh mi air a shon na cheannaicheas tuahas corma."

Sheall e air an t-soitheach mor thimchioll, agus chrath e e, feuch an robh dad 'na bhroinn a dheanadh fuaim : ach cha chuala e dad. Ach o 'n a bha 'n soitheach air a dhun-adh le luaidhe agus air a sheulachadh, thuirt e ris fhein, gu'm feumadh gu'n robh ni eiginn luachmhor 'na bhroinn. Thug e 'mach an sgian as a phocaid, agus dh' fhosgail e e. Chuir e 'bheul fodha, ach cha d' thainig dad as.

Chuir so ioghnadh mor air. Chuir e 'na shuidhe e, agus anns a' mhiomaid thoisich ceo tiugh ri tighinn as, a thug air ceum no dha a thoirt air ais. Chaidh an ceo suas gu ruige na neoil, agus sgaoil e e-fhein ri cois a' chladaich. Ghabh e ioghnadh mor an uair a chunnaic e so. An uair a chaidh an ceo gu leir am mach as an t-soitheach, chruinnich e ri cheile, agus dh' fhas e 'na mheall cruinn, tiugh, agus chaidh e 'na fhathach a bha an darrach mor. An uair a chunnaic an t-iasgair cho mor 's a bha e, agus an coltas aognaidh a bh'air, ghabh e eagal mor. Ach ged a bha toil aige teicheadh, cha robh de luths ann na chairicheadh as an ionad an robh e.

Ghrad ghlaodh am fathach, "A Sholaimh, a Sholaimh, fhaidh mhoir, thoir dhomh mathanas. Cha chuir mi gu brath tuilleadh an aghaidh do thoile. Bidh mi umhail do d' uile aitheantan."

An uair a chual' an t-iasgair na briathran so ghlac e misneach, agus thuirt e ris, "A spioraid uaibhrich, ciod a tha thu 'g radh? Tha corr is ochd ceud deug bliadhna o 'n a dh' eug Solamh. Innis dhomh d' eachdraidh, agus cia mar a thachair dhut a bhith air do dhruideadh a staigh anns an t-soitheach so."

Sheall am fathach air an iasgair le gruaim eagalaich, agus thuirt e, " Feumaidh tu bruidhinn riumsa na 's modhaile na sin ; tha e gle dhana dhut a radh gur e spiorad uaibhreach a th' annamsa.'

" Ceart gu leor," ars' an t-iasgair, "an labhair mi riut na 's modhaile, agus an abair mi riut, gur tu cun an fhortain ?"

" An cluinn thu so," ars' am fathach, " labhair riumsa na 's modhaile, ar neo marbhaidh mi thu."

" C'ar son a mharbhadh tu mi ? Nach d' thug 'mi dhut an drasta fein do shaorsa, agus an do dhichuimhnich thu e mar tha ?"

" Cha do dhichuimhnich mi idir e," ars' am fathach, "ach cha chum sin mi gu 'n do mharbhadh. Cha toir mi dhut ach aon fhabhar."

"Ciod e am fabhar 'tha 'n sin ?" ars' an t-iasgair.

"Bheir mi dhut do rogha doigh air do chur gu bas," ars' am fathach.

"Ach ciod e an doigh anns an d' thug mi oilbheum dhut," fhreagair an t-iasgair. "An e sin an duais a tha thu 'toirt dhomh air son na rinn mi de mhath dhut ?"

"Cha 'n urrainn domh na 's fhearr a dheanamh riut," ars' am fathach ; "agus a chum so a dhearbhadh dhut, eisd ri mo naigheachd :—

"Is mise aon de na spioradan eas-umhail a bha 'cur an aghaidh toil neimh. Bha na spioradan eile a' toirt geill is umhlachd do Sholamh, am faidh mor. Bu mhise agus Sacar 'nar n-onar an dithis leis nach b' fhiach gnothach cho suarach a dheanamh ri umhlachd a thoirt dha. A chum dioghaltas a dheanamh oirnn, chuir Solamh, Asaph, mac Bharachiais, an t-ard chomhairleach, ga m' ghlacadh-sa. An uair a ghlac e mi, thug e mi le ainneart an lathair na righ-chathrach. Thug Solamh, mac Dhaibhidh, ordugh teann dhomh an uair sin, mi ghrad sgur de 'n obair a bh' agam, agus mi bhith umhail dha. Chuir mi gu laidir an aghaidh a bhith umhail dha, agus thuirt mi gu 'm b' fhearr leam 'fhearg a chosnadh na striochdadh dha mar a bha e 'g iarraidh orm a dheanamh. Gu dioghaltas a dheanamh orm, chuir e anns an t-soitheach chopair so mi. Agus gus a bhith cinnteach nach fhaighinn as, dhuin e beul an t-soithich le luaidhe, agus, le a lamhan fhein, chuir e seula air an luaidhe air an robh ainm mor Dhe sgriobhte. Thug e an soitheach a dh' aon de na fathaich a bha umhail dha, agus dh' aithn' e dha a thilgeadh anns a' chuan.

"Fad a' cheud chuig fichead bliadhna mhionnaich mi gu 'n deanainn anabarrach saoibhir duine sam bith a leigeadh as an t-soitheach mi ; ach chaidh na coig fichead bliadhna seachad, agus cha d' thug duine sam bith fuasgladh dhomh. Re an dara ceud bliadhna thug mi mionnan gu

'nochdainn far an robh uile ionmhas na talmhainn do neach
sam bith a bheireadh saorsa dhomh ; ach cha d' fhuair mi
saorsa na bu mho. Re an treas ceud bliadhna gheall mi gu'n
deanainn righ cumhachdach de dhuine sam bith a bheireadh
saorsa dhomh, agus gu'm bithinn a ghnath dluth dha, agus
gu'n tugainn dha a h-uile latha tri nithean sam bith a
dh' iarradh e ; ach chaidh an ceud bliadhna so seachad mar
a chaidh an da cheud a bha rompa, agus bha mise far an
robh mi roimhe. Mu dheireadh, air dhomh a bhith
glan as mo chiall le feirg a chionn a bhith cho fad ann am
priosan, mhionnaich mi, nan tachradh do dhuine sam bith
'na dheigh sin mo leigeadh as an t-soitheach, gu'n cuirinn
gu bas e gun trocair, agus nach deanainn a dh' fhabhar ris
ach gu'n tugainn dha an doigh bais a roghnaicheadh e. Agus
air an aobhar sin, o'n a thug thusa saorsa dhomh an diugh,
bheir mi dhut do rogha doigh bais."

Rud nach b' ioghnadh, chuir so eagal anabarrach air an
iasgair. "Nach bu mhi ceann a' chruaidh fhortain," ars'
esan, "an uair a thainig mi an so idir a dheanamh math do
dh' aon a tha cho neo-thaingeil riut ? Smaoinich, tha mi
'guidhe ort, air an eucoir a tha thu air thuar a dheanamh
orm, agus na cum ri do mhionnan mi-reusanta. Thoir
dhomh mathanas, agus bheir Dia mathanas dhutsa. Ma
leigeas tusa mo bheatha leamsa, gleidhidh Dia do bheatha
dhutsa."

"Tha mi suidhichte air do chur gu bas ; roghnaich an
doigh bais a's fhearr leat." ars' am fathach.

An uair a chunnaic an t-iasgair gu'n robh am fathach
suidhichte air a chur gu bas, bha e fo thrioblaid-inntinn ro
mhor, cha b' ann uile gu leir air a shon fhein, ach air son a
mhna 's a thriuir chloinne. Rinn e caoidh mhor air son na
trioblaid 's na h-eise a bha 'bhas gus a thoirt orra. Dh'
fheuch e cho math 's b' urrainn da ris am fathach a thoirt
gu sith 's gu ciuineas, agus thuirt e ris, "Och ! ma 's e do

thoil e, gabh truas dhiom air sgath na h-obair mhath **a rinn
mi** dhut."

"Dh' innis mi dhut mar tha," ars' am fathach, "gur e
sin a' cheart aobhar air son am bheil mi 'dol g' ad mharbh-
adh."

"Tha sin **gle iongantach**," ars' an t-iasgair ; "**am bheil
thu** suidhichte gu 'n dean thu ole an aghaidh math ?   Tha 'n
sean-fhacal ag radh, ' **Am fear a ni math** do neach nach 'eil
airidh air, gu '**m bi e air** dhroch **phaigheadh**.'   Tha mi 'g
aideachadh gu 'n robh mi '**smaointean nach robh** an sean-
fhacal so **fior** : oir cha 'n aithne dhomh ni sam bith a's fhaide
an **aghaidh reusain**, no an aghaidh **cleachdadh** dhaoine
cearta na e.   Ach air a shon sin, tha mi nis a' **faicinn gu 'm
bheil e fior gu leor**."

"**Na bi** 'cur seachad na h-uine," ars' am fathach ; "cha
chum do chuid bruidhne mise o dheanamh an ni a chuir mi
romham.   **Greas ort ; innis dhomh ciod e an doigh anns an
fhearr leat am bas fhulang**."

Mar a tha 'n sean-fhacal ag radh, thig inuleachd ri aim-
beirt.   Thoisich an t-iasgair ri dhol fo 'smaointean **feuch cia
mar a** bheireadh e an **car as an** fhathach.   "O 'n a
dh' fheumas mi am bas fhulang," ars' esan ris an fhathach,
" bidh mi **umhail do thoil neimh ; ach** mu 'n roghnaich mi
an doigh air an cuirear gu bas mi, tha mi 'g ad mhionnachadh
air an ainm **mhor a** bha sgriobhte air seula an fhaidh Solamh,
mac Dhaibhidh, **gu 'n toir thu** freagairt **fhirinneach** do 'n
cheisd a tha mi 'dol a chur ort."

CAIB. II.

AN **uair a chunnaic am fathach** gu'n robh e fo fhiachan
freagairt fhirinneach a thoirt **do 'n cheisd** a bha an t-iasgair
gus a chur air, chaidh **e air** chrith, agus thuirt e ris an
iasgair, " Cuir ceisd sam **bith a** thogras tu orm, agus greas
ort."

"Bu mhath leam fios cinnteach fhaotainn gu'n robh thu anns an t-soitheach. An dana leat mionnachadh air ainm Dhe gu'n robh thu ann ?" ars' an t-iasgair.

"Tha mi a' mionnachadh air an ainm mhor sin gu'n robh mi ann cho fior 's a tha mi beo," ars' am fathach.

"A dh' innseadh na firinn dut," ars' an t-iasgair, "cha 'n 'eil mi 'g ad chreidsinn. Cha rachadh aon te de d' chasan anns an t-soitheach, agus cia mar a tha e comasach gu'n rachadh do chorp gu leir ann."

"Air a shon sin 's gu leir," ars' am fathach, "tha mise a' mionnachadh gu'n robh mi ann direach mar a tha thu 'g m' fhaicinn mu do choinneamh. Cha 'n fhaod e bhith nach 'eil thu 'g am chreidsinn an deigh dhomh mo mhionnan a thabhairt."

"A dh' innseadh na firinn dhut, cha 'n eil mi 'creidsinn facal dheth ; agus cha mho na sin a chreideas mi e gus an toir thu dhomh lan dhearbhadh gur i an fhirinn a tha thu 'g radh. Ma theid thu air ais do 'n t-soitheach, creididh mi thu ; ach gus a sin, cha chreid."

An uair a chual' am fathach so, thoisich e ri dhol 'na mheall ceo, agus ri sgaoileadh am mach os cionn a' chladaich agus a' chuain ; agus na dheigh sin chruinnich e e-fhein ri' cheile. An sin thoisich e ri dhol beag air bheag air ais do 'n t-soitheach far an robh e roimhe. Cha bu luaithe a chaidh e buileach as an t-sealladh a steach do 'n t-soitheach na thuirt e ris an iasgair, "Seadh a nis, fhir gun chreideamh, tha mi uile gu leir 'anns an t-soitheach. An creid thu nis mi ?"

An aite freagradh a thoirt air an fhathach, chuir an t-iasgair an ceann gu cruaidh, teann, anns an t-soitheach, agus thuirt e, "A nis, fhathaich, feumaidh tu innseadh dhomhsa ciod an doigh anns an fhearr leat am bas fhulang. Ach an aite do chur gu bas, is ann is fhearr dhomh do thilgeadh do 'n chuan far an d' fhuair mi thu. An sin togaidh mi taigh air bruaich a' chladaich, far am bi mi 'gabhail comhnuidh a chum gu'n cuir mi 'h-uile iasgair a thig an rathad 'nam faireachadh air eagal gu'n toir a h-aon aca gu tir thu, agus gu'n toir iad dhut do shaorsa."

An uair a chual' am fathach na briathran so bha fearg anabarrach air, agus dh' fheuch e cho math 's a b' urrainn da, ri faotainn am mach as an t-soitheach. Ach do bhrigh gu'n robh seula Righ Solamh air beul an t-soithich cha b' urrainn da. Mu dheireadh an uair a chunnaic e gu'n d' fhuair an t-iasgair lamh-an-uachdar air, thoisich e ri leigeadh air nach robh fearg idir air.

"Iasgair," ars' esan, agus e 'labhairt gu ciuin, siobhalta, "thoir an aire nach dean thu mar a tha thu 'g radh. Cha robh mise ach mar mhagadh an uair a bha mi 'maoidheadh do mharbhadh. Cha robh e 'n am bheachd cron sam bith a dheanamh ort."

"Oh fhathaich," ars' an t-iasgair 's e freagairt, "tiotadh roimhe so bu tu am fathach bu mho a bh'anns an t-saoghal, ach a nis is tu am fear a's lugha 'th'ann. Cha dean do bhriathran carach feum sam bith dhut. Theid do thilgeadh do 'n chuan. Ma bha thu cho fad anns a' chuan 's a tha thu 'g radh, tha e cheart cho math dhut fuireach ann gu latha 'bhreitheanais. An uair a ghuidh mise ort an ainm Dhe gun mo bheatha 'thoirt air falbh, cha tugadh tu cluas no geill dhomh. Ni mise a nis ort mar a rinn thu fhein ormsa."

Rinn am fathach na b' urrainn da a chum impidh a chur air an iasgair a leigeadh am mach as an t-soitheach.

"Fosgail an soitheach," ars' esan, "agus leig mo chead fhein dhomh, tha mi 'guidhe ort, agus tha mi 'gealltainn gu'n toir mi dhut ni sam bith a dh' iarras tu orm."

"Cha 'n eil annad ach an dearg shlaoightire," ars' an t-iasgair. "Bu mhath an airidh ged a chaillinn-sa mo bheatha, na 'n bithinn cho amaideach 's gu'n cuirinn carbsa sam bith annad. Dheanadh tu orm mar a rinn an righ Greugach air Douban, an lighiche. Tha mi 'dol a dh'innseadh dhut mar a rinn e air, agus ma dh' eisdeas tusa ris an naigheachd cha mhisde thu e."

"Bha righ ann am Persia aon uair air an robh an galair graineil sin ris an abrar, an luibhre; agus a dh' aindeoin na rinn na lighichean a bh' anns an rioghachd a chum a leigheas, cha b' urrainn daibh feum sam bith a dheanamh dha. Anns an am thainig lighiche gle sgileil, do 'm b' ainm, Douban do 'n luchairt rioghail. Bha e comasach air leabhraichean de na h-uile seorsa a bh' air an t-saoghal a leughadh, agus air dha bhith 'na dhuine anabarrach foghluimte agus tuigseach, bha e comasach air brigh gach luibh agus gach cungaidh-leighis a bh' air an t-saoghal a thuigsinn. Cho luath 's a chuala e mu 'n eucail a bh' air an righ, agus a thuig e gu'n d' fhairtlich air lighichean na rioghachd a leigheas, chuir e uime an deise aodaich a b' fhearr a b' urrainn da fhaotainn, agus fhuair e le fabhar cead a dhol a bhruidhinn ris an righ.

"Le 'r cead, a righ," ars' esan, "dh' innseadh dhomhsa nach b' urrainn do 'n luchd-sgile a th' anns an rioghachd bhur leigheas o 'n luibhre. Ach ma chuireas sibh a dh' urram ormsa gu'n leig sibh leam feuchainn ri bhur leigheas, geallaidh mi gu'n leighis mi sibh gu'n toirt oirbh cungaidh-leighis ol, no cungaidh-leighis a shuathadh ri bhur craicionn."

Dh' eisd an righ ris na briathran a labhair e, agus thuirt e ris, "Ma theid agad air mise a leigheas mar a tha thu 'gealtainn, ni mi thu fhein agus do shliochd 'na d' dheigh anabarrach saoibhir. A bharrachd air sin, bidh meas agam ort na 's mo na bhios agam air duine sam bith eile. Am bheil thu cinnteach gu'n leighis thu mi gu'n toirt orm ni sam bith ol, no ni sam bith a shuathadh ri m' chraicionn?"

"Tha," ars' an lighiche; "agus le comhnadh Dhe, tha mi 'creidsinn gu 'n teid a' chuis leam gu math. Feuchaidh mi ris am maireach."

Thill an lighiche air ais do 'n aite anns an robh e 'faireach. Rinn e plocan a bha fosgailte na bhroinn. Bha a' chas a chuir e anns a' phlocan fosgailte 'na broinn mar an ceudna. Chuir e na cungaidhean a bha gus an righ a leigheas anns a' phlocan troimh an toll a bh' anns a' chois. Rinn e mar an ceudna ball a chum gu'm biodh an righ 'g a iomain leis a' phlocan. Anns a' mhadainn an la-iar-na-mhaireach chaidh e far an robh an righ, agus an uair a thug e umhlachd is urram dha mar a bha dhligheach dha dheanamh, thuirt e ris e mharcachd do 'n aite anns am b' abhaist dha bhith 'g iomain le ball 's le plocan. Rinn an righ so, agus cho luath 's a rainig e an t-aite, choinnich an lighiche e, agus an plocan 's am ball aige. Thuirt e ris an righ, "Le 'r cead a righ, bithibh a' cluicheadh leis a' phlocan 's leis a' bhall so gus an tig bhur fallus am mach gu math. An uair a ghabhas na cungaidhean a chuir mi ann an cas a' phlocain blaths le teas bhur laimhe, theid iad air feadh na collan agaibh gu leir, agus cho luath 's a bhios sruth falluis dhibh, marcachaidh sibh dhachaidh cho cabhagach 's a theid agaibh air : oir bidh na cungaidhean an deigh feum a dheanamh dhuibh. Cho luath 's a ruigeas sibh an luchairt, nighidh sibh sibh-fhein gu math 's gu robh math. An sin theid sibh do 'n leabaidh ; agus an uair a dh' eireas sibh am maireach bidh sibh cho slan 's cho fallainn ri duine anns an rioghachd."

Ghabh an righ am plocan as a laimh, agus thoisich e-fhein 's na h-oifigich a b' abhaist a bhith 'g iomain comhladh ris ri iomain leis a' bhall mar bu ghnath leotha ; agus an uair a thainig 'fhallus am mach gu math, tharruinn teas a laimhe na cungaidhean a bh' ann an cas a' phlocain am mach, agus chaidh iad air feadh na collan aige, mar a thuirt an lighiche. Gun dail sam bith thill e do 'n luchairt, agus an uair a nigheadh gu math e chaidh e do 'n leabaidh, mar a dh' iarr an lighiche air.   An la-iar-na-mhaireach an uair a dh' eirich e, bha e cho slan 's ged nach biodh an luibhre riamh air.

Cha bu luaithe a chuir e uime na chaidh e do 'n chuirt anns am bu ghnath leis a bhith 'combradh ri maithean na rioghachd, agus a' cur cuisean na rioghachd an ordugh.   An uair a chaidh e steach bha mor-uaislean agus mor-mhaithean na rioghachd cruinn 'g a fheitheamh, agus iad air bhainidh gus fhaicinn an robh e air a leigheas o 'n luibhre.   An uair a chunnaic iad gu'n robh e air a lan-leigheas, bha iad uile anabarrach aoibhneach.

Thainig Douban, an lighiche, a steach far an robh iad uile cruinn, agus chrom e sios gu h-iriosal fa chomhair na righ-chathrach.   An uair a chunnaic an righ e, thug e air suidhe air cathair ri 'thaobh, agus mhol e e mar a b' airidh e air.   Thug e air mar an ceudna biadh a ghabhail maille r s fhein agus ri ard-mhaithean na rioghachd.

Cha b' e mhain gu'n do chuir an righ de dh' urram air Douban (ars' an t-iasgair ris an fhathach) gu'n tug e air suidhe aig an aon bhord ris fhein, ach an am do na h-ard-uaislean a bhith falbh dhachaidh anamoch feasgar, thug e air aon de'n luchd-frithealaidh deise bhriagha a chur air Douban, mar a bha air ard-uaislean na cuirte.   A bharrachd air sin, thug e dha da mhile bonn oir.   O 'n a bha an righ a' smaointean nach b' urrainn da caoimhneas gu leor a nochdadh do 'n lighiche, bha e o latha gu latha 'nochdadh caoimhneas ur dha.

CAIB III.

Ach bha ard-chomhairleach an righ 'na dhuine sanntach, farmadach, agus gu nadarra comasach air iomadh gnothach eucorach a dheanamh.   Cha b' urrainn da gun fharmad a bhith air an uair a chunnaic e mar a bha 'n righ a' sior

nochdadh caoimhneis is fabhair do'n lighiche, agus air an
aobhar sin, chuir e roimhe gu'n deanadh e gach ni 'na
chomas gus cridhe an righ a thionndadh an aghaidh an
lighiche. A chum so a dheanamh chaidh e a dh' aon
ghnothach far an robh an righ, agus thuirt e ris, gu'n robh
e air son comhairle a thoirt air a thaobh ni a bha anabar-
rach cudthromach. An uair a dh' fheoraich an righ ciod a
bh' ann, thuirt e ris,—"Le 'r cead, a righ, tha e 'na
ghnothach gle chunnartach dhuibhse a bhith 'cur earbsa ann
an duine sam bith gus an dearbh sibh gur duine dileas e.
Ged a tha sibh a' nochdadh iomadh fabhar do Dhouban, an
lighiche, agus ga 'ghabhail mar bhur dluth-chompanach, tha
e cheart cho docha nach 'eil ann ach am mealltair a's mo a
tha beo. Cha rachainn an urras nach ann gus sibhse a chur
gu bas a thainig e do 'n luchairt."

"Co bha 'g innseadh sin dhut?" ars' an righ. "Am
bheil thu 'gabhail ort fhein a radh, gu'm bheil an fhirinn
agad? Thoir an aire co ris a tha thu 'bruidhinn, agus
cuimhnich gu'm bheil thu 'g innseadh dhomhsa rud nach
'eil soirbh dhomh a chreidsinn."

"Le 'r cead," ars' an t-ard-chomhairleach, "dh' innis
urra gle chinnteach dhomhsa na bheil mise 'g innseadh
dhuibhse ; air an aobhar sin, cha 'n 'eil e sabhailte dhuibhse
an corr earbsa 'chur anns an duine. Tha eagal orm gu 'm
bheil sibh 'n 'ur cadal- Ma tha, duisgibh gu grad. Tha mi
'g innseadh dhuibh aon uair eile, nach d' thug dad air
Douban, an lighiche, tighinn an so as a' Ghreig, ach a chum
gu'n deanadh e oirbhse an gniomh oillteil sin air an d' thug
mi iomradh."

"Cha 'n 'eil mi 'creidsinn facal de na bheil thu 'g radh,"
ars' an righ. "Tha mi deimhin nach 'eil duine eile anns an
t-saoghal a's fhearr agus a's beusaiche na 'n duine, ged a tha
toil agadsa a dheanamh am mach gur e duine eucorach,
mealltach a th' ann. Agus cha 'n 'eil duine an diugh beo

de 'm bheil uiread de thlachd agamsa. Tha fhios agad gu'n
do leighis e mise ann an doigh iongantaich ; agus na 'm
biodh toil aige mo chur gu bas, cha 'n 'eil mi 'faicinn c'arson
a leighiseadh e mi. Dh' fhoghnadh dha leigeadh leam mar
a bha mi. Cha b' urrainn domh a bhith fada beo; oir
bha mi gu math dluth air a' bhas. Grad sguir, ma ta, de
bhith 'g am lionadh le droch amhrusan. An aite bhith
'toirt cluaise dhut, tha mi 'g innseadh dhut, gu'm bheil mi
suidhichte gu'n toir mi mile bonn airgiod 's a' mhios de 'n
duine mhor ud fad uile laithean a bheatha. Agus ged a
bheirinn leith no rioghachd dha, cha phaigheadh e na rinn
e de mhath dhomh. Tha mi 'faicinn gur e cho fior mhath
's a tha e a tha 'toirt ortsa 'bhith cho farmadach ris 's a tha
thu. Na bi 'smaointean gu 'n creid mise droch sgeul sam
bith air. Tha mi 'cuimhneachadh gle mhath mar a thuirt
an t-ard-chomhairleach ri righ Sinbad, a mhaighstir, gus a
chumail air ais o a mhac a chur gu bas."

"Le 'r cead, a righ" ars' an t-ard-chomhairleach, "tha mi
'n dochas gu 'n toir sibh mathanas dhomh a chionn a bhith
cho dana 's gu 'm feoraich mi dhibh ciod a thuirt an t-ard-
chomhairleach ri righ Sinbad, a chum toirt air nach cuireadh
e a mhac gu bas."

"Innsidh mi sin dhut,' ars' an righ. "An uair a chuir an
t-ard-chomhairleach ud Sinbad, an righ, 'na fhaireachadh air
eagal, air chomhairle a mhathar-cheile, gu 'n deanadh e
gniomh air son am biodh aithreachas air, dh' innis e dha an
sgeul so :—

"Bha duine araidh ann aig an robh bean mhaiseach, agus
bha thlachd cho mor aige dhi 's gur gann a leigeadh e as a
shealladh i. Air latha araidh thachair gu 'n robh aige ri
falbh o 'n taigh air gnothach gle chudthromach, agus mu 'n
d' fhalbh e cheannaich e, o fhear a bha reic a h-uile seorsa
eun, pioghaid, nach e mhain a bhruidhneadh gle mhath, ach
mar an ceudna, a dh' innseadh gu saor, soilleir a h-uile rud

a chitheadh 's a chluineadh i. Dh' fhag e a' phioghaid aig a mhnaoi, agus dh' iarr e oirre a cumail anns an t-seomar aige fhein, agus curam math a ghabhail dhith gus an tilleadh e.

An uair a thill e dhachaidh, dh' fheoraich e de 'n phioghaid mu gach ni a chunnaic 's a chuala i fad 's a bha e air falbh. Dh' innis i dha iomadh ni mu thimchioll na mna nach do chord ris. Gharg-chronaich e a bhean air son cho neo-dhileas 's a bha i dha fhad 's a bha e air falbh. Cha 'n aidicheadh a bhean gu 'n d' rinn i ni sam bith cearr, ged a bha i ciontach. Bha i 'n duil an toiseach gur e na seirbhisich e dh' innis dha an obair a bh' aice fhad 's a bha e air falbh. Ach thug a h-uile aon duibh am mionnan nach 'd innis iad facal riamh oirre. Agus thuirt iad rithe gu 'n robh iad cinnteach gur i a' phioghaid a bha ris an innsearachd.

A chum toirt air fear an taighe nach biodh e ag eudach rithe tuilleadh, bhuail e anns a' cheann aig a mhnaoi gu 'n feuchadh i ri toirt air a chreidsinn, nach robh anns na dh' innis a' phioghaid dha ach na breugan. A' cheud uair a dh' fhalbh fear-an-taighe air turus o 'n taigh, thug i air fear de na seirbhisich teannadh ri bleith brathann fo 'n aite anns an robh a' phioghaid an crochadh anns a' chliabh; thug i air fear eile a bhith crathadh uisge air a' chliabh; agus thug i air an treas fear sgathan fhaotainn, agus a bhith 'g a ghluasad a mull 's a nall mu choinneamh na coinnle, a chum gu 'n tilgeadh e an solus mu shuilean na pioghaid. Bha iad ris an obair so earrann mhor de 'n oidhche, agus chaidh iad rithe gle sgoinneil.

An ath oidhche, an uair a thill fear-an-taighe dhachaidh, cheasnaich e a' phioghaid mu thimchioll gach ni a thachair 's an taigh fhad 's a bha e air falbh. " A dheadh mhaighstir," ars' ise, " cha 'n eil e 'n comas dhomh cairut a chur air na dh' fhuiling mi fad na h-oidhche leis na bh' ann de dhealanaich 's de thairneinich 's de dh' uisge."

O 'n a bha fhios aig fear-an-taighe nach robh aon chuid
dealanaich, no tairneinich, no uisge ann, smaoinich e nach
robh aig a' phioghaid ach na breugan, an uair a thug i dha
droch sgeul air a mhnaoi. Rug e oirre, agus mharbh e i.
Ach 'na dheigh sin fhuair e 'nach nach robh aig a'
phioghaid ach an tul-fhirinn; agus bha aithreachas gu leor
air a chionn gu'n go mharbh e i.

An uair a chriochnaich an righ Greugach an naigheachd
mu 'n phioghaid (ars' an t-iasgair ris an fhathach), thuirt e
ris an ard-chomhairleach, "O 'n a tha fuath agadsa do
Dhouban, an lighiche, ged nach d' rinn e cron riamh ort, is
e do mhiann gu 'n cuirinn-sa gu bas e. Ach bheir mi an aire
nach dean mi sin, air eagal gu 'm bi aithreachas orm mar a
bh' air an fhear a mharbh a' phioghaid."

Ged a dh' eisd an t-ard-chomhairleach ris na briathran so,
bha e cho lan de 'n ole 's gu 'n robh e suidhichte gu 'n
tugadh e air an righ Douban a chur gu bas.

"Le 'r cead, a righ," ars' esan, "cha robh ann am bas na
pioghaid ach ni suarach, agus tha mi 'creidsinn nach robh a
maighstir fada 'g a caoidh. Ach c'ar son a chunnadh eagal
gu 'n deanadh sibh ole air duine neo-chiontach sibhse o chur
an lighiche gu bas? Tha barantas gu leor agaibh air son a
chur gu bas an uair a tha e air innseadh dhuibh, gu 'm bheil
a rnn air bhur beatha 'thoirt air falbh. A chum beatha 'n
righ a chaomhnadh, bu choir gu 'n gabhtadh amhrus mar
dhearbhadh ciunteach. Is fhearr an neo-chiontach a chur
gu bas na 'n ciontach a leigeadh as. Ach, le 'r cead, cha 'n
'eil teagamh sam bith nach 'eil Douban suidhichte air sibhse
a chur gu bas. Cha 'n e farmad a tha 'toirt ormsa a bhith
cho fada 'na aghaidh idir. Is ann a tha mi air mo lionadh
cho mor le cud is le curam mu thimchioll bhur beatha-se 's
nach urrainn domh gu 'n chomhairie a thoirt oirbh. Ma tha
mo bheachd mearachdach, is math an airidh peanas a

dheanamh orm mar a rinneadh air ard-chomhairleach 'bha
ann o chionn fada, an uair a rinn e olc."

"Ciod an t-olc a rinn an t-ard-chomhairleach?" ars' an righ
Greugach.

"Innsidh mi sin duibh, ma 's aill leibh eisdeachd rium.
Bha righ ann o chionn fada aig an robh mac a bha deidheil
air a bhith 'sealgaireachd cho tric 's a dh'fhaodadh e ; ach thug
an righ teann-ordugh do 'n ard-chomhairleach a bhith dol
comhladh ri' mhac a h-uile latha do 'n bheinn-sheilg, agus
gun e 'ga leigeadh as a shealladh air chor sam bith."

Air latha araidh, an uair a bha iad 's a' bheinn-sheilg, lean
mac an righ an deigh aon de na feidh cho fada 's gu 'n do
chaill e a rathad. Bha e 'n duil gu 'n robh an t-ard-
chomhairleach 'g a leantuinn. Ach cha robh suil aig an
ard-chomhairleach air mar bu choir dha. An uair a thuig e
gu' n deachaidh e iomrall anns a' bheinn, dh' fheuch e ris an
rathad cheart a dheanamh am mach ; ach cha b' urrainn da.
Mharcaich e sios is suas feuch an amaiseadh e air an rathad
cheart ; ach cha 'n amaiseadh. Chunnaic e boirionnach
anabarrach maiseach 'na suidhe ri taobh an rathaid 's i sior
chaoineadh. Stad e leis an each, agus dh' fheoraich e dhi
co i, agus cia mar a thachair dhi a bhith anns an aite
aomaranach ud.

"Is mise," ars' ise, "nighinn righ nan Innsean. An uair
a bha mi 'marcachd an so thainig an cadal orm, agus thuit
mi bhar an eich. Thug an t-each e fhein as, agus dh' fhag
e an so mi."

Ghabh mac an righ truas dhi, agus dh' iarr e oirre suidhe
air a chulaobh air muin an eich. Rinn i so gu toileach.

An uair a bha iad a' dol seachad air taigh a bha air
tuiteam, thuirt am boirionnach ris, gu 'n robh toil aice
tighinn air lar. Thainig ise bhar muin an eich an toiseach ;
'na dheigh sin thainig esan air lar ; agus choisich e leis an
each, agus e air shrein aige, suas a dh' ionnsuidh an taighe.

Ach faodar a thuigsinn gu 'n robh ioghnadh mor air an uair a chuala e ise, an deis dhi a dhol a steach, ag radh, "A chlann, thug mi duine og, maiseach, a tha gle reamhar, do 'r n-ionnsuidh."

Ghrad thuirt iadsan, "A mhathair, c'ait am bheil e, a chum gu 'n ith sinn anns a' mhionaid e; oir tha 'n t-acras mor oirnn."

An uair a chuala mac an righ so, thuig e gu 'n robh e ann an cunnart, agus nach robh anns a' bhoirionnach ach te a bha 'fuireach ann an aite uaigneach, agus a' tighinn beo air feoil dhaoine a bha i 'toirt a dh' ionnsuidh an taighe leis na caran. Cho luath 's a b' urrainn da leum e air muin an eich gu falbh dhachaidh.

Anns a' cheart mhionaid thainig i 'mach as an taigh, agus an uair a chunnaic i gu 'n robh mac an righ a' falbh, thuirt i, "Na biodh eagal sam bith ort. Co thu? Co tha thu 'g iarraidh?"

"Chaill mi mo rathad," ars' esan, "agus tha mi 'feuch-ainn am faigh mi e."

"Ma chaill thu do rathad," ars' ise, "cuir thu fhein air curam Dhe, agus bheir e fuasgladh dhut 'na d' eiginn."

An sin thog mac an righ a shuilean suas gu neamh, agus thuirt e, "A Thighearn Uile-chumhacdaich, amhairc orm, agus saor mi o 'n namhaid so."

An uair a chuala am boirionnach so, thill i steach do 'n taigh. Mharcaich mac an righ air falbh cho luath 's a' b' urrainn da. Gu fortanach dh' amais e air an rathad, agus rainig e taigh 'athar gu sabhailte. Dh' innis e dha 'athair a h-uile car mar a dh' eirich dha air shailleamh gu 'n do dhearmaid an t-ard-chomhairleach suil a chumail air mar a dh' iarradh air. An uair a chuala an righ so, dh' orduich e an t-ard-chomhairleach a bhith air a chur gu bas.

"Le 'r cead a righ," ars' ard-chomhairleach an righ Ghreugaich, "mur toir sibhse an aire mhath, faodaidh an earbsa a tha sibh a' cur ann an Donban, an lighiche, am bas a thoirt dhuibh an uine ghoirid. Tha mise lan-chinnteach nach 'eil ann ach fear-brathaidh a chuir bhur naimhdean do 'n rioghachd a chum bhur beatha 'thoirt air falbh. Tha sibh ag radh gu 'n do leighis e sibh ; ach, mo chreach, co is urrainn a bhith cinnteach ? A reir choltais is docha gu 'n do leighis e sibh ; ach co aige tha fios nach cuir na cungaidhean a thug e dhuibh am bas oirbh air a' cheann mu dheireadh."

Bha 'n righ Greugach gu nadarra 'na dhuine anns nach robh a' bheag de thur, agus air an aobhar sin, cha robh e comasach air na cuilbheartan a bh' anns an ard-chomhairleach a thuigsinn. Agus cha mho na sin a bha e comasach air seasamh ri 'bheachdan fhein. Chuir briathran an ard-chomhairlich gu mor as a bharail e.

"Ard-chomhairlich," ars' esan, "tha thu ceart. Faodaidh gu 'n d' thainig e a dh' aon ghnothach gus mo bheatha 'thoirt air falbh. Is docha gu 'n teid aige air sin a dheanamh le faileadh cuid de na cungaidhean a tha e' gnathachadh. Feumaidh sinn smaointean ciod an doigh a's fhearr dhuinn a ghabhail gu stad a chur air."

An uair a chunnaic an t-ard-chomhairleach gu 'n d' aontaich an righ leis, thuirt e, " Le 'r cead, a righ, is e an doigh a's cinntiche agus a's calamha air bhur beatha a shabhaladh, fios a chur air Donban, an lighiche, agus ordugh a thoirt seachad an ceann a chur dheth cho luath 's a thig e.

"Gu firinneach ceart," ars' an righ, "tha mi 'creidsinn gur e sin an doigh air a chumail o chron a dheanamh."

An uair a thuirt e so, chuir e fios air fear de na saighdearan, agus dh' ordaich e dha a dhol air thoir an lighiche. Thainig an lighiche gun dail sam bith 's gun fhios aige c' ar son a chuireadh fios air.

"Am bheil fhios agad," ars' an righ, "c' ar son a chuireadh fios ort ?"

"Cha 'n 'eil," ars' esan. "Tha mi 'feitheamh gus am faic sibh iomchuidh fios a thoirt dhomh."

"Chuir mi fios ort a chum gu 'n tugainn do bheatha dhiot," ars' an righ.

Cha ghabh e innseadh an t-ioghnadh a chuir na briathran so air an lighiche.

"Le 'r ceud, a righ, c' ar son a bheireadh sibh mo bheatha dhiom? Ciod an t-ole a chuir mi 'n gniomh?" ars' esan.

"Tha e air innseadh dhomhsa le urra chinnteach, gur ann gus mo bheatha a thoirt air falbh a thainig tu do m' luchairt; agus a chum bacadh a chur air do dhroch run, bheir mise air falbh do bheatha-sa. Thoir buille dha," ars' an righ, ris an fhear a bha gus a mharbhadh, "agus saor mise o 'n mhealltair thruaillidh a thainig an so gus mo chur gu bas."

An uair a chuala an lighiche an t-ordugh cruaidh-chridheach a thug an righ seachad, thuig e 's a' mhionaid gu 'n do choisinn an urram, agus na fhuair e o 'n righ de dh' airgiod, nainuhdeas is miruu dha, agus gu 'n do chuireadh droch comhairlean ann an ceann an righ. Ghabh e aithreachas a chionn an righ a leigheas o 'n luibhre; ach cha deanadh aithreachas feum dha.

"An ann mar so," ars' esan ris an righ, "a tha sibh 'dol 'gam phaigheadh air son bhur leigheas?"

Cha 'n eisdeadh an righ ris, ach thug e ordugh an dara uair do 'n fhear a bha gus a mharbhadh buille 'thoirt dha. Mu dheireadh, ghuidh an lighiche air e leigeadh a bheatha leis. "Och, a righ," ars' esan, "thoir dhomh fad-laithean, agus bheir Dia dhutsa fad-laithean. Na cuir gu bas mi, air eagal gu 'n cuir Dia thusa gu bas."

CAIB. IV.

STAD an t-iasgair a dh' innseadh na naigheachd do 'n fhrithach, agus thuirt e ris: " A nis, 'fhathaich, tha thu 'faicinn gu 'n do thachair dhomhsa agus dhutsa direach mar a thachair do Dhomhan agus do 'n righ Ghrengach."

" An aite eisdeachd a thoirt do 'n lighiche (ars' an t-iasgair 's e dol air aghaidh leis an naigheachd), an uair a ghuidh e gu durachdach air gu 'n caomhnadh e a bheatha dha, is ann a thuirt an righ Grengach ris, " Feumaidh mi do chur gu bas, ar neo is docha gu 'n toir thusa air falbh mo bheatha sa leis a' cheart innleachd leis an do leighis thu mi."

Thoisich an lighiche ri gul 's ri gearain air an eucoart a bha 'n righ a' deanamh air, an deis na rinn e dha de mhath an uair a leighis e e.

Cheangail am fear a bha gus a mharbhadh aodach m' a shuilean, agus cheangail e a lamhan, agus bha e 'dol a thoirt a chinn deth leis a' chlaidheamh.

Bha uaislean na luchairt an lathair, agus air dhaibh truas mor a ghabhail ris an lighiche, ghuidh iad air an righ mathamas a thoirt dha, agus bha iad a' dol an urras do 'n righ nach robh e ciontach de 'n ole a bha air a chur as a leith; ach cha gheilleadh an righ dhaibh ann muigh no 'mach. Fhreagair e iad cho garg 's nach leigeadh an t-eagal dhaibh facal tuilleadh a radh ris mu'n chuis.

Bha 'n lighiche air a ghluinean 's a shuilean 's a lamhan air an ceangal, agus bha am fear a bha 'dol 'g a mharbhadh na sheasamh 's e deas gus an ceann a chur dheth. Thuirt an lighiche ris an righ, " Le 'r cead, a righ, o'n a tha sibh suidhichte gu 'n cuir sibh mise gu bas, tha mi 'g iarraidh de dh' fhabhar oirbh gu 'n leig sibh leam a dhol dhachaidh, a chum gu 'n toir mi ordugh seachad mu thimchioll mar is coir dhaibh m' adhlacadh. Bu mhath leam mo bheannachd fhagail aig mo theaghlach, deirce a thoirt do na bochdan, agus mo chuid leabhraichean fhagail aig daoine a dheanadh feum math dhiubh. Tha aon leabhar agam a bhithinn deonach fhagail agaibh fhein, na'n gabhadh sibh e. Tha e anabarrach luachmhor, agus b' fhiach dhuibh a thasgaidh suas gu curamach anns an taigh-ionmhais."

"Ciod is aobhar gu 'm bheil an leabhar cho luachmhor 's a tha thu 'g radh," ars' an righ.

"Le 'r cead," ars' an lighiche, "tha moran de nithean iongantach sgriobhte ann. Agus is e an ni a's iongantaiche a th' ann, so; ma ghabhas sibh de dhragh, cho luath 's a bheir sibh dhiom an ceann, gu 'm fosgail sibh an leabhar aig an t-siathamh duilleag, agus gu 'n leugh sibh an treas sreith air taobh na laimhe cli de 'n duilleig, freagraidh mo cheann a h-uile ceisd a chuireas sibh air."

Air do 'n righ a bhith toileach an ni iongantach so 'fhaicinn, chuir e dail 'na bhas gus an la-iar-na-mhaireach. Leig e leis a dhol dhachaidh; ach chuir e daoine 'g a fhaire air eagal gu 'n teicheadh e.

Chuir an lighiche gach ni a bhuineadh dha an ordugh. An uair a chualas gu 'n robh ni neo-ghnathaichte gu tachairt an deigh a bhais, chaidh na comhairlich, ard-uaislean na luchairt, ceannardan an airm, agus gach aon eile a bhuineadh do 'n luchairt, do thalla na comhairle a chum gu 'm faiceadh iad an ni iongantach a bha gu tachairt.

Cha bu luaithe a thugadh Donban, an lighiche, a steach an lathair an righ na ghabh e suas gu bonn na cathrach air an robh an righ 'na shuidhe, agus leabhar mor aige na laimh. Dh' iarr e mias a thoirt an lathair. Thugadh sin ann; agus chuir e an comhdach anns an robh an leabhar paisgte aige, air a' mheis, agus shin e an leabhar do 'n righ. Thuirt e, "Gabhaibh an leabhar, ma 's e bhur toil e, agus cho luath 's a bheir sibh dhiom an ceann, cuiridh sibh anns a' mheis e air uachdar a' chomhdaich a sgaoil mi oirre. Cha luaithe

a chuireas sibh ann e na sguireas an fhuil a shileadh. An
sin fosglaidh sibh an leabhar, agus freagraidh mo cheann a
h-uile ceisd a chuireas sibh air. "Ach ceadaichibh dhomh,"
ars' esan, "m' ath-chuinge a chur suas ribh aon uair eile air
son mo bheatha. Air sgath Dhe, thugaibh eisdeachd do
m' ghuidhe. Tha mi 'g innseadh dhuibh aon uair eile gu 'm
bheil mi neo-chiontach."

"Cha 'n 'eil eifeachd sam bith 'na d' chuid urnuighean,'
ars' an righ. "Agus ged nach biodh aobhar eile agam air
son do chur gu bas ach a chum do cheann a chluinntinn a'
bruidhinn, theid do chur gu bas."

An uair a thuirt an righ so, ghabh e an leabhar a laimh
an lighiche, agus dh' orduich e an ceann a ghrad thoirt
dheth.

Thugadh an ceann deth cho sgiobalta 's gu 'n do thuit e
anns a' mheis. Cha bu luaithe a thuit e innte na sguir an
fhuil a shileadh. Ghabh na h-uile a bha 'n lathair ioghnadh
mor an uair a chunnaic iad an ceann a' fosgladh a shul, agus
ag radh, "Le 'r cead, a righ, fosglaibh an leabhar.'

Dh' fhosgall an righ e, agus o'n a bha na duilleagan a'
leantuinn ri' cheile, thoisich e ri fliuchadh a mheoire 'na
bheul a chum gu 'm biodh e na b' fhusa dha na duilleagan a
thionndadh. Lean e air an tionndadh gus an d' rainig e an
siathamh duilleag. Cha robh facal sgriobhte air aon de na
duilleagan. "A lighiche, cha 'n 'eil dad sgriobhte an so,"
ars' esan.

"Tionndaidh tuilleadh dhuilleagan," ars an ceann.

Lean an righ air tionndadh nan duilleagan 's e sior
fhliuchadh a mheoire 'na bheul, gus an do thoisich am
puinnsean a chuir an lighiche air na duilleagan ri fhagail
tinn. Mu dheireadh chaidh e ann an laigse, agus thuit e
bhar na cathrach.

An uair a chunnaic ceann an lighiche gu'n robh an righ
gus a bhith grad marbh leis a' phuinnsean, thuirt e : " A

dhroch righ, tha thu nis a' faicinn mar a dh' eireas do dhroch dhaoine a ni droch fheum de 'n ughdarras a th' aca, agus a chuireas daoine neo-chiontach gu bas. Luath no mall bheir Dia breitheanas air daoine a tha eucorach, cruaidh-chridheach."

Mu 'n gann a labhair an ceann na briathran so, thuit an righ marbh far an robh e, agus chaill an ceann na bh' ann de bheatha.

An uair a chriochnaich an t-iasgair eachdraidh an righ Ghreugaich is Dhoubain, thuirt e ris an fhathach, agus e glaiste aige anns an t-soitheach, "Na'n do leig an righ Greugach leis an lighiche a bhith beo, leigeadh Dia dha fhein a bhith beo. Ach dhiult e eisdeachd a thoirt dha an uair a ghuidh e gu durachdach air gu 'n leigeadh e a bheatha leis. Sin direach mar a dh' eirich dhutsa, 'fhathaich. Na'n d' thug thusa dhomhsa am fabhar a bha mi 'g iarraidh ort, bhiodh truas agam riut ; ach o 'n a bha thu suidhichte gu 'n cuireadh tu gu bas mi, an deis na comain a chuir mi ort an uair a leig mi a priosan thu, feumaidh mise a nis a bhith cho cruaidh-chridheach riut fhein 's a bha thu fhein riumsa."

" Mo dheadh charaid," ars' am fathach, " tha mi 'guidhe ort aon uair eile nach bi thu cho cruaidh-chridheach 's gu 'm fag thu glaiste an so mi. Thoir fa near nach 'eil e ceart do dhaoine a bhith 'deanamh dioghaltais air an son fhein ; agus air an laimh eile, gu 'm bheil a bhith 'deanamh math an aghaidh an uile gu mor ri mholadh. Na dean ormsa mar a rinn Imama air Ateca."

" Ciod a rinn Imama air Ateca ?' ars' an t-iasgair.

" Ho !" ars' am fathach, " ma tha toil agad fios fhaotainn m'a thimchioll, fosgail an soitheach. Na biodh duil agad gu 'm bheil saod ormsa gu innseadh naigheachdan 's mi 'm priosan. Innsidh mi naigheachdan gu leor dhut an uair a leigeas tu as mi."

"Ma ta, is mi nach leig," ars' an t-iasgair. "Cha 'n 'eil ann ach gnothach faoin dhut a bhith bruidhinn air a leithid. Tha mi direach a' dol 'gad thilgeadh ann an grunnd a' chuain."

" Eisd ri aon fhacal eile uam," ars' am fathach. "Tha mi 'gealltainn nach dean mi cron sam bith ort. Agus cha 'n e sin a mhain, ach nochdaidh mi dhut doigh leis am fas thu anabarrach beairteach."

Thug dochas gu 'n faigheadh e doigh air fas beairteach air an iasgair gu 'n do thaisich e beagan. " Bheirinn eisdeachd dhut," ars' esan, "nam b' fhiach d' fhacal creideas a thoirt dha. Mionnaich dhomhsa air ainm mor Dhe, gu 'n coimhlion thu gu dileas do ghealladh, agus fosglaidh mi an soitheach. Cha 'n 'eil mi 'creidsinn gu 'm bheil de dhanadas agad na bhristeas air do mhionnan."

Thug am fathach a mhionnan dha. Dh' fhosgail an t-iasgair an soitheach. Anns a' mhionaid thainig an ceo am mach as, agus bha am fathach 'na chruth 's 'na mheudachd air a bheulaobh. B' e a' cheud rud a rinn am fathach an soitheach a thilgeadh le breab do 'n chuan. Chuir so eagal air an iasgair. "Fhathaich," ars' esan, "ciod is ciall dha sid ? Am bheil thu 'dol a bhristeadh air na mionnan a thug thu dhomhsa o chionn tiotaidh ? Am feum mise a radh riut mar a thuirt Donban ris an righ Ghreugach. Fuiling dhomh a bhith beo, agus cuiridh Dia fad ri do laithean."

Rinn am fathach gaire an uair a chunnaic e gu 'n robh eagal air an iasgair, agus thuirt e, " Iasgair, cha 'n 'eil mi 'dol a bhristeadh air mo mhionnan idir. Na biodh eagal sam bith ort. Is ann a rinn mi sid gu spors dhomh fhein, agus feuch an faicinn an gabhadh tus eagal. Ach a chum gu 'n faic thu gu 'm bheil mi 'dol a sheasamh ri m' ghealladh, tog bat mo lin, agus lean mi."

An uair a thuirt e so dh' fhalbh e. Thog an t-iasgair leis mo lin, agus lean e e, ged a bha beagan de dh' eagal air.

Chaidh iad seachad air a' bhaile, agus rainig iad mullach beinne o'n de choisich iad sios do ghleann mor, far an robh lochan beag 'n a laidhe eadar ceithir chnuic.

An uair a rainig iad an lochan, thuirt am fathach ris an iasgair, "Tilg na lin 's an lochan, agus glac iasg." Cha robh teagamh aig an iasgair nach fhaigheadh e iasg; oir chunnaic e gu 'n robh moran eisg anns an lochan. Ach bha ioghnadh anabarrach air an uair a chunnaic e gu 'n robh ceithir dathan orra— bha iad geal is dearg is gorm is buidhe. An uair a chuir e na lin fhuair e ceithir eisg—fear de gach dath. O nach fhaca e an leithidean riamh chuir iad ioghnadh air, agus o'n a thuig e gu 'm faigheadh e deadh phris orra, bha e gle aoibhneach. "Thoir leat an t-iasg, agus tairg do'n righ iad, agus bheir e dhut barrachd airgid orra na bha agad riamh roimhe. Faodaidh tu tighinn a h-uile latha 'dh' iasgach do'n lochan so; ach thoir an aire nach cuir thu na lin ach aon uair 's an latha; ma chuireas, bidh aithreachas ort," ars' am fathach. An uair a thuirt e so, bhuail e a chas air an talamh. Dh' fhosgail an talamh, agus an uair a chaidh am fathach sios, dhuin an talamh mar a bha e roimhe.

CAIB. V.

Chuir an t-iasgair roimhe gu'n leanadh e comhairle an fhathaich gu buileach, agus nach cuireadh e na lin ach aon uair 's an latha. Thill e do 'n bhaile leis an iasg agus e gle thoilichte le 'thurus; agus bha mile smaointean ag eiridh 'na inntinn mu thimchioll na bh' eadar e fhein 's am fathach. Ghabh e direach a dh' ionnsuidh luchairt an righ, agus thairg e an t-iasg dha. Ghabh an righ gu toileach uaithe iad, agus bha ioghnadh anabarrach air an uair a chunnaic e iad. Thog e fear an deigh fir dhiubh, agus bheachdaich e

orra gu dluth. "Thoir leat an t-iasg so," ars' esan ris an
ard-chomhairleach, "agus thoir e do 'n bhana-chocaire a
chuir Iompaire na Greige do m' ionnsuidh, a chum gu 'n
deasaich i e." An uair a thuirt e so, dh' ordaich e ceithir
cheud bonn oir a thoirt do 'n iasgair. Rinneadh mar a dh'
ordaich e.

Cha 'n fhaca an t-iasgair uiread so de dh' or riamh
roimhe, agus is gann a bheireadh e air fhein a chreidsinn
nach e bruadar a bha e 'faicinn, gus an do thuig e gu math
gu 'n robh a' chuis fior gu leor. An sin cheannaich e gach
ni air an robh feum aig a theaghlach.

Cho luath 's a fhuair a' bhana-chocaire an t-iasg, ghlan i
iad, agus chuir i ann am friochdan air an teine iad. An
uair a shaoil leatha gu 'n robh an taobh a bha fodhpa
bruich, thionndaidh i iad. Ach b' uamhasach an ni a
thachair! Mu 'n do tharr i ach gann an tionndadh,
dh' fhosgail balla na ceatharna, agus thainig boirionnach
anabarrach maiseach am mach as. Bha earradh de shioda
oirre, mar a bhiodh air na mnathan Eiphiteach, agus bha
cluas-fhainneachan oir 'na cluasan, agus seud-bhannan ro
luachmhor m' a h-amhaich, agus mu chaol a da laimhe.
Agus bha slat de mhiortal aice 'na laimh. An uair a
chunnaic a' bhana-chocaire i a' tighinn thun an teine far an
robh am friochdan, cha b' urrainn di caruchadh as a bhad an
robh i 'na seasamh. Bhuail i buille beag de 'n t-slait
mhiortail air fear de na h-eisg, agus thuirt i, "Eisg, eisg,
am bheil thu 'deanamh do dhleasdanais?" O nach do
fhreagair an t-iasg i, thuirt i na briathran ceudna rithist.
An sin thog na ceithir eisg an cinn comhladh, agus thuirt
iad rithe. "Tha, tha, ma tha thusa 'cunntadh, tha sinne
'cunntadh; ma tha thusa 'paigheadh d' fhiachan, tha sinne
'paigheadh ar fiachan fhein; ma theicheas tusa, ceann-
saichidh sinne, agus tha sinn riaraichte." Cho luath 's a
thuirt iad so rithe, chuir i am friochdan air a bheul folbha

anns an teine ; chaidh i steach do 'n bhalla, agus dhuin am balla mar a bha e roimhe.

Chuir so eagal mor air a' bhana-chocaire, agus an uair a dh' fhalbh pairt de 'n eagal dhi, thog i an t-iasg as an teine ; ach bha iad air an losgadh cho mor 's nach b' urrainnear an cur air bord an righ. Chuir so dragh cho mor oirre 's gu 'n do thoisich i ri caoineadh. "Och! mo thruaighe!" ars' ise, "ciod a dh' eireas dhomh? Ged a dh' innsinn do 'n righ na chunnaic mi, tha mi cinnteach nach creid e mi. Bidh fearg uamhasach air rium."

An uair a bhi i 'caoidh air an doigh so thainig an t-ard-chomhairleach a steach do 'n cheatharna far an robh i a dh' iarraidh an eisg gus a chur air beulaobh an righ. Dh' innis i dha mar a dh' eirich do 'n iasg. Ghabh e iogh-nadh mor an uair a chuala e mar a thachair. Gun fhacal innseadh do 'n righ mu 'n iasg, dh' fheuch e ri doigh fhaotainn leis an cuirteadh gach cuis ceart. Chuir e fios air an iasgair, agus dh' iarr e air ceithir eisg eile de 'n aon seorsa fhaotainn dha, a chionn gu 'n do thachair mi-fhortan araidh do 'n iasg a thug e dh' ionnsuidh an righ, agus mar sin, nach robh iad freagarrach air son an cur air bord dha. Gun ghuth a thoirt air a' chomhairle a thug am fathach air, thuirt an t-iasgair ris, gu 'n robh astar mor eadar e 's an lochan anns an d' fhuair e an t-iasg, agus air an aobhar sin, nach b'urrainn da am faotainn do gus an la-iar-na-mhaireach.

Gu math moch air an ath mhaduinn chaidh an t-iasgair a dh' ionnsuidh an lochain : chuir e na lin, agus fhuair e ceithir eisg de 'n cheart sheorsa a fhuair e an latha roimhe sin, agus thug e do 'n ard-chomhairleach iad. Chaidh an t-ard-chomhairleach leotha do 'n cheatharna, agus sheas e comhladh ris a bhana-chocaire fhad 's a bha i 'g an glanadh. Chuir i air teine iad mar a rinn i an latha roimhe sin. An uair a bha 'cheud thaobh dhiubh bruich, thionndaidh i iad. Ach cha bu luaithe a rinn i so na dh' fhosgail am balla, agus

thainig an **boirionnach** an mach **mar a rinn i an latha**
roimhe sin, agus an t-slat aice 'na laimh. Bhuail **i aon de**
na h-eisg : bhruidhinn i ris **mar a rinn i an latha roimhe sin,**
agus thug **na ceithir eisg a' cheart** fhreagairt dhi. An uair
a fhreagair **iad i, chuir i c ir de 'n fhriochdan anns an teine,**
agus thill **i steach do 'n bhrdla.**

An uair a chunnaic an t-ard-chomhairleach mar a thachair
thuirt e, **"Tha so anabarrach** iongantach **da** rireadh :
feumaidh mi innseadh **do 'n righ an 'dheidhinn."** Chaidh e
far an robh an righ, agus **dh' innis e dha a h-uile ni a**
chunnaic e.

An nair **a chual an righ mu 'n chuis, bha ioghnadh**
anabarrach **air, agus bha toil mhor aige an sealladh fhaicinn**
e fhein. **Ghrad chuir e fios air an iasgair, agus thuirt e ris,**
"A charaid, an d' theid agad air ceithir eile de 'n t-seorsa
eisg ud a thoirt do m' ionnsuidh ?"

"Le 'r cead, a righ, ma bheir sibh dail thri latha dhomh,
gheibh **mi an t-iasg dhuibh."**

Thug an righ so dha. Ach **'s a' mhadainn chaidh an**
t-iasgair a dh' **ionnsuidh an lochain, agus an nair a chuir e**
na lin, fhuair e **ceithir beathaichean eisg mar a b' abhaist da,**
agus **thug e dh' ionnsuidh an righ iad.** Bha 'n righ
anabarrach **toilichte, gu h-araidh a chionn gu 'n d' fhuair e**
iad na bu **luaithe na bha duil aige riutha.** Dh' ordaich e
ceithir **cheud bonn oir eile a thoirt do 'n iasgair.**

An nair a fhuair an righ an t-iasg **dh' ordaich e an toirt**
do 'n chlosaid gus an deasachadh. Cha robh anns a' chlosaid
ach e fhein 's an t-ard-chomhairleach. Ghlacadh an t-iasg
agus chuireadh anns an fhriochdan air an teine iad. An nair
a bha a' cheud chaobh dhiubh bruich, thionndaidh an t-ard-
chomhairleach iad. An sin dh' fhosgail balla na closaid,
agus thainig duine-dubh a bha anabarrach mor an mach,
agus bata mor aige 'na laimh. Ghabh e far an robh am
friochdan, agus an nair a bhuail e buille beag de 'n bhata air

fear de na h-eisg, thuirt e le guth eagalach, " Eisg, am bheil thu 'deanamh do dhleasdanais?"   An uair a thuirt e so, thog na ceithir eisg an cinn, agus thuirt iad, " Tha, tha ; ma tha thusa 'cunntadh, tha sinne 'cunntadh ; ma phaigh thusa d' fhiachan, phaigh sinne ar fiachan fhein ; ma tha thusa 'teicheadh, tha sinne a' toirt buaidh, agus tha sinn riaraichte."

Cha bu luaithe a labhair an t-iasg na briathan so na thilg an duine-dubh am friochdan 's an t-iasg air an urlar ; agus bha 'n t-iasg 'na ghual.   Anns a' mhionaid chaidh e steach do 'n bhalla le feirg, agus dhuin am balla mar a bha e roimhe.

" An deis na chunnaic mi," ars' an righ ris an ard-chomhairleach, " tha e neo-chomasach dhomh a bhith aig fois 'nam inntinn.   Gun teagamh sam bith tha seadh neo-ghnathaichte aig na chunnaic 's na chuala sinn mu 'n iasg so, agus tha mhiann orm gu 'm faigh mi 'mach gach ni mu dheidhinn."

Chuir an righ fios air an iasgair, agus thuirt e ris, " Iasgair, chuir an t-iasg a thug thu do m' ionnsuidh dragh air an inntinn agam.   C'aite an do ghlac thu iad?"

" Le 'r cead, a righ," ars' an t-iasgair, " glac mi iad ann an lochan beag a th' eadar ceithir chnuic a th' air chul na beinne ud a chi sibh mu 'r coinneamh."

" An aithne dhutsa an lochan?" ars' an righ ris an ard-chomhairleach.

" Cha 'n aithne.   Cha chuala mi guth riamh m' a dheidhinn, ged nach 'eil tri fichead bliadhna o'n a bha mi 'sealg mu 'n cuairt air a' bheinn ud," ars' an t-ard-chomhairleach.

Dh' fheoraich an righ de 'n iasgair an robh an lochan fad air falbh, agus thuirt an t-iasgair ris gu 'n ruigeadh iad e ann an tri uairean an uaireadair.

An uair a chuala 'n righ so, o 'n a bha greis mhath de'n latha gun dol seachad, dh' ordaich e anns' a mhionaid do dh'

uaislean na cuirte iad a dheanamh deiseil, agus marcachd
comhladh ris a dh' ionnsuidh an lochain, agus an t-iasgair a
thoirt leotha mar fhear-treorachaidh. Rinneadh mar a dh'
ordaich e, agus dh' fhalbh iad.

An uair a dhirich iad gu mullach na beinne ghabh iad
mor-ioghnadh an uair a chunnaic iad comhnard anabarrach
mor air an taobh eile dhi, nach fhaca a h-aon aca riamh
roimhe. Mu dheireadh rainig iad an lochan a bha eadar na
ceithir chnuic, mar a thuirt an t-iasgair. Bha 'n t-uisge a
bh' anns an lochan cho soilleir 's gu 'n robh iad uile a' faicinn
an eisg, agus gu 'n robh iad de na ceart dhathan a bh' air an
iasg a thug an t-iasgair a dh' ionnsuidh an righ.

Dh' fheoraich an righ de cheannardan an airm a bha
comhladh ris 'nan seasamh aig an lochan, am faca iad idir
an lochan gus a sid. Agus thuirt iad uile, nach fhaca, agus
nach mo a chuala iad riamh gu' n robh an lochan ann.

"O'n a tha sibh uile ag radh nach cuala sibh riamh guth
m'a dheidhinn," ars' esan, "agus o'n a tha 'chuis a th' ann
a' cur moran ioghnaidh ormsa, tha mi suidhichte nach till
mi dhachaidh gus am faigh mi 'mach cia mar a thainig
an lochan gu bhith an so, agus c'ar son a tha ceithir dathan
air an iasg."

An uair a thuirt e so, dh' ordaich e do mhaithean na
cuirte a bha maille ris an campa shuidheachadh air bruaich
an lochain. Rinneadh mar a dh' ordaich e.

— — — —

CAIB. VI.

An uair a thainig an oidhche, chaidh an righ do'n phaillinn
aige fhein, agus labhair e ris an ard-chomhairleach mar
so:—"Ard-chomhairlich, tha 'm inntinn gle neo-fhoisgeil.
Chuir an lochan a bhith an so, agus an duine dubh a thainig
am mach a balla na closaid, agus mar a bhruidhinn an t-iasg

ris, a leithid de dh' ioghnadh orm 's nach urrainn gu'm bi fois aig m' inntinn gus am faigh mi 'mach gach ni mu'n chuis. Air an aobhar sin, tha mi suidhichte gu'm falbh mi as a' champa an nochd 'nam aonar ; agus tha mi 'toirt teann-odugh dhutsa, gun innseadh do dhuine beo gu'n d' fhalbh mi. Fanaidh tu anns a' phaillinn so, agus an nair a thig na ceannardan agus uaislean eile na cuirte am maireach gus mise fhaicinn, their thu riutha, nach 'eil mi 'gam fhaireachadh fhein gu math, agus gu'm bheil mi toileach a bhith 'nam onar an so. Their thu a' cheart bhriathran riutha a h-uile latha gus an till mi."

Rinn an t-ard chomhairleach gach ni 'n a chomas a chum toirt air an righ an gnothach so a leigeadh as a cheann. Chuir e air shuilean dha, gu'n robh e 'dol 'ga chur fhein ann an cunnart mor, agus gur docha nach bioah dad aige air son a shaoithreach. Ach a dh' aindeoin na theireadh e cha b' urrainn da an righ a thoirt as a bheachd : oir chuir e roimhe ann muigh 's ann mach gu'm falbhadh e. Chuir e uime deise a bha freagarrach air son a thurnis, agus thug e leis claidh-eamh 'na laimh 's dh' fhalbh e as a' champa, cho luath 's a ghabh iad mu thamh.

Fhuair e seachad air a' bheinn gun duiligheadas sam bith. An nair a chrom e leis a' bheinn, thachair aite comhnard ris a bha furasda ri 'choiseachd. Lean e roimhe air coiseachd gus an d' eirich a' ghrian. Chunnaic e aitreamh mhor fada uaithe. Thug so toileachadh mor dha ; agus bha dochas aige gu'm faigheadh e anns an aitreamh so am fiosrachadh a bha dhith air. An nair a thainig e dluth do'n aitreamh thug e an aire gur e bh' ann caisteal a bh' air a thogail de chloich mharmoir, agus gu'n robh e air a chomhdachadh air an taobh am muigh le stailinn a bha cho sleamhuinn ri glaine. Air dha bhith anabarrach toilichte a chionn gu'n do thachair ni cho iongantach so ris, sheas e air beulaobh a' chaisteil, agus bheachdaich e air le mor-aire. 'Na dheigh sin chaidh e dh' ionnsuidh a' gheata. Bha da chomhlaidh ris a' gheata, agus bha te dhiubh fosgailte. Ged a dh' fhaodadh e dhol a steach, nan togradh e, gidheadh smaoinich e gu'm b' fhearr dha bualadh. Bhuail e an toiseach gu beag, agus dh' fhan e car uine an duil gu'n tigeadh neach air a ionnsuidh. Ach an uair nach d' thainig neach sam bith thun a' gheata, bhuail e gu math na bu chruaidhe. Ach an uair a thuig e nach cuala neach sam bith e, bhuail e a rithist agus a rithist; agus an uair nach do threagair duine e, ghabh e ioghnadh mor. Cha b' urrainn da chreidsinn gu'n robh caisteal a bha cho math an ordugh ris gun duine a' fuireach ann.

Thuirt e ris fhein, "Mur 'eil duine a fuireach ann, cha 'n eagal dhomh; agus ma tha, theid agam air mi fhein a dhion, ma chuirear dragh orm."

Mu dheireadh chaidh e steach air a' gheata, agus an uair a chaidh e steach air dorus an sgail-tigh ghlaodh e, "Am bheil duine sam bith an so a bheir coidheachd do choigreach, a tha 'tighinn a dh' iarraidh bith is dibhe anns an dol seachad?"

Thuirt e so a dha no tri dh' uairean; ach ged a thubhairt, cha do fhreagair neach sam bith e. Chuir e ioghnadh air nach robh duine a' toirt freagairt air. Chaidh e steach do sheomar farsuinn, agus sheall e mu'n cuairt feuch am faiceadh e neach sam bith, ach cha 'n fhaca e neach. An uair a chunnaic e nach robh duine 's an t-seomar, chaidh e steach do sheomar eile. Bha 'n seomar so anabarrach briagha. Bha ballachan an t-seomair air an comhdach leis an t-sioda a b' aille 's bu ghrinne a chunnaic duine riamh. Bha moran de dh' aiteachan-suidhe ann de'n t-seorsa bu bhriagha 's bu shocraiche air an b' urrainn duine suidhe, agus bha'n t-aodach a bh' orra air oibreachadh, le snath oir is airgid. 'N a dheigh sin chaidh e steach do sheomar maiseach eile. Ann am meadhain an t-seomair so bha fuaran mor, agus aige a cheithir oisinnean bha leomhain oir, agus a beul nan leomhan so bha 'n t uisge a' sior bhruchdadh am mach do'n tobar. An uair a bha 'n t-uisge so a' tuiteam 's an tobar, bha e 'dol 'na dhaoinean 's na neamhnaidean. Bha 'n tobar a' tilgeadh an uisge as a chionn cho ard ri mullach an t-seomair.

Bha tri taobhannan a' chaisteil air an cuartachadh le garadh anabarrach maiseach, anns an robh ditheanan do gach seorsa air an cur ann am poitean dhithean. Bha mar an ceudna fuarain ann, agus doireachan, agus mile ni eile a bha 'ga dheanamh maiseach. Agus cha robh seorsa eoin a bh' air an t-saoghal nach robh a' ceilcireadh anns a' gharadh. Cha robh iad a carachadh as ; oir bha lion sgaoilte os cionn a' gharaidh gus an cumail ann.

Choisich an righ o sheomar gu seomar, ach cha d' fhuair e duine annta. An uair a bha e sgith coiseachd shuidh e ann seomar anns am faiceadh e an garadh, agus thoisich e ri smaointean air na chunnaic 's na chuala e. Cha robh e fada 'na shuidhe an uair a chuala e gearain ghoirt ann an seomar a bha dluth dha. Dh' eisd e le mor aire ris a' ghearain, agus chuala e gu soilleir na briathran so ; "O Fhortain ! nach leigeadh leam a bhith na b' fhaidhe a' mealtainn beatha shona, agus a chuir mi anns an t-suidh-eachadh a's truaighe anns an robh duine riamh air an t-saoghal so ; sguir a bhith 'gam gheur-leanmhuinn, agus le grad bhas cuir crioch air mo bhron. Och ! am bheil e comasach gu'm bheil mi fhathast beo an deigh a liuthad pian a dh' fhuiling mi ?"

Thainig tiomu air an righ an uair a chual' e a' ghearain so, agus air dha eirigh as an aite 's an robh e 'na shuidhe, rinn e direach air an aite anns an cual' e a' ghearain. Agus an uair a thainig e dh' ionnsuidh dorus an t-seomair, dh' fhosgail e e, agus chunnaic e duine og, maiseach, air 'eideadh ann an trusgan riomhach 'na shuidhe air cathair aird anns an t-seomar. Bha coltas gle mhuladach air an aghaidh aige. Thainig an righ dluth dha, agus chuir e failte air. Chrom an duine og a cheann, agus o nach b' urrainn da eirigh as a' chathair, thuirt e ris an righ, " Mo thighearna, tha mi gle chinnteach gur airidh thu gu'n eirighinn 'nam sheasamh a chur failte ort, agus a thoirt urram dligheach dhut ; ach tha aobhar mulaidach ann air son nach urrainn mi sin a dheanamh, agus uime sin, tha dochas agam nach gabh thu gu h-ole e."

" Mo thighearna," fhreagair an righ, " tha mi fada 'nad chomain, a chionn gu'm bheil a leithid de dheadh bharail agad orm. Agus a thaobh an aobhair air son nach urrainn dut eirigh, ciod sam bith leithsgeul a th' agad gabhaidh mi e. Air dhomh do ghearain a chluinntinn, agus a bhith duilich air son do bhroin, thainig mi a thaingseadh cuideachadh a thoirt dhut. Is e mo ghuidhe ri Dia gu'm biodh e 'nam chomas fuasgladh a thoirt dhut 'nad thrioblaid. Dheanainn gach ni a b' urrainn domh a chum cobhair a thoirt dhut. Tha mi 'toirt orm fhein a chreidsinn gu 'm bi thu toileach gu leor fios a thoirt dhomh air mar a thainig am mi-fhortan 'nad rathad. Ach innis dhomh an toiseach, tha mi 'guidhe ort, ciod is ciall do'n loch-an a tha dluth air an luchairt so anns am bheil an t-iasg air am bheil na ceithir dathan ? ciod e an caisteal a tha'n so ? cia mar a thainig thu fhein an so ? agus c'ar son a tha thu 'nad aonar !"

An aite freagairt a thoirt do na ceislean so, is ann a thoisich an duine og ri caoidh 's ri tuiream gu goirt, " O nach neo-sheasmhach an ni fortan !" ars' esan, " tha e 'gabhail tlachd ann a bhith 'tilgeadh sios na muinntir a th' air an togail suas. C'ait am bheil iadsan a tha gu toisneach a' mealtainn an t-sonais a tha iad a' faighinn uaithe, agus aig am bheil beatha shocair gun dragh gun bhron ?"

Air do'n righ a bhith air a lionadh le truas ris an duine og anns an t-suidheachadh 's an robh e, ghuidh e air gu 'n innseadh e gun dail dha aobhar a bhroin.

"Och ! mo thighearna," ars' an duine eg, " Cionnus a tha e comasach dhomhsa gun a bhith 'sileadh nan deur gun stad ?"

An uair a thuirt e so, thog e 'aodach, agus leig e ris do'n righ, nach robh 'na dhuine dheth ach na bha os cionn a leasraidh, agus gu'n robh a' chuid eile dheth 'na chloich mharmoir.

Ghabh an righ ioghnadh anabarrach an uair a chunnaic e an staid mhuladach anns an robh an duine og, agus thuirt e ris, " Am feadh 's a tha do shuidheachadh a' cur namhais agus ioghnaidh orm, tha mi a' miannachadh gu mor gu'n innseadh tu dhomh eachdraidh do bheatha. Feumaidh gu m bheil i anabarrach iongantach, agus tha mi de'n bheachd gu'm bheil co-cheangal eadar i agus an lochan 's an t-iasg. Tha mi, air an aobhar sin, a' guidhe ort, gu'n innis thu dhomh i. Bheir e aotromachadh dhut an eachdraidh innseadh : oir tha fios is cinnt agam gu'm faigh daoine a tha mi-fhortanach aotromachadh, an uair a dh' innseas iad am mi-fhortan do dhaoine eile.

" Bheir mi de thoileachadh dhut gu'n innis mi m' eachdraidh," ars' an duine og, "ged nach urrainn domh sin a dheanamh gun mo dhoilghios urachadh. Ach tha mi 'g innseadh dhut roimh laimh gu'm faic 's gu'n cluinn thu na chuireas barrachd mor a dh' ioghnadh ort na h-uile rud a chunnaic 's a chuala 's a smaoinich duine riamh."

CAIB. VII.

B' E m' athair Righ nan Eileanan Dubha. Fhuair an rioghachd an t-ainm so o na ceithir beanntan beaga a tha faisge air a' chaisteal so. B' e eileanan a bh' anns na beanntan so an toiseach, agus bha ceanna-bhaile na rioghachd far am bheil an lochan a chunnaic tu. Gheibh thu fios anns

na bheil agam ri' innseadh air mar a thainig cuisean gu bhith
mar a tha iad.

Dh' eug m' athair an uair a bha e mu thri fichead
bliadhna 's a' deich a dh' aois. Thoisich mise air riogh-
achadh an deigh a bhais. Cha robh mi fada 'nam righ an
uair a phos mi nighean bhrathar m' athar. Bha h-uile
aobhar agam air a bhith 'smaoinntean gu'n robh gaol gu
leor aice orm; agus, air mo shon fhein dheth, bha tlachd
anabarrach agam dhise. Bha sinn fad choig bliadhna cho
riadhail 's cho measail air a cheile ri dithis a bha beo. Aig
ceann na h-uine sin thuig mi nach robh meas sam bith aicese
orm.

Air latha araidh, am feadh 's bha ise anns an taigh-
fhuaragaidh, thainig an cadal orm an deis dhomh mo dhinneir
a ghabhail, agus leig mi mi-fhein 'nam shineadh air langsaid.
Bha dithis de na muathan-coimhideachd aicese anns an
t-seomar, agus an uair a shaoil iad gu'n robh mi air tuiteam
'nam chadal, shuidh te dhiubh aig mo cheann, agus an te
eile aig mo chasan, agus leis a' ghnite a bha 'n laimh gach
te dhiubh, bha iad a' toirt fionnarachd dhomh, agus a
cumail nam nan cuileag. An uair a shaoil iad gu'n robh mi
air tuiteam ann an cadal trom, thoisich iad ri bruidhinn gu
beag ri 'cheile. Ach ged a bha mo shuilean duinte, cha
robh mi 'nam chadal idir, agus chuala mi a h-uile facal a
thubhairt iad.

Thuirt te dhiubh, " Nach mi-chiatach an gnothach do'n
bhanrigh a bhith cho suarach mu'n righ 's a tha i, agus e
'na dhuine cho tlachdmhor anns gach doigh !"

" Gu dearbh is eadh," ars' an te eile. " Air mo shon
fhein dheth, cha 'n 'eil mi idir a' tuigsinn ciod is ciall do'n
obair a th' aice. Cha 'n 'eil fhios agam c'ar son a tha i 'falbh
am mach a h-uile oidhche, agus 'g a fhagail-san 'na onar !
An urrainn e bhith nach 'eil fhios aige air ?"

"Ochan ! cia mar a b' urrainn da fios a bhith aig' air
Tha i 'toirt deoch-chadail dha a h-uile oidhche, agus caidlidh
e cho trom ris a' chloich gu madainn. An uair a chaidleas
e, faodaidh ise a dhol taobh sam bith a thogras i. Ann an
soilleireachadh an latha tha i tighinn dachaidh agus a laidhe
comhladh ris, agus tha i 'g a dhusgadh le faileadh rud eigin
a tha i 'cur ri 'shroin," ars' a' cheud te a labhair.

Mo thighearna, faodaidh tu 'thuigsinn gu'n do chuir an
comhradh so ioghnadh anabarrach orm, agus gu'n do'n chui
e gu mor gu smaointean mi. Ach ged a chuir e dragh mo
orm, cha do leig mi orm gu'n cuala mi aon fhacal de n
labhair iad ri' cheile. An ceann beagan uine thoisich mi i
gluasad mar gu'n bithinn air dusgadh a cadal trom, agu
dh' eirich mi bhar na langsaid.

An uair a thainig a' bhanrigh dhachaidh as an taig
fharagaidh, ghabh sinn ar suipeir, agus mu'n deachaidh sin
a laidhe thug i dhomh, mar a b' abhaist dhi, lan cupa d
dheoch a rinn i fhein dhomh : ach an aite an deoch ol, thil
mi gun fhios dhi na bh' anns a' chupa 'mach air a
uinneig, agus thug mi dhi an cupa air ais.

Chaidh sinn a laidhe comhladh, agus ann an ceann beaga
uine, air dhise saoilsinn gu'n robh mi 'nam chadal, dh' eiric
i, agus chuir i uimpe. Mu 'n deachaidh i 'mach as a
t-seomar thuirt i, " Caidil, agus na bu tig an latha 'dhuisge
tu !"

Cho luma luath 's a chaidh i 'mach as an t-seoma
ghrad dh' eirich mi, agus chuir mi umam cho cabhagach 's
rinn mi riamh. Thug mi leam claidheamh agus lean mi
cho luath 's a b' urrainn domh. An uair a thainig mi cl
dluth dhi 's gu'n robh mi' 'cluinntinn fuaim a cas, rinn mi a
mo shocair, agus choisich mi 'n a deigh cho failidh 's a
urrainn domh air eagal gu'n cluinneadh i mi. Chaidh
steach air caochladh dhorsan, a dh' fhosgail dhi leotha fhei
an uair a labhair i facail dhraoidheachd. Mu dheireadh d

fhosgail i dorus a' gharaidh, agus chaidh i steach. Stad mi tiotadh aig an dorus air eagal gu'm faiceadh i mi an uair a bha i 'coiseachd tarsuinn air an reidhlein, agus bha mi cumail suil oirre cho math 's a leigeadh an dorchadas leam, gus am facadh mi gu'n deachaidh i steach do bhad beag de choille iosail, far an robh rathad caol le callaid air gach taobh dheth. Chaidh mi dh' ionnsuidh na coille so air rathad eile, agus sheas mi air cul na callaid feuch c'ol a chitinn no 'chluinninn, agus chunnaic mi ise 's i coiseachd comhladh ri friomhach.

Bha mo chluas fosgailte ris a' chomhradh a bh' catorra, agus chuala mi ise ag radh ris: "Cha 'n 'eil e ceart dhut a bhith 'cur as mo leith-sa gu 'm bheil mi suarach mu d' dheidhinn. Tha fhios agad gle mhath gu'n do dhearbh mi dhut ann an iomadh doigh gu 'm bheil tlachd mor agam dhiot, agus mur foghainn na dearbhaidhean a thug mi dhut mar tha leat, tha mi deas gu dearbhaidhean a's mo a thoirt dhut. Cha 'n 'eil agad ach ni sam bith iarraidh orm, agus bheir mi dhut e. Ma's miann leat e, leagaidh mi am baile mor so agus an luchart a dh' ionnsuidh an lair mu'n eirich a' ghrian, agus ni mi madaidh-alluidh is comhchagan is fithich de na h-uile duine beo a th' ann. Ma 's miann leat e, cuiridh mi a h-uile clach a th' anns na ballachan laidir so air cul an t-saoghail far nach fhaic duine beo iad."

An uair a chriochnaich a' bhanrigh na briathan so, bha i fhein 's a leannan air tighinn gu ceann an rathaid direach air mo bheulaobh. Tharruinn mi 'n claidheamh, agus bhuail mi esan ann an cul na h-amhaich, agus leag mi e. Shaoil mi gu'n do mharbh mi e, agus air an aobhar sin, thug mi mo chasan as cho luath 's a bh' agam. Cha robh toil agam gu'm faigheadh a' bhanrigh am mach gur mi a bh' ann, agus cha bu mho na sin a bha toil agam cron sam bith a dheanamh oirre, o'n a bha i daimheil dhomh.

Bheireadh a' bhuille a thug mi dha am bas dha 's a' mhionaid, mur b' e gu'n do chum ise beo e le draoidheachd. Ach cha robh e ach eadar a bhith marbh 's a bhith beo.

Air mo thilleadh do 'n luchairt, ghabh mi tarsuinn a' gharaidh, agus chuala mi ise a' glaodhaich gu muladach. Thuig mi gu'n robh i fo mhor dhoilghios, agus bha mi toilichte nach do chuir mi gu bas i.

An uair a chaidh mi do'n t-seomar-chadail, chaidh mi 'laidhe, agus air dhomh a bhith toilichte gu'n d' rinn mi dioghaltas air an duine eucorach a rinn an t-ole orm, thuit mi 'nam chadal. An uair a dhuisg mi s' a' mhadainn, bha 'bhanrigh 'na laidhe ri m' thaobh. Cha 'n urrainn domh a radh co dhiubh a chaidil no nach do chaidil i. Ach dh' eirich mise gu bog, balbh as an leabaidh, agus chaidh mi do sheomar eile, far an do chuir mi umam m' aodach. 'N a dheigh sin chaidh mi 'mach a shocrachadh gnothaichean na rioghachd maille ris na comhairlichean. An uair a thill mi steach, thainig a' bhanrigh far an robh mi 's i comhdaichte le aodach dubh, agus a falt gun chireadh sgaoilte sios m' a suilean, agus pairt dheth air a spionadh. "Le'r cead, a righ," ars' ise, " na cuireadh e ioghnadh oirbh mise 'fhaicinn anns an t-suidheachadh so. Fhuair mi tri naigheachdan comhladh a chuir fo throm-dhoilghios mi, agus cha 'n 'eil anns a' chulaidh-bhroin so a chi sibh orm ach comharradh faoin air an trom-bhron fo 'm bheil mi."

" Mo chreach ! ciod e an droch naigheachd a fhuair thu," arsa mise.

" Bas mo mhathar," ars' ise ; " bas m' athar, a chaidh a mharbhadh ann an cath, agus bas fir de m' bhraithean, a chaidhe le creig."

Cha do mi-chord e rium gu'n do ghabh i an leithsgeul so a chum falach a chur air fior-aobhar a broin, agus bha mi 'smaointean nach do ghabh i amhrus gur mi a mharbh a leannan.

"A bhean," arsa mise, "cha 'n 'eil mi 'cur coire sam bith ort air son a bhith fo bhron. Tha mi 'g innseadh dhut le firinn, gu 'm bheil bron ormsa mar an ceudna. Bhiodh ioghnadh gu leor orm mur biodh bron ort air son bas dluth-chairdean. Lean romhad mar a tha thu; is math an comharradh air do nadar a bhith fo bhron. Ach tha mi 'n dochas gu'n teid do bhron na 's lugha ri uine."

Chaidh i d'a seomar fhein, far an do chuir i seachad bliadhna ri bron 's ri caoidh 's ri tuiream. An ceann na bliadhna dh' iarr i cead orm aite-adhlacaidh a thogail dhi fhein aig an luchairt, far an gabhadh i comhnuidh, thuirt i riam, gu latha 'bais. Thug mi cead dhi sin a dheanamh; agus thog i taigh eireachdail, agus mullach cruinn air, a chithear as a so. Thug i Talla nan Deur mar ainm air. An uair a bha e criochnaichte, thug i a leannan as an aite 's an do chuir i e an oidhche a lot mise e, agus chuir i ann an Talla nan Deur e. Chum i o bhasachadh e le deoch a bha i toirt dha a h-uile latha o'n uair ud.

Gidheadh, a dh' aindeoin a draoidheachd, cha b' urrainn di an creutair graincil a leigheas. Cha 'n urrainn e e-is-eachd no e fhein a chuideachadh, agus cha mho a theid aige air facal bruidhne a dheanamh. Cha 'n 'eil de choltas air gu'm bheil beatha ann ach gu'n amhairc e oirre. Ged nach 'eil de thoileachadh aice ach a bhith 'g a fhaicinn, agus a bhith 'labhairt ris mu thimchioll nan nithean faoine a tha 'dusgadh suas 'na h-inntinn thruaillidh fhein, gidheadh, tha i 'dol da uair 's an latha far am bheil e, agus a' fuireach greis mhath 'na chuideachd. Tha fhios agamsa air so gle mhath, ged a tha mi 'leigeadh orm nach 'eil.

Air latha araidh chaidh mi do Thalla nan Deur a dh' fhaicinn ciod an obair a bh' aice; agus air dhomh a dhol a dh' aite anns nach fhaiceadh i mi, chuala mi i 'bruidhinn ris mar so: "Tha e 'cur doilghios ro mhor orm a bhith 'g ad fhaicinn anns an t-suidheachadh so. Tha mi 'tuigsinn cha math riut fhein gu'm bheil thu 'fulang piantan cruaidhe ; ach a luaidh mo chridhe, ged a tha mi an comhnuidh a' bruidhinn riut, cha n' 'eil thu 'g am fhreagairt uair sam bith. Cia fhad a leanas tu air a bhith 'nad thosd ! Abair aon fhacal rium. Ochan ! is e an uine a tha mi 'cur seachad an so ann an co-fhaireachadh ruit 'nad throm-thrioblaid, an uine a's solasaiche a tha mi 'caitheamh dhe m' bheatha. Cha 'n urrainn domh a bhith beo mur bi mi dluth dhut, agus b' fhearr leam a bhith aig gach am maille riut na ged a gheibhinn iomhas an t-saoghail uile."

Bha i 'caoidh 's ag ochanaich gu trom an am a bhith 'labhairt nam briathran so ris ; agus an uair a bha mi greis mhath 'g a h-eisdeachd 's i air a' chaitheamh so gun sgur, cha b' urrainn domh cumail orm fhein na b'fhaide. Thainig mi as an aite 's an robh mi 'g am fhalach fhein, agus thuirt mi rithe, " A bhoirionnaich gun chiall, tha thu fada gu leor ris an obair sin. Tha thu leis an obair a th' agad a' cur eas-urram ort fhein agus ormsa. Grad sguir dheth. Dhi-chuimhnich thu buileach glan gu'n bheil thu fo chomain mhoir dhomhsa.

" A dhuine," ars' ise, " ma tha caoimhneas no iochd sam bith 'nad chridhe dhomhsa, tha mi 'gnidhe ort gu'n leig thu mo chead fhein dhomh. Leig leam mi fhein a thoirt suas gu buileach do'n bhron so nach treig mi fhad 's a bhios mi beo."

An uair a chunnaic mi nach d' rinn mo chomhairle de dh' fheum dhi ach a fagail na bu raige na bha i riamh, leig mi leatha, agus dh' fhalbh mi. Lean i air a bhith 'dol a h-uile latha fad da bhliadhn' iomlan far an robh e a chaoidh 's a thuiream 's a bhruidhinn ris.

CAIB. VIII

Chaidh mi an dara uair do Thalla nan Deur a dh' fhaicinn na h-obrach a bh' aice. Dh' fhalaich mi mi-fhein mar a rinn mi roimhe, agus chuala mi i 'g radh ri' leannan: "Tha 'mis tri bliadhna o nach dubhairt thu aon fhacal rium. Ged a tha mi 'labhairt riut ann am briathran gaoil, agus a' caoidh 's ag osnaich air do shon, cha 'n 'eil thu toirt freagairt sam bith dhomh. An ann o chion faireachaidh no o shuarachas a tha thu fuireach samhach? O uaigh! an do lughdaich thu an gradh a bha aige dhomh? An do dhuin thu na suilean a bha 'nochdadh mor-ghradh dhomh, agus a bha dhomh mar m' uile aoibhneas? Cha chreid mi gu'm bheil ni de'n t-seorsa fior. Ach innis dhomh ciod am miorbhuil leis am bheil thu 'tasgaidh suas an ionmhais a's mo a th' air an t-saoghal."

Mo thighearna, feumaidh mi aideachadh gu 'n do bhrosnaich na briathran so mo nadar gu feirg anabarraich; oir, a dh' aon fhacal, cha robh anns an duine so air an robh a leithid de mheas aice, ach duine dubh gun mheas gun chliu a rugadh anns na h-Innsean. Tha mi 'g radh gu 'n robh mi air mo bhrosnachadh cho mor leis na briathran a labhair i 's gu 'n do leum mi 'mach as an aite an robh mi ann falach, agus gu 'n dubhairt mi, "O uaigh! c'ar son nach 'eil thu 'slugadh suas an da uile-bheisd mhi-nadarra so?"

Mu 'n gann a labhair mi na briathran so, dh' eirich a' bhanrigh 'na seasamh, agus i comhdaichte ann an aodach dubh, agus thuirt i le feirg, "A dhuine chruaidh-chridhich, is tusa bu cheann-aobhar do mo bhron. Na bi 'smuaineachadh gu 'n bheil e an an fhios dhomhsa. Chum mi so an cleith tuilleadh is fada. Is i do dhroch laimh-sa a chuir mo roghainn a dh' fhearaibh an t-saoghail anns an t-suidheachadh bhronach anns am bheil e; agus tha thu cho cruaidh-chridheach 's gu'n d' thainig tu a thoirt tair is masladh dha."

"Tha sin fior gu leor," arsa mise, "is mi a rinn e gun teagamh; agus is math a b' airidh a' bheisd air. Bu choir dhomh a bhith air a' cheart dhiol a dheanamh ortsa. Tha aithreachas orm a nis nach d' rinn mi e; oir tha thu 'deanamh mi-fheum de 'n chaoimhneas a nochd mi dhut."

An uair a thuirt mi so, tharruinn mi 'n claidheamh as an truaill, agus thog mi mo lamh gus a marbhadh. Ach sheall i gu dur orm, agus thuirt i 's i le fanaid a' deanamh gaire, "Cuir stad air do chorruich." Aig a' cheart am labhair i briathran nach do thuig mi; agus 'na dheigh sin thuirt i, "Le cumhachd mo dhraoidheachd, tha mi 'g ordachadh gu 'm bi an dara leith dhiot anns a' mhionaid air a thionndadh gu cloich, agus gu 'm bi an leith eile dhiot 'na dhuine." Mo thighearna, anns a' mhionaid bha mi air mo dheanamh mar a tha thu 'g am fhaicinn—an dara leith dhiom 'na chloich, agus an leith eile 'na dhuine.

An deigh dhi mo chruth atharrachadh mar so, thug i do 'n talla so mi. 'Na dheigh sin rinn i lochan de cheanna-bhaile na rioghachd. Is e sin an lochan a chunnaic tu mu 'n d' thainig tu an so. Is e an t-iasg air am bheil na ceithir dathan, na ceithir seorsachan sluaigh, de chaochla-dh aidmheilean, a bha 'fuireach anns a' bhaile. Is iad na h-eisg gheala na Mahomadanaich: is iad na Persianaich, a tha 'deanamh aoraidh do'n te'ne, na h-eisg dhearga; is iad na Criosduidhean na h-eisg ghorma; agus is iad na h-Iudhaich na h-eisg bhuidhe. B' iad na ceithir beanntan beaga a tha mu 'n cuairt de 'n lochan, na ceithir eileanan o 'n d' fhuair an rioghachd a h-ainm. Dh' innis i-fhein dhomh gu 'n d' rinn i so an deis dhi mo chur anns an aite so, a chum am barrachd draghа 's trioblaid a chur air m' inntinn. Ach cha do ghabh i leis a so. Cha 'n fhoghnadh leatha mo chruth fhein atharrachadh, agus mo shluagh 's mo rioghachd a sgrios, ach a chum an tuilleadh dioghaltais a dheanamh orm, tha i 'tighinn an so a h-uile latha, agus an deis dhi mo rusgadh.

tha i 'toirt dhomh coig fichead buille le cuip eadar an da
shliinnein, agus mar so, tha m' fhuil gu talamh aice a h-uile
latha. An uair a ni i an droch dhiol so orm, tha i cur aodach
ernaidh, curs, leith ri m' fheoil bhruite, agus air uachdar sin
tha i 'cur umam an trusgain mhaisich so a chi thu orm, cha 'n
ann a chum urram a thoirt dhomh, ach a chum fanaid a
dheanamh orm."

An deigh do'n phrionnsa an naigheachd so innseadh do'n
righ, shil e na deoir gu frasach. Chuir an naigheachd a
leithid de dhragh air an righ 's nach b' urrainn e aon fhacal
a radh.

Beagan uine 'na dheigh sin, thog am prionnsa 'shuilean
suas gu neamh, agus thuirt e, "A Chruithfhir mhoir nan
uile nithean, tha mi gu h-umhail a' toirt geill do d' bhreith-
eanais, agus do dh' ordnighean do fhreasdail. Tha mi 'giulan
gu foighidneach leis gach denchainn chruaidh a tha 'tighinn
'nam rathad, o'n is e do thoil-sa 'th' ann. Tha mi 'n dochas
gu 'n toir thu 'nad mhor mhathas duais dhomh."

Bha 'n righ air a bhrosnachadh gu mor leis an naigheachd
iongantaich so, agus chuir e roimhe gu'n deanadh a dioghaltas
trom air a' bhoirionnach eucorach a rinn a leithid a dh' ole
air a' phrionnsa 's air a rioghachd. Thuirt e ris a' phrionnsa,
" Innis dhomh c' aite am bheil a' i ban-draoidh aingidh a'
fuireach, agus c' aite am bheil an duine graineil ud a tha cho
measail aice 'na laidhe !"

" Mo thighearna," ars' am prionnsa, " mar a dh' innis mi
dhut cheana, tha esan ann an Talla nan Deur 'na laidhe
ann an seomar anabarrach maiseach air am bheil mullach
cruinn. Tha 'n Talla dluth air geata 'chaisteil so. Cha 'n
urrainn domhsa bhith cinnteach c' aite am bheil ise a' cur
seachad na h-uine an uair nach bi i combhladh risan far am
bheil e 'na laidhe. Ach a h-uile madainn aig eirigh na
greine tha i 'dol g' a amharc. Na dheigh sin tha i 'tighinn
an so a dheanamh dioghaltais ormsa, mar a dh' innis mi

dhut; agus tha thu a' faicinn nach urrainn domhsa mi fhein a dhion uaipe. Tha i 'toirt dibhe dha uair 'san latha, leis am bheil i 'g a chumail o bhasachadh; agus tha i an comhnuidh a' gearain nach do bruidhinn e riamh rithe o'n oidhche 'lotadh e."

" Bu tu ceann a' chruaidh-fhortain," ars' an righ; " cha 'n urrainnear truas gu leor a bhith riut! Cha do thachair a leithid de chruaidh-fhortan ri duine riamh roimhe: agus ge b'e a sgriobhas eachdraidh do bheatha, bi iomadh ni aige ri sgriobhadh a bheir barr-urram ann an iongantas air ni sam bith a chaidh a sgriobhadh riamh roimhe. Is e trom-dhioghaltas a dheanamh oirrese air son mar a rinn i ortsa, an ni a tha nis ri dheanamh, agus ni mise na's urrainn mi a chum sin a dheanamh."

'Na dheigh sin dh' innis an righ do'n phrionnsa, co e, agus an t-aobhar air son an d' thainig e do'n chaisteal. Dh' innis e dha mar an ceudna an doigh anns an robh e 'smaointean a b' fhearr a rachadh aige air dioghaltas a dheanamh air an droch bhoirionnach. An uair a chuir iad an comhairle ri cheile mu'n chuis, shuidhich iad gu'n rachadh an righ an ceann a' ghnothaich an la'r-na-mhaireach.

Anns an am bha moran de'n oidhche air a dhol seachad, agus chaidh an righ a ghabhail mu thamh. Chuir am prionnsa seachad an oidhche mar a b' abhaist dha gun norradh cadail; oir cha do dhuin a shuil riamh o'n latha 'chuireadh fo gheasan e. Ach bha dochas aige gu'n faigheadh e fuasgladh an uine ghoirid.

An la'r-na-mhaireach dh' eirich an righ mu'n do shoill-eirich an latha, agus, a chum an ni a bha 'na bheachd a chur an gniomh, chuir e an t-aodach-uachdair a bha uime ann am falach, agus chaidh e do Thalla nan Deur. Bha aireamh mhor do choinnlean geala, ceireach, laiste anns an Talla, agus bha bocsaichean briagha, oir ann luma-lan de dh' olla chubhraidh de gach seorsa 's iad fosgailte, agus air an cur ann an ordugh gu ciatach. Cho luath 's a chunnaic e an leabadh anns an robh an duine dubh 'na laidhe, ghabh e far an robh e, agus thug e'n ceann dheth leis a' chlaidheamh. Shlaod e an corp am mach as an Talla, agus thilg e ann tobar e. 'N a dheigh sin chaidh e do'n leabaidh anns an robh an duine dubh, agus an claidheamh aige am falach fo'n aodach.

Cha robh e fada 'na laidhe an uair a thainig a bhan-draoidh. Chaidh i an toiseach do 'n t-seomar anns an robh am prionnsa, agus thug i dheth an t aodach, agus ghabh i dha leis a' chuip mar a b' abhaist dhi. Bha am prionnsa truagh a' caoidh 's a' glaodhaich cho ard 's gu'n cluinnteadh an taobh am muigh de'n taigh e ; ach cha deanadh sin feum dha. Ged a ghuidh e gu durachdach oirre truas a ghabh-ail dheth, cha stadadh i gus an d' thug i dha coig fichead buille. " Cha robh truas agad fhein ri mo leannan-sa," ars' ise, "agus cha ruig thu leas duil sam bith a bhith agad gu'n gabh mise truas riutsa."

An uair a thug i dha na coig fichead buille, chuir i uime an t-aodach mar a bha e roimhe. 'Na dheigh sin chaidh i do Thalla nan Deur, agus cha bu luaithe a chaidh i steach na thoisich i ri caoidh 's ri tuiream mar a b' abhaist dhi. An sin chaidh i dluth do'n leabaidh, agus i'n duil gur e a leannan a bha 'na laidhe innte. " Nach cruaidh-chridheach an gnothach," ars' ise, " dragh-inntinn a chur air aon a thug gradh seachad cho teith 's cho durachdach riumsa ! O thusa 'tha 'toirt beum dhomhsa a chionn gu'n bheil mi 'deanamh dioghaltais ort ! a phrionnsa chruaidh-chridhich ! nach 'eil an gniomh borb a rinn thusa moran na 's miosa na 'n diogh-altas a tha mise a' deanamh ortsa ! Ah, mhealltair, an nair a thug thusa oidhirp air beatha 'n fhir do'n d' thug mise gradh a thoirt air falbh, nach d' thug thu uamsa mo bheatha fhein ? Ochan," ars' ise, 's i 'labhairt ris an righ, an dùil gu'n robh i 'labhairt ris an duine dhubh, "mo ghrian, mo bheatha, am bi thu 'nad thosd a ghnath? Am bheil thu suidhichte gu'n leig thu leam am bàs fhaotainn gun a thoirt dhomh de thoileachadh na dh' innseas dhomh gu'm bheil gaol agad orm? Tha mi guidhe ort, a ghaoil mo chridhe, gu'n abair thu aon fhacal rium."

Thug an rìgh smuaisleachadh air fhein mar gu'm biodh e air dusgadh a trom-chadal, agus fhreagair e ann an cainnt nan daoine dubh, "Cha 'n 'eil neart no cumhachd ann an neach sam bith, ach ann an Dia, a mhàin."

An uair a chuala i na briathran so, ghlaodh i le mòr-aoibhneas. "Mo mhaighstir gràidh," ars' ise, "am bheil mi 'toirt orm fein ni a chreidsinn nach 'eil fìor? Am bheil e fìor gu'm bheil mi 'g ad chluinntinn a' labhairt rium?"

"A chreutair thruaillidh," ars' an rìgh, "am bheil thu airidh gu'm freagrainn-sa do bhriathran?"

"Ochan!" ars' ise, "c'ar son a tha thu 'toirt maslaidh dhomh mar so?"

"Tha glaodhaich is osnaich is deoir d' fhir," ars' esan, "agus am masladh 's an cruas cridhe leis am bheil thu 'deanamh dìoghaltais air a h-uile latha, 'g am chumail-sa gun norradh cadail a dh' oidhche 's a latha. Is fhad' o 'n a bha mise slàn fallain, agus comasach air bruidhinn riut, nan do thog thu dheth do gheasan. Is e an droch dhiol a th' agad air a tha 'g am chumail-sa gun chomas bruidhne."

"Glè cheart," ars' ise, "gu slàinte, agus fois inntinn a thoirt dhut, tha mise deas gu ni sam bith a dheanamh a dh' iarras tu orm. Am bu mhiann leat mi 'ga chur 's a' chruth 's an robh e roimhe?"

"Bu mhiann," ars' an rìgh; "greas ort, agus thoir a shaorsa dha, a chum nach bi a ghlaodhaich 's a ghearain a' cur dragh' orm tuilleadh."

CAIB. IX.

Dh' fhalbh i 's a mhionaid am mach a Talla nan Deur.
Thug i leatha cupa lan uisge, agus labhair i briathran os a
chionn a thug air an uisge a bhith goil mar gu 'm biodh e
air an teine. 'Na dheigh sin chaidh i do 'n t-seomar anns an
robh am prionnsa 'na shuidhe, agus thilg i an t-uisge air, ag
radh, " Ma chuir Cruithfhear nan uile nithean thu anns a,
chruth 's am bheil thu an drasta, no ma tha fearg air riut,
bi mar a tha thu; ach ma 's ann le mo dhraoidheachd-sa
thainig tu gu bhith anns a' chruth sin, bi mar a bha thu
roimhe."

Cha bu luaithe a labhair i na briathran so na dh' eirich
am prionnsa as an aite an robh e, agus e 'na chruthachd
nadarra mar a bha e mu 'n do chuireadh fo na geasan e.
Air dha bhith lan aoibhneis thug e taing do Dhia.

Thuirt ise ris, " Gabh an mach as a' chaisteal, agus na
tig air ais gu brath tuilleadh, ar neo ma thig, cha bhi 'n
tuilleadh saoghail agad !"

An uair a chuala e so, dh' fhalbh e 'mach gun aon
fhacal a radh rithe, agus chaidh e do dh' aite iomallach far
an d' fheith e gus am faiceadh e cia mar a rachadh gnoth-
aichean leis an righ.

Aig a' cheart am thill ise do Thalla nan Deur, agus air
dhi duil a bhith aice gu'n robh i 'labhairt ris an duine dhubh,
thuirt i, " A ghaoil mo chridhe, rinn mise mar a dh' iarr thu
orm : na cumadh ni sam bith a nis thu o gach toileacheadh
a bha dhith orm o chionn uine fhada 'thoirt dhomh."

Thuirt an righ rithe, ann an cainnt nan daoine dubha,
" Cha dean na rinn thu an gnothach air mise a leigheas idir.
Thug thu saothachadh mor dhomh : ach feumaidh tu freumh
an tinneis a thoirt a bun."

" Mo ghradh dubh," ars' ise, " ciod a tha thu 'ciallachadh
le freumh an tinneis ?"

" A bhoirionnaich mi-shealbhaich," ars' an righ, "nach 'eil thu idir a' tuigsinn, gu 'm bheil mi a' ciallachadh a' bhaile, agus an luchd-aiteachaidh, agus na ceithir eileanan a sgrios thu le d' dhraoidheachd. Tha 'n t-iasg a h-uile oidhche aig a' mheadhain-oidhche a' togail an cinn as an lochan, agus a' glaodhaich dioghaltais 'nad aghaidh fhein 's 'n am aghaidh-sa. Is e so is aobhar nach 'eil mise air mo leigheas. Bi falbh cho luath 's a rinn thu riamh, agus cuir gach ni mar a bha e roimhe, agus an uair a thilleas tu, bheir mise dhut mo lamh, agus cuidichidh tu mi gu eirigh."

An uair a chuala i na briathran so thog i a guth le iolach aoibhneis, agus thuirt i, " Mo chridhe, mo bheatha, bidh do shlainte air a h-aiseag dhut gun dail, oir ni mise mar a tha thu 'g iarraidh orm."

Anns a' mhionaid dh' fhalbh i. An uair a rainig i bruach an lochain thog i lan a boise de 'n uisge, agus an uair a labhair i briathran os a chionn, chrath i air an lochan e, agus bha am baile ann an tiotadh air a chur mar a bha e roimhe. Bha 'n t-iasg 'nam fir 's 'nam mnathan 's nan cloinn— Mahomadanaich is Criosduidhean is Persianaich is Iudhaich, daoine saora is traillean, mar a bha iad roimhe 'nan cruth nadarra fhein. Bha na taighean 's na buithean lan dhaoine mar a bha iad mu 'n do chuireadh fo gheasan iad. Ghabh an sluagh a thainig thun an lochan comhladh ris an righ ioghnadh mor an uair a fhuair iad iad-fhein anns am meadhain a' bhaile.

Cho luath 's a thog ise na geasan bhar a' bhaile 's bhar nan daoine, thill i le cabhaig do Thalla nan Deur. An uair a rainig i far an robh an righ 'na laidhe, thuirt i, " Mo thighearna graidh, tha mise air tighinn a dheanamh gaird-eachais maille riut a chionn gu 'n d' fhuair thu do shlainte. Rinn mi gach ni a dh' iarr thu orm a dheanamh. A nis, eirich, tha mi 'guidhe ort, agus thoir dhomh do lamh."

"Thig dluth dhomh," ars' an righ, agus e 'bruidhinn rithe ann an cainnt nan Innseineach.

Rinn i so.

"Cha 'n 'eil thu dluth gu leor dhomh," ars' esan, "thig na 's dluithe dhomh."

Rinn i mar a dh' iarr e oirre.

An sin dh' eirich e, agus rug e air ghairdean oirre cho ealamh 's nach robh 'dh' uine aice na thug an aire nach e an duine dubh a bh' ann, agus le aon bhuille de 'n chlaidheamh rinn e da leith dhith. Dh' fhag e i far an robh i, agus chaidh e 'mach a dh' iarraidh a' phrionnsa 's e 'gabhail fadachd 'g a fheitheamh an aite eiginn faisge air a' chaisteal. An uair a fhuair e e, rug e air 'na ghairdeanan, agus thuirt e, "A phrionnsa, dean gairdeachas ; cha 'n eagal dhut a nis, tha do dhearg namhaid marbh."

Thug am prionnsa og mile taing do'n righ air son a' chaoimhneis a nochd e dha, agus ghuidh e dha saoghal fada is sonas mor.

" Faodaidh tu 'na dheigh so." ars' an righ, " comhnuidh a ghabhail aig fois is sith ann an ceannabhaile do rioghachd fhein, mur falbh thu comhladh rium fhein, o'n a tha 'n rioghachd agam cho faisge oirnn. Is e do bheatha falbh 'comhladh rium, far am faigh thu gach meas is urram mar a gheibh thu 'na do luchairt fhein."

" A righ chumhachdaich, a chuir mise cho mor fo chomain," ars' am prionnsa, " am bheil thu 'smaointean gu 'm bheil thu cho faisge air ceannabhaile do rioghachd fhein ?

" Tha," ars' an righ, " tha fhios agam gu'm bheil ; cha 'n 'eil e ach mu astar leith-latha as a so."

" Tha e astar bliadhna as a so," ars' am prionnsa. " Tha mi 'lan-chreidsinn gu 'n d' thainig tu an so anns an uine a tha thu 'g radh o'n a bha mo rioghachd-sa fo gheasan ; ach o'n a thogadh na geasan dhith, tha cuisean air atharrachadh.

Ach cha chum sin mise gun fhalbh comhladh riut. Rachainn comhladh riut do 'n chearn a's iomallaiche de 'n t-saoghal. Thug thu dhomh mo shaorsa; agus mar dhearbhadh gu'm bheil mi fo chomain anabarrach mor dhut, tha mi gle dheonach falbh comhladh riut, agus mo rioghachd fhein 'fhagail."

Bha ioghnadh anabarrach air an righ an uair a thuig e gu'n robh e astar cho fad' air falbh o 'rioghachd fhein, agus cha robh e 'tuigsinn cia mar a b' urrainn a leithid a bhith. Ach thug Prionnsa nan Eileanan Dubha lan-dhearbhadh dha mu'n chuis.

An sin thuirt an righ, "Is coma co dhiubh; ged a bhios a draghail dhomh tilleadh do 'm rioghachd fhein, tha mo thurus an so gle phaighte dhomh. Tha e 'n a thoileachadh ro mhor dhomh thusa a chur fo chomain, agus d'. fhaotainn gu bhith agam mar mhac, o nach 'eil mac eile agam. Tha mi, ann an ionad nam bonn, 'g ad dheanamh 'n ad oighre air mo rioghachd."

Gun dail sam bith thoisich am prionnsa og ri deanamh deas air son an rioghachd 'fhagail. An ceann tri seachdainean bha gach ni aige deas gu falbh. Bha maithean is uaislean na rioghachd gu leir ro bhronach an am a bhith 'dealachadh ris. Dh' fhag e an rioghachd aig an aon bu dluithe dha de 'chairdean.

An uair a dh' fhalbh an righ agus am prionnsa, thug iad leotha ceud camhal luchdaichte leis gach ni bu luachmhoire a bh' ann an ionmhas a' phrionnsa, agus an leith-cheud marcaiche, uasal, og, a b' eireachdaile a bh' anns an rioghachd. Chaidh an turus leotha cho math 's bu mhiann leotha. Chuir an righ teachdairean roimhe, a dh' innseadh gu'n robh e air an t-slighe dhachaidh, agus a thoirt cunntas do mhaithean na rioghachd air gach ni a thachair dha fhad 's a bha e air falbh. An uair a rainig e faisge air a' cheanna-bhaile, chaidh mor-mhaithean na rioghachd, agus ceannardan an airm am mach as a' bhaile 'na choinneamh, agus dh' innis iad dha gu'n robh gach ni a bhuineadh do 'n rioghachd cho ceart 's cho ordail 's a dh' fhag e iad.

Chaidh aireamh mhor de 'n t-sluagh am mach g' a choinneachadh mar an ceudna, agus rinn iad foilil mhor ris. Bha mor-ghairdeachas anns an rioghachd gu leir an uair a chualas gu'n do thill an righ dhachaidh gu sabhailte.

An latha 'n deis dha ruighinn dhachaidh, thug an righ mion-chunntas do na h-uaislean mu thimchioll a thuruis, agus mu'n aobhar a chum cho fad' o 'n taigh e. Dh' innis e dhaibh gu'n robh Prionnsa og nan Eileanan Dubha gu bhith mar mhac aige, agus gu'n robh e gu bhith 'na righ air an rioghachd an deigh a bhais fhein. Thug e tiodhlacan luachmhor do gach aon de mhaithean na rioghachd.

A thaobh an iasgair, o 'n a b' ann air a shaillibh a fhuair am prionnsa og a shaorsa, thug an righ dha moran fortain, agus bha e fhein 's a theaghlach gu math dheth fad uile laithean am beatha.

EACHDRAIDH NAN TRI CHALADAIREAN AGUS NAN COIG MNATHAN-UAISLE.

CAIB. I.

Ri linn Righ Haroun Alrashid, bha ann am Bagdad, ceannabhaile na rioghachd, portair, a bha gle dheadh-chainnteach, cibhinn, ged a bha e ann an suidheachadh iosal. Air madainn araidh thachair dha 'bhith ann an aite anns am b' abhaist dha bhith 'faotainn beagan obrach. Bha bascaid mhor aige, agus bha suil am mach aige feuch am faiceadh e neach sam bith a bheireadh obair dha. Thainig bean-uasal og le srol air a h-aghaidh, agus i ann an trusgan anabarrach maiseach, far an robh e, agus thuirt i ris ann am briathran caoimhneil, "An cluinn thu, 'phortair, thoir leat a' bhascaid, agus lean mise."

An uair a chuala 'm portair mar a labhair i cho caoimhneil ris, ghrad thog e a' bhascaid, agus chuir e air mullach a chinn i, agus lean e i, ag radh ris fhein, "Oh, latha 'n aigh! nach mi 'tha fortanach an diugh?"

An uair a chaidh iad beagan aig aghart, stad a' bhean-uasal aig geata, a bha duinte, agus bhuail i aige. Dh' fhosgail seann duine liath, a bha gle thlachdmhor 'na choltas, an geata dhi. Gun fhacal a radh ris, chuir i airgiod 'na laimh. Thuig esan gle mhath ciod a bha dhith oirre. Thill e steach, agus an uine ghoirid thainig e am mach le botul mor 'na laimh luma lan de dheadh fhion.

"Beir air a' bhotul," ars' a bhean-uasal ris a' phortair, "agus cuir anns a' bhascaid e."

An uair a rinn e so, dh' iarr i air a leantuinn. Mar a bha iad a' coiseachd air an aghart, bha 'm portair ag radh ris fhein, "Oh, latha 'n aigh! Nach mi tha fortanach?"

Stad a' bhean-uasal aig buth-mheasan, far an do cheannaich i a h-uile seorsa meas, agus luibh-fhaile, a bha ri' fhaotainn anns a' bhaile. Dh' iarr i air a' phortair an cur anns a' bhascaid agus a leantuinn.

An sin chaidh i do bhuth an fheoladair, agus cheannaich i coig puinnd fhichead de 'n fheoil a b' fhearr a bh' aige, agus dh' iarr i air a' phortair an fheoil a thoirt leis anns a' bhascaid. Chaidh i o bhuthaidh gu buthaidh air feadh a' bhaile far an do cheannaich i corr is fichead seorsa de gach biadh is deoch air am b' urrainn taigh sam bith feum a chur. Mu dheireadh bha 'bhascaid cho lan aig a' phortair 's nach gabhadh i an corr. Thuirt e ris a' mhnaoi-uasail, "Ba choir dhuibh a bhith air innseadh dhomhsa, gu 'n robh 'n 'ur beachd na h-uiread a cheannach, agus gheibhinn cairn a ghiulaineadh e; oir ma cheannaicheas sibh a' bheag tuilleadh, cha teid agamsa air a' bhascaid a ghiulan."

An uair a chuala i so, rinn i gaire, agus dh' iarr i air a leantuinn. Choisich iad air an aghart gus an d' rainig iad taigh anabarrach mor, briagha. An uair a sheas iad aig a' gheata, bhuail a' bhean-uasal aig an dorus. Am feadh 's a bha iad 'nan seasamh a' feitheamh gus an fosgailteadh an geata dhaibh, smaoinich am portair air mile ni. Bha ioghnadh air gu'm biodh bean-uasal cho ciatach rithe a' dol am mach a cheannach 'bidh. Ach dh' aithnich e air a doigh 's air a coltas nach bu shearbhanta a bh' innte idir; agus air an aobhar sin, smaoinich e gu 'm feumadh gur e fior bhean-uasal a bh' innte. Direach an uair a bha e 'dol a chur cheisdean cirre mu 'n chuis so, dh' fhosgail bean-uasal eile an geata. Cha 'n fhac' e boirionnach riamh mu choinneamh a dha shul cho briagha rithe. Cha mhor nach do leig e leis a' bhascaid tuiteam an uair a chunnaic e i.

Thug a' bhean-uasal a thainig comhladh ris thun a' gheata
an aire dha, agus bha i 'deanamh a leithid de spors air 'na
h-inntinn fhein 's nach do mhothaich i gu 'n d' fhosgladh an
geata. Thuirt an te a dh' fhosgail an geata rithe, "A
phiuthar, thig a steach. C'ar son a tha thu 'nad sheasamh
an sin? Nach 'eil thu 'faicinn gu 'm bheil an t-eallach a th'
air an duine bhochd cho trom 's gur gann is urrainn da
fuireach 'na sheasamh fodha?"

An uair a chaidh i fhein 's am portair a steach, dhuin an
te eile an geata. Chaidh iad 'nan triuir a steach do'n taigh.
B'e sin an taigh aluinn. Cha 'n fhac' am portair taigh riamh
roimhe cho aluinn ris anns gach doigh. Bha gach ni a bha 'n
taobh a staigh de'n dorus ann an ordugh cho cireachdail 's a
ghabhadh deanamh. Ach ma bha 'bhean-uasal a dh' fhosgail
an geata maiseach, bu mhaisiche na sin an treas bean-uasal
a bha 'na suidhe air cathair anns an taigh. Dh' eirich i bhar
na cathrach cho luath 's a chunnaic i an dithis bhan-uasal
eile, agus chaidh i 'nan coinneamh. Leis an urram a nochd
an dithis eile dhi, dh' aithnich am portair gu 'm b' i bana-
mhaighstir an taighe. B' e h-ainm, Sobaide; b' e ainm na
te 'dh' fhosgail an geata, Safi; agus b' e Aimini ainm na te a
chaidh am mach a cheannach a' bhidh.

Thuirt Sobaide ris an dithis eile, "A pheathraichean,
nach 'eil sibh a' faicinn gu 'm bheil an duine laghach so an
impis tuiteam as a sheasamh leis an eallach? C' ar son
nach 'eil sibh a' togail an h-eallaich dheth?" An sin rug iad
'nan triuir air a' bhascaid, agus chuir iad air an urlar i. An
uair a dh' fhalamhaich iad i thug Aimini deadh thurasdal
do 'n phortair air son a shaoithreach.

Ged a bha 'm portair gle riaraichte leis an tuarasdal a
fhuair e, sheas e far an robh e. Bha na mnathan uaisle cho
maiseach 's cho aoidheil 's nach iarraidh e falbh as an
cuideachd, nan leigeadh iad leis fuireach. Ghabh e ioghnadh
gu leor nach fhac' e fireannach 's an taigh, gu h-araidh an

nair a thug e fa near gu 'm b' ann air son fhirionnach bu
fhreagarraiche a bha 'chuid bu mho de 'n bhiadh a ghiulain
e do 'n taigh anns a' bhascaid na air son bhoirionnach.

Shaoil le Sobaide an toiseach gur ann a' leigeadh 'analach
a bha e, o'n a bha e air a sharachadh a' giulan na bascaid.
Mu dheireadh an nair a chunnaic i nach robh guth aige air
falbh, thuirt i ris, "C' ar son nach 'eil thu 'falbh? An e
tuilleadh tuarasdail a tha dhith ort?" Thiomdaidh i ri
Aimini 's thuirt i rithe, "Thoir dha tuilleadha chum gu 'm
falbh e riaraichte."

" A bhoirionnaich choir," ars' am portair, " Cha 'n e sin
a tha 'gam chumail idir; oir fhuair mi barrachd mor air na
choisinn mi. Tha fhios agam nach 'eil e modhail dhomh
fuireach ro fhada ; ach tha mi 'n dochas gu 'n toir sibh
mathanas dhomh ma dh' innseas mi dhuibh gu 'm bheil
ioghnadh orm nach 'eil firionnach anns an taigh so. Cha 'n
'eil moran tlachd ann an taigh gun fhirionnach, agus cha
mho a tha tlachd ann an taigh gun bhoirionnach. Mar a
tha 'n seanfhacal ag radh, ' Cha 'n fhiach bord mur bi
ceathrar aige.' "

An nair a chuala na mnathan-uaisle so thoisich iad ri
gaireachdaich. 'N dheigh sia thuirt Sobaide, agus i mar gu
'm biodh gruaim oirre, " A charaid, tha thu tuilleadh is
dana : agus ged nach ruig mise leas m' inntinn a leigeadh
ris dhut, gidheadh faodaidh mi innseadh dhut, gur trinir
pheathraichean sinn a tha 'deanamh ar gnothaichean fhein
gu bog, balbh, gun fhios a thoirt do dhaoine eile m' an
deidhinn. Tha h-uile aobhar agaim air a bhith 'cumail ar
gnothaichean an cleith o dhaoine gun mhothachadh. Mar a
sgriobh duine tuigseach o shean, ' Cum do dhiomhaireachd
dhut fhein, agus na innis do neach sam bith i. Aon nair
's gu 'n innis thu do dhiomhaireachd do dhaoine eile, cha
leat fhein tuilleadh i. Mur urrainn dut fhein do dhiomh-
aireachd a chumail an cleith, na biodh duil agad gu'n cum
neach eile an cleith i.' "

"A mhnathan-uaisle," ars' am portair, "an uair a chunnaic mi sibh dh'aithnich mi oirbh gu'm bu bhoirionnaich sibh anns am bheil tur is tuigse, agus tha mi nis a' tuigsinn gu math gu 'n robh a' bharail cheart agam oirbh. Ged nach robh mise cho fortanach 's gu 'n d' fhuair mi suidheachadh ard, gidheadh cha d' rinn mi dearmad air colas is fiosrachadh fhaotainn o bhith 'leughadh leabhraichean-ealainn, agus eachdraidh. Ma 's e bhur toil e, ceadaichibh dhomh briathran a sgriobh duine ainmeil innseadh dhuibh— briathran a bha mi 'cur ann an cleachdadh o chionn iomadh bliadhna. So agaibh iad ; 'Cha chum sinn ar gnothaichean an cleith o neach sam bith ach uathasan a tha cho beag tur 's nach ruigeamaid a leas ar n-earbsa chur annta ; ach cha bhi dad againn an aghaidh ar gnothaichean agus ar n-inntinnean a leigeadh ris dhaibhsan a tha cho glic 's cho earbsach 's gu 'n cum iad an cleith iad.' Cumaidh mise diomhaireachd a cheart cho sabhailte ri ni a bhiodh ann an seomar glaiste 's an iuchair air chall."

Thuig Sobaide gu 'n robh am portair 'na dhuine anns an robh tomhas de thur, agus dh' aithnich i gu 'n robh fior thoil aige a chuid de 'n chuirm fhaotainn. Thuirt i ris, agus fiamh gaire oirre, "Tha fhios agad gu 'm bheil cuirm gu bhith againn, agus tha fhios agad mar an ceudna gu 'n do chosg i gu leor dhuinn, agus cha 'n 'eil e ceart gu 'm faigheadh tusa do chuid dhi gun dad a chosg rithe."

Thuirt Safi, agus i 'cur a h-aonta ris na thuirt a piuthar, "A charaid, an cual' thu riamh na briathran a tha 'g radh, 'Ma bheir thu ni leat gu cuirm, is e do bheatha : ach mur tabhair, tillidh tu dhachaidh falamh.'"

A dh' aindeoin cho deadh-chainnteach 's gu 'n robh am portair, a reir choltais gu 'n tilleadh e air falbh 's e air a narachadh mur b' e gu 'n do sheas Aimini air a thaobh. Thuirt i ri Sobaide 's ri Safi, " Mo pheathraichean gaoil, tha mi 'gnidhe oirbh gu 'n leig sibh leis fuireach comhladh ruinn.

Tha fhios agaibh gu 'm bheil e 'na dheadh fhear-cuideachd.
Mur b' e gu 'n robh e cho easgaidh 's cho tapaidh 's a bha
e, cha b' urrainn dhomhsa bhith cho trath air m' ais 's a bha
mi. A bharrachd air sin, nam biodh fhios agaibh air cho
modhail 's a bha e 'labhairt o 'n a thachair e rium, cha
chuireadh e ioghnadh oirbh mi bhith 'seasamh air a thaobh."

CAIB. II.

An uair a chual' am portair cho math 's a labhair Aimini air
a thaobh, bha e air a liomadh le aoibhneas anabarrach mor.
Thuit e air a ghluinean air a beulaobh, agus phog e an
t-urlar. Thog e a cheann, agus thuirt e, " A bhean-uasal
mhaiseach, chuir thu fortan 'nam rathad an diugh roimhe,
agus leis a' chaoimhneas a tha thu toileach a nochdadh
dhomh, tha thu nis a' cur tuilleadh ris. Cha 'n 'eil e
comasach dhomh mo thaingealachd a chur an ceill mar bu
mhath leam. Agus a thaobh na bheil mi gus flaotainn de
bhur caoimhneas na dheidh so, a mhrathan-uaisle," ars' esan
's e 'labhairt ris an triur pheathraichean, " o 'n a chuir sibh
urram cho mor orm, na smaoinichibh gu'n dean mi mi-fheum
dheth, no gu'm bheil mi 'meas gur airidh mi air a leithid a
dh' urram. Cha 'n 'eil idir. Tha mi 'g am mheas fhein
mar aon de na seirbhisich a's isle a th' agaibh."

An uair a labhair e na briathran so, bha e 'dol a chur air
ais an tuarasdail a fhuair e uapa, ach dh' iarr Sobuide air a
chumail aig fhein. " Cha ghabh sinne gu brath air ais an
tuarasdal a thug sinn do 'n mhuinntir a rinn seirbhis
dhuinn," ars' ise. " Ach, a charaid, tha mi 'g ad chur 'n ad
fhaireachadh nach fhaigh thu cead imireach ach air chumhn-
anta nach innis thu facal gu brath mu aon ni a chi no
'chluinneas tu, agus gu'n gluais thu thu fhein gu h-banchuidh
anns gach doigh."

Anns an am, chuir Aimini dhith an trusgan a bh' oirre, agus chuir i uimpe trusgan eile, a chum gu'm biodh i na bu sgiobalta gus an dinnear a chur air a' bhord. Gu h-ullamh, eallamh, easgaidh, chomhdaich i am bord, agus chuir i am pailteas air de gach seorsa bidh. Chuir i botuil fhiona agus agus cupanan oir air a' bhord-taoibh. An uair a bha gach ni air a' bhord, shuidh an triuir mhnathah-uaisle aige, agus thug iad air a' phortair suidhe comhladh riutha. Bha aoibhneas anabarrach air a' phortair an uair a chunnaic e e-fhein aig a' bhord comhladh ri triuir mhnathan-uaisle a bha anabarrach maiseach. An uair a ghabh iad beagan de'n bhiadh, dh' eirich Aimini o 'n bhord, agus thug i botul fiona agus cupan oir bhar a' bhuird-taoibh, lion i an cupan, agus dh' ol i fhein an toiseach e, a reir cleachdadh na duthchadh. An sin lion i an cupan d' a dithis pheathraichean, agus dh'ol iad e. Mu dheireadh lion i an ceathramh uair e, agus thug i do 'n phortair e. Mu 'n d' ol e am fion ghabh e oran. So brigh an orain:—Mar a bheir a' ghaoth leatha faileadh cubhraidh, fallainn as na h-aiteachan maiseach troimh am bheil i 'seideadh, mar sin bha am fion a bha e gus ol na bu mhilse blas a lamhan Aimini na bhiodh e air dhoigh eile.

Chord an t-oran cho math ris na mnathan-uaisle 's gu 'n do sheinn iad oran an te. Agus bu mhath a b' aithne dhaibh sin a dheanamh.

Gu sgeula goirid a dheanamh dheth, bha iad cho cridheil 's cho sunndach 's a b' urrainn a bhith fhad 's a bha iad aig an dinneir, agus feumar a radh nach robh cabhag orra gu eirigh o 'n bhord.

Mu dheireadh, an uair a bha e teannadh dluth air deireadh an latha, thuirt Safi ris a' phortair, agus i 'labhairt 'nan ainm 'nan triuir, "Eirich, agus bi falbh; tha lan-am agad a bhith falbh a nis."

Ach o 'n a bha 'chuideachd 's a' chuirm a' cordadh cho math ris a' phortair, cha robh iarraidh sam bith aige air falbh. "Ochan! a mhnathan-uaisle," ars' esan, "c'aite am bheil sibh ag iarraidh orm a dhol anns an t-suidheachadh anns am bheil mi. Is gann a tha mo chiall fhein agam an deis na chunnaic mi o 'n a thainig mi an so; agus o 'n a dh' ol mi barrachd air na b' abhaist dhomh, tha eagal orm nach amais mi air a dhol dhachaidh. Leigibh dhomh tamh na h-oidhche a ghabhail ann an aite sam bith an togair sibh; oir cha teid mi 'nam aite fhein ann an cine na 's lugha. Ach an uair a dh' fhalbhas mi, fagaidh mi a' chuid a's fhearr dhiom 'nam dheigh."

Ghabh Ainini taobh a' phortair an dara uair, agus thuirt i, "A pheathraichean, tha e ag innseadh na firinn; tha mi deonach 'iarrtas a thoirt dha, o 'n a thug e mar tha a' leithid de thoileachadh dhuinn; agus ma ghabhas sibh mo chomhairle, no ma tha nibhir de ghradh agaibh orm 's a tha mi 'smaointean, cumamaid e, a chum gu'n cuir sinn seachad le cridhealas na tha romhainn de 'n oidhche."

"A phinthar," arsa Sobaide, "cha diult sinn ni sam bith dhut." An sin thiomdaidh i ris a' phortair, agus thuirt i, "Tha sinn deonach aon uair eile d' iarrtus a thoirt dhut, ach air a' chumhnanta so, nach tig facal as do bheul gu brath mu thimchioll ni sam bith a bhuineas dhuinn fhein no do dhaoine eile, agus nach mo na sin a chuireas tu ceist oirnn mu thimchioll ni nach buin dut. Mur cum thu ris na cumhnantan so is docha gu'm faigh thu fios air ni nach bi air chor sam bith taitneach dhut; thoir an aire, air an aobhar sin, nach bi thu 'g iarraidh fios fhaotainn c' ar son a bhios sinn a' deanamh ni sam bith a chi thu sinn a' deanamh."

"A bhean-uasal," ars am portair, "tha mi 'gealltainn gu 'n cum mi cho dluth ris na cumhnantan sin 's nach bi aobhar agaibh mo chronachadh air son am bristeadh, agus nach mo a ruigeas sibh a leas peanas a dheanamh orm. Cha 'n fhosgail mi mo bheul, agus bidh mo shuilean mar sgathan, nach cum air chuimhne ni sam bith a chuirear m' a choimhneamh."

"A chum a leigeadh fhaicinn dut," arsa Sobaide, "nach 'eil sinn ag iarraidh ort ni a dheanamh nach d' iarr sinn air duine riamh roimhe, eirich agus leugh na briathran a tha sgriobhte air taobh a staigh a' gheata."

Chaidh am portair thun a' gheata, agus leugh e na briathran so, a bha sgriobhte ann an litrichean mora: "Esan a labhras mu nithean nach buin da, cluinnidh e mu nithean nach taitinn ris." An uair a thill e, thuirt e ris an triuir pheathraichean, "A mhnathan-uaisle, tha mi 'miomhachadh nach cluinn sibh mi gu brath a' labhairt mu nithean ris nach 'eil gnothach agam, no a bhuineas dhuibhse."

An uair a chord iad mu 'n chuis so, chuir Aimini an t-suipeir air a' bhord; las i na coinnlean, agus shuidh iad 'nan ceathrar aig a' bhord. Ghabh iad de 'n bhiadh 's de 'n deoch na thainig rintha. Cha b' i a' chuirm gun a comhradh a bh' aca; oir eadar gabhail oran 's gach comhradh eibhinn, taitneach a bh' aca 'nan ceathrar, bha 'n oidhche 'dol seachad gun fhios daibh. Bha deur math air a' phortair; oir bha e gu math tric ag ol deoch-slainte nam mnathan-uaisle. An uair a bha iad an teis-meadhain an cridhealais, chual' iad bualadh aig a' gheata. Ghrad dh' eirich an triuir pheathraichean o 'n bhord gus a dhol a dh' fhosgladh a' gheata. Ach o 'n a b' e Safi a b' abhaist a bhith 'fosgladh a' gheata, is i bu luaithe a bh' air a bonn, agus an uair a chunnaic an dithis eile gu 'n deachaidh i 'mach, shuidh iad gus an d' thainig i air ais a dh' innseadh co aige a bha gnothach riutha cho anamoch air an oidhche.

An uair a thill Safi, thuirt i, "Faodaidh sinn, a pheathraichean, oidhche gle chridheil a chur seachad, ma ghabhas sibh mo chomhairle-sa. Tha triuir chaladaireau aig a' gheata; agus rud a tha gle iongantach, tha 'n t-suil dheas cam aca 'nan triuir, agus tha 'n cinn 's am feusag 's am maslaidhean air an lomadh. Tha iad ag radh gur ann anamoch feasgar a thainig iad do 'n bhaile ; agus o nach robh iad riamh roimhe 's a' bhaile, cha robh fhios aca c' aite an cuireadh iad seachad an oidhche. An uair a bha iad a' dol seachad air a' gheata smaoinich iad gu 'm buaileadh iad aige. Tha iad a' guidhe oirnn, as leith ni math, an leigeadh a steach, agus cuid na h-oidhche a thoirt dhaibh. Tha iad coma c' aite an cuirear iad, ma gheibh iad fasgadh fo dhruim taighe. Bhiodh iad toilichte gu leor le faighinn a steach do 'n stabull. Tha iad 'nan daoine oga, dreachar gu leor, agus tha coltas dhaoine turail, toinnisgeil orra. Ach cha 'n urrainn mi gun bhith 'gaireachdaich an uair a smaoinicheas mi air an eidadh iongantach anns am bheil iad."

An uair a thuirt Safi so, thoisich i ri gaireachdaich, agus thoisich a dithis pheathraichean agus am portair ri gaireachdaich comhladh rithe. An sin thuirt i, " Am bheil sibh deonach an leigeadh a steach ? Ni iad fearas-chuideachd gu leor dhuinn, agus o 'n a tha iad gu falbh aig soilleireachadh an latha, cha chuir e call mor oirnn fasgadh na h-oidhche agus greim de 'n bhiadh a thoirt dhaibh."

Cha robh Sobaide agus Ainini an toiseach deonach na daoine a leigeadh a steach idir ; ach mu dheireadh, an uair a chunnaic iad gu 'n robh a leithid de thoil aig Safi an leigeadh a steach, dh' aontaich iad leatha.

" Bi falbh, ma ta, agus leig a steach iad," arsa Sobaide. " Ach cuimhnich gu 'n innis thu dhaibh gu saor, soilleir, nach fhaod iad aon fhacal a radh mu dheidhinn ni sam bith nach buin daibh ; agus abair riutha an sgriobhadh a th' air a' gheata a leughadh." Dh'fhalbh Safi am mach gu toilichte, agus ann an uine ghoirid thill i steach agus an triuir dhaoine comhladh rithe.

An uair a chaidh iad a steach do 'n t-seomar, chrom iad an cinn le umhlachd 's le urram an lathair nam mnathan-uaisle, mar a bha dligheach is iomchuidh dhaibh a dheanamh. Chuir na mnathan-uaisle failte orra gu caoimhneil, agus thuirt iad riutha, gu 'm b' e am beatha fuireach anns an taigh fad na h-oidhche, o 'n a bha iad cho sgith an deigh an turuis.

CAIB. III.

AN uair a chunnaic na daoine cho fior eireachdail 's a bha 'n taigh, agus am modh 's an caoimhneas leis an do ghabh na mnathan-uaisle riutha, ghabh iad barail mhath orra. Mu 'n do shuidh iad, thug iad an aire do 'n phortair. O 'n a bha 'n t-aodach a bh' air coltach ris an aodach a bh' orra fhein, shaoil leotha gur e fear de na daoine nach robh deonach geill a thoirt do 'm beachdan fhein a bh' ann, agus labhair iad le suarachas uime.

Bha am portair eadar a chadal 's a dhusgadh, agus o 'n a bha e car blath le fion, chuir na briathran a labhair iad tamailt air. Sheall e gu gruamach orra, agus thuirt e, le guth garg. "Suidhibh, agus na gabhaibh gnothach ri ni nach buin duibh. An do leugh sibh an sgriobhadh a bh' air a' gheata?"

"Dean air do shocair, a dhuine choir," arsa fear de 'n triuir dhaoine, "cha 'n 'eil sinne toileach dragh sam bith a chur ort; an aite sin, tha sinn deonach ni sam bith a dheanamh a dh' iarras tu oirnn."

An uair a chunnaic na mnathan-uaisle gu 'n robh na fir air thuar a dhol thar a cheile, chaidh iad 's an eadraiginn, agus chuir iad gu sith iad.

An uine ghoirid chuireadh biadh is deoch de gach seorsa air a' bhord, agus shuidh an triuir aig a' bhiadh, agus bha na mnathan-uaisle 'frithealadh dhaibh.

An uair a ghabh na caladairean na thainig riutha de 'n bhiadh 's de 'n deoch, thuirt iad ris na mnathan-uaisle, gu'n robh iad toileach ceol a chluich, ma thachair gu 'n robh innealan-ciuil anns an taigh. Gun dail sam bith fhuaradh inneal-ciui! do gach fear dhiubh, agus thoisich iad ri cluich comhladh. Sheinn na mnathan-uaisle orain a bha freagarrach air an fhonn a bha na fir a' cluich ; agus bu mhath a b' aithne dhaibh sin a dheanamh. Eadar a h-uile ceol is orain is cridhealas a bh' aca, bha 'n oidhche a' dol seachad gun fhios daibh.

An uair a bha iad ann am mullach an solais, chualas buaiadh aig an dorus. Chuir e ioghnadh orra gu leir gu 'm biodh neach sam bith a' bualadh aig an dorus cho anamoch sid. Chaidh Safi a dh' fhaicinn co a bh' aig an dorus. Co a bh' ann ach an righ, agus an t-ard-chomhairleach 's an t-ard-chaillteanach. Bha e mar chleachdadh aig an righ a bhith gu math tric a' falbh, ann an aodach duine chumanta, air feadh a' bhaile anns an oidhche, feuch am faiceadh e cia mar a bha cuisean a' dol air aghart air feadh a' bhaile. Air an oidhche so, bha e na bu traithe na b' abhaist da, agus an uair a chuala e an ceol agus a' ghaireachdaich a bh' anns an taigh an am dha bhith 'dol seachad air an dorus, dh' iarr e air an ard-chomhairleach bualadh, o'n a bha toil aige fios fhaotainn c'ar son a bha muinntir an taighe cho mear 's cho aoibhneach.

Thuirt an t-ard-chomhairleach ris, nach robh anns an taigh ach mnathan, agus gu'n robh iad ri spors 's ri feala-dha mar a bha e nadarra dhaibh a deanamh ; agus o'n a bha 'chuis coltach gu 'n do ghabh iad deur beag a bharrachd de 'n fhion air na bu choir dhaibh a ghabhail, gu 'm b' fhearr leigeadh leotha gu'n dragh sam bith a chur orra. A bharrachd air sin, o nach robh an uair mi-iomchuidh, nach bu choir stad a chur air a' chridhealas a bh' aca.

Chuir an righ roimhe gu 'm buaileadh iad ag an dorus. An uair a dh' fhosgail Safi an dorus, thug an t-ard-chomhairleach an aire gu 'n robh i 'na b-irionnach anabarrach briagha, agus air ghaol cead fhaighinn a dhol a steach, rinn e umhlachd dhi, agus thuirt e, "Is triuir mharsantan sinn a thainig a Mosul. Thainig sinn do'n bhaile so o chionn deich latha le moran de bhathar luach-mhor. Fhuair sinn cuireadh o aon de mharsantan a' bhaile gus a dhol gu cuirm comhladh ris feasgar an diugh ; agus bha am biadh 's an deoch pailt, agus chuireadh fios air luchd-ciuil 's air damhsairean, a chum an tuilleadh a chur ri ar toil-inntinn. Leis a h-uile gleadhraich is straidhlich a bh' againn, chuir luchd-riaghlaidh a' bhaile maoir g' ar glacadh ; ach gu fortanach thug sinne ar casan as gun fhios daibh. A nis, o nach 'eil annainn ach coigrich, agus sinn rud eiginn blath le fion, tha eagal oirnn gu 'n tachair na maoir oirnn mu 'm faigh sinn a dh' ionnsuidh an aite anns an robh sinn a' fuireach. An uair a bha sinn a' dol seachad air an taigh so, chuala sinn fuaim a' chiuil, agus smaoinich sinn, o 'n a bha sibh gun dol a laidhe, gu 'm bu choir dhuinn bualadh aig an dorus, gun fhios nach leigeadh sibh leinn an oidhche a chur seachad fo fhasgadh an taighe. Ma tha sibh a' smaoineachadh gu 'm bheil sinn airidh air cuideachd a chumail ribh re na h-oidhche, bidh sinn cho modhail 's cho iomchuidh ri daoine a chunnaic sibh riamh, agus ni sinn fearas-chuideachd agus cridhealas nach toir oilbheum sam bith dhuibh. Ach mur 'eil sibh deonach fasgadh an taighe a thoirt dhuinn, bidh sinn toilichte le fasgadh an fhor-dhoruis."

An uair a bha 'n t-ard-chomhairleach a' labhairt nam briathran so, bha Safi ag eisdeachd le ro-aire, agus ag amharc gu geur ann an aghaidhean nan triuir dhaoine. Thuirt i riutha nach b' i bean an taighe idir, agus, air an aobhar sin, nach fhaodadh i an leigeadh a steach. Ach nam fanadh iad tiotadh beag far an robh iad, gu 'n tigeadh i le fios do 'n ionnsuidh, am faigheadh iad a steach.

Thill Safi do 'n t-seomar far an robh a peathraichean, agus dh' innis i dhaibh na briathran a thuirt an duine rithe

aig an dorus. Cha robh fios aca an toiseach ciod a
dheanadh iad; ach o 'n a bha iad gu nadarra gle chaoimhneil,
smaoinich iad gu 'm b' fhearr dhaibh na daoine a leigeadh a
steach, agus cuid na h-oidhche a thoirt dhaibh.

An uair a chaidh iad a steach do 'n t-seomar, chuir iad
failte air na mnathan-uaisle, agus mar an ceudna air an
triuir chaladairean. Bha na mnathan-uaisle modhail,
caoimhneil riutha, agus iad an duil gur triuir mharsantan a
bh' annta. Thuirt Solaide riutha, agus i 'labhairt gu
ciuin, siobhalta, "Is e bhur beatha an oidhche a chur
seachad an so. Ach mu 'n abair mi an corr ribh, tha mi an
dochas nach gabh sibh gu h-ole e ma dh' iarras mi aon
fhabhar oirbh."

"Ochan! ciod e am fabhar a tha sibh ag iarraidh? Cha
diult sinne fabhar sam bith a dh' iarras bhur leithid-sa de
mhnathan-uaisle oirnn," ars' an t-ard-chomhairleach.

Thuirt Solaide ris, "Tha mi 'g iarraidh a dh' fhabhar
oirbh, nach abair sibh aon fhacal mu dheidhinn ni sam bith
a chi sibh, agus nach cuir sibh ceisd sam bith oirnn mu
thimchioll aon ni a chi no a chluinneas sibh fhad 's a bhios
sibh an so; no, ma chuireas, cluinnidh sibh nithean nach
cord ribh air chor sam bith."

"A bhean mo ruin," ars' an t-ard-chomhairleach, ni sinne
mar a tha sibh ag iarraidh oirnn. Cha 'n eil sinn aon chuid
math gu beurr fhaotainn do dhaoine eile; agus cha mho a
tha toil againn a bhith farraid mu nithean nach buin duinn.
Tha sinn riaraichte gu leor le bhith 'gabhail beachd air gach
ni a bhuineas do ar gnothach fhein, gun ghuth a thoirt air
nithean a bhuineas do dhaoine eile."

An uair a chuala iad so, shuidh iad uile mu 'n bhord,
agus dh' ol iad deoch-slainte nam feadhnach a thainig mu
dheireadh.

Am feadh a bha 'n t-ard-chomhairleach a' cumail nam
mnathan-uaisle ann an seanachas, cha b' urrainn an righ

gun bheachd sonraichte 'ghabhail air cho maiseach 's a bha
iad; air cho iomchuidh 's a bha iad 'nan gluasad, agus air
cho geur-chuiseach, tlachdmhor 's a bha iad 'nan comhradh.
Air an laimh eile, bha ioghnadh anabarrach air, a chionn gu
'n robh an t-suil dheas cam aig an triuir chaladairean. Ged
bu mhath leis fios fhaotainn cia mar a chaill iad an leith
shuil 'nan triuir, cha 'n fhaodadh e fios an aobhair fhaigh-
neachd, o 'n a gheall e fhein 's a dhithis chompanach nach
cuireadh iad ceisd mu thimchioll ni sam bith fhad 's a
bhiodh iad 's an taigh. Bha 'n taigh 's an t-innsreadh 's an
t-ordugh maiseach anns an robh gach ni a bha 'n taobh a
staigh de 'n dorus, a' toirt air a bith 'smaointean gur ann a
bha e ann an taigh a bha fo dhraoidheachd.

An uair a bha iad a' comhradh mu thimchioll gach doigh
anns am faoidteadh spors is fearas-chuideachd a dheanamh,
dh' eirich na caladairean thun an urlair, agus thoisich iad ri
dannsa. Chord an seol dannsa 'bh' aca araon ris na
mnathan-uaisle, agus ris an righ 's ri' chompanaich.

An uair a bha iad sgith dannsa shuidh iad. An sin dh'
eirich Sobaide, agus rug i air laimh air Aimini, agus thuirt
i rithe, " Eirich, a phiuthar, oir cha ghabh a' chuideachd gu
h-olc e, ged a ghnathaicheamaid ar saorsa 'n ar taigh fhein
mar a b' abhaist duinn, agus ged a dheanamaid ar dleasdanas
mar a chleachd sinn."

Thuig Aimini gu math ciod a bha 'piuthar a' ciallachadh.
Dh' eirich i as an aite an robh i 'na suidhe, agus thug i air
falbh na soithichean a bh' air a' bhord, agus na h-innealan-
ciuil air an robh na caladairean a' cluich.

Thoisich Safi ri sguabadh an t-seomair, agus ri cur gach
ni 'na aite fhein gu h-ordail. Chuir i na soluis air doigh,
agus thug i air an triuir chaladairean suidhe air an dara
taobh de 'n t-seomar, agus thug i air an righ 's air a
chompanaich suidhe air an taobh eile. Thuirt i ris a'
phortair, " Faigh thu fhein deiseil a chum gu 'n tugadh tu

cuideachadh dhuinn. O 'n a bhuineas tusa do 'n teaghlach, cha 'n fhaod thu bhith 'nad thamh."

Dh' eirich am portan cho luath 's a bh' aige; thruis e a mhuilichionnan, agus thuirt e, " Tha mise deas gu ni sam bith a dheanamh a dh' iarras sibh orm."

" Ceart gu leor," arsa Safi, " seas far am bheil thu gus am faigh thu ordugh; cha bhi thu fada 'n do thamh."

Chuir Aimini cathair air meadhain an urlair; agus an sin chaidh i steach do chlosaid. Smeid i air a' phortair, agus thuirt i ris, " Trobhad an so, agus cuidich mi."

Chaidh e do 'n chlosaid, agus an ceann tiotaidh thill e do 'n t-seomar, agus da ghalladh dhubh aige air lomhainn. Bha iad cho similidh 'nan coltas 's ged a bhithteadh an deis gabhail orra le slait.

Dh' eirich Sobaide as an aite an robh i 'na suidhe, agus ghabh i ceum no dha far an robh am portair 'na sheasamh. Tharruinn i osna throm, agus thuirt i, " Trobhad, agus deanamaid ar dleasdanas."

Thruis i a muilichionnan as cionn a h-uillean, agus rug i air slait a laimh Safi. Thuirt i ris a' phortair, " Thoir te dhe na gallachan do m' phiuthair Aimini, agus thoir an so an te eile."

CAIB. IV.

RINN am portair mar a dh' aithneadh dha. Thoisich a' ghalladh a bh' aige air lomhainn 'na laimh ri donnalaich, Thionndaidh i ri Sobaide, agus sheall i oirre mar gu'm biodh i 'g iarraidh oirre truas a ghabhail rithe. Ach a reir choltais cha do ghabh Sobaide truas sam bith rithe, ged a bha i 'donnalaich cho cruaidh 's gu 'n cluinnteadh an taobh am muigh dhe 'n taigh i. An aite sin is ann a ghabh i dhi leis an t-slait gus an robh i seachd sgith. 'Na dheigh sin thilg

i uaipe an t-slat, agus rug i air an lomhainn a laimh a'
phortair ; thog i suas a' ghalladh air dha spoig, agus an uair
a sheall i oirre anns an aodann le mor-thruas, thoisich i fhein
's a' ghalladh ri sileadh nan deur.   An sin thug Sobaide
lamh air a neapaicinn-pocaid, agus an uair a thiormaich i
suilean na galladh 's thug i pog dhi, thug i an lomhainn
do 'n phortair, agus dh' iarr i air a' ghalladh a chur do 'n
aite 's an robh i roimhe.   Rinn e mar a dh' iarradh air.   'Na
dheigh sin thug Aimini dha a' ghalladh eile gus a cumail ri
Sobaide gus an gabhadh i oirre mar a rinn i air a' cheud te.
Ghabh Sobaide oirre leis an t-slait gus an d' fhas i sgith,
agus an uair a ghuil i os a cionn 's a thiormaich i a suilean
's a phog i i, dh' ordaich i a cur do 'n aite 's an robh i
roimhe.

Chuir na nithean so ioghnadh anabarrach mor air an
triuir chaladairean, air an righ, agus air a dhithis chompan-
ach.   Cha b' urrainn daibh idir a thuigsinn ciod a thug air
Sobaide, an deis dhi an da ghalladh a dhochann, a bhith
gul, agus a' tiormachadh an suilean, agus 'g am pogadh.
Bha iad a' sior bhrnidhinn gu beag eatorra fhein mu'n chuis.
Bha toil mhor aig an righ fios an aobhair fhaotainn am
mach.   Bha e 'feuchainn ri thoirt air an ard-chomhairleach
ceisd a chur air na mnathan-uaisle mu'n chuis ; ach cha robh
an t-ard-chomhairleach a leigeadh air gu 'n robh e 'g a
chluinntinn.   Mu dheireadh thuirt e ris an righ, gu 'm
b' fhearr dhaibh foighidinn a dheanamh gus am faigheadh
iad am iomchuidh gu ceisd a chur.

Bha Sobaide 'na suidhe air cathair am meadhain an urlair
far an robh i a' gabhail air an da ghallaidh, agus i gle sgith.
Thuirt Safi rithe, " A phiuthar ghaoil, is fhearr dhut suidhe,
'nad aite fhein gus an dean mise mo chuid fhein de 'n obair."

Dh' eirich Sobaide agus shuidhe i 'na cathair fhein.   Cha
bu luaithe a rinn i so na shuidh Safi air a' chathair a bh' air
meadhain an urlair.   Thuirt i ri Aimini, " A phiuthar ghaoil,

eirich, tha mi 'guidhe ort ; tha fhios agad gle mhath ciod bu
mhiann leam a radh."

Dh' eirich Aimini agus chaidh i 'mach as an t-seomar.
An ceann tiotaidh thill i steach agus ceis riomhach aice 'na
laimh anns an robh inneal-ciuil gu curamach am pasgadh.
Thug i an t-inneal-ciuil do Shafi.   An uair a thug Safi greis
air a ghleusachadh, thoisich i air a chluich agus air seinn
orain a bha anabarrach tiamhaidh, mu thiomchioll nam
piantan broin a tha iadsan a' fulang aig nach 'eil comas a
bhith ann an cuideachd na muinntir do 'm bheil gradh aca.
Thug an ceol agus an t-oran toileachadh anabarrach mor
do'n righ agus do 'n chuideachd gu leir. aig cho math 's cho
durachdach 's a chluich 's a sheinn i.   Thuirt i ri Aimini,
" A phiuthar, toisich thusa 'n am aite : oir tha mo ghuth
gam threigsinn."

" Ni mise sin gle thoileach," ars' Aimini, agus i breith air
an inneal-chiuil 's a' suidhe anns a' chathair.

Math 's mar a bha Safi gu chluich 's gu seinn, b' i Aimini
fada, fada 'b' fhearr. Chluich is sheinn i air a' cheart
phuing air an do sheinn a piuthar le leithid de dhrudhadh 's
de dhurachd 's de dhealas 's gu'n robh a neart 'g a treigsinn
mu 'n do sguir i.

Thuirt Solaide. " A phiuthar. rinn thu do ghnothach gu
h-iongantach math. agus tha e furasda gu leor dhuinn a
thuigsinn gu 'm bheil thu fhein a' faireachadh a' bhroin a
bha thu 'cur an ceill cho soilleir anns an oran."

Cha robh e an comas do Aimini freagairt a thoirt d' a
piuthair ; oir. eadar na geur-fhaireachdainean broin a dhuisg
briathran tiamhaidh an orain 'n a cridhe, agus an sarachadh
a rinn i oirre fhein a' chluich 's a' seinn. bha i air a claoidh
cho mor 's gu 'n d' thainig fannachadh oirre. Gus fionnachd
a thoirt dhi b' eiginn a h-amhach agus a braighe a leigeadh
ris. Ged a bha' h-aghaidh anabarrach maiseach, bha'
h-amhach 's a braighe cho dubh 's cho lan de dh' athailtean

's gu 'n do ghabh na fir a bha 'n lathair uambas. Ach cha
d' thug an fhionnachd a fhuair i faothachadh sam bith dhi.
Thuit i ann an laigse. An uair a leum Sobaide agus Safi
far an robh i gu cuideachadh a dheanamh leatha, thuirt fear
dhe na caladairean, agus gun e air chomas fuireach 'na thosd
na b' fhaide, "B' fhearr dhuinn a bhith air cadal air an
t-sraid fhein na tighinn a steach a dh' fhaicinn a leithid so
de shealladh."

An uair a chuala an righ na briathran so, thionndaidh e
ris na caladairean eile, agus dh' fheoraich e dhiubh ciod bu
chiall do na nithean ud uile.

"Le 'r cead," ars' iadsan, "tha 'chuis an an-fhios dhuinne
mar a tha i dhuibh fhein."

"Ciod e tha sibh ag radh!" ars' an righ, "nach ann
do 'n teaghlach so a bhuineas sibh? An urrainn sibh
innseadh dhomh idir mu thimchioll an da ghalladh dhubh,
agus na mna-uaisle a dh' fhannaich 's air an robh na
h-athailtean?"

"Le 'r cead," ars' iadsan, "is e so a' cheud uair a bha
sinne riamh 's an taigh, agus cha 'n 'eil ach beagan uine
o 'n a thainig sinn ann."

Chuir so moran ioghnaidh a bharrachd air an righ.
"Faodaidh e bhith," ars' esan, "gu 'm bheil fhios aig an
duine so eile a tha comhladh ribh air ni eiginn mu 'n chuis."

Smeid fear dhe na caladairean air a' phortair e thighinn
dluth dhaibh. Rinn am portair so.

"An innis thusa dhuinn," ars' esan, "c'ar son a ghabhadh
air an da ghallaidh leis an t-slait, agus c'ar son a tha
'leithid de dh' athailtean air braighe Aimini?"

"Le'r cead," ars' am portair, "tha mise comasach air mo
mhionnan a thabhairt nach aithne dhomh ni sam bith mu
thimchioll a' ghnothaich na 's mo na 's aithne dhuibh fhein.
Ged a tha mi 'fuireach anns a' bhaile, cha robh mi riamh
roimh anns an taigh so; agus ma tha ioghnadh oirbhse mise

'fhaicinn an so, tha 'cheart uiread a dh' ioghnadh ormsa mi
fhein fhaotainn 'n 'ur cuideachd-se. Agus tha ioghnadh a
bharrachd orm a choinn nach fhaca mi firionnach 's an taigh
o 'n a thainig mi ann air an fheasgar so."

Bha 'n righ agus a dhithis chompanach, agus mar an
ceudna an triuir chaladairean, an duil gus a so, gu 'm
buineadh am portair do 'n teaghlach, agus bha iad ann an
dochas gu'n tugadh e dhaibh am fiosrachadh a bha dhith
orra. Ach an uair a chunnaic iad nach b' urrainn e
fiosrachadh a thoirt dhaibh, chuir iad rompa gu 'm feuchadh
iad ris an fhiosrachadh a bha dhith orra fhaotainn air aon
doigh no doigh eile. Thuirt an righ, " Seallaibh air so ; tha
sinn seachdnar fear ann, agus cha 'n 'eil ar gnothach ach ri
triuir boirionnach ; feuchamaid ri impidh a chur orra
cuisean a shoilleireachadh dhuinn, agus ma dhiultas iad sin
a dheanamh, bheir sinn orra a dheanamh gun taing dhaibh."

Cha robh an t-ard-chomhairleach deonach so a dheanamh
idir. Dh' fheuch e mar a b' fhearr a b' urrainn da ri
nochdadh do 'n righ gu 'm faodadh iad dragh a thoirt orra
fhein. A chum nach fhaigheadh a h-aon de chach am mach
gur e an righ a bh' ann, labhair e ris mar gu 'm biodh
e 'labhairt ri duine cumanta. Thuirt e ris :—" Thoir fa near,
guidheam ort, gu 'n bheil sinn an cunnart ar deadh ainm a
chall. Tha fhios agad gle mhath air na cumhnantan air an
do leig na mnathan-uaisle a steach sinn, agus gu 'n do
gheall sinn gu 'n deanamaid mar a dh' iarr iad oirnn. Ciod
a their iad ruinn ma bhristeas sinn air ar gealladh ? Bidh
an barrachd coire ri chur oirnn ma thig tubaistean 'n ar
rathad ; oir cha 'n 'eil e coltach gu 'n cuireadh iad fo leithid
de chumhnantan sinn mur biodh iad cinnteach gu 'n rachadh
aca air peanas a leagadh oirnn nam bristeamaid iad."

'Na dheigh so thug an t-ard-chomhairleach an righ ceum
no dha a thaobh, agus thuirt e ris ann an cogar, " Le'r cead,
tha 'chuid a's mo dhe 'n oidhche a nis air a dhol seachad ;

agus nam b' e bhur toil foighidinn a dheanamh gus an tigeadh a' mhadainn, bheirinnsa na mnathan-uaisle 'n 'ur lathair, agus gheibheadh sibh am fiosrachadh a tha dhith oirbh.

Ged a bha 'chomhairle so gle ghlic, cha ghabhadh an righ idir i. Thuirt e ris an ard-chomhairleach, e dhunadh a bheoil; agus chuir e roimhe gu 'm faigheadh e 'mach gun dail sam bith ciod bu chiall do na nithean a chunnaic e.

Cha robh fhios co air a thigeadh a dhol far an robh Sobaide a dh' fheorach mu 'n chuis. Dh' fheuch an righ ri thoirt air na caladairean bruidhinn air an son uile, ach thuirt iad nach fhosgladh iad am beoil mu 'n chuis. Mu dheireadh dh' aontaich iad gu 'm b' ann do 'n phortair bu choir bruidhinn. Agus an uair a bha iad a' cur an comhairle ri cheile mu thimchioll na doigh anns a:n bu choir dha bruidhinn, thainig Sobaide a steach do 'n t-seomar far an robh iad, agus an uair a chuala i an cath bruidhne a bh' aca thuirt i, "A dhaoin'-uaisle, co air a tha sibh a' bruidhinn? Ciod uime am bheil sibh a' connsachadh?"

Ghrad fhreagair am portair, agus thuirt e, "A bhaintigh-earna, tha na daoin'-uaisle a' guidhe oirbh gu 'n innis sibh dhaibh c'ar son a ghuil sibh os cionn an da ghalladh an deis dhuibh gabhail orra leis an t-slait, agus cia mar a thainig na h-athailtean gu bhith air braighe na mna-uaisle a thuit ann an laigse anns an t-seomar. Tha iad ag iarraidh ormsa so fheorach dhibh 'nan ainm."

CAIB. V.

An uair a chuala Sobaide na briathran so, sheall i le aghaidh ghruamaich air na fir. Thuirt i ris an righ, agus ris a' chuid eile de 'n chuideachd, "Am bheil e fior, a dhaoin'-uaisle, gu'n d' iarr sibh air a' cheisd so a chur ormsa?"

Dh' aidich iad gu leir, ach an t-ard-chomhairleach 'na onar, gu'n d' iarr iad air a' phortair a' cheisd a chur oirre.

Ann am briathran a bha 'nochdadh gu 'n robh i gle fheargach riutha, labhair i mar so :—

"Mu 'n d' thug sinn cead dhuibh tighinn a steach do 'n taigh, air eagal gu 'n cuireadh sibh dragh oirnn 's gun againn ach sinn fhein, chuir sinn mar chumhnant oirbh nach abradh sibh facal mu dheidhinn ni sam bith nach buineadh dhuibh, air eagal gu'n cluinneadh sibh nithean nach cordadh ribh ; agus an deis dhuinn ar leigeadh a steach, agus caoimhneas a nochdadh dhuibh, cha d' rinn sibh mar a gheall sibh. Tha e fior gun teagamh sam bith gur e an doigh shaorsmail anns an do ghnathaich sinne sinn fhein 'n 'ur lathair bu chuireach ri sibhse a dheanamh mar a rinn sibh ; ach cha leithsgeul dhuibh sin air son sibh a bhith cho mi-iomchuidh 'n 'ur gluasad 's a tha sibh."

An uair a thuirt i so, bhuail i a cas gu laidir tri uairean air an urlar, agus bhuail i a basan tri uairean ri 'cheile, agus thuirt i, "Greasaibh a steach."

Ann an tiotadh dh' fhosgladh an dorus, agus leum sgaothmhar de dhaoine dubh' a steach do 'n t-seomar le claidhnean ruisgte 'n an laimh. Rug iad air fear an t-aon de na daoine a bh' anns an t-seomar, agus leag iad air teis meadhain an urlair iad gus na cinn a thoirt dhiubh.

Tha e furasda dhuinn a thuigsinn gu'n robh eagal gu leor air an righ. Bha aithreachas gu leor air nach d' fhan e samhach mar a dh' iarr an t-ard-chomhairleach air. Ach cha deanadh aithreachas feum sam bith anns an am. Bha iad uile air thoar am beatha 'chall air shaillibh a bhith 'gabhail gnothaich ri nithean nach buineadh dhaibh.

Ach an deis dhaibh na daoine a leagadh air an urlar, thuirt fear dhiubh ri Solaide 's ri 'dithis pheathraichean, "Mo bhana-mhaighstirean moralach, urramach, am bheil sibh ag ordachadh dhuinn na cinn a thoirt dhiubh ?"

" Deanaibh foighidinn," arsa Sobaide. " Feumaidh mi an ceasnachadh an toiseach."

Thuirt am portair 's e air chrith leis an eagal : " An ainm ni math gabhaibh truas dhiom, agus na cuiribh gu bas mi air son cionta dhaoine eile ! Tha mise gle neo-chiontach—is ann acasan a tha 'choire. Mo leireadh ! nach bu taitneach a chuir sinn seachad an nine mu 'n d' thainig na caladairean. Is iadsan a thug am mi-fhortan so oirnn. Tha iad a' deanamh dragh' agus aimhreit anns gach baile do 'n teid iad. A bhean-uasal choir, tha mi 'guidhe ort nach cuir thu an neo-chiontach gu bas maille ris a' chiontach. Thoir fa near gu 'm bheil e moran na 's cliuitiche mathanas a thoirt do chreutair truagh mar a tha mise, aig nach 'eil doigh air mi fhein a chuideachadh, na mo chur gu bas ann am feirg."

Ged a bha fearg air Sobaide, cha b' urrainn i gun ghaire a dheanamh 'na h-inntinn an uair a chuala i a' chaoidh 's a' ghearain a bh' air a' phortair. Ach cha do leig i oirre gu'n cuala i e. Thionndaidh i ris an t-siathnar eile, agus thuirt i. " Innsibh dhomhsa co sibh, ar neo cha bhi an tuilleadh saoghail agaibh. Cha 'n 'eil mi 'creidsinn gur daoine onarach a th' annaibh, agus cha mho a tha mi 'creidsinn gu'm bheil ughdarras no urram agaibh anns na duthchannan do 'm buin sibh ; oir nam biodh sibh modhail, uasal, urram-ach, 'n 'ur duthaich fhein, bhiodh sibh air a' cheart doigh anns an duthaich so."

Bha 'n righ gu nadarra gle neo-fhoighidneach, agus bha e moran na bu neo-fhoighiduiche na cach an uair a chunnaic e e-fhein 'na shineadh air an urlar, agus a bheatha fo bhinn boirionnaich a bh' air a brosnachadh gu feirg. Ach an uair a chunnaic e gu'n robh i toileach fios fhaotainn co iad, ghabh e rud eiginn de mhisnich ; oir bha e 'smaoineachadh gu 'n leigeadh i a bheatha leis an uair a gheibheadh i mach co e. Ach bha 'n t-ard-chomhairleach na bu ghlice na gu'n cuireadh e leithid a dh' eas-urram air a mhaighstir 's gu'n innseadh e gu'n do chuir e e-fhein 'na leithid de chrois le ciou smaointean. Thuirt e gu beag ris an righ, "Tha sinn a' faighinn an ni a thoill sinn."

Ach ged a bhiodh toil aige comhairle an righ a ghabhail, cha 'n fhaigheadh e uine gu labhairt; oir labhair Sobaide ris da caladairean, agus thuirt i, "An e triuir bhraithrean a th' annaibh?"

Fhreagair fear dhiubh agus thuirt e, "Cha 'n eadh; oir ged a tha sinn a' caitheamh ar beatha air an aon doigh, agus a' caitheamh an aon seorsa eididh, cha 'n 'eil sinn daimheil dha cheile idir."

"An robh an t-suil dheas 'g 'ur dith an uair a rugadh sibh?" ars' ise.

"Cha robh," ars' esan; "chaill mise mo shuil ann an doigh a chuireadh ioghnadh oirbh, agus a bheireadh fiosrachadh do gach neach, nam biodh e air a sgriobhadh. Agus an deis do 'n mhi-fhortan so tighinn 'nam rathad, thug mi dhiom m' fheusag agus lom mi mo mhalaidhean, agus chuir mi umam eideadh caladair."

"Dh' fhaighneachd Sobaide a' cheart cheisd de 'n da chaladair eile, agus thug iad an fhreagairt cheudna oirre. Ach thuirt am fear mu dheireadh a labhair: "Cha daoine cumanta sinn idir. Is e 'th' annainn clann righrean. Agus ged nach do thachair sinn ri 'cheile riamh gus an diugh, fhuair sinn uine gus ar n-eachdraidh innseadh do chach a cheile; agus tha mi g' innseadh dhuibh le firinn gu'n robh na righrean o 'n d' thainig sinn ainmeil anns an t-saoghal."

An uair a chuala Sobaide na briathran so dh' fhas i na bu shiobhalta riutha, agus thuirt i ris na seirbhisich dhubha a bha deas gus na daoine a mharbhadh, "Leigibh an cead fhein dhaibh car uine, ach fanaibh anns an t-seomar. An fheadhainn a dh' innseas dhuinn eachdraidh am beatha, agus an t-aobhar air son an d' thainig iad an so, cha dean sibh cron sam bith orra, ach leigidh sibh leotha a dhol taobh sam bith a thogras iad. Ach an fheadhainn nach dean so, cuiridh sibh gu bas iad."

Bha 'n t-seachdnar fear 'nan suidhe air an urlar, ann am meadhain an t-seomair mu choinneamh nam mnathan-uaisle. Bha iadsan 'nan suidhe air langsaid, agus bha na seirbhisich 'n an seasamh, deas gus ni sam bith a dh' iarrtadh orra a dheanamh.

Thuig am portair gu'n rachadh aige air e fhein a thoirt as a' chunnart 's an robh e le 'eachdraidh innseadh, agus b' e a' cheud fhear a labhair. Thuirt e, "A bhean uasal, tha fhios agad air m' eachdraidh mar tha, agus c'ar son a thainig mi an so: agus mar sin, cha 'n 'eil agam ach beagan ri radh. Bhruidhinn do phiuthar rium 's a' mhadainn an diugh, agus mi 'feitheamh feuch an tugadh neach sam bith obair dhomh leis an coisninn mo lon, agus dh' iarr i orm a leantuinn a chum gu'n giulaininn gach ni a bha i gus a cheannach. Lean mi i o bhuthaidh gu buthaidh air feadh a' bhaile gus an do cheannaich i luma-lan na bascaid a bh' agam. An uair a bha 'bhascaid cho lan 's nach gabhadh i an corr, thainig mi an so leatha. Rinn sibh de dh' fhabhar rium na leig dhomh fuireach gus a nis, fabhar nach dichuimhnich mi ri mo bheo. Sin agad, a bhean choir, m' eachdraidh-sa."

An uair a dh' innis am portair 'eachdraidh fhein, thuirt Sobaide ris, "Bi gabhail air falbh, agus na faiceamsa an so thu gu brath tuilleadh."

"A bhaintighearna choir," ars' am portair, "tha mi 'guidhe ort, leig dhomh fuireach. An deis do chach m' eachdraidh-sa a chluinntinn, cha bhiodh e ceart mo chur air falbh gus an cluinn mi an eachdraidh acasan." An uair a thuirt e so, shuidh e ann ad aite air leith, agus bha e toilichte gu'n d' fhuair e saor as a' chunnart 's an robh e.

An sin thoisich fear de na caladairean ri innseadh eachdraidh a bheatha fein. Thuirt e mar so:—" A bhain-tighearna, a chum gu'n tuig thu cia mar a chaill mi mo shuil dheas, agus c'ar son a tha mi ann an eideadh caladair, feumaidh mi innseadh dhut gur mac righ mi. Bha brathair m' athar mar an ceudna 'na righ air rioghachd a bha faisge air an rioghachd aig m' athair. Bha mac aig brathar m' athar a bha mu'n aon aois rium fhein.

An deis dhomh lan fhoghlum fhaighinn mar a bha freagarrach do m' shuidheachadh, bha mi 'dol uair 's a' bhliadhna a dh' amharc air brathair m' athar, agus bha mi 'fuireach da mhios maille ris. Mar a bha nadarra gu leor, bha mi 'caitheamh an earrann bu mho dhe 'n uine so ann an cuideachd mhic bhrathar m' athar. Dh' fhas sinn gle mheasail, agus gle mhiadhail air a cheile, mar a bha sinn a' fas na b' eolaiche air a cheile. An uair mu dheireadh a chunnaic mi e, bha e na bu chaoimhneile rium na bha e riamh roimhe. Air latha araidh rinn e cuirm mhor mar urram dhomhsa. Thug sinn uine fhada aig a' bhord. Agus an deis dhuinn ar suipear a ghabhail, thuirt e rium, " Is gann gu 'n tomhais thu cia mar a bha mi 'cur seachad na h-uine o 'n a bha thu an so mu 'n am so an uiridh. Bha moran dhaoine agam aig obair a bha toil agam a chriochn-achadh. Thog mi taigh mor, agus tha e nis deas air son a dhol a ghabhail comhnuidh ann. Cia mhisde leat mi 'g a shealltainn dhut. Ach feumaidh tu an toiseach do mhionnan a thoirt dhomh nach innis thu do dhuine beo ni m' a dheidhinn."

O 'n a bha meas mor agus eolas fada againn air a cheile, cha b' urrainn domh ni sam bith a dhiultadh dha. Thug mi mo mhionnan gu toileach dha mar a dh' iarr e orm. An sin thuirt e rium, " Fan an so gus an till mi—cha bhi mi tiotadh air falbh."

An uine ghoirid thill e, agus bean-uasal og aige air laimh.
Bha i ann an trusgan anabarrach riomhach, agus bha i 'n a
boirionnach cho briagha 's a chunnaic mi riamh. Cha
d' innis e dhomh co i, agus bha e mi-mhodhail leam
fhaighneachd. Shuidh sinn a rithist aig a' bhord, agus a'
bhean-uasal comhladh ruinn. Thug sinn greis mhath air
comhradh mu chaochladh nithean, agus bha sinn an drasta
's a rithist ag ol air a cheile.

Mu dheireadh thuirt e rium, "Cha 'n fhaod sinn a bhith
call na h-uine. Eirich agus thoir leat a' bhean-uasal so air
laimh, agus rach leatha a dh' ionnsuidh ionaid anns am faic
thu aite-adhlacaidh a tha air ur-thogail, agus mullach cruinn
air. Tha e furasda gu leor dhut aithneachadh, oir tha 'n
dorus aige fosgailte. Theirigibh a steach ann le cheile, agus
fanaibh ann gus an tig mise, agus cha chum mi fada 'feith-
eamh sibh."

<hr>

CAIB. VI.

Ann eagal bristeadh air mo mhionnan, cha do chuir mi ceist
sam bith air, ach rug mi air lamh air a' mhnaoi-uasail, agus
leis an t-seoladh a thug mac bhrathar m' athar dhomh, thug
mi a dh' ionnsuidh an aite-adhlacaidh i. Cha deachaidh sinn
ceum iomrall; oir bha airde na gealaich ann. Cha robh
sinn ach air ruighinn an uair a chunnaic sinn mac bhrathar
m' athar a' tighinn 'n ar deigh. Bha soitheach uisge aige
agus tuadh, agus poean beag anns an robh criadh thioram.

Bhrist e urlar an aite-adhlacaidh le cul na tuaidhe, agus
an uair a chladhaich e an talamh, leig e ris an dorus-falaich
a bha fo 'n aite-adhlacaidh. An uair a dh' fhosgail e na
dorus so, thug mi an aire gu 'n robh staidhre a' dol sios do
dh' ionad-comhnuidh a bha fo 'n talamh. An sin thuirt e

ris a mhnaoi-uasail, " A bhaintighearna, is e so an rathad a
dh' ionnsuidh an aite a bha mi ag' riadh riut."

An uair a chuala 'bhean-uasal so, tharruinn i osna throm,
agus ghabh i sios an staidhre. Mu 'n deachaidh esan sios
thuirt e rium, " A mhic bhrathar m' athar, tha mi anabarrach
fada 'nad chomainn air son na chuir mi ort de dhragh.
Gu 'n robh math agad. Slan leat."

" Ciod is ciall dha so?' arsa mise.

" Coma leatsa ; till an rathad a thainig tu," ars' esan.

Cha dubhairt e an corr rium. Thill mi gun dail do 'n
luchairt aig brathair m' athar, agus chaidh mi do 'n leabaidh.
An la-'r na-mhaireach an uair a dhuisg mi, thoisich mi ri
smaointean air na thachair an oidhche roimhe sin. Agus an
uair a chuimhnich mi air gach ni iongantach a thachair, is
ann a bha mi an duil gur e bruadar a chunnaic mi. Leis
mar a fhuair so a leithid de ghreim air an inntinn agam,
chuir mi fios a dh' fheorach an robh mac bhrathar m' athar
deas gus m' fhaicinn. Ach an uair a dh' innseadh dhomh
nach do chaidil e 'na leabaidh fhein an oidhche roimhe sin,
agus gu 'n robh muinntir an taighe fo dhragh mor m' a
dheidhinn, thuig mi nach bu bhruadar a bh' anns na nithean
iongantach a chunnaic mi an oidhche roimhe sin. Chuir an
gnothach a bh' ann dragh mor air m' inntinn. Gun fhios do
dhuine beo chaidh mi do 'n chladh, agus mi'n duil gu 'n
amaisinn air an aite-adhlacaidh do 'n deachaidh e ; ach o'n a
bha aireamh mhor ann de 'n aon seorsa, cha b' urrainn mi a
dheanamh am mach co an t-aon do 'n deachaidh e. Ged a
chaith mi ceithir latha 'g a iarradh, cha d' fhuair mi e.

Fad na h-uine, bha brathair m' athar anns a' bheinn-
sheilg. An uair a bha mi 'gabhail fadachd nach robh e
tighinn, chuir mi romhan gu 'm falbhainn dhachaidh.
Ghuidh mi air na comhairlichean iarraidh air an uair a
thilleadh e dhachaidh mo leithsgeul a ghabhail ; agus gun
dail sam bith thug mi m' aghaidh air luchairt m' athar.

Bha luchd-comhairle an righ, brathair m' athar, fo iomagain mhoir mu thimchioll a' phrionnsa ; ach o 'n a thug mise mo mhionnan nach innsinn ciod a chunnaic mi, cha b' urrainn domh fiosrachadh sam bith a thoirt daibh m' a dheidhinn.

An uair a rainig mi ceannabhaile na rioghachd aig m' athair, far an robh m' athair a' gabhail comhnuidh, bha 'n luchairt air a cuartachadh le armachd laidir. Rug na saigh-dearan orm, agus rinn iad priosanach dhiom. An uair a dh' fheoraich mi ciod bu chiall do 'n ghnothach, thuirt ard-cheannard an airm rium, gu 'n do chuireadh m' athair gu bas, gu 'n d' rinneadh an t-ard-chomhairleach 'na righ, agus gu 'n d' ordaicheadh mise a ghlacadh 'n am phriosanach ann an ainm an righ.

Gun dail sam bith thugadh an lathair an righ mi. Tha e furasda 'thuigsinn gu 'n robh ioghnadh agus bron gu leor orm.

Bha fuath agus gamhlas mor aig an ard-chomhairleach dhomh fad uine mhoir roimhe sin air son an aobhair so :— An uair a bha mi'n am bhalach og, bu ghle thoigh leam a bhith gu math tric ag obair le bogha-saighead. Air latha araidh air dhomh a bhith faisge air an luchairt, chunnaic mi eun a' dol seachad. Thilg mi saighead 'na dheigh, ach cha d' amais mi idir e. Thuit gu mi-fhortanach gu 'n do bhuail an saighead anns an t-suil air an ard-chomhairleach, an uair a bha e sraidimeachd dluth orm, agus chuir e as i. Cha bu luaithe a thuig mi mar a thachair na chaidh mi a dh' aon ghnothach far an robh e gus e a ghabhail mo leithsgeil, agus a dh' iarraidh mile mathanas air. Ach ged a rinn mi so cha do leig e riamh as 'aire gu 'n do chuir mi as an t-suil. A h-uile cothrom a gheibheadh e bha e 'nochdadh gu soilleir dhomh gu 'n robh e toileach dioghaltas a dheanamh orm. Ach an uair a thugadh air a bheulaobh mi mar phriosanach, chuir e a dhroch nadar an ceill ann an doigh a bha gle

chruaidh chridheach. Leum e far an robh mi mar gu 'm
biodh fear-caothaich, agus spion e asam an t-suil dheas. Sin
agaibh, a bhaintighearna, mar a chaill mi mo shuil.

Ach cha d' fhoghain sid leis: dh' ordaich e mo
dhrudeadh ann am boesa, agus thug e aithne do 'n fhear-
marbhaidh mo thoirt do 'n fhasaich, agus an ceann a thoirt
dhiom, agus mo chorp fhagail gu bhith mar bhiadh aig
eunlaith an adhair. Thug am fear-marbhaidh leis mi air
muin eich do 'n fhasaich gus a dheanamh orm mar a dh'
aithneadh dha; ach an uair a bha e 'dol g'am chur gu bas,
ghuidh mi air gu durachdach le deuraibh e leigeadh mo
bheatha leam. Ghabh e truas dhiom, agus thuirt e rium,
" Bi falbh as an rioghachd cho luath 's is urrainn dut, agus
thoir do cheart aire nach tig thu air ais gu brath tuilleadh;
ar neo ma thig, cha bhi an tuilleadh saoghail agad, agus
cuirear mise gu bas cho math riut fhein."

Thug mi mile taing dha air son an fhabhair a rinn e rium;
agus an uair a leig e as mi thug mi mi-fhein as. Ged a bha
mi craiteach, bronach air son gu'n do chaill mi mo shuil,
gidheadh bha mi gle thoilichte gu'n do ghleidh mi mo
bheatha.

Anns an t-suidheachadh thruagh anns an robh mi cha
robh mi comasach air moran astair a chur 'nam dheigh. Re
an latha, bha mi 'g am fhalach fhein anns gach aite a b'
uaigniche na cheile a thachradh rium, agus re na h-oidhche,
bha mi' siubhal troimh an fhasach cho math 's a leigeadh mo
neart leam. Mu dheireadh rainig mi ceanna-bhaile na
rioghachd aig brathair m' athair. Dh' innis mi dha facal air
an fhacal mar a thachair do m' athair 's mar a dh' eirich
dhomh fhein.

"Ochan!" ars' esan, "thainig gu leor ormsa an uair a
chaill mi m' aon mhac, ged nach cluinnim mu bhas mo
bhrathar gaoil do'n robh speis cho mor agam. Agus cha 'n

e thusa fhaicinn anns an t-suidheachadh mhuladach anns am
bheil thu a's lugha a tha 'cur de bhron orm."

Dh' innis e dhomh gu'n robh e fo dragh-inntinn ro mhor
a chionn nach robh e 'chuinntinn guth no iomradh mu thim-
chioll a mhic, a dh' aindeoin gach rannsachadh a rinn e fad'
is farsuinn air a shon.   An uair a dh' innis e so dhomh bhrist
a ghal air, agus bha e 'na leithid de chruaidh-dheuchainn le
caoidh 's le bron 's nach robh e 'n comas dhomh an diomh-
aireachd a bh' agam a chumail an cleith air na b' fhaide.
Agus ged a thug mi mo mhionnan nach tugainn guth gu
brath air na chunnaic 's na chuala mi an oidhche mu
dheireadh a chunnaic mi mac bhrathar m' athar, dh' innis
mi gach ni air am b' fhiosrach mi.

Fhad 's a bha mi 'g innseadh mo naigheachd dha, dh'
eisd e rium le mor aire.   Agus an uair a chuir mi crioch air
na bh' agam ri radh, thuirt e, " A mhic mo bhrathar, tha na
dh' innis thu dhomh 'g am chur ann am misnich.   Bha fhios
agam gu'n d' ordaich mo mhac ait'-adhlacaidh a thogail ;
agus o'n a tha rud eiginn de bheachd agadsa air an aite, tha
mi 'smaointean gu'n amais sinn air.   Ach o'n a dh' ordaich e
a thogail gun fhios a bhith aig daoine air, agus o'n a thug
thusa do mhionnan nach innseadh tu ni m'a dheidhinn, is e
mo bharail gur coir dhuinn sealltainn air a shon gun ghuth
a radh ri neach eile m' a dheidhinn."

Ach bha aobhar eile aig brathair m' athar air a' ghnothach
a chumail falachaidh ged nach d' innis e dhomhsa e aig an
am.   Tuigidh sibh an t-aobhar mu'n cuir mi crioch air na
bheil agam ri radh.

Chuir sinn sinn-fhein as aithne, agus chaidh sinn am mach
air dorus-cuil a' gharaidh.   Ann an uine ghoirid dh' amais
sinn air an aite a bha sinn ag iarraidh.   An uair a chunnaic
mi an t-ait-adhlacaidh ghrad dh' aithnich mi e, agus bha mi
gle thoilichte gu'n d' amais sinn air, gu h-araidh o'n a chaith
mi uine mhath 'g a iarraidh roimhe sid.   Chaidh sinn a

steach ann, agus fhuair sinn an dorus-falaich a bh' aig barr na staidhreach air a dhruideadh gu math 's gu robh mhath. Theab nach rachadh againn air 'fhosgladh, o' n a bha e air a dhruideadh o 'n taobh a staigh leis a' chreadhaidh 's leis an uisge. Ach mu dheireadh chaidh againn air 'fhosgladh.

An uair a dh' fhosgail sinn e chaidh brathair m' athar sios an toiseach, agus lean mise e. Bha leith cheud ceum anns an staidhre ; agus an uair a rainig sinn a bonn, thachair seomar oirnn anns an robh solus mugach, agus a bha lan de cheo 's de droch aileadh. Chaidh sinn as an t-seomar sin a steach do sheomar mor, farsuinn eile. Bha biadh is deoch gu leor ann, agus bha na h-uiread de choinnlean laiste ann. Cha robh duine ri fhaicinn ann, agus chuir so ioghnadh mor oirnn. Thug sinn an aire gu'n robh cuirteanan na leapadh air an tarruinn ri 'cheile. Chaidh an righ thun na leapadh, agus chunnaic e a mhac fhein agus a 'bhean uasal anns an leabaidh comhladh, agus iad air an losgadh 'nan gual, mar gu 'm biodh iad air an tilgeadh ann an teine mor, agus air an toirt as a rithist mu 'n do chnamh iad.

Ged a bha 'n sealladh so eagalach ri 'fhaicinn, ghabh mi ioghnadh mor an uair a chunnaic mi cho beag doilgheis 's a chuir e air brathair m' athar a mhac fhaicinn 'na leithid de staid eagalaich : oir an aite teannadh ri caoidh air a shon, is ann a thilg e smugaid anns an aodann air, agus thuirt e le guth taireil, " Is e so peanas an t-saoghail so, ach mairidh peanas an ath shaoghail gu siorruidh." Agus mar nach biodh e riaraichte le so a radh, thug e dheth a bhrog, agus bhuail e a mhac anns a' cheann leatha.

CAIB. VII.

Cha 's urrainn domh cainnt a chur air an ioghnadh a ghabh mi an uair a chunnaic mi an droch dhiol a rinn bràthair m' athar air a mhac 's e 'na laidhe marbh 's an leabaidh. "Mo thighearna," arsa mise, "ged a tha 'n sealladh muladach so a' cur bròin orm, cha 'n urrainn mi gun fheoraich dhibh, gu de 'n cionta a chuir bhur mac an gniomh an uair a tha sibh a' deanamh a leithid de thair air a chorp?"

"Feumaidh mi innseadh dhut," ars' esan, "gu'n do thuit mo mhac ann an trom ghaol air a phiuthair an uair a bha iad le cheile gle og. Ged a bha fhios agamsa air so, cha do chuir mi an toiseach bacadh air a' chuis, do bhrigh nach do smaoinich mi gu'n tigeadh ole sam bith as. Mu dheireadh, an uair a ghabh mi eagal gu'n tigeadh an gaol a bh' aca air a cheile gu ole air a' cheann mu dheireadh, rinn mi gach ni 'ghabhadh deanamh a chum stad a chur orra. Chronaich mi mo mhac gu searbh, eadar mi fhein 's e fhein, agus chomharraich mi 'mach dha cho graineil 's a bha na miannan a bha e 'g arach. Leig mi ris dha, gu 'n tugadh e masladh siorruidh air fhein 's air an teaghlach gu leir, nan leanadh e roimhe air an obair a bh' aige. Leig mi ris a' cheart ni do m' nighinn mar an ceudna. Dhruid mi ann an seomar i far nach fhaiceadh 's nach cluinneadh i a bràthair. Ach bha an creutair truagh cho lan de 'n droch ghine 's nach robh e 'n comas ciall no gliocas a chur innte. Mar bu mho a bheirteadh de chomhairle oirre, agus a chuirteadh fo stamhnadh i, is ann bu mho a bha i 'cur roimpe gu'm faigheadh i a toil fhein.

Bha mo mhac lan-chinnteach gu'n robh a phiuthar dileas dha. Thoisich e air togail ait-adhlacaidh; ach cha robh an so ach leithsgeul a ghabh e, a chum gu'n rachadh aige, gun fhios do dhuine sam bith, air taigh-fo-thalamh a thogail, ann an dochas gu'm faigheadh e cothrom, latha no lath' eiginn, air a phiuthar a thoirt leis sios ann. An uair a fhuair e mise o 'n taigh ghoid e leis a phiuthar. Ach cha leigeadh mo naire leamsa an gniomh ole a rinn iad a dheanamh aithnichte do'n t-saoghal; oir cha e 'na ni graineil ann an sealladh nan uile shluagh. Ach chunnaic Dia iomchuidh breitheanas a thoirt orra le cheile air son gach obair ghraineil a bha iad a' cur an gniomh. An uair a thuirt e so bhrist a ghal air, agus thoisich mise ri gul maille ris.

An uair a thug e greis mhath air gul 's air caoinh thuirt e rium, agus e breith orm 'na ghairdeanan, "A mhic mo bhrathair, ma chaill mise droch mhac, is docha gu'n seas thusa aite mic dhomh na 's fhearr na rinn esan."

Thoisich e a rithist ri labhairt mu'n droch chrich a thainig air a mhac 's air a nighinn: agus thug so oirnn le cheile teannadh ri gul 's ri caoidh.

Mu dheireadh, dhirich sinn suas an staidhre; dhuin sinn an dorns-falaich cho math 's a b' urrainn duinn. Leag sinn an t-ait-adhlacaidh, a chum gu'n cuireamaid fadach air a' bhreitheanas a thug Dia air na creutairean truagha a chuir a leithid a mhasladh orra fhein.

Chaidh sinn air ais do 'n luchairt gun duine 'g ar faicinn. Cha robh sinn ach uine ghoirid a staigh an uair a chuala sinn farum thrumbaidean is dhrumachan a' teannadh oirnn. Thuig sinn gu'n robh armailt laidir a' tighinn do 'n bhaile. Co bh' ann ach an t-ard-chomhairleach a chuir m' athair gu bas, agus a ghabh seilbh air an rioghachd aige. Cha 'n fhoghnadh leis greim a dheanamh air rioghachd m' athar, ach dh' fheumadh e greim a dheanamh air rioghachd bhrathair m' athar mar an ceudna.

Thainig a' chuis cho ealamh air brathair m' athar 's nach robh uine aige gus a chuid shaighdearan a chur an ordugh catha; agus mar sin, cha b' urrainn e e-fhein 's a rioghachd a dhion o 'n armailt mhoir a bha 'curtachadh a' bhaile. Ann an uine ghoirid bhrist iad a steach do 'n bhaile, agus thainig iad do 'n luchairt. Chog brathair m' athar agus freiceadan a' bhaile an aghaidh na namhaid cho treun, duineil 's a b' urrainn a bhith; ach bha tuilleadh 's a' choir mu 'n coinneamh. Cha do gheill brathair m' athar gus an do thuit e marbh. Air mo shon fhein dheth, chog mi cho math 's a b' urrainn mi. Ach an uair a chunnaic mi nach deanadh cogadh feum na b' fhaide, smaoinich mi gu 'm b' fhearr dhomh teicheadh le m' bheatha na fuireach ri m' mharbhadh. Gu fortanach fhuair mi air falbh le m' bheatha, agus bha mi am falach car uine ann an taigh aoin de sheirbhisich an righ.

Air dhomh a bhith mar so air mo chuartachadh le bron agus le mi-fhortan, cha robh rathad agam air a bhith sabhailte mar cuirinn mi fhein gu buileach as aithne. Air an aobhar sin, thug mi dhiom a h-uile ribe feusaig a bh' orm, lom mi mo mhalaidhean, agus chuir mi umam eideadh caladair. Air an doigh so fhuair mi gu sabhailte 'mach as a' bhaile. 'Na dheigh sin fhuair mi air falbh mar a b' fhearr a dh' fhaodainn as an rioghachd a a bh' aig brathair m' athar, le bhith 'gabhail frith-rathaidean agus a seachnadh gach aite anns an saoilinn am biodh daoine a dh' aithnicheadh mi.

An uair a thainig mi do 'n rioghachd aig an righ chumhachdach, Haroun Alraschid, bha fhios agam gu 'n robh mi saor o chunnart. Bha mi 'dol fo m' smaointean feuch ciod a b' fhearr dhomh a dheanamh, agus bhuail e 's a' cheann agam tighinn do Bhagdad, agus cuideachadh iarraidh air an righ; oir tha e air aithris anns gach aite gu 'm bheil e 'na dhuine cho iochdmhor 's cho trocaireach 's a tha beo. Thuirt mi rium fhein, gu 'n gabhadh e truas dhiom an uair a dh' innsinn dha gach cruaidh fhortan troimh 'n deachaidh mi. Tha mi cinnteach gu 'n dean e sin; oir cha diult e cuideachadh a thoirt do mhac righ a tha cho feumach air cuideachadh 'sa tha mise.

An deigh dhomh a bhith aireamh mhiosan air mo thurus thainig mi an de gu geata 'bhaile so, agus thainig mi steach ann an beul an anamoich. Stad mi car uine ghoirid a leigeadh m' analach, agus a smaoineachadh co an t-aite air an tugainn m' aghaidh. Thainig an caladair so eile a tha ri m' thaobh far an robh mi. Chuir e failte orm, agus chuir mise failte airsan, "Tha e coltach," ars' esan "gu 'm bheil thu 'nad choigreach 's a' bhaile so mar a tha mi fhein."

"Tha thu ceart gu leor," arsa mise.

Cha bu luaithe a thuirt e so na thainig an treas caladair a tha sibh a' faicinn, far an robh sinn. Chuir e failte oirnn, agus dh' innis e dhuinn gu 'm bu choigreach e a bha air ur thighinn gu ruige Bagdad. Agus, mar a bha nadarra gu leor dhuinn, rinn sinn braithreachas ri' cheile, agus runaich sinn gu 'm biomaid a falbh an cuideachd a cheile. Aig a' cheart am bha e air fas anamoch 's an fheasgar, agus cha robh fhios againn c' aite an rachamaid a dh' iarraidh aite fuirich, o nach robh luchd-colais againn anns a' bhaile, agus nach robh sinn ann riamh roimhe. Gu fortanach thainig sinn a dh' ionnsuidh a' gheata agaibhse, agus ghabh sinn de ahunadas oirnn fheinn bualadh aige. Cha 'n urrainn sinn innseadh cho taingeil 's a tha sinn air son gu 'n do leig sibh a steach sinn, agus gu 'n robh sibh cho caoimhneil ruinn. So a nis, a bhaintighearna, ma bheil agamsa ri innseadh mu thimchioll mar a chaill mi mo shuil dheas, agus c' ar son a thug mi dhiom an fheusag, a lom mi mo mhaileadhan, agus a tha mi an so an drasta.

"Foghnaidh sin," arsa Subaide; ' faodaidh tu a bhith falbh a dh' aite sam bith a thogras tu."

Ghabh an caladair a leithsgeul, agus ghuidh e air na mnathan-uaisle leigeadh leis fuireach gus an cluinneadh e eachdraidh a dhithis chompanach, agus eachdraidh nan triuir dhaoine eile a bh' anns a' chuideachd.

Thug na mnathan-uaisle an cead so dha ; agus bha e gle thaingeil.

Chuir an eachdraidh so a dh' innis a' cheud chaladair ioghnadh gu leor air a chuideachd gu leir, ach gu sonraichte air an righ.

Ged a bha na seirbhisich 'nan seasamh 's an t-seomar le claidhmean ruisgte 'n an laimh, cha b' urrainn an righ gun labhairt ris an ard-chomhairleach ann an cogar mar so :— " Is ionnadh naigheachd a chuala mi, ach cha chuala mi naigheachd riamh fhathast a bheireadh barr air naigheachd a' chaladair."

An uair a bha e 'labhairt nam briathran so, thoisich an dara caladair ri innseadh eachdraidh a bheatha fein do Shobaide.

Sgeulachdan Arabianach.

TALES FROM THE ARABIAN NIGHTS

TRANSLATED INTO GAELIC

FROM THE ENGLISH EXPURGATED EDITION.

DIVISION II.

PRICE ONE SHILLING.

INVERNESS:
"NORTHERN CHRONICLE" OFFICE.
EDINBURGH: NORMAN MACLEOD, 25 GEORGE IV. BRIDGE.

1899.

SGEULACHDAN ARABIANACH.

DIVISION II.

SGEULACHDAN ARABIANACH.

EACHDRAIDH NAN TRI CHALADAIREAN AGUS NAN COIG MNATHAN-UAISLE.

CAIB. VIII.

A BHAINTIGHEARNA, ars' an dara caladair, a chum fios
a thoirt dhut air an doigh thubaistich anns an do chaill
mi mo shuil dheas, feumaidh mi eachdraidh mo bheatha
innseadh o thoiseach gu deireadh.

Is mac righ mise, agus cha robh mi ach gle og an uair
a dh' aithnich m' athair gu'n robh moran tuigse air a
bhuileachadh orm. Fhuair mi ard-fhoghlum; oir cha
robh duine a b' fhoghluimte na cheile anns an rioghachd
aig m' athair nach robh greis 'g am ionnsachadh. Cha bu
luaithe a bha mi comasach air sgriobhadh is leughadh a
dheanamh na dh' ionnsaich mi air mo theangaidh a h-uile
facal de 'n Choran o thoiseach gu deireadh. A chum
gu 'm bithinn comasach air teagasgan is earailean an
leabhair mhath so a thuigsinn, leugh mi gu curamach
gach leabhar-mineachaidh a sgriobh daoine foghluimte air.
A bharrachd air so: leugh mi gach beul-aithris a bha air
chuimhne mu thimchioll an fhaidh. Fhuair mi eolas mor
mu gach seorsa foghlum eile air am biodh e feumail do m'

I

leithid eolas is fiosrachadh 'fhaotainn. Ach os cionn gach ni eile, bha mi ainmeil air son cho math 's a dheanainn sgriobhadh. Cha robh fear eile ri 'fhaotainn, ge mor am facal e, a dheanadh sgriobhadh a leith cho mhath rium.

Cha b' e mhain gu'n robh m' ainm agus mo chliu fad is farsuinn air feadh na rioghachd aig m' athair mar duine ro fhoghluimte, agus mar sgriobhadair math, ach chualas iomradh orm ann an luchairt righ nan Innsean. Bha toil mhor aig an righ chumhachdach so m' fhaicinn, agus chuir e teachdaire le tiodhlacan luachmhor far an robh m' athair, agus dh' iarr e air m' athair mise a leigeadh car uine do 'n luchairt aige. Bha m' athair gle dheonach mo leigeadh air falbh. Bha fhios aige gu'n deanadh e feum mor dhomh am barrachd de 'n t-saoghal 'fhaicinn, agus greis de 'n uine a chur seachad ann an cuirt righ nan Innsean. A bharrachd air so, bha toil aig m' athair cairdeas a dheanamh suas ri righ nan Innsean, gu h-araidh o 'n a bha e 'na righ mor, cumhachdach.

Dh' fhalbh mi comhladh ris an teachdaire, ach o 'n a bha 'n t-astar araon fada agus doirbh ri 'dheanamh, cha d' fhalbh comhladh ruinn ach beagan cuideachd. An uair a bha sinn dluth air mios air ar turus, air latha araidh chunnaic sinn buidheann mharcaichean a' tighinn 'nar coinneamh. Mar a bha iad a' tighinn na bu dluithe dhuinn, rinn sinn am mach gu'm bu robairean iad, agus gu'n robh mu leith cheud ann diubh. O nach robh againn ach deich eich luchdaichte le nithean a bha feumail dhuinn air son ar turuis, agus le tiodhlacan a bha m' athair a' cur a dh' ionnsuidh an righ, agus o nach robh sinn ann ach beagan dhaoine, tha e furasda thuigsinn gu'n d' fhuair na robairean lamh-an-uachdar oirnn ann an tiotadh. Ged a thuirt sinn riutha nach robh annainn ach teachdairean a bhuineadh do righ nan Innsean, cha tugadh iad urram no fathamus sam bith dhuinn. An aite sin, is ann a

thuirt iad ruinn ann an cainnt ladarna, "C'ar son a bheir-
eamaid meas no urram do bhur righ? Cha 'n ann de
'shluagh sinn, agus cha mho a tha sinn air a chuid
fearainn."

An uair a thuirt iad so, chuartaich iad sinn, agus
thoisich iad ri ar marbhadh. Bha mise 'gam dhion fhein
cho fad 's a b' urrainn domh; ach an uair a lotadh gu
h-olc mi, agus a chunnaic mi gu'n robh an teachdaire agus
na daoine a bha maille ris 'nan sineadh marbh air an
talamh, mharcaich mi air falbh le m' bheatha cho luath 's
a dheanadh an t-each dhomh. Ged a bha an t-each air
a lotadh cho math rium fhein, fhuair mi air falbh le m'
bheatha. Cha robh mi astar fad air falbh an uair a thuit
an t-each marbh fodham. An uair a chunnaic mi nach
robh neach air mo thoir, thuig mi gu'm b' fhearr leotha
greim a dheanamh air a' chreich na orm fhein.

Bha mi 'nam onar anns an fhasach, agus mi leointe,
agus gun duine agam a dheanadh an cuideachadh bu lugha
leam. Cha robh de mhisnich agam na gabhadh an rathad
mor, air eagal gu'n tachradh feadhain de na robairean
rium.

An uair a cheangail mi na lotan—agus gu fortanach
cha robh iad cho dona 's a shaoil mi—choisich mi re na
bha romham de 'n latha gus an d' rainig mi bonn beinne
anns a robh uamha do 'n deachaidh mi steach. Chuir mi
seachad an oidhche anns an uamhaidh, gun ghreim bidh
ach beagan mheasan a bhuain mi air an t-slighe.

Choisich mi romham re iomadh latha, ach cha robh
aite-comhnuidh a' tachairt rium. An ceann mios thainig
mi gu baile mor a bha anabarrach maiseach, agus anns an
robh moran sluaigh a' gabhail comhnuidh. Bha mi ro
thoilichte an uair a rainig mi e, agus dhichuimhnich mi
ann an tomhas mor am bron, an amhghair, agus an eis
anns an robh mi. Bha m' aghaidh, mo lamhan, agus mo

chasan dubh le losgadh na greine; agus o 'n a bha mo bhrogan 's mo stocainnean air caitheamh leis na rinn mi de choiseachd, b' eiginn domh a bhith 'falbh casruisgte. A bharrachd air so, bha na bh' umam a dh' aodach air a dhol 'na luideagan.

Chaidh mi steach do 'n bhaile feuch am faighinn a mach c'aite an robh mi, agus an uair a bha mi 'coiseachd troimh 'n t-sraid, bhruidhinn mi ri taillear a bha 'na sheasamh ann an dorus a bhuthadh. Ged nach robh mi ach gle luideagach, salach, truagh ann an coltas, dh'aithnich e gu'n robh mi air mo bhreith 's air m' arach na b' fhearr na shaoileadh daoine air mo choltas. Bhruidhinn e rium, agus dh' iarr e orm suidhe. 'Na dheigh sin dh' fheoraich e dhiom co as a thainig mi, agus ciod e 'chuir do 'n bhaile mi. Dh' innis mi dha gu saor, soilleir, co mi, agus gach cruaidh fhortan a thachair rium o 'n a dh' fhalbh mi a luchairt m' athar.

Fhad 's a bha mi ag innseadh mo naigheachd dha, dh' eisd e rium le deadh aire: ach an uair a chuir mi crioch air na bh' agam ri radh, an aite comhfhurtachd a thoirt dhomh, is ann a mheudaich e mo bhron. "Thoir do cheart aire," ars' esan, "nach leig thu ris do neach sam bith co thu; oir tha naimhdeas ro mhor aig prionnsa na rioghachd so do d' athair, agus faodaidh tu a bhith cinnt- each gu'n dean e cron ort, ma gheibh e fios gu'm bheil thu 's a' bhaile so."

Cha do chuir mi teagamh 'sam bith ann am briathran an tailleir. Thug mi taing dha air son a chomhairle, agus thuirt mi ris, gu'n robh mi deas gus a chomhairle a ghabh- ail ann an ni sam bith a chuireadh e fa m' chomhair.

O 'n a bha fhios aig gu'n robh an t-acras orm, dh' ordaich e biadh a thoirt dhomh, agus anns a' cheart am, thuirt e rium, gu'm b' e mo bheatha fuireach comhladh ri- fhein. Ghabh mi gu toileach an tairgse so.

An ceann beagan laithean, an uair a chunnaic e gu'n robh mi an deis gach sgios is airsneul a bh' orm an deigh mo thuruis fhada a chur dhiom, agus air dha fios a bhith aige gu'n robh clann righrean, mar bu trice, ag ionnsach-adh ceairde leis am biodh iad comasach air iad fhein a chumail suas, na 'm b' eiginn e, dh' fheoraich e dhiom an d' ionnsaich mi ceaird sam bith leis an rachadh agam air mo bheo-shlaint a chosnadh. Dh' innis mi dha gu'n robh mi anabarrach ionnsaichte anns gach uile sheorsa foghlum: agus gu'n robh mi sonraichte math gu sgriobhadh.

"Cha choisinn thu le d' chuid foghlum," ars' esan, "na cheannaicheas do dhinneir dhut. Cha 'n eil ni a's lugha air am bheil de mheas anns an duthaich so na foghlum. Ma ghabhas tu mo chomhairle-sa cuiridh tu aodach fir-oibre ort, agus o 'n a tha coltas ort a bhith laidir, fallainn gu leor, theid thu do 'n choille a ghearradh connaidh. Gheibh thu deadh phris air, agus theid agad air thu fhein a chumail suas gun dragh a chur air duine eile, gus an cuir am freasdal fortan a's fhearr 'na do rathad. Bheir mi fhein dhuit tuadh a ghearras am fiodh, agus sugan gus an t-eallach a cheangal."

Air eagal gu'm faighteadh am mach co mi, agus a chum gu'n rachadh agam air mi fhein a chumail suas gun dragh a chur air neach eile, dh' aontaich mi gu'n deanainn mar a chomhairlich e dhomh, ged a bha 'n obair trom agus taireil. An la-iar-na-mhaireach thug an taillear dhomh tuadh is sugan is cota goirid, agus dh' iarr e air na daoine bochda a bhiodh a' gearradh an fhiodha an rathad ionnsachadh dhomh do 'n choille, agus a bhith caoimhneil, companta rium.

Thug iad do 'n choille mi, agus an latha sin fhein ghearr mi de 'n fhiodh na choisinn leith buinn oir dhomh. Ged nach robh a' choille fad' o 'n bhaile, gidheadh, o nach

robh moran dhaoine a' dol a ghearradh connaidh innte.
bha e gann gu leor anns a' bhaile, agus mar sin, bha sinn
a' deanamh deadh tnuarasdail a h-uile latha. An uine
ghoirid choisinn mi suim mhath airgid, agus phaigh mi
do 'n taillear gach ni a thug e dhomh.

Lean mi air an obair so fad bliadhna. Air latha
araidh thachair dhomh a dhol na b' fhaide steach do 'n
choille na b' abhaist dhomh. Thoisich mi ri gearradh
craoibhe; agus an uair a bha mi 'feuchainn ris a' bhun
aice a spionadh as an talamh, thug mi an aire gu'n robh
dorus-falaich foidhpe. Ghlan mi air falbh an uir, agus
an uair a dh' fhosgail mi e, chunnaic mi staidhre fodha.
Ghabh mi sios an staidhre so, agus an tuadh 'nam laimh.
An uair a rainig mi a bonn, fhuair mi mi-fhein ann an
luchairt mhoir. Ghabh mi uamhas an uair a chunnaic
mi gu'n robh i cho soilleir le solus dealrach 's ged a
bhiodh i air uachdar na talmhainn. Ghabh mi ceum air
cheum air aghart troimh 'n luchairt, agus chunnaic mi
bean uasal cho briagha 's a chunnaic mo shuil riamh a'
coiseachd 'nam choinneamh. Cha b' urrainn mi mo shuil
a thogail dhith. Rinn mi cabhag gus a coinneachadh;
agus an uair a chrom mi a thoirt umhlachd dhi, thuirt i,
"Co thusa? An e duine no fathach a th' annad?"

"A bhaintighearna," arsa mise, "is duine mi; cha 'n
'eil co-chomunn sam bith agam ris na fathaich."

Tharruinn i osna throm agus thuirt i, "Cia mar air an
t-saoghal a thainig tu do 'n aite so? Tha coig bliadhna
fichead o 'n a thainig mise a dh' fhuireach do 'n aite so,
agus cha n fhaca mi duine anns an uine sin ach thu
fhein."

CAIB. IX.

Bha i 'na boirionnach cho maiseach 's nach b' urrainn mi gun tlachd a ghabhail dhith a' cheud shealladh a chunnaic mi dhith: agus leis an doigh aoidheil, chaoimhneil annsan do ghabh i rium, ghabh mi orm fhein de dhanadas bruidhinn rithe mar so: "A bhaintighearna, mu 'm freagair mi 'cheisd a chuir thu orm, ceadaich dhomh a radh gu'm bheil mi anabarrach toilichte gu'n do thachair sinn ri 'cheile. Tha sinn a thachairt ri 'cheile a' toirt faothachaidh dhomhsa o 'n bhron a tha mi 'fulang; agus ma dh' fhaoidte gu'n toir e cothrom dhomh air thu fhein a dheanamh na 's sona na tha thu."

Dh' innis mi dhi mar a fhuair mi am mach far an robh i; gu'm bu mhac righ mi, ged nach robh a' bheag dhe 'choltas orm ri m' fhaicinn; agus thuirt mi rithe gu'm b' e am fortan fhein a stiuir mi a dh' ionnsuidh a' phriosain anns an robh i; agus ged a bha 'n t-aite 's an robh i 'na aite-comhnuidh maiseach, nach robh a' chuis-coltach gu'n robh i toilichte ann.

"Ochan! a phrionnsa, ars ise 's i deanamh osna, tha thu ceart gu leor an uair a tha thu 'smaointean gu'm bheil mi sgith de 'n aite-chomhnuidh mhor, mhaiseach so; cha 'n eil tlachd sam bith aig daoine de 'n aite a's maisiche 's a s fhearr air an t-saoghal an uair a tha iad air an cumail ann an aghaidh an toile. Feumaidh gu'n cuala tu iomradh air Epitimarus, righ eilean Ebene. Is mise nighean an righ sin. B' e toil m' athar mo thoirt ri m' phosadh do mhac a pheathar; ach, oidhche na bainnse, an uair a bha maithean na cuirte agus sluagh a' bhaile ri gairdeachais, thug fathach air falbh mi. Chaill mi mo mhothachadh anns an am, agus an uair a thainig mo mothachadh ugam, bha mi anns an aite so. Fad uine

mhoir bha mi anabarrach trom, tursach; ach mu dheir-
eadh b' eiginn domh feuchainn ri mi fhein a dheanamh
riaraichte le m' staid, agus gabhail ris an fhathach a h-uile
uair a thigeadh e. Mar a dh' innis mi dhut mar tha,
tha mi coig bliadhna fichead anns an aite so, far am bheil,
tha mi 'g aideachadh, gach ni agam a b' urrainn domh
iarraidh a chum mo dheanamh comhfhurtail araon ann
am biadh 's an aodach. Tha 'm fathach a' tighinn an so
uair 's na deich latha, agus a' cur seachad na h-oidhche
comhladh rium. Mar leith-sgeul air son nach 'eil e tighinn
na 's trice, tha e ag radh gu'm bheil e posda ri te eile,
agus gu'm biodh i ag iadach ris nam biodh fhios aice
gu'm bheil e 'tighinn an so far am bheil mise. Ach
ma 's math leam e thighinn aig am sam bith de 'n
oidhche no de 'n latha, foghnaidh dhomh an glag-draoidh-
eachd ud aig an dorus a bhualadh, agus bidh e an so ann
an tiotadh. Is e 'n diugh an ceathramh latha o 'n a bha
e an so, agus cha 'n 'eil duil agam ris gu ceann sia latha
eile. Ma thogras tusa, faodaidh tu fuireach coig latha a
chumail cuideachd riumsa, agus feuchaidh mi ris gach
caoimhneas is urram 'nam chomas a nochdadh dhut."

O 'n a bha mi 'g am mheas fhein gle fhortanach a'
leithid so de dheadh thairgse 'fhaighinn gun iarraidh, cha
do dhiult mi i. Thug a bana-phrionnsa orm a dhol do
sheomar-faragaidh mor, maiseach, nach fhaca mi riamh
na b' fhearr; agus an uair a thainig mi am mach, an aite
an aodaich a chuir mi dhiom, fhuair mi deise riomhach a
dh' fhaodadh prionnsa sam bith a chur uime. Thug so
toileachadh mor dhomh, cha b' ann a mhain a chionn
gu 'n robh i anabarrach riomhach, ach a chionn
gu'n robh mi ann an eideadh freagarrach air son suidhe
ann an cuideachd na bana-phrionnsa.

Shuidh sinn greis a chomhradh ri 'cheile. An deis
dhuinn crioch a chur air a' chomhradh a bh' eadrainn,

dh' eirich ise, agus chuir i biadh dhe gach seorsa a b' fhearr na cheile air a' bhord. Shuidh sinn aig a bhord, agus an deigh dhuinn na thainig ruinn de 'n bhiadh a ghabhail. chuir sinn seachad na bha romhainn de 'n latha le mor thoilinntinn.

Air 'an ath latha rinn i gach ni a ghabhadh deanamh a chum gach toileachadh a thoirt dhomh. Aig am na dinneireach thug i steach botul de sheann fhion cho math 's a bhlais mi riamh. Gus mo thoileachadh, dh' ol i beagan dheth comhladh rium. An uair a dh' fhas mi blath leis an fhion, thuirt mi rithe. "A bhana-phrionnsa mhaiseach, tha thu tuilleadh is fada air do thiodhlacadh beo anns an aite so. Cuir cul ris an aite so, agus falbh comhladh rium fhein far am faic thu solus an latha, a chum gu'm bi saorsa is toileachadh agad nach robh agad o chionn iomadh bliadhna."

Le fiamh gaire air a gnuis thuirt i. "A phrionnsa, na bi bruidhinn air a leithid de ni. Ma dh' fhanas tu naoi latha dhe na deich comhladh rium an so. agus gu'n leig thu leis an fhathach a bhith comhladh rium gach deich-eamh latha. is e gu mor is roghainniche leam na falbh a so."

"A bhana-phrionnsa. arsa mise. "is e an t-eagal a th' ort roimh 'n fhathach a tha 'toirt ort a bhith 'bruidhinn mar sin. Air mo shon fhein dheth, cha tugainn sop air. Bristidh mi an glag-draoidheachd 'na bhloighean. Thigeadh e; tha mise deas air a shon; ciod sam bith cho laidir, treun 's a tha e, ceannsaichidh mise e. Tha mi 'toirt m' fhacail dhut gu'n cuir mi as do na h-uile fathach a th' air an t-saoghal.'

O 'n a bha fhios aicese gu math mar a dh' eireadh dhomh. ghuidh i orm gu durachdach gun mi bheantainn do 'n ghlag-draoidheachd; "oir ma bheanas tu dha." ars' ise, "cuirear mi fhin 's tu fhein a dhith. Tha fhios

agamsa air cumhachd nam fathach na 's fhearr na th'
agadsa."

Bha mi air fas cho blath leis an fhion aig an am 's
nach tug mi cluas do na briathran a labhair i. Dh' eirich
'mi o 'n bhord, bhuail mi breab air a' ghlag-draoidheachd,
agus bhrist mi e.

Cha bu luaithe a bhristeadh an glag-draoidheachd na
dh' fhairich sinn an luchairt a' dol air chrith. Shaoil sinn
gu'n robh i a' dol a thuiteam m' ar cinn. Chunnaic sinn
dealanaich, agus chuala sinn fuaim eagalach, mar fhuaim
thairneineach. Chuir am fuaim so a leithid a dh' eagal
orm 's gu'n d' fhas mi cho fuar 's ged nach olainn deur
fiona. Agus thuig mi gu'n d' rinn mi gnothach gle
ghorach.

" A bhana-phrionnsa, arsa mise, " ciod is ciall dha
so ?"

Mhothaich mi gu'n robh i air chrith le eagal an uair
a fhreagair i mi 's a thuirt i, " Mo leireadh, tha thu caillte
mur grad theich thu.

Ghabh mi a comhairle, ach leis an eagal 's leis r'
chabhaig, dhichuimhnich mi an tuadh agus an sugan
thoirt leam. Ghabh mi suas an staidhre cho luath 's a
b' urrainn mi, agus mu 'n gann a bha mi aig a barr, dh'
fhosgail an luchairt, agus thainig am fathach a steach.

Thuirt e ris a' bhana-phrionnsa, agus e ann an corr-
uich mhoir, " Ciod e 'thachair dhut, agus c'ar son a ghairm
thu orm ?"

" Bhuail goirteas anns an stamaic mi, agus gus mi
fhein a leigheas thug mi lamh air a' bhotul fhiona so.
Dh' ol mi beagan dheth uair no dha, agus le tuiteamas
bhuail mi an glag-draoidheachd, agus bhristeadh e ; sin
mar a bha," ars' ise.

An uair a chual' am fathach so, thuirt e rithe, " A
dhroch bhean, tha thu 'g innseadh nam breug. Co aig a
bha 'n tuadh ud, agus an sugan ?"

"Cha 'n fhaca mise iad gus a so, ars ise. "Is docha
gur ann 'na do luib fhein a thainig iad a steach. O 'n a
bha leithid de chabhaig ort a' tighinn, ma dh' fhaoidte
gu'n d' thug thu leat iad gun fhios dut."

Gun tuilleadh a radh rithe thoisich e ri gabhail oirre
's ri toirt maslaidh dhi. Cha b' urrainn domh eisdeachd
ris an droch dhiol a bha e 'deanamh oirre. Chuir mi
dhiom an deise mhaiseach a thug i orm a chur uman,
agus o 'n a chuir mi m' aodach fhein aig barr na staidhr-
each an latha roimhe sin gus a bhith deiseil ri m' laimh
an uair a bhithinn a' falbh, ghrad chuir mi umam e.
Ghreas mi 'mach, dhruid mi an dorus-falaich, agus
chuir mi an uir air a mhuin mar a bha e roimhe.

Bha mi anabarrach diumbach dhiom fhein air son mar
a thug mi le mo ghoraiche fhein a leithid de chruaidh-
fhortan air an aon bhoirionnach a b' aille snuadh 's bu
tlachdmhoire anns gach doigh, a chunnaic mi riamh mu
choinneamh mo dha shul.

"Tha e fior gu leor, arsa mise rium fhein, "gu'n robh
i druidte anns an taigh-fo-thalamh so o chionn choig
bliadhna fichead; ach ged nach robh a saorsa aice, cha
robh eis ni sam bith oirre a bhiodh feumail dhi. Chuir
mise le mo ghoraiche crioch air gach toileachadh a bh'
aice, agus bhrosnaich mi 'na h-aghaidh an creutair a's
neo-iochdmhoire a th' air an t-saoghal."

Thill mi do 'n bhaile leis an eallach chonnaidh. Bha
aoibhneas mor air an taillear an uair a chunnaic e mi.
Agus an deis dha failte chridheil a chur orm, thuirt e,
"Bha mi fo mhor dhragh-inntinn o 'n a dh' fhalbh thu,
gu h-araidh o 'n a dh' innis thu dhomh co thu. Bha eagal
orm gu'n d' fhuaradh am mach u; ach buidheachas do
Dhia gu'n d' thainig tu.

Thug mi taing dha air son a' churaim a bh' aige
dhiom, agus air son a' chaoimhneis a nochd e dhomh.

Ach cha d' innis mi dha e' aite an robh mi fhad 's a bha
mi air falbh, no ciod a bha 'gam chumail. Cha mho a
dh' innis mi dha mar a chaill mi an tuadh.

Chaidh mi do m' sheomar fhein, agus chain mi mi-
fhein gu math 's gu ro mhath air son mo ghoraiche. " Bha
mi fhein 's a' bhana-phrionnsa air a bhith cho sona 's a'
tha 'n latha cho fada, mur b' e gu'n do bhrist mi an glag-
draoidheachd," arsa mise rium fhein.

CAIB. X.

An uair a bha mi mar so 'gam dhiteadh fhein, thainig an
taillear far an robh mi, agus thuirt e rium, " Thug seann
duine nach eil mi ag aithneachadh an tuadh agad an so.
Tha e ag radh gu'n d' fhuair e anns a' choille i, agus gu'n
dubhairt do chompanaich ris gur ann leatsa 'tha i, agus
gu'n d' innis iad dha gu'n robh thu 'fuireach an so. Thig
am mach a bhruidhinn ris: oir cha toir e seachad i do
dhuine sam bith ach dhut fhein."

An uair a chuala mi so, chaidh mi air chrith leis an
eagal. An uair a bha 'n taillear a' faighneachd gu de
'bha cearr orm, dh' fhosgladh dorus an t-seomair, agus
nochd an seann duine a steach far an robh sinn. Co
bh' ann ach am fathach ann an riochd seann duine, agus
an tuadh aige 'na laimh.

" Is mis' am fathach," ars' esan, " mac de nighinn
Eiblis, Prionnsa nam fathach. Nach i so an tuadh
agadsa !"

Mu 'n d' fhuair mi uine gu freagairt a thoirt dha, rug
e air mheadhain orm, agus sguab e leis mi am mach as an
t-seomar. Ann am priobadh na sul thug e leis mi cho
ard do na speuran 's nach robh fhios agam co 'n taobh a
bha e 'gam thabhairt. Thainig e nuas thun na talmhainn

a rithist, agus uair a bhuail e a chas air an talamh dh'
fhosgail e, agus thug e sios mi do 'n luchairt far an robh
a' bhana-phrionnsa. Ach, obh, obh! ciod an sealladh a
bha 'n sin! Dh' fhag e mo chridhe goirt. Bha i na
sineadh ruisgte air an urlar lan fala, na bu choltaiche ri
marbh na ri beo, agus a gruaidhean fliuch le deoir.

"A chreutair mhollaichte," ars' am fathach rithe, agus
e 'sineadh a laimhe an taobh a bha mise, "nach e so am
fear ris an robh thu 'leannanachd?"

Sheall i an rathad a bha mi, agus fhreagair i gu mulad-
ach, "Cha 'n aithne dhomh idir e; cha 'n fhaca mi riamh
e gus an drasta."

"Ciod e tha thu 'g radh?" ars' am fathach. "Is e bu
choireach ri thu bhith anns an t-suidheachadh anns am
bheil thu; agus tha thu cho ladarna 's gu'm bheil thu 'g
radh nach aithne dhut e."

"Mur aithne dhomh e," arsa bhana-phrionnsa, "am
b' aill leat mi dheanamh nam breug a chum a dhiteadh!"

"Oh, seadh," ars' am fathach 's e tarruinn a' chlaidh-
eimh as an truaill, agus 'g a thairgse do 'n bhana-
phrionnsa, "mur faca thu riamh roimhe e, beir air a
chlaidheamh, agus gearr dheth an ceann."

"Ochan! cia mar a tha e 'n comas dhomhsa a leithid
sin a dh' olc a dheanamh air do chomhairle-sa! Tha mi
air fas cho fann 's nach urrainn mi mo lamh a thogail;
agus ged a b' urrainn, cha leigeadh mo chridhe leam
beatha duine neo-chiontaich nach fhaca mi riamh roimhe
a thoirt air falbh," arsa bhana-phrionnsa.

"Tha do chuid diultaidh a' dearbhadh dhomhsa gu
soilleir gu'm bheil thu ciontach," ars' am fathach. An
sin thionndaidh e riumsa, agus thuirt e, "Am faca tusa
am boirionnach so riamh roimhe?"

Bithinnse cho mi-thaingeil agus cho meallta ri creutair
a bha beo mur feuchainn ri bhith cho dileas dhise 's a

bha ise dhomhsa, gu h-araidh o'n a b' ann air mo shaillibh a choisinn i corruich an fhathaich. Air an aobhar sin, thuirt mi ris, "Cia mar a bhiodh aithne agamsa oirre 's nach fhaca mi riamh i gus an diugh?"

"Ma tha sin mar sin," ars' esan, beir air a' chlaidh eamh, agus gearr dhith an ceann. Air a' chumhnant so leigidh mi leat a bhith 'falbh; oir an sin bidh e air a dhearbhadh dhomh nach fhaca tu riamh i gus an drasta.'

"Le m' uile chridhe, fhreagair mi 's mi breith air a' chlaidheamh." Ach na smaoinich gur ann gus a' bhana-phrionnsa mhaisach a chur gu bas air chomhairle an fhathaich a rinn mi so. Rinn mi e a chum gu'n nochd-ainn cho math 's a b' urrainn domh, gu'n robh mi a' cheart cho deas gus am bas fhulang air a son-se 's a bha ise air mo shon-sa. Thuig i gle mhath ciod a bha mi 'ciallach-adh; oir dh' aithnich mi air an t-suil a thug i orm gu'n do thuig i mi. An uair a chunnaic mi so thug mi ceum air ais, agus thilg mi an claidheamh air an urlar, agus thuirt mi ris an fhathach. "Bidh mise gu brath 'nam chulaidh-ghrain do 'n chinne-daon gu leir ma bhios mi cho eucorach 's gu mort mi bean-uasal air nach robh colas agam, agus a tha gle dhluth air a' bhas. Faodaidh tu an rud a thogras tu a dheanamh rium, o 'n a tha comas agad air; ach cha dean mi air chor sam bith an eucoir a tha thu 'g iarraidh orm a dheanamh."

"Tha mi 'faicinn, ars' am fathach, "gu'm bheil sibh le cheile suidhichte air brath a ghabhail orm, agus air masladh a thoirt dhomh. Ach leigidh mi 'fhaicinn dhuibh, leis an droch dhiol a ni mi oirbh, gu'm bheil barrachd cumhachd agam na tha sibh an duil."

An uair a thuirt e so, rug e air a' chlaidheamh, agus ghearr e dhith an lamh. Ged nach robh innte ach an deo air eiginn, leig i ris dhomh gu'n robh i 'fagail slan agam gu brath. An ceann beagan uine thraigh i air fuil.

An uair a chunnaic mise gu'n d' fhuair i bas, thuit mi ann an neul. An uair a dhuisg mi as an neul, dh' iarr mi air an fhathach mo grad chur gu bas. Thuirt mi ris, " Buail mi anns a' mhionaid. Tha mi deas gus am bas 'fhaighinn. Is e mo ghrad chur gu bas am fabhar a's mo is urrainn dut a dheanamh rium."

Ach an aite deanamh mar a bha mi ag iarraidh air, thuirt e, " Gabh beachd air an droch dhiol a ni na fath-aich air am mnathan an uair a bhios amhrus aca gu'm bheil iad neo-dhileas dhaibh. Leig i leat cead tighinn a steach an so; agus nam bithinnse cinnteach gu'n robh dad cearr eadraibh, chuirinn gu bas thu anns an t-seasamh bonn. Ach foghnaidh leam do chruth atharr-achadh gu cu, no moncaidh, no leomhann, no gu cun. Roghnaich an cruth a's fhearr leat dhiubh so."

Thug na briathran so ni-eiginn de mhisnich dhomh gu'n rachadh agam air faighinn sabhailte as a lamhan. Thuirt mi ris, " O fhathaich, na bi cho cruaidh sin orm, agus o nach 'eil thu gus mo bheatha a ghearradh as, buin rium gu caoimhneil, fialaidh. Ma bheir thu mathanas dhomh, cumaidh mi do chaoimhneas nam aire fad 's is beo mi. Dean rium mar a rinn aon de na daoine a b' fhearr a bh' air an t-saoghal, an uair a thug e gu saor lan-mhathanas do 'n choimhearsnach fharmadach aig an robh fuath mor dha."

Dh' fheoraich am fathach dhiom ciod a thainig eadar an dithis choimhearsnach so, agus thuirt e rium gu'n deanadh e foighidinn gus an innsinn dha mu 'n deidhinn. Tha mi 'n dochas, a bhaintighearna, nach gabh thu gu h-olc e ged a dh' innsinn dhut an naigheachd so.

Ann am baile-mor araidh bha dithis dhaoine 'fuireach ann an taighean a bha gu math dluth air a cheile. Bha fuath anabarrach mor aig an dara fear do 'n fhear eile. B' eiginn do 'n fhear a bha air 'fuathachadh falbh as an

taigh 's an robh e, agus taigh a ghabhail ann am baile
eile: oir bha e 'smaointean gur e cho dluth 's a bha e
fhein 's a choimhearsnach air a cheile bu choireach gu'n
robh fuath aig a choimhearsnach dha. Ged a nochd e
iomadh caoimhneas dha, gidheadh, cha do lughdaich sin
'fhuath dha. Air an aobhar sin reic e an taigh, agus gach
ni a bh' aige, agus chaidh e do cheanna-bhaile na riogh-
achd. Cheannaich e fearann faisge air a' bhaile so, far
an do thog e taigh agus garadh a bha mor, maiseach.
Anns a' gharadh so thachair gu'n robh seann tobar anns
nach robh deur uisge.

An uair a chuir e an taigh 's an garadh ann an ordugh
cho math 's a ghabhadh deanamh, runaich e gu'n caith-
eadh e na bha roimhe dhe '-bheatha cho saor o dhragh 's o
thrioblaidean an t-saoghail 's a ghabhadh deanamh. Air
an aobhar sin chuir e uime eideadh manaich, agus chuir
e caochladh sheomraichean an ordugh a chum gu'm biodh
e fhein is manaich eile a' fuireach annta. Ann an uine
ghoirid thainig e gu bhith fo mhor-mheas aig islean 's aig
uaislean a' bhaile gu leir air son cho maiseach 's cho neo-
lochdach 's a bha e 'caitheamh a bheatha. Thainig daoine
air astar fada a dh' aon ghnothach a chum gu'n cuireadh
e suas urnuigh as an leith; agus dh' aidich iad gu'n robh
e na mheadhain air moran math a dheanamh dhaibh.

Chualas anns a' bhaile as an d' fhalbh e, gu'n robh an
duine so fo dheadh chliu aig na h-uile, agus bhrosnaich
so an duine aig an robh fuath dha air a leithid de dhoigh
's gu'n do chuir e roimhe gu'n rachadh e a dh' aon ghnoth-
ach do 'n cheanna-bhaile gus a sheana choimhearsnach a
chur gu bas. A chum a dhroch run a chur an gniomh
chuir e uime eideadh manaich, agus chaidh e dh' ionns-
uidh an taighe anns an robh a sheana choimhearsnach.
Agus ghabh a choimhearsnach coir ris mar nach biodh
cuimhne aige air an fhuath 's air a' ghamhlas a bh' aige
dha 's an am a dh' fhalbh.

Thuirt an duine gamhlasach, farmadach so ris, gu'n d' thainig e far an robh e air cheann-gnothaich a bha gle chudthromach, agus fhad 's a bhiodh e ag innseadh aobhar a thuruis dha, nach fhaodadh duine a bhith anns an eisd-eachd ach iad fhein. " Agus a chum nach cluinn neach sam bith aon fhacal dhe na bhios eadrainn," ars' esan. " theid sinn do 'n gharadh. Bheir thu ordugh do na manaich gabhail mu thamh o 'n a tha e air tighinn anamoch s an fheasgar." Rinn an duine coir, cneasda, mar a chomhairlich an droch dhuine eile dha.

An uair a chunnaic an duine farmadach nach robh neach sam bith 'g am faicinn, thoisich e ri innseadh ceann a thuruis do 'n duine mhath. Bha iad a' coiseachd taobh ri taobh air an socair fhein, agus gun smaointean aig an duine mhath gu'n robh ole sam bith fa near do 'n duine fharmadach. Ach uair dhe na h-uairean 's iad a' dol seachad air an tobar, thilg an duine farmadach sios an duine math an comhair a chinn do 'n tobar, gun fhios aig duine beo air an ole a rinn e, agus thug e 'chasan as. Cha do leig e an ceum as a chois gus an d'rainig e a thaigh fhein. Bha e gle riaraichte le 'thurus; oir bha e lan-chinnteach 'na inntinn fhein, gu'n do chuir e a sheana choimhearsnach coir gu bas. Ach 'na dheigh sin fhuair e 'mach gu'n robh e gu mor air a mhealladh.

<hr>

CAIB. XI.

Bha sithichean agus fathaich a' fuireach anns an t-seann tobar, agus mur b' e so, bha 'n duine math air a bheatha 'chall mu 'n d' rainig e grunnd an tobair. An uair a thuig an droch dhuine eile sios e, rug iad air 'nan lamhan, agus loig iad as gu socrach anns an tobar e. Ged nach fhaca e neach sam bith, dh' aithnich e gu'n robh cumhachd air choireiginn ann a chum e gun a cheann 's a chnamhan a bhristeadh leis an leagadh a fhuair e.

Cha robh e fad anns an tobar an uair a chuala e guth ag radh, "An aithne dhuibh an duine so do 'n tug sinn cuideachadh?"

Fhreagair guth eile, "Cha 'n aithne."

An sin fhreagair a' cheud ghuth, "Innsidh mise dhuibh co e. Is e so duine cho caranta 's a th' air an t-saoghal. Dh' fhalbh e as a' bhaile 's an robh e, agus thainig e do 'n bhaile so an dochas gu'n tugadh e air aon de choimhearsnaich gun a bhith cho gamhlasach ris. An uair a chuala a choimhearsnach cho cliuiteach 's cho measail 's a bha e anns a' bhaile so, thainig e a dh' aon ghnothach a chum cur as da. Agus bha chuis air a dhol leis mur b' e gu'n d' thug sinne cuideachadh dha an uair a thilgeadh 's an tobar e. Tha cliu an duine so cho mor 's gu'n cuala an righ m' a dheidhinn. Tha 'n righ gus tighinn g' a amharc am maireach a chum gu'n dean e urnuigh as leith a nighinn."

Thuirt guth eile, "Ciod am feum a th' aig nighean an righ air urnuighean manaich?"

Fhreagair a' cheud ghuth, "Am bheil fhios agad gu'm bheil i air a mealladh leis an fhathach, Maimoun, mac Dhimidim, a thuit ann an gaol oirre? Tha fhios agamsa gle mhath cia mar a theid aig an duine mhath so air a leigheas. Tha an ni furasda gu leor, agus innsidh mi dhut e. Tha cat dubh aige 's an taigh. Air earball a' chait so tha bad beag geal. Ma bheir e seachd roineagan as a' bhad gheal so, agus gu'n loisg e iad os cionn ceann nighean an righ, bidh i air a leigheas, agus cha tig Maimoun, mac Dhimidim, gu brath tuilleadh far am bheil i."

Chuala an duine math a h-uile facal de 'n chomhradh so a bh' eadar na sithichean agus na fathaich. Ach cha dubhairt iad facal ri cheile tuilleadh fad na h-oidhche.

Anns a' mhadainn an uair a thoisich an latha ri soilleireachadh, thug e an aire gu'n robh pairt de bhalla an tobair air tuiteam, agus le mor dhichioll chaidh aige air streap am mach as an tobar.

Bha na manaich fad na h-oidhche 'g a iarraidh gus an robh iad seachd sgith; agus an uair a chunnaic iad e, rinn iad gairdeachas mor ris. Thug e dhaibh gearr chunntas air an eucoir a rinn an duine air, an deis dha a leithid de chaoimhneas a nochdadh dha an latha roimhe sin.

Cha robh e fada 'na sheomar fhein an uair a thainig an cat dubh far an robh e, agus thoisich e ri e fhein a shliobadh ris mar a b' abhaist dha. Rug e air agus thug e seachd roineagan as a' bhad gheal a bh' air an earball aige, agus chuir e ann an aite air leith iad gus am biodh feum aig' orra.

Gu math moch an la'r-na-mhaireach chaidh an righ gu taigh a' mhanaich, agus ghabhadh ris leis an urram a bha dligheach dha mar righ. Thug an righ mar an ceudna urram do 'n mhanach, agus thuirt e ris, " A dhuine mhath, is docha gu'm bheil fhios agad c'ar son a thainig mi far am bheil thu."

" Tha mo thighearna," ars' am manach 's e freagairt gu ciuin: " mur 'eil mi air mo mhealladh, thainig sibh a dh' iarraidh leighis air son a' ghalair a th' air bhur nighinn."

" Sin a' cheart aobhar a chuir an so mi," ars' an righ. " Bheir thu tuilleadh saoghail dhomhsa ma theid agad air mo nighean a leigheas.

" Mo thighearna," fhreagair am manach, " ma 's e bhur toil leigeadh leatha tighinn an so far am bheil mise, tha dochas agam, le cuideachadh is fabhar Dhe, gu'n teid agam air a leigheas."

An uair a chual' an righ so bha aoibhneas anabarrach

air, agus gun dail sam bith chuir e air thoir na h-ighinn.
Thainig i fhein 's a mnathan-coimhideachd. Cha bu
luaithe a loisg am manach na seachd roineagan a thug e
a earball a' chait os cionn a cinn, na thug am fathach,
Maimoun, mac Dhimidim, glaodh mor as, agus dh' fhalbh
e. Ghrad thug nighean an righ an srol bhar a h-aghaidh,
agus dh' eirich i 'na seasamh, agus ghlaodh i, " C'ait am
bheil mi? Co thug an so mi?"

An uair a chual' an righ na briathran so, bha
aoibhneas anabarrach mor air, agus rug e air a nighinn
'na ghairdeanan, agus phog e i. Phog e mar an ceudna
lamh a' mhanaich. Thuirt e ris an luchd-comhairle a bha
maille ris, " Ciod an duais air am bheil an duine so airidh
a leighis mo nighean.

Fhreagair iad a beul a cheile, " Tha e airidh gu'n
tugadh tu dha do nighean ri 'posadh."

" Sin a' cheart ni a bha mi fhein a' smaointean," ars'
an righ, " agus gun tuilleadh dalach theid am posadh a
dheanamh."

An uine ghoirid 'na dheigh sin fhuair ard-chomhairl-
each an righ bas, agus rinneadh ard-chomhairleach de 'n
mhanach. An ceann beagan bhliadhnachan 'na dheigh
sin dh' eug an righ fhein, agus o nach robh mac aige,
cha 'n fhaca ard-mhaithean na rioghachd dad bu fhreag-
arraiche na 'n t-ard-chomhairleach a dheanamh 'na righ,
agus thaitinn so gu mor ri sluagh na rioghachd gu leir.

An uair a rinneadh righ de 'n mhanach, bha e latha
araidh, ann an cuideachd ard-mhaithean agus ard-uaislean
na rioghachd ag imeachd troimh 'n bhaile, agus bha moran
de shluagh a' bhaile cruinn gus an righ fhaicinn. Thug
an righ an aire gu'n robh an duine farmadach, a nochd
mor ghamhlas dha, am measg an t-sluaigh. Thuirt an
righ ri aon de 'n na comhairlich, " Bi falbh," agus thoir
an duine ud a chi thu 'na sheasamh an sid, far am bheil
mise; ach thoir an aire nach cuir thu eagal air."

Rinn an comhairleach mar a dh' aithn an righ dha, agus thug e an duine farmadach 'na lathair. Thuirt an righ ris, " A charaid. tha mi anabarrach toilichte d' fhaicinn.

An sin thionndaidh an righ ri fear de na h-oifigich a bha maille ris, agus thuirt e. " Bi falbh. agus thoir ceud bonn oir de m' chuid ionmhais-sa do 'n duine so : thoir dha mar an ceudna fichead luchd de 'n bhathar a's fhearr 's is luachmhoire a th' anns na taighean-storais agamsa. agus faic sabhailte dha thaigh fhein e."

An uair a thug e an t-ordugh so do 'n oifigeach. dh' fhag e beannachd aig an duine fharmadach. agus dh' imich e air aghart.

An uair a dh' aithris mi an naigheachd so do 'n fhathach a mharbh a' bhana-phrionnsa, thuirt mi ris. " O fhathach! tha thu nis a' faicinn, nach e mhain gu'n d' thug an righ mathanas do 'n duine fharmadach a bha 'g iarraidh a bheatha 'thoirt air falbh. ach gu'n do nochd e dha mor-chaoimhneas mar an ceudna. agus gu'n d' thug e dha or is bathar luachmhor ann am pailteas. Dean thusa mar a rinn an righ math. trocaireach so. agus cha bhi aithreachas ort. Thoir mathanas dhomh, agus cha 'n iarr mi an corr ort." Ach a dh' aindeoin cho durachdach. dealasach 's gu'n robh mi a' guidhe air mathanas a thoirt dhomh. cha tugadh e geill sam bith dhomh.

" Cha chuir mi gu bas thu," ars' esan, " ach na biodh duil sam bith agad gu'm faigh thu slan. fallain. as mo lamhan-sa. Leigidh mise 'faicinn dhut gu'm bheil cumhachd agam iomadh ni a dheanamh le m' dhraoidheachd.'

An uair a thuirt e so. rug e orm 'na chroig. agus cha mhor nach do dh' fhaisg e an cridhe asam. Dh' fhalbh e leam am mach as an taigh-fo-thalamh. agus thug e leis mi cho ard do na speuran 's nach robh mi ach air eiginn a' faicinn na talmhainn shios fodham mar neul beag. geal.

An sin thainig e nuas leam cho luath ris an dealanach, agus leig e as mi air mullach beinne. Thog e lan a chroige de 'n talamh, agus an uair a labhair e briathran nach do thuig mise, thilg e mu mhullach mo chinn e, agus thuirt e, "Na bi 'nad dhuine na 's mo, ach bi 'nad mhoncaidh. Ann am priobadh na sul chaidh e as an t-sealladh, agus dh' fhag e ann an sid mi 's mi ann an riochd moncaidh. Bha mo chridhe gu bristeadh le bron 's gun fhios agam air an t-saoghal mhor c'aite an robh mi, no cia 'n taobh a bheirinn m' aghaidh a dh' ionnsuidh rioghachd m' athar.

Chaidh mi sios bhar mullach na beinne, agus thainig mi dh' ionnsuidh duthchadh a bha anabarrach farsuinn, comhnard. Bha mi 'siubhal troimh 'n duthaich so fad mhios. Mu dheireadh thainig mi ann an sealladh na mara, agus rinn mo chridhe gairdeachas ris an t-sealladh. Bha feath mhor air a' mhuir, agus chunnaic mi long mhor fo a cuid sheol 'na laidhe gu socrach air aghaidh na mara, agus ann an dochas gu'n gabhadh an sgiobair air bord mi 'nan ruiginn i, thug mi oidhirp air meanglan mor a bhristeadh bhar te dhe na craobhan a bha faisge air bruaich a' chladaich. A dh' olc no dh' eiginn gu'n d' fhuair mi, bhrist mi e, agus an uair á chuir mi am mach air a' mhuir e, chaidh mi casan-gobhlach air, agus bha mi 'g a iomradh le maide anns gach laimh. Ged a thug mi uine mhor air ruighinn far an robh an long, rainig mi mu dheireadh a cheart air eiginn.

An uair a mhothaich na seoladairean agus an luchd-turuis a bh' air bord dhomh, ghabh iad ioghnadh anabarrach mor. Cha bu luaithe a rainig mi cliathach na luinge na ghrad shreap mi air bord; ach o nach b' urrainn domh bruidhinn, bha mi ann an iomacheist mhoir; agus thuig mi gu'n robh mi ann an cunnart a bhith air mo ghrad chur gu bas.

Bha na marsantan a bu air bord, agus na seoladairean,
a' lan chreidsinn gu'n tigeadh mi-fhortan mor 'nan rathad
nan leigeadh iad leam a bhith air bord. Thuirt fear
dhiubh, "Cuiridh mi 'n t-eanchain as le maide." Thuirt
fear eile, "Cuiridh mi saighead troimh 'n mhionach aige."
Thuirt an treas fear, "Tilgidh mi leis a' chliathaich e."

Bha iad air mo chur gu bas ann an ionad nam bonn,
mur b' e gu'n do ghabh an sgiobair mo phairt. An uair
a chunnaic mi an cunnart anns an robh mi, chaidh mi far
an robh e 'na sheasamh, agus thilg mi mi-fhein air an dec
aig a chasan. An uair a chunnaic e mi a' sileadh nan
deur gu frasach, ghabh e truas dhiom, agus thuirt e nach
fhaodadh duine a bh' air bord beud a dheanamh orm.
Thoisich e ri deanamh moran dhiom, agus ged nach robh
e 'n comas dhomhsa facal a labhairt, nochd mi dha mar
a b' fhearr a b' urrainn domh, gu'n robh mi gle thaingeil
dha air son a' chaoimhneis a bha e 'nochdadh dhomh.

CAIB. XII.

An ceann latha no dha thainig soirbheas cho fabharrach
's a dh' iarradh iad, agus mhair e fad nan seachd seachd-
ainean a bha 'n long air a turus a dh' ionnsuidh a' bhaile-
puirt anns an robh aca ris an luchd a chur am mach.

An uair a rainig sinn an acarsaid 's a leigeadh am
mach an t-acaire, thainig moran de bhataichean lan sluaigh
thun na cliathaich a chur failte 's furainn air an cairdean,
agus a nochdadh an aoibhneis a bh' orra a chionn gu'n do
thill iad dhachaidh gu sabhailte as an duthaich fhad air
falbh anns an robh iad air chuairt.

Ach 'nam measg so bha oifigich o 'n righ, a thainig 'na
ainm a chur failte air na marsantan a bh' air bord. An
uair a thainig na marsantan nan lathair, labhair fear de
na oifigich riutha:—"Tha ordugh againne o 'n righ a

radh ribh, gu'm bheil e anabarrach toilichte gu'n do thill sibh dhachaidh gu sabhailte, agus tha e 'guidhe oirbh gu'm bi sibh cho math 's gu'n sgriobh gach fear dhibh beagan fhacal anns an leabhar so. Agus a chum gu'n tuig sibh c'ar son a tha 'n righ ag iarraidh oirbh so a dheanamh, feumaidh mi innseadh dhuibh, gu'n robh ard-chomhairl- each na rioghachd 'na dhuine a bha araon ro ghlic, agus mar an ceudna 'na sgriobhaiche a bha gun choimeas anns an rioghachd gu leir. Dh' eug e o chionn ghoirid, agus tha 'n righ 'g a chaoidh gu mor ; agus leis an tlachd a th' aige dhe 'n sgriobhadh mhath a bha e 'deanamh, bhoidich e nach deanadh e fear sam bith 'na ard-chomh- airleach ach fear a sgriobhadh a cheart cho math ris. Ged a fhuaradh lamh-sgriobhaidh mhorain anns an rioghachd, gidheadh cha d' fhuaradh fhathast aon duine a dheanadh sgriobhadh cho math ris an ard-chomhairleach nach maireann."

Sgriobh na marsantan a bha 'smaointean gu 'm o' aithne dhaibh sgriobhadh math a dheanamh, beagan anns an leabhar. An uair a bha iad uile deas, chaidh mise far an robh an t-oifigeach, agus rug mi air an leabhar as a laimh. Ach ghlaodh an sluagh uile, gu h-araid na mars- antan, ag radh, "Stracaidh e an leabhar, no tilgidh e anns a' chuan e." Ach an uair a chunnaic iad cho ordail 's a rug mi air an leabhar agus air a' pheann, agus mar a bha mi 'feuchainn ri nochdadh gu'n rachadh agam air sgriobhadh a dheanamh, dh' fhan iad samhach agus ghabh iad ioghnadh mor. An deigh so gu leir o nach fhaca iad moncaidh riamh a dheanadh sgriobhadh, agus o nach b' urrainn daibh a thuigsinn gu'n robh e 'n comas dhomhsa a bhith na bu ghlice na moncaidhean eile, thug iad ionnsuidh air an leabhar a thoirt as mo laimh. Ach cha leigeadh an sgiobair leotha. "Leigibh leis sgriobh- adh," ars' an sgiobair. "Mur teid aige air sgriobhadh ceart a dheanamh, gabhaidh mise air anns a' mhionaid. Ach ma ni e sgriobhadh math—agus tha amhrus laidir agam gu'n dean, oir cha 'n fhaca mi moncaidh riamh a leith cho tapaidh agus cho tuigseach ris—tha mi ag radh ribh gu'n gabh mi ris mar gu'm b' e mo mhac fhein e. Bha mac agam nach robh a leith cho turail 's cho tuigseach ris."

An uair a chunnaic mi nach robh neach sam bith a' cur 'nam aghaidh, rug mi air a' pheann, agus sgriobh mi na sia seorsachan lamh-sgriobhaidh a bha cleachdte am measg nan Arabianach, agus anns gach lamh-sgriobhaidh dhiubh so, bha ceathramh orain a rinn mi anns an t-seasamh bonn a' moladh an righ. Cha b' e mhain gu'n robh mo sgriobhadh moran na b' fhearr na sgriobhadh nam marsantan, ach, faodaidh mi a radh nach fhaca iad sgriobhadh riamh cho briagha ris. An uair a bha mi deas, thug na h-oifigich an leabhar leotha 'dh' ionnsuidh an righ.

An uair a sheall an righ air na sgriobhaidhean a bh' anns an leabhar, cha do ghabh e suim sam bith de na sgriobh na marsantan. Ach thaitinn mo sgriobhadh-sa ris anabarrach math. Thionndaidh e ri fear de na h-oifigich a bha 'n lathair, agus thuirt e ris, " Thoir leat an t-each a's fhearr a th' agam anns an stabull, agus cuir air an acfhuinn a's briagha a th' agam, agus thoir leat an deise aodaich a's riomhaiche a th' agam, agus cuir mu'n duine sin i, a sgriobh na sia seorsachan lamh-sgriobhaidh, agus thoir leat an so e."

An uair a chuala na h-oifigich so cha b' urrainn iad gun ghaire a dheanamh.

Ghabh an righ fearg riutha a chionn gaire a dheanamh, agus bha e 'dol 'g an smachdachadh. Ach thuirt iad ris, " Le 'r cead, a righ, tha sinn gu h-umhail ag iarraidh mathanais oirbh : cha b' e duine a rinn an sgriobhadh idir, ach moncaidh."

"Ciod e tha sibh ag radh?" ars' an righ; "an e nach ann le lamh duine a rinneadh an sgriobhadh briagha so?"

"Cha 'n ann gu dearbh," arsa na h-oifigich; "cho fior 's a tha sinn beo, rinn moncaidh an sgriobhadh 'n ar lathair-ne."

An uair a chual' an righ so, is ann bu mho a bha de thoil aige scalladh dhiom 'fhaicinn: agus air an aobhar sin thuirt e ris an oifigeach, "Deanaibh mar a dh' aithn mi dhuibh, agus gun dail sam bith thugaibh an so am moncaidh iongantach ud."

Chaidh na h-oifigich air ais a dh' ionnsuidh na luinge, agus litir aca o 'n righ thun an sgiobair, ag iarraidh air am moncaidh a chur g' a ionnsuidh. An uair a leugh an sgiobair i, thuirt e, "Feumar a bhith umhail do dh' aithne an righ."

Chuireadh an t-aodach riomhach umam, agus thugadh gu tir mi. An sin chuireadh air muin an eich mi, agus dh' fhalbh iad leam gu luchairt an righ, far an robh e fhein agus moran a dh' uaislean 's a mhaithean na riogh-achd 'g am fheitheamh a chum an tuilleadh urraim a chur orm.

An uair a dh' fhalbhadh leam o 'n chladach, thoisich moran sluaigh ri cruinneachadh. Bha gach sraid is uinneag a bh' anns a' chuid sin de 'n bhaile troimh 'n robh sin a dol, cho lan 's a chumadh iad de dhaoine dhe gach seorsa, a chruinnich as gach earann de 'n bhaile gus m' fhaicinn: oir sgaoil an t-iomradh air feadh a' bhaile, gu'n robh an righ a' dol a dheanamh ard-chomhairleach de mhoncaidh. Bha ioghnadh mor aig an t-sluagh dhiom, agus bha iad a' sior ghlaodhaich as mo dheigh. Mu dheireadh rainig sinn luchairt an righ.

Bha 'n righ, an uair a rainig sinn, 'na shuidhe air an righ-chathair, agus mor-uaislean na rioghachd mu'n cuairt dha. Chrom mise mi-fhein tri uairean air a bheulaobh.

agus an sin leig mi-fhein air mo ghluinean, agus phog mi an t-urlar mar chomharradh gu'n robh mi a' toirt umhlachd is urram dha. Na dheigh sin shuidh mi air an urlar mar is gnath leis na moncaidhean suidhe.

Ghabh a' mhor-chuideachd a bha 'n lathair ioghnadh anabarrach an uair a chunnaic iad mar a rinn mi, agus cha b' urrainn iad a thuigsinn cia mar a b' aithne dhomh urram dligheach a thoirt do 'n righ. A dh' aon fhacal, rinn mi mo dhleasdanas an lathair an righ cho modhail s cho iomchuidh ri duine beo, ach nach robh e 'nam chomas facal bruidhne a dheanamh. Ach cha 'n urrainn na moncaidhean bruidhinn, agus ged a bha mise an toiseach 'nam dhuine, cha robh mi comasach air facal a radh aon uair 's gu'n d' rinneadh moncaidh dhiom.

Thug an righ ordugh do na h-uaislean a bhith falbh. Cha robh comhladh ris ach an t-ard-chaillteanach, agus gille beag a bha 'feitheamh do 'n bhord. Thug e leis mi do 'n t-seomar anns am biodh e 'gabhail a bhidh, agus an uair a chuireadh am biadh air a' bhord, smeid e orm gu tighinn agus suidhe aig a' bhord comhladh ris. Gus a leigeadh fhaicinn dha gu'n robh mi deas gus umhlachd a thoirt dha, phog mi an t-urlar, dh' eirich mi 'nam sheasamh, agus shuidh mi aig a' bhord. Ghabh mi na thainig rium de 'n bhiadh gu modhail, measarra, mar is gnath le daoin' uaisle 'dheanamh.

Thug mi an aire 'na dheigh sin gu'n robh clar-sgriobhaidh anns an t-seomar, agus leig mi ris dhaibh gu'n robh toil agam beagan sgriobhaidh a dheanamh. An uair a thugadh do m' ionnsuidh e, sgriobh mi beagan cheathrannan orain, anns an do chuir mi an ceill mo thaingealachd do 'n righ air son cho caoimhneil 's a bha e rium. An uair a leugh an righ an t-oran ghabh e ioghnadh anabarrach. Thugadh an sin dhomh lan glain de 'n deoch a b' fhearr a bha an righ ag ol. An uair a dh' ol mi an

deoch so, sgriobh mi tuilleadh cheathrannan. Leugh an
righ iad mar an ceudna, agus thuirt e, " Bhiodh duine sam
bith a dheanadh a leithid so air a mheas 'na dhuine ro
ard os cionn nan uile dhaoine."

Dh' ordaich an righ am bord-tailisg a thoirt g' a
ionnsuidh, agus smeid e orm gu suidhe comhladh ris a
chluich air. Chuir mi mo lamh air mo cheann, a ciallach-
adh gu'n robh mi deas gus umhlachd a thoirt dha.
Bhuidhinn esan a' cheud chluich, agus bhuidhinn mise an
ath dha chluich. Thuig mi nach do chord so ris, agus a
chum 'inntinn a chiuineachadh, rinn mi coathrannan orain
anns an d' innis mi mu dha armailt chumhachdach a bha
'cath gu teith, teann fad an latha, ach a rinn sith feasgar,
agus a chuir seachad na bha rompa dhe 'n oidhche gu
caoimhneil, cairdeil maille ri 'cheile air an achadh.

Bha h-uile rud a bh' ann a' cur a leithid a dh' ioghnadh
air an righ 's gu'n do chuir e fios air a nighinn gu tighinn
a steach do 'n t-seomar gus m' fhaicinn. Cha bu luaithe
'thainig i steach na ghrad chuir i srol air a h-aghaidh,
agus thuirt i ri 'h-athair, " Le'r cead, a righ, dhichuimhnich
sibh sibh-fhein an diugh. Tha ioghnadh orm gu'n do
chuir sibh fios orm gu tighinn an so an lathair dhaoine."

" Cia mar sin, a nighean !" ars' an righ. " Cha 'n eil
fhios agad ciod a tha thu 'g radh. Cha 'n eil neach an
so ach an gille-buird, an caillteanach, agus mi-fhein, agus
faodaidh sinn d' aghaidh fhaicinn latha sam bith ; c'ar
son, a nis, a tha thu 'cur falaich air d' aghaidh, agus a tha
thu diumbach dhiomsa air son fios a chur ort !"

" Le 'r cead, a righ, ars' ise, " bidh fios agaibh gun
dail gu'm bheil mise ceart. Cha 'n e moncaidh nadarra
'th' anns a' mhoncaidh sin idir ; is e 'th' ann prionnsa og,
mac righ mhoir. Chruth-atharraicheadh gu moncaidh e
le draoidheachd. B' e am fathach mor, mac nighean
Eblis, a chuir anns a' chruth sin e. Chuir am fathach so

an toiseach gu bas a' bhana-phrionnsa og, mhaiseach,
nighean an righ, Epitimarus, agus 'na dheigh sin chuir e
am prionnsa so ann an riochd moncaidh."

Ghabh an righ ioghnadh mor an uair a chuala e so,
agus thionndaidh e rium, agus dh' fheoraich e dhiom an
robh na dh' innis a nighean dha mu m' dheidhinn fior
O nach robh e 'n comas dhomh freagradh a thoirt air ann
an cainnt, chuir mi mo lamh air mo cheann a' ciallachadh
gu'n robh na labhair i fior gu leor.

<hr>

CAIB. XIII.

Thuirt an righ an sin ri' nighinn, "Cia mar a tha fhios
'agad gur ann le draoidheachd a chuireadh am prionnsa so
ann an riochd moncaidh?"

"Innsidh mi sin dhiubh," ars' ise. "An uair a bha
mi mu dheich bliadhna 'dh' aois, bha seana bhean, mar a
tha cuimhne agaibh, a' frithealadh dhomh. Bha colas
anabarrach farsuinn aice air draoidheachd. Dh' ionnsaich
i dhomh tri fichead cleas 's a deich de na cleasan draoidh-
eachd. Leis na cleasan so rachadh agam air ceann-a-bhaile
na rioghachd a thilgeadh ann am priobadh na sul an teis-
meadhain a' chuain, no air chul Beinn Chacasuis. Leis an
ealain so aithnichidh mi anns a' mhionaid a h-uile neach
a tha fo gheasan, agus co a chuir ann iad. Air an aobhar
sin, na biodh ioghnadh sam bith oirbh ged a thogainn-sa
na geasan gun dail bhar a' phrionnsa, agus ged a chuirinn
'n 'ur lathair e anns a' chruth nadarra anns am bu choir
dha bhith."

"A nighean, cha robh fhios agam gus a nis gu'n robh
uiread sin a dh' eolas agad," ars' an righ.

"Mo thighearna," ars' an nighean, "tha 'n t-eolas so
iongantach, agus is fhiach e 'ionnsachadh gu curamach;

ach cha 'n 'eil mi 'smaointean gur coir dhomh uaill a dheanamh as."

" A nis, o 'n a theid agad air," ars' an righ, " tog na geasan bhar a' phrionnsa."

" Ni mi sin, agus cuiridh mi e anns a' cheart chruth 's an robh e an toiseach," arsa nighean an righ.

" Dean e, ma ta," ars' an righ, " cha 'n urrainn dut taitneas a's mo a thoirt dhomhsa ; oir ni mi ard-chomh-airleach dheth, agus posaidh e thu fhein."

" Mo thighearna, tha mise deas gus umhlachd a thoirt dhuibh anns gach ni a chuireas sibh mu m' choinneamh," ars' ise.

An uair a thuirt i so, chaidh i do'n t-seomar aice fhein, agus thug i sgian as air an robh facail Eabhra sgriobhte. Thug i air an righ, air a' chaillteanach, air a' ghille-buird, agus ormsa a dhol sios do chuirt a bh' anns an luchairt. Bha lobhta-chrochaidh mor-thimchioll na cuirte, agus thug i oirnne 'nar ceathrar seasamh air an lobhtaidh so ; ach sheas i fhein ann am meadhain na cuirte. Thairr-uinn i cearcal mor mu'n cuairt air an aite 's an robh i 'na seasamh, agus sgriobh i na h-uiread a dh' fhacail ann an litrichean Arabianach an taobh a staigh de 'n chearcal so. An uair a bha gach ni deas a reir a miann, thoisich i ri labhairt briathran draoidheachd, agus ri aithris earrannan de 'n Choran. An ceann beagan uine thoisich an t-aite ri fas dorcha, mar gu'm biodh deireadh an t-saoghail air tighinn. Bhuail an t-eagal sinn gu h-anabarrach, gu h-araid an uair a chunnaic sinn am fathach, mac nighean Eiblis, air ar beulaobh ann an riochd leomhainn, a bha uamhasach mor.

Cha bu luaithe a chunnaic ise e na thuirt i, " A choin, an aite bhith similidh 'n am lathair mar bu choir dhut, am bheil de dhanadas agad feuchainn ri eagal a chur orm !"

" Agus thusa," fhreagair an leomhann, " an e nach 'eil

eagal ort bristeadh air na mionnan a bh' eadrainn nach deanamaid cron sam bith air a cheile?"

"O chreutair mhollaichte!" arsa nighean an righ, "is math a dh' fhaodas mise a radh gur tusa a bhrist air na mionnan."

Fhreagair an leomhann gu garg, "Gheibh thusa do dhuais gun dail air son mise thoirt an so."

An sin dh' fhosgail e a chraos, agus thug e ionnsuidh air a h-itheadh. Ach bha ise 'na faireachadh, agus thug i leum air a h-ais. Spion i roineag de 'n fhalt as a ceann, agus an uair a labhair i tri facail, chuir i i-fhein ann an riochd claidheimh leis an do ghearr i an leomhann 'na dha leith.

Chaidh an da leith so as an t-sealladh, ach dh' fhan ceann an leomhainn, agus ann an tiotadh chaidh e ann an riochd scorpioin. Ann am priobadh na sul chaidh nighean an righ ann an riochd nathrach, agus chathaich i ris an scorpion gus am b' eiginn da teicheadh ann an riochd iolaire. Ach cha bu luaithe a chaidh an scorpion ann an riochd iolaire na chaidh an nathair ann an riochd iolaire mar an ceudna. Chaidh iad le cheile as an t-seall-adh car uine. N dheigh sin dh' fhosgail an talamh air ar beulaobh, agus thainig cat breac geal am mach, agus a h-uile gaoisne a bh' air 'nan seasamh, agus e 'miamhalaich gu h-eagallach. Thainig madadh-allaidh dubh am mach 'na dheigh, agus cha do leig e fois dha. Chaidh an cat ann an riochd cnuimh; agus thachair gu'n robh ubhall air an talamh a thuit bhar na craoibhe a bha 'fas air bruaich na h-aimhne, agus gun dail chaidh a' chnuimh a steach ann. Dh' fhas an t-ubhall cho mor ann an tiotadh 's gun do spraidh e na phiosan. Chaidh am madadh allaidh ann an riochd coilich, agus thoisich e ri itheadh nam frasan a bha 'm broinn an ubhall. Ach an uair a shaoil e gu'n d' ith e iad uile, thainig e an rathad a bha sinn, agus a

sgiathan sgaoilte, agus e 'gogail gu trang, mar gu'm biodh
e 'faighneachd dhinn, an d' ith e na frasan uile. Bha aon
silean de 'n fhras aig bruaich na h-aimhne, agus an uair a
thug an coileach an aire dha, ruith e g' a ionnsuidh gus
itheadh ; ach an uair a bha e gus a bhith aige, rol an
silean e fhein do 'n amhainn, agus chaidh e 'na iasg beag.
Ann an tiotadh chaidh an coileach 'na iasg mor, agus
thoisich e ri ruith an deigh an eisg bhig. Bha iad da uair
an uaireadair fo 'n uisge, agus cha robh fhios againn ciod
a dh' eirich dhaibh. Ach mu dheireadh chuala sinn
glaodhaich uamhasach a thug oirnn a dhol air chrith leis
an eagal, agus an sin chunnaic sinn am fathach agus
nighean an righ 'nan lasraichean teine, agus iad a'
tilgeadh chuifeanan teine as am beoil air a cheile.
Bha leithid de theine 's de thiugh-cheo timchioll
orra 's gu'n robh eagal oirnn mu dheireadh gu'n cuireadh
iad an luchairt 'na teine. Ach an uine ghoirid bha aobhar
eagail bu mho na so againn ; oir an uair a fhuair am
fathach a lamhan nighean an righ, thainig e far an robh
sinn air an lobhtaidh, agus thoisich e air tilgeadh
lasraichean teine as a bheul oirnn. Bha sinn air ar
losgadh mur b' e gu'n d' thainig nighean an righ g' ar
teanacsadh. Ach a dh' aindeoin na rinn i gus a chumail
uainn, loisgeadh feusag agus aghaidh an righ gu h-olc ;
thacadh an caillteanach, agus rinneadh dubh-ghual dheth,
agus chuir an lasair te dhe na shuilean asamsa. Bha duil
agamsa agus aig an righ nach robh tuilleadh saoghail
againn, an uair a chuala sinn ise a' glaodhaich, "Buaidh,
buaidh !" Ann an tiotadh bha nighean an righ 'na cruth
nadarra fhein, ach bha am fathach 'na thorr luathadh.

Thainig i gun dail far an robh sinn, agus dh' iarr i
cupan uisge a thoirt g' a h-ionnsuidh. Thug an gille-buird
uice e, agus an deis dhi facail a radh nach do thuig mi,
dhoirt i mu m' cheann e, ag radh, " Ma 's ann le draoidh-

eachd a rinneadh moncaidh dhiot, bi air d' atharrachadh
gu cruth duine mar a bha thu roimhe." Mu 'n gann a
labhair i na briathran so, bha mise ann an cruth duine
mar a bha mi 'n toiseach, ach gu'n robh aon suil g' am
dhith.

Bha mi 'dol a thoirt taing do nighean an righ air son
na rinn i de mhath dhomh, an uair a labhair i ri h-athair
mar so:—" Mo thighearna, fhuair mi buaidh air an fhath-
ach, mar a tha fhios agaibh ; ach tha i gle dhaor dhomh,
oir cha bhi mi beo ach beagan mhionaidean. Fhuair an
teine greim orm an uair a bha mi 'cath ris an fhathach.
Cha tachradh so idir dhomh nan d' thug mi an aire do 'n
t-silean mu dheireadh de 'n fhras a bh' anns an ubhaill,
agus gu'n d' ith mi e, mar a dh' ith mi an corr, an uair a
bha mi an riochd coilich. B' e sid an dara riochd mu
dheireadh anns an robh comas aig an fhathach air e fhein
a chur. Ach o 'nach d' rinn mi so 'na am, b' eiginn domh
feuchainn ris a chath a chur le teine, mar a chunnaic
sibh. A dh' aindeoin cho chumhachdach 's cho fiosrach
's gu'n robh am fathach, leig mise fhaicinn da gu'm
b' aithne dhomh barrachd air na b' aithne dha. Thug
mi lan-bhuaidh air, agus loisg mi e ; ach cha 'n eil e 'n
comas dhomh a nis am bas a sheachnadh."

Bha 'n righ fo mhor dhoilghios an uair a chuala e na
briathran so. " Mo nighean," ars' esan, " tha thu 'faicinn
gu'm bheil d' athair ann an droch staid. Ochan ! is
iongantach gu'm bheil mi fhathast beo ! Tha 'n cailltean-
ach marbh, agus tha 'm prionnsa a shaor thu o 'n
draoidheachd an deis a shuil dheas a chall."

Bha e cho lan de bhron 's nach b' urrainn da an corr
a radh. Thoisich e ri sileadh nan deur gu frasach. An
uair a chunnaic mise agus a nighean an staid mhuladach
anns an robh e, cha b' urrainn duinn gun teannadh ri gul
's ri caoidh maille ris.

An uair a bha sinn mar so 'nar triuir a' gul 's a' caoidh. ghlaodh nighean an righ. " Tha mi 'g am 'losgadh! Tha mi 'g am 'losgadh!" Thug i an aire gu'n robh an teine a bha 'g a caitheamh as an deis greim fhaighinn air a coll- ainn gu leir. Bha i 'sior ghlaodhaich, " Tha mi 'g am losgadh!" gus an do chaitheadh as i mu dheireadh. Ann am beagan mhionaidean bha i 'na torradan luathadh mar a bha 'm fathach.

Cha gabh e innseadh am bron 's an t-uamhas a chuir an sealladh so orm. B' fhearr leam gu mor a bhith 'nam mhoncaidh fad uile laithean mo bheatha na mo bhanach- araid, chaoimhneil fhaicinn a' basachadh anns an doigh ud.

Bha 'n righ fo dhoilghios agus fo bhron gun choimeas. Bha e 'glaodhaich agus a' gabhail dha fhein anns a' cheann gus an do thuit e mu dheireadh ann an neul. Thug an luchd-frithealaidh leotha e, agus ann an uine gun bhi fada, bha e air chomas bruidhinn a dheanamh. Cha robh aobhar dhomhsa no do 'n righ fath a' bhroin 's a' mhulaid anns an robh e 'innseadh dhaibh. Dh' fhoghnadh dhaibh sealltainn air an da thorradan luathadh a rinn- eadh de 'n fhathach agus de nighean an righ, agus thuig- eadh iad mar a thachair.

Sgaoil an naigheachd muladach air feadh a' bhaile ann an uine ghoirid, agus bha 'n sluagh gu leir fad sheachd latha fo bhron air son mar a thachair do nighean an righ.

Bha 'n righ fad mhios air an leabaidh le bron an deig' bas a nighinn. Mu 'n gann a dh' fhas e laidir gu leor chuir e fios ormsa. An uair a chaidh mi far an robh e 's a thug mi umhlachd dha mar a bha dligheach dhomh a dheanamh, thuirt e rium :—" A phrionnsa, thoir an aire mhath do na bheil mi gus a radh riut. Mur dean thu mar a dh' iarras mise ort, caillidh tu do bheatha g' a

chionn. Bha mi 'n comhnuidh a' caitheamh mo bheatha
gu sona, agus cha d' thainig mi-fhortan riamh 'na mo
rathad. Ach dh' fhalbh mo shonas gu buileach ri linn
thusa 'thighinn 'nam rathad. Tha mo nighean marbh:
tha 'm fear a bha 'toirt an aire dhi marbh, agus is
gnothach miorbhuileach gu'm bheil mi fhein beo fhathast.
Is tusa bu mhathair-aobhair do gach mi-fhortan a thainig
'nam rathad. Air an aobhar sin, bi falbh gun dail ann
an sith, oir bidh mi fhein marbh ma dh' fhanas tu na s
fhaide. Tha mi deimhin gu'm bi mi-fhortan anns gach
aite am bi thu. Cha 'n 'eil an corr agam ri radh riut.
Bi falbh, agus thoir do cheart aire nach tig thu gu brath
air ais do mo rioghachd; ma thig, caillidh tu do bheatha
ris.

Bha mi 'dol a labhairt, ach cha leigeadh e leam aon
fhacal a radh. Mar so b' eiginn domh falbh as an luch-
airt. Bha mi gun mheas, gun chliu, gun chuideachadh,
gun chairdean, agus cha robh fhios agam co an taobh air
an tugainn m' aghaidh. Mu 'n d' fhalbh mi as a' bhaile
thug mi dhiom an fheusag, lom mi mo mhalaidhean, agus
chuir mi uman eideadh caladair.

An uair a ghabh mi mo thurus as a' bhaile, bha mi
gle mhuladach, cha b' ann a mhain air son mar a dh'
eirich dhomh fhein, ach gu sonraichte air son mar a
dh' eirich do 'n da bhana-phrionnsa a fhuair am bas air
mo shaillibh.

Choisich mi troimh iomadh duthaich gun duine 'g am
aithneachadh. Mu dheireadh shuidhich mi gu'n tiginn
gu ruige Bagdad, ann an dochas gu'n gabhadh an righ
truas dhiom an uair a dh' innsinn dha a h-uile mi-fhortan
troimh 'n deachaidh mi. Thainig mi do 'n bhaile air an
fheasgar so fhein, agus b' e an caladair so, ar brathair, a'
cheud duine a choinnich rium. Tha fios agaibh mar tha
air a' chuid eile dhe m' eachdraidh, agus cia mar a fhuair
mi de dh' urram a bhith an so a nochd maille ribh.

CAIB. XIV.

An uair a chuir an dara caladair crioch air a naigheachd, thuirt Sobaide ris, " Tha h-uile cuis ceart; faodaidh tu bhith 'falbh agus do rogha rathad a ghabhail." Ach an aite falbh is ann a ghuidh e oirre gu'n leigeadh i leis fuir- each gus an cluinneadh e eachdraidh nan daoine eile a bh' anns an t-seomar. An uair a thug Sobaide cead dha fuireach, shuidh e ann an aite air leith

An uair a thoisich an treas caladair ri eachdraidh a bheatha fhein innseadh, thuirt e :—" A bhaintighearna urramach, tha m' eachdraidh-sa gle neo-choltach ris an da eachdraidh a chuala sibh cheana. Chaill an da phrionnsa a dh' innis an eachdraidh an leith shuil le mi-fhortan a thainig 'nan rathad 's gun choire sam bith aca fhein ris, ach chaill mise mo leith shuil le mo choire fhein, mar a thuigeas sibh an uair a chluinneas sibh m' eachdraidh.

Is e Agib an t-ainm a th' orm, agus is mac righ mi. B' e Casaib ainm m' athar. An deigh bas m' athar, bha mise 'nam righ, agus bha mi 'gabhail comhnuidh anns a' bhaile anns an robh m' athair a' gabhail comhnuidh romham. Tha 'm baile ri cois a' chladaich, agus tha acarsaid ann cho farsuinn 's cho sabhailte 's a gheibhear anns an t-saoghal. Tha arm-lann anns an acarsaid so anns an togtadh ceud gu leith long-chogaidh, leith cheud long air son giulan bathair, a bharrachd air moran de shoitheachan eile, beag is mor de gach seorsa. Tha mo rioghachd gu math farsuinn, agus tha aireamh mhath a dh' eileanan mora innte, agus tha iad uile ann an sealladh a' cheanna-bhaile.

An uine ghoirid an deis dhomh a bhith air mo dhean- amh 'nam righ, chaidh mi air feadh gach cearn de 'n rioghachd a chum gu 'm faicinn an sluagh, agus gu 'n

deanainn gach ni a ghabhadh deanamh gus toirt orra a
bhith umhail agus dileas dhomh. 'Na dheigh sin an uair
a fhuair mi an cabhlach gus leir a chur 'na lan uidheam,
sheol mi do na h-eileanan gu eolas a chur air an t-sluagh
a bha 'nan comhnuidh annta. An ath bhliadhna, rinn mi
a' cheart ni. Thug so orm tlachd a ghabhail ann a bhith
'seoladh. Mu dheireadh, bhuail e anns an inntinn agam
gu'm bu choir dhomh falbh feuch an tachradh eileanan
eile rium gus seilbh a ghabhail orra, agus mar so, mo
rioghachd a mheudachadh. Fhuair mi deich longan
cogaidh fo 'n lan uidheam, agus sheol sinn.

Fad shia seachdaincan, bha soirbheas againn cho fabh-
arrach 's a dh' iarramaid. Ach 'na dheigh sin sheid
stoirm laidir 'n ar n-aghaidh fad latha 's oidhche, agus cha
mhor nach deachaidh ar call. Mu shoillcireachadh
an latha thuit a' ghaoth, agus thainig a' ghrian ris gu
briagha. O 'n a thachair dhuinn aig an am a bhith faisge
air eilean mor, dh' acraich sinn dluth dha, agus thug sinn
uisge agus biadh air bord. An ceann da latha sheol
sinn. An ceann deich latha an deis dhuinn seoladh bha
suil am mach againn feuch am faiccamaid fearann; ach
cha robh fearann ri' ...aicinn. An uair a chunnaic mi
nach robh cuiscan air thuar a dhol leam cho math 's a bha
mi 'n duil, thug mi ordugh tilleadh dhachaidh. Ach thuig
mi gu'n do chaill sinn ar cursa. Air an latha sin fhein
chuireadh fear de 'n sgiobadh suas do 'n chram-mheadhain
feuch an deanadh e am mach an robh sinn faisge air
fearann. An uair a thainig e 'nuas, thuirt e nach robh
coltas fearainn ri fhaicinn taobh sam bith: "ach tha mi,
ars' esan, a' faicinn meall mor dubh 'nar deigh."

An uair a chual' am fear-iuil a bh' againn air bord na
briathran so, dh' fhas 'aghaidh cho geal ris an anart. Le
a leith laimh thug e bhoinneid bhar a chinn, agus bhuail
e air an dec i, agus leis an laimh eile thoisich e ri bualadh

'uchd agus ri radh, " Tha sinn caillte! Cha teid a h-aon dhinn as! Agus tha e neo-chomasach dhomhsa an cunnart a sheachnadh." An uair a thuirt e so, bhuail e air gul 's air caoidh, mar dhuine a bhiodh a' faicinn gu'n robh e dluth air bas obann. An uair a chunnaic sgiobadh na luinge an suidheachadh anns an robh e, chaidh iad uile air chrith leis an eagal.

Dh' fheoraich mi dheth c'ar son a bha eagal cho mor air; agus thuirt e rium gu'n d' fhuadaich an stoirm cho fada bhar ar cursa sinn 's gu'n robh sinn tuilleadh is dluth air na beanntan dubha. " Anns na beanntan so," ars' esan, " tha moran de chloich dhaoimein, agus mu 'n am so am maireach, an uair a bhios sinn air ar tarruinn gu math dluth dhaibh, tairnidh a' chlach dhaoimein so a h-uile tairing iaruinn a th' anns na longan am mach asda, agus theid iad 'nam bordan beaga, agus bidh sinn uile air ar call. Tha taobh nam beanntan so luma lan de thairnean a bh' anns na longan a bh' air am bristeadh orra a chionn iomadh linn. Mar is mo a bhristear de shoithichean air cladach nam beanntan so, is ann is mo a bhios de chumhachd tarruinn aca air soithichean eile.

" Tha garbhlach anabarrach mor air taobh a' chuain de na beanntan so. Air mullach te dhiubh, tha taigh umha air a thogail air am bheil mullach cruinn. Air mullach an taighe so, tha each umha 'na sheasamh. Air muin an eich so, tha marcaiche 'n a shuidhe, agus air an uchd aig a' mharcaiche, tha uchd-eideadh luaidhe air am bheil facail dhraoidheachd sgriobhte. Tha e air aithris gur e 'm t-each agus am marcaiche an t-aobhar sonraichte air son gu'm bheil na h-uiread de shoithichean air am bristeadh, agus de dhaoine air am bathadh air cladach na beinne, agus gu'm bi an call so a tachairt gus an leagar an t-each agus am marcaiche bhar mullach an taighe."

An uair a chuir am fear-iuil crioch air na briathran so,
thoisich an sgiobadh ri gul 's ri caoidh maille ris. Bha
mi ann an lan dhuil gu'n robh crioch mo bheatha dluth
air laimh.

Anns an am thoisich a h-uile fear a bh' air bord ri
deanamh deiseil air son a bheatha fhein a shabhaladh,
nan gabhadh sin deanamh. Rinn gach fear dileabach
de 'n fhear eile, a chum gu'm biodh cuid an fhir mhairbh
aig an fhear bheo.

Anns a' mhadainn an la-iar-na-mhaireach bha sinn gu
math dluth do na beanntan, agus chuir na chuala sinn mu
'n deidhinn am barrachd uamhais oirnn. Mu mheadhain
latha bha sinn cho dluth orra 's gu'n do lan-chreid sinn
gu'n robh na dh' innis am fear-iuil dhuinn mu'n deidhinn
fior gu leor. Thoisich gach tairig agus gach iarann eile a
bha anns na longan air leum asda gu cladach na beinne.
Mu dheireadh sgaoil iad 'nam bordan as a cheile, agus
chaidh iad fodha. Bhathadh a h-uile duine ach mi fhein.
Ach bha Dia trocaireach dhomh, agus thachair gu'n d'
fhuair mi greim air maide mor a chum an uachdar mi.
Beag air bheag chuir a' ghaoth mi fhein 's am maide gu
tir aig bonn na beinne gun bheud a dheanamh orm.
Ged a bha 'n cladach garbh, creagach, anabarrach doirbh
ri 'dhireadh, thachair gu'n deachaidh mi air tir ann an
aite anns an robh e rud eiginn furasda dhomh a' bheinn a
dhireadh. An uair a chunnaic mi so, thug mi taing do
Dhia, agus dh' earb mi mi-fhein ris. Thoisich mi ri direadh
na beinne, ach ma thoisich cha robh sin furasda dhomh a
dheanamh. Cha robh bileag fheoir ri fhaicinn o bhonn
gu mullach na beinne: cha robh anns a' bheinn ach clach
dhubh, chruaidh, shleamhuinn; agus chuireadh an oiteag
ghaoithe bu lugha bhar mo chas mi iomadh uair. Ach a
dh' olc no dh' eiginn gu'n d' fhuair mi, rainig mi mullach
na beinne mu dheireadh. Chaidh mi steach do 'n taigh

agus air mo ghluinean thug mi taing do Dhia air son cho trocaireach 's a bha e dhomh.

Chuir mi seachad an oidhche anns an taigh. Chaidil mi gu trom; oir bha mi gle sgith. Chunnaic mi bruadar iongantach. Ar leam gu'n d' thainig seann duine liath, air an robh coltas siobhalte, far an robh mi, agus gu'n dubhairt e rium, Eisd rium, Agib: cho luath 's a dhuisgeas tu, cladhaich an talamh aig do chasan, agus gheibh thu fo 'n talamh bogha-saighead umha, agus tri saighdean luaidhe a rinneadh fo runnagan araid, a chum an cinne-daon a shaoradh o iomadh trioblaid do 'm bheil iad buailteach. Tilg na tri saighdean air an iomhaidh duine a th' air muin an eich, a th' air mullach an taighe. Tuitidh an iomhaidh so sios do 'n chuan; ach tuitidh an t-each-umha air do bheulaobh. Feumaidh tu an t-each so a thiodhlacadh anns an t-slochd as an cladhaich thu am bogha-saighead agus na saighdean. Cha luaithe a ni thu so na thoisicheas am muir ri at 's ri eirigh suas ri taobh na beinne, gus mu dheireadh am bi e cho ard ri urlar an taighe. An uair a bhios am muir cho ard sin, chi thu bata beag a' tighinn an taobh a tha thu, agus coltas aon duine innte, agus e 'g a h-iomradh le ramh anns gach laimh. Cha 'n e duine a th' ann, ach iomhaidh duine air a dheanamh de mhiotailt araid. An uair a thig am bata gu tir air do bheulaobh, theid thu gun dail a steach innte. Ach thoir do cheart aire nach ainmich thu ainm Dhe fhad 's a bhios tu air bord innte. Ann an deich laithean bheirear thu a dh' ionnsuidh aite anns am faigh thu cothrom air a dhol gu sabhailte do d' rioghachd fhein. Ach cuimhnich nach toir thu guth air ainm Dhe fad na h-uine; ma bheir, cha ruig thu do rioghachd fhein gu brath."

Thug am bruadar so, an uair a dhuisg mi, misneach mhor dhomh. Gun dail sam bith chladhaich mi anns an talamh aig mo chasan far an robh mi 'nam laidhe. Fhuair mi am bogha-saighead agus na tri saighdean mar a thuirt an seann duine rium. Thilg mi na saighdean air an iomhaidh a bh' air muin an eich umha, agus leis an treas-saighead, leag mi e. Thuit e car na char sios leis a' bheinn, agus chaidh e as mo shealladh anns a' mhuir. Thuit an t-each mar an ceudna air mo bheulaobh, agus gun dail sam bith thiodhlaic mi e anns an t-slochd as an d' thug mi am bogha-saighead agus na saighdean. Mar a thuirt an seann duine rium, thoisich am muir ri at beag air bheag gus mu dheireadh an robh e cho ard ri urlar an taighe a bh' air mullach na beinne. Thug mi an aire anns an am gu'n robh am bata 'tighinn, agus a' deanamh direach air an aite anns an robh mi, agus thug mi taing do Dhia a chionn gu'n robh mi air thuar faotainn as an aite mhi-fhortanach anns an robh mi.

Mu dheireadh, an uair a thainig am bata gu tir air mo bheulaobh, chunnaic mi gur e iomhaidh duine de mhiotailt a bha 'ga h-iomradh, mar a dh' innseadh dhomh anns a' bhruadar. Gun fhacal a radh, chaidh mi air bord innte. Dh' iomair e air falbh o 'n bheinn, agus lean e air iomradh fad naoi latha agus naoi oidhche. Anns a' mhadainn air an deicheamh latha, thug mi an aire gu'n robh sin a' dluthachadh ri fearann. Bha mi cho lan de ghairdeachas aig an am 's gu'n do dhichuimhnich mi a' chomhairle a thug an seann duine orm anns a' bhruadar. Thuirt mi, " Beannaichte gu robh Dia ! Moladh do Dhia !"

Cha bu luaithe a thuirt mi so na chaidh am bata agus an duine miotailt fodha fo m' chasan. Bha mi 'nam dheadh shnamhaiche, agus o nach robh mi fada o thir, thuirt mi rium fhein gu'n rachadh agam air tir a thoirt am mach. Ach cha robh sin cho furasda dhomh 's a bha mi 'n duil. An uine ghoirid thuit doininn gharbh agus tiugh-dorchadas air an fhairge gu leir. Cha robh fhios

agam co an taobh air an tugainn m' aghaidh : ach bha mi
sior shnamh.   Mu dheireadh thoisich mo neart ri mo
threigsinn.   Thug mi duil thairis gu'm faighinn gu brath
gu tir.   Ach sheid a' ghaoth anabarrach laidir, agus dh'
eirich na tonnan cho ard 's gu'n robh iad 'g am iomain gu
tir, gus mu dheireadh an do thilg iad air a' chladach mi,
agus mi leith mharbh.   Bha de mhothachadh annam na
thug fa near gu'm faodadh sruladh nan tonn mo thoirt
am mach a rithist. agus thug so orm gu'n d' ealaidh mi
suas gu braighe a' chladaich.

CAIB. XV.

A REIR choltais gu'n robh mi greis mhath 'nam chadal 's
an aodach fhliuch am braighe a' chladaich ; oir, an uair a
dhuisg mi bha 'ghrian air eirigh gu math ard.   Bha latha
anabarrach blath, briagha ann, agus chuir mi dhiom mo
chuid aodaich, agus sgaoil mi air thiormachadh e ris a'
ghrein.   An uair a bha e tioram gu leor chuir mi umam
e, agus dhirich mi suas o 'n chladach feuch ciod a chithinn.
Cha deachaidh mi fad air m' aghaidh an uair a chunnaic
mi gu'n robh mi air eilean beag, fasail, a bha gu math
fad' o thir-mor.   Thug so mo mhisneach nam gu mor ;
oir ged a fhuair mi as gu sabhailte o chunnart na mara,
cha robh e coltach gu'n robh doigh sam bith ann air am
faighinn as an eilean gus a dhol do mo rioghachd fhein.
Ach o 'n a bha pailteas de chraobhan-meas air an eilean,
thuig mi nach fhaighinn bas leis an acras.   Chuir mi mi-
fhein air churam Dhe, agus ghuidh mi air gu'n deanadh e
rium mar a chitheadh e iomchuidh.

    Aig a' cheart am chunnaic mi long a' tighinn o thir-
mor a dh' ionnsuidh an eilean.   Thuig mi gu'n robh 'nam

beachd acrachadh aig an eilean ; agus o nach robh fhios agam ciod e an seorsa dhaoine a bh' annta, thuirt mi rium fhein, gu'm b' e an gnothach bu shabhailte dhomh cumail as an sealladh. Dhirich mi suas do chraoibh mhoir far am faicinn iad, agus far nach fhaiceadh iadsan mise. Thainig an long do bhagn beag a bha faisge orm, agus cha bu luaithe a chuireadh am mach an t-acaire na thainig deichnear gu tir. Bha spaidean is piocaidean aca, agus thuig mi gu'n robh iad gus an talamh a chladhach an aite eiginn. Chaidh iad gu meadhain an eilean, far an d' thug iad greis mhath air cladhach ; agus ar leam gu'm faca mi iad a' togail lice bhar dorus-falaich. Thill iad air an ais thun a' bhata, agus thug iad innsreadh agus biadh dhe gach seorsa gu tir, agus ghiulain iad e a dh' ionnsuidh an aite anns an do chladhaich iad an talamh. Thug so orm a smaointean gur e taigh fo thalamh a bh' ann.

Chunnaic mi iad a' ulleadh a rithist thun na luinge, agus thug iad gu tir seann duine agus gille og mu thimchioll choig bliadhna deug. Chaidh iad uile sios troimh an dorus-fhalaich, agus an ceann beagan uine thainig iad uile a nuas as an taigh fo thalamh ach an gille og. Thug so orm a smaointean gu'n d' fhag iad anns an taigh fo thalamh e, agus ghabh mi ioghnadh mor. Chaidh an seann duine agus an deichnear sheirbhiseach air bord, agus gun dail sam bith sheol iad air falbh a dh' ionnsuidh tirmor.

An uair a chunnaic mi gu'n robh iad cho fad air falbh 's nach tugadh iad an aire dhomh, thainig mi 'nuas as a' chraoibh, agus chaidh mi far am faca mi iad a' cladhach na talmhainn. Beag air bheag ghlan mi an talamh air falbh, agus leig mi ris clach a bha mu thri troidhean air gach rathad. Thog mi i, agus chunnaic mi gu'n robh staidhre chloiche foidhpe. Chaidh mi sios, agus rainig mi seomar mor air an robh lar-bhrat, agus anns an robh

uirigh a bha comhdaichte le brat a dh' obair-ghreis ro
ghrinn, air an robh an duine og 'na shineadh, agus guite
'na laimh. Chunnaic mi so le solus nan coillnean ceireach
a bha laiste anns an t-seomar. Ghabh an duine og clisg-
eadh an uair a chunnaic e mi. Ach air eagal gu'n
gabhadh e miapadh ro mhor, ghrad thuirt mi ris, "Ge
b' e air bith co thu, na biodh eagal sam bith ort. Is righ
mise, agus mac righ, agus uime sin cha dean mi cron sam
bith ort. An aite cron a dheanamh ort is docha gu'n do
thachair dhomh tighinn an so a chum math a dheanamh
dhut. Tha thu an so air do thiodhlachadh beo air son
aobhair air am bheil mise an-fhiosrach. Ach is e a tha
cur ioghnaidh orm (oir chunnaic mi gach ni a thachair o 'n
a thainig tu air tir do 'n'eilean), c'ar son a leig thu leotha
do dhunadh a steach an so gun chur gu laidir 'nan
aghaidh.

Rinn an duine og faite gaire an uair a chuala e na
briathran so, agus dh' iarr e orm suidhe. An uair a
shuidh mi thuirt e rium :—" A Phrionnsa, tha mi 'dol a
dh' innseadh dhut rud a chuireas ioghnadh anabarrach
mor ort.

" Tha m' athair 'na mharsanta-sheudan, agus leis cho
glic, gleusda 's a bha e 'dol an ceann a ghnothaich, rinn e
fortan mor. Tha aireamh mhor sheirbhiseach aige, agus
tha aige mar an ceudna, fir-ionaid a tha 'deanamh gnoth-
aich air a shon air muir 's air tir ann an iomadh aite air
feadh an t-saoghail. Agus tha e 'reic moran sheudan ri
righrean 's ri prionnsachan, agus ri ard-mhaithean gach
rioghachd.

" Bha m' athair posda iomadh bliadhna mu'n robh
teaghlach aig. Ach chunnaic e bruadar o 'n do thuig e
gu'm biodh mac aige, ach nach biodh a shaoghal ach
goirid. An uair a dhuisg e, bha e fo thrioblaid inntinn
anabarrach mor mu 'n chuis. Mu 'n am sin dh' fhas mo

mhathair leith-tromach ormsa, agus an ceann naoi miosan rugadh mi, agus a reir mar a chuala mi, bha gairdeachas nach bu bheag ann an taigh m' athar.

Ghabh m' athair beachd air a' cheart mhionaid air d' rugadh mi, agus gun dail sam bith chaidh e far an robh reuladairean ainmeil a bh' anns an rioghachd, feuch am faigheadh e 'mach ciod a bha gu eiridh dhomh. Thuirt iad ris mar so:—" Bidh do mhac beo, slan, fallain, fad choig bliadhna deug, agus ma dh' fhaoidte na 's fhaide; ach aig aois nan coig bliadhna deug bidh e ann an cunnart mor gu'n caill e 'bheatha. Ma sheachnas e an cunnart mor so, faodaidh e bhith beo gus am bi e 'na fhior sheann duine. Is e am a' chunnairt an t-am anns an tilg Prionns' Agib, mac Righ Casib, an iomhaidh a th' air mullach na beinn dhaoimein sios do 'n chuan; agus an ceann da fhichead latha 's a deich 'na dheigh sin, cuiridh am prionnsa so do mhac gu bas."

Thuig m' athair gu'n robh an fhiosachd so a' co-chordadh anns gach ni ris a' bhruadar a chunnaic e, agus chuir e trioblaid-inntinn ro mhor air. Thug e dhomhsa sgoil is ionnsachadh is fiosrachadh cho math 's a ghabhadh dheanamh. Is e so an coigeamh bliadhna deug dhe m' aois; agus dh' innseadh an de do m' athair gu'n do thilg Prionns' Aigib an iomhaidh umha a bh' air mullach na beinne do 'n chuan o chionn deich latha. Chuir an naigheachd so m' athair gu bron 's gu tuireadh cho mor 's gur gann a dh' aithnicheadh duine e.

Ged a bha e 'creidsinn gu'n robh an fhiosachd a rinn na reuladairean mu m' dheidhinn fior, gidheadh dh' fheuch e ris gach ni a dheanamh a ghabhadh deanamh a chum mise 'ghleidheadh o 'n chunnart a dh' ainmich mi. Thog e taigh-fo-thalamh anns an eilean gus mise a chur am falach ann gus an rachadh am a' chunnairt seachad, agus cho luath 's a chual' e gu'n do thilgeadh an iomhaidh do 'n chuan, chuir e mise an so. An ceann da fhichead latha thig e g' am iarraidh. Air mo shon fhein dheth, cha 'n urrainn mi 'chreidsinn gu'n tig Prionns' Agib g' am iarraidh do 'n aite uaigneach, aonaranach so. So, mo thighearna, na bheil agam ri 'innseadh dhuibh."

Am feadh 's a bha n duine og ag innseadh na naigheachd so dhomh, cha b' urrainn mi gun a bhith 'smaointean air cho mi-choltach 's a bha 'n fhiosachd a rinn na reuladairean. Cha robh anns an t-saoghal na bheireadh orm a chreidsinn gu'n robh e comasach gu'n cuirinn an duine og so gu bas. Thuirt mi ris. "Mo ghille math, cuir d' earbsa ann am mathas Dhe, agus na biodh eagal sam bith ort. Cha chuirear gu bas thu fhad 's a bhios tu anns an eilean so. Tha mise ro thoilichte gu'n do thachair dhomh tighinn do 'n eilean so a chum do dhion o gach neach a bhiodh ag iarraidh do bheatha thoirt air falbh. Cha 'n fhalbh mi a so gus an tig crioch an da fhichead latha, mu 'n robh na reuladairean a cur eagail ort. Agus ni mi gach ni 'nam chomas a chum do thoileachadh, agus an uine a chur seachad cho cridheil 's cho taitneach 's a ghabhas deanamh anns an aite so. Na dheigh sin gheibh mi as an eilean so air an luing leis an tig d' athair g' ad iarraidh; agus an uair a gheibh mi air ais do m' rioghachd fhein, bidh cuimhne agam air a' chomain a chuir thu orm, agus cha dichuimhnich mi caoimhneas a nochdadh dhut."

Thug na briathran so a labhair mi ris misneachd mhor dha. Cha d' innis mi idir dha gu'm bu mhi Agib roimh an robh eagal cho mor air; oir, nan robh fhios aig co mi, is docha gu'n rachadh e as a chiall leis an eagal. Chuir sinn seachad an uine gu h-oidhche a' comhradh mu chaochladh nithean. Thuig mi o 'n chomhradh a bh' eadrainn, gu'n robh e 'na dhuine og a bha gle thurail, tuigseach. Ghabh mi biadh comhladh ris; agus bha 'm

pailteas bidh aige air ar son le cheile. Thug sinn greis
air comhradh an deigh ar suipearach, agus an sin ghabh
sinn mu thamh.

O latha gu latha bha mi 'feuchainn cho math 's a
b' aithne dhomh ris an uine a chur seachad leis gach toil-
inntinn air am b' urrainn mi smaoineachadh. Ann am
beagan laithean dh' fhas sinn gle mheasail air a cheile.
Feumaidh mi radh gu'n do ghabh mi tlachd cho mor dheth
's gu'n dubhairt mi uair is uair rium fhein, "Cha 'n 'eil
anns na reuladairean a bha 'g radh ri' athair gur mi
a bha gus a chur gu bas ach na fior mhealltairean. Cha 'n
'eil e comasach gu'n deanainn-sa gniomh cho eucorach ri
duine og, neo-chiontach a chur gu bas gun aobhar." A
dh' aon fhacal, chuir sinn seachad naoi latha deug ar
fhichead ann an cuideachd a cheile cho cridheil, cho
cairdeil, agus cho taitneach 's a b' urrainn a bhith.

Mu dheireadh thainig an da fhicheadamh latha. "Tha
mi beo, slan; buidheachas do Dhia, agus dhutsa air son
do chaoimhneis dhomh. Bidh m' athair an so gun dail,
agus bidh e gle thaingeil dhutsa air son cho caoimhneil s
a bha thu rium, agus gach frithealadh a rinn thu dhomh.
Bheir e dhut gach cuideachadh a's urrainn da a chum
comas a thoirt dhut faotainn air ais do d' rioghachd fhein.
Ach gheibh thu deiseil uisge teith dhomhsa a chum mu'm
fairig mi mi-fhein, agus gu'n cuir mi uman deise ghlan
mu 'n tig m' athair."

Gun dail sam bith chuir mi uisge air teine, agus an
uair a bha e teith gu leor, thug mi g' a ionnsuidh e. An
uair a nigh e e-fhein anns an t-soitheach-fharagaidh, agus
a chuir e uime deise ghlan, leig e e-fhein 'na shineadh anns
an leabaidh. Sgaoil mise am brat thairis air, agus chaidil
e gu trom car uine. An uair a dhuisg e thuirt e rium.
"Thoir dhomh meal-bhucan agus siucar a chum gu'n ith
mi beagan, oir tha 'n t-acras orm."

Thagh mi an te b' fhearr a fhuair mi, agus chuir mi
air trinnsear i. Ach o nach robh fhios agam c'aite am
faighinn sgian, dh' fheoraich mi dheth c'aite am faighinn
te. Thuirt e rium gu'n robh an sgian a bhiodh aige 'gan
gearradh air an sgeilp a bha os cionn a chinn anns an leab-
aidh. Dhirich mi do 'n leabaidh a dh iarraidh na sgeine,
agus anns an tionndadh dhomh 's an sgian 'nam laimh
chaidh mo chas an luib an aodaich, agus gu mi-fhortanach
thuit mi air a mhuin, agus chaidh an sgian thun na coise
anns a' chridhe aige.

An uair a chunnaic mi mar a thachair leig mi glaodh
goirt asam. Bhuail mi mo cheann is m' uchd ; agus reub
mi m' aodach. Leis mar a bha mi air mo lionadh le bron
do-labhairt, thilg mi mi-fhein air an talamh. " Ochan!"
ghlaodh mi, " cha robh ach beagan uairean gus am biodh
e saor o 'n chunnart roimh 'n do theich e an so ; agus an
uair a bha duil agam gu'n robh an cunnart seachad, mhort
mi e, agus choimhlion mi an fhiosachd a rinneadh m' a
dheidhinn. Ach, O Thighearn! tha mi 'guidhe ort, thoir
mathanas dhomh. Ma tha mi ciontach dhe 'bhas, cha 'n
'eil mi ag iarraidh a bhith beo na 's fhaide."

— — — — —

CAIB. XVI.

B' e miann is iarrtus laidir mo chridhe am bas fhaotainn
anns an am. Ach mar is trice, cha 'n fhaigh daoine an
ni a's miannach leotha. An uair a thug mi fa near nach
deanadh gul is caoidh feum sam bith dhomh fhein, no
dhasan a bha sinte marbh air mo bheulaobh, agus a
smaoinich mi gu'm faodadh 'athair tighinn gun dail sam
bith, agus mo ghlacadh 's mo chur gu bas, thuirt mi rium
fhein gu'm b' fhearr dhomh mo chasan a thoirt as, agus mi

fhein 'fhalach an aite oiginn anns an eilean.   Ghrad
dhirich mi suas an staidhre, agus an uair a leag mi a'
chlach air an dorus, agus a chuir mi an talamh air a muin
mar a bha e roimhe, thug mi m' aghaidh air a' choille.

Faisge air aite anns an robh an taigh-fo-thalamh bha
craobh mhor air an robh duilleach tiugh.   Dhirich mi suas
do 'n chraoibh so, agus suil gu'n d' thug mi air a' chuan,
chunnaic mi an long a' seoladh o thir-mor a dh' ionnsuidh
an eilein.   Thuirt mi rium fhein, " Ma chi an seann duine
mi, is docha gu'n toir e air na seirbhisich mo ghrad
mharbhadh an uair a chi e gu'm bheil a mhac marbh.   A
dh' aindeoin na their mi ris gus mo leithsgeul a ghabhail,
cha chreid e mi.   Is fhearr dhomh mi fhein a chumail am
falach cho math 's a theid agam air."   Air dhomh so a
radh, dhirich mi na b' airde anns a' chraoibh.

An uine ghoirid na dheigh sin thainig an long gu aite
acaire, agus thainig an seann duine agus na seirbhisich gu
tir.   Bha coltas air an t-seann duine a bhith ann an
dochas math gu'm faigheadh e a mhac beo an uair a ruig-
eadh e an taigh-fo-thalamh.   Ach an uair a rainig iad far
robh e, agus a chunnaic iad gu'n robh an talamh air
ur-chladhach, ghabh iad mi-mhisneach mhor.   Thog iad
a' chlach, agus chaidh iad sios ; agus an uair a ghairm an
seann duine air an duine og air 'ainm, agus nach d' thug e
freagradh dhaibh, thuit an cridhe buileach glan.   Chaidh
iad do 'n t-seomar anns an robh e, agus fhuair iad fuar,
marbh e, agus an sgian 'na chridhe.   An uair a chunnaic
iad mar a bha, leig iad uile an aon ghlaodh cianail asda,
agus ann an tiotadh thuit an seann duine ann an neul.
Thug na seirbhisich am mach as an taigh-fo-thalamh e,
feuch an duisgeadh e as an neul An uair a gheibheadh e an
t-aile, agus leig iad 'na shineadh e aig bonn na craoibh'
anns an robh mise.   Ach a dh' aindeoin gach doigh a dh'
fheuch iad ri 'thoirt as an neul, bha e uine mhath ann mu

'n do dhuisg e. Is ann a bha eagal orra nach duisgeadh e gu brath.

An uair a dhuisg an seann duine as an neul, chaidh na seirbhisich sios do 'n taigh-fo-thalamh, agus thug iad a nuas corp a mhic. Chladhaich iad uaigh, agus chuir iad an corp innte. Le cuideachadh dithis dhe na seirbhisich bha 'n seann duine comasach air seasamh aig bruaich na h-uaghach fhad 's a bha e 'cur a' cheud lan no dha spaide dhe 'n uir air corp a mhic. 'N a dheigh sin lion na seirbhisich an uaigh.

An sin thug iad leotha an t-innsreadh agus gach ni eile a bh' anns an taigh-fo-thalamh do 'n luing. Bha n seann duine cho fann le bron 's le bristeadh cridhe 's nach robh e 'n comas dha ceum coiseachd a dheanamh. Thug na seirbhich leotha air mhaidean e do 'n luing, agus gun dail sam bith sheol iad gu tir-mor.

An uair a chaidh an long as mo shealladh, thainig mi 'nuas as a' chraoibh. Chaidil mi anns an taigh-fo-thalamh an oidhche sin. An la-iar-na-mhaireach dh' fhalbh mi air feadh an eilean, agus an uair a thainig an oidhche, chuir mi seachad i anns an aite a b' fhasgaiche a thachair rium.

Bha mi fad mhios a' falbh air feadh an eilein, air an doigh so. Latha dhe na laithean thug mi an aire gu'n robh am muir air traghadh anabarrach mor, agus nach robh ach astar beag ri shnamh gus am faighinn gu cladach tir-mor. An deigh dhomh snamh tarsuinn air a' mhuir, bha astar math agam ri choiseachd air feadh na bha de lathaich ann an iochdar a' chladaich. Bha mi gle sgith mu 'n d' rainig mi talamh tioram. Shuidh mi greis a leigeadh m' analach. 'N a dheigh sin an uair a choisich mi astar math air m' aghaidh troimh 'n duthaich, chunnaic mi, ar leam, meall mor teine astar math uam. Thug an sealladh so toileachadh mor dhomh; oir bha fhios agam gu'm biodh daoine faisge air far am biodh teine. Ach an

uair a chaidh mi gu math na bu dluithe dha, chunnaic
mi nach e teine a bh' ann ach caisteal copair a bha an-
abarrach mor, maiseach : agus an uair a bhiodh a' ghrian
a' dearrsadh air, shaoileadh duine 'bhiodh fada uaithe gur
e meall mor teine a bh' ann.

An uair a rainig mi faisge air a' chaisteal so, shuidh
mi car uine a leigeadh m' analach, agus a ghabhail beachd
air : oir cha 'n fhaca mi aitreamh riamh cho briagha ris.
Cha robh mi fada 'nam shuidhe an uair a chunnaic mi
deichnear dhaoine oga cho deas, dealbhach, dreachar 's a
chunnaic mi riamh a' tighinn an rathad a bha mi. Ach
ghabh mi ioghnadh mor an uair a thug mi 'n aire gu'n
robh an t-suil dheas air a cur as gach fear dhiubh. Bha
seann duine ard, liath, a bha gle tlachdmhor 'na choltas,
a' coiseachd maille riutha.

Cha b' urrainn domh gun ioghnadh a ghabhail an uair
a chunnaic mi uiread so de dhaoine comhladh air leith
shuil, agus an aon t-suil a dhith orra gu leir. Am feadh
's a bha mi 'dol fo m' smaointean cia mar a thachair dhaibh
a bhith ann an cuideachd a cheile, thainig iad far an robh
mi 'nam shuidhe, agus, a reir choltais, bha iad gle thoil-
ichte m' fhaicinn. An deigh dhaibh failte a chur orm,
dh' fheoraich iad dhiom, ciod e a chuir an sid mi. Thuirt
mi riutha gu'n tugadh e uine fhada dhiom fios an aobhair
'innseadh ; ach nam b' e an toil suidhe laimh rium, gu'n
innsinn mo naigheachd dhaibh o thoiseach gu deireadh.
Shuidh iad ri m' thaobh, agus dh' innis mi dhaibh a h-uile
ni a thachair dhomh o 'n latha 'dh' fhalbh mi as mo
rioghachd fhein. An uair a chual' iad mu gach ni a dh'
eirich dhomh, ghabh iad ioghnadh mor.

An uair a chuir mi crioch air mo naigheachd, dh' iarr
na daoine oga orm a dhol do 'n chaisteal maille riutha.
Ghabh mi an tairgse gu toileach, agus an uair a chaidh
sinn a steach 's a choisich sinn troimh mhoran sheomr-

aichean, rainig sinn seomar mor, farsuinn, anns an robh
deich langsaidean, air am biodh an deichnear dhaoine oga
'nan suidhe air an latha, agus 'nan cadal air an oidhche.
Bha na langsaidean so mor-thimchioll an t-seomar, agus
bha 'n langsaid air am biodh an seann duine 'na shuidhe
's 'na chadal, ann am meadhain an t-seomar. Ach o nach
toilleadh air aon seach aon de na lansaidean ach aon duine,
thuirt fear de na daoine oga rium, " A chompanaich,
suidh thusa air an lar-bhrat ann am meadhain an t-seom-
air, agus na cuir eeist mu thimchioll ni sam bith a
buineas dhuinne, agus na feoraich c'ar son a tha 'n t-suil
dheas g' ar dith 'nar deichnear : gabh beachd air na chi
thu, ach na farraid mu dheidhinn ni sam bith."

An uair a bha sinn greis 'nar suidhe dh' eirich an
seann duine bhar na langsaid, agus chaidh e am mach as
an t-seomar. An uine gun bhith fada thill e steach.
Thug e an sin a steach an t-suipear, agus thug e a chuid
fhein do gach fear air leith. Thug e dhomhsa mo shuip-
ear mar an ceudna, agus ghabh mi i air leith leam fhein
mar a rinn cach. An uair a ghabh sinn air suipear thug
e cupan fiona do gach aon dhinn.

Chuir an naigheachd a dh' innis mi dhaibh mu gach
mi-fhortan a thachair dhomh a leithid a dh' ioghnadh orra
's gu'n do ghuidh iad orm a h-innseadh dhaibh a rithist.
Dh' innis mi dhaibh i o thoiseach gu deireadh, agus bha
cuid mhor dhe 'n oidhche air a dhol seachad mu 'n do
chuir mi crioch oirre.

Thuirt fear dhe na daoine oga, gu'n robh moran de 'n
oidhche air a dhol seachad, agus mu 'n rachadh iad a
laidhe, gu'm feumadh iad an dleasdanas a dheanamh mar
a bh' abhaist dhaibh. An uair a' chual' an seann duine
so dh' eirich e agus chaidh steach do sheomar beag a bha
faisge air, agus thug e 'mach as deich miosan anns an robh
luath is smur guail is dath dubh air am measgadh feadh a

cheile. Thug e mios an t-aon do gach fear de 'n deichnear dhaoine oga. Shuath iad an stuth so ri 'n aghaidhean, agus chuireadh an dreach a bh' orra eagal air dearg mheirleach. Thoisich iad ri gul 's ri caoidh 's ri bualadh an cinn 's an uchd, agus ri radh, " So an toradh a th' againn air son cho diomhain 's cho mi-bheusach 's a chaith sinn ar beatha 's an am a dh' fhalbh."

Lean iad air an obair so gus an robh e dluth air a mhadainn. An uair a sguir iad, thug an seann duine a steach uisge. Nigh iad an lamhan 's an aghaidhean, agus chuir iad umpa aodach glan.

Chuir an obair a bh' aca ioghnadh mor orm. Bha fior thoil agam bruidhinn riutha, a chum gu'm feoraichinn dhiubh ciod bu chiall do 'n obair a bh' aca ; ach bha eagal orm mo bheul 'fhosgladh, o 'n a chuireadh gasaidean cruaidh' orm gun aon fhacal a radh mu thimchioll ni sam bith a chithinn no 'chluinninn. Chuir na chunnaic 's na chuala mi a leithid a dh' ioghnadh orm 's nach d' thainig norradh air mo shuil fad na h-oidhche.

An la-iar-na-mhaireach cha bu luaithe a dh' eirich sinn na ghabh sinn coum am mach o 'n chaisteal. Thuirt mi riutha, " A dhaoine uaisle, ged a thuirt sibh rium nach robh mi ri ceisd a chur oirbh mu thimchioll ni sam bith a chithinn no chluinninn, cha 'n eil e an comas dhomh fuireach samhach na 's fhaide. Tha lan fhios agam gur daoine turail, tuigseach sibh. Ach chunnaic mi sibh a' deanamh nithean nach deanadh daoine glice sam bith gun aobhar sonraichte, agus bu mhath leam fios an aobhair a chluinntinn. C'ar son, ma ta, a dhubh sibh bhur n-aghaidhean an raoir? C'ar son a tha gach fear dhibh air leth shuil? Tha aobhar sonraichte air a shon so, agus bu mhath leam fios an aobhair 'fhaotainn am mach."

Thuirt iad rium nach robh gnothach sam bith agam a bhith 'feorach cheisdean de 'n t-seorsa dhiubh, agus gu'm b' e 'n gnothach bu glice dhomh mo bheul a chumail samhach. An uair a chuala mi so dh' fhan mi samhach.

Chuir sinn seachad an latha gu caoimhneil, cairdeil, a' comhradh mu chaochladh nithean. Ach an uair a thainig an oidhche 's a ghabh sinn ar suipear, thug an seann duine a steach na miosan, agus dhubh gach fear dhiubh 'aodann, agus rinn iad gul is caoidh mar a rinn iad an oidhche roimhe sid, agus ghlaodh iad. "Is e so an toradh a th' againn air son cho diomhain, agus cho mi-bheusach 's a chaith sinn ar beatha 's an am a dh' fhalbh. Rinn iad a' cheart ni an treas oidhche.

Mu dheireadh, cha robh e 'n comas dhomh fuireach samhach, agus ghuidh mi orra gu durachdach, gu'n innseadh iad dhomh c'ar son a bha iad ris an obair ud a h-uile oidhche, ar neo iad a dh' innseadh dhomh cia mar a gheibhinn air ais do m' rioghachd fhein. Thuirt mi riutha mar an ceudna, gu'n robh e neo-chomasach dhomh fuireach na b' fhaide comhladh riutha mur innseadh iad dhomh aobhar na h-obrach a bh' aca a h-uile oidhche.

Fhreagair fear dhiubh, agus thuirt e. "Na biodh ioghnadh sam bith ort ged nach d' thug sinn dhuit am fiosrachadh a bha thu 'g iarraidh. Is ann air son do mhath fhein a tha sinne a' fuireach samhach. 'Nan innseamaid dhut gach ni mur ar deidhinn, bhiodh tu anns an aon t-suidheachadh ruinn fhein."

Thuirt mi ris, gu'n robh mi suidhichte air fios an aobhair 'fhaotainn am mach, ciod sam bith na dh' fhuilinginn air a shon.

"Is e mo chomhairle dhut," ars' esan, "gun an corr cheisdean a chur oirnn, ar neo ma chuireas, caillidh tu do shuil dheas air a shaillibh."

"Tha mi cearta coma," ars' mise, "tha mi 'g innseadh dhut nach cuir mi coire sam bith ortsa, ged a thachradh dhomh mar a tha thu 'g radh."

CAIB. XVII.

Thuirt e rium mar an ceudna, nach ruiginn a leas dochas
sam bith a bhith agam gu 'm faighinn cead fuireach
comhladh riutha anns a' chaisteal, ged a bhiodh toil agam,
do bhrigh nach robh aite ann air son duine tuilleadh.

Thuirt mi riutha gu'm biodh e 'na thoil-inntinn gle
mhor dhomh cead 'fhaotainn fuireach maille riutha ; agus
ciod sam bith mi-fhortan dh' fhuilinginn air a' shaillibh,
gu'n robh mi 'guidhe orra am fiosrachadh a bha dhith orm
a thoirt dhomh gun dail.

An uair a chunnaic iad nach robh mi deonach an
comhairle a ghabhail, fhuair iad caora, agus mharbh, iad i.
An uair a thug iad dhith an craicionn, thug iad dhomh
sgian, agus thuirt iad rium gu'm biodh i feumail dhomh
an uine gun bhith fada.

" Feumaidh sinn innseadh dhut," ars' iadsan, " gu'm
bheil sinn a' dol 'g ad fhuaghal anns a' chraicionn so, agus
an uair a dh' fhagas sinn air cnoc thu, thig eun anabarrach
mor ris an canar, an roc, agus togaidh e air falbh leis thu
'na chruidhean, an duil gur e caora a bhios aige.   Ach na
biodh eagal sam bith ort ; leigidh e as thu air mullach
beinne.   An uair a leigeas e as air an talamh thu, gearr-
aidh tu an craicionn leis an sgidhinn, agus tilgidh tu dhiot
e.   Cho luath 's a chi an roc thu, teichidh e air falbh leis
an eagal, agus faodaidh tu do rathad a ghabhail.   Ach na
stad gus an ruig thu caisteal anabarrach mor, maiseach, a
th' air a thogail de chlachan luachmhor, agus air a
chomhdachadh le or fiorghlan.   Tha 'n geata fosgailte aig
gach am, agus cha 'n eil agad ach gabhail a steach air.
Bha sinne sinn-fhein anns a' chaisteal cho fad 's a bha
sinn an so ; ach cha 'n innis sinn dhut ni sam bith mu
thimchioll ciod a chunnaic no 'chuala sinn, no ciod a

thachair dhuinn an uair a bha sinn ann. Gheibh thu fios air thu-fhein; ach faodaidh sinn a radh, gur ann air saillibh a dhol ann a chaill gach fear dhinn a shuil dheas, agus am peanas a chunnaic tu sinn a' deanamh, feumaidh sinn a' dheanamh a chionn gu'n robh sinn anns a' chaisteal. Tha eachdraidh gach aon dhinn cho lan de dhriod-fhortan iongantach 's gu'n lionadh iad leabhar mor. Cha 'n fhaod sinn an corr innseadh dhut."

An uair a chuir am fear a bha 'labhairt crioch air na bh' aige ri radh rium, dh' fhuaigh iad ann an craicionn na caorach mi, agus an sgian 'nam laimh. Chuir iad air cnoc mi, agus thill iad do 'n chaisteal.

Cha robh mi fada air a' chnoc an uair a thainig an roc mar a thubhairt iad, agus thog e leis mi 'na chruidhean mar gu'm biodh caora aige, agus thug e gu mullach beinne mi. Cho luath 's a leig e as mi, ghearr mi an craicionn leis an sgidhinn, agus thilg mi uam e. An uair a chunnaic an roc mi, theich e air falbh cho luath 's a bh' aige. Is e eun geal, anabarrach mor, a th' anns an roc, agus tha e cho laidir 's gu'n tugadh e elafant leis gu mullach beinne gus a h-itheadh.

Gun dail sam bith choisich mi air falbh feuch an tachradh an caisteal orm. Leis cho cabhagach 's a choisich mi, rainig mi e ann an leith latha; agus feumaidh mi 'radh, gu'n robh e moran na bu bhriagha na dh' innis iad dhomh. Fhuair mi an geata fosgailte, agus an uair a chaidh mi steach, thainig mi gu cuirt cheithir-chearnach a bh' ann an teis-meadhain a' chaisteil. Sheas mi tiotadh, agus sheall mi mor-thiomchioll orm, agus thug mi 'n aire gu'n robh coig fichead dorus air a' chuirt. Bha ceithir fichead 's a naoi deug dhuibh air an deanamh dhe na h-uile seorsa fiodha a b' fhearr agus bu mhaisiche na cheile, agus bha 'n dorus eile air a deanamh do dh 'or fiorghlan. Ghabh mi steach air an dorus a b' fhaisge dhomh, agus an uair a

chaidh mi beagan air m' aghaidh, thainig mi gu seomar
mor, farsuinn, lan innsridh cho maiseach 's cho luachmhor
's a chunnaic duine riamh. Anns an t-seomar so bha da
fhichead bean-uasal 'nan suidhe, agus bha iad gu leir 'nam
boirionnaich oga cho briagha 's a chunnaic suil duine
riamh; agus bha iad uile air an eideadh ann an trusgain
cho riomhach 's a b' urrainn boirionnach a chur uimpe.

Cho luath 's a chunnaic iad mi, dh' eirich iad uile 'nan
seasamh, agus ghabh iad far an robh mi gus failte 'chur
orm. Thuirt iad a beul a cheile, " Uasail urramaich, is e
do bheatha."

An sin labhair te dhiubh rium ann an ainm chaich,
agus thuirt i, " Tha uine fhada o 'n a bha sinn an dochas
gu'n tigeadh do leithid de dhuin' uasal an rathad so. Tha
choltas ort gur duine thu a tha anns gach doigh freagar-
rach air son cuideachd a chumail ruinn, agus tha sinn an
dochas gu'm bi ar-comunn-ne taitneach gu leor dhutsa."

Thug iad orm suidhe anns a' chathair a b' fhearr a
bh' anns an t-seomar. Ach an uair a leig mi ris dhaibh
nach robh mi 'meas gu'm b' airidh mi air a' leithid so a
dh' urram 'fhaotainn uatha, thuirt iad, " Sin agad d' aite;
aig an am is tu ar tighearna, ar maighstir, agus ar breith-
eamh; agus tha sinn uile gu bhith 'frithealadh dhut, agus
gu bhith umhail dhut anns gach ni a chuireas tu mu 'r
coinneamh.

Chuir an caoimhneas a bha iad a' nochdadh dhomh,
agus an toil a bh' aca bhith 'dheanamh gach frithealadh
dhomh, ioghnadh anabarrach mor orm. Thoisich te
dhiubh ri nigheadh mo chas ann an uisge blath; bha te
eile a' nigheadh mo lamhan ann an uisge fuar; bha 'n
treas te a' faighinn aodaich deiseil a chuirinn umam; bha
cach a' faighinn a bhidh deiseil, agus a' deanamh gach ni
a ghabhadh deanamh a chum a' chuirm a' bha gus a bhith
againn a chur an ordugh gu math 's gu ro mhath. An uair

a ghabh sinn na thainig ruinn de 'n bhiadh 's de 'n deoch
a bha cho pailt air ar beulaobh, shuidh iad mu 'n cuairt
orm, agus dh' iarr iad orm mo naigheachd innseadh dhaibh.
Dh' innis mi dhaibh m' eachdraidh o thoiseach gu deir-
eadh, agus mu 'n do chuir mi crioch air na bh' agam ri
innseadh dhaibh, bha 'm feasgar anamoch ann.

An uair a thainig dubhar an fheasgair, las iad aireamh
mhor de choinnlean ceireach, agus cha mhor nach robh
an seomar cho soilleir 's ged a bhiodh a' ghrian na h-airde.
Beagan uine 'na dheigh sin fhuair iad an t-suipear deiseil,
agus bha gach seorsa bidh is dibhe air am b' urrainn duine
smaoineachadh air ar beulaobh air a' bhord. Shuidh sinn
aig an t-suipear, agus bha cuid mhath dhe 'n oidhche air
a dhol seachad mu 'n d' eirich sinn o 'n bhord. An uair
a bha 'n t-suipear thairis, thoisich cuid diubh ri cluich air
innealan-ciuil dhe gach seorsa, agus thoisich cuid eile ri
dannsa. Bha e 'n deigh a mheadhain oidhche mu 'n do
chuireadh crioch air a' cheol 's air an dannsa. Mu dheir-
eadh thuirt iad rium, " Is cinnteach gu 'm bheil thu sgith
an deis na rinn thu de choiseachd an diugh. Tha 'n t-am
agad a dhol a ghabhail mu thamh. Tha 'n seomar-cadail
deas."

Thuirt mi gu'n robh mi toileach gu leor a dhol a laidhe
o 'n a bha mi sgith agus air dhroch cadal iomadh oidhche
roimhe sid. Thugadh do sheomar anabarrach maiseach
mi far an do chaidail mi cho trom ris a' chloich gus an do
shoilleirich an latha.

Mu 'n gann a chuir mi umam mo chuid aodaich 's a'
mhadainn, thainig na mnathan-uaisle gu leir a steach do 'n
t-seomar far an robh mi a chur failte na maidne orm, agus
a dh' fheorach, cia mar a fhuair mi cadal, agus cia mar a
bha mi. Thug iad deise riomhach do m' ionnsuidh, agus
an uair a thainig mi as an taigh-fharagaidh chuir mi
umam i.

Chaith sinn earrann mhath de 'n latha mu 'n bhord a'
gabhail bidh agus dibhe; agus an uair a chuir sinn seachad
earrann mhor de 'n oidhche ri ceol 's ri orain 's ris gach
toileachas-inntinn eile a bha freagarrach agus iomchuidh
air son ar leithidean, ghabh sinn mu thamh. A chum
sgeula goirid a dheanamh dheth, chuir sinn bliadhna
seachad leis gach sogh is subhachas air an urrainn duine
ainm a chur.

An ceann na bliadhna an uair a thainig na mnathan-
uaisle steach do 'n t-seomar a chur failte na maidne orm
mar bu ghnath leotha 'dheanamh, thug mi an aire gu'n
robh coltas mulaid air gnuis gach te dhiubh, agus chuir so
ioghnadh mor orm; oir bu ghnath leotha a bhith anabarr-
ach cridheil, aoidheil. Rug te an deigh te dhiubh orm na
gairdeanan, agus thuirt iad, " Slan leat, a phrionnsa, slan
leat! oir feumaidh sinn dealachadh riut." An uair a
chunnaic mi iad a' sileadh nan deur, cha b' urrainn domh
cumail orm fhein. Dh' fheoraich mi dhiubh c'ar son a
bha iad cho tuirseach, agus ciod a b' aobhar gu'n robh iad
a' dol a dhealachadh rium. " An ainm an aigh, innsibh
dhomh e, agus ma tha e idir 'nam chomas comhfhurtachd
no cuideachadh a thoirt dhuibh, ni mi e," arsa mise.

Ach an aite mo fhreagairt thuirt iad, " B' fhearr nach
fhaca sinn riamh thu! Ged a chuir iomadh duine uasal
greis dhe 'n uine seachad 'n ar cuideachd, cha 'n fhaca
sinn fear eile riamh fhathast a bha cho fior thlachdmhor
anns gach doigh 's a bha thusa; agus cha 'n eil fhios
againn cia mar a bhios sinn beo as d' aonais."

An uair a thuirt iad so, thoisich iad a rithist ri gul 's ri
caoidh.

" A mhnathan-uaisle coire," arsa mise, " na bithibh 'g
am chumail an an-fhios na 's fhaide. Innsibh aobhar
bhur broin dhomh."

" Ochan !" ars' iadsan, " is i an oiginn anns am bheil sinn a chionn a bhith dealachadh riut a tha 'g ar fagail cho bronach. Is docha nach fhaic sinn a cheile gu brath tuilleadh. Ach ma thogras tusa stamhnadh a chur ort fhein, faodaidh e bhith gu'n coinnich sinn a cheile fhathast."

" A mhnathan-uaisle, arsa mise, " cha 'n 'oil mi 'tuigsinn ciod a tha sibh a' ciallachadh; an ainm an aigh innsibh dhomh gu soilleir mu'n chuis."

CAIB. XVIII.

LABHAIR te dhiubh, agus thuirt i, " Is clann righrean sinn uile, agus tha sinn a' caitheamh ar beatha direach mar a chunnaic tu; ach aig ceann gach bliadhna feumaidh sinn falbh a so, agus a bhitu da fhichead latha air falbh air cheann gnothaich ro shonraichte a bhuineas dhuinn fhein, ach a dh' fheumas sinn a chumail an cleith air gach neach eile. Agus an uair a theid an da fhichead latha seachad, tha sinn a' tilleadh air ais do 'n chaisteal so. B' e 'n de an latha mu dheireadh de 'n bhliadhna, agus feumaidh sinn a bhith falbh an diugh. Ach mu 'm falbh sinn tha sinn a' fagail iuchraichean a' chaisteil gu leir agadsa. Agus a chum an uine a chur seachad, faodaidh tusa a h-uile dorus a th' anns a' chaisteal fhosgladh, ach an dorus oir. Tha moran de nithean anabarrach iongantach anns a' chaisteal, agus anns na garaidhean a tha mu'n cuairt air, agus ma ghabhas tu beachd orra, theid moran de 'n uine seachad gun fhios dhut. Ach air na chunnaic tu riamh na fosgail an dorus oir; ma dh' fhosglas tu e, cha 'n fhaic thu sinne gu brath tuilleadh; agus a bharrachd air sin, cuiridh tu thu-fhein ann an croisean a bhios 'g ad leantuinn ri do bheo-shaoghail. Air an aobhar

sin, thoir do cheart aire nach bi thu cho amaid-
each 's gu'm bi thu 'g iarraidh fios fhaotainn air ni sam
bith a th' air a chumail am falach ort, agus nach buin
duit. Tha sinn uile ann an dochas gu'n dean thu mar a
tha sinn ag iarraidh ort, agus gu'm bi thu an so romhainn
an uair a thilleas sinn an ceann da fhichead latha. Dh'
fhaodamaid iuchair an doruis oir a thoirt leinn ; ach
bhiodh e 'na thamailt do phrionnsa mar a tha thusa sinn a
bhith fo amhrus nach rachadh agad air an dorus fhagail
duinte gus an tilleamaid."

Chuir na briathan so a labhair a' bhean-uasal dragh
mor air m' inntinn. Thuirt mi, gu'n robh mi anabarrach
doilich a chionn gu'n robh iad a' falbh. Thug mi moran
taing dhaibh air son na deagh chomhairle a thug iad orm,
agus rinn mi lan-chinnteach iad, gu'n leanainn i, agus gu'n
deanainn moran a bharrachd air na dh' iarr iad orm, a
chum gu'm biodh de thoileachadh agam na bha romham
dhe m' bheatha a chur seachad 'nan cuideachd. An uair
a dh' fhag iad slan agam, agus sinn taobh air thaobh glo
mhuladach, dh' fhalbh iad, agus dh' fhag iad mise 'nam
onar anns a' chaisteal.

Bha iad cho taitneach 's cho geanail 's cho cridheil 's
cho ceolmhor fad na bliadhna 's nach do smaoinich mi
riamh air am beachd bu lugha 'ghabhail air na nithean
iongantach a bha ri 'm faicinn, araon anns a' chaisteal agus
mu'n cuairt dha. Bha m' airo air a togail gu buileach leis
a h-uile doigh anns an robh iad, o latha gu latha, 'frith-
ealadh agus a' nochdadh caoimhnois dhomh, agus ged nach
robh iad gus a bhith air falbh ach an da fhichead latha,
bu bhliadhna leam gach latha gus an tilleadh iad.

Thuirt mi rium fhein nach dichuimhichinn air chor
sam bith a' chomhairle a thug iad orm gun an dorus oir
fhosgladh. Ach o 'n a bha cead agam a h-uile dorus eile
fhosgladh, dh' fhosgail mi a' cheud dhorus. An uair a

chaidh mi 'steach. thainig mi do gharadh mheasan. agus tha mi 'creidsinn nach robh a leithid air ur-uachdar an t-saoghail. Bha h-uile seorsa meas a bha cinntinn anns an talamh a' fas ann. agus bha na craobhan gu leir air an suidheachadh ann an ordugh cho maiseach 's a ghabhadh deanamh. Bha gach aon diubh a' toirt toraidh am mach ann am pailteas. Cha 'n fhaca mi sealladh riamh cho briagha ris.

Bha 'n garadh so air uisgeachadh mar nach fhaca mi garadh riamh roimhe no na dheigh. Bha sruthain uisge a' ruithe a null 's a' nall air feadh a' gharaidh air a leithid de dhoigh 's gu'n robh gach craobh a' fhaotainn na bha feumail dhi aig gach am de 'n uisge. agus air an aobhar sin. bha maise is toradh nach gabh innseadh air gach ni a bha 'fas ann. Bha cuid de na craobhan luchdaichte le toradh a bha lan abuich ; bha cuid eile diubh a bha dluth air a bhith abuich : bha cuid fo bhlath, agus cuid fo dhuilleach urar. gorm. Is gann gu'm b' urrainn domh fas sgith a bhith 'g amharc air a' gharadh mhaiseach so : agus mur b' e 'n toil a bu agam na dorsan eile 'fhosgladh. is docha gu'n robh mi air a' chuid bu mho dhe 'n uine a chur seachad ann.

An uair a chaidh mi 'mach as, agus a dhuin mi 'n dorus, dh' fhosgail mi 'n dorus a b' fhaisge dha. B' e garadh dhithean a bha 'n so. Bha e pailt cho maiseach 's cho ordail anns gach doigh ris a' gharadh anns an robh mi roimhe sid. Bha gach seorsa dithean air an t-saoghal a' fas ann. Bha rathaidean leithinn, boidheach, grinn. glan, air 'fheadh ; agus eadar na rathaidean so bha na ditheanan a' fas ann an leapannan dhe gach cumadh agus meudachd. Bha aireamh mhor de phoitean dhithean ann mar an ceudna anns an robh na ditheanan a b' aille air am b' urrainn suil duine amharc ; agus bha faileadh anabarrach cubhraidh air feadh a' gharaidh gu leir. Bha e air 'uisgeachadh le sruthain bhoidheach de dh' uisge fiorghlan mar a bha 'n garadh eile.

An uair a chuir mi seachad greis mhath de 'n uine 'coiseachd air 'fheadh, agus a' gabhail beachd air a liuthad ni maiseach a bha ri 'm faicinn ann, chaidh mi 'mach agus dhuin mi 'n dorus.

Dh' fhosgail mi an treas dorus, agus bha 'n sin taigh-eun a bha mor, farsuinn, anns an robh urlar de chloich mharmoir de na h-uile seorsa dath is cumaidh. Cha robh eun bu cheolmhoire 's bu mhaisiche fo 'n ghrein nach robh ann. Bha cuid dhiubh ag itealaich a null 's a nall air fheadh, agus bha cuid eile dhiubh ann an ceisean ro bhoidheach, far an robh biadh is deoch gu leor aca ann an soithichean a bha ro luachmhor.

Ged a bha 'n taigh-eun so mor, bha e anabarrach grinn, glan air a chumail, mar a bha 'n da gharadh anns an robh mi. Ged a bhiodh ceud pearsa 'g an cumail glan, dh' fhoghnadh dhaibh a bhith cho glan 's a bha iad. Ach cha robh duine ri 'fhaicinn ann an aon seach aon dhiubh. An uair a chaidh a' ghrian fodha dhuin mi 'n dorus agus chaidh mi do m' sheomar fhein. Bha mi suidhichte gu'm fosglainn gach aon do na dorsan eile, ach an dorus oir.

An la-iar-na-mhaireach di, fhosgail mi 'n ceathramh dorus, agus ma chuir na chunnaic mi an latha roimhe sin ioghnadh orm, bu mho gu mor a bha dh' ioghnadh orm an uair a uair a chunnaic mi an sealladh a bha romham. An uair a chaidh mi 'steach air an dorus so, thainig mi do chuirt a bh' air a cuartachadh le aitreimh mhoir, mhaisich air nach 'eil e 'n comas dhomh mion-chunntais a thabhairt. Air an aitreimh so bha da fhichead dorus, agus gach aon diubh fosgailte. Anns a' cheud sheomar bha torran de neamhnaidean a bha anabarrach mor; anns an dara seomar bha daoimein, agus iomadh seorsa de chlachan luachmhor eile; agus gu sgeula goirid a dheanamh dheth.

bha na seomraichean eile lan de dh' or 's de dh' airgiod, agus dhe gach ni eile a's luachmhoire a th' anns a' chruth-achadh gu leir. Chuir na chunnaic mi a leithid a dh' ioghnadh orm 's gu 'n dubhairt mi, " Ged a bhiodh ionmhas righrean na talmhainn cruinn, cothrom, comhladh ann an aon aite, cha bhiodh uiread so ann. Nach bu mhi an ceann fortanach an uair a fhuair mi coir air an ionmhas so maille ris na h-uiread de mhnathan-uaisle a tha cho maiseach 's cho uachdmhor anns gach doigh."

Ged a dh' innsinn dhiubh mu gach ni eile a chunnaic mi, cha deanainn ach bhur sarachadh 'n 'ur foighidinn. Ach faodaidh mi radh, gu'n do chuir mi seachad naoi latha deug ar fhichead a' fosgladh nan dorsan, agus a' gabhail beachd air na nithean iongantach a bha mi 'faicinn. Ach gus a sin cha d' fhosgail mi an dorus oir.

Mu dheireadh thainig an da fhicheadamh latha —an latha air an robh na mnathan-uaisle gu tighinn, agus nan do chuir mi stamhnadh orm fhein mar bu choir dhomh a dheanamh, bu mhi an diugh an duine bu shona a th' air an t-saoghal; ach is mi nis duine cho mi-fhortanach 's a tha beo. Bha iad gu tighinn an uine ghoirid, agus bu choir do 'n toileachadh a bha orm ri 'm faicinn a bhith air mo chumail o dheanamh an ni a thoirmisg iad dhomh a dheanamh. Ach leis an amadeis a fhuair greim orm, rinn mi ni air son am bi aithreachas orm gu latha mo bhais.

Chaidh mi an thun doruis, agus an deigh dhomh an iuchair a chur anns an toll, bha mi greis eadar dha chomhairle ciod a dheanainn. Uair a theirinn rium fhein gu'm bu choir dhomh an dorus fhosgla...., agus da uair a theirinn nach bu choir. Ach bha mi air mo bhrosnachadh le droch spiorad eiginn, a chum easumhlachd a thoirt do 'n aithne a thugadh dhomh, agus anns an droch uair, chuir mi car 's an iuchair 's dh' fhosgail mi an dorus. An uair a bha mi 'ga fhosgladh, bha mi 'g radh rium fhein nach beanainn do ni sam bith a chithinn ann, agus mar sin, nach fhaigheadh neach sam bith am mach gu brath gu'n d' fhosgail mi o. Cha bu luaithe a dh' fhosgail mi e na dh' fhairich mi faileadh laidir a' tighinn m' am shroin; agus ged nach robh am faileadh mi-thaitneach, gidheadh thug e orm fannachadh. An uine ghoirid chaidh mi na b' fhearr; ach an aite rabhadh a ghabhail, agus an dorus a dhunadh mar bu choir dhomh, is ann a ghabh mi steach. Thainig mi gu stabull mor anns an robh moran de choinnlean ceireach ann an coinnlearan oir, agus moran chruisgeanan laiste anns an robh oladh deadh-fhailidh.

Ged a bha iomadh ni iongantach anns an stabull so, b' e an ni a tharruinn m' airo gu sonraichte, steud-each dubh cho mor 's cho briagha 's a chunnaic mi riamh. An uair a chaidh mi na bu dluithe dha gus beachd ceart a ghabhail air, thug mi 'n airo gu'n robh diallaid oir air, agus srian oir 'na cheann. Bha siol corna air a dheadh ghlanadh, agus uisge fiorghlan air a bheulaobh anns an fhrasaich. Choisich mi coum na bu dluithe dha, agus rug mi air an t-srein, agus thug mi 'mach as an stabull e, a chum gu'm faicinn na b' fhearr o ri solus an latha. Chaidh mi air a mhuinn, ach cha ghluaiseadh o a ionaid nam bonn. Bhuail mi buille mhath air le slataig a fhuair mi anns an stabull. Cha bu luaithe a bhuail mi e na thoisich e ri sitrich cho uamhasach 's gu'n do chuir o 'n cridhe air chrith agam lois an eagal. Ged nach tug mi 'n airo dhaibh an toiseach, bha da sgoith air. Sgaoil e iad, agus dh' fhalbh e air iteig do 'n iarmailt agus mise air a mhuin. Mu 'n do tharr mi sealtainn ugam no uam bha e cho ard 's gu'n do chaill mi sealladh air gach ni a bh' air an talamh. Ghreimich mi ris cho math 's a b' urrainn domh; oir bha eagal orm a h-uilo tiotadh gu'n tuitinn bhar a mhuin. An ceann greiso thainig o nuas thun na talmhainn aig beulaobh caisteil mhoir, agus mu'n gann a bhuail a chasan an talamh, thilg e bhara mhuin mi, agus, le buille dho 'carball, chuir e asam an t-suil dheas.

An uair a chaill mi mo shuil, thoisich mi ri cuimhneachadh air na thuirt an deichnear dhaoine oga rium. Anns an am dh' fhalbh an t-each as mo shealladh. Dh' eirich mi, agus mi fo thrioblaid mhoir air son a' mhi-fhortain a thug mi orm fhein. Bha mi greis a' coiseachd air beulaobh a' chaisteil, mo lamh air mo shuil 's mi 'fulang craidh mhoir. Mu dheireadh chaidh mi steach do 'n chaisteal, agus an uair a chunnaic mi an seomar, agus na deich langsaidean mu'n cuairt ris a' bhalla, dh' aithnich mi gur ann a bha mi 's an aite 's an robh mi mu 'n d' thug an roc leatha mi.

Cha robh an deichnear dhaoin' oga 'staigh anns an am, ach thainig iad a steach ann an uine ghoirid. Cha do ghabh iad ioghnadh sam bith an uair a chunnaic iad mi, no idir a chionn gu'n robh mi air leith shuil. Thuirt iad, "Cha 'n 'eil sinn ag radh gu'm bheil sinn toilichte d' fhaicinn anns an t-suidheachadh anns am bheil thu; ach cha 'n 'eil coire sam bith ri' chur oirnn air son a' mhi-fhortain a thainig ort."

"Cha bhiodh e ceart dhomhsa," arsa mise, "coire sam bith a chur oirbh; oir thainig am mi-fhortan so orm le mo choire fhein, agus cha b' ann le coire neach sam bith eile."

"Ma tha e 'na aobhar toileachaidh do dhaoine air an d' thainig mi-fhortan companaich a bhith aca, dh' fhaodamaid toileachadh a bhith oirnn. Thachair a' cheart ni dhuinne 's a thachair dhutsa. Bhlais sinn air gach seorsa solais fad bliadhna iomalan; agus dh' fhaodadh a' cheart sholas a bhith againn gus an latha 'n diugh, mur b' e gu'n d' fhosgail sinn an dorus oir am feadh 's a bha na bana-phrionnsachan air falbh. Cha robh thusa na bu ghlice

na sinne, agus rinneadh a' cheart pheanas ort 's a rinneadh
oirnne. Bhiomaid toilichte gu leor leigeadh leat fuireach
comhladh rinn, a chum gu'n deanadh tu am peanas a tha
sinn fhein a' deanamh, ged nach 'eil fhios againn cia fhad
a leanas sinn air; ach dh' innis sinn mar tha dhut an
t-aobhar air son nach fhaod thu fuireach maille ruinn.
Air an aobhar sin, bi falbh agus rach gu ruige Bagdad far
an tachair an righ riut. Nochdaidh esan caoimhneas dhut."

Dh' innis iad dhomh an rathad a ghabhainn, agus
dhealaich mi riutha.

———

CAIB. XIX.

Air mo thurus an so, thug mi dhiom an fheusag, lom mi
mo mhalaidhean, agus chuir mi umam eideadh caladair.
Thainig mi air turus fada, agus feasgar an de thainig mi
gu geata 'bhaile, far an do thachair an dithis chaladairean
so eile rium, a bha 'nan coigrich mar a bha mi fhein. Bha
ioghnadh gu leor oirnn 'nar triuir a chionn gu'n robh an
t-suil dheas a dhith air gach fear dhinn; ach cha robh
uine againn gus ar n-eachdraidh gu leir innseadh do chach
a cheile. O 'n a bha an t-anamoch ann, thainig sinn a
steach do 'n bhaile feuch am faigheamaid aite anns an
cuireamaid seachad an oidhche. An uair a thainig sinn
thun an taighe so, ghuidh sinn oirbh cuid na h-oidhche a
thoirt dhuinn, agus rinn sibh sin gu caoimhneil.

An uair a chuir an treas caladair crioch air na bh' aige
ri radh, thuirt Sobaide risan, agus ris an da chaladair eile:
—" Tha bhur saorsa agaibh; faodaidh sibh a bhith falbh
an taobh a thogras sibh."

Ach fhreagair fear dhiubh, agus thuirt e, " A bhain-
tighearna, tha sinn a' guidhe oirbh, ma 's e bhur toil e,
leigeadh leinn fuireach gus an cluinn sinn eachdraidh nan

daoine nach do bhruidhinn fhathast." Thug i dhaibh cead fuireach.

Thionndaidh i ris an righ 's ri 'dhithis chompanach, agus thuirt i riutha, " Feumaidh sibhse 'nis cunntas a thoirt seachad mu 'r deidhinn fhein."

Fhreagair an t-ard-chomhairleach, agus thuirt e, " A bhaintighearna, a chum deanamh mar a tha sibh ag iarraidh oirnn, foghnaidh dhuinn na dh' innis sinn aig an dorus mu'n d' thainig sinn a steach, aithris dhuibh. Is triuir mharsantan sinn a thainig a Mosul gu ruige Bagdad a reic bathair. Bha sinn fhein agus marsantan eile aig dinnear an diugh ann an taigh aon do mharsantan a' bhaile; agus an deis do 'n dinnear a bhith seachad, bha sinn ri ol 's ri ceol 's ri dannsa. Bha leithid de ghleadhraich 's de shraidhlich fa near dhuinn 's gu'n d'thainig maoir g' ar glacadh. Ghlac iad cuid dhe na bha comhladh ruinn, ach fhuair sinne as gun fhios dhaibh. Agus o 'n a bha moran dhe 'n oidhche air a dhol seachad, dhuineadh dorus an taigh-osda anns an robh sinn a' fuireach, agus cha robh fhios againn co 'n taobh air an tugamaid ar n-aghaidh. An nair a bha sinn a' dol seachad an t-sraid, chuala sinn an cridhealas a bh'-agaibh an so, agus smaoinich sinn gu'm bu choir dhuinn bualadh aig an dorus. Sin na bheil againn ri radh mu 'r timchioll fhein."

An nair a chuala Sobaide so, bha i mar gu'm biodh i eadar dha chomhairle ciod a theireadh i ; oir bha amhrus aice nach robh na dh' innseadh dhi uile fior. Ach ghuidh na caladairean oirre, gu'n tugadh i a' cheart fhabhar do 'n triuir mharsantan 's a thug i dhaibh fhein. Dh' aontaich i gu'n deanadh i so. " Tha mi toirt mathanais dhuibh uile," ars' ise, " air chumhnanta gu'n grad fhalbh sibh am mach as an taigh, agus gu'n gabh sibh bhur rogha rathad."

Labhair Sobaide na briathran so le guth a bha 'nochd-adh, gu'm feumadh iad uile 'bhith umhail dhi ; agus gun

aon fhacal a radh, dh' fhalbh an righ 's an t-ard-chomh-
airleach 's an t-ard-chaillteanach 's an triuir chaladairean
agus am portair am mach; oir bha iad air an dlisgeadh
roimh 'n t-seachdnar shoirbhiseach a bha 'nan seasamh 's
an t-seomar le claidhnean ruisgte 'nan lamhan.

An uair a chaidh iad am mach as an taigh 's a dhuin-
eadh an dorus 'nan deigh, bhruidhinn an righ ris na
caladairean (ach cha d' innis e dhaibh co o), agus thuirt e,
" A dhaoine uaisle, a tha air ur-thighinn do 'n bhaile, co
'n taobh a tha 'n 'ur beachd a dhol, o nach 'eil an latha
fhathast air soilleireach ?"

" Cha 'n 'eil fhios againn air an t-saoghal co 'n taobh
air an toir sinn ar n-aghaidh," ars' iadsan.

" Leanaibh sinne, agus bheir sinn a cunnnart sibh,"
ars' an righ.

Thuirt an righ ann an cogar ris an ard-chomhairleach,
" Thoir leat na daoine so comhladh riut fhein, agus anns
a' mhadainn am maireach thoir 'n am lathair-sa iad.
Bheir mi fa near gu'n sgriobhar an eachdraidh aca ann an
leabhraichean-eachdraidh na rioghachd ; oir tha i anabarr-
ach iongantach."

Thug an t-ard-chomhairleach leis an triuir chaladairean
do 'n taigh aige fhein, chaidh am portair dhachaidh, agus
thill an righ agus an t-ard-chaillteanach do 'n luchairt.

Ged a chaidh an righ do 'n leabaidh, cha b' urrainn e
norradh cadail a dheanamh, oir bha 'inntinn gu buileach
troimh a cheile leis na nithean iongantach a chunnaic 's a
chual' e. Ach os cionn gach ni bha toil mhor aige fios
fhaotainn co i Sobaide, agus c'ar son a bha i gabhail air an
da ghallaidh dhuibh, agus c'ar son a bha na h-athaichean
air brollach Aimini. Am feadh a bha e gu dluth a'
smaointean air na nithean so, thoisich an latha ri soilleir-
eachadh. Dh' eirich e agus chaidh e do thalla-na-comh-
airle far am bu ghnath leis fhein 's le maithean na riogh-
achd a bhith coinneachadh a cheile.

Gun 'a bheag a dhail, thainig an t-ard-chomhairleach
a steach, agus thug e urram do 'n righ mar bu ghnath leis.

" Ard-chomhairlich, ars' an righ, " o nach 'eil moran
gnothaich againn ri dheanamh aig an am so, bi grad fhalbh
agus thoir an so na mnathan-uaisle agus na caladairean ;
oir cha bhi fois aig m' inntinn gus an dean mi mion-
rannsachadh mu thimchioll gach ni a chunnaic 's a chuala
sinn an raoir. Greas ort, cuimhnich gu'm bi fadachd orm
gus an till thu."

O 'n a bha fhios aig an ard-chomhairleach gu'n robh
an righ cas, crosda, ghreas e air, agus chaidh e far an robh
na mnathan-uaisle. Dh' innis e dhaibh gu ciuin, siobhalta,
gu'n d' fhuair o ordugh o' n righ an toirt 'na lathair, ach
cha do leig o air gu'n robh fhios aige air ni sam bith dhe
na thachair 's an taigh aca an oidhche roimh sid.

Chuir an triuir mhnathan-uaisle iad fhein ann an
ordugh cho math 's cho grinn 's a ghabhadh deanamh,
agus dh' fhalbh iad comhladh ris an ard-chomhairleach.
An uair a bha e 'dol seachad air an taighe aige fhein, thug
o air an triuir chaladairean falbh comhladh ris. Aig a'
cheart am dh' innis e dhaibh gu'm faca iad an righ an
oidhche roimhe sid, ged nach robh fhios aca air.

Bha 'n righ anabarrach toilichte an uair a chunnaic e
cho ealamh 's a thug an ard-chomhairleach na caladairean
agus na mnathan-uaisle 'na lathair. A chum ordugh agus
cleachdadh na duthchadh a chumail suas, chuireadh an
triuir mhnathan-uaisle ann an seomar dluth air an righ,
ach cha 'n fhaiceadh duine iad, agus cha mho a chitheadh
iadsan duine dhe na bha cruinn comhladh ris an righ.
Ach bha na caladairean 'na lathair, agus bu mhath a
b' aithne dhaibh mar a ghluaiseadh iad iad-fhein an
lathair an righ.

Thionndaidh an righ 'aghaidh air an aite anns an robh
na mnathan-uaisle am falach, agus thuirt e :—" A

mhnathan-uaisle, an uair a dh' innseas mi dhuibh gu'n do chuir mi mi-fhein as aithne an raoir, agus gu'n deachaidh mi do 'n taigh agaibh ann an riochd marsanta, tha fhios agam gu'n gabh sibh eagal, agus gu'n saoil sibh gu'n d' thug sibh oilbheum dhomh. Is docha gu'n saoil sibh gu'n do chuir mi fios oirbh a chum dioghaltas a dheanamh oirbh. Ach na biodh eagal sam bith oirbh. Faodaidh sibh a bhith cinnteach gu'n do dhichuimhnich mi gach ni a chaidh seachad, agus gu'm bheil mi glo riaraichte leis mar a ghiulain sibh sibh-fhein. B' fhearr leam gu'n robh mnathan-uaisle nagdad gu leir cho glic, cho iomchuidh 's cho faicleach 's a una sibh. Cha dichuimhnich mi gu brath cho foighnideach 's a bha sibh ruinn an uair a bha sinne cho mi-iomchuidh 'nar gluasad. An uair ud bu mhise aon de mharsantan mosuil, ach a nis is mi Haroun Alrashid, an seachdamh glun o theaghlach ainmeil Abbais. Chuir mi fios oirbh, a chum gu'm faighinn am mach, co sibh, agus a chum gu'm faighinn am mach, c'ar son a ghabh sibh air an da ghallaidh dhuibh, agus a ghuil sibh maille riutha. Agus tha toil agam fios fhaotainn mar an ceudna, c'ar son a tha athailtean air brollach te dhibh."

God a labhair an righ na briathran so cho follaiseach 's gu'n cluinneadh na mnathan-uaisle e, gidheadh, a chum cleachdadh an aite 'chumail suas, chaidh an t-ard-chomhairleach gu dorus an t-seomair anns an robh na mnathan-uaisle, agus dh' aithris e na briathran so facal air an fhacal dhaibh.

Fhreagair Sobaide, agus thuirt i, " A righ chumhachdaich, tha na bheil mi 'dol a dh' innseadh dhuibh 'na naigheachd cho iongantach 's a chuala duine riamh. Is peathraichean dhomhsa an da ghalladh dhubh—clann m' athar 's mo mhathar; agus innsidh mi mar a thainig iad gu bhith air an cruth-atharrachadh. Is e leith-pheathraichean a th' anns an dithis mhnathan-uaisle a tha comhladh rium an so—clann a bh' aig m' athair o mhnaoi eile. Is e Aimini, is ainm do 'n te air am bheil na h-athailtean, is e ainm na te eile, Saifi, agus 's e m' ainm fhein, Sobaide. An deigh bas m' athar roinneadh gach ni a dh' fhag e, agus thugadh uiread is uiread do gach aon de 'n teaghlach. An uair a fhuair an dithis pheathraichean so a tha comhladh rium an cuid fhein, chaidh iad a dh' fhuireach comhladh ri am mathair. Bha mo dhithis pheathraichean eile agus mise comhladh ri ar mathair fhein, oir bha i beo aig an am. An uair a dh' eug mo mhathair, dh' fhag i da mhile bonn oir agamsa 's aig gach te dhe m' dhithis pheathraichean. Beagan uine na dheigh so, phos mo dhithis pheathraichean. Is mise a b' oige dhe 'n triuir. Beagan uine na dheigh sin, reic am fear a bha posda ri mo phiuthair bu shinne a chuid de 'n t-saoghal, agus dh' fhalbh e fhein agus mo phiuthar gu ruige Africa, far an do chaith esan a chuid airgid fhein, agus airgiod mo pheathar, ann am beatha struidheasaich. Agus an uair a thainig e gu bochdainn, thug e litir-dhealachaidh do m' phiuthair, agus chuir e air falbh i.

Thainig i do 'n bhaile so, agus bha i ann an suidheachadh cho bochd 's gu'n cuireadh i truas air an neach cho cruaidh cridhe 's a th' anns an t-saoghal. Chuir i truas mor ormsa, agus ghabh mi rithe cho caoimhneil 's a b' urrainn a bhith; agus an uair a dh' fheoraich mi mu thimchioll mar a thainig i gu bochdainn, dh' innis i dhomh 's i gle thursach, gu'n robh a fear-posda anabarrach olc dhi mu'n do chuir e air falbh i. An uair a chuala mi mu'n trioblaid 's mu'n chruaidh-fhortan troimh 'n deachaidh i, ghuil mi gu goirt. Chuir mi uimpe pairt dhe m' aodaich fhein, agus thuirt mi rithe, " A phiuthar, tha thusa 'na 's sinne na mise, agus tha meas agam ort mar gu'm bu tu mo mhathair. O 'n a dh' fhalbh thu shoirbh-

ich Dia leamsa gu math. Faodaidh tu 'bhith cinnteach
gu'm bi do chuid agad dhe gach ni a bhuineas dhomhsa a
cheart cho math 's ged bu leat fhein e."

Bha sinn gle dhoigheil, comhfhurtail ann an cuideachd
a cheile fad iomadh mios. Bha sinn gu math tric a'
bruidhinn mu ar piuthair eile, agus bha ioghnadh oirnn
nach robh sinn a' cluinntinn guth no iomradh m' a
deidhinn. Ach latha dho na laithean thainig i, agus bha
i cheart cho truagh coltas ri mo phiuthair bu shinne. Bha
am fear a bha phosda rithe anabarrach ole dhi, agus
b' eiginn di 'fhagail. Ghabh mise rithe cho caoimhneil 's
cho carantach 's a ghabh mi ri mo phiuthair bu shinne.
Thuirt mi rithe gu'm faigheadh i na dh' fhoghnadh dhi
uamsa fad uile laithean a beatha.

———

CAIB. XX.

An ceann uine na dheigh sin, thuirt mo dhithis pheathr-
aichean rium gu'n robh iad a' faicinn gu'n robh e tu..eadh
is trom ormsa bhith 'g an cumail suas le cheile, agus air
an aobhar sin, gu'n robh iad a smaointean gu'm b' fhearr
dhaibh posadh a rithist. Thuirt mi riutha, ma 's ann air
eagal gu'm biodh e trom ormsa an cumail suas a bha iad
a' smaointean posadh, nach ruigeadh iad a leas a bhith
smaointean air a leithid, agus gu'm b' e am beatha fuir-
each comhladh rium; oir bha de shaoibhreas agam na
chumadh suas sinn 'nar triuir cho comhfhurtail 's a dh'
fhoghnadh dhuinn, a reir ar suidheachaidh. "Ach," arsa
mise, "tha amhrus laidir agam gu'm bheil fior thoil
agaibh posadh a rithist; agus ma tha, gu dearbh tha e
'cur meran ioghnaidh orm. An deigh an droch cheartas
a fhuair sibh fhad 's a bha sibh posda, am bheil e comas-
ach gu'm bheil de mhisnich agaibh na phosas an dara

uair? Tha fhios agaibh gur ainneamh a gheibhear fear-posda a tha na fhior dheadh dhuine. Gabhaibh mo chomhairle, agus fanaibh comhladh rium fhein."

Ach a dh' aindeoin gach impidh a bha mi cur orra, cha tugadh iad geill dhomh. Chuir iad rompa 'nuigh 's am ach gu'm posadh iad, agus an uine gun bhith fada rinn iad e.

Mu 'n d' thainig ceann na bliadhna an deis dhaibh posadh, thainig iad air a rithist, agus dh' iarr iad mile mathanas orm a chionn nach do gabh iad mo chomhairle. "Is tu ar piuthar a's oige," ars' iadsan, "agus tha thu moran na 's glice na sinne; ach ma ghabhas tu steach sinn aon uair eile, eadhon mar shearbhantan, tha sinn a' gealltainn nach dean sinn olc ort gu brath tuilleadh." Thuirt mi, "Mo pheathraichean gaolach, cha d' thainig atharrachadh sam bith air m' inntinn-sa dha 'r taobh o 'n a dhealaich sinn ri 'cheile mu dhoireadh; thigibh air ais, agus ghabhaibh bhur cuid dhe gach ni a bhuineas dhomhsa." An uair a thuirt mi so rug mi orra 'nam ghairdeanan agus phog mi iad. Agus bha sinn na dheigh sin a' fuireach comhladh mar a bha sinn roimhe.

An uair a bha sinn mar so fad bliadhna comhladh, agus sinn cho ciuin 's cho caoimhneil ri 'cheile 's a b' urrainn peathraichean a bhith; agus an uair a chunnaic mi gu'n robh mo storas, le beannachd Dhe, air fas gu math mor, chuir mi romham gu'n gabhainn turus-cuain do na h-Innsibh a chum malairt a dheanamh. Chaidh mi fhein 's mo dhithis pheathraichean gu ruige Balsora, agus cheannaich mi long, agus an uair a luchdaich mi i leis a' bhathar a thug mi a Bagdad, sheol sinn. Bha soirbheas gle fhabharach againn fad fichead latha. An ceann na h-uine sin thog sinn fearann. B' e beinn anabarrach ard a bh' ann, agus chunnaic sinn gu'n robh baile-mor ris a' chladach aig bonn na beinne. O 'n a thachair gu'n robh

smuid mhath air a' ghaoith, cha robh **sinn fada** 'ruighinn
na h-acarsaid. **Cho luath** 's a dh' acraich sinn, chaidh **mi**
gu tir gun fhuireach ri m' pheathraichean. Ghabh **mi**
direach gu geata 'bhaile, **agus chunnaic mi moran** dhaoine
mar gu'm **biodh iad a' dion a' bhaile.** Bha cuid dhiubh
'nan seasamh, agus cuid 'nan suidhe, agus **airm aca** 'nan
lamhan. Bha leithid de **chruth uamhsach** air **an aghaidh-**
ean 's gu'n do ghabh mi **eagal mor.** Ach thug mi 'n aire
nach robh **iad a' gluasad no carachadh, agus ghabh mi**
misneach **gus a dhol air m' aghart. An uair a chaidh mi**
na bu dluithe dhaibh chunnaic mi gu'n robh iad uile air
an tionndadh gu cloich. Chaidh mi steach do 'n bhaile,
agus **choisich mi troimh chaochladh** shraidean, **agus** bha
h-uile duine a bha mi 'faicinn air an tionndadh gu cloich.
Bha 'n aireamh bu mho dhe na buithean **duinte, agus far**
an robh iad fosgailte, bha na daoine a bh' annta 'nan
cloich. Thug mi suil os mo chionn ris na similearan, agus
cha robh ceo a' dol am mach a aon seach aon dhiubh.
Thug so orm a smaointean gu'n robh muinntir a' bhaile
gu leir air **an tionndadh gu cloich.**

Choisich **mi air m'** aghaidh **troimh 'n** bhaile gus **an**
d' rainig **mi cuirt mhor** cheithir-chearnach a bh' ann **an**
teis-meadhain a' bhaile. Sheall **mi mu'n cuairt** orm, **agus**
chunnaic mi **geata mor, briagha air a chomhdach le or,**
agus e fosgailte. **An uair a chaidh mi dluth dha, thug**
mi 'n aire **gu'n robh cuairteanan de shioda ro** riomhach
sgaoilte an taobh a staigh de 'n gheata. Mar an ceudna
bha cruisgean **laiste an crochadh os cionn a' gheata. An**
uair a bheachdaich **mi gu math air an aitreimh** mhoir **so,**
thuig mi gu'm b' e luchairt an righ a bh' ann ; agus o 'n a
bha ioghnadh mor orm nach do thachair duine beo **rium**
anns a' bhaile, **chaidh mi steach air a'** gheata, ann an
dochas gu'n tachradh neach oiginn rium ris am bruidhn-
inn. An uair a chaidh mi steach cha robh duine beo ri

tnaicinn. Bha 'n luchd-gleidhidh 'nan seasamh .o 'n cuid armaibh; ach bha iad uile 'nan cloich. Choisich mi gu taigh anabarrach i riagha bha fa m' chomhair, agus dh' aithnich mi gu'm b' e taigh-comhnuidh na ban-righ a bh' ann. Agus an uair a chaidh mi steach, cha robh duine beo ri 'fhaicinn anns an t-seomar. Ghabh mi air aghart o sheomar gu seomar gus an d' rainig mi seomar a bha anabarrach briagha. Chunnaic mi a' bhan-righ 'na suidhe ann, agus crun oir air a ceann, agus griogagan daoimein m' a h-amhaich, agus a h-uile te dhiubh a cheart cho mor ri cno.

Sheas mi car uine far an robh mi, agus bheachdaich mi le tlachd 's le ioghnadh air gach ni a bh' anns an t-seomar. Cha 'n faca mi riamh seomar anns an robh innsroadh a leith cho briagha ris. Ged a thoisichinn ri innseadh gach ni a chunnaic mi anns an t-seomar, cha b' urrainn domh cainnt a chur air.

An uair a chaidh mi 'mach as an t-seomar so, choisich mi troimh chaochladh sheomhraichean eile anns an robh innsroadh anabarrach maiseach. Mu dheireadh rainig mi seomar mor, farsuinn, anns an robh cathair oir a bha gle ard, agus i air a deanamh maiseach le iomadh seorsa de neamhnaidean, agus de chlachan luachmhor. Ghabh mi ioghnadh mor an uair a chunnaic mi an lainnir a bha 'tighinn o mhullach na cathrach. O 'n a bha toil agam fios fhaotainn co as a bha 'n lainnir a' tighinn, chaidh mi suas air na ceuman staidhreach a bha 'direadh thun na cathrach, agus chunnaic mi daoimean a bha cho mor ri ugh ostrich air mullach na cathrach. Cha robh 'n smal no 'n sgaineadh bu lugha air, agus bha 'n lainnir a bh' as cho boillsgeil 's gu'n robh i an impis mo fhradharc a thoirt uam.

Bha coinnlear oir le coinneil cheireach laiste ann, air gach taobh dhe 'n chathair; ach cha robh mi 'tuigsinn ciod am feum a bh' orra, o nach robh duine beo ri fhaicinn anns an taigh. Ach air a shon sin, cha b' urrainn domh gun bhith 'smaointean gu'n robh neach eiginn anns an taigh a chuireadh feum orra.

O 'n a bha na dorsan uile fosgailte, chaidh mi troimh iomadh seomar eile anns an robh moran ionmhais, agus chuir gach ni a chunnaic mi a leithid a dh' ioghnadh orm 's gun deachaidh an uine seachad gun fhios dhomh. Mu dheireadh thainig an oidhche. Thug mi ionnsuidh air tilleadh an taobh a thainig mi; ach cha b' urrainn domh amas air an rathad. An uair a chunnaic mi nach rachadh agam air faighinn am mach as an taigh, chuir mi romham gu'n cuirinn an oidhche seachad anns an t-seomar anns an robh na coinnlean laiste. Chaidh mi steach ann, agus leig mi mi-fhein 'nam shineadh air langsaid. Ach ged nach robh creutair beo ri 'fhaicinn anns an taigh, bha beagan eagail orm.

Mu mheadhain oidhche, chuala mi guth duine mar gu'm biodh e 'leughadh a' Chorain. Thug so toileachadh mor dhomh, agus ghrad dh' eirich mi as an aite 's an robh mi 'nam shineadh, agus thug mi leam fear dhe na coinnlearan a bh' anns an t-seomar, agus chaidh mi 'dh' ionnsuidh an t-seomair anns an robh mi 'cluinntinn a' ghutha. Sheas mi aig an dorus, agus leig mi as an coinnlear air an urlar. Sheall mi steach air uinneig, agus thuig mi gur e seomar-aoraidh a bh' ann. Bha da chruisgean agus da choinneil laiste ann. Bha duine og, dreachar ann, agus e 'leughadh a' Chorain. Thug so toileachadh mor dhomh. Ghabh mi ioghnadh a chionn gu'm b' e an aon duine beo a bh' anns a' bhaile, agus an sluagh eile gu leor air an tionndadh gu cloich.

O 'n a bha 'n dorus leith-fhosgailte chaidh mi steach, agus thog mi mo ghuth, agus rinn mi urnuigh mar so: "Moladh gu robh dhut a Dhe, a thug dhuinn an turus fabharrach, agus ma 's e do thoil e, deonaich dhuinn do dhion agus do ghleidheadh gus an till sinn air ar n-ais do ar duthaich fhein. Eisd rium, O Thighearna, agus thoir dhomh freagairt."

Thionndaidh an duine og 'aghaidh rium, agus thuirt e, "Mo dheadh bhean-uasal, tha mi 'guidhe ort, innis dhomh, co thu, agus ciod a chuir do 'n bhaile fhasail so thu? Ma ni thu so, innsidh mise dhut, co mi-fhein, ciod a thachair dhomh, c'ar son a tha sluagh a' bhaile air an cur anns an staid anns am bheil thu 'g am faicinn, agus c'ar son a tha mise 'nam onar beo, slan."

Ann am beagan fhacal dh' innis mi dha, co as a thainig mi, c'ar son a thainig mi do 'n bhaile, agus gur e fichead latha 'thug an long air an rathad. An sin dh' iarr mi air innseadh dhomh, ciod a b' aobhar gu'n robh sluagh a' bhaile gu leir, ach e fhein 'na onar, air an tionndadh gu cloich; ni a chuir mor-ioghnadh orm.

"Mo dheadh bhean-uasal," ars' esan, "dean foighidin car tiotaidh." An uair a thuirt e so, dhuin e an Coran, agus phaisg e seachad gu curamach ann an aite tasgaidh e. Fhad 's a bha e 'deanamh so bha mi 'gabhail beachd air, agus thug mi an aire gu'n robh e 'na dhuine robh thlachdmhor ri 'fhaicinn, agus thuit mi ann an gaol air. Thug e orm suidhe laimh ris; agus mu'n do thoisich e ri labhairt rium, cha b' urrainn mi gun a radh ris, ann an guth a bha 'nochdadh gu'n robh tlachd agam dheth, "A dhuin' uasail tlachdmhoir, do m' bheil gradh aig m' anam, is gann a tha 'dh' fhoighidin agam na dh' fheitheas ri fios fhaotainn mu thimchioll nan nithean iongantach a chunnaic mi o 'n a thainig mi do 'n bhaile so; tha toil mhor agam fios fhaotainn mu 'n chuis gun dail sam bith. Innis dhomh gun dail ciod e 'mhiorbhuil leis am bheil thu fhein beo, an uair a tha gach neach eile marbh."

" A bhaintighearna," ars' esan, " tha mi 'g aithneach-
adh gu'm bheil colas agad air an aon Dia bheo agus fhior ;
oir chuala mi thu 'g urnuigh ris.   Innsidh mi dhut
nithean iongantach mu thimchioll a mhorachd agus a
chumhachd. B' e am baile so ceanna-bhaile na rioghachd
aig m' athair.   Bha m' athair agus sluagh na rioghachd
gu leir 'nan draoidhean, agus bha iad a' deanamh aoraidh
do 'n teine, agus do Nardoun, an righ a bha thairis air
na famhairean a rinn ar-a-mach an aghaidh Dhe. Ged a
bha m' athair 's mo mhathair 'nan luchd iodhol-aoraidh,
bha mise air m' fhoghlum 'nam oige le aon aig an robh
eolas air an Dia fhior. Dh' ionnsaich mi an Coran air
mo theangaidh, agus thuig mi gach mineachadh a chaidh
a sgriobhadh air. Air an doigh so fhuair mi colas air an
aon Dia bheo agus fhior, an uair a bha mi gle og. Agus
an uair a thainig mi gu aois, thuig mi gu lan mhath, nach
'eil Dia eile ann ach e, agus gur e gliocas agus dleisdanas
gach duine aoradh is umhlachd a thoirt dha."

CAIB. XXI.

O CHIONN corr is tri bliadhna chualas anns a' bhaile so
gu leir guth eagallach, mar ghuth tairneinich, ag radh :—
' A luchd-aiteachaidh, sguiribh a thoirt aoradh do Nardoun
agus do 'n teine, agus deanaibh aoradh do 'n Dia sin a
mhain a tha comasach air trocair a nochdadh.'

    "Chualas an guth so bliadhna an deigh bliadhna o 'n
uair sin, ach cha do chuir neach sam bith suim ann ; agus
air an latha mu dheireadh do 'n bhliadhna, aig ceithir
uairean 's a' mhadainn, bha muinntir a' bhaile gu leir air
an tionndadh gu cloich ann am priobadh na sul. Faod-
aidh tu fhaicinn gu'm bheil m' athair 's mo mhathair anns
an aon suidheachadh ri sluagh eile a' bhaile.

" Is mise an t-aon neach air nach d' thainig am breith-
eanas trom so, agus tha mi riamh o 'n uair ud a' deanamh
seirbhis do Dhia le barrachd durachd na bha mi reimhe.
Tha mi 'creidsinn gur o Dia a chuir an so thu, a bhean-
uasal ionmhuinn, a chum comhfhurtachd a thoirt dhomh,
agus tha mi 'toirt moran taing dha; oir feumaidh mi
aidoachadh nach 'eil e cordadh rium a bhith an so 'nam
onar."

Thug na briathran so orm gu'n robh barrachd graidh
agam do 'n duine og, mhaiseach so. Thuirt mi ris, " A
Phrionnsa, cha 'n eil teagamh nach e am Freasdal a stiuir
an rathad so mi a chum gu'n tugainn dhutsa cothrom air
falbh as an aite thruagh so. An uair a chi thu 'n long
air an d' thainig mi a Bagdad, faodaidh tu 'thuigsinn gu'm
bheil tomhas de mheas aig sluagh a' bhaile sin orm. Tha
cuid mhath de shaoibhreas agam, agus tha mi 'gealltainn
dhut gu'm faigh thu gach ni a bhios feumail gus an toir
an righ dhut an inbhe agus an t-urram air am bheil thu
airidh. Cho luath 's a chluinneas e gu'n d' rainig tu
Bagdad, bheir e dhut gach ni a bhios a dhith ort. Cha 'n
'eil e coltach dhut fuireach na 's fhaide ann am baile
anns am bi gach ni a chi thu ag urachadh do bhroin. Is
leamsa an long, agus faodaidh tusa am foum a thogras tu
a dheanamh dhith."

Ghabh e an tairgse a thug mi dha, agus chuir sinn
seachad na bha romhainn de 'n oidhche a' bruidhinn air
gach ni a bhuineadh do ar turus dhachaidh.

Cho luath 's a shoilleirich an latha chaidh sinn air bord
na luinge. Bha mo pheathraichean, an sgiobair, agus
gach aon eile a bh' air bord fo mhor-iomaguin mu m'
thimchioll a chionn nach do chaidil mi an latha roimhe sin.
An uair a thug mi mo pheathraichean an lathair a'
phrionnsa, dh' innis mi dhaibh an t-aobhar a chum air tir
mi, agus dh' innis mi dhaibh mar a thionndadh sluagh a'
bhaile gu cloich.

Thug na scoladairean seachdain air cur na bha de
bhathar anns an luing gu tir agus air a luchdachadh leis
na bha de dh' ionmhas ann an luchairt a' phrionnsa.
Lionadh i cho lan le or 's le airgiod 's le seudan 's nach
robh aite innte air son an innsridh a bh' anns an luchairt.
Lionadh an t-innsreadh fhein ceithir longan : ach o nach
robh doigh againn air a thoirt loinn, b' eiginn duinn
'fhagail.

An uair a fhuair sinn biadh is deoch gu leor air bord,
sheol sinn, agus bha soirbheas againn cho fabharach 's a
dh' iarramaid.

Chuir am prionnsa agus mi-fhein 's mo pheathraichean
greis dhe 'n uine seachad gle thoilichte maille ri 'cheile.
Ach, mo thruaighe! cha b' fhada gus an d' thainig caochl-
adh air cuisean. Bha cuid orrasan an uair a chunnaic iad
cho cairdeil 's a bha mise 's am prionnsa ri 'cheile, agus le
spiorad gamhlais dh' fheoraich iad dhiom air latha araidh,
ciod a dheanamaid ris an uair ruigeamaid Bagdad. Thuig
mi 's a' mhionaid gu'n do chuir iad a' choisd so orm a
chum gu'm faigheadh iad am mach an robh tlachd agam
dheth. Air an aobhar sin thuirt mi riutha mar mhagadh,
gu'n robh duil agam a phosadh. An uair a thuirt mi so,
thionndaidh mi ris a' phrionnsa, agus thuirt mi, " A
Phrionnsa, cho luath 's a ruigeas sinn Bagdad tha mi
suidhichte gu'n tairg mi mi-fhein dhut gus a bhith agad
mar searbhanta a chum soirbhis sam bith a dh' iarras tu
orm a dheanamh dhut, agus tha mi gu h-umhail a' ghuidhe
gu'n gabh thu mi."

Fhreagair am prionnsa agus thuirt o. " A bhain-
tighearna, cha 'n 'eil fhios agam co dhiubh tha thu mar
mhagadh no ga rireadh ; ach air mo shonsa dhoth, tha mi
'g aideachadh gu follaiseach an lathair do pheathraichean
gu'm bheil mi 'gabhail na tairgseadh le m' uile dheoin,
cha 'n ann gus thu bhith agam mar mo shearbhanta ach

mar mo bhean ; agus tha mi 'g innseadh dhut gu'm bi thu fo riaghladh do thoil fhein anns gach ni." An uair a chuala mo pheathraichean so, thainig gruaim air an aghaidhean, agus na dheigh sin bha e furasda gu leor dhomh 'aithneachadh gu'n robh iad a' fas gle choma dhiom.

An uair a bha sinn mu astar latha o Bhalsora, am baile-puirt anns an robh duil againn an luchd a chur am mach, gabh mo pheathraichean fath orm fhein 's air a' phrionnsa, agus thilg iad leis a' chliathaich sinn. Dhath-adh esan ; ach shnamh mise gu tir. Bha 'n oidhche cho dorcha 's nach robh agam ach fuireach anns a' chladach gus an do shoilleirich an latha. An uair a thainig an latha chunnaic mi gu'n robh mi air eilean fasail a bha mu fhichead mile o Bhalsora. Thiormaich mi m' aodach ris a' ghrein. Choisich mi beagan astair o 'n chladach, agus thachair craobhan rium air an robh measan gu leor. Thuig mi nach fhaighinn bas leis an acras ged a thachradh dhomh a bhith uine mhor air an eilean.

'Na dheigh sin leig mi mi-fhein 'nam shineadh ann an aite dubharach, agus cha robh mi fada 'nam shineadh an uair a chunnaic mi nathair sgiathach a bha anabarrach mor agus fada 'tighinn an rathad a bha mi, agus i 'g a toinneamh fhein a null 's a nall 's a teangadh 'muigh. Dh' eirich mi 'nam sheasamh, agus thug mi 'n aire gu'n robh nathair eile a bha anabarrach mor 'g a leantuinn, agus greim aice air earball oirre gus a h-itheadh. Bha truas agam ris an nathair sgiathaich, agus an aite teich-eadh air falbh, is ann a ghabh mi de mhisnich ná thog clach a thachair a bhith dluth dhomh, agus thilg mi le m' uile neart air an nathair mhoir i. Gu fortanach dh' amais dhomh a bualadh anns a' cheann, agus mharbh mi i. An uair a fhuair an nathair sgiathach fuasgladh, dh' fhalbh i air iteig as mo shealladh. Leig mi mi-fhein 'nam shineadh far an robh agus chaidil mi.

Fada no goirid gu'n robh mi 'nam chadal, an uair a dhuisg mi, ciod a b' iongantaiche leam na boirionnach a bhith na suidhe lamh rium. Bha coltas aoidheil, caoimhneil air a gnuis. Bha da ghalladh dhubh aice air lomhainn. Dh' fheoraich mi dhi, co i. "Is mise an nathair sgiathach," ars' ise, "agus thug thusa an diugh fhein saorsa dhomh o mo dhearg namhaid. Cha robh fhios agam cia mar a nochdainn mo thaingealachd dhut air son na rinn thu de mhath dhomh; ach air dhomh fios a bhith agam air cho cealgach 's a bhuin do pheathraich-ean riut, smaoinich mi gu'n nochdainn mo chaoimhneas dhut le trom-dhioghaltas a dheanamh orra le cheile. Cha bu luaithe a thug thusa saorsa dhomh na ghairm mi mo chompanaich maille ri 'cheile—oir is mnathan-sithe sinn— agus chuir sinn an t-ionmhas a bh' ann- an luing gu sabhailte anns na taighean-ionmhais a th' agad ann am Bagdad, anns 'na dheigh sin chuir sinn an long do ghrunnd a' chuain. Is e an da ghalladh dhubh so do dhithis pheathraichean. Chuir mise anns a' chruth so iad. Ach feumar tuilleadh dieghaltais a dheanamh orra; agus feumaidh tusa deanamh riutha mar a dh' iithneas mise dhut."

An uair a labhair a' bhean-sithe na briathran so, chuir i fo h-achlais mi, agus chuir i an da ghalladh fo 'n achlais eile, agus thug i gu ruige Bagdad sinn. Fhuair mi gach ni a bh' air bord 's an luing air a chur gu sabhailte anns na taighean-ionmhais mar a thuirt i rium. Mu 'n do dhealaich i rium thug i dhomh an da ghalladh, agus thuirt i rium, "Mur 'eil toil agad a bhith air do chur anns a' chruth cheudna ris an da ghalladh so, ni thu riutha mar a tha mise ag ordachadh dhut. Ann an ainm an fhir a tha 'riaghladh na mara, bheir thu do gach te dhiubh ceud buille le slait a h-uile oidhche mar pheanas air son an uile a rinn iad ort fhein agus air a phrionnsa bhath iad."

B' eiginn domh gealltainn gu'n deanainn mar a dh' aithn i dhomh. Riamh o 'n uair ud tha mi 'gabhail orra 'h-uile oidhche, ach cha 'n ann le m' thoil. An uair a ghabhas mi orra, tha mi 'sileadh nan deur leis an truas a th' agam riutha. An aite coire a chur orm is ann bu choir truas a bhith rium. Ma tha ni sam bith eile ann air am bu mhath leibh fios fhaotainn, gheibh sibh fios air mu'n cuir Aimini crioch air a h-eachdraidh fhein.

Chuir na dh' innis Sobaide dha ioghnadh mor air an righ. An sin ghuidh e air Aimini gu'n innseadh i dha c'ar son a bha na h-athailtean air a h-uchd.

An uair a thoisich Aimini ri innseadh a h-eachdraidh fhein, thuirt i:—" Le 'r cead, a righ, cha ruig mi leas teannadh ri aithris na dh' innis mo phiuthar mar tha mu m' thimchioll. Foghnaidh dhomh a radh, gu'n do ghabh mo mhathair taigh dhi fhein an deigh bas m' athar. Thug i mise mar mhnaoi do dhuine uasal beairteach a bh' anns a' bhaile, agus fhuair e mar thochradh an dileab a dh' fhag m' athair agam.

Mu 'n d' thainig ceann na bliadhna an deigh dhomh posadh, bha mi 'nam bhantraich, agus bu leam gach ni a bhuineadh do 'n fhear a bha posda rium. B' fhiach mo mhaoin gu leir mu cheud mile bonn oir. Bha pailteas ann an riadh an airgid so gus mo chumail suas ann an suidheachadh cho math 's a dh' iarrainn. An ceann leith bhliadhna an deigh bas m' fhir thug mi ordugh do 'n taillear deich deiseachan a dheanamh dhomh dhe 'n aodach cho riomhach 's a bh' aige. Chosg gach te dhe na deiseachan mile bonn oir. An uair a baa mi bliadhna 'nam bhantraich, thoisich mi ri caitheamh nan deiseachan riomhach so.

Air latha araidh, agus gun a staigh ach mi fhein 's na searbhantan 's mi gle thrang aig obair an taighe, dh' innseadh dhomh gu'n robh bean-uasal aig an dorus aig an

robh toil bruidhinn rium.   Thug mi ordugh a toirt a
steach.   Bha i na leith-seana bhoirionnach.   Chuir i failte
orm, agus thuirt i rium 's i air a gluinean air mo bheul-
aobh, " A bhean-uasal ionmhuinn, tha mi 'n dochas gu'n
gabh thu mo leithsgeul air son dragh a chur ort; agus is e
an t-earbsa 'th' agam 'nad chaoimhneas a thug orm tighinn
far am bheil thu.   Tha mi 'nam bhantraich, agus tha 'n
aon nighean a th' agam a' dol a phosadh an diugh.   Tha
sinn 'nar coigrich, agus cha 'n 'eil luchd-colais sam bith
againn anns a' bhaile.   Tha so a' cur dragh mor orm, oir
cha bu mhath leinn gu'n saoileadh cairdean lionmhor an
fhir a tha mo nighean a' dol a phosadh gu'm bheil sinn
uile gu leir 'nar coigrich, agus gun mheas anns a' bhaile.
Air an aobhar sin nan cuireadh tusa a dh' urram oirnn
gu'n rachadh tu 'thun na bainnse, chuireadh tu fo chomain
mhoir sinn.   Bhiodh mnathan-uaisle na duthchadh a'
smaointean nach 'eil sinn cho bochd 's cho suarach 's a tha
sinn, na 'n rachadh tu comhladh ruinn.   Ach mur teid
thusa comhladh ruinn, bidh sinn air ar maslachadh, oir
cha 'n 'eil fhios againn co eile a theid sinn a dh' iarraidh."

CAIB. XXII.

Ghabh mi truas ris a' bhoirionnach bhochd an uair a
chunnaic mi i a' sileadh nan deur, agus thuirt mi, " Mo
dheadh bhoirionnach, na bi 'cur dragh' ort fhein : tha
mise deonach am fabhar a tha thu 'g iarraidh orm a thoirt
dhut.   Innis dhomh c'aite am bheil taigh na bainnse, agus
theid mi ann cho luath 's a chuireas mi umam aodach
freagarrach."

An uair a chual' am boirionnach gu'n robh mi gus a
dhol thun na bainnse, bha aoibhneas anabarrach oirre,
agus mu'n do tharr mi an aire 'thoirt ciod a bha i 'dol a

dheanamh, thug i pog dh' am chasan. " A bhean uasal charanach, bheir Dia paigheadh dhutsa air son a' chaoimhneis a tha thu nochdadh dhomhsa, agus bheir e aoibhneas dhut mar a tha thu fhein a' toirt do mhuinntir eile. Tha e tuilleadh is trath dhut falbh thun na bainnse. Foghnaidh dhut falbh an uair a thig mi fhein g' ad iarraidh feasgar. Mo bheannachd gu'n robh agad gus an till mi g' ad iarraidh."

Cho luath 's a dh' fhalbh i chuir mi umam an deise 'b' fhearr a bh' agam, agus chuir mi bann-sheud mu m' bhraighe agus mu chaol mo dha dhuirn, agus failbheagan oir 'nam chluasan, agus fainneachan daoimein air mo mheoirean; oir bha m' inntinn ag innseadh dhomh gu'n robh ni eiginn gu tachairt dhomh.

Ann am beul na h-oidhche thainig an t-seana bhean g' am iarraidh, agus coltas gle aoidheil air a h-aghaidh. Phog i mo lamhan agus thuirt i, Mo bhaintighearna ghaolach, tha luchd-daimh an fhir a tha 'dol a phosadh mo nighinn, eadhon ard mnathan-uaisle 'bhaile, a nis air cruinneachadh; faodaidh tu tighinn uair sam bith a thogras tu, tha mise deas a' feitheamh ort."

Gun dail sam bith dh' fhalbh sinn. Bha ise air thoiseach, agus bha mise agus mo mhnathan-coimhideachd 'g a leantuinn. Stad sinn ann an sraid ghlain, fharsuinn, aig geata mor maiseach. Os cionn a' gheata bha lainntear laiste. Le solus an lainntir leugh mi an sgriobhadh so, a bh' ann an litrichean oir:—" So aite-comhnuidh na sithe agus an t-sonais mhaireannaich."

Bhuail an t-seana bhean aig a gheata, agus ghrad dh' fhosgladh e. Thugadh a steach do thalla mor, maiseach mi far an robh baintighearna og a bha anabarrach maiseach. Chuir i failte orm gu caoimhneil, agus thug i orm suidhe air cathair a bha cho briagha 's gu'm foghnadh i do 'n righ fhein.

" A bhaintighearna," ars' ise, " thugadh cuireadh dhut
gu tighinn an so gu banais; agus tha dochas agam gu'n
tachair am posadh air dhoigh nach do smaoinich thu. Tha
brathair agamsa, agus tha e air dhuine og cho maiseach 's
a th' anns an t-saoghal. Thuit e ann an trom ghaol ortsa,
oir chuala e gu'n robh thu anabarrach maiseach, agus mur
pos thusa e cha bhi duine 's an t-saoghal cho mi-shona ris.
Tha mi 'n dochas gu'n gabh thu truas ris. Tha fhios aige
air a h-uile mathas a th' annadsa, agus theid mi 'n urras
dhut gu'm bheil e airidh gu'm posadh tu e. Tha mise na
ainmsan a' guidhe gu durachdach ort gu'm pos thu e."

An deigh bas m' fhir, cha do smaoinich mi riamh gu'm
bu choir dhomh posadh an dara uair; ach cha robh e 'n
comas dhomh an tairgse so a dhiultadh. Dh' fhan mi
samhach agus thainig m' fhuil 'nam aodann. Bhuail a'
bhaintighearn' og a basan ri cheile, agus ghrad dh'
fhosgladh dorus closaid a bha 'n taobh an t-seomair, agus
thainig duine og eireachdail, air an robh fior choltas na
h-uaisle 'mach as a' chlosaid, agus shuidh e ri m' thaobh.
An uair a chunnaic mi e thuirt mi rium fhein, ma bha e
cho maiseach 'na nadar 's a bha e 'na choltas, gu'n robh
mi gle fhortanach. An uair a thug mi greis air seanachas
ris, thuig mi gu'n robh e moran na bu tlachdmhoire na
dh' innis a phiuthar dhomh.

An uair a chunnaic a phiuthar gu'n robh sinn toilichte
le cheile, bhuail i a basan ri 'cheile an dara turus, agus
thainig sgriobhaiche steach do 'n t-semar. Gun dail sam
bith sgriobh e cumhnantan a' phosaidh, agus chuir
ceathrar an ainmean ris mar fhianuisean. B' e an t-aon
ni a thug am fear a phos mi orm a gheall'tainn dha, nach
leiginn ris m' aghaidh a dh' fhear sam bith, agus nach mo
na sin a bhruidhninn ri fear sam bith ach e fhein. Agus
thuirt e rium nan deanainn mar a bha e 'g iarraidh orm,
nach biodh aobhar agam gu brath a bhith 'gearain air.

So mar a phosadh sinn, agus an aite mise bhith air banais
dhaoine eile is ann a bha daoine eile aig mo bhanais fhein.

An uair a bha sinn mu mhios posda dh' iarr mi air
cead a thoirt dhomh a dhol a cheannach aodaichean a bha
dhith orm, agus thug e dhomh cead. Thug mi leam an
t-seana bhean comhladh rium, agus dithis dhe na mnathan-
coimhideachd.

An uair a rainig sinn an t-sraid air am bheil na
marsantan a' fuireach, thuirt an t-seana bhean rium. " A
bhanamhaighstir, o 'n is e sioda a tha dhith ort, is ann a
theid mi leat far am bheil marsanta og air am bheil mi
eolach. Tha e 'reic a h-uile scorsa sioda. Caomhnaidh o
dhut a bhith 'falbh o bhuthaidh gu buthaidh. Tha mi
deimhin gu'm bheil iomadh scorsa aige nach 'eil aig fear
eile."

Ghabh mi gu toileach a comhairle, agus chaidh sinn
do 'n bhuthaidh aig a' mharsanta og. Shuidh mi agus
dh' iarr mi air an t-seana mhnaoi bruidhinn ris a' mhars-
anta air mo shon, agus a radh ris e 'shealltainn dorch an
t-sioda 'b fhearr a bh' aige. Thuirt i rium mi bhruidhinn
air mo shon fhein. Ach dh' innis mi dhi gu'n do gheall
mi an oidhche a phos mi nach bruidhninn ri fear sam bith
ach ri m' fhear-posda fhein, agus thuirt mi rithe gu'n robh
e mar fhiachan orm cumail ri mo ghealladh.

Sheall am marsanta dhomh caochladh sheorsachan
sioda. Chord fear dhiubh rium gle mhath, agus dh' iarr
mi air an t-seana mhnaoi pris an t-sioda fhaighneachd
dheth. Thuirt e rithe, " Cha reic mi an sioda air son
airgid no oir, ach bheir mi dhi an nasgaidh e ma leigeas
i dhomh pog a thoirt dhi air a leithcheann."

Thuirt mi ris an t-seana mhnaoi a radh ris gu'n robh
e gle mhi-mhodhail an uair a dh' iarradh e leithid a ni.
Ach an aite bruidhinn ris mar a dh' iarr mi oirre, thuirt i
rium, " Cha 'n 'eil am marsanta 'g iarraidh moran ort; cha

ruig thu leas bruidhinn ris ; foghnaidh dhut do leithcheann a chumail ris, agus bidh an ghnothach seachad ann an tiotadh."

O 'n a bha 'n sioda cordadh rium cho math bha mi cho gorach 's gu'n do ghabh mi a comhairle. Sheas an t-seana bhean agus na mnathan-coimhideachd mu'n cuairt orm a chum nach fhaiceadh duine sinn, agus thog mi am brat bhar m' aghaidh ; ach an aite pog a thoirt do m' leith-che·nn, is ann a thug am marsanta lan 'fhiaclan as.

Thug an cradh, agus an clisgeadh a ghabh mi orm tuiteam ann an neul ; agus bha mi cho fad' ann 's gu'n d' fhuair am marsanta uine gus a' bhuth a dhunadh agus e fhein a thoirt as. An uair a thainig mi as an neul, bha mo leithcheann lan fala. Chomhdaich an t-seana bhean mo cheann is m' aghaidh a chum nach fhaiceadh na daoine a bha falbh na sraide mar a bha mi. Bha i fo dhragh inntinn gle mhor air son mar a thachair dhomh, agus dh' fheuch i cho math 's a b' urrainn di ri misneach a thoirt dhomh. " Mo bhanamhaighstir ghaolach," ars' ise, " tha mi 'g iarraidh mathanais ort, oir is mise bu choireach gu'n d' thainig am mi-fhortan so 'na do rathad an uair a thug mi thu far an robh am marsanta so, a chionn gu'n robh e 'na fhear-duthchadh dhomh. Ach cha do smaoinich mi riamh gu'n deanadh e gniomh cho eucorach ri sid. Na bi fo bhron. Greasamaid dhachaidh ; agus bheir mise dhut cungaidh a leighiseas thu ann an tri latha, agus cha bhi athailte ri 'fhaicinn ort.

Bha mi cho lag 's gur gann a choisichinn. Mu dheir-eadh fhuair mi dhachaidh, agus chaidh mi anns an dara neul an uair a bha mi 'dol do 'n t-seomar. Ach thug an t-seana bhean dhomh cungaidh a dhuisg as an neul mi ann an uine ghoirid, agus chaidh mi do 'n leabaidh.

Thainig fear an taighe dhachaidh 's an oidhche, agus an uair a chunnaic e mo cheann air a cheangal suas, dh' fheoraich e ciod a bh' orm. Thuirt mi ris gu'n robh mo cheann goirt. agus gu'n robh mi 'n dochas nach cuireadh e an corr cheisdean orm. Ach rug e air coinnil agus sheall e air mo cheann. agus chunnaic e gu'n robh mo leithcheann air a ghearradh.

"Cia mar a thachair so dhut?" ars' esan. Ged nach robh mi gle chiontach, cha robh de mhisnich agam na dh' innseadh an fhirinn dha. A bharrachd air sin, bha mi 'smaointean nach robh e iomchuidh dhomh aideachadh dha mar a thachair a' chuis. Air an aobhar sin thuirt mi, "An uair a bha mi 'dol a cheannach an t-sioda, thachair portair rium air an robh eallach fiodha, agus anns an dol seachad orm 's mi 'coiseachd troimh shraid chaoil, bhuail fear dhe na maidean orm anns an leithcheann ; ach cha do ghortaicheadh mor mi idir."

An uair a chuala e so bha e ann am feirg anabarraich, agus bhoidich e gu'n deanadh e dioghaltas air a h-uile portair a bh' anns a' bhaile. " Bheir mi ordugh am maireach do fhreiceadain a' bhaile a h-uile fear dhe na beistean a ghlacadh agus an crochadh."

O 'n a bha eagal orm gu'n rachadh moran de dhaoine neo-chiontach a chur gu bas air mo shaillibh, thuirt mi ris. " A thighearna, bhithinn gle dhoilich eucoir cho mor a dheanamh air daoine neo-chiontach. Tha mi 'guidhe ort nach dean thu mar a tha thu 'g radh. Cha tugainn mathanas dhomh fhein gu brath nam bithinn 'nam mhathair-aobhair air a leithid a dheanamh."

" Innis an fhirinn dhomh," ars' esan, " cia mar a lotadh thu."

Thuirt mi ris, gu'n do lotadh mi le coire fir a bha reic sguaban air an t-sraid.

" Ma tha sin mar sin. ars' esan, " bheir mise ordugh gu math moch am maireach do 'n ard-chomhairleach a h-uile fear a tha reic sguaban a ghrad chur gu bas."

"An ainm Dhe, tha mi 'guidhe ort," arsa mise. "gu'n toir thu mathanas dhaibh, oir tha iad neo-chiontach."

"Cia mar sin," ars' esan. "ciod a tha mi gus a chreid sinn! Innis dhomh mar a thachair, oir tha mi lan shuidh-ichte gu'm faigh mi 'mach an fhirinn o do bheul fhein."

"Thainig tuaineal 'nam cheann, agus thuit mi; sin mar a thachair," arsa mise.

An uair a chual' o so, chaill e fhoighidin buileach glan. Thuirt e, " Bha mi tuilleadh is fada 'g eisdeachd ri do chuid breug." Bhuail e a dha bhois ri 'cheile, agus ann an tiotadh thainig triuir sheirbhiseach a steach do 'n t-seomar. " Thugaibh am mach as an leabaidh i, agus cuiribh air meadhain an urlair i," ars' esan.

Rinn iad mar a dh' iarradh orra; rug fear dhiubh air mo cheann, agus am fear eile air mo chasan, agus chuir iad air an urlar mi. Dh' iarr e air an treas fear claidh-eamh a thoirt g' a ionnsuidh. An uair a thug e steach an claidheamh thuirt e ris. ' Dean da leith oirre, agus tilg do 'n amhainn i. Is e so am peanas a ni mi air a' mhuinntir do 'n robh tlachd agam, agus nach cum ri 'n gealladh."

An uair a chunnaic e nach robh an seirbhiseach toil-each umhlachd a thoirt dha thuirt e. "C'ar son nach 'eil thu 'g a bualadh? Co a tha 'g ad chumail air ais? Co ris a tha thu 'feitheamh?"

CAIB. XXIII.

"A BHAINTIGHEARNA, tha thu dluth air crioch do bheatha; smaoinich am bheil ni sam bith agad ri thoirt seachad mu 'm faigh thu bas," ars' an seirbhiseach a fhuair ordugh mo mharbhadh.

'Dh' iarr mi cead facal no dha a radh, agus fhuair mu sin. Thog mi mo cheann, agus sheall mi le mor-thogradh ri m' fhear-posda, agus thuirt mi, " Ochan," nach bochd an suidheachadh anns am bheil mi! Am feum mi am bas fhulang 's mi cho og?"

Cha b' urrainn mi 'n corr a radh, oir bhrist mo ghal orm. Cha d' thainig taiseachadh sam bith air m' fhear-posda, ach, an aite sin is ann a bha e 'gam shior mhaslachadh; agus cha deanadh e feum sam bith dhomh aon fhacal a radh ris. Thoisich mi mu dheireadh ri guidhe gu durachdach air gu'n leigeadh e leam mo beatha; ach cha tugadh e geill sam bith dhomh. Bha e sior iarraidh air an t-seirbhiseach mo mharbhadh. Aig a' cheart mhionaid anns an robh mi gu bhith air mo chur gu bas, thainig an t-seana bhean a steach, agus thuit i air a gluinean aig a chasan. " Mo mhac, ars' ise, " is mise bu bhanaltrum dhut o 'n a rugadh thu, agus is mi a dh' araich thu, air mo sgath fhein leig a beatha leatha. Cuimhnich gu'n cuirear gu bas iadsan a chuir muinntir eile gu bas. Ma bheir thu air falbh a beatha cuiridh tu smal air do chliu, agus caillidh tu meas an t-sluaigh gu leir. Labhair i ris ann am briathran cho druighteach 's gu'n do bhuadhaich i air mu dheireadh.

" Air do shon fhein, ma ta," ars' esan, " leigidh mi leatha 'bhith beo; ach bidh comharran oirre leis am bi cuimhne aice air an olc a rinn i."

An uair a thuirt e so, dh' ordaich e do dh' fhear dhe na seirbhisich iomadh buille a thoirt dhomh le slait anns a' bhrollach. Bha gach buille 'g am lot gu trom, gus mu dheireadh an do thuit mi ann an neul. 'Na dheigh sin thugadh air falbh mi, agus dh' fhagadh ann an taigh eile mi, far an robh seana bhoirionnach a' toirt an aire dhomh. Bha mi ceithir miosan gun charachadh bhar na leapadh. Mu dheireadh chaidh mi am feabhas. Sin mar a thainig na lotan gu bhith air mo bhrollach.

Cho luath 's a bha mi comasach air coiseachd, chuir mi
romham gu'n rachainn do 'n taigh a bh' agam mu'n do
phos mi an dara uair, ach cha robh e ri fhaotainn. An
uair a bha 'm fear a bha posd' agam ann an teas na feirge,
dh' ordaich e an taigh agam a leagadh, agus gun chlach
fhagail air an larach. Tha mi 'creidsinn nach cualas a
leithid so de ghniomh eucorach riamh roimhe; ach cha 'n
'eil fhios agam c'aite am bheil am fear a rinn an t-olc orm,
agus cha 'n 'eil mi cinnteach gu'n aithnichinn e, agus is
docha nach rachadh agam air aicheamhal sam bith a thoirt
dheth air son an uile a rinn e orm. Air do 'n chuis a
bhith mar so, cha bu dana leamsa mo ghearain a dhean-
amh ri luchd-riaghlaidh a' bhaile.

O 'n a bha mi lom, falamh, aonaranach, chaidh mi far
an robh mo phiuthar, Sobaide, agus dh' innis mi dhi an
cruaidh fhortan troimh 'n deachaidh mi. Ghabh i rium
le mor chaoimhneas, agus chomhairlich i dhomh giulan gu
foighidneach le m' staid. "So doigh an t-saoghail," ars'
ise; "bheir e uainn ar cuid, no ar cairdean, no luchd ar
graidh, agus mar is trice bheir e uainn iad so uile a dh'
aon bheum."

Mar dhearbhadh gu'n robh so fior dh' innis i dhomh
mar a chuir an t-eud a bh' aig mo pheathraichean ritho
am bas ann an rathad a' phrionnsa; agus dh' innis i dhomh
mar an ceudna mar a thachair dhaibh a bhith air an cur
ann an riochd da ghallaidh. Mu dheireadh an uair a
nochd i dhomh iomadh comharradh air a mor chaoimhneas,
thug i Safi, mo phiuthar a's oige an lathair, agus dh' innis
i dhomh gu'n robh i 'fuireach comhladh ritho o 'n a dh' eug
a mathair.

Thug sinn taing do Dhia do bhrigh gu'n robh sinn
maille ri cheile aon uair eile, agus runaich sinn gu'n
caitheamaid ar beatha maille ri 'cheile. Tha sinn o chionn
iomadh bliadhna 'fuireach comhladh. O 'n is e mo

dhleasdanas-sa gach ni fhaotainn air am bi feum aig an
taigh, tha mi 'dol g' a cheannach. An uair a chaidh mi
'mach an de a cheannach nithean a bha dhith oirnn, thug
mi air a' phortair an toirt dhachaidh. An uair a chunnaic
sinn gu'n robh e 'na dheadh fhear-cuideachd, leig sinn leis
fuireach maille ruinn gu spors is feala-dha a dheanamh
dhuinn. Anamoch feasgar thainig an triuir chaladairean,
agus ghuidh iad oirnn cuid na h-oidhche a thoirt dhaibh.
Dh' aontaich sinn gu'n deanamaid sin air chumhnantan
araidh ris an d' aontaich iad. Agus an deigh dhaibh biadh
a ghabhail maille ruinn, thug iad greis air cluich air
innealan-ciuil. Aig an am chuala sinn bualadh aig a'
gheata. Co 'bh' ann ach triuir mharsantan a thainig a
Mosul. daoine air an robh coltas meineil, iomchuidh. Dh'
iarr iadsan cead tighinn a steach mar an ceudna, agus
thug sinn cead dhaibh an deigh dhuinn na ceart chumhn-
antan a chur orra 's a chuir sinn air na caladairean; ach
cha do chum a h-aon aca ris na cumhnantan air an
d' fhuair iad a steach, agus ged a rachadh againn le
ceartas air aicheamhal a thoirt dhiubh, leig sinn leotha
falbh an uair a dh' innis iad dhuinn eachdraidh am beatha.
Cha d' rinn sinn de pheanas orra ach nach leigeamaid
leotha fuireach na b' fhaide maille ruinn anns an taigh.

Chord na naigheachdan so anabarrach math ris an
righ, agus dh' aidich e gu'n do chuir iad ioghnadh mor air.
Smaoinich e gu 'm bu choir dha urram a chur air an triuir
chaladairean, o 'n a bha iad 'nan cloinn righrean, agus
mar an ceudna air an triuir mhnathan-uaisle. Thuirt e
ri Sobaide, " A bhaintighearna, an d' innis a' bhean-shithe
a chuir do pheathraichean fo gheasan, c'aite am bheil i
'fuireach? No, an do gheall i gu'n togadh i na geasan
bhar do pheathraichean?"

" Le 'r cead, a righ, arsa Sobaide, " dhichuimhnich mi
innseadh dhuibh gu'n d' thug i dhomh bad gruaige, agus

gu'n dubhairt i rium gu'm biodh feum agam air a cuid-
eachadh latha eiginn; agus na'n loisginn a' ghruag gu'n
tigeadh i 's a' mhionaid far am bithinn."

"A bhaintighearna," ars' an righ, "c'aite am bheil a'
ghruag?"

Fhreagair Sobaide, "Bha mi 'g a gleidheadh gu curam-
ach riamh o 'n a fhuair mi i; tha i agam an so." An uair
a thuirt i so, thug i as a pocaid a' cheis anns an robh
'ghruag.

"Loisgeamaid i gun dail; oir tha toil agam a' bhean-
shithe fhaicinn. Cha b' urrainnear a gairm an am bu
fhreagarraiche," ars' an righ.

Thilgeadh a' ghruag 's an teine 's a' mhionaid. Thois-
ich an luchairt ri dhol air chrith, agus ann an tiotadh bha
'bhean-shithe 'na seasamh an lathair an righ, agus i ann
an eideadh anabarrach eireachdail.

"Lo 'r cead, a righ, tha sibh a' faicinn gu'm bheil mise
deas gu ni sam bith a dheanamh a dh' iarras sibh orm,"
ars' ise. "Rinn a' bhean uasal a ghairm mi 'n 'ur ainm-e
obair mhath dhomh. Mar chomharradh air mo thaing-
ealachd dhi rinn mi dioghaltas air a dithis pheathraichean
air son cho eucorach 's a bha iad; ach ma 's o bhur toilse
e, cuiridh mi iad anns a' chruth 's an robh iad roimhe."

"A bhean-shithe mhaiseach," ars' an righ, "cha b'
urrainn dut taitneas bu mho a thoirt dhomh na sin; dean
riutha mar a tha thu 'g radh, agus feuchaidh mise ri
caoimhneas a nochdadh dhaibh a bheir orra gu'n dich-
uimhnich iad ann an tomhas gach peanas a dh' fhuiling
iad. A bharrachd air sin, tha fabhar eile agam ri
iarraidh ort, agus is e sin, gu'n innis thu dhomh ainm an
duine a bha phosda ri Aimini, agus a bhuin cho cruaidh-
chridheach rithe. O 'n a tha mi creidsinn gu'm bheil
fhios agad air moran nithean, tha fhios agam gur aithne
dhut an duine so. Innis dhomh, co e; oir rinn e da

ghniomh ro oucorach oirro; agus tha ioghnadh orm gu'm
b' urrainn neach sam bith a leithid de dhroch ghniomh-
aran a dheanamh anns a' bhaile gu'n fhios dhomh."

"A chum comain a chur oirbh," ars' a' bhean-shithe,
"cuiridh mi an da ghalladh anns a' chruth 's an robh iad
roimhe, agus leighisidh mi na h-athailtean a th' air
brollach na baintighearna air dhoigh 's nach aithnichear
gu'n robh iad riamh ann; agus innsidh mi dhuibh ainm
an fhir a chuir ann iad."

Chuir an righ a dh' iarraidh an da ghalladh do thaigh
Shobaide. An uair a thainig iad, dh' iarr a' bhean-shithe
glaine uisge 'thoirt g' a h-ionnsuidh. An uair a labhair i
briathran os cionn an uisge nach do thuig neach sam bith,
thilg i cuid dheth air Aimini, agus a' chuid eile air an da
ghallaidh. Ann an tiotadh cha robh athailte ri 'fhaicinn
air brollach Aimini, agus bha 'n da ghalladh 'nam boir-
ionnaich cho briagha 's a chunnaic duine riamh."

An sin thuirt a' bhean-shithe ris an righ, "Innsidh mi
nis dhuibh co am fear a bha posda ri Aimini, agus a rinn
an droch dhiol oirre. Tha e gle chairdeach dhuibh fhein;
oir is e bhur mac a's sinne. Thuit e ann an trom ghaol
oirre an uair a chuala e gu'n robh i 'na boirionnach
anabarrach maiseach, agus leis na caran thug e oirre gu'n
do phos i e. Tha beagan dhe 'leithsgeul ri ghabhail ged
a rinn e droch dhiol oirre; oir cha robh i cho faicleach
oirre fhein 's bu choir dhi; agus bheireadh na leithsgeulan
a thug i dha air a chreidsinn gu'n robh i na bu chiontaiche
na bha i. Cha 'n 'eil an corr agam ri radh." An uair a
thuirt i so chaidh i as an t-sealladh.

Bha 'n righ anabarrach toilichte a chionn gu'n deach-
aidh aige air math a dheanamh do 'n triuir bhoirionnaich,
agus chuir e roimhe gu'n cuireadh e gach cuis ceart gun
dail sam bith. Chuir e fios air a mhac, agus thuirt e ris,
gu'n d' innseadh dha gu'n do phos e Aimini gun fhios dha,

agus gu'n do throm-lot e i air son fior bheagan aobhair.
An uair a thuig a mhac gu'n robh fhios aig 'athair air
gach ni a rinn e, ghabh e Aimini g' a ionnsuidh mar a
bhean laghail, phosda, gun dail sam bith.

An sin dh' aidich an righ gu'n robh e suidhichte gu'm
posadh e fhein Sobaide. Chuir e mu choinneamh nan
caladairean gu'm posadh iad na tri mnathan-uaisle eile.
Dh' aidich na caladairean gu'n robh iad glo thoileach
deanamh mar a bha 'n righ ag iarraidh orra. Thug so
toileachadh mor do 'n righ. Thug e dhaibh taighean mora,
briagha anns a' bhaile, agus rinn e comhairlich dhiubh.

Gun dail sam bith fhuaradh a steach cleireach a'
bhaile, agus sgriobh e na cumhnantan-posaidh, agus an
oidhche sin rein thoisich na coig bainnsean, agus mhair
iad seachd latha agus seachd oidhche. A h-uile latha ri
'm beo bheireadh na tri chaladairean agus na coig
mnathan-uaisle am mile beannachd air an righ ainmeil,
Haroun Alrashid.

SINDBAD AN SEOLADAIR.

Caib. I.

Ri linn righ Haroun Alrashid, air an d' thugadh iomradh mar tha, bha portair bochd ann am Bagdad do 'm b' ainm Hindbad. Air latha araidh, an uair a bha 'n t-side anabarrach teith, bha aige ri eallach trom a giulan o aon cheann de 'n bhaile gus an ceann eile. Air dha bhith gle sgith a' giulan an eallaich, agus astar mor aige ri chois-cachd mu 'n ruigeadh o ceann a thuruis, shuidh e a leigeadh 'analach air aon de na sraidean bu bhriagha 'bh' anns a' bhaile. Thachair gu'n do shuidh e mu choinneamh taighe a bha anabarrach mor, maiseach. Bha 'n t-sraid air a nigheadh air beulaobh an taighe le uisge nan rosan, agus bha faileadh a' bhidh a bha na cocairean a' deas-achadh anns an taigh a' toirt neart dha chridhe.

Bha 'n ceol a b' aille a chuala cluas riamh 'ga sheinn 's an taigh; agus bha ceileireadh nan eun boidheach, binn-ghuthach a bha 'seinn air bharraibh nan craobh, a' togail inntinn air a leithid de dhoigh 's gu'n robh e anns an am a' dichuimhneachadh moran dhe gach eis is sgios is saruch-adh a bha e 'fulang. Thuig e gu'n robh cuirm shoghail, ghreadhnach a' dol air aghart anns an taigh. O nach b' abhaist dha bhith 'dol troimh 'n chuid ud dhe 'n bhaile, cha robh fhios aige co bha 'fhuireach anns an taigh. Thug e 'n aire gu'n robh cuid dhe na seirbhisich am mach 's a' steach mu 'n dorus, agus iad ann an eideadh anabarr-ach riomhach. Dh' fheoraich e dhiubh co bha 'fuireach anns an taigh. Fhreagair fear dhiubh, agus thuirt e,

" An o nach 'eil fhios agadsa 's tu 'fuireach ann am Bagda ?
gur e so an taigh aig Sindbad an Seoladair, am fear-
siubhail aimneil a sheol timchioll an t-saoghail gu leir ?"

Chual' am portair roimhe sin iomradh air Sindbad,
agus air an t-saoibhreas mhor a bh' aige, agus an uair a
smaoinich e air cho fior bhochd 's a bha e fhein, cha
b' urrainn e gun fharmad a bhith aige anns an am ri duine
aig an robh saoibhreas ro mhor mar a bh' aig Sindbad.
Mar bu mho a smaoinicheadh e air an dealachadh a bh'
eadar a shuidheachadh bochd, truagh fhein, agus an
suidheachadh anns an robh Sindbad, is ann bu mho a bha
de dh' eud 's de dh' fharmad 's de champar ag eirigh suas
'na inntinn.   Thog e suas a shuilean ri neamh, agus thuirt
e le guth ard, " A Dhe uile-chumhachdaich, a chruthaich
na h-uile nithean, thoir fa near an dealachadh a th' eadar
Sindbad agus mise.   Tha mise gach latha air mo chlaoidh
le obair chruaidh 's le mi-fhortan, agus is gann a theid
agam air greim tur, tioram dhe 'n aran a chumail rium
fhein 's ri m' theaghlach, am feadh 's a tha Sindbad a'
sealbhachadh saoibhreis ro mhor, agus a' caitheamh a
bheatha ann an sogh 's ann an subhachas air nach 'eil
crioch.   Cia mar a thoill esan gu'n tugadh tu dha a leithid
de shuidheachadh math, agus cia mar a thoill mise bhith
air mo chur 's an t-suidheachadh thruagh so anns am bheil
mi ?"   An uair a thuirt e so, bhuail e 'chas air an talamh
mar gu'm biodh e air a lionadh le eu-dochas.

An uair a bha 'm portair mar so fo lionn-dubh, thainig
seirbhiseach am mach as an taigh, agus rug e air ghairdean
air, agus thuirt e ris gu'n robh Sindbad ag iarraidh air a
dhol a steach a bhruidhinn ris.   An uair a chuala Sindbad
bochd so, ghabh e ioghnadh gu leor ; oir an uair a thug e
fa near na briathran gearaineach a labhair e, bha eagal
air gur ann gu peanas a dheanamh air a chuir Sindbad
fios air.   Air an aobhair sin thoisich e ri leithsgeul a

ghabhail, ag radh, nach fhaodadh e an t-eallach 'fhagail air an t-sraid. Ach thuirt an seirbhiseach ris gu'n gabhadh e fhein curam dhe 'n eallach, agus mu dheireadh thug e air a dhol a steach.

Thug an seirbhiseach a steach e do sheomar mor far an robh aireamh mhor shluaigh 'nan suidhe mu'n cuairt air bord na dinneireach. Aig ceann shuas a' bhuird bha leith-sheann duine maiseach air an robh fior choltas coir, siobhalta, agus feusag fhada, gheal air, 'na shuidhe, agus seirbhisich 'nan seasamh laimh ris a chum frithealadh a dheanamh dha. B' e so Sindbad.

An uair a chunnaic am portair na bha de shluagh aig an dinneir mhoir so, ghabh e eagal, agus bha crith air a ghuth an uair a chuir e failte air a' chuideachd. Dh' iarr Sindbad air tighinn air aghart, agus thug e air suidhe aig a dheas laimh aig a' bhord, agus cha bu luaithe shuidh e na thug Sindbad le 'laimh fhein dha glaine fhiona. Ghabh e 'dhinnear comhladh ris a' chuideachd.

An uair a bha 'n dinnear seachad, thoisich Sindbad ri bruidhinn ris a' phortair. Dh' fheoraich e dheth, co dh' ainm a bh' air, agus ciod an obair a bh' aige.

"Mo mhaighstir," ars' esan, "is e m' ainm Hindbad.'

"Tha mi gle thoilichte d' fhaicinn," arsa Sindbad, "agus tha mi cinnteach gur math leis a' chuideachd gu leir d' fhaicinn mar an ceudna. B' fhearr leam gu'n innseadh tu dhomh ciod a bha thu 'g radh o chionn greise air an t-sraid." Chuala Sindbad troimh 'n uinneig a h-uile facal a thuirt e mu 'n do shuidh e aig an dinneir, agus b' e sin thug air iarraidh air a' phortair a dhol a steach."

Ghabh Hindbad ioghnadh an uair a chual' e 'cheisd so, agus chrom e 'cheann, agus thuirt e, "A mhaighstir, tha mi 'g aideachadh gu'n robh m' inntinn troimh a cheile aig an am leis cho sgith 's a bha mi, agus thug sin orm briathran gun tur a labhairt. Tha mi 'n dochas gu'n toir sibh mathanas dhomh."

" Na bi 'smaointean gu'm bheil mise cho beag tur 's
gu'n gabh mi gu h-olc aon fhacal dhe na thubhairt thu.
Tha fhios agam air do shuidheachadh, agus an aite bhith
'faotainn coire dhut air son a bhith gearain, is ann a tha
truas agam riut. Ach o 'n a tha beachd mearachdach
agad mu m' thimchioll, feumaidh mi do chur ceart. Gun
teagamh sam bith tha thu 'smaoineachadh gu'n d' fhuair
mise an saoibhreas agus an t-socair a th' agam an diugh,
gun dragh gun trioblaid. Ach tha do bheachd mearachd-
ach. Cha d' thainig mi gu bhith anns an t-suidheachadh
anns am bheil mi gun bhith fad iomadh bliadhna 'fulang
trioblaid cuirp is inntinn cho mor 's gur gann a chreideadh
daoin' e. Seadh, a dhaoine uaisle," ars' esan 's e 'labhairt
ris a' chuideachd gu leir, " tha mi 'g innseadh dhuibh le
firinn, gu'n d' fhuiling mi trioblaidean anabarrach mor,
agus gu'n tugadh na tursan-cuain a ghabh mi a chum an
saoibhreas a th' agam a chur cruinn a mhisneach o 'n duine
a's sanntaiche a tha 'n diugh beo air an talamh. Is docha
nach cuala sibh cunntas cheart mu na driodartan iongant-
ach, agus na cunnartan mora 'thachair rium re nan seachd
tursan-cuain a ghabh mi : agus o 'n a tha 'n cothrom agam
a nis air an innseadh, tha mi toileach mion-chunntas a
thoirt dhuibh mu 'n timchioll. Cha 'n 'eil teagamh agam
nach taitinn mo naigheachd ribh."

An uair a dh' eug m' athair, dh' fhag e cuid mhath d'
shaoibhreas agam. An uair a bha mi og, gorach, chaith
mi an carrann bu mho dheth gun fheum sam bith dhomh
fhein no do dhaoin' eile. Mu dheireadh thug mi 'n aire
gu'n robh mi 'dol fada cearr, agus thug mi fa near nach
maireadh beairteas ach uine ghoirid, mur tugadh daoine
an aire mhath dha. Thug mi fa near mar an ceudna, gu'n
robh mi 'cur seachad na h-uine gun fheum, agus nach 'eil
ni anns an t-saoghal cho luachmhor ris an uine 'thug Dia
dhuinn a chum feum a dheanamh dhith. Chuimhnich mi

air na briathran a labhair Solamh, agus a chuala mi gu tric aig m' athair. Gur e am bas a's fhasa fhulang na fior bhochdainn. An uair a ghabh mi le curam beachd air na nithean so, chruinnich mi gach ni a bh' agam, agus reic mi e ris an fhear a b' airde tairgse. Chuir mi mo chomhairle ris na marsantan bu ghlice a bh' anns a' bhaile, agus thuirt iad rium, nach robh doigh air am b' fhearr a dheanainn beairteas na falbh air luing comhladh ri marsantan eile gu ruige na rioghachdan thall, agus reic is ceannach a dheanamh. Chaidh mi gun dail sam bith do Bhalsora, agus thuarasdalaich mi fhein agus marsantan eile long eadrainn. An uair a luchdaich sinn i leis gach seorsa bathair a b' fhearr a shaoileamaid a gheibheadh reic, sheol sinn gu ruige na h-Innsean an Ear.

Bha mi gle thinn le tinneas-mara fad beagan laithean an deis dhuinn seoladh; ach an uine ghoirid cha chuireadh an tinneas-mara dragh sam bith orm.

Thaghail sinn ann an caochladh eileanan air ar turus, agus reic sinn cuid dhe 'n bhathar.

Air latha araidh 's gun deo shoirbheis againn, thug sinn an aire gu'n robh eilean beag, comhnard, faisge oirnn, a bha a reir coltais fo fheur goirid, gorm. Thug an sgiobair ordugh na siuil a phasgadh, agus thug e cead do gach aon a thogradh a dhol car uine do 'n eilean bheag so. Chuireadh am mach am bata-fada, agus chaidh mi fhein agus aireamh mhath dhe 'n luchd-turuis a bh' air bord innte, agus dh' iomair sinn thun an eilean. Thug sinn leinn biadh is deoch, agus connadh gus teine fhadadh air an eilean. An uair a dh' fhadaidh sinn deadh theine, agus a bha 'm biadh a thug sinn leinn air a dheasachadh, shuidh sinn aige. Mu 'n robh sinn ullamh dhe ar biadh, thoisich an t-eilean ri dol air chrith fo 'r casan. Thug an fheagh-ainn a bh' air bord an aire mar an ceudna gu'n robh an t-eilean a' dol air chrith, agus ghlaodh iad ruinn sinn a thilleadh gu bord cho luath 's a b' urrainn duinn, ar neo gu'm biomaid caillte. Ged a bha sinn an duil gur ann air eilean a bha sinn, is ann a bha sinn air druim muice-mara a bha anabarrach mor.

A h-uile fear bu luaithe na cheile, thug e am bata-fada air; shnamh cuid eile air falbh; ach mu 'n d' fhuair mise falbh bhar druim na muice-mara, chaidh i fodha, agus gu fortanach fhuair mi greim air sgonn de 'n fhiodh a bh' againn air son an teine fhadadh.

An uair a shaoil leis an sgiobair gu'n robh gach aon dhe na chaidh thun an eilean air bord aige, ghrad rinn e deiseil gu seoladh air falbh. Eadar an t-eagal a ghabh iad agus a' chabhag a bh' orra, cha d' ionndrainn aon reach aon aca gu'n robh mise 'g an dith. Anns an am thainig soirbheas fabharrach, agus ann an uine ghoirid chaidh an long as mo shealladh.

Bha mise mar so air bharraibh nan tonn fad latha 's oidhche, agus bha mo dhiol agam mi fhein a chumail an uachdar. An la-iar-na-mhaireach bha mo neart air mo threigsinn cho mor 's gun d' thug mi duil thairis dho mo bheatha. Ach gu fortanach thug an sruth mi fhein 's am maide air an robh greim agam a dh' ionnsuidh eilean, agus chuir na tonnan air tir mi.

Bha cladach an eilean cho cas 's cho ard 's gu'n do theab nach fhaighinn a dhireadh idir; ach thachair gu'n robh freumhan is meanglain nan craobh a bha 'fas air bruaich a' chladaich cho laidir 's gu'n do chum iad rium fhad 's a bha mi direadh gu h-eigionnach suas gu talamh glas.

Caib. II.

An uair a dhirich mi suas. leig mi mi-fhein 'nam shineadh
air an talamh 's gun annam ach an deo air eiginn.   An
uair a dh' eirich a' ghrian suas gu math, ged a bha mi gle
fhann le sgios agus le acras, dh' fhalbh mi gu h-eigionnach
feuch an tachradh ni sam bith rium a dh' ithinn.   Gu
fortanach thachair measan rium. agus fuaran anns an robh
uisge cho blasda 's a dh' ol mi riamh.   Agus an uair a
dh' ith 's a dh' ol mi beagan. thainig tomhas mor dhe mo
neart air ais.

Choisich mi air aghart troimh 'n eilean gus an d' rainig
mi comhnard mor, far am faca mi beathach eich ag ion-
altradh.   An uair a chaidh mi gu math dluth dha, thug
mi an aire gur e lair a bh ann, agus gu'n robh i air
teaghair.   An uair a bha mi 'nam sheasamh ag amharc
oirre, chuala mi guth duine, mar gu'm biodh e tighinn as
an talamh dluth orm.   Ann an tiotadh bha e 'na sheasamh
air mo bheulaobh , agus dh' fheoraich e dhiom, co mi,
agus co as a thainig mi.   Dh' innis mi dha gach ni mar a
thachair dhomh o 'n a dh' fhalbh mi o 'n taigh.   An uair
a chuala e mo naigheachd, rug e air laimh orm, agus thug
e leis mi gu ruig' uamha anns an robh aireamh dhaoine
'fuireach.   Agus ma bha ioghnadh orrasan mise 'fhaicinn,
bha 'cheart uiread a dh' ioghnadh ormsa iadsan 'fhaicinn.

An uair a dh' ith mi beagan dhe 'n bhiadh a chuir iad
'nam thairgse, dh' fheoraich mi dhiubh ciod a bha iad a'
deanamh anns an eilean fhasail ud.   Thuirt iad rium gu'n
robh iad ann an seirbhis an righ a bh' air an duthaich,
agus gu'n robh iad a' tighinn gach bliadhna mu 'n am ud
le laraichean an righ a chum gu'm faigheadh iad searraich
o each a bha 'tighinn as a' chuan.   " Mur bi sinn 'n ar
faireachadh," ars' iadsan, " marbhaidh e na laraichean leis

na breaban. Ach an uair a chi sinn e a' teannadh ri 'm breabadh, cuiridh sinn le glaodhaich 's le gleadhraich an teicheadh air am mach air a' mhuir. Tha na searraich a gheibh na laraichean uaithe 'tionndadh am mach gu bhith 'nan eich anabarrach briagha, agus tha iad air an gleidheadh gu feum an righ."

Thuirt iad rium gu'n robh iad gu falbh as an eilean an la-iar-na-mhaireach, agus gu'n tugadh iad leotha mi as an eilean. Ach na'n do thachair dhomh a bhith latha air dheireadh gun fhaotainn air tir 's an eilean, bha mi air a bhith marbh ann ; oir bha e anabarrach fad' o thir-mor.

An uair a bha sinn a' bruidhinn, chunnaic sinn an t-each a' tighinn air tir, agus an uair a fhuair an lair a bh' air an teaghair searrach uaithe, ghrad dh' fhuadaich iad am mach air a' mhuir e.

Gu math moch an la-iar-mhaireach dh' fhalbh iad as an eilean, agus thug iad mise leotha, agus thug iad an lathair an righ mi. Dh' fheoraich e dhiom co mi, agus cia mar a thachair dhomh tighinn do 'n rioghachd aige. Dh' innis mi dha h-uile car mar a thachair dhomh o 'n a dh' fhalbh mi o 'n taigh. Thuirt e gu'n robh am mi-fhortan a thainig 'nam rathad a' cur dragh mor air. Aig a' cheart am thug e ordugh seachad dh'a sheirbhisich, gach ni a bhiodh a dhith orm a thoirt dhomh, agus rinn iad gach ni mar a dh' ordaich e.

O 'n a bha mi 'nam mharsanta, bu tric leam a bhith ann an cuideachd mharsantan a' bhaile, agus bha mi 'feorach mu dheidhinn nan coigreach a bhiodh a' tighinn do 'n bhaile, gun fhios nach fhaodadh gu'n cluinninn sgeul a Bagdad, agus a h-uile dochas agam gu'm faighinn cothrom uair no uaireiginn air tilleadh air ais ann. Bha ceanna-bhaile na rioghachd air bruaich a' chladaich, agus bha acarsaid mhath m' a choinneamh, far am biodh soith- ichean a' tighinn as gach cearn dhe 'n t-saoghal.

Bu tric leam mar an ceudna bhith ann an cuideachd nan daoine fobhluimte, agus a bhith 'g eisdeachd ri 'n comhradh. Ach cha do dhearmaid mi a bhith cho tric 's a dh' fhaodainn ann an cuideachd an righ agus nam mor-mhaithean a bha 'toirt eis dha. Chuir iad moran cheisdean orm mu thimchioll na duthchadh as an d' thainig mi; agus o 'n a bha toil agam fios fhaotainn mu thimchioll nan laghannan agus nan cleachdaidhean a bh' anns an duthaich acasan, bha mi 'cur iomadh ceisd orrasan mar an ceudna.

Air latha araidh thachair dhomh a bhith aig a' phort an uair a thoisich sgiobadh na luinge a bha air tighinn a steach do n acarsaid ri cur a bhathair a bh' innte gu tir. Thug mi suil air a' bhathar, mar a bha nadarra do m' leithid a dheanamh, agus ciod a b' iongantaiche leam na m' ainm fhein fhaicinn air cuid dheth, agus an uair a sheall mi na b' fhearr air, dh' aithnich mi gu'm b' e a' cheart bhathar a chuir mi air bord ann am Balsora a bh' ann. Dh' aithnich mi an sgiobair mar an ceudna; ach o 'n a bha mi 'smaointean gu'n robh e 'creidsinn gu'n deachaidh mo bhathadh, chaidh mi far an robh e, agus dh' fheoraich mi dheth, co dha 'bhuineadh am bathar. Thuirt e gu'm buineadh e do mharsanta 'mhuinntir Bhagdad, do 'm b' ainm Sindbad; agus gu'n robh e 'creidsinn gu'n do bhathadh Sindbad comhladh ri moran eile dhe na bha air bord. "Agus," ars' esan "tha mise suidhichte gu'n reic mi e, agus gu'n toir mi an t-airgiod a gheibh mi air a shon do na cairdean a's dluithe a tha aig Sindbad, an uair a thilleas mi dhachaidh."

"A sgiobair," arsa mise, "is mise Sindbad a bha duil agad a chaidh a bhathadh, agus is leam am bathar so."

An uair a chuala 'n sgiobair so, thuirt e, "O chruith-eachd! co dha is urrainn duinn geill no creideas a thabhairt 's na laithean so? Dh' fhalbh an fhirinn 's an onair **buileach glan a** measg **dhaoine.** Chunnaic mi le **mo** shuilean fhein Sindbad a' dol a dhith, agus chunnaic na daoine eile **a** bh' air bord e a' cheart cho math riumsa. Agus 'na dheigh so gu leir, tha thusa 'g radh gur tu fhein Sindbad. **Nach tu** chaill **do** naire buileach glan! Shaoileadh daoine le **amharc ort, gur duine thu** anns am bheil firinn is **onair; agus 'na dheigh so gu** leir, tha thu 'g innseadh nan tulla-bhreugan, a chum **gu'm** faigheadh tu **coir air** nithean **nach** buin **dhut."**

"**Biodh foighidin agad, a dhuine,"** arsa mise; "**bi cho** math 's gu'n eisd thu **rium gus an innis** mi dhut na bheil **agam ri radh."**

"**Ceart gu leor,"** ars' esan, "labhair thusa, agus eisdidh mise riut." **An** sin dh' **innis mi** dha a h-uile car mar a fhuair **mi gu tir, agus mar a thug** seirbhisich **an righ as an eilean mi.**

Thug so air gu'n d' rinn e air a shocair, **agus gu'n do smaoinich** e gu'n **robh coltas na firinn air na dh' innis mi dha;** ach **anns an am thainig** feadhainn **dhe na** bh' **air bord 's an luing gu tir, agus dh'** aithnich iad **mi anns** a' **mhionaid, agus bha iad anabarrach** toilichte a chionn **gu'm faca iad beo mi. Mu dheireadh dh'** aithnich e fhein **mi, agus chuir e a dha laimh mu m'** mheadhain, agus thuirt **e, "Cliu do 'n fhreasdal** gu'n d' fhuair thu as gun **do bhathadh. Cha** 'n urrainn domh innseadh **cho** toilichte 's **a tha mi. Tha do** chuid **bathair au sid; thoir** leat e 's **dean do thoil ris."**

Thug mi taing dha air son cho caoimhneil 's cho onar**ach 's a bha e.** Thairg mi dha pairt dhe 'n bhathair air **son a dhragha, ach cha** ghabhadh e dad uam

Dh' fhosgail mi na saic, **agus** thug mi asda am bathar **bu luachmhoire** a bh' agam, agus chuir mi ann an tairgse **an righ e. O 'n a** bha fhios aig an righ air gach mi**fhortan a thainig 'nam rathad, dh'** fheoraich e dhiom,

c'aite an d' fhuair mi am bathar luachmhor ud? Dh' innis.
dha mar a thachair. Bha e anabarrach toilichte a chionn
gu'n robh mi cho fortanach 's gu'n d' fhuair mi mo chuid
fhein gu sabhailte, agus ghabh e gu toileach uam am
bathar luachmhor a chuir mi 'na thairgse. Thug e dhomh
tiodhlacan a bha moran na bu luachmhoire na na thug mi
dha. Ghabh mi mo chead dheth, agus an deigh dhomh
am bathar a reic, agus moran de bhathar luachmhor eile·
a cheannach gus a thoirt leam dhachaidh, chaidh mi air
bord 's an luing. Fhuair sinn soirbheas fabharrach air ar
turus dhachaidh. Mu dheireadh rainig sinn Balsora, agus
b' fhiach na bh' agam de bhathar ceud mile bonn oir.
Thainig mi a Balsora do 'n bhaile so. Bha mi fhein 's
mo chairdean gu leir gle aoibhneach a chionn gu'n do
thachair sinn ri' cheile ann an slainte.

Cheannaich mi fearann, agus thog mi taigh mor,
maiseach, agus bha seirbhisich gu leor agam. Agus bha
'n am bheachd aig an am fois a ghabhail, agus gach
trioblaid troimh an deachaidh mi a leigeadh gu buileach
air dichuimhn.

An uair a chuir Sindbad crioch air na briathran so,
dh' ordaich e do 'n luchd-ciuil teannadh ri chuich. Bha
'chuideachd gu leir aig itheadh 's ag ol, agus a' cur seachad
na h-uine gu cridheil. caoimhneil, cairdeil, toilichte, gus
an tainig an t-am dhaibh a bhith dealachadh ri cheile.
An uair a bha 'm portair a' falbh, thug Sindbad dha
ceud bonn oir. agus thuirt e, "Gabh so, agus bi falbh
dhachaidh; ach thig air ais am maireach, agus cluinnidh
tu tuilleadh dhe m' eachdraidh-sa."

Thill am portair dhachaidh. agus bha ioghnadh gu
leor air araon air son an urram a chuir Sindbad air, agus.
gu h-araidh air son gu'n d' thug e suim mhor oir dha.

Caib. III.

An la-iar-na-mhaireach chuir am portair uime an deise
aodaich a b' fhearr a bh' aige, agus chaidh e do 'n taigh
aig Sindbad, an Seoladair. Chuir Sindbad failte 's furain
air le mor chaoimhneas.

An uair a thainig na h-aoidhean gu leir, chuireadh an
dinneir air a' bhord, agus shuidh iad aige fad uine mhath,
ag itheadh 's ag ol 's a' comhradh mu thimchioll iomadh
ni. An uair a chuir iad crioch air an dinneir, thuirt
Sindbad, agus e 'labhairt ris a' chuideachd gu leir, " A
dhaoin' uaisle, ma 's e bhur toil e, eisdibh rium, agus bheir
mi dhuibh cunntas air na tubaistean 's air na deuchainnean
a thachair dhomh an dara turus a dh' fhalbh mi 'sheoladh.
Tha na bheil agam ri innseadh an diugh na 's iongant-
aiche na na dh' innis mi dhiubh an de." An uair a chual'
iad so, dh' fhan iad uile 'nan tosd, agus thoisich Sindbad
ri innseadh a sgeoil dhaibh mar so :—

Mar a dh' innis mi dhuibh an de, bha 'nam bheachd
an uair a thainig mi air ais gu ruige Bagdad, agus
saoibhreas gu leor agam, gu'n caithinn na bha romham dhe
mo bheatha anns a' bhaile so gu socair, samhach. Ach
ann an uine gun bhith fada, dh' fhas mi sgith dhe 'n
bheatha shocair, shoghail a bh' agam, agus dhuisg miann
laidir ann am inntinn gu falbh air luing a reic 's a
cheannach mar a rinn mi roimhe. Cheannaich mi gach
seorsa bathair a b' fhearr a shaoilinn a ghabhadh reic,
agus chaidh mi air bord comhladh ri marsantan eile a bha
fo dheadh ainm. An uair a chuir sinn sinn fhein agus
gach ni a bhuineadh dhuinn air curam Dhe, sheol sinn.

Thaghail sinn ann an caochladh eileanan, far an do
rinn sinn malairt a thug buannachd mhath dhuinn.

Air latha araidh chaidh sinn air tir ann an eilean anns
am faca sinn moran de chraobhan air an robh pailteas de
mheasan. Ach cha robh duine ri fhaicinn air an eilean,
agus cha mho a bha choltas gu'n robh creutair beo sam
bith riamh ann, saor o eunlaith nan speur. Chaidh sinn
air feadh an eilean so, agus bha cuid dhinn a' cruinn-
eachadh dhithbeanan, agus bha cuid eile a' cruinneachadh
mheasan. Thug sinn uile leinn aran is fion as an luing,
a chum gu'n gabhamaid beagan dhiubh mu 'n rachamaid
air bord feasgar. An aite bhith 'siubhal air feadh an
eilean mar a bha cach, is ann a shuidh mi air blianaig
bhoidhich a bha eadar da chraoibh, agus ghabh mi na
thainig rium dhe 'n aran 's dhe 'n fhion a thug mi leam.
'Na dheigh sin thuit mi 'nam chadal. Cha 'n urrainn mi
a radh ciod an uine e bha mi 'nam chadal, ach co dhiubh,
an uair a dhuisg mi bha 'n long air falbh, agus ghabh mi
ioghnadh mor. Dh' eirich mi 'nam sheasamh, agus sheall
mi mu 'n cuairt orm, ach cha robh aon dhe na marsantan
ri fhaicinn. Mu dheireadh thug mi an aire do 'n luing 's
i fo lan aodach. Ach bha i cho fada air falbh 's gu'n
deachaidh i as an t-sealladh ann an uine ghoirid.

Faodaidh sibh a thuigsinn gu'n robh mi ann an staid
ro mhuladach anns an am. Bha mo chridhe gu bristeadh
le bron. Thoisich mi ri glaodhaich gu muladach, agus ri
bualadh mo chinn is m' uchd. Thilg mi mi-fhein air an
talamh, far an robh mi 'n am shineadh car uine, agus mi
ann an cradh cridhe a bha eagalach. Bha smaointean an
deigh smaointean ag eirigh suas fa chomhair na h-inntinn
agam mu thimchioll cho gorach 's a bha mi an uair nach
robh mi riaraichte leis na chuir mi cruinn de shaoibhreas
a' cheud turus a dh' fhalbh mi o 'n taigh. Bha mo chridhe
gu bristeadh le aithreachas; ach cha deanadh aithreachas
feum anns an am. Mu dheireadh dh' earb mi mi-fhein ri
Dia, agus chuir mi romham gu'm bithinn umhail dha.

O nach robh fhios agam ciod a dheanainn, choisich mi suas air feadh an eilean, agus air dhomh craobh mhor fhaicinn, shreap mi innte cho ard 's a b' urrainn domh, an dochas gu'm faicinn long a' dol seachad faisge air tir. Ach cha robh ni ri fhaicinn ach an cuan mor, farsuinn.

Thug mi an aire gu'n robh rud mor, geal air aite comhnard a bha astar fada uam. Smaoinich mi gu'm b' fhearr dhomh a dhol a dh' fhaicinn ciod a bh' ann. Thug mi leam am beagan bidh a bh' agam agus dh' fhalbh mi.

An uair a bha mi 'dluthachadh ris bha mi smaointean gur e soitheach geal, creadha a bha anabarrach mor a bh' ann. Ach an uair a rainig mi e 's a chuir mi mo lamh air, dh' aithnich mi nach o criadh a bh' ann idir. Choisich mi mu'n cuairt air uair no dha, feuch am faicinn an robh coltas air a bhith fosgailte an aite sam bith. Ach cha robh. Bha, air a' chuid bu lugha, leith cheud ceum agam ri dheanamh mu'n rachainn timchioll air.

Anns an am bha ghrian a' teannadh ri dhol fodha. Ann an uine ghoirid dh' fhas an iarmailt cho dorcha 's ged bhiodh i air a comhdachadh le tiugh-neoil. Chuir so ioghnadh mor orm; ach is ann a bha 'n t-ioghnadh orm an uair a thuig mi gur e cun anabarrach mor a bha 'g itealaich an rathad a bha mi a dh' aobharaich an dorch-adas. Chuimhnich mi gu'n cuala mi maraichean ag radh, gu'n robh cun uamhasach mor ann ris an cauar, an roe, agus thuirt mi rium fhein, gur docha gur e an t-ugh aig an roc an rud mor, geal a bh' air mo bheulaobh.

An uair a bha mi 'a smaointean so thainig an roc agus laidh i air an ugh. Chuir mise mi fhein ri taobh an uighe, an uair a chunnaic mi 'tighinn i. Thachair dhomh a bhi gle dhluth air an aite anns an do shocraich i a cas, an uair a laidh i air an ugh, agus bha a cas cho garbh ri bun craoibhe. Nan do sheas i orm, bha i air mo phronn-adh 'n am chraicionn.

Cheangail mi mi-fhein gu teann cruaidh ri a cois leis
an aodach-uachdair a bh' orm; oir smaoinich mi gu'n
tugadh i air falbh as an eilean mi, an uair a dh' eireadh i
bhar an uighe 's a' mhadainn. Chuir mi seachad an
oidhche gun mhoran cadail, ged a bha mi blath gu leor.

Anns a' mhoch mhadainn dh' eirich an roc bhar an
uighe, agus thug i leatha mi gun fhios, gun fhaireachadh
dhi fhein. Chaidh i suas cho ard do 'n iarmailt 's nach
bu leur dhomh ach gann an talamh. 'Na dheigh sin
thainig i nuas thun na talmhainn le leithid de luaths s
gu'n do chaill mi car tiotaidh mo mothachadh. Cha bu
luaithe a rainig i an talamh na dh' fhuasgail mi mi-fhein
uaipe. Agus an ceann tiotaidh thog i leatha nathair
uamhasach mor 'na gob, agus dh' fhalbh i.

An uair a sheall mi mu 'n cuairt orm, thug mi an aire
gu'n robh mi air m' fhagail ann an gleann anabarrach
domhain, agus gu'n robh na creagan a bha mor-thimchioll
air cho cas 's nach b' urrainn neach sam bith faighinn as.

Chuir so fo iomacheist mhoir mi; agus an uair a
smaoinich mi air a' chuis, thuirt mi rium fhein, gu'n robh
e cho math dhomh a bhith ann an eilean fhein ri bhith
far an robh mi.

An uair a bha mi 'coiseachd troimh 'n ghleann thug
mi an aire gu'n robh an talamh lan de dhaoimein, agus
gu'n robh cuid diubh anabarrach mor. Bha mi 'gabhail
beachd orra; ach o nach robh 'chuis coltach gu'm faighinn
as a' ghleann gu brath, cha robh mi 'faicinn gu'n robh
aobhar agam air mo lamh a chur air fear dhiubh.

Cha robh mi fada coiseachd troimh 'n ghleann an uair
a chunnaic mi rud a chuir eagal gu leor orm; agus b' e
sin, an aireamh mhor de nathraichean a bh' ann. Bha
cuid dhiubh co mor 's gu'n shuigeadh iad tarbh gun bhuille
cha-n-ithadh. Re an latha bha iad 'g am falach fhein ann
an tuill, ach an uair a thigeadh an oidhche, bha iad a'
tighinn am mach as na tuill.

Chuir mi seachad an latha mar a b' fhearr a dh'
Thaodainn. Bha mi 'coiseachd air feadh a' ghlinne, agus
an drasta 's a rithist bha mi 'leigeadh m' analach anns gach
aite bu fhreagarraiche na cheile a thachradh rium. An
uair a thainig an oidhche chaidh mi steach do dh' uamh-
aidh, agus dhuin mi am beul aice le clachan air dhoigh 's
nach b' urrainn na nathraichean a dhol a steach. Ach
dh' fhag mi tuill fosgailte air an rachadh an solus a steach.

Ghabh mi beagan dhe 'n bhiadh a bh' agam ; ach leis
an t-sranntraich a bh' air na nathraichean faisge air an
uamhaidh, cha leigeadh an t-eagal leam norradh cadail a
dheanamh.

An uair a thainig an latha, chaidh na nathraichean do
na tuill, agus thainig mise am mach as an uamhaidh 's mi
air chrith leis an eagal. Ged a bha mi coiseachd air na
daoimein, cha robh de shuim agam dhiubh na thogadh fear
dhiubh bhar an lair. Mu dheireadh shuidh mi, agus ged
nach robh m' inntinn aig fois, thainig an cadal orm ; oir
cha do dhuin mo shuil an oidhche roimhe sid.

Ach cha robh mi fada 'nam chadal an uair a dhuisg
fuaim araidh mi. Ar leam gu'n do thuit rud trom laimh
rium. Dh' eirich mi 'nam shuidhe, agus an uair a sheall
mi mu 'n cuairt orm, ciod a b' iongantaiche leam na pios
mor de dh' fheoil uir 'fhaicinn laimh rium. Aig a' cheart
am chunnaic mi iomadh pios feola eile a' tuiteam a nuas
bhar bearradh nan creagan a bha faisge orm.

Caib. IV.

Fada roimhe sid, chuala mi maraichean ag innseadh
naigheachdan mu ghleann nan daoimean, agus mu na
h-innleachdan a bha na marsantan a' cleachdadh gus na
daoimein a thoirt as. Ged nach robh mi 'creidsinn nan

naigheachdan aig an am, gidheadh tha mi nis 'g an lan chreidsinn.

Tha na h-iolairean a' breith air bearradh nan creagan a tha air gach taobh dhe 'n ghleann, agus anns an àm am bi na h-eoin aca, tha na marsantan a' tilgeadh spoltan de dh' fheoil uir sios bhar bearradh nan creag do 'n ghleann. An uair a thuiteas an fheoil air na daoimein, tha moran dhiubh a' stad innte, agus an uair a tha na h-iolairean a' toirt leotha na feola bhar urlar a' ghlinne do na neadan gus an cuid alaich a bheathachadh, tha na marsantan 'gam fuadachadh air falbh gus an toir iad na daoimein as an fheoil. Tha iad a' deanamh moran saoibhreis air an doigh so.

Ged a bha mi 'n duil nach fhaighinn as a' ghleann gu brath, thuig mi, an uair a chunnaic mi na spoltan feola air an giulan air falbh leis na h-iolairean, gur docha gu'n rachadh agam air faighinn as.

Thoisich mi ri cruinneachadh nan daoimean bu mho a chithinn, gus mu dheireadh an do lion mi a' mhaileid anns am bithinn a' giulan mo bhidh. 'Na dheigh sin cheangail mi air mo dhruim am pios feola bu mho a fhuair mi, agus cheangail mi 'mhaileid gu teann, cruaidh ri mo chrios. An sin leig mi mi-fhein air mo bheul fodham air an talamh.

Cha robh mi fada 'na m' shineadh mar so an uair a thainig iolaire mhor, agus thog i leatha an fheoil agus mi-fhein 'na cruidhean a cheart cho sgiobalta 's ged nach biodh aice ach uan, agus dh' fhag i mi anns a' nead aig na h-iseanan.

Ghrad thoisich na marsantan ri glaodhaich gus eagal a chur air na h-iolairean, agus an uair a chuir iad falbh as na neadan iad, thainig fear dhiubh a dh' ionnsuidh an nid anns an robh mise. Ghabh e eagal gu leor an uair a chunnaic e mi. Ach an uair a thainig e thuige fhein, an

aite faighneachd cia mar a thainig mi **do 'n nead,** is ann a
thoisich e **ri trod rium, agus ri** radh, **gur ann** a ghoid nan
daoimean **a thainig mi.**

" **Bidh tu na 's modhaile rium,**" arsa mise, " an uair a
bhios am barrachd colais **agad orm.** Na cuir an corr
dragha ort fhein, tha de dhaoimein agamsa na dh' fhoghnas
dhuinn lo cheile. Tha barrachd agam na th' aig na mars-
antan gu leir. Cha 'n 'eil acasan ach daoimein bheaga;
ach thagh mise na daoimein bu mho a chunnaic mi air
**urlar a' ghlinne, agus tha iad agam an so anns a' mhaileid.
An uair a thuirt mi so ris, dh' fheuch mi dha iad.**

**Anns an t-seanachas dhuinn, thainig na marsantan eile
far an robh sinn, agus bha ioghnadh gu leor orra an uair
a chunnaic iad mi. Ach bha moran a bharrachd ioghnaidh
orra an uair a dh' innis mi dhaibh a h-uile car mar a dh'
eirich dhomh.** Ged a chuir an doigh a ghabh mi gu
faotainn **as a' ghleann ioghnadh orra, bu mho gu** mor a
bha dh' **ioghnadh orra a chionn mi bhith cho** misneachail
's gu'n do dh' fheuch mi rithe.

**Thug iad leotha mi a dh' ionnsuidh an aite anns an
robh iad a' fuireach, agus an uair dh' fhosgail mi a'
mhaileid, agus a nochd mi dhaibh na daoimein, thuirt iad
nach fhaca iad daoimein riamh cho mor riutha ann** an **aon
aite anns an robh iad. Dh' iarr mi air a' mharsanta do
'm buineadh an nead anns an d' fhag an iolaire mi (oir
bha nead aig a h-uile** marsanta **dha fhein), na thogradh e
dhe na daoimein a thoirt** leis. **Ach cha ghabhadh** e ach
am fear bu lugha a bh' anns **a' mhaileid;** agus an uair a
bha mi 'coiteach tuilleadh dhiubh air, thuirt e gu'n robh
e riaraichte leis an aon fhear, agus gu'n robh e smaointean
nach ruigeadh e leas a bhith 'g iarraidh tuilleadh fortain
ri 'bheo.

Chuir mi an oidhche seachad comhladh ris **na** mars-
antan, agus **dh' innis mi** dhaibh an dara uair a h-uile car
mar a thachair **dhomh o 'n a dh'** fhalbh **mi as an** taigh.

'Bha aoibhneas anabarrach mor orm a chionn gu'n d' fhuair mi as an aite chunnartach 's an robh mi. Is gann gu'n tugainn orm fhein a chreidsinn nach e bruadar a chunnaic mi.

Lean na marsantan air tilgeadh na feola do 'n ghleann fad aireamh laithean, agus an uair a bha iad riaraichte leis na fhuair iad de dhaoimein, rinn iad deiseil gu falbh dhachaidh. Dh' fhalbh mise comhladh riutha. Air ar turus chaidh sinn tarsuinn air beanntanan arda, anns an robh nathraichean a bha anabarrach mor. Ach gu fort-anach cha d' rinn iad cron sam bith oirnn. Rinn sinn direach air a' bhaile-puirt a b' fhaisge dhuinn. 'Na dheigh sin thainig sinn gu eilean do 'm b' ainm, Roha. Anns an eilean so tha na craobhan camphoir a' fas. Tha iad anabarrach mor, agus tha na meanglain a' sgaoileadh am mach cho fada mor thimchioll orra 's gu'n cuireadh iad sgaile air ceud fear. Tha 'n sugh air am bheilear a' deanamh a' champhoir a' sruthadh am mach as na craobhan an uair a nithear toll anns an rusg aca. An uair a ruitheas an sugh gu leir am mach asda, tha iad a' seargadh.

Anns an eilean so, tha fiadh-bheathaichean ris an canar, rinoceros. Cha 'n 'eil iad cho mor ri elefant, ach tha iad na 's mo na 'n crodh fiadhaich. Tha aon adhairc a' fas as an t-sroin aca a tha mu throidh gu leith air fad. An uair a theid an rinoceros a shabaid ris an elefant, tha i 'cur na h-adhairc anns a' chorp aice, agus 'ga grad mharbh-adh. Ach an uair a theid fuil agus bloinig na h-elefant ann an suilean na rinoceros, tha i 'call a fradhairc; agus rud iongantach, tha 'n roc a' tighinn, agus tha i 'g an togail air falbh le cheile 'na cruidhean gus na h-iseanan a bheathachadh. Ach gu sgeul goirid a dheanamh dheth, cha toir mi iomradh air na nithean iongantach eile a chunnaic mi anns an eilean so.

Cheannaich mi oathar anns an eilean so le fear dhe na daoimein a bh' agam. Chaidh sinn do dh' eileanan eile, far an d' rinn sinn malairt mar an ceudna. Agus an deigh dhuinn taghal ann an caochladh bhailtean air tir mor, rainig sinn mu dheireadh Balsora. As a sin thainig mi dhachaidh gu ruige Bagdad.

An uine ghoirid an deigh dhomh tighinn dhachaidh, thug mi deirce do na bochdan, agus bha mi 'caitheamh mo bheatha gu measail, cliuiteach mar a thigeadh do dhuine aig an robh saoibhreas mor.

An uair a chuir Sindbad crioch air a naigheachd, thug e ceud bonn oir eile do Hindbad, am portair. Agus thuirt e ris, e thighinn an la-iar-na-mhaireach a chum gu'n cluinneadh e mar a dh' eirich dha air an treas turus-cuain a ghabh e.

Chaidh na h-aoidhean eile dhachaidh, agus thainig iad air ais an la-iar-na-mhaireach aig an uair ainmichte. Thainig am portair air ais aig a' cheart uair mar an ceudna, agus is gann gu'n robh cuimhne aige air an eis agus air na trioblaidean troimh an deachaidh e roimhe sid.

Air an ath latha, an uair a chruinnich na h-aoidhean agus am portair, agus a ghabh iad an dinnear, thoisich Sindbad ri innseadh dhaibh a naigheachd mar so :—

Cha robh mi fada, ars' esan, aig an taigh an uair a dhichuimhnich mi gach cunnart is trioblaid is amhghair troimh 'n deachaidh mi air an turus mu dheireadh a bha mi air falbh. Bha mi ann an treun mo neirt aig an am, agus bha mi 'fas sgith dhe 'n bheatha shocraich a bha mi 'caitheamh. O 'n a fhuair mi gu sabhailte as gach cunnart 's an robh mi air an da thurus a bha mi air falbh, bha mi 'smaointean nach tachradh cunnartan bu mho na iad rium gu brath tuilleadh.

Dh' fhalbh mi a Bagdad gu ruige Balsora, agus thug mi leam am bathar bu luachmhoire a bha ri 'fhaotainn. Thuarasdalaich mi fhein agus marsantan eile long mhor eadrainn, agus an uair a luchdaich sinn i leis gach seorsa bathair, sheol sinn.

Chaidh sinn air turus fada, agus fad iomadh latha bha
'n soirbheas cho fabharrach 's a dh' iarramaid.   Ach
thainig stoirm mhor oirnn, agus chaill sgiobair na luinge
a chursa.   Lean an stoirm fad iomadh latha.   Mu dheir-
eadh thainig sinn gu eilean araidh.   Dh' aithnich an
sgiobair an t-eilean, agus cha robh e deonach a dhol a
steach do 'n acarsaid idir; ach o 'n a bha 'n t-side cho
fiadhaich, b' fheudar dhuinn acrach dh innte.   An uair
a phaisgeadh na siuil, dh' innis an sgiobair dhuinn, gu'n
robh an t-eilean agus na h-eileman eile a bha faisge air,
lan de dhacine fiadhaich, agus ged nach robh iad ach beag,
gu'n tugadh iad ionnsuidh air ar beatha 'thoirt dhinn.
Agus thuirt e gu'n robh iad cho lionmhor ris na locuist,
agus nach b' urrainn duinn cur 'nan aghaidh.   Thuirt e
mar an ceudna, nam marbhamaid fear dhuibh gu'n eireadh
cach 'nar n-aghaidh, agus gu'n cuireadh iad gu bas sinn
anns a' mhionaid.

An uair a chuala sinn so, ghabh sinn eagal mor.   Ann
an uine ghoirid thuig sinn gu'n robh na dh' innis e dhuinn
fior gu leor.   Shnamh aireamh mhor dhiubh a dh' ionns-
uidh na luinge.   Cha robh iad ach mu dha throigh air
airde, agus bha iad comhdaichte le faosaid ruaidh o bhonn
gu bathais.   Chuartaich iad an long, agus bha iad a'
bruidhinn ruinn; ach cha robh sinn a' tuigsinn aon fhacal
dhe na bha iad ag radh.   Shreap iad suas ri cliathach na
luinge, agus thainig iad air bord.

Caib. V.

An uair a chunnaic sinn iad a' tighinn air bord, chlisg na
cridheachan againn leis an eagal.   Cha bu dana leinn
sinn fhein a dhion, no facal a radh riutha gu bacadh a
chur orra.   Thug iad a nuas na siuil, ghearr iad an

cabla, agus tharruinn iad an long gu tir. Thug iad oirnn falbh as an luing. 'Na dheigh sin thug iad an long gu eilean eile, far an robh iad a' fuireach.

Tha luchd falbh na mara a' seachnadh an eilean do 'n d' thug iad sinn, do bhrigh nach 'eil e sabhailte dhaibh a dhol ann, mar a thuigeas sibh o na bheil agam ri innseadh dhuibh; ach b' eiginn duinn cur suas leis gach ni a thainig 'n ar rathad gu foighidneach.

Chaidh sinn air feadh an eilean far an d' fhuair sinn measan a bha 'g ar cumail beo. Ach thuig sinn nach robh romhainn ach am bas. Mar a bha sinn a coiseachd air ar n-aghaidh, chunnaic sinn aitreabh mhor fada uainn, agus rinn direach oirre. An uair a rainig sinn i, chunnaic sinn gur e luchairt mhor a bh' ann. Bha i gle ard agus air a deadh thogail. Bha comhlachan a' gheata de dh' eboni. An uair a rainig sinn an geata, dh' fhosgail sinn e, agus chaidh sinn a steach. Ghabh sinn air ar n-aghart gus an d' rainig sinn cuirt mhor fharsuinn anns am faca sinn torr mor de chnamhan dhaoine, agus torr de bhioran-rosta. Chaidh sinn air chrith leis an eagal an uair a chunnaic sinn an sealladh so. O 'n a bha sinn gu tuiteam bhar ar casan leis an sgios, shuidh sinn far an robh sinn gun ghluasad gun charachadh.

Bha 'ghrian air a dhol fodha anns an am, agus am feadh 's a bha sinn anns an t-suidheachadh mhuladach a dh' ainmich mi, chuala sinn a bhith fosgladh dorus na cuirte le fuaim uamhasach, agus thainig duine dubh am mach a bha cheart cho ard ri craoibh phailme. Cha robh air ach an aon suil. Bha i an clar an aodainn aige, agus bha i coltach ri meall teine. Bha claragan mora, fada, geura 'nan stuib am mach as a' chairean aige. Bha beul air coltach ri beul eich. Bha a lip iochdair cho mor 's gu'n robh i a' tuiteam sios air a' bhrollach aige; agus bha cluasan air cho mor ri cluasan elefant, agus bha iad 'nan laidhe air na guaillean aige. Agus bha ineau mora, fada, croma air mar gu'm biodh spuir iolaire. An uair a chunnaic sinn e, cha mhor nach deachaidh an t-anam asainn leis an eagal. Bha sinn greis mhath 's gun fhios againn co dhiubh a bha sinn beo no marbh.

An uair a thainig ar mothachadh ugainn, chunnaic sinn e 'na shuidhe anns an dorus, agus e 'g amharc oirnn. An uair a bha e greis a' beachdachadh oirnn ghabh e far an robh sinn, agus rug e ormsa air chul amhaich mar gu'm beireadh feoladair air ceann caorach. An uair a sheall e gu math orm, agus a chunnaic e gu'n robh mi anabarrach caol, leig e as mi. Rug e air fear an deigh fir de chach, agus sheall e orra anns a' cheart dhoigh. Agus o 'n a b' e an sgiobair am fear bu raimhre a bha 'nar measg, rug e air anns an dara laimh, agus stob e am bior-rosta ann leis an laimh eile; agus an uair a bheothaich e an teine gu math, rost e e, agus dh' ith e e gu shuipeir. An uair a ghabh e 'shuipear, chaidil e anns an dorus, agus bha srann aige mar gu 'm biodh tairneanach. Chaidil e gu trom gus an do shoillcirich an latha. Air ar son-ne dheth, cha robh e an comas dhuinn tamh no cadal fhaotainn; oir bha na cridheachan againn air chrith leis an eagal. An uair a thainig an latha, dhuisg e, agus chaidh e 'mach as an luchairt.

An uair a shaoil sinn gu'n robh e astar math air falbh, thoisich sinn ri gearain 's ri caoidh air a leithid de dhoigh 's gu'n cluinnteadh astar math air falbh sinn. Ged a bha aireamh mhor dhinn ann, agus ged nach robh againn ach an aon namhaid, cha do smaoinich sinn an toiseach air doigh sam bith leis am feuchamaid ri chur gu bas. 'Ged a bha fhios againn gur e chur gu bas an aon doigh air am faigheamaid as a lamhan, cha robh fhios againn ciod an doigh a ghabhamaid.

Ged a smaoinich sinn air iomadh doigh anns an gabhadh e cur gu bas, cha do shuidhich sinn gu'n gabhamaid doigh shonraichte sam bith. Ach chuir sinn romhainn gu'n cuireamaid **suas le cuisean** car uine mar a bha iad, gus am faiceadh Dia iomchuidh fuasgladh a thoirt dhuinn. Chaidh sinn **air feadh** an eilean a chruinneachadh mheasan is luibhean **gus sinn fhein a chumail** beo. An uair a thainig am feasgar, dh' fheuch sinn ri aite fhaotainn anns an cuireamaid seachad an oidhche; ach dh' fhairtlich oirnn aite freagarrach sam bith fhaotainn. Air **an** aobhar sinn b' **eiginn duinn, olc air mhath leinn,** tilleadh do 'n luchairt **far an robh sinn an oidhche roimhe** sid.

An uair **a thainig am feasgar, thill am famhair air ais,** agus rost **e fear dhinn** air son a shuipeireach, **mar a** rinn e an oidhche roimhe **sid. 'N a dheigh sin chaidil** e gus an robh **an latha ann, agus an uair a dhuisg e, chaidh** e 'mach mar **a b' abhaist dha.**

Bha ar **suidheachadh cho eagalach 's gu'n ro**bh iomadh fear dhinn **a'** smaoineachadh **e fhein a thilgeadh am** mach air a' mhuir, a roghainn **air a' bhas a bha 'feitheamh** oirnn. **Agus bha** 'n fheadhainn **a bha deonach** so a dheanamh a' comhairleachadh **do chach crioch a chur air am beatha** anns **a cheart dhoigh.** An uair a **bha** iad a' bruidhinn air so a **dheanamh, thuirt fear** dhe 'n chuideachd, **gu'n robh** e air a thoirmeasg **do dhaoine am beatha fhein a thoirt** air falbh; **agus eadhon** ged a bhiodh e ceadaichte dhaibh, gur e feuchainn **ri beatha** chreutair uamhasaich **a** bha 'g an rostadh 's 'g an itheadh **a thoirt air falbh moran bu** ghlice 's bu reusanta dhaibh.

Smaoinich mise **air** doigh **leis am feuchamaid ri chur** gu bas. **An uair a dh' innis mi** dhaibh **an ni a** bha 'nam bheachd, **chuir iad** uile an aonta ris.

"**A bhraithrean,**" **arsa** mise, "tha fhios agaibh gu'm bheil **moran** fiodha mu 'n cuairt a chladaich. Ma ghabhas sibh **mo** chomhairle-sa, ni sinn rathan air an fhiodh; agus an uair **a bhios** iad deiseil, fagaidh sinn air a' chladach iad gus an tig am **anns an cuir** sinn feum **orra.** Gun dail sam bith feuchaidh sinn ri cur as do 'n fhamhair. Ma theid an gnothach leinn, faodaidh sinn fantainn gu foighidneach anns an eilean car uine, gun fhios nach tigeadh long faisge air an eilean a bheireadh air falbh sinn. Ach mur teid againn air cur as do 'n fhamhair, theid sinn cho luath 's is urrainn duinn thun nan rathan, agus bheir sinn an cuan oirnn. Tha mi 'g aideachadh gu'm bheil sinn a' cur ar beatha ann an cunnart mor, ma dh' fhalbhas sinn air na rathan; ach is fhearr dhuinn gu mor a bhith air ar bathadh anns a' chuan na bhith air ar rostadh 's air ar n-itheadh leis an uile-bheist ud, a dh' ith dithis dhinn mar tha." Chord mo chomhairle riutha, agus rinn sinn rathan beaga a chumadh triuir an uachdar.

Thill sinn feasgar do 'n luchairt, agus an uine gun bhith fada thainig am famhair. Dh' ith e fear eile dhe ar chompanaich. An ceann tiotaidh leig e e-fhein 'na shineadh, agus chaidil e. Cho luath 's a chuala sinn sram aige, ghabh naoinear eile agus mi-fhein bior-rosta am fear, agus an uair a rinn sinn dearg anns an teine iad, chuir sinn comhladh 'na shuil iad, agus dhall sinn e. Thug an cradh air a' bhith 'glaodhaich gu h-eagalach. Ghrad dh' eirich e, agus thoisich ri sineadh a lamhan feuch am faigheadh e greim air fear dhinn, a chum dioghaltas a dhean-amh oirnn. Ach theich sinn do chuiltean anns nach fhaigheadh e sinn. An deigh dha bhith greis mhath a' feuchainn am faigheadh e greim oirnn, rinn e air eiginn am mach an geata, agus dh' fhalbh e, agus glaodh eagalach 'na cheann.

Beagan uine an deigh dhasan a dhol am mach, dh' fhalbh sinne as an luchairt, agus thug sinn an cladach oirnn, far an d' fhag sinn na rathan, agus chuir sinn air bhog iad. Dh' fheith sinn gus an d' thainig an latha gun fhalbh air na rathan feuch am faiceamaid an tigeadh am famhair a dhall sinn, no fear eile dhe 'sheorsa an rathad a bha sinn. Ach bha dochas againn mur tigeadh e mu eirigh na greine, agus gu'n sguireamaid a bhith' chuinntinn a ghlaodhaich, gu'm faigheadh e bas. Na 'n tachradh dha am bas fhaotainn, bha sinn suidhichte gu'm fanamaid air an eilean, agus nach cuireamaid ar beatha ann an cunnart le falbh air na rathan. Ach mu 'n gann a shoilleirich an latha, chunnaic sinn a tighinn e, agus dithis eile a cheart cho mor ris fhein 'ga threorachadh, agus moran eile dhe sheorsa 'tighinn 'na dheigh le ceum gle chabhagach.

An uair a chunnaic sinn so, dh' fhalbh sinn o thir air na rathan cho cabhagach 's a b' urrainn duinn. An uair a chunnaic na famhairean sinn, ruith iad thun a' chladaich, thog iad ultach de chlachan a' chladaich, agus an uair a ghrunnaich iad am mach air a' mhuir cho fad 's a b' urrainn daibh, thoisich iad ri tilgeadh nan clach oirnn. Leis cho cuimiseach 's a bha iad a' tilgeadh nan clach, chuir iad a h-uile aon dhe na rathan as a cheile ach an rath air an robh mise agus mo dhithis chompanach. Bhathadh a h-uile duine ach sinn fhein 'n ar triuir.

<hr>

CAIB. VI.

Dh' IOMAIR sinn cho math 's a b' urrainn sinn, agus an uine ghoirid chaidh sinn cho fad o thir 's nach ruigeadh na famhairean oirnn. Ach ged a fhuair sinn as o na famhairean, bha sinn ann an cunnart a bhith air ar bathadh a h-uile mionaid; oir, eadar ainneart nan tonn agus a' ghaoth laidir a dh' eirich anns an am, bha 'n rath air a thilgeadh a null 's a nall, agus bha ar diol againn ri dheanamh greimeachadh ris. Bha sinn fad latha 's oidhche anns an t-suidheachadh thruagh so. Mu dheireadh chuir an sruth 's a' ghaoth sinn gu cladach eilean, agus bha sinn glo aoibhneach an uair a fhuair sinn air tir ann. Fhuair sinn pailteas de mheasan anns an eilean, agus thug so misneach agus neart dhuinn.

An uair a thainig am feasgar, chaidil sinn air bruaich a' chladaich. Ach dhuisgeadh sinn leis an fhuaim a bha nathair a' deanamh. Bha an nathair so cho fada ri craoibh-phailme, agus an uair a bha i 'snaigeadh, bha na lannan a bh' oirre a' deanamh fuaim a chuireadh eagal air duine. Mu 'n do tharr sinn sealltainn ugainn no uainn, rug i air fear dhe mo chompanaich, agus a dh' aindeoin na spairn agus na glaodhaich a bha e 'deanamh, chum i greim air. Ged a theich mi fhein agus mo chompanach astar math air falbh, bha sinn a' cluinntinn an fhuaim a bh' aig na cnamhan aige, an uair a bha i 'ga chagnadh.

Air an ath latha chunnaic sinn an nathair a' tighinn an rathad a bha sinn. "O chruitheachd," arsa mise, "nach sinn a th' anns a' chunnart! Bha sinn an de a' deanamh gairdeachais a chionn gu'n deachaidh sinn as o 'n fhamhair, agus o 'n ghabhadh anns an robh sinn air an fhairge, ach tha sinn a nis air tuiteam ann an cunnart moran na 's mo na na cunnartan anns an robh sinn."

An uair a bha sinn a' coiseachd mu 'n cuairt, chunnaic sinn craobh mhor, agus shuidhich sinn gu'n cuireamaid seachad an oidhche innte, a chum nach fhaigheadh an nathair greim oirnn. Dh' ith sinn na thainig ruinn dhe na measan a chruinnich sinn, agus dhirich sinn suas do 'n chraoibh cho ard 's a b' urrainn duinn. Ann an co-thrath na h-oidhche thainig an nathair gu bonn na craoibhe, agus srann eagalach aice. Dhirich i suas ris a chraoibh, agus thug i leatha mo chompanach, agus dh' ith i e.

Dh' fhan mise ann am fior bharr na craoibhe gus an d' thainig an latha. An sin thainig mi 'nuas, agus bha mi na bu choltaiche ri duine marbh na ri duine beo; oir bha mi an duil gu'n tachradh a' cheart ni dhomh 's a thachair do m' dhithis chompanach. Bha leithid de dh' uamhas orm 's gu'n do smaoinich mi gu'm b' fhearr dhomh mi fhein a bhathadh. Ach bha leithid de cheangal agam ri mo bheatha 's nach do gheill mi do 'n bhuaireadh so.

Chuir mi romham gu'm fagainn mi fhein ann an lamhan Dhe gus an cuireadh e crioch air mo bheatha mar a chith-eadh e iomchuidh.

Gun dail sam bith thoisich mi ri cruinneachadh meanglain chraobh is dhrisean 's a h-uile ni eile a gheibh-inn, agus rinn mi cro timchioll na craoibhe gus an nathair a chumail uam. Cheangail mi am fiodh so ris na meanglain, agus an uair a shaoil mi gu'n robh a' chro laidir gu leor gus an nathair a chumail uam, chaidh mi steach innte. Cha robh agam de dh' aobhar toileachaidh ach gu'n robh mi 'smaointean gu'n d' rinn mi gach ni a ghabhadh deanamh a chum mo bheatha dhion o 'n uile-bheist.

An uair a thainig am feasgar, thainig an nathair mar a b' abhaist dhi, agus chaidh i thimchioll na craoibhe an duil gu'm faigheadh i cothrom air m' itheadh; ach an uair a chunnaic i nach robh cothrom aice air faighinn 'nam choir, stad i 'g am fheitheamh mar gu'm biodh cat a' feitheamh luchann. An uair a shoilleirich an latha, dh' fhalbh i; ach cha bu dana leam falbh as an aite 's an robh mi gus an d' eirich a' ghrian.

Bha mi glo sgith an deigh na fhuair mi de dhragh 's de shaothair a' deanamh aite tearmuinn dhomh fhein an latha roimhe sid; agus a bharrachd air sin, bha mi gun norradh cadail fad na h-oidhche, agus bha 'm faileadh breun a bha bhar na h-analach aig an nathair an impis mo thachdadh. Aig an am b' fhearr leam a bhith marbh na bhith beo. Thainig mi 'nuas as a' chraoibh; agus o nach robh a' chuimhne bu lugha agam gu'n d' earb mi mi-fhein an latha roimhe sid ri curam agus ri freasdal Dhe, ruith mi thun a' chladaich gus mi-fhein a thilgeadh an comhair mo chinn am mach air a' mhuir. Ach ghabh Dia truas lhiom, agus direach an uair a bha mi 'dol g' am bhathadh fhein, thug mi an aire gu'n robh long a' seoladh seachad lluth air an eilean. Thoisich mi ri glaodhaich cho cruaidh 's a b' urrainn mi, agus ri smeideadh le mo cheann-aodach, feuch an tugadh iad an aire dhomh. Gu fortanach chual' iad mo ghlaodhaich, agus chuir an sgiobair bata g' am iarraidh.

Cha bu luaithe 'chaidh mi ard bord na chruinnich na marsantan agus na seoladairean mu 'n cuairt orm a dh' fheorach dhiom, cia mar a thachair dhomh a bhith air an eilean fhasail ud. An uair a dh' innis mi dhaibh a h-uile car mar a dh' eirich dhomh, thuirt an fheadhainn bu shinne dhiubh rium, gu'n cual' iad iomadh uair iomradh air na famhairean a bha 'fuireach anns an eilean, agus gu 'm biodh iad ag itheadh nan daoine; agus gu 'm bu cho math leotha an itheadh amh ri 'n itheadh air an rostadh. Thuirt iad mar an ceudna, gu'n cual' iad gu'n robh moran nathraichean air an eilean agus gu'm biodh iad 'g am falach fhein air an latha, agus a' tighinn am mach as na tuill air an oidhche.

Bha gach aon a bh' air bord glo thoilichte gu'n d' fhuair mi as na cunnartan lionmhor 's an robh mi. Thugadh dhomh am biadh a b' fhearr a bh' air bord. Agus an uair a chunnaic an sgiobair gu'n robh an t-aodach a bh' orm air a dhol 'na luideagan, thug e dhomh deise mhath dho na bh' aige fhein.

Bha sinn greis mhath air muir, agus thaghail sinn ann an caochladh eileanan. Mu dheireadh chaidh sinn air tir ann an eilean do 'm b' ainm, Salabat. Cha bu luaithe dh' acraich sinn na thoisich na marsantan ri cur a' bhathair air tir gus a reic, no malairt a dheanamh leis.

Anns an am thainig an sgiobair far an robh mi, agus thuirt e. "A bhrathair, tha bathar agam air bord a bhuineas do mharsanta a bha aon uair a' seoladh comhladh ruinn air an luing so. Agus o nach 'eil e beo, tha mhiann orm a reic, a chum gu'n toir mi na gheibh mi air a shon do na cairdean a's dluithe a bh' aige, an uair a gheibh mi fios co iad."

Bha 'm bathar a bha e 'g ainmeachadh 'na thorr faisge oirnn, agus an uair a chomharraich e 'mach dhomh e, thuirt e, "Reic thusa e cho math 's theid agad air, agus paighidh mise thu air son do shaoithreach."

Thug mi taing dha air son gu'n d' thug e dhomh cothrom air a bhith 'g obair, oir bu bheag orm a bhith 'nam thamh.

Chuir an cleireach a bh' air bord sios aireamh nam pocannan bathair, agus ainm gach fir do 'm buineadh iad 'na leabhar; agus an uair a dh' fheoraich e dhe 'n sgiobair co 'n t-ainm a bh' air an fhear do 'm buineadh am bathar a bha mise gus a reic, thuirt e, "Buinidh e do Shindbad, an Seoladair."

An uair a chuala mi bhith 'g am ainmeachadh ghabh mi ioghnadh gu leor; agus an uair a ghabh mi beachd air an sgiobair gu math, dh' aithnich mi gur e dh' fhag 'n am chadal air an eilean mi. Ach o 'n a thainig atharrachadh mor air o 'n chunnaic mi mu dheireadh e, cha do shaoil mi an toiseach gur e 'bh' ann.

Ach o 'n a bha esan a' smaointean gu'n robh mi marbh, cha robh ioghnadh sam bith orm ged nach d' aithnich e mi.

"Ach, a sgiobair," arsa mise, "an e Sindbad a b' ainm do 'n duine do 'm buineadh am bathar so?"

"Is e," ars' esan; "thainig e a Bagdad, agus chaidh e air bord comhladh ruinn ann am Balsora. Air latha araidh an uair a chaidh sinn gu tir ann an eilean a dh' iarraidh uisge, dh' fhag sinn gun fhios dhuinn anns an eilean e. Cha d' thug mise no na marsantan a bh' air bord an aire gu'n robh e 'g ar dith gus an robh sinn air seoladh greis mhath air falbh o 'n eilean. O 'n a bha soirbheas laidir n ar deigh, cha robh e comasach dhomh tilleadh g' a iarraidh."

"Bha thu 'smaointean gu'n robh e marbh gun teag-amh," arsa mise.

"Bha gu dearbh," ars' esan.

"Cha 'n 'eil e marbh idir, a sgiobair," arsa mise;
"seall ormsa, agus faodaidh tu aithneachadh gur e mise
Sindbad, a dh' fhag thu air an eilean fhasail ud. Thuit
mi 'n am chadal ri taobh aimhne beagan an deigh dhuinn
a dhol air tir, agus an uair a dhuisg mi bha 'n long gu
bhith as mo shealladh.

An uair a bha 'n sgiobair greis a' beachdachadh orm
dh' aithnich e mi, agus an uair a ghlac e mi 'na ghaird-
eanan, thuirt e, "Moladh do Dhia air son gu'n do ghabh
e 'na fhreasdal curam dhiot, ged do dhichuimhnich mise
thu. Tha do chuid bathair an sid. Ghabh mise curam
dheth cho math 's a b' urrainn domh, agus rinn mi malairt
leis anns gach baile-puirt anns an robh mi. Tha mi 'g a
libhrigeadh dhut comhladh ris na bhuanaich mi leis a'
mhalairt."

Ghabh mi am bathar uaithe, agus thug mi mile taing
dha air son a dhragha 's a churaim.

Sheol sinn a Salabat gu ruige eilean eile far an do
cheannaich mi spiosraidh dhe gach seorsa.

Chunnaic sinn iomadh ni iongantach anns an eilean so;
ach cha n 'eil aobhar dhomh a bhith 'g an ainmeachadh.

Gu sgeula goirid a dheanamh dheth, an deigh na h-uine
fhada a bha mi air falbh, rainig sinn Balsora mu dheireadh,
agus as a sin thainig mi gu ruige Bagdad; agus bha mo
shaoibhreas cho mor 's gur gann a rachadh agam air a
chunntas. Thug mi suim mhor do na bochdan, agus
cheannaich mi oighreachd mhor fhearainn."

An uair a chuir Sindbad crioch air eachdraidh an treas
turuis-cuain a ghabh e, thug e ceud bonn oir eile do
Hindbad, agus dh' iarr e air tighinn an la-iar-na-mhaireach
gu 'dhinneir, a chum 's gu'n cluinneadh e eachdraidh a
cheathramh turuis a bha e air falbh.

Sgeulachdan Arabianach.

TALES FROM THE ARABIAN NIGHTS

TRANSLATED INTO GAELIC

FROM THE ENGLISH EXPURGATED EDITION.

DIVISION III.

PRICE ONE SHILLING.

INVERNESS:
NORTHERN CHRONICLE OFFICE
EDINBURGH: NORMAN MACLEOD, 25 GEORGE IV. BRIDGE.

1900.

SGEULACHDAN ARABIANACH.

DIVISION III.

SGEULACHDAN ARABIANACH.

CAIB. VII.

An la-iar-na-mhaireach aig an am ainmichte, thainig na h-aoidhean do 'n taigh aig Sindbad mar a dh' iarr e orra, agus bha 'n portair 'nam measg. Ghabh iad an dinnear air an socair fhein, agus bha iad gu caoimhneil, cairdeil, comhraiteach mar bu ghnath leotha. An uair a bha 'n dinnear seachad, thoisich Sindbad ri innseadh mar a thachair dha air a' cheathramh turus a chaidh e sheoladh.

Ged a bha iomadh toil-inntinn agus aobhar-aoibhneis agam aig an taigh, ars' esan, gidheadh cha robh mi fada 'fas sgith dhiubh. Dh' eirich miann laidir 'nam inntinn gu falbh a dh' fhaicinn tuilleadh dho 'n t-saoghal, agus a reic 's a cheannach—an obair anns an do chuir mi uigh. Chuir mi mo ghnothaichean air doigh cho math 's a b' aithne dhomh, agus an uair a fhuair mi deas gach seorsa bathair a bha mi gus a thoirt leam, dh' fhalbh mi air mo thurus.

Ghabh mi rathad Phersia, agus chaidh mi troimh chaochladh carrannan dhe 'n rioghachd sin. Mu dheireadh an uair a rainig mi baile-puirt araidh, chaidh mi air

1

bord luinge maille ri marsantan eile a bha 'falbh do rioghachdan fad as, mar a bha mi fhein.

Sheol sinn, agus an deigh dhuinn taghal ann an caochladh bhailtean-puirt a bha ri cois a' chladaich, agus ann an iomadh aon dhe na h-eileanan, thug sinn ar n-aghaidh air a' chuan mhor.

Cha deachaidh sinn gle fhad air ar n-aghaidh an uair a thainig stoirm namhasach oirnn. B' fheudar do 'n sgiobair ordugh a thoirt seachad na siuil a ghrad phasgadh; agus ghnathaich e a h-uile doigh a b' urrainn e a chum ar sabhaladh o 'n chunnart mhor anns an robh sinn. Ach a dh' aindeoin na rinn e, cha robh e 'n comas dha 'n long 's na bh' air bord innte a shabhaladh. Bha 'n stoirm cho laidir 's nach d' fhag i seol no slat ri crann. Mu dheireadh bhristeadh an long air na creagan; bhathadh an aireamh bu mho dhe na seoladairean 's dhe na marsantan, agus chailleadh am bathar a bh' air bord gu leir. Gu fortanach thachair dhomhsa agus do chuid eile dhe na marsantan, greim fhaotainn air cliathan dhe 'n luing. Ghreimich sinn ris gu math, ged a bha na tonnan uaibhreach a' sior bhristeadh thairis oirnn gun stad, gus an d' thug an sruth 's a' ghaoth sinn a dh' ionnsuidh eilean a bha astar math uainn.

An uair a rainig sinn an t-eilean 's a chaidh sinn air tir, fhuair sinn measan agus uisge gu leor ann. Stad sinn fad na h-oidhche faisge air an aite anns an deachaidh sinn air tir, agus o 'n a bha sinn air ar misneach a chall gu mor, cha do smaoinich sinn ciod bu choir dhuinn a dheanamh an uair a thigeadh a' mhadainn.

An uair a thainig a' mhadainn 's a dh' eirich a' ghrian, choisich sinn suas o 'n chladach, agus ghabh sinn air ar n-aghaidh troimh 'n eilean. Chunnaic sinn taighean fada uainn, agus ghabh sinn direach far an robh iad. Cha bu luaithe a rainig sinn na taighean, na bha sinn air ar

cuartachadh le aireamh mhor de dhaoine dubha. Rug iad
oirnn. agus roinn iad eatorra sinn. agus thug iad leotha
dhachaidh sinn do 'n taighean fhein.

Thug iad mise agus coignear de m' chompanaich air
falbh a dh' aon aite. Thug iad oirnn suidhe. agus thug iad
dhuinn luibh araidh. agus ged nach robh sinn comasach
air an cainnt a thuigsinn. dh' aithnich sinn gu'n robh iad
ag iarraidh oirnn na luibhean 'itheadh. Cha d' thug mo
chompanaich an aire nach robh na daoine dubha fhein ag
itheadh nan luibhean idir. agus o 'n a bha 'n t-acras orra.
thoisich iad ri 'n itheadh le ciocras. Ach o 'n a ghabh
mise amhrus gu'n robh an t-olc fa near dha na daoine
dubha. cha do bhlais mi air na luibhean. agus bu mhath
dhomh nach do bhlais; oir ann an uine ghoirid thug mi
an aire gu'n robh mo chompanaich a' call am mothachaidh.
agus ged a bha iad a' bruidhinn. nach robh fhios aca ciod
a bha iad ag radh.

'Na dheigh sin thug iad dhuinn rus air a dheasachadh
le olla na cno-choco. O 'n a chaill mo chompanaich am
mothachadh. dh' ith iad am biadh so le ciocras. Dh' ith
mise beagan dheth mar an ceudna.

Thug na daoine dubha dhuinn na luibhean an tois-
each. a chum ar mothachadh a thoirt uainn. air dhoigh s
nach biodh fhios againn air a' chrich mhuladaich a bha
iad gus a chur oirnn: agus an sin thug iad dhuinn an rus
gus ar deanamh reamhar; oir bha iad gus ar marbhadh 's
ar n-itheadh cho luath 's a bhiomaid reamhar gu leor.

An uair a bha mo chompanaich reamhar gu leor dh'
ith iad iad. Ach o 'n a bha mo thur agamsa. faodaidh
sibh a thuigsinn. a dhaoin' uaisle. an aite bhi reamhar mar
a dh' fhas cach. gur ann a bha mi 'fas na bu chaoile 's
h-uile latha. O 'n a bha eagal mo bheatha orm a h-uile
mionaid. cha robh am biadh a deanamh feum sam bith
dhomh. Bha mi sior dhol as a h-uile latha agus bi

feum agam air sin; oir an deigh do na daoine dubha mo
chompanaich itheadh, cha do chuir iad dragh sam bith
ormsa o nach robh mi reamhar gu leor.

Anns an am bha moran dhe mo thoil fhein agam; oir
is gann a bha iad a' gabhail suim sam bith dhiom. Thug
so dhomh cothrom latha araidh air a dhol cho fad o na
taighean aca 's gu'n d' fhuair mi teicheadh air falbh gun
fhios dhaibh. Ach chunnaic seann duine mi, agus ghabh
e amhrus gur ann a' teicheadh a bha mi. Ghlaodh e as
mo dheigh cho ard 's a' b' urrainn da; ach an aite stad, is
ann a ghreas mi orm cho luath 's a b' urrainn domh, agus
ann an uine ghoirid bha mi as a shealladh.

Aig an am cha robh duine mu 'n aite ach an seann
duine. Bha cach, mar bu ghnath leotha, air falbh air
astar fada o na taighean, agus bha fhios agam nach
tilleadh iad dhachaidh gu feasgar anamoch. Air an
aobhar sin, bha mi cinnteach nach biodh uine aca, an
deigh dhaibh tilleadh dnachaidh, gu falbh air mo thoir.
Ghabh mi romham gus an d' thainig an oidhche. An uair
a dh' fhas i cho dorcha 's nach bu leur dhomh co 'n taobh
a ghabhainn, stad mi, agus ghabh mi beagan dhe 'n bhiadh
a thug mi leam. Ach cho luath 's a shoilleirich an latha,
ghabh mi air agharrt cho cabhagach 's a' b' urrainn domh.
Lean mi air coiseachd fad seachdain; agus bha mi
'seachnadh gach aite anns an saoilinn an robh daoine.
Cha robh de bhiadh agam fad na h-uine ach na cnothan
coco. Air an ochdamh latha thainig mi ann an sealladh
na mara, agus chunnaic mi daoine geala, mar a bha mi
fhein, agus iad a' cruinneachadh pepeir; oir bha pailteas
dheth anns an aite. Thog mo chridhe riutha, agus ghabh
mi direach far an robh iad.

Cha bu luaithe a thug iad an aire dhomh na thainig
iad 'nam choinneamh. Dh' fheoraich iad dhiom anns a'
choart chainnt a bh' agam fhein, co mi, agus co as a

thainig mi.   Bha aoibhneas anabarrach orm an uair a chuala mi iad a' labhairt rium 'nam chainnt fhein.   Dh' innis mi dhaibh mar a chaidh an long a bhristeadh, agus mar a fhuair na daoine dubh greim orm.

"Tha na daoine dubha sin," ars' iadsan, "ag itheadh nan daoine, agus cia mar a fhuair thusa as an lamhan?

Dh' innis mi daibh a' cheart naigheachd a dh' innis mi dhuibh fhein, agus an uair a chual' iad i, bha ioghnadh gu leor orra.

Stad mi comhladh riutha gus an do chruinnich iad na bha dhith orra dhe 'n pheper, agus sheol mi comhladh riutha do 'n eilean as an d' thainig iad.

Thug iad an lathair an righ mi.   Bha 'n righ 'na dhuine coir, meineil, agus dh' oisd e gu foighidneach rium fhad 's a bha mi 'g innseadh dha a h-uile car mar a thachair dhomh o 'n a dh' fhalbh mi o 'n taigh.   Thug e aodach dhomh, agus dh' ordaich e curam a ghabhail diom.

Bha moran sluaigh anns an eilean, agus bha pailteas dhe gach ni ann.   Bha moran malairt 'g a dheanamh anns a' cheanna-bhaile.   Bha mi gle thoilichte faotainn dha leithid a dh' aite an deigh a' mi-fhortain a thainig nam rathad ; agus o 'n a bha 'n righ cho fior chaoimhneil rium, bha mi 'g am fhaireachadh fhein cho sona 's a bha 'n latha cho fad.   A dh' aon fhacal, is mi duine cho mor air an robh de mheas aig an righ 'sa bh' anns an rioghachd. Agus air an aobhar sin, bha h-uile duine a b' fhearr na choile a bh' anns a' chuirt agus anns a' bhaile a feuchainn ri comain a chur orm.   Ann an uine ghoirid bha sluagh an aite ag amharc orm mar aon dhuibh fhein.

Chunnaic mi aon ni a chuir moran ioghnaidh orm, agus b' e sin, nach robh srian no diollaid aig an righ, no aig duine eile, an uair a bhiodh iad a' marcachd.   Air latha araidh 's mi ann an cuideachd an righ, ghabh mi de dhanadas bruidhinn ris m' a dheidhinn so.   Thuirt e rium gu'n robh mi 'bruidhinn mu nithean air nach cuala duine a bh' anns an rioghachd iomradh riamh.

Gun dail sam bith chaidh mi far an robh fear-ceairde agus dh' innis mi dha mar a dheanadh e stoc diollaid. An uair a bha 'n stoc deiseil aige, chomhdaich mi e le leathar agus le bhelbhet, agus dh' fhuaigh mi an diollaid le snath oir.

'N a dheigh sin chaidh mi far an robh an gobha, agus dh' innis mi dha mar a dheanadh e mirionach agus stirrapun. An uair a bha gach ni deiseil, agus a thug mi an diollaid agus an t-srian a dh' ionnsuidh an righ, chuir mi an t-each fo lan uidheam dha. An uair a chaidh an righ a mharcachd bha e anabarrach toilichte leis an obair a rinn mi. Thug e dhomh tiodhlacan a bha anabarrach luachmhor. B' fheudar dhomh diollaidean a dheanamh do mhaithean na cuirte, agus do cheannardan an airm mar an ceudna. Phaigh iad so uile mi gle mhath air son mo shaoithreach.

An uair a chunnaic uaislean na duthchadh na dioll-aidean, thainig cuid dhiubh far an robh mi, agus gus an toileachadh, rinn mi diollaidean dhaibh mar an ceudna. Choisinn an obair so cliu agus meas mor dhomh.

CAIB. VIII.

Bha mi gu math tric a' dol a bhruidhinn ris an righ. Air latha araidh thuirt e rium, " A Shindbad, tha tlachd mor agam dhiot; agus tha mi 'tuigsinn gu'm bheil meas aig an t-sluagh ort mar an ceudna. Tha mi 'dol a dh' iarraidh aon ni ort, agus tha mi 'n dochas gu'n dean thu mar a dh' iarras mi ort."

" Le 'r cead, a' righ," arsa mise, " ni mise ni sam bith a dh' iarras sibh orm, mar chomharradh air m' umhlachd dhuibh, o 'n a tha mi gu buileach fo ar riaghladh."

Cha bu dana leam cur an aghaidh toil an righ. Air a chomhairle phos mi aon de mhnathan-uaisle na cuirte. Bha i 'na boirionnach a bha anabarrach, maiseach, cliuiteach, agus bha saoibhreas gu leor aice. An deigh dhuinn posadh, chaidh mi dh' fhuireach do 'n taigh a bh' aice agus bha sinn car uine gle mheasail air a cheile. Ach feumaidh mi radh nach robh mi cho riaraichte le mo staid 's bu mhath leam, agus air an aobhar sin chuir mi romham, gu'n teichinn agus gu'n tillinn gu ruige Bagdad a' cheud chothrom a gheibhinn. Ged a bha mi math gu leor dheth far an robh mi, cha robh e 'n comas dhomh an duthaich do 'm buininn a leigeadh air dichuimhn.

An uair a bha mi 'smaointean air so, dh' fhas bean mo choimhearsnaich gle thinn, agus an uine ghoirid dh' eug i. Bha meas mor agam air a' choimhearsnach so, agus chaidh mi g' a fhaicinn a chum comhfhurtachd a thoirt dha an am a' bhroin. Bha e anabarrach bronach, agus cho luath 's a chunnaic mi e, thuirt mi, " Gu'n gleidheadh Dia thu, agus gu'n tugadh e dhut saoghal fada."

" Ochan!" ars' esan, " cia mar a tha thu 'smaointean gu'm faigh mise am fabhar a tha thu 'guidhe dhomh? Cha 'n 'eil bhar uair de shaoghal agam."

" Tha mi 'guidhe ort nach bi thu 'g arach a leithid sin de smaointeanan muladach na 's fhaide. Tha dochas agam nach tachair dhut mar a tha thu 'g radh, ach gur ann a bhios mi fhein 's tu fhein ann an coimhearsnachd a cheile fad iomadh bliadhna," arsa mise.

" Is e mo mhiann," ars' esan, " gu'm faigheadh tusa saoghal fada; ach air mo shonsa dheth, tha mo laithean aig an ceann, oir feumar mo thiodhlacadh an diugh fhein comhladh ris a' mhnaoi. Is e so an lagh a shuidhich ar n-athraichean anns an eilean so, agus bha e riamh air a choimhead gu curamach. Feumar am fear a thiodhlacadh comhladh ris a' mhnaoi an uair a gheibh i bas, agus feumar a bhean a thiodhlacadh comhladh ris an fhear an uair a gheibh e bas. Cha 'n 'eil rathad agam air a dhol as; oir feumaidh na h-uile 'bhith umhail do 'n lagh so."

Am feadh 's a bha e 'toirt cunntais dhomh air ʻ chleachdadh bhruideil so a bha 'cur eagail agus uamhais air, thainig na cairdean, an luchd-colais, agus na coimhearsnaich thun an taighe gus an tiodhlacadh a dheanamh. Chuir iad an trusgan a b' fhearr 's bu riomhaiche a bh' anns an taigh mu 'n bhoirionnach, mar gu'm b' e latha na bainnse aice a bhiodh ann. Chuir iad a cuid sheudan gu leir oirre, agus an uair a chuir iad ann an ciste fhosgailte i, dh' fhalbh iad leatha dh' ionnsuidh an ait' adhlacaidh. Bha a fear a' coiseachd air cheann na cuideachd agus a' leantuinn a' chuirp. Dhirich iad suas gu mullach beinne a bha gle ard, agus an uair a rainig iad e, thog iad clach mhor a bha comhdachadh beul sluic, agus leig iad sios an corp le a chuid aodaich agus sheudan. An uair a ghabh a fear a chead dhe 'chairdean 's dhe luchd-daimh, chuireadh ann an ciste fhosgailte e mar an ceudna, agus chuireadh soitheach uisge agus seachd breacagan arain anns a' chiste comhladh ris, agus leigeadh sios anns an t-sloc e mar a rinneadh air a mhnaoi. Bha 'bheinn fada, agus bha i ruighinn a dh' ionnsuidh na mara. An uair a bha h-uile cuis seachad chuireadh a' chlach air beul an t-sluic agus thill sinn dhachaidh.

Is gann a ruigeas mi leas, a dhaoin' uaisle, innseadh dhuibh gur mi fhein an aon duine a bha fo lionn-dubh dhe na bh' aig an tiodhlacadh. Cha robh a' chuis a bh' ann a' cur moran dragha air cach, oir bha iad cleachdte ris.

Cha b' urrainn domh gun bruidhinn ris an righ mu 'a chuis. "Le 'r cead, a righ," thuirt mi ris, "cha 'n urrainn domh gun bhith fo mhor ioghnadh air son a' chleachdaidh a th' agaibh anns an rioghachd so an uair a tha sibh a' tiodhlacadh nam beo comhladh ris na mairbh. Shiubhail

mi fad is farsuinn, agus chunnaic mi iomadh duthaich, ach
cha chuala mi riamh iomradh air lagh cho eucorach ris an
lagh so." "Ciod a tha thu 'ciallachadh, a Shindbaid?" ars'
an righ. "Is e lagh cumanta 'th' ann. Bidh mise air mo
thiodhlacadh comhladh ri mo mhnaoi fhein, ma 's i a
gheibh bas an toiseach."

"Ach le 'r cead," arsa mise. "am faod mi fhaighneachd
dhibh am feum coigrich a bhith striochte ris an lagh so?"

"Gun teagamh sam bith," ars' an righ ('s fiamh gaire
tighinn air an uair a chual' e mo cheisd) "cha 'n eil dol
as aca ma 's anns an eilean so a phosas iad."

Chaidh mi dhachaidh, agus mulad gu leor orm an deigh
na chunnaic 's na chuala mi; oir bha eagal mor orm gu'n
faigheadh mo bhean bas air thoiseach orm fhein, agus
gu'n rachadh mo thiodhlacadh maille rithe. Ach cha robh
comas air. Dh' fheumainn foighidinn a bhith agam, agus
a bhith umhail do thoil Dhe.

Nam faicinn coltas an tinneis bu lugha tighinn air mo
mhnaoi, bha mi 'dol air chrith 'leis an eagal. Ach mo
thruaighe! fhuair mi aobhar eagail ann an uine ghoirid;
oir dh' fhas mo bhean gle thinn, agus ann am beagan
laithean, dh' eug i.

Faodaidh sibh a thuigsinn gu'n robh mi gle mhul-
ach; oir bha mi smaointean gu'm bu cho math dhomh a
bhith air m' itheadh leis na daoine fiadhaich ri bhith air
mo thiodhlacadh beo. Ach b' fheudar dhomh striochdadh.

Thainig an righ, uaislean na cuirte, agus ard-mhaithean
na rioghachd a dh' ionnsuidh an tiodhlacaidh; oir bha
moran de shluagh a' bhaile ann mar an ceudna. An uair
a bha gach ni deas, chuireadh corp na mna ann am feirt
fhosgailte an deigh dhaibh a chomhdachadh leis an trusgan
a b' fhearr a bh' aice, agus leis na seudan bu luachmhoire
a bhuineadh dhi. Dh' fhalbh an comhlan, agus bha mise
coiseachd an deigh a' chuirp agus mi caoidh gu trom 's a'
sileadh dheur gu frasach.

An uair a rainig sinn mullach na beinne dh' fheuch mi
ri impidh a chur air na daoine gus mo leigeadh as.
Bhruidhinn mi an toiseach ris an righ, agus 'na dheigh sin
ris na daoin' eile a bha mu'n cuairt orm. Leig mi mi-
fhein 'n am shineadh air an talamh aig an casan, agus
ghuidh mi orra gu durachdach truas a ghabhail dhiom.
" Thugaibh fa near, arsa mise, " gur coigreach mi, agus
nach bu choir gu'm bithinn air mo chur fo 'n lagh chruaidh
so. Agus a bharrachd air sin, tha bean is clann agam
'nam dhuthaich fhein."

Ach cha robh feum sam bith dhomh a bhith bruidhinn
riutha. Cha robh truas sam bith aca rium. An aite sin
is ann a bha cabhag orra a' leigeadh sios corp mo mhna
do 'n t-sloc. Ghrad chuir iad mise ann an ciste fhosgailte,
agus an uair a chuir iad soitheach uisge agus seachd arain
anns a' chiste comhladh rium, leig iad sios do 'n t-sloc mi,
agus chuir iad a' chlach air a bheul, a dh' aindeoin na bha
mi 'deanamh de chaoidh 's de bhron 's de ghlaodhaich.

An uair a rainig mi grunnd an t-sluic thug mi 'n aire, le
cuideachadh beagan soluis a bha 'tighinn orm o tholl beag
a bha as mo chionn, gu'n robh farsuinneachd mhor ann,
agus gu'n robh e mu leith cheud aitheamh air doimhn-
eachd. Anns a' mhionaid dh' fhairich mi faileadh breun
a bha 'n impis mo thachdadh. Bha 'm faileadh so a'
eirigh as na cuirp mharbha a bha mu'n cuairt orm. Ar
leam gu'n robh mi 'chluinntinn cuid dhiubh ag osnaich, agus
a' tilgeadh na h-analach. Ach air shon sin, cha bu
luaithe 'rainig mi sios na ghrad dh' fhalbh mi as a'
chiste 's mo lamh mu m' shroin; agus an uair a
choisich mi astar beag o 'n aite 's an robh na cuirp, leig mi
mi-fhein 'nam shineadh, agus bha mi uine fhad' ann a'
gul 's a' caoidh gu goirt.

An uair a bha mi greis a' smaointean air cho truagh 's
a bha mo chor, thuirt mi:—" Tha e fior gu'm bheil Dia a'

riaghladh gach ni a reir orduighean a fhreasdail; ach
thusa, 'Shinbaid thruaigh, nach ann agad fhein a bha
'choire gu'n d' thainig tu gu bhith 'faighinn a' bhais anns
an doigh iongantaich so. B' fhearr gu'n robh thu air bas
fhaotainn ann an aon dhe na cunnairt anns an robh thu'
Cha bhiodh do bhas cho fadalach 's cho namhasach 's a
tha e nis air thuar a bhith. Ach thug thu so ort fhein
leis an t-sannt mhiollaichte a bha annad. Ah! a chreutair
thruaigh, mhifhortanaich nach b' fhearr dhut gu mor a
bhith air fuireach aig an taigh, agus a bhith gu socair,
samhach a' mealtuinn toradh do shaoithreach!"

So na gearainean gun fheum leis an cluinnteadh mo
ghuth o thaobh gu taobh dhe 'n uaimhe. Bha mi 'bualadh
mo chinn is m' uchd gun stad 's mi ann an corruich 's an
eu-dochas ro mhor, agus thug mi mi-fhein suas gu buileach
do smaointeanan bronach.

Ach air a shon sin gu leir, feumaidh mi innseadh
dhuibh, an aite bhith toileach am bas fhaotainn anns an
t-suidheachadh thruagh 's an robh mi, gu'm b' e mo
mhiann a bhith beo, agus gach ni 'nam chomas a dheanamh
a chum fad a chur ri m' laithean. Bha mi 'g ealadh air
mo shocair 's mo lamh ri m' shroin feuch am faighinn an
t-aran agus an t-uisge a chuireadh anns a' chiste dhomh.
Agus an uair a fhuair mi e dh' ith mi rud dheth. Ged a
bha 'n uaigh dubh, dorcha, bha mi 'n comhnuidh ag amas
air a' chiste. Agus thuig mi gu'n robh an uaigh gu math
na b' fharsuinne na bha mi 'n toiseach an duil. Chum an
t-aran 's an t-uisge beo mi fad beagan laithean. An uair
a theirig iad, shaoil mi nach robh romham ach am bas.

CAIB. IX.

An uair a bha mi 'smaointean gu'n robh am bas dluth
dhomh, chuala mi bhith 'togail na cloiche bhar beul na
h-uamha, agus anns a' mhionaid loigeadh sios corp
firionnaich. An uair a bhios daoine 'nan eiginn, tha
nadarra gu leor dhaibh oidhirp a thoirt air nithean a
dheanamh nach 'eil aon chuid ceart no cothromach. An
uair a leigeadh sios a' bhean, chaidh mi far an robh a'
chiste anns an robh i, agus cho luath 's a thug mi an aire
gu'n do chuireadh a' chlach air beul an tuill, thug mi a
dha no tri de bhuillean matha do 'n truaghan bhochd anns
a' cheann le cnaimh mor a thachair a bhith faisge air mo
laimh, agus grad mharbh mi i. Rinn mi an gniomh
cruaidh chridheach so a chum gu'm faighinn greim air an
aran 's air an uisge a bh' anns a' chiste maille rithe, agus
mar so bha agam de bhiadh na chum beo mi fad beagan
laithean. Mu'n am 's an do theirig am biadh so dhomh,
leigeadh sios boirionnach marbh agus firionnach beo.
Mharbh mi esan mar an ceudna. Gu fortanach dhomhsa,
bha moran a' basachadh anns a bhaile aig an am, agus
bha mi 'faotainn de bhiadh air an saillibh na bha 'gam
chumail beo.

Air latha araidh chuala mi coiseachd is seideil faisge
orm. Ghabh mi far an robh mi 'cluinntinn fuaim na
coiseachd; ach an uair a thainig mi dluth do 'n chreutair
a bh' ann, theich e air falbh 's e seideil na bu chruaidhe
na bha e riamh. Lean mi e cho math 's a leigeadh an
dorcha leam. Stadadh e an drasta 's a rithist; ach an uair
a dh' fhairicheadh e mi 'tighinn dluth dha, theicheadh e
air falbh. Bha mi 'g a shior leantuinn gus mu dheireadh
an d' thug mi an aire do rumag sholuis. Rinn mi direach
air an t-solus. Uair a bhiodh e 'nam shealladh, agus uair
nach bitheadh. Mu dheireadh an uair a thainig mi dluth

dha, rinn mi 'mach gur ann troimh tholl a bh' anns a
chroig a' bha o 'tighinn. Bha 'n toll cho mor 's gu n
rachadh duine 'mach troimhe socair gu leor.

Stad mi aig beul an tuill a leigeadh m' analach, oir bha
mi air mo chlaoidh gu mor. 'Na dheigh sin chaidh mi
'mach air an toll, agus ciod a b' iongantaiche leam na mi
fhein 'fhaotainn air bruaich a' chladaich. Bha aoibhneas
do-labhairt orm. Is gann gu'm b' urrainn mi a chreidsinn
nach o bruadar a bha mi 'faicinn. Ach an uair a thug mi
cuisean fa near, agus a dh' aithnich mi gu'n robh mi saor
o 'n chunnart anns an robh mi, thuig mi gur e an creutair
a bha mi 'leantuinn, creutair a bha 'tighinn as a' chuan,
agus a bha 'dol a steach do 'n toll a dh' itheadh cuirp nan
daoine marbha.

An uair a ghabh mi beachd air a' bheinn, thuig mi
gu'n robh i eadar a mhuir agus am baile. Bha 'n cladach
cho cas mor-thimchioll orm 's nach robh o 'n comas dhomh
air chor sam bith faighinn as an aite 's an robh mi. Leig
mi mi-fhein air mo ghluinean far an robh mi, agus thug
mi taing do Dhia air son a throcair. 'Na dheigh sin thill
mi steach do 'n toll a dh' iarraidh an arain 's an uisge a
dh' fhag mi ann. Dh' ith mi biadh le barrachd toil agus
tlachd na rinn mi o 'n latha 'chuireadh anns an t-slochd mi.

Thill mi rithist a steach do 'n t-slochd, agus ged nach
robh runnag sholuis agam, chruinnich mi am measg nan
cisteachan-laidhe moran do dhaoimein 's de sheudan 's de
chlachan-luachmhor 's de gach ni eile bu luachmhoire na
cheile a thachair rium. Phaisg mi na nithean so gu
curamach ann an aodach a fhuair mi am measg nan corp,
agus cheangail mi iad gu teann, cruaidh leis na cuird leis
am biodh iad a' loigeadh sios nan cisteachan do 'n t-slochd.
Chuir mi iad air bruaich a' chladaich, agus bha mi 'feith-
eamh feuch an tigeadh long an rathad a bheireadh air
falbh mi.

An ceann da latha chunnaic mi long a' 'tighinn am mach as an acarsaid. O 'n a bha 'n soirbheas car 'nan aghaidh, b' eiginn dhaibh a bhith beiteadh. Uair dhe na h-uairean thainig iad cho dluth air an aite anns an robh mi 's gu'n do mhothaich iad dhomh a' glaodhaich 's a' smeideadh orra. Ghrad chuir an sgiobair bata 'g am iarraidh. Thuirt mi ri sgiobadh a' bhata gu'n do bhristeadh an long air an robh mi beagan laithean roimhe sid, agus gu'n deachaidh agam air mi fhein agus am bathar a shabhaladh. Gu fortanach cha do chuir iad teagamh sam bith anns na thuirt mi riutha; agus gun dail sam bith thug iad gu bord na luinge mi. An uair a chaidh mi air bord, bha 'n sgiobair gle thoilichte gu'n do shabhail o mi; agus o 'n a bha 'inntinn suidhichte air a ghnothaichean fhein, cha do chuir o teagamh nach robh na dh' innis mi dha na seoladairean agus dha fhein fior gu leor. Ged a thairg mi dha cuid dhe na seudan a bh' agam, cha ghabhadh e iad.

Sheol sinn seachad air caochladh eileanan. Is e Eilean nan Glag a theirear ri fear dhe na h-eileanan so. Tha e mu astar deich laithean seolaidh o Cheidhlon, agus mu astar shia laithean o Chalabar, far an deachaidh sinn air tir. Tha mein luaidhe, craobhan siucair, agus camfor anns an aite so.

Tha righ Chalabair 'na righ saoibhir, cumhachdach, agus tha Eilean nan Glag fo 'riaghladh. Tha 'n luchd-aiteachaidh 'nan sluaigh anabarrach fiadhaich, agus bidh iad ag itheadh nan daoine. An uair a rinn sinn 'reic is ceannach anns an eilean so, sheol sinn, agus thaghail sinn ann an caochladh bhailtean-puirt eile. Mu dheireadh rainig mi Bagdad agus saoibhreas anabarrach mor agam. Cha ruig mi leas mion-chunntas a thoirt dhuibh m' a dheidhinn.

Mar chomharradh air mo thaingealachd do Dhia an
son a throcairean, thug mi earrann mhath dhe m' mhaoin
seachad a chum na bochdan a bheathachadh, agus
taighean-aoraidh a chumail suas; agus bha mi 'cur
seachad na h-uine le subhachas maille ri m' theaghlach
agus am measg mo chairdean.

An uair a chuir Sindbad crioch air eachdraidh a
cheathramh turuis a ghabh e, dh' aidich a' cuideachd gu
leir gur,i a b' iongantaiche gu mor na eachdraidh na'n tri
tursan eile. Thug e ceud bonn oir do Hindbad, agus dh'
iarr e air tighinn an la-iar-na-mhaireach aig an uair
ghnathaichte gus a dhinneir a ghabhail comhladh ris, a
chum gu'n innseadh e mar a thachair dha air a choigeamh
turus a dh' fhalbh e sheoladh. Ghabh Hindbad agus na
h-aoidhean eile an cead dheth, agus dh' fhalbh iad.

Air an ath latha thainig iad aig am na dinneireach,
agus an uair a bha 'n dinnear seachad, thoisich Sindbad
ri cunntas a thoirt dhaibh air mar a thachair dha air a'
choigeamh turus a dh' fhalbh e sheoladh :-

Chuir gach solas agus toil-inntinn a bha mi 'mealtuin,a
as mo chuimhne moran dhe na trioblaidean agus dhe 'n
mhi-fhortan troimh 'n deachaidh mi, agus mar sin, bha
mi cho toileach 's a bha mi riamh gu falbh a rithist a
sheoladh. Cheannaich mi bathar gu leor, agus an uair a
chuireadh air doigh e, dh' fhalbh mi leis do 'n bhaile-puirt
bu doise dhomh; agus smaoinich mi gu 'm b' fhearr
dhomh long a bhith agam dhomh fhein a chum nach
bithinn ann an eisiomail sgiobair sam bith. Dh' fhan
mi anns a' bhaile gus an do thogadh long mhor dhomh.
An uair a bha i deiseil, chuir mi na bh' agam de bhadhar
air bord innte; ach o nach robh agam na luchdaicheadh
i, loig mi le marsantan eile an cuid badhair a chur air
bord, agus falbh comhladh rium.

An uair a sheol sinn, fhuair sinn soirbheas cho fabh-arrach 's a dh' iarramaid. An deigh dhuinn a bhith uine mhath a' seoladh, chaidh sinn air tir ann an oilean fasail far an d' fhuair sinn ugh roc a bha cheart cho mor ris an ugh air d' thug mi iomradh roimhe. Bha isean ann, agus bha o deas gu tighinn as an ugh; oir bha e 'n deis toll a thoirt air an t-slige le 'ghob. Bha na marsantan a dh' fhalbh comhladh rium anns an luing air tir 's an eilean mar an ceudna; agus an uair a chunnaic iad an t-isean air thuar tighinn as an ugh, bhrist iad an t-ugh le tuadh-annan; thug iad as an t-isean 'na phiosan, agus rost is dh' ith iad e. Ged a ghuidh mi gu durachdach orra gun ghnothach a ghabhail ris an ugh, cha tugadh iad cluas no geill dhomh.

Mu 'n gann a chuir iad crioch air an fheisd, chunnaic sinn da roc a' tighinn an rathad a bha sinn, agus bha iad a' cur dubhair air an iarmailt mar gu'm biodh da neul mhora ann. Thuig an sgiobair a bh' agam air an luing gle mhath gu'm b' ann leis an da roc so a bha 'n t-ugh a chaidh a bhristeadh, agus gu'n robh sinn ann an cunnart ar beatha chall mur grad theicheamaid, agus ghlaodh e ruinn sinn a dhol air ais gu bord cho cabhagach 's a rinn sinn riamh. Rinn sinn so; agus gun dail sam bith chuireadh an long fo a lan-aodach, agus sheol sinn air falbh.

Anns a' cheart am rainig an da roc far an robh an t-ugh, agus an uair a chunnaic iad mar a bha, thoisich iad ri glaodhaich gu h-uamhasach. O 'n a bha iad toileach dioghaltas a dheanamh oirnn, thill iad an taobh as an d' thainig iad. Car uine chaill sinn sealladh orra. Thuig an sgiobair gu math ciod a bha 'nam beachd a dheanamh, agus dh' ordaich e tuilleadh sheol a chur ris an luing, a chum, na 'm bu chomasach e, gu'n rachamaid as o 'n chunnart anns an robh sinn.

An uine gun bhith fada thill an da roc, agus creag mhor anns an robh cunntas thunnachan de chudam aig gach te dhiubh 'na cruidhean. An uair a thainig iad os cionn na luinge, thoisich iad ri itealaich gu socrach, agus leig te dhiubh as a' chlach a bh' aice; ach chuir an stiuir-eamaiche beum air an stiuir anns an am, agus thuit a' chlach anns a' mhuir ri cliathach na luinge. Leis an toll a rinn i anns a' mhuir, cha mor nach fhaca sinn an grunnd. Gu mi-fhortanach leig an roc eile as a' chlach a bh' aice cho direach os ar cionn 's gu'n do bhuail i air meadhain na luinge, agus rinn i mile pios dhi.

A' chuid nach do ghrad mharbhadh dhe na mar-aichean 's de na marsantan, bhathadh iad ach mise 'n am onar. Ged a chaidh mi fodha mar a chaidh cach, thainig mi rithist an uachdar. Gu fortanach fhuair mi greim air sgonn math fiodha, agus chaidh agam air mi fhein a chumail an uachdar gus an do chuir a' ghaoth 's an sruth air tir mi air cladach eilean.

CAIB. X.

An uair a chuir a' ghaoth 's an sruth air tir mi air cladach an eilean, ghabh mi eagal nach rachadh agam gu brath air direadh suas gu feur glas; oir bha na croagan cho cas fad mo shealaidh 's nach fhaigheadh na gobhair fhein lorl bonn an cas annta. Shuidh mi greis mhath far an robh mi a loigeadh m' analach. Ach a dh' olc no dh' eiginn ga'n d' fhuair mi, dhirich mi suas mu dheireadh. An uair a choisich mi beagan astair air m' aghaidh, chunnaic mi gur e eilean maiseach a bh' ann, agus gu'n robh moran de chraobhan-mheas dhe gach seorsa 'fas ann. Is ann a bha e coltach ri garadh mheasan. Bha cuid dhe na craobhan air an robh na measan lan abuich, agus bha cuid eile nach robh faisge air a bhith abuich. Bha na h-uircad de shruthain a' ruith gu bras, lubach, am measg nan craobh. Dh' ith mi cuid dhe na measan, agus chord iad rium gle mhath; agus cha b' e an t-uisge dad bu mhiosa 'chord rium.

An uair a thainig an oidhche, leig mi mi-fhein 'nam shineadh air an fheur ann an aite fasgach, blath; ach cha d' rinn mi moran cadail, oir bha m' inntinn troimh a cheile leis an eagal, a chionn gu'n robh mi ann an aite fasail. Ach cha b' e an t-eagal uile gu leir a chum o chadal mi ach an diumbadh a bh' agam orm fhein a chionn mi bhith cho amaideach 's gu'n d' fhalbh mi o 'n taigh an uair nach ruiginn a leas e. Leis mar a fhuair an dragh-inntinn so a leithid de ghreim orm, is ann a smaoinich mi gu'm bu cheart cho math dhomh crioch a chur air mo bheatha. Ach an uair a thoisich an latha ri soilleireach-adh, dh' fhalbh na smaointeanan olca, amaideach so bhar m' inntinn. Dh' eirich mi as an aite 's an robh mi 'nam shineadh, agus thoisich mi ri coiseachd am measg nan craobh, gun fhiamh gun eagal.

An uair a chaidh mi beagan air m' aghart troimh 'n eilean, chunnaic mi seann duine air an robh coltas a bhith gle lag, lapach. Bha e na shuidhe air bruaich aimhne, agus shaoil leam an toiseach gur e fear a dh' fhuiling long-bhristeadh a bh' ann mar a bha mi fhein. Chaidh mi far an robh o, agus chuir mi failte air; ach cha d' rinn e ach a cheann a chromadh rium. Dh' fheoraich mi dheth ciod a bha e 'deanamh an sid; ach an aite freagairt 'a thoirt dhomh, is ann a thoisich e ri smeideadh orm, agus ri crathadh a lamhan feuch an tugadh e orm a thuigsinn gu'n robh toil aige mi thoirt cuideachaidh dha. Cha robh mi an toiseach 'g a thuigsinn; ach mu dheireadh thuig mi gu'n robh o 'g iarraidh orm a thoirt a null air an amhainn air mo mhuin, a chum gu'n cruinnicheadh e measan. Lan-chreid mi gu'n robh feum aige air cuideachadh fhaotainn, agus mar sin thug mi leam a null air an amhainn air mo mhuin e. Dh' iarr mi air tighinn bhar mo mhuin, agus chrom mi a chum gu'm biodh e na b" fhusa dha tighinn air lar; ach an aite deanamh mar a dh' iarr mi air (agus cha 'n urrainn domh gun ghaire a dheanamh a h-uile uair a smaoinicheas mi air), is ann a theannaich e a chasan mu m' amhaich cho teann 's ged a bhiodh i ann an glàmaradh a ghobha. Sin an uair a thug mi an aire gu'n robh an craicionn a bh' air coltach ri seice mairt. Shuidh e casan-gobhlach air mo ghuaillean, agus rug e air sgornan orm cho teann le lamhan 's gu'n robh e an impis mo thachdadh. Agus leis an eagal a ghabh mi, dh' fannaich mi, agus thuit mi far an robh mi.

Ged a dh' fhannaich mi cha do leig an seana chreutair mosach as an greim a bh' aige air m' amhaich idir; ach thug e a chasan beagan o cheile a chum gu'n leigeadh e dhomh m' anail a tharruinn. An uair a chunnaic e gu'n d' fhuair mi m' anail, chuir e an dara cas gu teann cruaidh ri mo stamaic, agus leis a' chois eile thug e buille dhomh anns a' chliathaich a thug orm gu'n d' eirich mi ge b' oil leam. Ged a bha duil agam gur e seann duine lag, lapach a bh' ann, is ann a bha 'n t-seana bheist cho laidir ri dithis fhear.

An uair a fhuair e 'nam sheasamh mi, thug e orm falbh leis fo na craobhan, agus an drasta 's a rithist, thug e orm stad a dh' itheadh mheasan. Cha robh e gam leigeadh as fad an latha; agus an uair a bha mi gam leigeadh fhein 'nam shineadh air an oidhche gu fois a ghabhail, bha esan 'g a leigeadh fhein 'na shineadh ri mo thaobh, agus bha e 'cumail greim gu teann cruaidh air amhaich orm. A h-uile madainn phutadh e mi gus mo dhusgadh, agus 'na dheigh sin breabadh e mi gus an tugadh e orm eirigh agus falbh leis air mo mhuin. Faod aidh sibh a thuigsinn, a dhaoin' uaisle, cho draghail 's a bha e dhomh a bhith 'giulan a leithid a dh' eallach 's gun chomas air faotainn cuibhteas e.

Air latha araidh an uair a bha mi siubhal troimh 'n eilean, thachair sligean mora rium a bha air na measan a bha 'fas air cuid dhe na craobhan. Thog mi te dhiubh, agus an deigh dhomh a glanadh, lion mi i le sugh nam fion-dhearcan a bha cho pailt anns an eilean. Chuir mi ann an aite sabhailte i. An ceann beagan laithean na dheigh sin thainig mi dh' ionnsuidh an aite an d' fhag mi an t-sligeo; thog mi i, agus an uair a bhlais mi an stuth a bh' innte, dh' aithnich mi gur e fion math a bh' ann. Dh' ol mi deur math dheth; agus thug e orm nach e mhain gu'n do dhichuimhnich mi mo bhron, ach mar an ceudna gu'n d' fhas mi cho laidir 's cho sunndach 's gu'n do thoisich mi ri gabhail oran 's ri ceumannan dannsa dheanamh mar a bha mi 'coiseachd air aghart.

An uair a chuinnaic an seann duine a' bhuaidh a bh' aig an deoch orm, agus gu'n robh mi na bu treise gus a ghiulan na bha mi roimhe, dh' fheuch e ri thoirt orm a thuigsinn gu'n robh toil aige a roinn dhe 'n deoch fhaotainn. Thug mi dha an corr a dh' fhag mi, agus dh' ol e h-uile deur dheth. O nach robh e 'cleachdadh a bhith 'g ol fiona, chuir na dh' ol e a' mhisg air, agus thoisich e ri seinn 's e fhein a chrathadh air mo mhuin mar gu'm biodh e toileach a dhol a dhannsa mar a chunnaic e mi fhein a' deanamh. Leis a h-uile upraid a bh' air, thionndaidh an stamac aige, agus thoisich e ri cur am mach. Thug so air gu'n do sguir e dhe mo theannachadh le 'lamhan 's le chasan. An uair a chunnaic mi so, thilg mi bhar mo mhuin e; agus o nach robh de luths ann na ghluaiseadh as a' bhad an robh e, bhuail mi clach mhor air anns a' cheann, agus mharbh mi e.

Cha robh mi riamh cho toilichte 's a bha mi an uair a
fhuair mi a lamhan na scana bheiste. Thug mi m'
aghaidh air a' chladach, agus an uair a bha mi greis a'
coiseachd air bruaich a' chladaich, thachair sgiobadh
luinge rium a bha 'n deis a dhol gu tir a dh' iarraidh uisge.
Ghabh iad ioghnadh gu leor an uair a chunnaic iad mi,
ach is ann a bha 'n t-ioghnadh orra an uair a dh' innis mi
dhaibh a h-uile car mar a thachair dhomh anns an eilean.

"Fhuair seana bhodach na mara greim ort," ars'
iadsan, "agus is tu a' cheud fhear riamh a fhuair as a
lamhan gun a bhith air a thachdadh. Cha do dhealaich
e ri duine riamh air an d' fhuair e greim gus an do chuir
e as dha. Tha 'n t-eilean so ainmeil leis na chuireadh de
dhaoine gu bas ann. An uair a theid marsantan is mar-
aichean air tir ann, cha dana leotha a dhol astar sam bith
o 'n chladach mur bi aireamh mhath dhiubh comhladh."

An uair a dh' innis iad so dhomh, thug iad leotha mi
gu bord. Nochd an sgiobair mor chaoimhneas dhomh an
uair a dh' innis mi dha mar a thachair dhomh anns an
eilean. An uair a chaidh sinn air bord, sheol sinn, agus
an ceann beagan laithean rainig sinn baile-puirt.

Nochd fear dhe na marsantan a bh' air bord caoimh-
neas dhomh, agus thug e orm a dhol gu tir comhladh ris,
agus a' dhol do 'n aite anns am biodh marsantan a coinn-
eachadh ri cheile. Thug e dhomh poca mor, agus dh' iarr
e orm falbh ann an cuideachd nan daoine a bhiodh a'
cruinneachadh nan cnothan-coco. "Ma 's math leat a
bhith sabhailte," ars' esan, "leanaidh tu iad agus ni thu
a' cheart rud a chi thu iad fhein a' deanamh." An uair a
thuirt e so, thug e dhomh biadh, agus dh' fhalbh mi
comhladh riutha.

Rainig sinn coille mhor anns an robh craobhan a bha
anabarrach direach, ard. Bha na bunan aca cho lom
nach robh e an comas do dhuine sam bith direadh annta.

B' e craobhan-coco a bh' annta gu leir; agus an uair rainig sinn iad, chunnaic sinn aireamh mhor de mhoncaidhean dhe gach meudachd. Cho luath 's a mhothaich iad dhuinn theich iad, agus shreip iad suas gu mullach nan craobh le luaths e chuir ioghnadh orm. Chruinnich na daoine a bha comhladh rium clachan, agus thoisich iad ri 'n tilgeadh air na moncaidhean a bh' ann am mullach nan craobh. Rinn mise mar a bha cach a' deanamh; agus mar olcas ruinn, thoisich na moncaidhean ri tilgeadh nan cnothan-coco a nuas oirnn chum 's gu'm bristeadh iad ar cinn 's ar cnamhan. Bha sinn a' cruinneachadh nan cnothan cho trang 's a dh' fhaodamaid, agus o am gu am bha sinn a' tilgeadh nan clachan suas gus corruich a chur air na moncaidhean. Bha sinn leis na cleasan so a' lionadh nam pocannan leis na cnothan-coco, agus b' e so an aon doigh air am b' urrainn duinn am faotainn.

An uair a chruinnich sinn gu leor, thill sinn do 'n bhaile, agus cheannaich am marsanta uam na cnothan. " Lean romhad," ars esan, " agus dean a h-uile latha mar a rinn thu 'n diugh gus an coisinn thu de dh' airgiod na phaigheas do rathad dhachaidh."

Thug mi taing dha air son na comhairle a thug e orm. An uine gun bhith fada choisinn mi deadh shuim air na chruinnich mi de chnothan-coco.

Dh' fhalbh an long air an deachaidh mi do 'n eilean as an acarsaid, agus i luchdaichte le cnothan-coco. O 'n a bha duil agamsa ri luing eile, cha d' fhalbh mi comhladh ris na marsantan. Thainig an long ris an robh duil agam. An uair a fhuair na marsantan air bord gach ni a bha iad a' toirt leotha, fhuair mise mo chuid chnothan a chur air bord mar an ceudna. An uair a bha i deiseil gu falbh, chaidh mi 'ghabhail mo chead dhe 'n mharsanta a bha cho caoimhneil rium, o nach robh e deiseil gu falbh air an luing comhladh rium.

Sheol sinn rathad nan eileanan anns am bheil am peper a' fas. Tha luchd-aiteachaidh nan eileanan so anabarrach, stuama, deadh-bheusach. Cha 'n ol iad fion idir, ni mo a ni iad gniomh mi-chliuiteach sam bith.

Thug mi seachad na bh' agam de choco anns na h-eileanan so air son pepeir agus fiodh alois, agus chaidh mi comhladh ri marsantan eile a dh' iasgach neamhnuidean. Thug mi tuarasdal do dhaoine gus a dhiol thun a' ghrunna 'g an iasgach, agus fhuair iad dhomh feadhainn a bha anabarrach mor agus luachmhor. Bha mi ge-rinraichte leis an doigh anns an do shoirbhich mo ghnothach leam. Chaidh mi air bord luinge a bha 'seoladh gu ruige Balsora. As a sin thainig mi do Bhagdad, far an d' fhuair mi suim anabarrach mor de dh' airgiod air son na bh' agam de pheper, de dh' fhiodh alois, agus do neamhnuidean. Thug mi an deicheamh cuid dhe na bhuanaich mi seachad mar dheirce, mar a b' abhaist dhomh a dheanamh an uair a bha mi 'tilleadh dhachaidh bhar mo thuruis. Agus a chum an sgios 's an saruchadh a bh' orm an deigh mo thuruis a chur dhiom, bha mi 'caitheamh mo bheatha le subhachas, agus leis gach toil-inntinn a bha freagarrach air mo shon.

An uair a chuir Sindbad crioch air a naigheachd, dh' ordaich e ceud bonn oir a thoirt do Hindbad, agus dh' fhalbh e fhein agus gach aon dhe na h-aoidhean eile dhachaidh.

CAIB. XI.

Mu am dinnearach an la-iar-na-mhaireach, chruinnich na h-aoidhean mar a b' abhaist dhaibh, agus bha Hindbad, am portair 'n am measg. An uair a chuir iad crioch air an dinnear, thuirt Sindbad riutha, na'm b' e toil eisdeachd a thoirt dha, gu'n innseadh e dhaibh a h-uile car mar a

dh' eirich dha air an t-siathamh turus a dh' fhalbh e
sheeladh.

A dhaoin' uaisle, ars' esan, cha 'n 'eil teagamh nach
'eil fadachd oirbh gus an cluinn sibh cia mar a ghabh mi
os laimh falbh air an t-siathamh turus a shiubhal an
t-saoghail 's a dh' iarraidh tuilleadh fortain, an deigh a
h-uile cruadal is nidil is anastachd a dh' fhuiling mi re
nan coig tursan a bha mi air falbh roimhe sid. An uair
a smaoinicheas mi air, tha e 'cur ioghnadh orm gu'n
d' rinn mi 'leithid. Ach biodh sin mar a thogras e, an
deigh dhomh a bhith bliadhna aig fois, rinn mi deiseil gu
falbh air an t-siathamh turus, a dh' aindeoin na rinn mo
chairdean 's mo luchd-daimh de chomhairleachadh orm gu
fuireach aig an taigh.

An aite seoladh a Bagh Phersia, is ann a chaidh mi
aon uair eile troimh chaochladh de mhor-roinnean Phersia
agus nan Innsean, gus an d' rainig mi baile-puirt araidh
far an deachaidh mi air bord luinge a bha 'dol air turus
fada.

Cha b' o mhain gu'n robh sinn uine fhad' aig muir,
ach mar an ceudna gu'n robh sinn cho mi-fhortanach 's
gun do chaill an sgiobair a chursa gu buileach. Mu
dheireadh fhuair e 'chursa, ach cha robh sin 'na aobhar
solais sam bith dhuinn. Ghlac eagal anabarrach sinn an
uair a chunnaic sinn an sgiobair a' cur cul ri 'dhleasdanas,
agus a' teannadh ri gul 's ri caoidh. Thilg e dheth a
churrac, agus thoisich e ri spionadh an fhuilt 's na feusaig
as fhein, agus ri bualadh a chinn mar gu'm biodh duine
a bhiodh as a rian. Dh fheoraich sinn ciod a b' aobhar
do 'n obair a bh' aige, agus fhreagair e, " Gu'n robh an
long anns an aite bu chunnartaiche a bh' anns a' chuan gu
leir; gu'n robh sruth laidir 'g a tarruinn gu luath a dh'
ionnsuidh a' chladaich; agus gu'm biomaid air ar call ann
an ceathramh na h-uarach. Guidhibh ri Dia," ars' esan,

" gu'n saor e sibh o 'n chunnart so. Cha 'n urrainn sinn
a dhol as mur gabh esan truas dhinn."

An uair a thuirt e so, dh' ordaich e na siuil atharrach-
adh; ach bhrist na ropannan, agus a dh' aindeoin gach
oidhirp a thugadh air an long a shabhaladh, thug an sruth
i ann an uine ghoirid a dh' ionnsuidh cladach beinne a
bha anabarrach ard, cas. Chaidh i 'na connalaich air a'
chladach. Ach gu fortanach shabhail sinn uile ar beatha,
agus chaidh againn air na bh' air bord de bhiadh, agus a'
chuid a b' fhearr dhe 'n bhadhar a shabhaladh.

An uair a fhuair sinn am biadh 's am badhar air tir,
thuirt an sgiobair ruinn, " Rinn Dia mar a b' aill leis;
tha e cheart cho math dhuinn ar n-uaigheam a chladach,
agus beannachd fhagail aig an t-saoghal; tha sinn ann an
aite as nach d' fhuair duine riamh roimhe air falbh beo.
Chuir na briathran so fo mhor-dhoilghios sinn. Bha sinn
uile gu deurach, bronach a' caoidh air son mar a thachair
dhuinn, agus dh' fhag sinn beannachd aig a cheile.

Bha 'bheinn air an do bhristeadh an long ri cladach
eilean a bha mor, fada. Bha 'n cladach uile comhdaichte
le fiodh nan long a chaidh a bhristeadh air, agus le
cnamhan nan daoine a chaidh a bhathadh. Chuir so
uamhas oirnn, agus thuig sinn gu'n do chailleadh moran
sluaigh ann. Cha ghabh e innseadh na bha de bhadhar
luachmhor agus de shaoibhreas air a' chladach. Bha na
nithean so gu leir a' meudachadh ar broin.

Anns gach aite eile tha na h-aimhnichean a' ruith do 'n
chuan, ach anns an aite so bha amhainn mhor uisge a
ruith a steach do tholl dorcha a bha mor, farsuinn. Rud
a tha gle iongantach, is e clachan luachmhor a th' anns a
bheinn so gu leir. Bha fiodh alois a' fas an so mar an
ceudna, agus tha e 'cheart cho luachmhor ris an fhiodh a
tha 'fas ann an Comaraidh.

Faodaidh mi a radh nach 'eil e comasach do luingeas
sam bith faotainn as an aite, aon uair 's gu'n teid iad
dluth dha. Ma bhios a' ghaoth thun a' chladaich, bheir
an sruth 's a' ghaoth a dh' ionnsuidh beul na h-aimhne
iad; agus ged a bhiodh a' ghaoth bhar an fhearainn, tha
fasgadh na beinne ga cumail uapa, agus tha neart an
t-sruth 'g an tarruinn thun a' chladaich, far am bheil iad
air am bristeadh mar a bha 'n long air an robh sinne.
Agus gu mi-fhortanach, cha 'n urrainn duine sam bith a
bheinn a dhireadh, no faighinn air falbh as an aite air
dhoigh sam bith.

Cha robh againn ach fuireach air a' chladach far an
robh sinn. Bha sinn mar dhaoine a bhiodh an deigh a
dhol as an ciall, agus bha sinn an duil gach latha gu'n
tigeadh am bas oirnn. Roinn sinn na bh' againn de
bhiadh cho cothromach 's a b' urrainn duinn, agus cha
robh aig gach fear ach a bhith beo air a chuid bidh fhein
fhad 's a mhaireadh e dha. Iadsan a thug buil mhath as
na bh' aca de bhiadh, is iad a b' fhaide a bha beo.

Iadsan a fhuair bas an toiseach, thiodhlaic an fheadh-
ainn a bha beo iad. Bha mise aig tiodhlacadh gach aon
dhiubh. Cha ruig e leas ioghnadh a chur oirbh ged a
bha mise beo an deigh caich; oir a bharrachd air a bhith
'caomhnadh mo roinn fhein dhe 'n bhiadh, bha biadh eile
agam dhomh fhein nach do roinn mi air cach idir. Ach an
uair a fhuair cach uile bas, cha robh agam ach fior bheagan
dheth, agus cha robh smaointean sam bith agam gu'm
bithinn a' bheag a dh' uine beo. Chladhaich mi uaigh
dhomh fhein, agus bha 'run orm mi fhein a shineadh
innte an uair a theirgeadh am biadh gu leir dhomh, a
chionn nach robh duine ann a thiodhlaiceadh mi. Feum-
aidh mi aideachadh dhuibh gu'n robh mi aig a' cheart am
gle dhiumbach dhiom fhein, a chionn mo bheatha 'chur
na leithid de chunnart. Bha aithreachas gu leor orm

dhionn falbh o 'n taigh idir. A bharrachd air so, bhuail annus an inntinn agam gu'm bu cho math dhomh crioch a chur air mo bheatha gun fhuireach ris a bhas a thighinn.

Ach b' i toil Dhe truas a ghabhail dhiom aon uair eile, agus chuir e 'nam inntinn a dhol gu bruaich na h-aimhne a bha 'ruith a steach troimh 'n bheinn. An uair a bha mi 'nam sheasamh air bruaich na h-aimhne, mi 'gabhail beachd oirre, thuirt mi rium fhein, gu'n feumadh gu'n robh i 'tighinn an uachdar an aiteiginn an leis dhi dhol troimh 'n bheinn. Smaoinich mi nach robh dad a b' fhearr dhomh na rath a dheanamh, agus mi fhein a leigeadh le sruth na h-aimhne, agus gu'n tugadh an sruth mi do dhuthaich air choireiginn, mur a rachadh mo bhathadh. Bha mi coma ged a bhaithteadh mi; oir bha e cho math dhomh a bhith air mo bhathadh ri bas fhaighinn leis an acras. Smaoinich mi 'nam faighinn as an aite mhi-shealbhach anns an robh mi gu'm faoidteadh nach tigeadh am bas orm mar a thainig air mo chompanaich, agus gur docha gu'm faighinn doigh air choireiginn leis an rachadh agam air a dhol ann an cois a challa thainig orm.

Gun dail sam bith thoisich mi ri deanamh rath. Cha robh mi fada 'ga dheanamh, oir bha fiodh gu leor agus cuird faisge air laimh dhomh. Agus an uair a thagh mi na bha freagarrach dhomh, rinn mi rath beag, agus cheangail mi e gu math laidir ri cheile. An uair a chuir mi crioch air, luchdaich mi e leis gach ni bu luachmhoire na cheile a fhuair mi air a' chladach. Agus b' fhurasda dhomh sin a dheanamh, oir bha 'm pailteas do shoudan luachmhor de gach seorsa ann am braighe a' chladaich. An uair a cheangail mi gu teann, cruaidh gach ni a bha mi 'toirt leam air an rath, chaidh mi air bord air, agus bha da ramh bheag agam a rinn mi gun fhios nach biodh feum agam orra. An uair a dh' fhalbh mi o thir, chuir mi mi-fhein air curam Dhe.

Cha bu luaithe a chaidh mi steach do 'n toll a bh' anns a' bheinn na chaill mi gu buileach scalladh air an t-solus. Bha 'n sruth 'g am thoirt leis, ach cha robh fhios agam c'aite. Bha mi air an rath laithean araidh, agus mi ann an tiugh dhorchadas. Bha 'n toll cho cumhang an ait-eachan 's nach mor nach do bhristeadh mo cheann. Ach thug so orm an aire mhath a thoirt dhomh fhein 'na dheigh sin. Fad na h-uine cha d' ith mi ach na bha 'gam chumail beo air eiginn. Ach a dh' aindeoin cho math 's bha mi 'caomhnadh a' bhidh, theirig e dhomh mu dheir-eadh. 'Na dheigh sin thuit mi 'nam chadal. Cha 'n urrainn domh a radh ciod an uine a bha mi 'nam chadal; ach an uair a dhuisg mi, ghabh mi ioghnadh an uair a chunnaic mi gu'n robh mi ann am meadhain duthachadh a bha anabarrach farsuinn, far an robh an rath air a cheangal ri tir. Agus bha aireamh mhor de dhaoine dubha timchioll orm.

Dh' eirich mi 'nam sheasamh cho luath 's a chunnaic mi iad, agus chuir mi failte orra. Labhair iad rium, ach cha do thuig mi ciod a bha iad ag radh. Bha mi cho fior aoibhneach 's nach robh fhios agam co dhiubh bha mi 'nam chadal no 'nam dhusgadh. Ach an uair a thuig mi nach robh mi 'nam chadal, labhair mi na facail a leanas ann an canain Arabia: "Gairm air an Uile-chumhachd-ach, agus cuidichidh e thu; cha ruig thu leas iomacheist a bhith ort mu thimchioll ni sam bith eile; duin do shuilean, agus am feadh 's a tha thu 'na d' chadal, caochlaidh Dia do mi-fhortan gu fortan."

Thuig fear dhe na daoine dubha na briathran a labhair mi, agus thainig e dluth dhomh, agus thuirt e, "A bhrathair, na cuireadh e ioghnadh ort sinne fhaicinn. Buinidh sinn do 'n duthaich so. Tha sinn air tighinn :

dh' uisgeachadh ar cuid fearainn le uisge na h-aimhne so tha 'tighinn am mach as a' bheinn. Chunnaic sinn rud a' fleodradh air an uisge, agus cho luath 's a b' urrainn duinn thainig sinn a dh' fhaicinn ciod a bh' ann. Agus an uair a chunnaic sinn gur e rath a bh' ann, shnamh fear dhinn far an robh e, agus thug sinn gu tir e, agus cheangail sinn e gus an duisgeadh tu. Innis dhuinn d' eachdraidh; oir feumaidh gu'm bheil i anabarrach iong-antach. Co as a thainig tu, agus cia mar a bha do mhisnich agad falbh air an amhainn?"

Thuirt mi riutha gu'n innsinn dhaibh mo naigheachd nan tugadh iad an toiseach dhomh biadh a dh' ithinn. Thug iad dhomh caochladh sheorsachan bidh, agus an uair a ghabh mi na thainig rium dheth, dh' innis mi dhaibh a h-uile car mar a dh' eirich dhomh, agus dh' eisd iad rium le mor aire 's le mor ioghnadh.

An uair a chuir mi crioch air na bh' agam ri innseadh dhaibh, thuirt am fear a bha 'g eadar-theangachadh eadrainn rium nach cual' iad eachdraidh riamh cho iongantach ris na dh' innis mi dhaibh, agus gu'm feumainn falbh comhladh riutha agus m' eachdraidh innseadh do 'n righ mi fhein, o nach b' urrainn duine sam bith eile a h-innseadh ceart. Thuirt mi riutha, gu'n robh mi deas gu ni sam bith a dh' iarradh iad orm a dheanamh.

Gun dail sam bith fhuaradh each, agus an uair a chaidh mi air a mhuin, choisich cuid dhiubh romham gus an rathaid a shealltainn dhomh, agus lean each sinn, iad a' toirt leotha an rath agus nan nithean luachmhor a thug mi leam o chladach na boinne.

Choisich sinn mar so air ar n-aghart gus an d' rainig sinn ceann-a-bhaile na rioghachd. Thugadh an lathair an righ mi. Chaidh mi dluth do 'n righ-chathair, agus thug mi umhlachd is urram do 'n righ mar bu ghnath leam a thabhairt do righrean nan Innsean; sin ri radh, leig mi mi-fhein 'nam shineadh aig a chasan. agus pog mi an t-urlar. Labhair e rium gu ciuin, caoimhneil, agus dh' fhaighneachd e dhiom c' ainm a bh' orm, agus fhreagair mi, gur e, " Sindbad an Seoladair," a theirteadh rium gu cumanta, do bhrigh gu'n robh mi 'dol air tursan-cuain gu math tric. Thuirt mi ris mar an ceudna, gur ann do ghnath-mhuinntir Bhagdad a bha mi. Dh' fheoraich e dhiom cia mar a thainig mi do 'n rioghachd aige, agus co 'n t-aite mu dheireadh as an dh' fhalbh mi.

CAIB. XII.

Cha do chum mi ni sam bith an cleith air an righ. Dh' innis mi dha gach ni a dh' innis mi dhuibh fhein ; agus chuir mo naigheachd a leithid de dh' ioghnadh air s gu'n d' ordaich e gu'm biodh i air a sgriobhadh ann an litrichean oir, agus air a tasgadh am measg seann-sgriobhaidhean na rioghachd.

Mu dheireadh thugadh an rath an lathair an righ, agus dh' fhosgladh na saic anns an robh na seudan agus na nithean luachmhor eile 'bh' agam. Chord gach ni a bh' anns na saic anabarrach math ris. Bha seudan is neamhnuidean annta a bha moran na bu bhriagha na h-aon dhe 'n t-seorsa a bh' aige fhein.

An uair a thug mi an aire gu'n robh na seudan a' toirt mor thaitneas dha, leig mi mi-fhein 'nam shineadh aig a chasan, agus ghabh mi orm de dhanadas labhairt ris mar so :—" Le 'r cead, a righ. faodaidh sibh feum sam bith a thogras sibh a dheanamh dhe gach ni a bhuineas dhomh-sa ; oir tha mise 'g am chur fhein agus gach ni a bhuineas dhomh gu saor ann b'ur lamhan."

Thainig fiamh gaire air, agus thuirt e, " A Shindbaid, bheir mi an aire nach sanntaich mi ni sam bith a

bhuineas dhut, agus nach toir mi ni sam bith uat dhe na
thug Dia dhut. An aite do mhaoin a lughdachadh, is ann
a tha 'run orm a meudachadh. Agus cha leig mi air
falbh as an rioghachd tuu gun iomadh ni a thoirt dhut
Cha d' thug mi do fhreagairt air ach gu'n do ghuidh mi
gu'm biodh soirbheachadh aige, agus gu'n do mhol mi e
air son cho fialaidh 's a bha e. Dh' ordaich e do dh' fhear
dho na oifigich curam a ghabhail dhiom, agus gach ni a
bhiodh a dhith orm a thoirt dhomh air a chosg fhein.
Rinn an t-oifigeach gach ni mar a dh' aithn an righ dha,
agus thug e fa near mo chuid badhair a chur gu sabhailte
do 'n taigh anns an robh mi gu bhith 'fuireach.

Aig an uair araidh chaidh mi gach latha do chuirt an
righ, far an robh mi greis a' comhradh ris. Bha mi
'caitheamh a' chorra dhe 'n latha air feadh a' bhaile, agus
a' gabhail beachd air gach ni iongantach a bha ri fhaicinn
ann.

Is e eilean mor do 'n ainm Serendib, a th' anns an
rioghachd. Tha e direach ann am meadhain an t-saoghail,
agus air an aobhar sin, tha 'n latha 's an oidhche 's an aon
fhad o cheann gu ceann do 'n bhliadhna. Tha 'n t-eilean
dluth air tri cheud mile air fad 's air leud. Tha ceann-
bhaile na rioghachd ann an gleann maiseach, agus tha
beinn ann am meadhain an eilean, agus tha e air a radh
gur i beinn a's airde a th' air an t-saoghal. Chithear i
astar thri latha seolaidh air falbh. Tha moran de
chlachan luachmhor dhe gach seorsa ri m' faotainn anns a'
bheinn so. Tha craobhan dhe gach seorsa to 'n ghrein a
fas anns an rioghachd so. Tha daoimein ri m' faotainn
innte mar an ceudna. Tha neamhnuidean ro luachmhor
ri 'm faotainn anns a' chuan faisge air beul na h-aimhne
Is anns an eilean so a tha 'bheinn do 'n d' fhuadaicheadh
Adhamh an deigh a chur am mach a Parras, agus chaidh
mi a dh' aon ghnothach gu mullach na beinne gus an t-aite
anns an robh e fhaicinn.

An uair a thainig mi air m' ais do 'n bhaile, ghuidh mi air an righ cead a thoirt dhomh tilleadh do m' dhuthaich fhein, agus thug e an cead sin dhomh gu h-aoidheil toilichte.

Chuir e roimhe gu'n tugadh e dhomh tiodhlac ro luach-mhor; agus an uair a chaidh mi 'ghabhail mo chead dheth, thug e dhomh tiodhlac a bha moran na bu luachmhoire na bha mi 'n duil a bheireadh e dhomh. Aig a' cheart am thug e dhomh litir a bha e cur a dh' ionnsuidh ar righ, agus thuirt e rium, "Tha mi 'guidhe ort thoir an tiodhlac agus an litir so uamsa a dh' ionnsuidh an Righ, Haroun Alraschid, agus innis dha gu'm bheil meas mor agamsa air."

Ghabh mi an tiodhlac agus an litir uaithe, agus gheall mi dha gu'n tugainn do 'n righ iad; agus thuirt mi ris gu'n robh mi 'meas gu'n do chuir e urram mhor orm an uair a dh' earb e a leithid de ghnothach rium. Mu'n do sheol mi, chuir e fios a dh' ionnsuidh nam marsantan, ag iarraidh orra meas a bhith aca orm, agus urram a thoirt dhomh.

Bha 'n litir so air a sgriobhadh air craicionn a bh' air ainmhidh a bha anabarrach tearc ri fhaotainn anns an t-saoghal, agus b' e dath buidhe a bh' air a' chraicionn, agus bha 'n sgriobhadh air a dheanamh le dath a bha eadar a bhith gorm 's a bhith uaine. B' e so na briathran a bh' innte:—

"Righ nan Innsean, roimh am bi ceud elefant ag imeachd, a tha chomhnuidh ann an luchairt a tha 'dealradh le ceud mile rubaidh, agus aig am bheil fichead mile crun a' dealradh le daoimean, a dh' ionnsuidh an Righ, Haroun Alraschid:

"Ged nach 'eil an tiodhlac a tha sinn a' cur do r n-ionnsuidh ach suarach, gabhaibh e mar bhrathair, agus

mar charaid, mar chomharradh air a' chairdeas a th'
againn ruibh, agus air am bheil toil againn dearbhadh
thoirt dhuibh. Tha toil againn gu'n noch sibh cairdeas
dhuinn air a' cheart dhoigh, oir tha sinn a' creidsinn gu'm
bheil sinn airidh air, air dhuinn a bhith ann an co-inbhe
ruibh fhein. Tha sinn 'ga radh so ruibh mar bhrathair.
Slan leibh."

B' e an tiodhlac, an toiseach, aon chupan, a bh' air
dheanamh a aon rubaidh, a bha mu leith troidh air airde,
agus mu oirleach air tinighead, lan de neamhnuidean
mora; a rithist, craicionn nathrach air an robh lannan a
bha cho leathann ri bonn oir, agus a chumadh gach tinneas
air falbh o neach sam bith a laidheadh air; an treas ni,
da cheud punnd de dh' fhiodh alois, tri-fichead cnap de
champhor; agus an ceathramh ni, banoglach anabarrach
maiseach air an robh trusgan a bha comhdaichte le seudan
o luachmhor.

Sheol an long, agus ged a bha i uine mhor air a turus
gu ruige Balsora, rainig i gu sabhailte mu dheireadh. An
uine gun bhith fada thainig mi do Bhagdad, agus gun dail
sam bith chaidh mi leis an litir agus leis na tiodhlacan a
dh' ionnsuidh an righ. An uair a rainig mi an geata, dh'
innis mi ceann mo thuruis, agus gun dail sam bith thugadh
an lathair an righ mi. Thug mi umhlachd is urram dha
mar a bha iomchuidh dhomh a dheanamh, agus an uair a
labhair mi beagan fhacal ris, thug mi dha an litir agus na
tiodhlacan. An uair a leugh e an litir, dh' fheoraich e
dhiom an robh righ Sherendib cho saoibhir agus cho
cumhachdach 's a bha e fhein ag radh! Leig mi mi-fhein
'nam shineadh an dara uair, agus an uair a dh' eirich mi
thuirt mi, " A Cheannaird nan creidmheach, theid mi an
barantas dhuibh nach eil aon fhacal anns na thubhairt
ach an fhirinn. Tha mise 'nam shuil-fhianuis air. Cha n
'eil ni sam bith a's mo a chuireadh a dh' ioghnadh air

duine na meud agus maise na luchairt aige. An uair a theid e 'mach am measg an t-sluaigh, bidh e 'na shuidhe air cathair a bhios air a ceangal air druim elefant, agus bidh ard-mhaithean na rioghachd, agus uaislean na cuirte, ag imeachd air gach taobh dheth. Bidh oifigeach 'na shuidhe air a bheulaobh aig am bi sleagh oir 'na laimh; agus bidh oifigeach na sheasamh air chul na cathrach, aig am bi colbh oir 'na laimh, agus air barr a' cholbh so bidh emerald anns am bheil leith-troidh air fad, agus oirleach air tiuigheadas. Bidh mile saighdear, air an eideadh ann an aodach oir, a' marcachd roimhe air ceud elefant, a bhios air an comhdachadh le aodach riomhach.

An uair a bhios an righ ag imeachd air aghart, bidh an t-oifigeach a bhios air a bheulaobh a' glaodhaich o am gu am lo guth ard, " Faicibh an righ mor, cumhachdach, do-chiosnaichte, righ nan Innsean, aig am bheil a luchairt comhdaichte le ceud mile rubaidh, agus aig am bheil fichead mile de chruin dhaoimean. Faicibh an righ a's mo gu mor na Solamh."

An deigh dha na briathran so a labhairt tha 'n t-oifigeach a bhios air chul na cathrach a' glaodhaich, " Feum-aidh an righ so, a tha cho mor agus cho cumhachdach, am bas fhulang."

An sin freagraidh an t-oifigeach a th' air beulaobh na cathrach, agus their e, " Moladh gu robh dhasan a bhios beo gu siorruidh."

" A bharrachd air so, tha righ Sherendib cho ceart 's cho cothromach 's nach 'eil feum air breitheamhna anns an rioghachd. Cha 'n 'eil feum aig sluagh na rioghachd orra. Tha iad a' tuigsinn agus a deanamh ceartais le 'n lan thoil fhein."

Thug na briathran a labhair mi mor thaitneas do 'n righ. " Tha gliocas an righ sin," ars' esan, " ri fhaicinn anns an litir a sgriobh e; agus an deigh na dh' innis thu dhomh. feumaidh mi aideachadh gu'm bheil a ghliocas airidh air a shluagh, agus gu'm bheil a shluagh airidh gu'm biodh prionnsa cho glic ris a' riaghladh thairis orra."

An uair a thuirt e so, thug e cead dhomh a bhith falbh, agus chuir e tiodhlac luachmhor dhachaidh leam.

An uair a sguir Sindbad a dh' innseadh mar a thachair dha air an t-siathamh turus a bha e air falbh, thug o cead bonn oir do Hindbad, agus chaidh gach aon a bh' aig a' chuirm dhachaidh.

CAIB. XIII.

As la-iar-na-mhaireach thainig na h-aoidhean air ais do n taigh aig Sindbad a chum gu'n cluinneadh iad mar a thachair dha air an t-seachdamh turus a dh' fhalbh e sheoladh. Ghabh iad an dinnear mar a b' abhaist dhaibh, agus an uair a bha i seachad, thoisich Sindbad ri innseadh a naigheachd mar a leanas :—

An uair a thill mi dhachaidh bhar an t-siathamh turus, loig mi as mo cheann buileach glan falbh o 'n taigh gu brath tuilleadh ; oir, a bharrachd air gu'n robh mi air tighinn gu leithid a dh' aois 's gu'm feumainn fois a ghabhail, chuir mi romham nach cuirinn mi fhein ann an cunnart mar a rinn mi iomadh uair roimhe, gu brath tuilleadh ; agus mar sin, bha mi 'n duil gu'n caithinn na bha romham dhe m' shaoghal aig fois 's aig samhchair.

Air latha araidh an uair a bha mi 'toirt aoidheachd do chairdean a thainig 'gam amharc, thainig aon dhe na seirbhisich agus thuirt e rium, gu'n robh fear a dh' oifigich an righ ag iarraidh m' fhaicinn. Dh' eirich mi o 'n bhord, agus chaidh mi far an robh e. " Chuir an righ mise far am bheil thu," ars' esan, " a dh' innseadh dhut gu'm bheil toil aige bruidhinn riut."

Lean mi 'n t-oifigeach do 'n luchairt, far an d' thugadh an lathair an righ mi. Chuir mi failte air le mi fhein a shineadh air an urlar aig a chasan, mar bu choir dhomh.

"A Shindbad," ars' esan, "tha feum mor agam ort. Feumaidh mi do chur le litir agus le tiodhlac a dh' ionnsuidh righ Sherendib. Is e mo dhleasdanas caoimhneas a nochdadh dha mar a nochd e fhein dhomhsa."

An uair a chuala mi so chuir e dragh mor orm. "A Cheannaird nan creidmheach," arsa mise, "tha mi deas gu ni sam bith a dheanamh a chuireas sibh mu m' choinneamh; ach tha mi h-umhail a' guidhe oirbh gu'n toir sibh fa near na trioblaidean mora troimh 'n deachaidh mi. A bharrachd air sin, thug mi boid nach rachainn gu brath tuilleadh am mach a Bagdad." An uair a thuirt mi so ris, thug mi dha mion-chunntas air gach ni a thachair dhomh air na sia tursan a bha mi air falbh roimhe sid, agus dh' eisd e rium gu foighidneach gus an do chuir mi crioch air na bh' agam ri radh.

An sin thuirt e, "Tha mi 'g aideachadh gu'm bheil na dh' innis thu dhomh anabarrach iongantach, agus gu'n d' fhuiling thu trioblaidean neo-chumanta. Ach air mo shon fhein, feumaidh tu falbh air an turus air am bheil mi g ad chur. Cha 'n eil agad ri dheanamh ach a dhol gu ruige Serendib, agus an teachdaireachd a bheir mise dhut a thoirt seachad. 'Na dheigh sin faodaidh tu tilleadh dhachaidh. Feumaidh tu falbh; oir tha fhios agad nach biodh e iomchuidh no measail dhomhsa a bhith fo fhiachan do righ an eilean ud."

An uair a chunnaic mi gu'n robh e muigh 's am mach suidhichte gu'n cuireadh e air falbh mi, thuirt mi ris gu'n robh mi deonach falbh. Bha e gle thoilichte, agus dh' ordaich e mile bonn oir a thoirt dhomh gus mo chosgais a phaigheadh.

Ann am beagan laithean rinn mi deiseil gu falbh, agus cho luath 's a thug an righ domh an litir agus an tiodhlac, chaidh mi do Bhalsora far an deachaidh mi air bord luinge. Fhuair sinn soirbheas cho math 's a dh' iarramaid.

An uair a rainig mi Serendib, dh' innis mi do 'n ni comhairlich gu'n robh teachdaireachd agam a dh' ionnsuidh an righ, agus ghuidh mi orra innseadh dha gun dail gu'n robh toil agam bruidhinn ris. Rinn ad so; agus thugadh mise do 'n luchairt le meas agus le urram. Thug mi umhlachd do 'n righ anns an doigh ghnathaichte. Dh' aithnich e anns a' mhionad mi, agus bha aoibhneas mor air a chionn gu'm faca e mi aon uair eile.

"O Shindbaid,' ars' esan, "is e do bheatha. Air m' fhacal gu'n robh mi smaointean gle thric ort o 'n a dh' fhalbh thu a so. Tha mo bheannachd air an latha anns an do thachair sinn ri cheile aon uair eile."

Thug mi taing dha air son a chaoimhneis, agus thug mi dha an litir agus an tiodhlac a chuir an righ 'g a ionnsuidh, agus ghabh e iad gle thoilichte.

B' e 'n tiodhlac a chuir an righ 'ga ionnsuidh—aodach buird oir a b' fhiach mile bonn oir; leith cheud deise de dh' aodach luachmor; ceud deise eile de dh' aodach geal bha anabarrach grinn, agus a rinneadh ann an Cairo, ann an Sues, ann an Cusa, agus ann an Alecsandria; leaba rioghail do chriomsan, agus leaba do sheorsa eile; soith- each agate a bha anabarrach luachmhor. Chuir e mar an ceudna bord anabarrach briagha g'a ionnsuidh, agus bha e air aithris, gur ann aig righ Solamh a bha e 'n toiseach.

B' e so na briathran a bh' ann an litir an righ:—

"Failte ann an ainm an righ a tha treorachadh
  dhaoine air an t-slighe choirt, an righ sona agus
  cumhachdach, o Abdallah Haroun Alraschid, a
  chuir Dia ann an ionad urramach, an t-ionad 's an
  robh na daoine o 'n d' thainig e:

" Fhuair sinn bhur litir, agus thug i aoibhneas dhuinn ;
agus tha sinn a' cur na litreach so do 'r n-ionnsuidh o ard-
chomhairle na rioghachd ; o ar daoine deadh-fhaclach. Tha
sinn an dochas, an uair a sheallas sibh oirre, gu'n tuig sibh
gu'm bheil deadh run againn dhuibh. agus gu'n toir i toil-
eachadh dhuibh—Slan leibh."

Chord an litir so anabarrach math ri righ Shorendib.
Beagan uine an deigh domh mo theachdaireachd a thoirt
seachad. dh' iarr mi cead falbh dhachaidh. ach cha robh
an righ deonach mo loigeadh air falbh.   Mu dheireadh
fhuair mi cead falbh. agus thug an righ dhomh tiodhlac a
bha gle luachmhor.

Gun dail sam bith chaidh mi air bord luinge gu tilleadh
dhachaidh, ach gu mi-fhortanach cha deachaidh mo thurus
dhachaidh leam cho math 's bu mhiannach leam.

An ceann tri no ceithir latha an deigh dhuinn seoladh
thachair long-spuinnidh ruinn ; agus o nach robh airm
againn air bord, ghlacadh sinn ann an tiotadh.   Bha
cuid dhe 'n sgiobadh a' cur 'nan aghaidh gu laidir, ach
chaill iad am beatha air a shailleamh sin.   Ach o nach do
chuir mise agus a' chuid eile dhe 'n sgiobadh an aghaidh
nan spuinneadairean, cha do mharbh iad idir sinn, o 'n a
bha run orra ar reic mar thraillean.

Thug iad dhinn a h-uile ball aodaich a bh' oirnn, agus
chuir iad umainn seann aodach luideagach, salach. agus
thug iad leotha sinn do dh' eilean iomallach far an do reic
iad sinn.

B' e marsanta saoibhir a bh' anns an fhear a cheann-
aich mise.   Thug e leis mi dha thaigh fhein.   Bha e gle
chaoimhneil rium, agus thug e dhomh deadh dheise ri chur
umam.

Beagan laithean 'na dheigh sin. agus gun fhios aige co
mi, dh' fheoraich e dhiom an d' ionnsaich mi ceaird sam
bith.   Thuirt mi ris nach b' fhear-ceairde mi idir, ach gur

e bh' annam marsanta, agus gu'n do roic na spuinneadairean mi an deigh dhaibh m' fhagail lom falamh.

"Ach innis dhomh," ars' esan, "an aithne dhut sealg a dheanamh le bogha-saighead?"

Thuirt mi ris gu'n robh mi 'cleachdadh a bhith 'sealg le bogha-saighead an uair a bha mi og, agus gu'n robh mi smaointean nach do dhichuimhnich mi fhathast e. Thug e dhomh bogha agus saighdean, agus thug e leis mi air a chulaobh air muin elefant, agus cha do stad e gus an d' rainig sinn coille mhor, fharsuinn a bha astar math air falbh o 'n bhaile. Chaidh sinn astar math a steach do 'n choille mu 'n do stad sinn. Dh' iarr e orm tighinn air lar, agus an uair a chomharraich e mach craobh mhor dhomh, thuirt e rium, "Dirich suas do 'n chraoibh ud, agus tilg saighdean air a h-uile elefant a thig dluth dhut: oir tha moran dhiubh anns a' choille so. Ma thuiteas a h-aon dhiubh, thig thu le fios ugamsa." An uair a thuirt e so dh' fhag e biadh agam, agus thill e fhein do 'n bhaile.

Bha mi anns a' chraoibh fad na h-oidhche, ach cha n fhaca mi aon elefant fad na h-uine. Ach air an ath mhadainn, cho luath 's a dh' eirich a' ghrian chunnaic mi aireamh mhor dhiubh. Thoisich mi air caitheamh shaighdean orra, agus mu dheireadh thuit te dhiubh. Theich cach 's a' mhionaid, agus fhuair mise cothrom air a dhol a dh' innseadh do m' mhaighstir mar a chaidh leam.

An uair a chual' e mar a rinn mi, thug e dhomh deadh bhiadh, nochd e dhomh mor-chaoimhneas, agus mhol e mi air son cho math 's a rinn mi.

'Na dheigh sin, chaidh sinn le cheile do 'n choille, far an do chladhaich sinn toll gus an elefant a chur ann. Agus an uair a ghrodadh i, bha esan gu tighinn a thoirt nam fiacal aisde gus an roic.

Lean mi air an obair so fad da mhios, agus bha mi 'marbhadh elefant a h-uile latha. A' chraobh air am bithinn aon latha, cha b' ann oirre a bhithinn lath' eile.

Air madainn araidh an uair a bha mi ag amharc air an son, thug mi an aire, le mor ioghnadh, an aite dhaibh gabhail seachad orm troimh 'n choille mar bu ghnath leotha, gu'n robh iad a' gabhail direach far an robh mi, agus fuaim eagalach aca 'ga dheanamh. Bha leithid ann dhuibh 's gu'n robh iad a' cur na talmhainn air chrith. Chuartaich iad a' chraobh anns an robh mi; agus bha 'n gnois sinte suas ris a' chraoibh, agus bha iad ag amharc orm gu geur. Chuir an sealladh a bh' ann a leithid a dh' eagal orm 's gu'n do thuit am bogha 's na saighdean as mo laimh air an lar.

Bha fior aobhar eagail agam; oir an deigh dhaibh a bhith greis ag amharc orm, chuir an te bu mho dhiubh a gnos mu 'n chraoibh anns an robh mi, agus spion i as a bun i, agus thilg i air an talamh i. Thuit mise comhladh ris a' chraoibh, agus thog an elefant mi 'na gnos, agus chuir i air a muin mi. far an robh mi na bu choltaiche ri duine marbh na ri duine beo. Dh' fhalbh i leam, agus each 'ga leantuinn, agus cha do stad i gus an d' rainig i monadh ard far an do loig i as mi air an talamh. Cha bu luaithe a loig i as mi na dh' fhalbh i fhein 's each, agus dh' fhag iad an sid mi.

Is gann a thuigeas duine sam bith an suidheachadh anns an robh mi. Bha mi 'n duil fad na h-uine gur e bruadar a bha mi 'faicinn.

An uair a bha mi greis mhath 'nam shineadh, agus a chunnaic mi gu'n d' fhalbh iad, dh' eirich mi, agus ciod a b' iongantaiche leam na mi fhein fhaotainn air mullach monaidh a bha ard, farsuinn, agus a bha comhdaichte le cnamhan agus le fiaclan olefant. Tha mi 'g aideachadh gu'n do chuir an sealladh so gu moran smaointean mi. Chuir an gliocas a bh' anns na h-ainmhidhean moran ioghnaidh orm.

CAIB. XIV.

Cha robh teagamh agam nach b' e so an t-ait adhlacaidh
aca, agus gu'n do ghiulain iad ann mi a chum gu'n tugadh
iad orm a thuigsinn gu'm bu choir dhomh sgur a bhith 'g
am marbhadh, o nach robh dhith orm ach am fiaclan.

Gun dail sam bith thug mi m' aghaidh air a' bhaile,
agus an deigh dhomh a bhith coiseachd latha 's oidhche,
rainig mi taigh mo mhaighstir. O nach do thachair aon
elefant rium air an t-slighe, smaoinich mi gu'n deachaidh
iad gu math fada steach do 'n choille, agus mar sin gu'm
faodainn tilleadh air ais do 'n bheinn gun fhiamh gun
eagal.

Cho luath 's a chunnaic mo mhaighstir mi, thuirt e,
" A Shindbaid bhochd, is ann orm a bha 'n dragh-inntinn
mu d' dheidhinn. Bha eagal orm gu'n d' eirich beud dhut.
Bha mi anns a' choille, agus thug mi an aire gu'n robh
craobh air a h-ur-spionadh as an talamh, agus fhuair mi
am bogha-saighead agus na saighdean a bh' agadsa air an
talamh faisge oirre. Bha mi 'g ad shireadh air feadh na
coille gus an robh mi seachd sgith. Mu dheireadh thug
mi duil thairis gu'm faicinn bu brath thu. Innis dhomh,
guidheam ort, cia mar a sheachainn thu am bas.'

Dh' innis mi dha a' h-uile car mar a dh' eirich dhomh,
agus ghabh e ioghnadh gu leor ; ach is gann a bha e gam
chreidsinn.

Gu math moch 's a' mhadainn an la-ar-na-mhaireach,
chaidh sinn le cheile do 'n bheinn, agus bha aoibhneas mor
air an uair a chunnaic e gu'n robh an naigheachd a dh'
innis mi dha fior. Chuir sinn uiread 's a b' urrainn i
'ghiulan do na fiaclan a bha sgaoilte air a' mhonadh air
muin na h-elefant, agus thill sinn dhachaidh.

An sin thuirt e rium, " A bhrathair, o 'n a fhuair thu
'mach doigh leis am bi mise gle shaoibhir, cha bhi thu

do thraill agam tuilleadh. Gu'n tugadh Dia dhut gach sonas agus soirbheachadh a chi e feumail dhut. Tha mi 'na lathair-san gu follaiseach a' toirt do shaorsa dhut. C'l eil mi ort gus a so an ni a tha mi nis a' dol o dh' innseadh dhut.

"Tha daoine againn a' sealg nan clefant a h-uile bliadhna 'chum gu'm faigh sinn na fiaclan aca; ach a dh' aindeoin cho tric 's a tha sinn 'gan cur air am faicill, tha na creutairean cuilibheartach so 'g am marbhadh Shaor Dia thusa uapa. Tha so 'na chomharradh gu'm bheil tlachd aige dhiot, agus gu'm bheil do shoirbhis feumail dha anns an t-saoghal. Chuir thu fortan mor 'n am rathad-sa. Cha robh doigh againn roimhe so air ibhiri fhaotainn gun bheatha ar cuid sheirbhiseach a chur ann an cunnart. Ach a nis tha ar baile gu leir air a dheanamh saoibhir air do shailleamh-sa. Na bi 'smaointean gu'm bheil mise 'cumail am mach gu'm bheil thu air do lan-phaigheadh air son na rinn thu do mhath dhomh an uair a tha mi 'toirt do shaorsa dhut; bheir mi dhut mar an ceudna cuid mhath de shaoibhreas. Dh' fhaodainn 'toirt air muinntir a' bhaile gu leir fortan a chur cruinn dhut, ach cumaidh mi agam fhein an cliu air son a dheanamh."

Mar fhreagairt do na briathran taitneach so thuirt mi, " A mhaighstir, gu'n gleidheadh Dia thu. Tha mi 'meas gu'm bheil mi paighte gu leor air son na rinn mi de mhath dhut an uair a tha thu 'toirt dhomh mo shaorsa. Cha 'n 'eil mi 'g iarraidh ort an corr a thoirt dhomh, ach a mhain gu'n leig thu leam tilleadh do m' dhuthaich fhein."

" Gle cheart," ars' esan; an uair a thig soirbheas fabharrach, thig luingeis an so a dh' iarraidh ibhiri, agus faodaidh tu falbh dhachaidh ann an te dhiubh. Paighidh mi fhein d' fharadh dhachaidh."

Thug mi taing dha a chionn gu'n d' thug e dhomh mo shaorsa, agus gu'n do nochd e dhomh caoimhneas is cur-antas mor.

Dh' fhan mi comhladh ris gus an d' thainig na luingeis. Chaidh sinn iomadh uair do 'n bheinn a dh' iarraidh na h-ibhiri. Mu dheireadh lion sinn na taighean-stoir gu leir leatha.

Fhuair marsantan eile a' bhaile fios gu'n robh moran ibhiri anns a' bheinn, agus chaidh iadsan g' a h-iarraidh mar an ceudna.

Mu dheireadh thainig aireamh mhath loingeas do 'n bhaile-phuirt. Rinn mi deiseil gus a dhol air bord anns an luing a roghnaich mo mhaighstir dhiubh. Leith-luchdaich e dhomh i le ibhiri. Chuir e biadh air bord dhomh, agus thug e dhomh mar an ceudna mar thiodhlac iomadh ni dhe na rudan bu luachmhoire, agus a b' annas-aiche a bha ri 'm faotainn anns an duthaich. An uair bha mi 'dol air bord, thug mi mile taing dha air son gach fabhar a rinn e rium.

Sheol sinn ; agus cha b' urrainn mi gun bhith 'smaointean gu math tric air mo thurus do 'n aite, agus air an doigh anns an d' fhuair mi mo shaorsa.

Stad sinn car uine aig caochladh eileanan gu biadh s uisge a thoirt air bord. An uair a rainig sinn baile-puirt araidh a bh' air tir-mor nan Innsean, chaidh mi gu tir, agus thug mi leam gu tir an ibhiri agus gach ni eile a bh' agam air bord ; oir cha robh toil agam a dhol air an luing do Bhalsora idir, air eagal gu'm faodadh long-spuinnidh tachairt ruinn.

Reic mi an ibhiri anns a' bhaile so, agus fhuair mi suim anabarrach mor air a son. An uair a cheannaich mi iomadh ni annasach a bha mi gus a thoirt do m' chairdean mar thiodhlac an uair a ruiginn dhachaidh, agus a fhuair mi gach deisealachd a bha dhith orm air son mo thurus, dh' fhalbh mi dhachaidh ann an cuideachd mharsantan a bha 'gabhail an aoin rathaid rium.

Bha mi uine mhor air an rathad dhachaidh ; agus ged a dh' fhuiling mi saruchadh is uidil gu leor fad an rathaid, ghiulain mi gu foighidneach leotha, o 'n a bha mi saor o na cunnartan lionmhor a bha 'tachairt rium air na tursan eile a bha mi air falbh.

An deigh a h-uile sgios a dh' fhuiling mi, rainig mi Bagdad mu dheireadh gu sabhailte.

Gun dail sam bith chaidh mi far an robh 'n righ, agus dh' innis mi dha a h-uile car mar a dh' eirich dhomh. Thuirt e rium gu'n robh e fo iomaguin mhoir mu m' dheidhinn o 'n a bha mi cho fada gun tilleadh, agus gu'n robh e an comhnuidh an dochas gu'n gleidheadh Dia mi o gach cunnart.

An uair a dh' innis mi dha mar a thachair dhomh an uair a chuireadh a shealg nan elefant mi, ghabh e ioghnadh gu leor, agus mur b' e gu'n robh fhios aige nach innsinn breug. cha chreideadh e mi.

Leis cho math 's a chord mo naigheachdan ris, thug e ordugh gu'n biodh iad uile air an sgriobhadh, agus air an tasgadh gu curamach anns an taigh-ionmhais.

Thill mi dhachaidh. agus mi gle riaraichte leis an doigh anns an do ghabh an righ rium, agus leis an urram 's leis na tiodhlacan a thug e dhomh. 'Na dheigh sin bha mi 'cur seachad na h-uine maille ri m' theaghlach. ri m' luchd-daimh. agus ri m' chairdean."

An uair a chuir Sindbad crioch air na bh' aige ri innseadh mu dheidhinn mar a thachair dha air an t-seachdamh turus a bha e air falbh, thuirt e ri Hindbad, " Seadh, a charaid, an cuala tu mu neach riamh a dh' fhuiling uiread 's a dh' fhuiling mise, no a chaidh troimh leithid de chunnartan 's de ghabhaidhean 's a chaidh mise ! Nach 'eil e reusanta, an deigh na chaidh mi throimhe, gu'n bithinn a nis a' caitheamh mo bheatha gu foisneach agus gu taitneach ?"

An uair a thuirt e so, thainig Hindbad dluth dha, agus an uair a thug e pog dha laimh, thuirt e, " Tha mi ag aideachadh gu'n deachaidh sibh troimh chunnartan eagalach ; ged a tha mo thrioblaidean-sa mor, cha 'n eil iad ri bhith air an coimeas ris na trioblaidean troimh 'n deachaidh sibhse. Ma tha mise 'fulang amhghair car uine, tha e 'na thoileachadh dhomh gu'm bheil fhios agam gur ann a chum mo bhuannachd a tha iad. Cha 'n e mhain gu'n bheil sibhse airidh air a bhith 'caitheamh bhur beatha ann am fois 's an samhchair, ach tha sibh mar an ceudna airidh air an t-saoibhreas mhor a tha sibh a' mealtainn, do bhrigh gu'm bheil sibh a' deanamh feum math dheth. Air an aobhar sin, guidheam dhuibh saoghal fada an deagh bheatha, agus bas sona."

Thug Sindbad dha ceud bonn oir eile, ghabh e e mar aon dhe 'chairdean, agus dh' iarr e air sgur dhe 'n phortaireachd, agus tighinn a h-uile latha comhladh ris thun a dhinnearach, a chum gu'm biodh cuimhne aige air Sindbad, an Seoladair, fad uile laithean a bheatha.

NA TRI UBHLAN.

CAIB. 1.

Mar a dh' ainmicheadh anns na sgeulachdan a dh' aithriseadh mar tha, bha e mar chleachdadh aig Righ Haroun Alraschid a bhith 'ga chur fhein as aithne, agus a bhith 'dol am mach air feadh sraidean a bhaile air an oidhche, a chum gu'm faiceadh e cia mar a bha 'n sluagh a bha fo' riaghladh 'g an gluasad fhein.

Air latha araidh thug e aithne do Ghiafar an t-ard-chomhairleach, tighinn do 'n luchairt an uair a thuiteadh an oidhche.

" Ard-chomhairleach," ars' esan, " theid mi air feadh a' bhaile feuch am faigh mi am mach ciod a bhios an sluagh ag radh, agus gu h-araidh feuch an cluinn mi ciod a' bharail a th' aig sluagh a' bhaile air an luchd-riaghlaidh a shuidhich mi os an cionn. Ma bhios neach sam bith ann nach 'eil a' deanamh ceartais ris an t-sluagh, cuiridh sinn duine freagarrach 'na aite. Air an laimh eile, ma tha meas mor aig an t-sluagh air fear sam bith, bheir sinn urram dha, ma bhios e airidh air."

Aig an uair snuidhichte thainig Giafar, an t-ard-chomhairleach, do 'n luchairt, agus an uair a chuir e fhein, agus an righ, agus Mesrour, an t-ard-chaillteanach, iad fhein as aithne, dh' fhalbh iad 'n an triuir comhladh air feadh a' bhaile.

Choisich iad troimh earrann mhath dhe 'n bhaile, agus an uair a rainig iad sraid chaol, chunnaic iad, le solus na gealaich, duine mor, ard, agus feusag gheal air, agus e 'giulan pasg lion air mullach a chinn, agus cuaille mor bata 'na laimh.

" Cha 'n eil e coltach gu'm bheil an seann duine so beairteach," ars' an righ ; " theid sinn far am bheil e, feuch am faigh sinn am mach mu 'shuidheachadh."

" A dhuine choir," arsa Giafar, " co thu ?"

Fhreagair an seann duine, agus thuirt e, " Is iasgair mi, le 'r cead, ach tha mi air aon cho bochd 's a th' anns a' bhaile. Dh' fhalbh mi 'dh' iasgach mu mheadhain latha, agus cha d' fhuair mi deargadh o 'n uair sin. Ged a tha bean is clann agam, cha 'n 'eil dad agam a chumas suas iad."

Ghabh an righ truas ris an iasgair, agus thuirt e ris, " Am bheil de mhisnich agad na theid air ais thun na h-aimhne agus na chuireas na lin aon uair eile ? Bheir sinn dhut ceud bonn oir air son rud sam bith a bheir thu air tir leis na lin."

An uair a chual' an t-iasgair so, ged a bha e gle sgi'n an deigh a shaoithreach iad an latha, ghabh e an righ aig 'fhacal, agus thill e thun na h-aimhne. Lean an righ agus Giafar agus Mesrour e. Bha 'n t-iasgair ag radh ris fhein. "Bheir na daoine uaisle so duais dhomh air son mo shaoithreach; oir tha coltas orra bhith 'nan daoine reusanta, onarach. Agus ma bheir iad dhomhsa aon bhonn oir, bidh mo shaothair paighte gu leor."

An uair a rainig iad bruaich na h-aimhne, chuir an t-iasgair na linn, agus an uair a tharruinn e gu tir iad, bha ciste throm aige annta, agus i glaiste. Dh' aithn an righ do Ghiafar an ceud bonn oir a thoirt do 'n iasgair, agus a chur air falbh dhachaidh.

Thug an righ air Mesrour a' chiste thoirt leis air a ghualainn do 'n luchairt. Agus bha leithid de thoil aig an righ fios fhaotainn ciod a bh' anns a' chistidh 's gu'n do thill iad do 'n luchairt cho cabhagach 's a b' urrainn daibh. An uair a dh' fhosgladh a' chiste, fhuair iad bascaid innte, agus anns a' bhascaid bha corp boirionnaich a bha anabarrach briagha, agus e air a ghearradh 'na phiosan. Rud nach b' ioghnadh, chuir an sealladh so uamhas orra, gu sonraichte air an righ.

Anns a' mhionaid las e le feirg, agus thuirt e ris an ard-chomhairleach, "A chreutair shuaraich, cia mar a tha thu 'leigeadh le leithid so de chuis uamhais a bhith 'dol air aghart am measg mo shluaigh-sa, agus a leigeadh leotha bhith 'tilgeadh nan corp anns an amhainn, a chum gu'n glaodhar dioghaltas 'n am aghaidh-sa aig latha bhreith- eanais! Mur grad chuir thu mortair a' bhoirionnaich so gu bas, tha mi 'mionnachadh air neamh gu'n teid thu fhein agus da fhichead dhe do luchd-daimh a chrochadh gun dail."

"A Cheannaird nan creidmheach," arsa Giafar, "tha mi 'guidhe oirbh uine a thoirt dhomh a chum gu'n dean mi rannsachadh mu dheidhinn a' mhort so."

"Cha toir mi dhut a dh' uine ach tri latha," ars' an righ : "feumaidh tu am mortair a chur gu bas anns an uine sin."

Chaidh Giafar dhachaidh agus 'intinn gu mor troimh a cheile. "Ochan! cia mar a tha e comasach dhomhsa," ars' esan, "greim fhaotainn air mortair am measg na bheil de mhor-shluagh ann am bhaile Bhagdad? Is docha gu'n d' rinn e am mort gun duine 'ga fhaicinn, agus ma dh' fhaoidte gu'n d' fhalbh e as a' bhaile roimhe so. Is iomadh fear a bhiodh 'nam aite a dheanadh greim air fear dhe na daoine truagha a th' ann am priosan, agus a chuireadh gu bas e gus an righ a thoileachadh; ach cha dean mi ainneart air mo chogais le leithid de ghniomh eucorach a dheanamh. Is fhearr leam am bas fhulang na bhith ciontach dhe leithid de ghniomh.

Thug e ordugh teann do na maoir mion-rannsachadh a dheanamh air son an duine a rinn am mort. Chaidh iad fhein 's an cuid sheirbhiseach a rannsachadh mu'n chuis air feadh a' bhaile; oir bha fhios aca gu'n rachadh iad fhein 's an t-ard-chomhairleach a chur gu bas mur faigheadh iad greim air a' mhortair. Ach cha robh dad aca air son an saoithreach. A dh' aindeoin na rinn iad cha b' urrainn daibh greim fhaotainn air a' mhortair. Thuig an t-ard-chomhairleach gu'n robh e air thuar a' bheatha chall na 's lugha na thachradh ni eiginn ann an cursa 'n fhreasdail a bheireadh fuasgladh dha.

An ceann an trens latha thainig maor o 'n righ .e cuireadh a dh' ionnsuidh an ard-chomhairlich ag iarraidh air a dhol far an robh e gun dail. An uair a rainig e thuirt an righ ris, "An d' fhuair thu greim air a' mhortair?"

Fhreagair esan, agus e 'sileadh nan deur, "A Cheann-aird nan creidmheach, dh' fhairtlich orm aon neach fhaotainn a bheireadh dhomh am fiosrachadh bu lugha m' a dheidhinn."

Bha 'n righ lan foirge agus corruich an uair a chual e
so, agus labhair e ann am briathran anabarrach tarreil ris
an ard-chomhairleach, agus dh' ordaich e gu'm biodh e air
a chrochadh maille ri da fhichead dhe luchd-daimhe aig
geata na luchairt.

Gun dail sam bith rinneadh croich deiseil air son gach
fir dhiubh, agus dh' ordaicheadh an grad ghlacadh. Le
ordugh an righ, chuireadh fear air feadh sraidean a' bhaile
a ghlaodhaich mar so:—" Iadsan aig am bheil toil Giafar,
an t-ard-chomhairleach, tuaicinn 'g a chroc..adh, maille ri
da fhichead dhe luchd-daimh, thigeadh iad do n chuirt a
tha air beulaobh na luchairt."

An uair a bha gach ni deiseil, thugadh am mach an
t-ard-chomhairleach agus an da fhichead eile a bha gu
bhith air an crochadh maille ris, agus chuireadh gach fear
dhiubh 'na sheasamh aig bonn na croiche, agus chuireadh
tobha na croiche mu'n amhaich. Cha b' urrainn do 'n
aireamh mhor shluaigh a chruinnich a dh' fhaicinn a
chrochaidh gun a bhith ri caoidh 's ri sileadh dheur an
uair a chunnaic iad an sealladh bronach so; oir bha 'n
t-ard-chomhairleach agus na daoine eile a bha gu bhith air
an crochadh maille ris fo mhiadh agus fo mhor meas aig
an t-sluagh gu leir air son cho ceart, cho fialaidh, agus cho
neo-eismeileach 's a bha iad, cha b' ann a mhain ri sluagh
Bhagdad, ach mar an ceudna ri sluagh na rioghachd gu
leir.

Cha robh ni sam bith a chumadh an righ air ais o
chur an orduigh a thug e seachad an gniomh; agus bha
beatha nan daoine cho measail 's cho urramach 's a bh
anns a bhaile air thuar a bhith air a toirt air falbh

Anns an am thainig duine og, maiseach, air an robh
eideadh math, le cabhaig a steach troimh 'n chuideachd,
agus ghabh e direach far an robh an t-ard-chomhairleach.
Agus an uair a thug e pog dha laimh, thuirt e, " Ard-

chomhairlich ro oirdheare, a cheannaird mhaithean na cuirte, a chomhfhurtair nam bochd, cha 'n 'eil thu ciontach dhe 'n eucoir a th' air a chur as do leith. Bi falbh a so. agus leig leamsa dioladh a thoirt seachad air son bas na mna uaisle a thilgeadh do 'n amhainn. Is mise a mhort i, agus tha mi toillteannach air a' bhas fhulang air a son.

Ged a thug na briathran aobhar gairdeachais ro mhor do 'n ard-chomhairleach. gidheadh cha b' urrainn e gun truas a bhith aige ris an duine og ; oir bha sealladh a ghnuis a' nochdadh gu'm bu duine e air nach robh coltas uile no aingidheachd. Ach an uair a bha e 'dol 'ga fhreagairt, thainig duine ard, a bha greis mhath aoise le cabhaig a steach troimh 'n t-sluagh far an robh e, agus thuirt e. " Na toir creideas sam bith do na bheil an duine ag so ag innseadh dhut. Is mise a mhort am boirionnach a fhuaradh anns a' chiste, agus is ann agam a tha coir air dioladh a thoirt seachad air son a bais. Tha mi 'guidhe ort ann an ainm Dhe nach cuir thu an neo-chiontach gu bas an aite a' chiontaich."

" Le'r cead." ars' an duine og ris an ard-chomhairleach, " tha mise ag innseadh dhuibh le firinn gur e mi-fhein a rinn an gniomh graineil so, agus nach robh lamh aig duine sam bith eile ann."

" A mhic," ars' an seann duine. " is e eudochas a thug an so thu, agus tha mhiann ort am bas fhaotainn roimh 'n am. Tha mise fada 'n leor beo anns an t-saoghal so, agus tha 'n t-am agam a nis a bhith 'falbh as; leig leam, air an aobhar sin. mo bheatha 'thoirt suas an aite do bheatha-sa."

Thuirt an duine og a rithist ris an ard-chomhairleach. " Tha mi 'g innseadh dhuibh aon uair eile gur mi a mhort am boirionnach ; cuiribh gu bas mi gun an corr a bhith ni' a dheidhinn."

An uair a chual' an t-ard-chomhairleach an connsach-adh a bh' eadar an seann duine agus an duine og, thug e

ordugh, le aonta an ard-bhreitheamh, an toirt le cheile an
lathair an righ, agus dh' fhalbh e fhein comhladh riutha.
An uair a sheas e an lathair an righ, phog e an talamh
seachd uairean, agus labhair e ris an righ air an doigh so
—" A Cheannaird nan creidmheach, thug mi an lathair
bhur morachd an seann duine agus an duine og so. Tha
Tha gach fear dhiubh ag aideachadh gur e fhein a mhort
am boirionnach agus thilg do 'n amhainn i. Thuirt an
duine og gur e fhein a mhort i. ach bha 'n seann duine ag
radh nach b' e. " Is mise a mhort i. ars' an seann duine.

" Bi falbh gu grad, ars' an righ ris an ard-chomh-
airleach. "agus croch le cheile iad.

" Le 'r cead." ars' an t-ard-chomhairleach, " mur 'eil
ciontach ach fear dhiubh. cha 'n 'eil e ceart an crochadh
le cheile."

An uair a chual' an duine og na briathran so. labhair
e rithist. agus thuirt e:—" Tha mi mionnachadh air an
Dia mhor a chruthaich na neamhan agus talamh gur mi
mhort am boirionnach. a ghearr 'na h-earrannan i. agus
a thilg do 'n amhainn i ceithir latha roimhe so. Tha mi
'cur cul ri sonas am measg nam firean air latha 'bhreith-
eanais mur 'eil a h-uile facal a tha mi 'g radh fior : air an
aobhar sin. is ann domh is coir am bas fhulang."

Ghabh an righ ioghnadh an uair a chual' e na mionn-
anan so. agus chreid e gu'n robh an fhirinn aig an duine
og, gu sonraichte o 'n a dh' fhan an seann duine 'na thosd.

CAIB. II.

Thionndaidh an righ ris an duine og, agus thuirt e. A
chreutair thruaillidh, ciod e 'thug ort an cionta grainneil ud
a chur an gniomh? Agus ciod e 'tha toirt ort a bhith cho
deonach am bas fhulang air a shon

"A Cheannaird nan creidmheach," ars' esan, "nam biodh gach ni a bh' eadar mise agus a' bhean-uasal ud air a chur sios ann an sgriobhadh, bhiodh e 'na eachdraidh a bhiodh gle fheumail do dhaoine eile."

"Tha mi 'g ordachadh dhut an eachdraidh innseadh gun tuilleadh dalach," ars' an righ.

Mar umhlachd do 'n righ thoisich an duine og ri innseadh na h-eachdraidh mar a leanas:—

A Cheannaird nan creidmheach, b' i a' bhean-uasal a mhort mi, mo bhean fhein. B' i nighean bhrathar m' athar—nighean an t-seann duine so a tha sibh a' faicinn comhladh rium. Cha robh i thar da bhliadhna dheug an uair a phos mi i, agus tha aona bliadhna deug o 'n uair sin. Fhuair mi triuir mhac uaipe, agus tha iad fhathast beo. Agus feumaidh mi radh le firinn nach d' thug i riamh an t-aobhar oilbheum bu lugha dhomh. Bha i banail, agus gle mhaiseach 'na giulan, agus rinn i gach ni a ghabhadh deanamh gus mo thoileachadh. Agus air mo shon fhein dheth, bha gradh mor agam dhi, agus b' e mo mhiann a toileachadh anns gach doigh, agus gach ni a b' aill leatha thoirt dhi.

O chionn da mhios dh' fhas i tinn. Ghabh mi curam mor dhi, agus fhuair mi gach ni a shaoilinn a bhiodh feumail a chum slainte a thoirt dhi. An deis dhi a bhith mios tinn, thoisich i ri dhol na b' fhearr, agus bha toil aice 'dhol do 'n taigh-fharagaidh. Mu 'n d' fhalbh i, thuirt i rium gu'n robh miann aice air ubhlan. "Nam faigheadh tu feadhainn dhomh," ars' ise, "bhithinn fada 'na d' chomain. Tha miann agam orra o chionn fada; agus feumaidh mi aideachadh, mur faigh mi iad gun dail, gu'm bheil eagal orm gu'n eirich mi-fhortan air choireiginn dhomh."

"Le m' uile chridhe," arsa mise, "ni mi gach ni 'nam chomas a chum do thoileachadh."

Gun dail sam bith dh' fhalbh mi feuch am faighinn
ubhlan dhi ; agus cha d' fhag mi maragadh no buth anns
a' bhaile gun siubhal 'g an iarraidh, ach cha 'n fhaighinn
a h-aon ged a bha mi 'tairgseadh bonn oir air son a h-uile
te.   Thill mi dhachaidh agus mi glo mhi-thoilichte a
chionn nach deachaidh mo ghnothach leam.   Agus an
uair a thill mo bhean as an taigh-fharagaidh, agus a
chunnaic i nach robh ubhlan agam dhi, dh' fhas i cho neo-
fhoiseil 's nach d' rinn i norradh cadail an oidhche sin.

Dh' eirich mi gu math moch 's a' mhadainn, agus
chaidh mi air feadh nan garaidhean gu leir ; ach cha robh
dad agam air son mo shaoithreach.   Ach thachair seana
gharadair rium a dh' innis dhomh nach robh ubhlan ri 'm
faighinn na 's lugha na gheibhinn iad anns na garaidhean
agaibh fhein, a righ, ann am Balsora.

O 'n a bha gradh mor agam do m' mhnaoi, agus air
eagal gu'n saoileadh i gu'n robh mi suarach m' a deidhinn,
thog mi orm, agus, an deigh dhomh a ni a bha 'nam
bheachd innseadh dhi, dh' fhalbh mi gu ruige Balsora a
dh' iarraidh ubhlan.   O 'n a bha cabhag orm, cha tug mi
ach coig latha deug eadar falbh is tighinn.   Cha d' fhuair
mi ach tri ubhlan, agus thug mi bonn oir an te orra.   O
nach robh ri fhaighinn ach na tri, cha tugadh an garadair
dhomh iad na bu shaoire.

Cho luath 's a thainig mi dhachaidh thug mi na
h-ubhlan do m' mhnaoi.   Ach o 'n a bha miann nan
ubhlan air falbh dhi, cha d' rinn i ach broith orra as mo
laimh, agus an cur ri 'taobh.   Bha a tinneas 'g a leantuinn
agus cha robh fhios agam ciod e an doigh air am faighinn
loighoas dhi.

Beagan laithean na dheigh so bha mi 'nam shuidhe
anns a' bhuthaidh far an robh mi reic a h-uile seorsa
bathair a's luachmhoire na cheile, agus thainig duine-dubh
cho granda 's a chunnaic mi riamh a steach far an robh

mi agus ubhal aige na laimh. Dh' aithnich mi gur e te
dhe na h-ubhlan a thug mi a Balsora a bh' ann. oir bha
fhios agam nach robh aon ubhal ri fhaotainn ann am
Bagdad. no ann an aon dhe na garaidhean.   " Innis
dhomh." arsa mise, " c'aite an d' fhuair thu 'n ubhal sin."

Rinn e gaire, agus thuirt e. " Fhuair mi e o mo
leannan. Chaidh mi dh' amharc oirre an diugh. agus gu
cinnteach cha robh i air a doigh. Chunnaic mi tri ubhlan
ri 'taobh. agus dh' fheoraich mi dhi c'aite an d' fhuair i
iad. Thuirt i rium gu'n deachaidh am fear a tha posda
rithe gu ruige Balsora g' an iarraidh, agus gu'n d' thug e
coig latha deug eadar falbh is tighinn. Ghabh sinn biadh
comhladh, agus an uair a bha mi 'gabhail mo chead dhi,
thug mi leam an t-ubhal so."

Chuir na briathran so bhar mo shiuil mi buileach glan.
Dhuin mi 'bhuth, agus ruith mi dhachaidh cho luath 's a
b' urrainn dhomh. agus an uair a chaidh mi do 'n t-seomar
anns an robh 'bhean. sheall mi feuch am faicinn na
h-ubhlan. Cha robh ann ach an dithis, agus dh' fheoraich
mi dhi ciod a dh' eirich do 'n treas fear. Thionndaidh
mo bhean a h-aghaidh an taobh a bha na h-ubhlan, agus
an uair a chunnaic i nach robh ann ach an dithis, fhreagair
i mi gu leith shuarach. agus thuirt i. " Cha 'n 'eil fhios
agamsa ciod a dh' eirich dha."

An uair a chuala mi so chreid mi gu'n robh an naigh-
eachd a dh' innis an duine-dubh dhomh fior gu leor. Aig
an am bha mi air a' chaothach dhearg le eud, agus thug
mi lamh air an sgian a bha fo m' chrios, agus ghearr mi
an sgornan aice. 'Na dheigh sin thug mi dhith an ceann,
agus ghearr mi i 'na coithir cheathrannan. Agus an uair
a phaisg mi ann an aodach i chuir mi ann am bascaid
i, agus an uair a thainig an oidhche, dh' fhalbh mi leis a'
chiste air mo ghualainn, agus chuir mi fodha anns an
amhainn i.

Bha 'n dithis a b' oige dhe 'n chloinn nan cadal, ach
bha am fear bu shinne am muigh ; agus an uair a thill mi
fhuair mi o 'na shuidhe aig a gheata, agus e sior chaoin-
eadh. An uair a dh' fheoraich mi dheth ciod a bha cur
dragh air, thuirt e, " Athair, 's a' mhadainn an diugh,
thug mi leam gun fhios do m' mhathair an treas fear dhe
na h-ubhlan a thug sibhse uice, agus chum mi e uine
mhath ; ach an uair a bha mi cluichadh air an t-sraid
comhladh ri mo bhrathair mu aird-fheasgair, thug duine-
dubh a bha 'dol seachd as mo laimh e. Ruith mi as a
dheigh, agus dh' iarr mi air an t-ubhal a thoirt dhomh.
Agus a bharrachd air sin, dh' innis mi dha, gur ann le
m' mhathair a bha e, agus gu'n robh i 'na laidhe tinn,
agus gu'n deachaidh sibhse a dh' aon ghnothach a dh'
iarraidh nan tri ubhlan dhi, agus gu'n d' thug sibh coig
latha deug eadar falbh is tighinn ; ach ged a dh' innis mi
so dha, cha tugadh e dhomh an t-ubhal air ais. Agus o 'n
a bha mi 'g a shior leantuinn, agus mi caoineadh,
thionndaidh e agus ghabh e orm, agus ruith e air falbh
cho luath 's a b' urrainn da, gus mu dheireadh an deach-
aidh e as mo shealladh. Tha mi o 'n uair sin a' coiseachd
an taobh am muigh dhe 'n bhaile an duil gu'm faicinn a'
tighinn sibh a chum gu'n iarrainn oirbh gun innseadh
do mo mhathair gu'n d' thug mi leam an t-ubhal, air
eagal gu'n cuir e dragh oirre."

An uair a thuirt e so, thoisich e ri caoineadh na bu
ghoirte na bha e roimhe.

Chuir briathran mo mhic dragh thar tomhas orm.
Chunnaic mi gu'n robh mi ciontach de ghniomh a bha
namhasach graineil. Agus bha aithreachas mor orm a
chionn gu'n do chreid mi na breugan tuaileasach a dh'
innis an duine-dubh dhomh, agus a thog e air mo mhnaoi
air bhonn nam briathran a dh' innis mo mhac dha.

Anns an am thainig brathair m' athar a dh' fhaicinn a nighinn ; ach an aite a faotainn, thuig e o na labhair mi ris gu'n robh i marbh ; oir cha do cheil mi ni sam bith air. Agus gun fhoitheamh gus an geur-chronaicheadh e mi, dh' aidich mi 's a' mhionaid 'na lathair, gur mi duine cho cionntach 's a th' air uachdar an t-saoghail.

An uair a chuala e an aidmheil a rinn mi, an aite bagradh orm gu geur, mar a dh' fhaodadh e dheanamh, is ann a thoisich e ri gul 's ri caoidh comhladh rium. Bha sinn a' gul maille ri 'cheile fad thri latha gun stad. Bha esan a' gul a chionn gu'n do chaill e nighean a bha caomh, ionmhuinn leis aig gach am, agus bha mise 'gul a chionn gu'n do chaill mi bean do 'n robh gradh mor agam, ach a chuir mi fhein gu bas ann an doigh chruaidh-chridheach, do bhrigh gu'n d' thug mi creideas do naigheachd bhreugaich a dh' innis traill de dhuine dubh dhomh.

So ma ta, a cheannaird nan creidmheach, aidmheil fhior mar a dh' aithn sibh dhomh a dheanamh. Chuala sibh a nis gach ni mu thimchioll na cionta a tha 'nam aghaidh, agus tha mi gu h-umhail a' ghuidhe oirbh gu'n ordaich sibh peanas dligheach a dheanamh orm air a shon. Ciod air bith cho trom 's a bhitheas e cha ghearain mi air.

Chuir na dh' innis an duine og dha ioghnadh mor air an righ. Ach air dha bhith 'na righ cothromach, bha e na bu deonaiche truas a ghabhail de 'n duine og na 'dhiteadh gu bas.

"Tha cionta an duine oig so," ars' esan, "mor da rireadh ; ach bheir Dia mathanas dha, agus is coir do dhaoine mathanas a thoirt dha mar an ceudna. Is e an traill aingidh bu mhathair-aobhair air a' mhort—is esan na aonar air am feumar peanas a dheanamh. Air an aobhar sin, ars' esan, 's e 'g amharc air an ard-chomhairleach, tha mi toirt dhut uine thri latha gu greim a dheanamh air ; agus mur toir thu 'nam lathair-sa e anns an uine sin, cuirear thu fhein gu bas 'na aite."

Ged a bha duil aig Giafar bochd gu'n robh e 'mach
a cunnart, bha e fo iomacheist ro mhor an uair a thug an
righ an t-ordugh ur so dha; ach cha bu dana leis
freagairt a thoirt air an righ, oir bha lan fhios aige gu'n
robh e gle chas. Dh' fhalbh e a lathair an righ, agus
thill e dhachaidh fo bhron 's fo lionn-dubh, agus e g a
dheanamh fhein cinnteach nach robh de shaoghal aige ach
tri latha; oir bha e cho cinnteach 'na inntinn fhein nach
fhaigheadh e greim air an traill 's nach d' rinn e farraid
sam bith m' a dheidhinn.

"Am bheil e comasach," ars' esan, "gu'n faighteadh
forofhais air an fhear a tha ciontach am measg nan ceudan
a tha dhe cheart sheorsa ann am Bagdad? Mur e toil
Dhe an traill a chur 'nam rathad mar a rinn e air a
mhortair, cha 'n 'eil e 'n comas dhomhsa mo bheatha
'shabhaladh."

Chuir e seachad a cheud da latha ri bron 's ri caoidh
maille ri theaghlach, agus ri gearain air cho cruaidh s
cho mi-reusanta 's a bha ordugh an righ. An uair a
thainig an treas latha, thoisich e ri deanamh deiseil air
son a' bhais. Bha e 'na dhuine a bha ceart, cothromach,
dileas 'na dhreuchd, agus o 'n a bha sith cogais aige, cha
robh eagal air am bas fhulang. Chuir e fios air sgriobh-
adairean agus air fianuisean a chum gu'n deanadh e
'thiomnadh 'n an lathair. 'Na dheigh sin, ghabh e chead
do 'n mhnaoi 's dhe 'n chloinn, agus dh' fhag e beannachd
aca. Bha 'n teaghlach gu leir cho tuirseach s cho deurach
's gu'n cuireadh iad mulad air duine sam bith.

Mu dheireadh thainig teachdaire o 'n righ a dh' inns-
eadh dha gu'n robh e gabhail fadachd nach robh e
cluinntinn guth uaithe mu thimchioll an duine a dh' iarr
e air a ghlacadh. "Tha e air aithneadh dhomh," ars' an
teachdaire, "do thoirt an lathair an righ."

Rinn an t-ard-chomhairleach deiseil gu falbh comhladh ris an teachdaire; ach an uair a bha e 'dol am mach as an taigh, thugadh a nighean a b' oige, aois choig bliadhna, 'na lathair a chum gu'm fagadh e aice a bheannachd dheireannach.

Bha gradh mor aige air an leanabh so, agus ghuidh e air an teachdaire cead a thoirt dha stad mionaid a bhruidhinn rithe. Rug e oirre agus phog e i caochladh uairean. Thug e an aire gu'n robh ni eiginn aice 'na h-uchd as an robh faileadh cubhraidh.

"Ciod a th' agad 'na d' uchd, a ghaoil," ars' esan.

"Tha ubhal," ars' ise, "air am bheil ainm an righ sgriobhte. Thug ar seirbhiseach, Rihan, dhomh e air son da bhonn oir."

CAIB. III.

An uair a chual' an t-ard-chomhairleach na briathran so a labhair am paisde ris, ghlaodh e 'mach le ioghnadh agus le aoibhneas; agus an uair a chuir e lamh ann an uchd a' phaisde, thug e 'mach an t-ubhal as.

O 'n a bha Rihan, an seirbhiseach, dluth air laimh, thugadh 'na lathair e gun dail sam bith.

"A dhearg shlaoightire," ars' esan, "c'aite an d' fhuair thu an t-ubhal so?"

"Mo thighearna, ars' an seirbhiseach. "tha mi 'toirt mo mhionnan nach do ghoid mi as an taigh agaibhse e, no a garadh an righ; ach an latha roimhe an uair a bha mi 'coiseachd air an t-sraid, thachair triuir no cheathrar chloinne rium a' cluich. Bha 'n t-ubhal aig fear dhiubh na laimh, agus spion mi uaithe e, agus ghabh mi romham. Ruith am paisde 'nam dheigh, agus thuirt e rium nach b' ann leis fhein a bha 'n t-ubhal idir, ach gur ann a bha e le 'mhathair. Thuirt e rium mar an ceudna, gu'n robh

a mhathair 'na laidhe tinn, agus o 'n a ghabh i miann air
ubhlan, gu'n deachaidh athair air astar fada 'gan iarraidh,
agus gu'n d' thug e dhachaidh a tri, agus gu'm b' e an
t-ubhal ud fear dhiubh, agus gu'n d' thug e leis e gun
fhios dha mhathair. Bha o 'g a iarraidh orm gus an robh
o sgith; ach cha tugainn dha e. Thug mi leam dhach-
aidh e, agus reic mi air son da bhonn oir e ris an uighinn
a's oige agaibh fhein. Sin agaibh an tul fhirinn mu 'n
chuis."

Cha b' urrainn an t-ard-chomhairleach gun ioghnadh
a ghabhail air son mar a chuir slaoightearachd an t-seirbh-
isich bean a bha neo-chiontach gu bas, agus mar a theab
e fhein a bheatha 'chall air a shailleamh. Thug e an seirbh-
iseach leis far an robh an righ, agus dh' innis e do 'n righ
facal air an fhacal mar a thuirt an seirbhiseach ris, agus
mar a thachair dha fios fhaotainn gur e 'n seirbhiseach a
bha cionntach.

Ged a bha ioghnadh anabarrach mor air an righ, an
uair a chual' e an naigheachd a dh' innis Giafar dha, cha
b' urrainn o cumail air a ghaire. Mu dheireadh an uair
a sguir e 'ghaireachdaich, thuirt e, agus gruaim air a
ghnuis, o 'n is e an seirbhiseach bu mhathair-aobhair do 'n
ole mhor a rinneadh, feumar peanas a dheanamh air a
reir a chionta.

"Le 'r cead, a righ, ars' an t-ard-chomhairleach, ' tha
mi 'g aideachadh gu'm bheil e ceart gu leor peanas dligh-
each a dheanamh air, ach tha mi 'smaoineachadh gu'm
faoidteadh mathanas a thoirt dha. Tha mi 'cuimhneach-
adh air naigheachd iongantach a chuala mi mu thimchioll
ard-chomhairleach a bha ann an Cairo, do 'm b' ainm,
Nuredin Ali, agus Bedredin Hasan a bh' ann am Balsora.
Agus o 'n a tha tlachd agaibh a bhith chluinntinn naigh-
eachdan dhe 'n t-seorsa, tha mi deas gus a h-innseadh
dhuibh, air chumhnanta gu'n toir sibh mathanas do 'm'

sheirbhiseach, ma shaoileas sibh gu'm bheil i na s
iongantaiche na 'n naigheachd a chuala sibh mar tha."

" Tha mi toileach eisdeachd ri do naigheachd," ars' an
righ; "ach tha thu gabhail obair glé dhoirbh os laimh,
oir cha 'n 'eil mi 'creidsinn gur urrainn dut naigheachd
innseadh a's iongantaiche na 'n naigheachd mu na
h-ubhlan."

An uair a chuala Giafar so, thoisich e ri innseadh a
naigheachd mar so:—

Anns an am a dh' fhalbh bha righ air an Eiphit a
bha 'na dhuine ceart, iochdmhor, trocaireach, agus fialaidh.
Bha e cho treun, cumhachdach 's gun robh e 'na chulaidh-
eagail dha choimhearsnaich gu leir. Bha e caoimhneil ris
na bochdan, agus 'na charaid do na daoine foghluinte do
'n robh e 'toirt suidheachadh urramach a reir mar a
b' airidh iad air. Bha ard-chomhairleach an righ so 'na
dhuine turail, glic, tuigseach, agus glé fhoghluimte anns
gach doigh. Bha dithis mhac aig an ard-chomhairleach
so, agus bha iad 'nan daoine anabarrach eireachdail. Bha
iad anns gach doigh a' leantuinn cos-chumannan an athar.
B' e ainm an fhir bu shin e, Shemsedin Mohamed, agus
b' e ainm an fhir a b' oige, Nuredin Ali. Bha 'm fear a
b' oige gu sonraichte 'na dhuine a bha anabarrach turail,
tlachdmhor anns gach doigh.

An uair a dh' eug an athair, chuir an righ fios orra le
cheile, agus an uair a thug e orra deise ard-chomhairlich
a chur umpa le cheile, thuirt e riutha, " Tha mise cho
doilich air son bas bhur n-athar ruibh fhein; agus o 'n
a tha fhios agam gu'm bheil sibh a' fuireach comhladh,
agus a' gradhachadh a cheile, tha mi 'toirt an urram so
dhuibh mar aon. Falbhaibh, agus dluth-leanaibh ri
cleachdadh bhur n-athar."

Thug an dithis ard-chomhairleach oga so moran taing
do 'n righ, agus chaidh iad dhachaidh a chum gach ulluch-
adh feumail a dheanamh gus an athair adhlacadh.

An deigh bas an athar bha iad mios gun dol am mach as an taigh; 'na dheigh sin bha iad a' dol gu riaghailteach do chuirt an righ an uair a bhiodh feum orra.

An uair a bhiodh an righ a' dol a shealgaireachd, bhiodh fear ma seach dhiubh a' dol comhladh ris.

Air feasgar araidh an deigh dhaibh an suipeir a ghabhail, bha iad greis mhath a' comhradh ri 'cheile. Thuirt am fear bu shinne ri 'bhrathair, "O nach eil a h-aon dhinn posda fhathast, agus o 'n a tha caoimhneas is comunn is gaol cho mor eadrainn, tha smaointean air bualadh 's a' cheann agam; posadhmaid le cheile 's an aon latha, agus taghamaid dithis pheathraichean a teaghlach araidh a bhios freagarrach air ar son,—ciod e do bharail air a' chuis?"

"Feumaidh mi radh, a bhrathair," arsa Nurodin, "gu'm freagradh sin oirnn gle math; agus air mo shon fhein dheth, tha mi deonach ni sam bith a dheanamh a chi thu fhein iomchuidh.

"Dean air do shocair," tha tuilleadh agam ri radh, arsa Shemsedin; "abair gu'n d' rugadh clann dhuinn s an aon latha—mac agadsa, agus nighean agamsa, phosadhmaid ri cheile iad an uair a thigeadh iad gu aois."

"Tha mi 'g aideachaidh," arsa Nurodin, "gu m freagradh sin gle mhath; thairngeadh a leithid de phosadh mise 's tusa na bu dluithe ri 'cheile na bha sinn riamh, agus tha mi cur mo lan aonta ris."

"Ach, a bhrathair," ars' esan, 's e leantuinn air bruidhinn, "na 'n tachradh am posadh, am biodh duil agad ri airgiod fhaighinn uamsa mar chuibhrionn posaidh do d' nighinn?"

"Cha 'n 'eil teagamh nach bitheadh," ars' am fear eile; "oir tha mi cinnteach nach o mhain gu'n tugadh tu dhi gach ni a bhiodh fgreagarrach mar chuibhrionn posaidh, ach mar an ceudna gu'n tugadh tu seachad, ann an ainm do mhic, air a chuid a's lugha tri mile bonn oir, tri aiteachan-comhnuidh, agus tri searbhantan."

"Cha 'n aontaich mi sin a dheanamh idir," ars' am fear a b' oige; "is braithrean sinn, agus tha mise cho ard ann an suidheachadh riut fhein. Nach 'eil fhios againn le cheile ciod is coir dhuinn a dheanamh? O 'n is e mac a's mo urram na nighean, is e do dhleasdanas-sa tochradh math a thoirt seachad leis an nighinn. Ach tha mi faicinn nach 'eil annad ach duine leis am bu mhiann do ghnothach a dheanamh air chosg duine eile."

Ged a labhair Nuredin na briathran mar mhagadh, shaoil le 'bhrathair gur ann da rireadh a bha e; agus air dha bhith car cas 'na nadar, ghabh e gu h-olc iad.

"Dunaigh air do mhac," ars' esan, "o 'n is e 's docha leat na mo nighean-sa? Tha ioghnadh orm gu'n robh de dhanadas agad na chreideadh gu'm bheil do mhac airidh air mo nighinn-sa. Feumaidh gu'm bheil thu air a dhol as do chiall ma tha thu 'smaointean gu'm bheil thu co-ionnan riumsa. Biodh fhios agad, 'amadain, o 'n a tha thu cho mimhodhail 's a tha thu, nach tugainnsa mo nighean do d' mhac ged a bheireadh tu dha do chuid de 'n t-saoghal."

Chaidh na fir cho fada thar a cheile mu thimchioll na cloinne nach d' rugadh 's nach mor nach do bhuail iad a cheile.

"Mur b' e gu'm feum mise falbh am maireach a shealg comhladh ris an righ, bheirinn dhut do thoillteanas," arsa Shemsedin; "ach an uair a thilleas mi, leigidh mi fhaicinn dhut nach freagair do 'n bhrathair a's oige a bhith bruidhinn cho ladarna ris a' bhrathair a's sinne mar a tha thusa 'deanamh." An uair a thuirt e so chaidh e d' a sheomar fhein, agus chaidh a bhrathair a chadal.

Dh' eirich Shemsedin gu math moch 's a' mhadainn, agus chaidh e do 'n luchairt far an robh an righ a' deanamh deiseil gu falbh a shealgaireachd.

Chuir Nuredin seachad an oidhche glc neo-fhoisail ;
agus air dha bhith smaoineachadh air na thainig eadar e
fhein 's a bhrathair, thuig e nach robh e 'n comas dha
fuireach comhladh ri bhrathair na b fhaide. Gu math
trath air an latha cheannaich e miulaid, agus an deas dha
airgiod is seudan is biadh, agus gach ni eile a bhiodh
feumail dha air son a thuruis fhaighinn deiseil, dh' fhalbh
e. Ach mu 'n d' fhalbh e, thuirt e ris an luchd-muinntir,
nach robh duil aige bhith o 'n taigh ach beagan laithean.

An uair a dh' fhalbh e a Cairo, mharcaich e direach
rathad fasach Arabia ; ach an uair a thug a' mhiulaid
thairis leis an sgios ; cha robh aige ach a chas a ghlcbhail.

An uair a bha e fas gu math sgith, thainig fear-turuis
a bha 'dol gu ruige Balsora 'na rathad, agus thog e air a
chulaobh e. An uair a rainig iad Balsora, thainig
Nuredin air lar, agus thug e moran taing do 'n fhear-
thuruis.

An uair a bha e g amharc air son aite-fuirich,
chunnaic e duine urramach a' tighinn an rathaid a bha e,
agus coisridh mhor comhladh ris. Bha 'n sluagh gu leir
a' toirt urram do 'n duine so, agus bha iad a' seasamh far
an robh iad fad 's a bha e gabhail seachad orra. Sheas
Nuredin mar a rinn cach. B e 'n duine so an t-ard
chomhairleach aig righ Bhalsora, agus bha e 'dol troimh
a bhaile teuch am taiceadh e an robh muinntur a bhaile
'g an gluasad fhein gu h-iomchuidh.

Thachair do 'n duine so amharc an taobh a bha
Nuredin, agus an uair a thug e an aire gun robh an
eiginn neo-chumanta tlachdmhor 'na chruth 's na choslas,
bheachdaich e gu dluth air. An uair a thainig e dluth
dha 's a thug e an aire gun robh e ann an eideadh fir-
siubhail, sheas e laimh ris, agus dh' fheoraich e dheth co
e, agus co as a thainig e.

" Le 'r cead," arsa Nuredin, " is Eiphiteach mi a rugadh ann am baile Chairo. Dh' fhalbh mi as do bhrigh gu'n robh dluth-charaid dhomh neo-chaoimhneil rium. Agus chuir mi romham gu'n siubhlainn an saoghal, agus eadhoin gu'm fuiliginn am bas a roghainn air tilleadh dhachaidh."

An uair a chual' an t-ard-chomhairleach na briathran so, thuirt e. " A mhic, thoir an aire dhut fhein; na lean an cursa a chuir thu romhad; cha 'n 'eil anns an t-saoghal ach trioblaid is truaighe. Cha 'n 'eil thu tuigsinn ciod e an cruaidh-fhortan a dh' fheumas tu 'fhulang. Thig comhladh riumsa; is docha gu'n toir mi ort na nithean a chuir as do dhuthaich fhein thu a dhichuimhneachadh."

Lean Nuredin an t-ard-chomhairleach d' a thaigh fhein, agus ann an uine ghoirid dh' fhas iad gu math eolach air a cheile. Mar a b' colaiche a bha 'n t-ard-chomhairleach a' fas air Nuredin, is ann bu mheasaile a bha e 'fas air. Mu dheireadh bha leithid do thlachd aige dha 's gu'n dubhairt e ris air latha araidh, " A mhic, tha mi, mar a tha thu 'faicinn, air fas cho aosda 's nach 'eil e coltach gu'm bi mi beo moran na 's fhaide. Tha aon nighean agam a tha nis aig aois posaidh, agus tha i na boirionnach a tha 'cheart cho briagha riut fhein. Bha caochladh dhaoine cho urramach 's a th' anns an rioghachd 'g a h-iarraidh orm gus a posadh ri 'n cuid mhac, ach cha robh toil agam a toirt seachad. Tha tlachd agam dhiotsa, agus tha mi 'smaointean gu'm bheil thu cho airidh air mo nighean fhaotainn 's gur fhearr leam a toirt dhut na do aon sam bith a bha 'g a h-iarraidh; agus mar sin tha mi deonach thu 'g a posadh. Ma tha thusa deonach, innsidh mi do 'n righ mu 'n chuis, agus guidhidh mi air gu'n dean e thusa na d' ard-chomhairleach an deigh mo bhais. Aig a' cheart am, o 'n a tha mise feumach air

beagan fois 'nam shean aois, cha 'n e mhain gu'n toir mi
dhut mo chuid dhe 'n t-saoghal, ach fagaidh mi tomhas
mor de riaghladh na rioghachd 'na do lamhan."

CAIB. IV.

An uair a chuir an t-ard-chomhairleach an tairgse
chaoimhneil agus mhath so fa chomhair Nuredin leig e
e-fhein 'na shineadh aig a chasan, agus air dha aideachadh
gu'n robh e anabarrach aoibhneach agus taingeil air son
a chaoimhneis dha, thuirt e ris gu'n robh e deonach ni
sam bith a chuireadh e m' a choinneamh a dheanamh.

An uair a chual' an t-ard-chomhairleach so, thug e
ordugh do stiubhartan a thaighe an talla mor a chur 'n
ordugh, agus gach ulluchadh feumail a dheanamh air son
na bainnse. 'Na dheigh sin thug e cuireadh do dh' uaislean
na cuirte agus a' bhaile gu tighinn thun na bainnse.
(Anns an am dh' innis Nuredin dha co e). An uair a
thainig ard-uaislean a' bhaile, smaoinich e gu'm bu choir
dha bruidhinn riutha mu'n chuis, air cagal gu'm biodh eud
air na daoine do 'n do dhiult e a nighean. Thuirt e riutha
mar so:—" Mo thighearnan, tha mi nis a' dol a dh'
innseadh dhiubh ni a chum mi an cleith gus a so. Tha
brathair agam a tha 'na ard-chomhairleach do righ na
h-Eiphit mar a tha mi fhein aig righ na rioghachd so.
Cha 'n 'eil aig mo bhrathair ach an aon mhac, agus o nach
robh toil aige a mhac a phosadh ri te de mhnathan uaisle
na h-Eiphit, chuir e an so e gus mo nighean-sa phosadh,
a chum gu'm biodh an da theaghlach air an tarruinn na's
dluithe ri 'cheile. So agaibh an duine og a tha gus mo
nighean a phosadh. Dh' aithnich mi gu'm b' e mac mo
bhrathar cho luath 's a chunnaic mi e. Tha mi 'n dochas
gu'm fan sibh an diugh aig a' bhanais."

Cha robh ioghnadh sam bith air na h-uaislean a chionn gu'n do roghnaich an t-ard-chomhairleach mac a bhrathar air thoiseach air a h-aon eile dhe na tairgseachan matha a fhuair a nighean, agus an aite diumbadh a bhith aca ris air son mar a bha e 'deanamh, is ann a thuirt iad ris gu'm biodh iad gle dheonach a bhith aig a' bhanais. Agus ghuidh iad gu'n tugadh Dia saoghal fada dha, a chum gu'm biodh toileachadh aige ann an co-cheangal ri posadh a nighinn.

Chruinnich uaislean na cuirte thun na bainnse an uair a thainig am feasgar, agus shuidh iad aig an dinneir. An deigh dhaibh a bhith uine mhath aig a' bhord, chuireadh measan dhe gach seorsa, an cursa mu dheireadh, 'nan lathair, agus ghabh iad na thainig riutha dheth. An sin thainig na sgriobhadairean a steach, agus an uair a sgriobh iad cumhnantan a' phosaidh, chuir na h-ard-uaislean an ainm ris mar fhianuisean.

An uair a bha gach ni seachad, thug an t-ard-chomhairleach ordugh do na seirbhisich an soitheach-faragaidh a bhith deiseil aca, a chum gu'm faraigeadh Nuredin e fhein. Fhuaradh aodaichean-cuim deiseil agus gach ni eile a bhiodh feumail dha.

An uair a chuir e uime an deise so, chaidh e far an robh 'athair-ceile. Agus an uair a chunnaic 'athair-ceile cho maiseach 's cho tlachdmhor 's a bha e 'na choltas, bha e anabarrach toilichte. Thug e air suidhe ri 'thaobh, agus thuirt e, " A mhic, dh' innis thu dhomh co thu, agus an suidheachadh anns an robh thu ann an cuirt na h-Eiphit. Dh' innis thu dhomh mar an ceudna gu'n d' thainig ni eiginn eadar thu fhein 's do bhrathair a thug ort tir do dhuthchais fhagail. Bu mhath leam gu'n leigeadh tu ris d' inntinn dhomh gu saor, agus gu'n innseadh tu dhomh ciod a b' aobhar gu'n deachaidh tu fhein 's do bhrathair thar a cheile ; oir cha 'n 'eil a nis aobhar sam bith aga d

air teagamh a chur annam, no air ni sam bith a chumail
an cleith orm."

Dh' innis Nuredin dha a h-uile car mar a chaidh e
fhein 's a bhrathair thar a cheile. An uair a chual' an
t-ard-chomhairleach mu na thainig eatorra, rinn e lasgan
gaire, agus thuirt e. " Is e so rud cho neonach 's a chuala
mi riamh: am bheil e comasach, a mhic, gu'n deachaidh
sibh thar a cheile mu thimchioll posaidh nach do thachair
aig an am? Tha mi doilich gu'n deachaidh tu fhein 's do
bhrathair aimhreit air son ni cho suarach. Ach cha robh
o ceart dhasan fearg a bhith air riutsa 's gun thu
ach mar mhagadh. Bu choir dhomhsa, air a shon sin, a
bhith taingeil gu'n deachaidh sibh aimhreit o 'n a fhuair
mi mac air a shailleamh. Ach tha e nis air fas anamoch,
agus tha 'n t-am agad a dhol a laidhe. Tha do bhean 'g
ad fheitheamh anns an leabaidh. Am maireach bheir mi
an lathair an righ thu. agus tha mi 'n dochas gu'n toir e
urram dhut air a leithid a dhoigh 's gu'm bi sinn le cheile
riaraichte."

Dh' fhag Nuredin oidhche mhath aig 'athair ceile, agus
chaidh e do 'n t-seomar anns an robh 'bhean.

Tha e anabarrach comharraichte, arsa Giafar, gu'n do
phos Shemsedin ann an Cairo, air a' cheart latha air an
do phos a bhrathair, Nuredin ann am Balsora. So mar a
thachair:—

An deigh do Nuredin falbh a Cairo, le run nach till-
eadh o gu brath tuilleadh, bha Shemsedin, a bhrathair, a
dh' fhalbh a shealgaireachd an cuideachd an righ, mios
gun tilleadh air ais; oir bha 'n righ ro dheidheil air sealg-
aireachd, agus bu tric leis a bhith uine mhor anns a'
bheinn sheilg. An uair a thill Shemsedin dhachaidh,
ghrad chaidh e do sheomar a bhrathar an duil gu'n robh
e ann roimhe. Ach ghabh e ioghnadh mor an uair a dh'
innseadh dha gu'n d' fhalbh a bhrathair o 'n taigh air a'

cheart latha air an d' fhalbh e fhein do 'n bheinn sheilg comhladh ris an righ, agus nach cualas guth no iomradh m' a dheidhinn, ged a thuirt e an latha dh' fhalbh e, gu'n tilleadh e, air ais an ceann a dha no tri laithean.

Chuir so dragh mor air Shemsedin, gu h-araidh a chionn gu'n robh e 'creidsinn gur e na briathran searbh a labhair e ri 'bhrathair a thug air cul a chur ri tir a dhuthchais. Chuir e teachdaire air a thoir gu ruige Damascus agus Alepo, ach bha Nuredin 's an am ann am Balsora.

An uair a thill an teachdaire 's gu'n sgeul aige air Nuredin, bha duil aig Shemsedin forofhais a dheanamh m' a dheidhinn ann an aiteachan eile. Ach anns an am bha e 'smaoineachadh air posadh, agus ann an uine ghoirid 'na dheigh sin, phos e nighean fir dhe na tighearnan a bh' ann an Cairo. Thachair dha posadh air a' cheart latha air an do phos a bhrathair nighean an ard-chomhairlich ann am Balsora.

Cha b' e so uile mar a bha; ach thachair air a' cheart latha air an d' rugadh nighean do Shemsedin ann an Cairo, gu'n d' rugadh mac do Nuredin ann am Balsora, air an d' thugadh Bedredin Hasan mar ainm.

Leis cho aoibhneach 's a bha 'n t-ard-chomhairleach ann am Balsora gu'n d' rugadh ogha dha, thug e cuirm mhor do mhaithean a' bhaile, agus thug e tiodhlacan do na bochdan. Agus a chum gu'n nochdadh e do Nuredin gu'n robh meas mor aige air, chaidh e do 'n luchairt far an robh an righ, agus ghuidh e gu h-umhail air gu'n deanadh e Nuredin 'na ard-chomhairleach, a chum gu'm biodh de thoileachadh aige 'fhaicinn anns an dreuchd urramach so mu 'm faigheadh e fhein am bas.

Bha meas mor aig an righ air Nuredin riamh o 'n latha chunnaic e 'n toiseach e, agus o 'n a bha gach neach a chuir eolas air a' labhairt gu math uime, rinn e mar a ghuidh an t-ard-chomhairleach air, agus dh' ordaich e do Nuredin trusgan ard-chomhairlich a chur uime.

Air an ath latha, an uair a chunnaic an t-ard-chomhairleach a chliamhuinn air cheann comhairle an righ, far am bu ghnath leis fhein a bhith, agus cho ordail 's a bha e 'deanamh a dhleasdanais, bha e cho aoibhneach 's a b' urrainn a bhith. Rinn Nuredin a dhleasdanas cho math 's gu'n saoileadh duine sam bith gu'n robh e fad uile laithean a bheatha anns an dreuchd. Lean e air a bhith suidhe air cheann na comhairle o am gu am, an uair a bhiodh 'athair-ceile ann an droch shlainte tre anmhuinn-eachd na h-aoise.

An ceann cheithir bliadhna 'na dheigh sin dh' eug 'athair-ceile. Aig am a bhais bha e ro thoilichte gu'n robh a chliamhuinn 'na dhuine ro urramach, agus gu'n robh a h-uile coltas gu'm biodh 'ogha, nam biodh e beo gu aois fearachais, 'na dhuine measail, cliuiteach mar an ceudna.

Chuir Nuredin an gniomh an dleasdanas doireannach dha 'athair-ceile ann an spiorad graidh is taingealachd.

An uair a bha Bedredin Hasan seachd bliadhna dh' aois, fhuaradh fear-teagaisg dha cho math 's a bha ri 'fhaighinn. Bha e air a theagasg anns gach foghlum a bha freagarrach air son a shuidheachaidh. Bha e na leanabh cho turail, glic, geur-chuiseach, agus cho math gu foghlum a thogail ri leanabh a b' urrainn a bhith.

Bha Bedredin Hasan da bhliadhna fo theagasg an duine so, agus cha b' e mhain gu'n leughadh e an Coran gu math, ach dh' ionnsaich e air a theangaidh e mar an ceudna. 'N a dheigh sin fhuaradh luchd-teagaisg eile dha, agus thainig e air aghart cho math ann am foghlum 's gu'n robh e lan-ionnsaichte aig aois da bhliadhna dheug. Aig an am so bha e cho maiseach 'na ghnuis, agus cho tlachdmhor anns gach doigh 's gu'n robh gach neach a chitheadh e a' gabhail tlachd dheth.

Gus an d' rainig e an aois so, cha d' thugadh an lathair
uaislean na cuirte e. Ach a nis thugadh do 'n luchairt e,
a chum gu'n tugadh e pog do lamh an righ. An uair a
chunnaic an righ e, nochd e gu'n robh meas mor aige air.
Ghabh an sluagh a chunnaic air na sraidean e tlachd mor
dheth, agus thug iad mile beannachd dha.

O 'n a bha toil aig athair gu'm biodh e 'na ionad fhein
an doigh a bhais, rinn e gach ni a ghabhadh deanamh a
chum a dheanamh freagarrach air son an dreuchd aird
agus urramaich sin. A dh' aon fhacal, rinn e gach ni a
ghabhadh deanamh a chum a mhac a chur air aghart anns
an t-saoghal. Ach an uine gun bhith fada, thainig tinneas
tromh air; agus an uair a thuig e nach robh am bas fada
vaitho, rinn e deiseil air son a' bhais.

Anns na laithean deireannach cha do dhichuimhnich e
a mhac Bedredin. Chuir e fios air a dh' ionnsuidh taobh
na leapadh, agus thuirt e ris. " A mhic, tha thu 'faicinn
nach mair an saoghal so ach uine ghoirid; cha 'n 'eil ni
sam bith a mhaireas ach an saoghal a dh' ionnsuidh am
bheil mise 'dol gun dail. Feumaidh tu, air an aobhar
sin, deanamh deiseil a so suas gus an saoghal so fhagail,
mar a tha mise 'deanamh. Feumaidh tu ulluchadh a
dheanamh gun ghearain sam bith, a chum nach bi do
chogais 'g ad agairt air son nach do chaith thu do bheatha
mar dhuine onarach. Fhuair thu eolas o do luchd-
teagaisg mu thimchioll nan nithean a bhuineas do 'n fhior
chreideamh. Agus a thaobh nan dleasdanasan a tha mar
fhiachan air daoine onarach a chur an gniomh, bheir mise
beagan fiosrachaidh dhut, agus tha mi 'n dochas gu'n dean
thu feum math dheth. O 'n a tha e feumail gu'm biodh
fiosrachadh aig duine mu thimchioll fhein, agus o nach 'eil
e comasach dhutsa am fiosrachadh so fhaotainn gus an
innis mise dhut e, innsidh mi nis dhut e.

" Tha mise de ghnath mhuinntir na h-Eiphit. Bha m' athair agus mo sheanair 'nan ard-chomhairlich aig righ na h-Eiphit. Bha 'n t-urram so agamsa mi-fhein, agus aig brathair d' athar mar an ceudna. Is e ainm brathair d' athar, Shemsedin, agus tha mi 'smaointean gu'm bheil e beo fhathast. B' eiginn dhomhsa falbh as an Eiphit, agus tighinn do 'n duthaich so far an d' fhuair mi air aghart a dh' ionnsuidh an t-suidheachaidh aird anns am bheil mi nis. Ach tuigidh tu na nithean so na 's fhearr an uair a leughas tu na sgriobhaidhean so a tha mi toirt dhut."

Aig a cheart am thug Nuredin am mach leabhar-pocaid as a bhrollach a sgriobh e le 'laimh fhein, agus a bha e 'n comhnuidh a cumail 'na phocaid, agus an uair a thug e do Bhedredin Hasan e, thuirt e, " Gabh an leabhar so, agus leugh e an uair a bhios uine agad ; agus gheibh thu fios ann, am measg nithean eile, air an latha air an d' rugadh thu. Is docha gu'm bi am fiosrachadh so feumail dhut 'na dheigh so, air an aobhar sin, is coir dhut an leabhar a ghleidheadh gu curamach.

Bha Bedredin cho muladach an uair a chunnaic e an staid anns an robh 'athair, agus an uair a chual' e na briathran a labhair e ris 's nach b' urrainn e cumail o shileadh nan deur an uair a ghabh e an leabhar as a laimh, agus a gheall e nach dealaicheadh e ris gu brath.

Aig a' cheart am thainig laigse air Nuredin, agus bha h-uile coltas air gu'n robh ceann a shaoghail air tighinn ; ach chaidh e na b' fhearr, agus labhair e na briathran so : —

" A mhic, is i so a' cheud chomhairle a bheir mi ort. Na leig leis a h-uile duine a bhith tuilleadh is eolach ort. Is e 'n doigh air a bhith sona, d' inntinn a chumail dhut fhein, agus an aire a thabhairt nach innis thu gach ni a bhios air do smaointean do dhaoine eile.

"Is i an ath chomhairle, Na dean foirneart air neach sam bith; oir ma ni, bheir thu air a h-uile neach gu'm bi fuath aca dhut. Tha coir agad air amharc air an t-saoghal mar a dh' amhairceas tu air fear aig am biodh fiachan ort, agus do 'm bheil e mar do dhleasdanas meas-arrachd, truas, agus fad-fhulangas a nochdadh.

"Is i treas comhairle, Na abair facal an uair a bheirear masladh dhut; oir, mar a tha 'n sean-fhacal ag radh, An neach a dh' fhanas samhach, tha e 'mach a cunnart. An uair a bheirear masladh dhut, tha e gu sonsraichte feumail dhut a bhith na do thosd. Tha fhios agad air na briathran a labhair am bard, Tha bhith tosdach 'na mhaise agus 'na dhion do ar beatha. Cha bu choir do ar briathran a bhith mar uisge trom a mhilleas gach ni. Cha robh aithreachas air duine riamh air son cho beag 's a labhair e, ach bha aithreachas air moran air son a' mheud 's a labhair iad.

"Is i an ceathramh comhairle, Na ol fion, oir is e am fion is mathair-aobhair do gach uile mhi-bheus a th' anns an t-saoghal.

"Is i an coigeamh comhairle, Bi gleidhteach air do mhaoin; ma sgapas tu do mhaoin, thig thu gu bochdain, agus cha bhi ni agad a chumas suas thu. Cha 'n 'eil mi 'ciallachadh gur coir dhut aon chuid a bhith ro spiocach no tuilleadh is fialaidh; oir ciod sam bith cho beag 's a bhios do mhaoin, ma bheir thu 'n aire mhath dhi, agus gu'n cuir thu gu buil i mar is coir dhut, bidh cairdean gu leor agad. Ach air an laimh eile, ged a bhiodh saoibhreas mor agad, agus tu 'deanamh droch fheum dheth, cuiridh sluagh an t-saoghail gu leir cul riut."

A dh' aon fhacal, lean Nuredin air comhairleachadh a mhic gus an do thilg e an anail. Agus an uair a dh' eug

e. dh' adhlaiceadh e leis gach urram air an robh e dligh-
each.

Bha Bedredin cho tursach an deigh bas 'athar 's gu n
d' fhan e da mhios gun dol am mach air an dorus, an aite
aon mhios, mar a bha cleachdte 's an duthaich. Anns an
uine so cha d' rinn e uiread 's a dhol aon uair do chuirt
an righ. Air son an dearmaid so bha diumbadh mhor aig
an righ air; oir bha e 'meas gu'm b' ann le mi-churam
agus le suarachas a dhearmaid Bedredin a dhleasdanas.
Air an aobhar sin chuir e fear eile ann an dreuchd na
h-ard-chomhairle 'na aite. Agus dh' ordaich e do 'n ard
chomhairleach ur greim a dheanamh air gach taigh is
fearann, agus gach ni eile ris an t-saoghal a bhuineadh do
dh' athair Bhedredin, agus gun ni sam bith fhagail aig
Bedredin. Dh' ordaich e mar an ceudna Bedredin a
thoirt 'na lathair mar phriosanach.

Gun dail sam bith chaidh an t-ard-chomhairleach ur
agus buidheann mhor de mhaoir 's de dh' oifigich na cuirte
gu taigh Bhedredin gus ordugh an righ a chur an gniomh.
Ach thachair gu'n d' fhuair aon de sheirbhisich Bhedredin
fios air mar a bha cuisean air thuar a bhith, agus ruith e
dhachaidh cho luath s a b' urrainn e. Thachair a
mhaighstir ris 'na shuidhe anns an t-seomar 's e cho
tuirseach 's ged nach biodh 'athair marbh ach latha no
dha. Leig e e-fhein air a ghluinean aig a chasan, agus an
uair a phog e iomall a thrusgain, thuirt e. " Mo thigh-
earna, gabh curam dhe d' bheatha gun dail."

Thog Bedredin a cheann, agus thuirt e. " Ciod a tha
cearr? Ciod an naigheachd a th' agad?"

" Mo thighearna,' ars esan. " cha 'n 'eil uine sam bith
ri chall; tha corruich uamhasach air an righ ribh, agus
tha buidheann dhaoine a' tighinn uaithe gus greim a
dheanamh air a h-uile ni a bhuineas dhuibh, agus gus sibh
fhein a ghlacadh mar phriosanach."

Chuir na briathran so a labhair a sheirbhiseach dileas ris dragh mor air inntinn Bhedredin. "Am bi uine gu leor agam gus airgiod is seudan a thoirt leam?"

"Cha bhi, cha bhi, ars' an seirbhiseach, "bidh an t-ard-chomhairleach agus na maoir an so ann an tiotadh. Bi grad fhalbh ; saor thu fhein gun dail."

Ghrad dh' eirich Bedredin as an aite 's an robh e 'na shuidhe, agus chuir e uime a bhrogan. Agus an uair a dh' fhalaich e 'aghaidh le iochdar a thrusgain air eagal gu'n aithnichteadh e, theich e 's gun fhios aige co 'n taobh a ghabhadh e.

B' e cheud smaointean a bhuail 'na cheann, ruith am mach air geata a' bhaile cho luath 's a b' urrainn da. Ruith e cho luath s a leigeadh a chasan leis gus an d' rainig e an t-ait-adhlacaidh, agus o 'n a bha 'n oidhche air tuiteam, chuir e roimhe gu'n cuireadh e seachad an oidhche aig uaigh 'athar.

Air an rathad thachair Iudhach beairteach ris, a bha 'na bhancair agus 'na mharsanta, agus a bha aig an am a' tilleadh dhachaidh do 'n bhaile an deigh dha bhith air cheann gnothaich araidh a bhuineadh dh' a dhreuchd.

Dh' aithnich an t-Iudhach Bedredin, agus sheas e a chur failte air gu cridheil. An deigh do 'n Iudhach failte a chur air, thuirt e, "Mo thighearna am bheil e dana dhomh 'fheoraich dhibh c'ait am bheil sibh a' dol mu 'n am so 'dh' oidhche 'n 'ur onar, agus coltas cho bronach oirbh? An do chuir ni sam bith tuairgneadh oirbh?"

"Chuir," arsa Bedredin ; "o chionn greise bha mi 'nam chadal, agus thainig m' athair far an robh mi ann am bruadar, agus e 'g amharc orm le mor ghruaim, mar gu'm biodh e anabarrach feargach rium. Dhuisg mi le clisgeadh as mo chadal, agus ghrad thainig mi gus urnuigh a dheanamh air an uaigh aige."

"Mo thighearna, ars' an t-Iudhach ('s gun fhios aige
c'ar son a dh' fhalbh Bedredin as a' bhaile), " bha meas
mor agam air d' athair, agus tha fhios agam gu'n robh
moran bathair aige ann an caochladh loingeas nach d'
thainig fhathast gu calla: agus o 'n a bhuineas iad
dhutsa, tha mi 'g iarraidh ort mar fhabhar gu'n reic thu
rium iad gun tairgse a thoirt do mharsanta sam bith eile.
Tha mi comasach air airgiod ullamh a phaigheadh dhut
air son do chuid loingeas. Ma bheir thu dhomh a cheud
fheadhain a thig gu calla gu sabhailte, bheir mi dhut, mar
a' cheud chuid do 'n luach, mile bonn oir."

An uair a thuirt e so, thug e poca 'mach as a
sgiorplach, agus nochd e do Bhedredin e.

O 'n a bha Bedredin air fhogradh am mach as a
thaigh, agus air a chuid dhe 'n t-saoghal a chall, chunnaic
e gu'n robh an tairgse so mar gu'm biodh fabhar a gheibh-
eadh e o neamh, agus ghabh e toileach i.

" Mo thighearna," ars' an t-Iudhach, tha thu reic
rium air son mile bonn oir, luchd na ceud luinge a thug
gu sabhailte do 'n acarsaid?"

" Tha, air son mile bonn," arsa Bedredin.

An uair a chual' an t-Iudhach so, thug e am poca
anns an robh am mile bonn oir do Bhedredin, agus dh'
iarr e air an cunntas.

Air eagal a bhith 'cur seachad na h-uine, thuirt
Bedredin ris gu'n gabhadh e aig fhacal e.

" O 'n a tha thu doonach sin a dheanamh, ars' an
t-Iudhach, " bidh tu cho math 's gu'n toir thu dhomh
sgriobhadh air a' bharagan a rinn sinn."

An uair a thuirt e so, thug e mach an inee a bh' aige
lo 'n chrios, agus peann is paipear, agus sgriobh Bedredin
na briathran so:—

" Tha 'n sgriobhadh so a' dearbhadh gu'n d' thug
Bedredin Hasan, a Balsora, do Isaac, an t-Iudhach, luchd
na ceud luinge a thig do 'n acarsaid, air son mile bonn oir.
Bedredin Hasan, a Balsora."

Thug e 'n sgriobhadh so do 'n Iudhach, agus dhealaich
e ris.

Am feadh 's a bha Isaac air an rathad do 'n bhaile,
bha Bedredin air an rathad a dh' ionnsuidh uaigh 'athar
An uair a rainig e i, chrom e e-fhein sios gu lar, agus le
cridhe bronach 's le suilean deurach, bha e 'gearain air a
shuidheachadh truagh. " Ochan!" ars' esan, " a Bhed-
redin a' chruaidh fhortain, ciod a dh' eireas dhut? C'ait'
an teich thu g' ad dhion fhein o gheur-leanmhuinn an righ
euooraich? Nach bu leor a bhith fo bhron air son bas
athar chaoimh? Am feumar tuilleadh a chur ris a' mhi-
fhortan a thainig 'na d' rathad?"

An uair a bha e uine mhor 'na shineadh 's e 'caoidh s
a' gearain mar so, dh' eirich as a' bhad 's an robh e, agus
leig e e-fhein air 'uilinn air an uaigh 's a cheann ri taic na
lice. Bha e 'n uair sin na bu bhronaiche na bha e riamh,
agus an uair a bha e anns an t-suidheachadh so uine
fhada, thuit e mu dheireadh 'na chadal.

- - -

CAIB. VI.

Cha robh e fada 'na chadal an uair a thainig fathach fai
an robh e. Bha am fathach so, mar bu ghnath le
'sheorsa, a' cur seachad an lath anns an ait-adhlacaidh,
agus a' falbh air feadh an t-saoghail air an oidhche. An
uair a chunnaic e Bedredin 'na chadal air uaigh 'athar,
bheachdaich e gu dluth air, agus ar leis nach fhac' e duine
riamh cho briagha ris. Thuirt e ris fhein, " Is ann a tha
'n creutair maiseach so coltach ri aingeal a chuireadh Dia

a nuas a Parras a chum daoine an t-saoghail so a
bhrosnachadh gu teas ghradh a thoirt dha air son a mhor
mhaise."

Mu dheireadh, an uair a bha 'm fathach grois mhath
a' beachdachadh air Bedredin, dh' fhalbh e air iteig do 'n
iarmailt.

Cha robh e fad air falbh an uair a thachair bean-
shithe ris, agus chuir iad failte air a cheile. Na dheigh
sin thuirt e rithe, Thig a nuas do 'n ait-adhlacaidh
comhladh riumsa far am bheil mi 'fuireach, agus nochd-
aidh mi dhut duine a tha anabarrach briagha, agus a
thaitneas riut cho math 's a thaitinn e riumsa.

Dh' aontaich a' bhean-shithe leis, agus ann am priob-
adh na sul bha iad aig an uaigh.

"Seall air sin," ars' am fathach ris a' bhean-shithe,
agus e 'comharrachadh am mach Bhedredin dhi. "Am
faca tu duine og riamh cho deas 's cho dealbhach 's cho
maiseach ris?"

An uair a bheachdaich a' bhean-shithe gu math dluth
air Bedredin, thuirt i ris an fhathach, "Tha mi 'g aid-
eachadh gu'm bheil e 'na dhuine anabarrach maiseach.
Ach tha mi 'n drasta fhein air tighinn a Cairo far am faca
mi an aon bhoirionnach a's briagha 'chunnaic suil riamh.
Is i moran is briagha na'n duine og so; agus ma dh'
eisdeas tu rium, innsidh mi dhut naigheachd iongantach
m' a deidhinn."

"Bidh mi 'n ad chomain ma dh' innseas tu an naigh-
eachd sin dhomh," ars' am fathach.

"Tha ard-chomhairleach aig righ na h-Eiphit," ars'
a bhean-shithe, "do 'n ainm Shemsedin, agus tha aon
nighean aige a tha mu fhichead bliadhna dh' aois. Cha
'n fhacas boirionnach riamh cho briagha rithe. Chual'
an righ gu'n robh i anabarrach briagha, agus an latha
roimhe chuir e fios air a h-athair, agus thuirt e ris, 'Tha

mi tuigsinn gu'm bheil nighean agad a th' aig aois pos-
aidh : agus tha toil agam a posadh : am bheil thu
deonach a toirt dhomh?' "

An uair a chual' an t-ard-chomhairleach an ni a bh'
ann am beachd an righ, ghabh e dragh mor, agus an aite
an tairgse a ghabhail le mor aoibhneas mar a dheanadh
iomadh fear a bhiodh 'na aite, fhreagair e an righ, agus
thuirt e ris, " Le 'r cead, a righ, cha 'n 'eil mise airidh air
an urram a tha sibh toileach a chur orm, agus tha mi le
mor umhlachd a' guidhe oirbh gu'n toir sibh mathanas
dhomh a chionn nach 'eil mi deonach deanamh mar a tha
sibh ag iarraidh. Tha fhios agaibh gu'n robh brathair
agam do 'm b' ainm Nuredin, aig an robh a dh' urram,
mar a th' agam fhein, a bhith 'na ard-chomhairleach
agaibh. Thainig ni eiginn eadrainn, a thug air an riogh-
achd fhagail le cabhaig. Agus o 'n uair sin cha chuala
mi iomradh air gus o chionn cheithir latha, an uair a
chuala mi gu'n do dh' eug e ann am Balsora, far an robh
e 'na ard-chomhairleach aig an righ.

" Dh fhag e aon mhac 'na dheigh, agus bha cordadh
eadrainn gu'm posadh a mhac-san mo nighean-sa, nam
biodh mac is nighean againn. Agus tha mi deimhin gu'n
robh an ni so 'na bheachd-san an uair a dh' eug e. Agus
o 'n a tha toil agam cumail ris a' chordadh a bh' eadrainn,
tha mi 'guidhe oirbh gu'n leig sibh leam seasamh ris.
Tha moran de thighearnan eile anns a' chuirt aig am bheil
nigheanan mar a th' agamsa, air am faod sibh, ma chi
sibh iomchuidh e, an t-urram sin a chur a tha sibh
toileach a chur ormsa."

Bha corruich mhor air righ na h-Eiphit ri Shemsedin
a chionn a nighean a dhiultadh dha, agus thuirt e ris,
agus e ann am mullach na feirge, " An e so doigh anns
am bheil thu 'g am phaigheadh air son mi bhith toileach
mi fhein irioslachadh che mor 's gu'n deanainn cleamhnas

riut! Leigidh mise fhaicinn dhut gu'n dean mi diogh-
altas ort a chionn a' chridhe bhith agad leam gu a
roghnachadh do d' nighinn air thoiseach ormsa. Tha
mise 'toirt m' fhacail gu'm feum do nighean an seirbhis-
each a's suaraiche a th' agamsa 'phosadh.

An uair a labhair an righ na briathran so, dh' ordaich
e do 'n ard-chomhairleach e bhith grad fhalbh as a
shealladh. Chaidh an t-ard-chomhairleach dhachaidh
agus e fo mhor dhragh inntinn.

"Air an latha sin fhein chuir an righ fios air an
t-seirbhiseach a b' isle a bh' aige anns an stabull. Tha 'n
seirbhiseach so 'na dhuine cho granda 's gu'n cuireadh e
eagal air dearg mheirleach. Tha e bronnach, crotach,
luigeach, spleadhach. An uair a dh' aithn e do 'n ard
chomhairleach 'aontachadh gu'm posadh e a nighean ris
a chulaidh-eagail so, thug e fa near gu'n deantadh an
cordadh 'na lathair fhein.

"Tha gach ulluchadh feumail air son na bainnse
neonaich so a nis deiseil, agus tha na searbhantan a
bhuineas do thighearnan na cuirte, aig dorus an taighe-
fharagaidh, le an lochrainn 'nan laimh, a' feitheamh gus
an d' thig fear na bainnse am mach an deis e fhein
fharagadh. Tha iad a' dol comhladh ris far am bheil
bean na bainnse. Tha i a nise an deis trusgan na bainnse
a chur uimpe. An uair a dh' fhalbh mise a Cairo
choinnich na mnathan-uaisle mi, agus iad a' dol g' a toirt
do 'n talla far am bheil aice ri fear na bainnse a choinn-
eachadh ; agus tha dul aca ris a h-uile mionaid. Chunnaic
mi i, agus air m' fhacal tha i cho briagha 's nach urrainn
neach sam bith gun tlachd a ghabhail dhith."

An uair a sguir a' bhean-shithe de labhairt, thuirt am
fathach rithe. "A dh' aindeoin na tha thu 'deanamh do
mholadh oirre, cha chreid mi gur urrainn dhi a bhith na
's briagha na 'n duine og so."

" Cha 'n 'eil mi 'dol a chonnsachadh riut mu'n chuis."
arsa 'bhean-shithe, oir tha mi 'creidsinn gu'm bu choir
gu'm biodh e fhein agus an creutair gradhach air am bheil
mi 'bruidhinn air am posadh ri 'cheile.   Agus tha mi
'smaointean gu'm bu mhath an obair dhuinn bacadh a
chur air a' ghniomh eucorach a tha righ na h-Eiphit a'
deanamh ; agus an duine og maiseach so a chur ann an
aite na traill chrotaich, ghranda a tha 'n righ a' toirt oirre
a phosadh g' a h-aindeoin.

" Tha thu gle cheart." ars' am fathach ; " tha mi
anabarrach fada 'n a do chomain air son na smaointean a
chinnich 'na do cheann.   Thugamaid an car as?   Tha mi
'g aontachadh gur coir dioghaltas a dheanamh air righ na
h-Eiphit.   Thugamaid comhfhurtachd do dh' athair na
h-ighinn, agus thugamaid toil-inntinn do 'n nighinn an
aite an doilgheis ris am bheil suil aice.   Ni mise gach ni
'n am chomas a chum a' chuis a chur air aghart, agus tha
mi deimhin gu'n dean thusa do chuid fhein dhe 'n obair.
Bheir mise gu ruige Cairo e mu'n duisg e, agus 'na dheigh
sin fagaidh mi gach ni 'na do lamhan-sa, agus bheir thu
air falbh e a dh' aiteiginn eile, an uair a chi thu an t-am
iomchuidh."

An uair a shuidhich am fathach agus a' bhean-shithe
eatorra fhein gach ni mar bu choir dhaibh a dheanamh,
thog am fathach leis Bedredin gu socrach, agus dh' fhalbh
e leis gu ruige Cairo.   Cha robh e tiotadh air an rathad.
An uair a rainig e. leig e as Bedredin aig dorus taigh'
osda a bha dluth air an taigh-fharagaidh anns an robh am
fear crotach 'g a nigheadh fhein.

Anns an am dhuisg Bedredin, agus bha ioghnadh
anabarrach mor air an uair a fhuair e e-fhein ann am
meadhain baile mhoir anns nach robh e riamh roimhe.
An uair a bha e 'dol a thoirt glaodh as le ioghnadh, agus
a dh' fheorach c'aite an robh e, chuir am fathach a lamh

air a ghualainn, agus thuirt e ris gun fhacal a radh.
Anns a' mhionaid chuir e lochrann ann an laimh Bhed
redin, agus thuirt e ris e dhol maille ris a' chuideachd a
bha 'falbh o 'n taigh-fharagaidh do 'n talla anns an robh
am posadh gus a bhith. "Tha fear na bainnse crotach,
ars' esan, " agus tha e furasda gu leor dhut 'aithneachadh
Bi air a laimh dheis agus grad fhosgail do sporran, agus
thoir lan do dhuirn de 'n or do 'n luchd-ciuil 's do na
dannsairean, agus mar an ceudna do na searbhantan a chi
thu ann an cuideachd bean na bainnse an uair a thig iad
dluth dhut. Na dean caomhnadh sam bith air an or.
Bi cinnteach gu'n toir thu lan do dhuirn do gach neach.
Cuimhnich gu'n dean thu gach ni a tha mise ag aithneadh
dhut gun drag inntinn sam bith. Na biodh eagal ort
roimh ni no roimh neach sam bith, agus fag a' chuid eile
aig neach a's airde cumhachd na thu fhein, agus cuiridh e
cuisean ann an ordugh mar a chi e fhein iomchuidh."

An uair a fhuair Bedredin na comhairlean so chaidh o
gu dorus an taigh-fharagaidh. Las e an lochrann mar a
a rinn na seirbhisich eile 'bha 'n lathair, agus dh' fhalbh
e am measg na cuideachd mar gu'm biodh e 'na shearbh-
iseach aig aon a dh' ard-uaislean a' bhaile. Bha am fear
crotach a' falbh rompa 's e marcachd air aon de dh' eich
an righ.

Mu dheireadh rainig a' chuideachd an taigh aig
Shemsedin, an t-ard-chomhairleach. B' e 'n duine so
brathar athar Bhedredin, agus bu bheag a bha e 'smaoin-
eachadh aig an am gu'n robh mac a bhrathar cho dluth
air laimh. A chum bacadh a chur air eas-ordugh sam
bith, bha na dorsairean a' cumail nan seirbhiseach aig an
robh na lochrainn air falbh o 'n dorus air eagal gu'n
rachadh iad a steach. Cha 'n fhaigheadh Bedredin a
steach na 's mo na gheibheadh cach. Ged a bha cead aig
an luchd-ciuil a dhol a steach, cha rachadh iad a steach

mur faigheadh Bedredin cead a dhol a steach comhladh riutha. "Ma ghabhas sibh beachd air," ars' iadsan, "tuigidh sibh nach e seirbhiseach a th' ann. Cha 'n 'eil teagamh nach e coigreach a th' ann aig am bheil toil a' bhanais 'fhaicinn." Agus an uair a thuirt iad so, thug iad leotha steach e gun taing do na dorsairean. Thug iad an lochrann as a laimh, agus thug iad do neach eile e.

An uair a thugadh a steach do 'n talla e, chuireadh 'na sheasamh e aig deas laimh fir na bainnse. Bha esan 'na shuidhe air langsaid ri taobh bean na bainnse.

Ged a bha bean na bainnse air a h-eideadh ann an trusgan anabarrach maiseach, bha 'h-aghaidh a' nochdadh gu'n robh i air a lionadh le doilghios agus le bron. Cha robh so a' cur ioghnaidh air neach sam bith a chitheadh an creutair duaichnidh a bha 'n righ a' toirt oirre a phosadh an aghaidh a toile.

Bha mnathan uaisle na cuirte 'nan suidhe air cathraichean air gach taobh de sgiobadh na bainnse, gach aon a reir na h-inbhe anns an robh iad. Agus bha iad uile air an eideadh ann an trusgain a bha anabarrach maiseach, agus coinneal cheireach ann an laimh gach te dhuibh; agus bu chiatach an sealladh a bhith 'g am faicinn.

An uair a chaidh Bedredin a steach do 'n t-seomar, cha b' urrainn do na mnathan uaisle an suilean a thogail dheth; oir bha e anabarrach tlachdmhor 'na chruth, 'na choslas, agus na ghluasad. An uair a shuidh e, dh' eirich iad uile as an aite 's an robh iad 'nan shuidhe, agus chaidh iad dluth dha, a chum gu'm faigheadh iad sealladh ceart dheth. Agus an uair a shuidh iad far an robh iad roimhe, cha mhor nach robh iad uile ann an trom ghaol air.

CAIB. VII.

An uair a thug a' chuideachd gu leir an aire do 'n dealachadh mhor a bha eadar Bedredin agus am fear crotach, thoisich iad ri bruidhinn 's ri monabhar 'nam measg fhein. Mu dheireadh thuirt na mnathan uaisle, " Feumaidh sinn bean na bainnse a phosadh ris an duine uasal og, eireachdail so, agus cha 'n ann ris an duine dhuaichnidh, chrotach a chuir an righ air leith dhi."

Cha do stad iad aig a' so, ach thoisich iad ri caineadh an righ, a chionn gu'n d' ordaich e gu'm biodh am boirionnach cho briagha 's a bh' anns an rioghachd air a posadh ris an aon fhear cho granda 's a bh' innte gu leir. Thoisich iad mar an ceudna ri magadh air fear na bainnse 's ri 'ruith sios, air chor 's gu'n d' thug iad uaithe a mhisneach buileach glan. Mu dheireadh chaidh a' chuideachd gu leir gu leithid de bhruidhinn 's gu'n b' eiginn do 'n luchd-ciuil sgur de chluichd.

Thoisich an luchd-ciuil a rithist ri cluichd, agus thainig na mnathan a bha 'cur 'nan trusgan air bean na bainnse far an robh i. Bha e mar chleachdadh anns an am trusgan ur a chur air bean na bainnse seachd uairean, agus a toirt an lathair fir na bainnse a h-uile uair a chuirteadh trusgan ur uimpe a chum umhlachd a thoirt dha. Ach a h-uile uair a chuirteadh trusgan ur uimpe a chum umhlachd a thoirt do 'n fhear chrotach, is ann a bha i 'gabhail seachad air gun uiread is suil a thoirt an taobh a bha e, agus a' dol far an robh Bedredin 'na shuidhe. A h-uile uair a thigeadh bean na bainnse far an robh Bedredin agus an trusgan ur uimpe, bha e 'toirt lan a dhuirn dhe 'n or do na mnathan-coimhideachd a bha 'frithealadh dhi. Bha e 'toirt an oir do 'n luchd-ciuil 's do na dannsairean mar an ceudna. Bu spors a bhith 'g am faicinn a' putadh a cheile feuch co 'gheibheadh greim air an or a bha e 'tilgeadh uca.

Bha iad gle thaingeil dha, agus bha iad a' leigeadh ris dha gur e 'gheibheadh bean na bainnse, agus nach b' e am fear crotach. Bha na mnathan mar an ceudna ag radh ri bean na bainnse gur ann mar so a bha chuis gus a bhith; agus o nacb robh meas sam bith aca air an fhear chrotach is ann a bha iad a deanamh culaidh-mhagaidh dheth cho math 's a b' urrainn daibh. Bha 'mhagaireachd a bha iad a' deanamh air a' toirt toilinntinn mhor do na h-uile a bha lathair.

An uair a dh' atharraich bean na bainnse na seachd trusgain, sguir an ceol agus dh' fhalbh an luchd-ciuil dhachaidh. Dh' iarradh air Bedredin fuireach far an robh e. Dh' fhalbh gach neach eile a bh' aig a' bhanais dhachaidh mar an ceudna. Thug na maighdeanan posaidh bean na bainnse leotha do 'n t-seomar anns an robh iad gus a h-aodach a chur dhith mu'n rachadh a cur a laidhe. Cha robh anns an talla ach Bedredin agus am fear crotach, agus beagan do luchd-muinntir an taighe.

Bha grain an uile aig an fhear chrotach air Bedredin, agus sheall e gu gruamach air, agus thuirt e ris, " Co ris a thusa feitheamh an so? C'ar son nach d' fhalbh thu mar a rinn cach? Bi falbh gu h-ealamh!"

O nach robh leithsgeul aig Bedredin gu fuireach na b' fhaide, dh' fhalbh e 's gun fhios aige ciod a dheanadh e ris fhein.

An uair a bha e 'dol am mach air an dorus, thachair am fathach agus a' bhean-shithe ris, agus chuir iad stad air.

" C'aite am bheil thu 'dol," ars' a' bhean-shithe: " cha 'n 'eil am fear crotach anns an talla idir. Chaidh e 'mach air cheann gnothaich. Faodaidh tusa tilleadh, agus a dhol do 'n t-seomar anns am bheil bean na bainnse. Cho luath 's a dh' fhagar 'n ar onar anns an t-seomar sibh,

innis dhi gur tu fhein fear na bainnse, agus nach robh an
righ ach air son spors a dheanamh air an fhear chrotach ;
agus gus a thoileachadh, gu'n d' thugadh fa near biadh
math a dheasachadh dha anns an stabull. 'Na dheigh sin
cum comhradh taitneach rithe cho math 's a theid agad
air ; oir, o 'n a tha thu 'na d' dhuine cho maiseach, cha bhi
e duilich dhut a thoirt oirre aontachadh gu'n ghabh i thu.
Aig a' cheart am bheir sinne an aire mhath nach till am
fear crotach tuilleadh a chur dragh' oirbh. Na cumadh
ni sam bith thu gun an oidhche 'chur seachad maille ri
bean na bainnse, oir is e do bhean fhein a th' ann : cha 'n
'eil cuid no gnothach aigesan rithe."

Am feadh 's a bha 'bhean-shithe a' toirt misnich do
Bhedredin, agus ag innseadh dha mar bu choir dha
dheanamh, chaidh am fear crotach am mach as an talla
mar a thubhairt i ; oir chaidh am fathach ann an riochd
cait a steach do 'n talla far an robh e, agus e 'miamhlaich
gu h-eagalach. Bhuail esan a dha bhois ri 'cheile gus
eagal a chur air a' chat ; ach an aite teicheadh is ann a
sheas an cat air a chasan deiridh m' a choinneamh, agus
a dha shuil mar gu'm biodh da mheall teine. Bha e 'sior
mhiamhlaich agus a' sior fhas mor gus mu dheireadh an
robh e cheart cho mor ri cach.

Chuir an sealladh so eagal mor air an fhear chrotach,
agus ged a bha toil aige glaodh a dheanamh feuch an
tigeadh cuideachadh g' a ionnsuidh, chaill e a luths cho
mor leis an eagal 's nach b' urrainn e aon fhacal a radh.
Gus an tuilleadh eagail a chur air, ghrad chuir am fathach
e fhein ann an riochd tairbh mhoir, agus thuirt e ris,
" Thusa, a dhearg shlaoightire chrotaich."

An uair a chuala am fear crotach na briathran so, thilg
e e-fhein air an urlar, agus, le iochdar a thrusgain, dh'
fhalaich e 'aghaidh a chum nach fhaiceadh e am beathach

eagalach a bha m' a choinneamh. "An righ nan tarbh,"
ars' esan. "ciod e an gnothach a th' ag agad riumsa ?

"Is an-aoibhinn dut," ars' 'am fathach, "am bheil de
dhanachd agad na dh' fheuchas ri mo bhean-sa 'phosadh ?

"Mo thighearna," ars' am fear crotach, "tha mi
guidhe ort mathanas a thoirt dhomh ; oir ma rinn mi
cionta, is ann gun fhios dhomh. Cha robh fhios agamsa
gu'n robh a' bhean uasal so a' cumail leannachd ri tarbh.
Bheir mi m' fhacal dhut gu'n dean mi ni sam bith a
dh' aithneas tu dhomh."

"Air m' fhacal, ma theid thu 'mach a so," ars' am
fathach, "no ma their thu aon fhacal gus an eirich a'
ghrian am maireach, gu'm brist mi do cheann 'na
bhloighean. Ach leigidh mi leat falbh a so. Grad bhi
falbh, agus thoir an aire nach seall thu 'n a d' dheigh ;
ach ma thilleas tu cha bhi an tuilleadh saoghail agad."

An uair a labhair am fathach na briathran so, chuir
e e-fhein ann an cruth duine, agus rug e air chasan air an
fhear chrotach, agus thug e 'mach as an taigh e. Chuir e
ris a' bhalla e, agus a cheann fodha 's a chasan os a chionn.
Thuirt e ris, "Ma ghluaiseas tu as a sin gus an eirich a
ghrian am maireach, beiridh mi air dha chois ort, agus
sgailcidh mi do cheann ris a' bhalla."

Rinn Bedredin gach ni mar a dh' aithn am fathach
agus a' bhean shithe dha. Chaidh e do 'n t-seomar-
chaidil, agus o nach robh bean na bainnse roimhe anns an
t-seomar, shuidh e gus an tigeadh i, agus bha e 'dol fo
smaointean cia mar a rachadh gach cuis leis.

An ceann uine thainig bean na bainnse. Thainig
seana bhean leatha thun an doruis, agus an uair a dh'
fhosgail i an dorus 's a chaidh bean na bainnse a steach,
ghuidh i oidhche mhath dhaibh, ach cha do sheall i steach
co bh' anns an t-seomar idir, ach ghlas i an dorus, agus
dh' fhalbh i.

Ghabh bean na bainnse ioghnadh mor an uair a dh'
eirich Bedredin a chur failte oirre. "Ciod is ciall dha so,
a. charaid," ars' ise. "Ciod e chuir an so thu mu 'n am so
dh' oidhche? Feumaidh gur tu companach an fhir ris am
bheil mi posda."

"Cha mi," arsa Bedredin. "Cha 'n eil buintealas sam
bith agam ris, agus cha mho a tha eolas agam air a leithid
de chreutair granda, crotach."

"Am bheil fhios agad gu'm bheil thu 'labhairt gle
thaireil mu 'n fhear a phos mise?" arsa bean na bainnse.

"Cha do phos thu idir e," ars' esan. "Na bi
'smaointean air a leithid sin na 's fhaide. Leig dhomhsa
innseadh dhut gu'm bheil thu air do mhealladh na
d' bharail; oir cha bhiodh e coltach gu'm biodh boirionn-
ach briagha mar a tha thusa air a posadh ris an duine a's
grainde dho 'n chinne-daon gu leir. Is mise, a bhain-
tighearna, an duine a tha cho fortanach 's gu'n d' fhuair mi
greim ort. Air son spors dha fhein, bha 'n righ a' cur an
iro dha d' athair gur e am fear crotach a bha thu dol a
phosadh, ach is mise a roghnaich e air do shon. Dh'
fhaodadh tu 'thoirt fa near mar a bha na mnathan uaisle,
an luchd-ciuil, na dannsairean, na maighdeanan posaidh,
agus searbhantan an teaghlaich gu leir a' deanamh spors
dhe 'n chuis. Chuir sinn am fear crotach do 'n stabull,
far am bheil e an drasta ag itheadh an deagh bhidh a
dheasaicheadh dha; agus faodaidh tu bhith cinnteach
nach fhaic thu sealladh dheth gu brath tuilleadh."

Ged a bha 'cridhe gu bristeadh le bron an uair a chaidh
i steach do 'n t-seomar 's i 'n duil gur e am fear crotach
a bha roimpe, dh' fhas i anabarrach toilichte an uair a
chuala i na briathran so; agus leis cho aoidheil 's cho
tlachdmhor 's a bha i 'g amharc, gabh Bedredin gaol mor
oirre.

"Cha robh duil sam bith agam," ars' ise, "gu'a
tionndadh cuisean am mach cho taitneach so: oir bha mi

'gam dheanamh fhein cinnteach nach biodh latha no oidhche sona agam ri mo bheo. Ach tha mi gle fhortanach gu'n d' fhuair mi fear a tha airidh air meas is urram is gradh 'fhaotainn uam."

An uair a labhair i na briathran so chuir i dhith a h-aodach, agus chaidh i laidhe.

Bha aoibhneas mor air Bedredin air son gu'n d' fhuair e bean a bha cho maiseach, cho tlachdmhor, agus cho urramach 's a bh' anns an Eiphit gu leir, agus gun dail sam bith chaidh e laidhe mar an ceudna. Chuir e a chuid aodaich air cathair, comhladh ris a' phoca anns an robh an t-or a thug an t-Iudhach dha. Ach a dh' aindeoin na thug e seachad dhe 'n or an uair a bha 'bhanais a' dol air aghart, bha 'm poca cho lan 's a bha e riamh. Chuir e dheth an cionadhar (turban) a bha m' a cheann, agus chuir e uime currachd oidhche, agus chaidh e laidhe 'na leine agus 'na bhrathais; oir b'e so cleachdadh na duthchadh.

Beagan mu'n do shoilleirich an latha, an uair a bha Bedredin agus a bhean gu trom 'nan cadal, choinnich am fathach agus a' bhean-shithe ri 'cheile, agus thuirt am fathach rithe, gu'n robh lan am aca crioch a chur air an obair a ghabh iad os laimh, agus a chaidh leotha cho math. "Cha 'n fhada gus am bi an latha ann," ars' am fathach, agus feumaidh sinn crioch a chur air ar n-obair mu'n d' thig an latha. Bheir thusa air falbh fear na bainnse gun a dhusgadh, agus fagaidh tu an aiteiginn fad as e.

CAIB. VIII.

Chaidh a' bhean-shithe do 'n t-seomar-chadail far an robh Bedredin agus a bhean 'n an cadal gu trom, agus thog i leatha Bedredin gun fhios gun fhaireachadh dha mar a bha e, sin ri radh, 'na leine 's 'na dhrathais, agus dh'fhalbh

i fhein 's am fathach leis le luaths do-labhairt, agus dh'
fhag iad e 'na shineadh aig geata Dhamascuis, ann an
Siria. Rainig iad leis ann an soilleireachadh an latha,
direach anns an am 's an robh luchd-dreuchd na h-eaglais
a' toirt gairm do mhuinntir a' bhaile gus a dhol gu
urnuigh na maidne.

An uair a dh' fhosgladh geata 'bhaile, thainig moran
sluaigh am mach, agus bha ioghnadh gu leor orra an uair
a chunnaic iad Bedredin 'na shineadh air an talamh 's
gun air ach a leine 's a dhrathais. Thuirt neach dhiubh,
" Bha am fear so ann an taigh anns nach robh mothach
aige bhith, agus thainig a' chuis cho cabhagach air 's nach
d' fhuair e uine air a chuid aodaich a chur uime."

" Seall sibhse," arsa neach eile, " mar a ni daoine
culaidh-bhruidhne dhiubh fhein. Cha 'n 'eil teagamh nach
do chaith e a' chuid bu mho dhe 'n oidhche ag ol agus an
sin, is docha gu'n deachaidh e 'mach, agus an aite tilleadh,
gu'n do thuit e 'na chadal."

Bha feadhain eile de chaochladh bharailean; ach cha
b' urrainn a h-aon sam bith dhiubh a dheanamh am mach
cia mar a thachair dha bhith 'na shineadh an sid.

An uair a chunnaic iad cho maiseach 's a bha e, agus
gu'n robh a chneas cho geal ris an t-sneachda, ghabh iad
ioghnadh mor, agus leis a' chath bhruidhne a bh' orra,
dhuisg iad e.

Ma bha ioghnadh orrasan air son esan fhaicinn anns
an t-suidheachadh 's an robh e, is ann a bha 'n t-ioghnadh
air-san an uair a fhuair e e-fhein aig geata baile anns nach
robh e riamh roimhe, agus e air a chuartachadh le moran
sluaigh a bha 'beachdachadh gu dur air.

" A dhaoin' uaisle," arsa esan, " innsibh dhomh c'ait am
bheil mi, agus cia mar a thainig mi an so?"

Labhair fear dhe 'n chuideachd ris, agus thuirt e, " A
dhuin' oig, dh' fhosgladh geata 'bhaile o chionn tiotaidh,

agus an uair a thainig sinn am mach, fhuair sinn thu 'n ad shineadh anns an t-suidheachadh so, agus sheas sinn a dh' amharc ort. An robh thu 'n ad shineadh an so fad na h-oidhche? Am bheil fhios agad gu'm bheil thu aig aon de gheatachan Dhamascuis?"

"Aig aon de gheatachan Dhamascuis!" arsa Bedredin. "Feumaidh gur ann a' fanaid orm a tha sibh. An uair a chaidh mi chadal an raoir, bha mi ann an Cairo."

An uair a thuirt e so, ghabh cuid dhe 'n t-sluagh truas dheth, agus thuirt iad, "Nach muladach an gnothach gu'm biodh duine cho maiseach ris an deis a dhol as a rian!"

"A mhic," arsa seann duine uasal ris, "cha 'n 'eil fhios agad ciod a tha thu 'g radh. Cia mar a tha e comasach gu'm biodh tu 's a' mhadainn so ann an Damascus ma chaidh thu chadal an raoir ann an Cairo?"

"Tha e fior gu leor an deigh a h-uile car," arsa Bedredin; "oir tha mi comasach air mo mhionnan a thabhairt gu'n robh mi fad an latha 'n de ann am Balsora."

Cha bu luaithe 'labhair e na briathran so na thoisich an sluagh uile ri gaireachdaich, agus ri radh, "Cha 'n eil ann ach an t-amadan, tha 'n caoch dearg air."

Ach bha truas aig cuid dhe 'n t-sluagh ris, a chionn gu'n robh e 'na dhuin' og maiseach; agus thuirt aon dhe na bha 's a' cuideachd ris, "A mhic, tha thu as do rian gun teagamh sam bith; cha 'n 'eil fhios agad ciod a tha thu 'g radh. Am bheil e comasach gu'm biodh duine a bha 'n de ann am Balsora, an raoir ann an Cairo, an diugh ann an Damascus? Feumaidh gu'm bheil thu fhathast 'n ad chadal. So so, duisg as do chadal."

"Tha h-uile facal a tha mi 'g radh fior gu leor, oir phos mi an raoir ann an Cairo," arsa Bedredin.

An uair a chual' an sluagh so, thoisich iad a rithis-t ri gairdeachdaich.

"Smaoinich ort fhein," ars' am fear a labhair ris an toiseach; "cha 'n 'eil teagamh nach do bhruadair thu sin, agus tha thu 'smaoineachadh gu'm bheil e uile fior."

"Tha fhios agam gur i an fhirinn a tha mi 'g radh," arsa Bedredin. "Tha mi guidhe oirbh gu'n innis sibh dhomh cia mar a bha e comasach dhomh a dhol ann am bruadar do Chairo, far am bheil mi lan chinnteach gu'n robh mi an raoir, agus far an d' thugadh bean-na-bainnse seachd uairean 'n am lathair le trusgan ur oirre a h-uile uair. A bharrachd air sin, bu mhath leam fios fhaotainn ciod a dh' eirich do 'n deise a bha umam, do 'n chionadhar a bha m' am cheann, agus do 'n phoca anns an robh an t-or a bh' agam ann an Cairo."

Ged a thug e iomadh dearbhadh dhaibh gu'n robh na bha e ag innseadh dhaibh fior gu leor, cha b' urrainn daibh gun a bhith gaireachdaich ris. Chuir a h-uile rud a bh' ann cho mor troimh a cheile e 's nach robh fhios aige ciod a theireadh e.

Mu dheireadh dh' eirich e gus a dhol a steach do 'n bhaile, agus bha h-uile neach a lean e a' glaodhaich. "Duine as a rian, amadan!" Bha feadhainn ag amharc am mach air na h-uinneagan, bha feadhainn ag amharc am mach air na dorsan, agus bha feadhainn eile 'falbh 'na dheigh comhladh ris a' mhor chuideachd a lean steach e air geata 'bhaile, agus bha iad a' glaodhaich, "Duine as a rian!" ged nach robh fhios aca c'ar son. Air dha bhith ann an iomacheist mhoir leis mar a bha 'n sluagh a' falbh 'na dheigh, chaidh e steach do bhuth fuineadair g' a fhalach fhein o 'n t-sluagh.

Bha 'm fuineadair so aon uair 'na cheannard air buidheann robairean a bhiodh a' spuinneadh luchd-turuis a bhiodh a' dol troimh fhasaichean Arabia; agus ged a bha e 'fuireach ann an Damascus, agus 'g a ghluasad fhein iomchuidh gu leor, gidheadh bha eagal aig a h-uile duine roimhe. Air an aobhar sin, cho luath 's a chaidh e 'mach far an robh na daoine a bha 'leantuinn Bhedredin, thug iad iad-fhein as leis an eagal a bh' aca roimhe.

An uair a thill am fuineadair a steach, dh' fheoraich e de Bhedredin co e, agus ciod a thug an sid e. Dh' innis Bedredin dha gu saor soilleir gach ni air am b' fhiosrach e mu thimchioll a bhreith is araich, agus mu thimchioll an t-suidheachaidh anns an robh na daoine o 'n d' thainig e. 'Na dheigh sin dh' innis e dha c'ar son a dh' fhalbh e a Balsora; cia mar. an doigh dha bhith 'na chadal air uaigh 'athar, a fhuair e e-fhein ann an Cairo, far an do phos e bean uasal; agus mu dheireadh, an t-uamhas mor a bh' air an uair a fhuair e e-fhein ann an Damascus. agus gun fhios aige cia mar a thachair a leithid de dhriodartan dha.

"Tha na dh' innis thu dhomh anabarrach iongantach," ars' am fuineadair: "ach ma ghabhas tu mo chomhairle-sa, cha leig thu ris iad do dhuine sam bith, ach feith gu foighidneach gus an cuir am Freasdal crioch air do mhi-fhortan. Faodaidh tu fuireach comhladh riumsa gus a sin: agus o nach 'eil clann agam, bidh tu agam mar mo mhac, ma bhios tu fhein deonach. Agus an doigh dhomhsa do ghabhail ugam mar mo mhac, faodaidh tu falbh air feadh a' bhaile uair sam bith a thogras tu. agus cha chuir neach sam bith dragh ort.

Ged a bha Bedredin air a bhreith 's air arach ann an inbhe ro ard os cionn an fhuineadair, ghabh e gu toileach an tairgse a thug am fuineadair dha, o 'n a bha e 'creid-sinn nach b' urrainn da, anns an t-suidheachadh 's an robh e. tairgse na b' fhearr fhaotainn.

Thug am fuineadair deise mhath aodaich dha, agus chaidh e leis far an robh sgriobhadair, agus ann an lathair fhianuisean chuir e 'lamh ri paipear, ag aideachadh gu'n robh e 'gabhail ris mar a mhac. 'Na dheigh sin dh' fhuirich Bedredin comhladh ris, agus dh' ionnsaich e an fhuineadaireachd.

Anns an am 's an robh na nithean so a dh' ainmich-eadh a nis a' dol air aghart ann an Damascus, dhuisg nighean Shemsedin, agus o nach robh Bedredin 'na laidhe 's an leabaidh comhladh rithe, shaoil i gu'n d' eirich e gu socrach air eagal a dusgadh, ach bha i 'smaointean gu'n tigeadh e air ais gun dail. An uair a bha i mar so 'ga fheitheamh, thainig a h-athair gu dorus an t-seomair, agus e gle fharranach a chionn gu'n do chuir an righ masladh mor air a nighinn. Cha b' ann gu failte chridheil a chur oirre a thainig e, ach gu teannadh ri bron 's ri caoidh maille rithe. Ghairm e oirre air a h-ainm, agus o 'n a dh' aithnich i a ghuth, ghrad dh' eirich i, agus dh' fhosgail i an dorus. Thug i pog dha laimh, agus bha leithid a dh' aoidh 's a thoileachadh oirre 's gu'n do ghabh a h-athair ioghnadh gu leor. Bha e 'n duil gur ann a gheibheadh e i gu tursach, deurach, trom-inntinneach.

"A chreutair thruaigh," ars' esan, 's coltas feirge air, " an e so suidheachadh anns am bheil thu? Cia mar is urrainn dut a bhith cho toilichte 's a tha thu an deigh na tha thu air fhaotainn de mhasladh 's de thamailt?"

An uair a chunnaic i gu'n robh fearg air a h-athair a chionn i bhith cho aoidheil 's cho toilichte, thuirt i ris, " Am ainm Dhe, na bi 'g am chaineadh gun aobhar. Cha 'n e am fear crotach a phos mi idir; oir is lugha orm e na 'm bas. Bha h-uile duine a bha aig a' phosadh a' magadh air, agus thug iad air teicheadh air falbh. 'Na aite phos mi duine uasal og cho maiseach 's a chunnaic suil riamh.

"Ciod a tha 'toirt ort a bhith 'g innseadh leithid sin do naigheachd gun doigh dhomh?" arsa h-athair, 's e 'labhairt rithe gu frionasach. " An e nach robh am fear crotach 'na laidhe comhladh riut fad na h-oidhche?"

"Cha robh gu dearbh," ars' ise: "is e bh' ann an

duine og maiseach a dh' ainmich mi. Tha suilean mora.
briagh' aige, agus malaidhean dubha."

An uair a chual' a h-athair so. chaill e 'fhoighidin
buileach glan, agus dh' fhas e anabarrach cas. "Ah! a
bhoirionnaich aingidh." ars' esan. "cuiridh tu as mo chiall
mi!"

"Tha sibhse, 'athair, air thuar mise a chur as mo chiall
le bhur n-as-creideamh."

"Cha 'n 'eil e fior, tha 'chuis coltach," ars' esan. "gu'n
robh am fear crotach 'na laidhe comhladh riut."

"Na cluinneam guth tuilleadh air an fhear chrotach,'
ars' ise: "mo mhollachd air! Am feumar a bhith 'ga
thilgeadh orm gun fhois? Tha mise 'g innseadh dhuibh
aon uair eile nach do laidh e idir comhladh rium, ach gur
e laidh comhladh rium m' fhear-posda gaoil. a tha 'n ait-
eiginn gun bhith fad air falbh."

<hr>

CAIB. IX.

Chaidh Shemsedin am mach feuch am faiceadh e am fear
a phos a nighean; ach an aite fhaicinn, bha ioghnadh
anabarrach air an uair a chunnaic e am fear crotach ri
taobh a 'bhalla, agus a cheann fodhpa 's a chasan os a chionn.

"Ciod is ciall dha so?" ars' esan; "co chuir an so thu?"

Dh' aithnich am fear crotach gu math gur e 'n t-ard-
chomhairleach a bha bruidhinn ris, agus thuirt e.
"Ochan! ochan! bha duil agad gu'n tugadh tu ormsa
leannan tairbh a phosadh—an leannan a bh' aig an fhath-
ach ghranda. Cha 'n 'eil mi cho gorach; cha toir thu 'n
car asam idir."

An uair a chuala Shemsedin mar a labhair am fear
crotach, shaoil leis gur ann as a chiall a bha e, agus
dh' iarr e air a bhith falbh as an aite an robh e.

"Bhoir mi an aire mhath nach gabh mi do chomhairle mur d' eirich a' ghrian. Innsidh mi so dhut; an uair a chaidh mi do 'n t-seomar mhor an raoir, thainig cat mor dubh far an robh mi, agus ann an tiotadh dh' fhas e cho mor ri tarbh. Cha do dhi-chuimhnich mi fhathast na thuirt e rium, air an aobhar sin, bi thusa 'falbh air cheann do ghnothaich fhein, agus fag mise far am bheil mi."

An aite falbh is ann a rug Shemsedin air chasan air an fhear chrotach, agus chuir e na sheasamh air an talamh e. Cha bu luaithe fhuair e chasan air an talamh na ruith e air falbh cho luath 's a b' urrainn e. Cha do leig e 'n ceum ruith as a chois gus an d' rainig e far an robh an righ. Dh' innis e do 'n righ a h-uile car mar a rinn an fathach air. Agus rinn an righ gaireachdaich gu leor an uair a chual' e mar a dh' eirich dha.

Thill Shemsedin do 'n t-seomar anns an robh a nighean, agus barrachd ioghnaidh air na bh' air roimhe.

"Seadh, a nighean bhochd," ars' esan, "an urrainn dut an tuilleadh soluis a chur air a' ghnothach so dhomh?"

"Le 'r cead," ars' ise, "cha 'n urrainn domhsa ni sam bith innseadh dhuibh m' a dheidhinn ach na dh' innis mi mar tha. Sin agaibh air a' chathair mu 'r coinneamh an t-aodach a bha mu 'n fhear a phos mi; is docha gu'm faigh sibh ni eiginn ann a dhearbhas dhuibh gu'm bheil mise 'g innseadh na firinn."

Thog a h-athair an ceann aodach a bh' aig Bedredin 'na laimh, agus bheachdaich e gu dluth air. "Theirinn gur e ceannaodach ard-chomhairlich a th' ann," ars' esan, "mur b' e gur ann am Mosul a rinneadh e." Ach an uair a thug e an aire gu'n robh ni eiginn air fhuaghal eadar an t-aodach agus an linige, dh' iarr e siosar, agus an uair a dh' fhosgail e an linige, fhuair e am paipear a thug Nuredin dha mhac, Bedredin, air leabaidh a' bhais, agus a dh' fhuaigh Bedredin na cheannaodach gus a ghleidh-eadh gu tearuinte.

An uair a dh' fhosgail Shemsedin am paipear b' e na
ceud fhacail a leugh e, " Do mo mhac, Bedredin." Anns
a' mhionaid dh' aithnich e lamh-sgriobhaidh a bhrathar.
Mu 'n dubhairt e facal sam bith m' a dheidhinn, thug a
nighean dha am poca a bha fo 'n aodach a bh' air a'
chathair agus anns an robh an t-or. Dh' fhosgail e e, agus
fhuair e luma lan de bhuinn oir e; oir, mar a dh' innis mi
mar tha, ged a bha Bedredin gle fhialaidh mu 'n or an
oidhche roimhe sid, bha 'm fathach agus a' bhean-shithe
'g a chumail cho lan 's a bha e riamh. Bha paipear beag
anns a' phoca air an robh na facail a leanas sgriobhte:—
" Mile bonn oir a bhuineas do dh' Isaac an t-Iudhach."
Agus fo na briathran so bha sgriobhte mar an ceudna,
" A thug e do Bhedredin air son an luchd a th' anns a'
cheud te dhe na loingeas a bhuineas dha 'athair urramach
nach maireann, a thig gu calla." Mu 'n gann a leugh e na
briathran so, thug e glaodh as, agus thuit e ann an laigse.

An uair a thainig e as an laigse, thuirt e, "A nighean,
na biodh eagal ort, ged a thachair dhomh fannachadh; is
gann a tha e comasach dhut an t-aobhar a chreidsinn.
Tha am mile bonn oir a th' anns a' phoca a' cur 'nam
chuimhne gu'n deachaidh mi fhein 's mo bhrathair gaoil
thar a choile. Gun teagamh sam bith is e so an tochra a
tha e 'toirt dhut. Moladh do Dhia air son nan uile
nithean, agus gu sonraichte air son na doigh mhiorbhuilich
anns an d' thainig na nithean iongantach so gu crich, leis
am bheil e 'nochdadh dhuinn a chumhachd neo-chrioch-
nach."Sheall e rithist air an sgriobhadh caochladh uairean,
agus shil e na deoir gu frasach.

Sheall e thairis air an leabhar o 'thoiseach gu 'dheir-
eadh, agus fhuair e sgriobhte ann a' cheart latha dhe 'n
mhios air an d' rainig a bhrathair Balsora, an latha 'phos
e, agus an latha air an d' rugadh Bedredin; agus an uair
a thug e fa near a' chuis, chunnaic e gur ann air a' cheart

latha dhe 'n mhios air an do phos a bhrathair ann am
Balsora, a phos e fhein ann an Cairo, agus mar an ceudna,
gu'm b' ann air a' cheart latha air an d' rugadh Bedredin,
a rugadh a nighean fhein. Chuir an co-chordadh a bh'
eadar na nithean so ioghnadh mor air.

Bha na nithean so a fhuair e mach 'nan aobhar
aoibhneis cho mor dha 's gu'n d' thug e leis an leabhar
agus am paipear sgrioblite a bh' air a' phoca anns an robh
an t-or gus an scalltainn do 'n righ. Thug an righ dha
mathanas anns na chaidh seachad, agus an uair a chual' e
mar a dh' eirich do 'n fhear chrotach, agus mu gach ni
eile a thachair aig a' phosadh, chord an sgeul cho math ris
's gu'n d' thug e fa near an sgriobhadh a chum gu'm biodh
iad foumail do gach neach a leughadh iad 'na dheigh sin.

Aig a' cheart am cha b' urrainn Schemsedin, an t-ard-
chomhairleach, a thuigsinn c'ar son a dh' fhalbh mac a
bhrathar cho trath 's a' mhadainn an deigh dha posadh,
agus nach do thill e tuilleadh. Bha duil aige ris a h-uile
mionaid, o 'n a bha e 'gabhail fadachd gus an cuireadh e
failte chridheil, chaoimhneil air. An ceann seachdain an
uair a thug o duil-thairis dheth, chuir e daoine air a thoir
air feadh a' bhaile, ach cha chual' iad guth no iomradh air.
Chuir so ioghnadh mor air. "Is e so," ars' esan, "rud
a's iongantaiche a chunnaic no chuala duine riamh." O
nach robh fhios aige cia mar a dh' fhaodadh cuisean
tachairt, smaoinich o gu'm bu choir dha mion-chunntais a
chur sios ann an sgriobhadh mu thimchioll gach ni a
thachair aig a' bhanais, agus mu 'n doigh anns an robh
carnais talla na bainnse, agus seomar-cadail a nighinn air
an cur an ordugh. Mar an ceudna cheangail o suas an
cionadhar, am poca 's an robh an t-or, agus gach ni eile a
bhuineadh do Bhedredin, agus chuir o fo ghlais iad.

An ceann beagan uino dh' aithnich nighean an ard-
chomhairlich gu'n robh i leith-tromach, agus an ceann tri

raithean dh' aiseadadh air mac i. Fhuaradh banaltrum do 'n leanabh, agus thug a sheanair Agib mar ainm air.

An uair a bha Agib seachd bliadhna dh' aois chuir a sheanair do 'n sgoil e, agus dh' earbadh ri dithis sheirbhiseach an aire a thoirt dha an am dha bhith 'falbh do 'n sgoil agus a' tilleadh dhachaidh.

Bhiodh Agib a' cluich comhladh ris na sgoilearan eile, agus o 'n a bha iad uile ann an inbhe na b' isle na esan, bhiodh iad a' toirt mor urram dha, a reir na h-eiseimpleir a bha am maighstir a' cur rompa, agus ged a dheanadh e iomadh cron, gheibheadh e sin a leigeadh leis mar nach fhaigheadh a h-aon sam bith eile a bh' anns an sgoil.

Bha Agib cho mor air a mhilleadh leis gach fabhar agus urram a bha na sgoilearan 's am maighstir sgoile a' nochdadh dha 's gu'n d' fhas e mu dheireadh cho mor as fhein, agus cho mi-mhodhail 's nach b' urrainn na sgoilearan eile ach gann cur suas leis. Dh' fheumadh a thoil fhein a bhith aige anns gach ni. Na 'n cuireadh a h-aon sam bith dhiubh facal 'na aghaidh, chaineadh e thun am brog iad, agus ghabhadh e orra gu laidir.

Mu dheireadh dh' fhas na sgoilearan cho sgith dhe dhoighean 's gu'm b' fheudar dhaibh gearain a dheanamh air ris a' mhaighstir sgoile. Thuirt am maighstir sgoile riutha gu'm feumadh iad foighidin a bhith aca. Ach an uair a chunnaic e gu'n robh Agib a' sior fhas na bu mhi-mhodhaile a h-uile latha, agus ag aobharrachadh moran dragha dha fhein 's do na sgoilearan, thuirt e ris na sgoilearan, " A chlann, tha mi 'faicinn nach 'eil ann an Agib ach uasal beag gle mhi-mhodhail. Innsidh mise dhuibh mar a bheir sibh a leithid de thamailt dha 's gu'n sguir e bhith cur dragh oirbh; agus is docha gu'n toir sibh air falbh as an sgoil. An uair a thig e am maireach, agus a dh' aontaicheas sibh teannadh ri cluich mar a b' abhaist dhuibh, seasaibh uile mor-thimchioll air, agus abradh fear dhibh. Cha leig sinn le fear sam bith a dhol a chluich an diugh ach fear a dh' innseas dhuinn ainm fhein, agus ainm 'athar 's a mhathar. A h-uile fear nach innis so, cha bhi againn air ach meas duine dhiolain, agus cha leig sinn leis a bhith 'cluich 'n ar cuideachd."

An ath latha an uair a chruinnich iad rinn iad mar a dh' aithn am maighstir dhaibh. Sheas iad mor-thimchioll air Agib, agus thuirt fear dhiubh, "Teisicheamaid ri cluich, ach air a chumhnanta gu'n cuirear a h-uile fear nach innis ainm fhein, agus ainm 'athar 's a mhathar, am mach as ar cuideachd."

Dh' aontaich iad uile gu'n robh so ceart gu leor, agus bha Agib air a' cheud fheadhain a chuir an aonta ris. An sin dh' fheoraich a' cheud fhear a labhair, ainm gach fir an deigh a cheile. An uair a chuireadh a' cheist air Agib thuirt e, " Is e Agib m' ainmsa, theirear a' bhaintighearna mhaiseach ri m' mhathair, agus is e m' athair, Schemsedin Mohamed, ard-chomhairleach an righ."

An uair a chual' a' chlann uile so ghlaodh iad am mach aird an claiginn, " Agib, ciod a thubhairt thu! Is e tha 'n sin ainm do sheanar, agus cha 'n e ainm d' athar."

" Mo mhollachd oirbh," ars' esan, 's e ann am mullach na feirge, " ciod e tha sibh ag radh! an dana leibh a radh nach e Schemsedin Mohamed m' athair?"

" Cha 'n e, cha 'n e, ghlaodh iad uile 's iad a' deanamh glag mor gaire, " is e th' ann do sheanair, agus mar sin cha 'n fhaod thu 'bhith cluich maille ruinne. Bheir sinn ar ceart airo gu'n cum sinn as ar cuideachd thu."

An uair a thuirt iad so, dh' fhag iad e far an robh e, agus dh' fhalbh iad 's iad a' magadh air 's a' gaireachdaich 'n am measg fhein. Chuir so a leithid de thamailt air Agib 's gu'n do thoisich e ri caoineadh.

Bha am maighstir sgoilo faisge air laimh aig an am, agus chual' e a h-uile facal a bh' eadar na sgoilearan is

Agib. Chaidh e far an robh Agib 'na sheasamh, agus thuirt e ris, " Agib, am bheil fhios agad idir gur e Schemsedin Mohamed, ard-chomhairleach an righ, do sheanair, athair do mhathar? Cha 'n 'eil fhios againne air ainm d' athar na 's mo na th' agad fhein. Tha fhios againn gu'n robh an righ gus a thoirt air do mhathair aon dhe na seirbhisich a b' isle a bh' anns an stabull a phosadh —duine beag, granda, crotach; ach laidh fathach comhladh rithe oidhche na bainnse. Tha so gun teagamh gle dhouchainneach dhutsa, agus bu choir gu'n tugadh e ort gun a bhith cho uaibhreach 's a tha thu, agus gun a bhith 'deanamh tair air na sgoilearan mar bu ghnath leat."

Chuir so Agib bhar a shiuil buileach glan, agus dh' fhalbh e 'na ruith dhachaidh as an sgoil 's e sior chaoineadh. Ghabh e direach do 'n t-seomar anns an robh a mhathair, agus an uair a chunnaic i an staid anns an robh e ghabh i eagal, agus dh' fheoraich i ciod a bha cur dragh air. Cha b' urrainn e freagairt a thoirt dhi, leis mar a bha e cho mor troimh a cheile eadar ardan is tamailt is caoineadh. An drasta 's a rithist theireadh e facal no dha eadar a h-uile meall caoinidh a thigeadh air, ach cha b' urrainn a mhathair bun no barr a dheanamh dhe na bha e ag radh.

CAIB. X.

An uair a bha Agib sgith caoinidh thuirt e ri 'mhathair, " As uchd Dhe riut, tha mi guidhe ort gu'n innis thu dhomh co is athair dhomh." " A mhic," ars' ise, " is e Schemsedin Mohamed, a tha h-uile latha deanamh na h-uiread dhiot, is athair dhut."

" Cha 'n 'eil sibh ag innseadh na firinn dhomh," ars' esan ; " is e bhur n-athair fhoin, ach cha 'n e m' athair-sa idir. Ach co dha is mac mi?"

An uair a chual' a mhathair so thainig na nithean a
thachair oidhche na bainnse as ur gu a cuimhne, agus mar
a bha i fad iomadh bliadhna 'caitheamh a beatha mar
bhantraich. Thoisich i ri sileadh dheur gu frasach, agus
ri gearain gu goirt air a' chall a thainig oirre an uair a
chaill i Bedredin, fear posda cho tlachdmhor 's a b' urrainn
a bhith aig mnaoi.

An uair a bha i mar so a' caoidh maille ri Agib, co
thigeadh a steach ach an t-ard-chomhairleach, agus ghrad
dh' fheoraich e ciod a b' aobhar do 'n bhron a bh' aca.
Dh' innis a nighean dha mar a naraicheadh Agib anns an
sgoil. Chuir so dragh-inntinn cho mor air an ard-chomh-
airleach 's gu'n do thoisich e ri gul comhladh riutha.
Thuig e gu math gu'n robh fios aig sluagh a' bhaile air a'
mhi-fhortan a thachair dh' a nighinn, agus chuir so gu
bron 's gu tuirse e buileach glan.

Anns an t-suidheachadh bhronach so chaidh e gun dail
sam bith do luchairt an righ, agus air dha e fhein a
loigeadh 'na shineadh aig casan an righ, dh' innis e dha
mar a bha cuisean, agus ghuidh e air gun tugadh e cead
dha a dhol air thurus troimh dhuthchannan na h-aird an
ear, ach gu sonraichte do Balsora, feuch am faigheadh e
sgeul air Bedredin, mac a bhrathar. Oir cha robh e 'n
comas dha na b' fhaide laidhe fo 'n a' mhi-chliu a bha
muinntir a' bhaile a' cur air a thoaghlach an uair a bha
iad a' creidsinn, agus ag aithris o bheul gu beul, gu'n robh
mac aig a nighinn bho fhathach.

Chuir an suidheachadh anns an robh an t-ard-chomh-
airleach dragh-inntinn air an righ, agus dheonaich e gu
toileach cead a thoirt dha falbh a dh' iarraidh forofhais
air mac a bhrathar. Dh' ordaich e paipear a sgriobhadh
dha leis am faigheadh e cead anns gach rioghachd do 'n
rachadh e lan-fhorofhais a deanamh air son mac a
bhrathar, agus a thoirt leis air ais do 'n Eiphit na'm

faigheadh e groim air. Bha Schemsedin cho taingeil do 'n
righ air son a' chaoimhneis a nochd e dha 's gu'n do leig
e e-fhein 'na shineadh air a bheulaobh an dara uair mar
comharradh air cho taingeil 's a bha e, agus anns an
t-suidheachadh so, shil e gu frasach deoir taingealachd.
Mu dheireadh an uair a ghuidh e gu durachdachd gu'n
soirbhicheadh leis an righ anns gach doigh, ghabh e 'n
chead dheth agus chaidh e dhachaidh. Gun dail sam bith
thoisich e ri deanamh deiseil air son an turuis, agus an
ceann cheithir latha bha gach ni glan, deiseil air son falbh.
Dh' fhalbh e fhein agus a nighean is Agib, agus a mheud
de sheirbhisich 's de luchd-frithealaidh 's a shaoileadh e a
bhiodh feumail dhaibh.

Chuir iad an aghaidh air an t-slighe gu Damascus,
agus lean iad rompa gun stad fad naoi latha deug, ach
gu'n robh iad a' gabhail fois fad dubhagan na h-oidhche.
Ach air an fhicheadamh latha rainig iad comhnard mais-
each a bha beagan astair o bhaile Dhamascuis. Stad iad
an sin, agus chuir iad suas am buthan aig bruaich aimhne
a tha 'ruith troimh 'n bhaile, agus a tha cur sealladh
maiseach air an tir mu 'n cuairt.

Chuir an t-ard-chomhairleach roimhe gu'n cuireadh e
seachad da latha anns an aite so, agus 'na dheigh sin gu'n
gabhadh e air aghart air a thurus.

Anns a' cheart am thug e cead do 'n mhuinntir a bha
'na chuideachd a dhol do Dhamascus. Chaidh a' chuid
mhor dhiubh ann. Chaidh feadhainn ann a ghabhail
ioghnaidh dhe na seallaidhean ro mhaiseach a bha ri 'm
faicinn anns a' bhaile, agus chaidh cuid eile ann a reic
caochladh sheorsachan bathair a thug iad leotha as an
Eiphit, no a cheannach cuid dhe na nithean iongantach,
annasach a bha ri an reic anns a' bhaile. Thug a mhath-
air cead a dh' Agib a dhol do 'n bhaile maille ri each, agus
dh' ordaicheadh do 'n chaillteanach dhubh, am fhear do

'm bu ghnath 'bhith gabhail curam dheth, falbh comhladh ris air eagal gu'n eireadh beud dha.

Chuireadh deise anabarrach riomhach air Agib, agus dh' fhalbh e fhein agus am fear a bha 'g a choimheadachd do 'n bhaile. Bha Agib na phaisde og cho maiseach ri h-aon a b' urrainn suil fhaicinn, agus cha bu luaithe a chaidh e steach do 'n bhaile na bha aire an t-sluaigh gu buileach air a tarruinn g' a ionnsuidh. Thainig cuid am mach as na taighean a chum sealladh na b' fhearr fhaotainn dheth; bha cuid eile ag amharc am mach air na h-uinneagan; agus cha 'n fhoghnadh leis an fheadhainn a bha coiseachd air an t-sraid seasamh a shealltainn air 'san dol seachad, ach dh' fheumadh iad a bhith 'coiseachd ri 'thaobh agus 'na dheigh leis an tlachd a ghabh iad dheth. A dh' aon fhacal, cha robh neach a chunnaic e nach do ghabh tlachd dheth, agus nach d' thug mile beannachd air an athair 's air a' mhathair a chuir a leithid de phaisde tlachdmhor a dh' ionnsuidh an t-saoghail. Thachair dha fhein agus do 'n fhear a bha gabhail curam dheth a dhol seachad air a' bhuthaidh anns an robh Bedredin, agus bha 'n sluagh a bha 'g an cuartachadh cho dumhail 's gu'n b' fheudar dhaibh seasamh far an robh iad.

Fhuair an cocaire-phitheannan (pastry-cook) a ghabh Bedredin g' a ionnsuidh mar a mhac fhein bas aireamh bhliadhnachan roimhe sid, agus dh' fhag e a' bhuth agus gach ni eile a bhuineadh dha aig Bedredin. Agus mar so bu le Bedredin a' bhuth, agus bha e 'deanamh a ghnoth-aich cho fior mhath 's gu'n do choisinn e cliu mor ann am baile Dhamascuis gu leir.

An uair a chunnaic Bedredin an aireamh mhor shluaigh a bha 'n an seasamh aig a dhorus, agus iad uile ag amharc le mor-ioghnadh air Agib, agus air an duine dhubh a bha cuide ris, chaidh e fhein am mach gu sealladh ceart fhaotainn dhiubh.

Cha bu luaithe a chunnaic Bedredin Agib na ghabh e
tlachd anabarrach mor dheth, ach cha b' urrainn e radh,
c'ar son. Cha do chuir maise a' phaisde mor-ioghnadh sam
bith air mar a chuir e air daoine eile; ach bha aobhar
eile ann, ged nach robh fhios aigesan air, air son gu'n do
tharruinn a chridhe g' a ionnsuidh. B' e faireachdainean
athar a thaobh mic a thug air an obair a bh' aige a
leigeadh as a laimh, agus a thug air ceum a ghabhail far
an robh Agib, agus le aoidh air a ghnuis, a radh ris, " Mo
thighearn' og, a ghabh greim air mo chridhe, bi cho math
's gu'n tig thu steach do 'n bhuthaidh agam a chum gu'n
ith thu rud dhe 'n bhiadh a th' agam; a chum gu'm bi de
thoileachadh agam beachdachadh ort air mo shocair
fhein."

Labhair e na briathran so ann an doigh cho blath-
chridheach 's gu'n robh na deoir a' sruthadh o 'shuilean.
Dhruigh iad cho mor air Agib 's gu'n do labhair e ris a'
chaillteanach mar so, " Is toigh leam an coltas a th' air
aghaidh an duine choir so. Tha e labhairt ann an doigh
cho chaoimhneil 's nach urrainn domh gun deanamh mar
a tha e 'g iarraidh orm. Rachamaid a steach do 'n taigh
aige, agus blaiseamaid na pitheannan a tha e 'deasachadh.'

" Gu cinnteach ceart bu chiatach an gnothach dhutsa,
mac ard-chomhairlich mar a tha thu, a dhol a steach a
dh' itheadh do bhuth cocaire. Na bi 'smaointean gu'n
leig mise leat a leithid de ni suarach a dheanamh," ars' an
caillteanach.

" Ochan! mo thighearn' og," arsa Bedredin, " is e
gnothach eucorach do leithid 'earbsadh ri fear a tha cho
cruaidh ort."

An sin thionndaidh e ris a' chaillteanach, agus thuirt
e ris, " Tha mi 'guidhe ort gun bhacadh a chur air an
tighearn' og so am fabhar a thoirt dhomhsa a tha mi 'g
iarraidh air. Na cuir a leithid a dhoilghios orm. B' fhearr

leam gu'n tugadh tu dhomh a dh' urram gu'n tigeadh tu fhein a steach comhladh ris. Chuireadh e urram araon ormsa 's ort fhein; oir leigeadh tu ris do shluagh an t-saoghail gu'm bheil nadar iriosal annad, ged tha thu ann an dreuchd ard, urramach.

Chuir e mar so a leithid de bheul briagha air a' chaillteanach, 's gu'n do dh' aontaich e mu dheireadh gu'n leigeadh e le Agib a dhol a steach do 'n bhuthaidh; agus chaidh e fhein a steach maille ris.

Bha aoibhneas mor air Bedredin a chionn gu'n deachaidh iad a steach mar a dh' iarr e orra. Ghrad thug e lamh air an obair a bh' aige an uair a thainig iad thun an doruis, agus thuirt e, "Bha mi 'deanamh pitheannan-uachdair, agus tha mi 'n dochas gu'm bi sibh cho math 's gu'n ith sibh rud dhiubh. Tha mi deimhin gu'n cord iad ribh; oir is i mo mhathair a dh' ionnsaich dhomh mar a dheanainn iad, agus b' aithne dhi an deanamh air leith math. Tha iad a' tighinn as gach cearn dho 'n bhaile g' an ceannach uam."

An uair a thuirt e so thug e fear dhiubh as an amhainn, agus an uair a chuir e spiosraidh agus siucar air, chuir e air beulaobh Agib e, agus cha d' fheuch Agib riamh biadh cho blasda ris, agus a thainig ri 'chailcachd cho math.

Chuir e fear eile dho 'n cheart sheorsa air beulaobh a' chaillteanaich, agus dh' aidich esan mar an ceudna gu'n robh e air leith blasda.

Fhad 's a bha iad ag itheadh, bha Bedredin glo churamach a' gabhail beachd air Agib; agus an uair a bheachdaich e gu math air a rithist agus a rithist, smaoinich e gur docha gu'm faodadh a leithid de mhac a bhith aige fhein o 'n mhnaoi uasail mhaisich a phos e anns an Eiphit. Agus thug an smaointean so air teannadh ri sileadh nan deur. Bha e 'na inntinn ceisd a chur air

Agib mu thimchioll a thuruis do Dhamascus ; ach cha d' fhuair e uine gu so a dheanamh, oir bha leithid de chabhaig air a' chaillteanach gu tilleadh air ais 's gu'n d' thug e leis Agib cho luath 's a bha e ullamh dhe 'n bhiadh.

Cha bu luaithe a dh' fhalbh an caillteanach agus Agib na ghrad dhuin Bedredin a' bhuth, agus dh' fhalbh e gu cabhagach 'n an deigh, agus rug e orra mu 'n deachaidh iad am mach air geata 'bhaile. Ghabh an caillteanach ioghnadh mor an uair a chunnaic e gu'n robh e 'g an leantuinn.

"A bheadagain mhimhodhail," ars' esan 's e labhairt le feirg, "ciod a tha dhith ort ?"

"Mo charaid ionmhuinn," arsa Bedredin, "na bi 'cur dragh ort fhein. Tha mi 'dol air cheann gnothaich am mach as a' bhaile."

Cha robh an caillteanach idir riaraichte leis an fhreagairt so, agus air dha tionndadh ri Agib, thuirt e ris, "Is tusa 's coireach ris a so ; thuig mise gu'm biodh aithreachas orm air son leigeadh leat do thoil fhein a dheanamh. Chuir thu romhad a dhol a steach do bhuth an duine so, agus cha robh mise glic an uair a leig mi leat sin a dheanamh."

"Is docha," ars' Agib, "gu'm bheil gnothach sonraichte aig an duine am mach as a' bhaile, agus faodaidh e an rathad a ghabhail mar a ghabhas daoine eile."

Am feadh 's a bha iad a' labhairt mar so bha iad a' coiseachd taobh ri taobh, agus cha do sheall iad 'nan deigh gus an robh iad dluth air pailliuin an ard-chomhairlich. Suil gu'n d' thug iad thar an guaille, chunnaic iad Bedredin 'g an leantuinn. An uair a chunnaic Agib gu'n robh e air chul an salach, bhuail an fhearg e ; oir bha eagal air gu'm faigheadh a sheanair am mach gu'n robh e ag itheadh phitheannan ann am buth cocaire. Ghrad thog

o cnapach math cloiche a thachair ris, agus bhuail e air
Bedredin i ann an clar an aodainn, agus leig e 'fhuil gu
talamh.   An sin thug e 'chasan as cho luath 's a b' urrainn
e, agus chaidh e am falach ann am paillinn a' chaillt-
eanaich.   Thuirt an caillteanach ri Bedredin gur ann aige
fhein a bha 'choire ris na tubaistean a dh' eirich dha, agus
nach robh aobhar dha teannadh ri coire a chur air neach
sam bith eile.

Thill Bedredin air ais do 'n bhaile, agus e 'cur casg air
an fhuil leis an aparan, oir cha d' fhan e ri chur dheth
leis a' chabhaig a bh' air an am falbh o 'n taigh.

"Nach bu mhi an t-amadan," ars' esan ris fhein, "an
uair a dh' fhalbh mi as an taigh gus a dhol an deigh a'
pheasain ud.   Is cinnteach nach deanadh e orm mar a
rinn e, mur biodh e 'smaointean gu'n robh 'n am beachd
cron a dheanamh air."

An uair a rainig e an taigh, cheangail e suas an lot,
agus thug e fois dh' a inntinn fhein le bhith 'smaointean
gu'n robh iomadh neach eile air an talamh air an d'
thainig mi fhortan bu mho na thainig air fhein.

Lean Bedredin air a' cheird a bh' aige ann an
Damascus.

An ceann tri latha dh' fhalbh Schemsedin air a thurus
feuch am faigheadh e forofhais air Bedredin.   An deigh
dha siubhal troimh iomadh duthaich agus taghal ann an
moran bhailtean, rainig e Balsora mu dheireadh.   Gun
dail sam bith chuir e teachdaireachd thun an righ a dh'
iarraidh cead a dhol a bhruidhinn ris.   An uair a thuig
an righ co e, agus gu'n robh e ann an ard inbhe, dh' iarr
e thoirt gun dail 'na lathair.   Dh' fheoraich an righ dheth
ciod an gnothach a thug do Bhalsora e.

"Le 'r cead, a righ,' ars' esan. "thainig mi feuch am
faigh mi 'mach ciod a dh' eirich do mhac Niuredin Ali, mo
bhrathair   Bha mo bhrathair, mar a tha fhios agaibh,
ann bhur seirbhis fhein mar ard-chomhairleach."

" Is fhad o 'n a dh' eug do bhrathair, Niuredin," ars'
an righ. "Agus mu dheidhinn a mhic, cha 'n 'eil
agamsa ri radh ach gu'n d' fhalbh e as a so an ceann da
mhios an deigh bas 'athar. Cha 'n fhacas a choltas, agus
cha mho a chualas guth no iomradh m' a dheidhinn
riamh o 'n a dh' fhalbh e, ged a thug mise teann-ordugh
forofhais a dheanamh m' a dheidhinn anns gach cearn
dhe 'n rioghachd. Ach tha 'mhathair, nighean fir dhe na
h-ard-chomhairlich a bh' agam, beo fhathast anns a'
bhaile."

An uair a chuala Schemsedin so dh' iarr e cead air an
righ a toirt leis do 'n Eiphit. Thug an righ sin dha. Air
an latha sin fhein chaidh e fhein agus a nighean agus
Agib, do 'n taigh aice.

———— —

CAIB. XI.

Bha bantrach Niuredin Ali a' fuireach anns an taigh 's
an robh Niuredin a' fuireach an uair a bha e beo. Bu
taigh e a bha anabarrach eireachdail; ach leis an toil a
bh' aig Schemsedin bantrach a bhrathar 'fhaicinn, is gann
gu'n do sheall e ceart air an taigh mhor, mhaiseach anns
an robh i 'fuireach. Anns an dol a steach phog e an
geata, agus a' chlach mharmoir air an robh ainm a
bhrathar sgriobhte ann an litrichean oir. An uair a
dh' fheoraich e mu dheidhinn bantrach a bhrathar, thuirt
aon dhe na seirbhisich ris gu'n robh i ann an seomar
maiseach a bha faisge air meadhain na cuirte. Anns an
t-seomar so bha i 'cur seachad earrann mhath dhe 'n
latha 's dhe 'n oidhche ri tuireadh 's ri caoidh air son a
mic, agus i 'n duil gu'n robh e marbh bliadhnachan
roimhe sin, o nach cualas guth no iomradh m' a dheidh-
inn riamh o 'n a dh' fhalbh e. Anns an am 's an

deachaidh Schemsedin a steach do 'n t-seomar far an robh
i, bha i 'gul agus a' caoidh gu goirt.

Chuir e failte oirre, agus ghuidh e oirre sgur dhe 'n
trom bhron anns an robh i. Dh' innis e dhi gu m b'
e-fhein a bhrathair-ceile, agus leig e ris dhi an t-aobhar
air son an d' thainig e a Cairo gu ruige Balsora. Thug e
dhi mion-chunntas air gach ni a thachair ann an Cairo
o'n oidhche phos Bedredin a nighean. Agus an deigh
dha innseadh dhi mu'n ioghnadh a ghabh e an uair a
fhuair e am paipear a sgriobh Niuredin air fhuaghal anns
a cheannaodach a bh' air Bedredin, thugadh a steach a
nighean agus Agib do 'n t-seomar far an robh i.

Fhad 's a bha Schemsedin ag innseadh a naigheachd
do 'n bhantraich, bha i 'na suidhe gun ghluasad mar
gu'm biodh neach a bhiodh an deigh dubh-chul a chur
ris gach ni a bhuineadh do 'n t-saoghal so; ach cha bu
luaithe a thuig i o na briathran a labhair Schemsedin
rithe, gu'm faodadh gu'n robh am mac a bha i cho mor a'
caoidh flathast beo, na dh' eirich i, agus ghlac i 'na
gairdeanan bean a mic, agus Agib, a h-ogha. An uair a
thug i an aire gu'n robh aghaidh Agib gle choltach ri
aghaidh Bhedredin, shil deoir an aoibhneis gu frasach o
'suilean. Cha b' urrainn i gun toiseachadh ri pogadh
Agib; agus thug so toileachadh mor do dh' Agib fhein
aig an am.

"A bhaintighearna," arsa Schemsedin, "tha 'n t-am
agad na deoir a thiormachadh o do shuilean, agus sgur
dhe d' osnaich. Feumaidh tu falbh comhladh riumsa gu
ruig an Eiphit. Tha 'n righ a' toirt cead dhomh do
thoirt leam, agus tha mi cinnteach gu'n aontaich thu
falbh. Tha mi 'n dochas gu'm faigh sinn do mhac
fhathast beo, slan. Agus ma gheibh, is fhiach eachdr-
aidh gach aoin dhinn fa leith a bhith air a cur sios ann
an sgriobhadh, a chum gu'm bi fios aig ar sliochd 'n ar

deigh air gach dragh is trioblaid is mi-fhortan is allaban
troimh 'n deachaidh sinn."

An uair a chual' a' bhantrach na briathran so, bha i
gle thoilichte, agus ghrad thug i aithne seachad gach ni
a bhuineadh dhi a chur an ordugh, agus, gach deiseal-
achd fheumail a dheanamh air son falbh gu ruig an
Eiphit.

Aig a' cheart am chaidh Schemsedin far an robh an
righ a dh' innseadh dha gu'n robh 'na bheachd tilleadh
do Chairo gun dail. Ghabh an righ ris le mor urram,
agus an uair a bha e 'falbh thug an righ dha tiodhlacan
luachmhor, agus chuir e tiodhlacan eile leis a dh' ionns-
uidh righ na h-Eiphit. An uair a fhuaradh gach ni
deiseil air son an turuis, dh' fhalbh iad a Balsora gu ruig
Damascus.

An uair a rainig iad faisge air a' bhaile, dh' ordaich
e na pailliunan a chur suas an taobh am muigh dhe 'n
gheata; agus thuirt e gu'n robh e gu dail thri latha
dheanamh, a chum gu'n leigeadh iad uile an anail, agus
gu'n ceannaicheadh e beagan dhe na nithean a b' annas-
aiche agus bu luachmhoir a chitheadh e anns a' bhaile gus
an toirt mar thiodhlac a dh' ionnsuidh righ na h-Eiphit.

Am feadh 's a bha Schemsedin a' roghnachadh nan
nithean a shaoileadh e bu fhreagarraiche air son an toirt
thun an righ a measg a' bhathair luachmhoir a thug
marsantan mora 'bhaile g' a ionnsuidh, dh' iarr Agib air
a' chaillteanach a dhol comhladh ris do 'n bhaile, a chum
gu'm faigheadh e sealladh na b' fhearr air na h-iongant-
asan a bh' anns a' bhaile na fhuair e an turus roimhe a
bha e ann, agus a chum gu'm biodh fhios aige ciod a dh'
eirich do 'n chocaire a lot e leis a' chloich. Dh' aontaich
an caillteanach falbh comhladh ris, agus an uair a fhuair
Agib cead o' mhathair, dh' fhalbh iad do 'n bhaile le
cheile.

Chaidh iad a steach air a' gheata 'b' fhaisge dhaibh.
Choisich iad air air an aghart gus an d'rainig iad far an
robh na buithean aig marsantan mora 'bhaile, agus bha
iad a' gabhail beachd air a h-uile seorsa bathair bu
luachmhoire na cheile a bha iad a' faicinn anns na
buithean. An deigh dhaibh greis mhath de 'n uine a
chur seachad a' gabhail beachd air an eaglais bu mho 's
bu bhriagha a bh' anns a' bhaile, thainig iad far an robh
a' bhuth aig Bedredin. Bha e 'g obair gu trang air
cocaireachd mur a b' abhaist dha.

"Failte ort, a dhuine choir. Am bheil thu 'g am
aithneachadh? Am bheil cuimhn' agad gu'm faca tu
roimhe mi?" ars' Agib.

An uair a chuala Bedredin na briathran so, sheall e
air, agus dh' aithnich e e anns a' mhionaid. Dh' fhairich
e a chridhe 'blathachadh ris mar a dh' fhairich e a' cheud
uair a chunnaic e e. Bha e cho mor troimh a cheile 'na
inntinn 's gu'n robh e greis mu 'm b' urrainn e aon fhacal
a radh. Mu dheireadh labhair e, agus thuirt e, "Mo
thighearn' og, bi cho math 's gu'n tig thu fhein agus do
mhaighstir aon uair eile a steach do m' thaigh, a chum
gu'm blais sibh na pitheannan a tha mi 'deanamh. Tha
mi 'g iarraidh mathanais air son an dragh' a chuir mi ort
an latha 'lean mi thu am mach as a' bhaile. Aig an am
cha robh mi 'nam chiall fhein, agus cha robh fhios agam
ciod a bha mi 'deanamh. Ghabh mi a' leithid de thlachd
dhiot 's nach b' urrainn domh gun fhalbh as do dheigh."

An uair a chual' Agib na briathran so, ghabh e
ioghnadh mor, agus fhreagair e mar so:—

Tha na briathran a labhair thu tuilleadh is
caoimhneil, agus mur toir thu do mhionnan nach teid thu
ceum as mo dheigh an uair a dh' fhalbhas mi, cha teid
mi steach air an dorus agad. Ma gheallas tu nach lean
thu mi, agus ma dhearbhas tu gur duine thu a chumas ri

d' fhacal, thig mi g' ad amharc am maireach, o 'n a tha
mo sheanair, an t-ard-chomhairleach, gu bhith fad an
latha 'ceannach nithean luachmhor a tha e gus a thoirt
mar thiodhlac do righ na h-Eiphit."

" Mo thighearn' og," arsa Bedredin, " ni mise rud sam
bith a dh' aithneas tu dhomh."

An uair a thuirt e so, chaidh Agib agus an cailltean-
ach a steach do 'n bhuthaidh.

Ghrad chuir Bedredin pitheannan-uachdair air am
beulaobh a bha pailt cho math ris an fheadhain a thug
e dhaibh a' cheud latha 'chunnaic iad e.

" Dean suidhe ri m' thaobh," ars' Agib, " agus ith rud
comhladh ruinn."

Shuidh Bedredin ri 'thaobh, agus thug e ionnsuidh air
breith air 'na ghairdeanan mar chomharradh air an
aoibhneas a bha 'na chridhe a chionn gu'n d' fhuair e
cead suidhe ri 'thaobh. Ach phut Agib air falbh e, agus
thuirt e ris a bhith samhach 's gun a bhith tuilleadh is
dana air ged a bha e 'na shuidhe ri thaobh.

Rinn Bedredin mar a dh' aithn Agib dha, ach thoisich
e ri deanamh oran molaidh dha. Cha d' ith e ni sam bith
maille riutha. B' fhearr leis gu mor a bhith frithealadh
dhaibh.

An uair a ghabh iad am biadh a thug e dhaibh, thug
e uisge dhaibh gus an lamhan a nigheadh, agus searbh-
adair grinn, glan gus an lamhan a thiormachadh. 'Na
dheigh sin lion e cupa shina am fear dhaibh de sherbet,
agus chuir e sneachda annta. Thairg e a' cheud fhear do
Agib, agus thuirt e, " Is e so sherbet nan rosan, agus cha
'n 'eil na 's fhearr ri fhaotainn anns a' bhaile. Tha mi
'creidsinn nach do bhais sibh riamh air na 's fhearr."

Dh' ol Agib agus an cailteanach an deoch so gu
toileach, agus chord i gu math riutha le cheile. Thug iad
moran taing do Bhedredin air son cho caoimhneil 's a bha

o riutha, agus dh' fhalbh iad dhachaidh, oir bha 'n t-anamoch ann.

An uair a rainig iad, ghabhabh riutha le gairdeachas. Bha meas mor aig a sheanamhair air Agib, oir bha e 'cur Bhedredin 'na cuimhne a h-uile uair a shealladh i air.

"Ah! mo leanabh," ars' ise, "bhiodh m' aoibhneas lan na'm biodh de thoileachadh agam d' athair fhaicinn aon uair eile slan fallain a chum breith air 'n am ghairdeanan mar a tha mi 'breith ortsa."

An uair a shuidh iad aig an t-suipear, thug i air Agib suidhe ri 'taobh, agus bha i cur cheisdean air mu thimchioll gach ni a chunnaic e anns a' bhaile. Ghearain e gu'n robh a stamac lag, agus an sin thug i dha rud dhe na pitheannan-uachdair a dheasaich i fhein; oir mar a dh' ainmicheadh mar tha, b' aithne dhi an deasachadh anabarrach math. Thug i mar an ceudna rud dhiubh do 'n chaillteanach. Ach cha b' urrainn fear seach fear dhiubh am blasad; oir bha iad lan-shasaichte leis na dh' ith iad ann an taigh Bhedredin.

An uair a chunnaic a sheanamhair nach blaiseadh Agib air greim dhe 'n phithean, bha i car mi-thoilichte. "An e gu'm bheil thusa, 'leinibh, a' deanamh tair air a' bhiadh a dheasaich mi dhut?" ars' ise. "Cha 'n eil neach air an t-saoghal do 'n aithne pitheannan a dheasachadh cho math riumsa ach d' athair, ma tha e beo. Is mi fhein a dh' ionnsaich dha mar a dheanadh 's a dheasaicheadh e iad."

"Ceadaichibh dhomhsa 'innseadh dhuibh, a sheanamhair, gu'm bheil cocaire anns a' bhaile so a ni pitheannan moran na 's fhearr na sibhse. Bha sinne anns a' bhuthaidh aige an diugh, agus dh' ith sinn fear an t-aon a bha moran na 's fhearr na'n fheadhainn a tha sibhse 'deanamh."

An uair a chual' a sheanamhair na briathran so,

sheall i gu gruamach air a' chaillteanach, agus thuirt
"Ciod is ciall dha so?" a Shabain. "An ann a chum a
thoirt a steach do bhuth cocaire a dh' itheadh phithean
mar dhiol-deirce a dh' earbadh riut an aire mhath a thoirt
air m' ogha-sa?"

"A bhaintighearna, arsa Shaban, "tha e fior gu leor
gu'n deachaidh sinn a bhruidhinn ris a' chocaire, ach cha
dh' ith sinn greim."

"Gabh mo leithsgeul," ars' Agib, "chaidh sinn a
steach do 'n bhuthaidh, agus dh' ith sinn pitheannan-
uachdair innte."

An uair a chual' a sheanamhair so las i le feirg, ghrad
dh' eirich i o 'n bhord, agus chaidh le cabhaig do 'n
phailliuin anns an robh Schemsedin. Dh' innis i dha an
cionta a rinn an caillteanach air a leithid a' dhoigh 's gu'n
do bhrosnaich i gu feirg e.

Bha Schemsedin gu nadarra gle chas, agus chuir na
dh' innseadh dha gu caise buileach glan e. Thainig e
gun dail far an robh an caillteanach, agus thuirt e ris,
"A chreutair shuaraich, am bheil de dhanadas agad na ni
dearmad air an obair a dh' earb mi riut?"

Bha Shaban ag aicheadh am muigh 's am mach gu'n
d' ith iad ni sam bith ann am buth a' chocaire, ged a bha
Agib ag radh gu'n d' ith.

"A sheanair,' ars' Agib, "cho fior 's a tha mi beo, cha
'n e mhain gu'n d' ith sinn le cheile na thug oirnn nach
urrainn duinn suipear a ghabhail; ach dh' ol sinn mar an
ceudna lan cupa mhoir am fear de sherbet."

"A nis, an deigh so uile, am bheil thu 'g aicheadh gu'n
robh sibh ann am buth a' chocaire 's gu'n d' ith sibh rud
ann?" arsa Schemsedin.

Ach bha Shaban cho beag narach 's gu'n d' thug e a
mhionnan nach d' ith iad dad.

"Cha 'n 'eil annad ach am breugaire; creididh mise
m' ogha air thoiseach ort an deigh a h-uile car," arsa

Schemsedin. "Ma theid agad air a' phithean a th' air a' bhord itheadh, dearbhaidh tu dhomh gu'm bheil thu ag innseadh na firinn."

Ged a bha Shaban cho lan ri ugh leis na dh' ith e ann am buth Bedredin, dh' aontaich e gu'm feuchadh e ris a' phithean itheadh. Ach an uair a dh' fheuch e ris, cha b' urrainn e greim a shluigeadh dheth. Lean e air innseadh nam breug, agus thuirt e gur e na dh' ith e an latha roimhe sid a thug air nach b' urrainn e am pithean itheadh.

Bha Schemsedin cho mor air a bhrosnachadh leis na bha Shaban ag innseadh dha de bhreugan 's gu'n ordaich e dha e fhein a leigeadh 'na shineadh air an lar a chum gu'n gabhtadh air leis a' chuip. An uair a bha e air a chiurradh leis na buillean troma a bha e 'faotainn, dh' aidich e gur e na breugan a bha e 'g innseadh, agus thuirt e gu'n d' ith e rud dhe na pitheannan ann am buth a' chocaire, agus gu'n robh iad moran na b' fhearr na na pitheannan a bh' air a' bhord.

———

CAIB. XII.

Bha bantrach Niuredin an duil gur ann mar olcas rithe, agus gu farran a chur oirre, a bha Shaban a' moladh nam pitheannan a fhuair e ann am buth a' chocaire, agus air an aobhar sin thuirt i, "Cha 'n 'eil mi 'creidsinn gu'm bheil na pitheannan a rinn an cocaire na 's fhearr na 'n fheadhainn a dheanainn fhein. Tha mi suidhichte gu'n cuir mi dearbhadh air a' chuis gun dail. C'aite am bheil e 'fuireach? Di falbh 's a' mhionaid agus ceannaich pithean uaithe."

Chaidh Shaban far an robh an cocaire agus thuirt e ris, "Mo dheadh chocaire, so agad airgiod air son fear dhe na pitheannan-uachdair cho math 's a th' agad. Tha toil aig te dho na mnathan uaisle blasad orra."

Thagh Bedredin fear dho 'n scorsa a b' fhearr agus thug e do Shaban e, ag radh. "Thoir leat am fear so. Theid mi 'n urras gu'm bheil e air leith math. Agus thoid mi am bannadh dhut nach 'eil duine sam bith a's urrainn a leithid a dheanamh ach mo mhathair, ma tha i beo fhathast."

Thill Shaban le cabhaig air ais, agus thug e am pithean do 'n bhantraich. Cha bu luaithe a rug i air as a laimh, agus a chuir i criomag dhe 'na beul na thuit i ann an laigse. Cho luath 's a thainig i as an laigse, ghlaodh i. "Mo Dhia! feumaidh gur e mo mhac graidh, Bedredin, a rinn am pithean so."

An uair a chuala Schemsedin so bha aoibhneas mor air; ach an uair a smaoinich e gu'm faodadh nach robh ann ach smaointean amaideach a bhuail anns a' cheann aice, thuirt e, "A bhaintighearna, ciod e tha toirt ort a bhith 'g a smaoineachadh sin? Am bheil thu 'n duil nach 'eil cocairean eile air an t-saoghal a dheanadh pitheannan a' cheart cho math ri do mhac-sa?"

"Tha mi 'creidsinn gu'm faod cocairean a bhith ann a dheanadh pitheannan cho math ris; ach o'n a tha doigh agamsa air an deanamh air nach 'eil fhios aig neach sam bith ach mo mhac, feumaidh gur e a rinn am fear so. A nis, a bhrathair, deanamaid gairdeachas agus aoibhneas; oir fhuair sinn mu dheireadh na bha sinn cho fad ag ionndrainn."

"A bhaintighearna," arsa Schemsedin 's e freagairt, "biodh foighidin mhath agad, oir gheibh sinn fios air bun a' ghnothaich an uine gun bhith fada. Cha 'n 'eil againn ach fios a chur thun a' chocaire e thighinn an so; agus aithnichidh tu fhein agus mo nighean-sa ma 's e Bedredin a th' ann. Ach feumaidh sibh a bhith le cheile

ann an aite falachaidh far nach fhaic e sibh ; oir cha bu
toil leam fios a bhith air muinntir Dhamascuis air mar
tha cuisean 'nar measg. Tha run orm a' chuis a chumail
an cleith airsan gus an ruig sinn Cairo, far am bi spors
is cridhealas gu leor agaim."

An uair a labhair e so, dh' fhalbh e. agus chuir e fios
air leith cheud dhe na seirbhisich a bha 'na chuideachd.
agus thuirt e riutha. " Thugaibh leibh bata math am fear,
agus nochdaidh Shaban dhuibh buth cocaire a th' anns a'
bhaile. An uair a ruigeas sibh bristidh sibh a h-uile ni a
tha 's a' bhuthaidh. Ma dh' fheoraicheas e dhibh c'ar son
a tha sibh a' bristeadh gach ni. cha'n 'eil agaibh ach a radh.
" An tu 'rinn am pithean a cheannaicheadh an so an
diugh?" Ma dh' aidicheas e gur e fhein a rinn am
pithean. beiribh air, agus ceanglaibh e. agus thugaibh
leibh an so e. Ach air na chunnaic sibh riamh na
buailibh e. agus na cireadh beud dha. Bithidh sgoinneil
agus greasaibh oirbh.

Rinn na seirbhisich gun dail sam bith mar a dh' aithn
Schemsedin dhaibh. Cha bu luaithe a rainig iad a'
bhuth na ghabh iad a steach, agus bhrist iad a h-uile ni
a ghabhadh bristeadh an taobh a staigh dhe 'n dorus
mu'n do tharr Bedredin sealltainn uige no uaithe. Ghabh
e ioghnadh mor an uair a chunnaic e an dol air aghart a
bh' aca, agus thuirt e le guth muladach, " A dhaoine
coire. c'ar son a tha sibh ris an obair sin? Ciod a tha
cearr! Ciod an t-olc a rinn mi?"

" Nach tusa," arsa fear dhiubh, " a reic am pithean
ris a' chaillteanach?"

" Is mise an duine," ars' esan. " co is urrainn a radh,
gur a h-olc, m' a dheidhinn! Bheir e 'dhulan do dh'
fhear sam bith pithean na 's fhearr a dheanamh."

An aite freagairt a thoirt dha, lean iad air bristeadh
gach ni a thachradh riutha. Bhrist iad an aghainn fhein
m' a dheireadh.

Anns an am chuala na coimhearsnaich an obair a bha
dol air aghart, agus ghabh iad ioghnadh mor an uair a
chunnaic iad an call a bha 'n leith cheud fear an deigh a
dheanamh air Bedredin. An uair a dh' fheoraich iad ciod
a b' aobhar do 'n chuis cha d' fhuair iad freagairt a chord
riutha. An uair a dh' fhaighneachd Bedredin an dara
uair ciod an cionta rinn e, thuirt iad ris, " Nach tusa 'reic
am pithean ris a chaillteanach ?"

" Is mi gu dearbh," ars' esan, " agus tha mi deimhin
gu'n robh e gle mhath. Cha 'n 'eil mi toilltionnach air
an droch dhiol a tha sibh an deigh a dheanamh air mo
chuid dho 'n t-saoghal."

An aite an tuilleadh freagairt a thoirt air rug iad air
agus cheangail iad e agus thug iad leotha e.

Chruinnich moran sluaigh aig a' bhuthaidh, agus bha
iad a' dol a thoirt Bhedredin a lamhan nan daoine a
cheangail e; ach thainig maoir o fhear-riaghlaidh a'
bhaile, agus dh' iomain iad an sluagh air falbh, agus mar
so thug seirbhisich Schemsedin leotha Bedredin gun
ainneart sam bith fhulang o 'n t-sluagh. Thachair so a
chionn gu'n d' fhuair fear-riaghlaidh a' bhaile fios o
Schemsedin air an ni a bha 'na bheachd a dheanamh ; oir
bha am fear-riaghladh so a bha os cionn sluagh Shiria
gu leir fo ughdarras righ na h-Eiphit.

An uair a thugadh Bedredin air beulaobh Schemsedin
thuirt e. " Mo thighearna, guidheam ort gu'n dean thu
rium de dh' fhabhar gu'n innis thu dhomh ciod an doigh
anns an d' thug mi oilbheum dhut ?"

" A dhuine thruaigh, shuaraich," ars' esan, " nach tusa
'rinn am pithean a chuir thu g' am ionnsuidh ?"

" Tha mi 'g aideachadh gur mi, ach guidheam ort,
innis dhomh an robh mi ciontach de ghniomh eucorach
sam bith ?" ars' esan.

" Ni mise peanas ort a reir mar a thoill thu," arsa

Schemsedin. "Caillidh tu do bheatha 'chionn gu'n do chuir thu a leithid de dhroch phithean a m' ionnsuidh-sa."

"Gu'n sealladh Dia ort! An cuala duine riamh a leithid so! An do chuireadh duine riamh gu bas air son droch phithean a dheanamh?" arsa Bedredin.

"Cuirear thusa gu bas co dhiubh. Na biodh duil agad ri na 's lugha de phoanas," arsa Schemsedin.

Am feadh 's a bha 'n comhradh so a' dol air aghart, bha na mnathan uaisle a' gabhail beachd air Bedredin. Dh' aithnich iad e 's a' mhionaid, ged a bha iad uine fhada gun fhaicinn. Bha 'leithid de dh' aoibhneas orra 's gu'n do thuit iad ann an laigse. An uair a thainig iad as an laigse, b' e am miann a dhol far an robh Bedredin gus a phogadh. Ach o 'n a gheall iad do Schemsedin nach deanadh iad iad-fhein aithnichte anns an am, dh' fhan iad far an robh iad.

Chuir Schemsedin roimhe gu'm falbhadh e air a thurus do 'n Eipit an oidhche sin fhein, agus thug e ordugh seachad na pailliunean a leagadh, agus gach deisealachd fheumail a dheanamh air son an turuis. Fhuaradh bocsa mor, agus an uair a chuireadh Bedredin ann 's a ghlasadh e, dh' imich iad air an aghart gun uiread is stad no tamh a dheanamh fad na h-oidhche, no an la-iar-na-mhaireach.

Anamoch feasgar an uair a stad iad, thugadh Bedredin as a' bhocsa, agus thugadh biadh is deoch dha; ach cha d' fhuair e fios gu'n robh a mhathair agus a bhean anns a chuideachd idir. Lean iad rompa mar so fad fichead latha. An uair a rainig iad Cairo, champaich iad an iomall a' bhaile. Thugadh Bedredin an uair sin an lathair Schemsedin, agus 'na eisdeachd dh' ordaicheadh croich a dheanamh a chum a chrochadh.

"Ciod e air an t-saoghal am feum a th' agaibh air croich," arsa Bedredin.

"Tha gus thusa 'chrochadh," arsa Schemsedin, "agus do ghiulan air a' chroich air feadh a' bhaile gu leir, a chum gu'm faic sluagh a' bhaile an droch dhiol a nithear air gach cocaire a ni pitheannan gun srad phipir a chur annta."

Ghlaodh Bedredin am mach air a leithid a dhoigh 's nach mor nach do bhrist a ghaire air Schemsedin, agus thuirt e, "Gu'n sealladh ni math ort! An eiginn dhomhsa bas piantach, maslach fhulang a chionn nach do chuir mi pipir ann am pithean-uachdair! Am feum mi call gach ni ris an t-saoghal a bh' agam fhulang, a bhith air mo ghlasadh ann am bocsa, agus a bhith air mo chrochadh, agus sin gu leir a chionn nach do chuir mi pipir ann am pithean-uachdair? Gu'n sealladh Dia ort! Co 'chuala riamh a leithid! An e so gniomharan dhaoine a tha 'g aideachadh a bhith diadhaidh, agus a tha 'cumail am mach gu'm bheil iad firinneach, onarach, agus a' deanamh gach obair mhath?"

An uair a thuirt e so, shil e na deoir gu goirt. An sin thuirt e, "Cha d' rinneadh a leithid so de dh' eucoir air aon duine riamh. Am bheil e comasach gu'n cuirteadh duine gu bas a chionn nach do chuir e pipir ann am pithean-uachdair? Mo mhollachd air a h-uile pithean-uachdair, agus air an latha air an d' rugadh mi! B' fhearr gu'n d' fhuair mi bas an latha sin fhein!"

Lean Bedredin air caoidh air an doigh so; agus an uair a thugadh a' chroich 'na lathair, thuirt e, "A chruitheachd! Co is urrainn am bas maslach, craiteach so fhulang? Agus so uile air son ni nach 'eil idir 'na chionta. Cha 'n ann air son spuinnidh, no mort, no cul a chur ri m' aidmheil, ach a chionn nach do chuir mi pipir anns a' phithean."

O'n a bha 'n oidhche air tighinn, dh' ordaicheadh Bedredin a chur a rithist anns a' bhocsa, agus thuirt

Schemsedin ris. " Bidh tu an sin gu madainn am mair-
each : ach gu math moch 's a mhadainn cuirear gu bas
thu."

An uair a shaoil le Schemsedin gu'n robh sluagh a'
bhaile air gabhail mu thamh, chaidh e fhein 's a' mhor
chuideachd a bha maille ris a steach do 'n bhaile, agus
rainig iad an taigh gun duine 'g am faicinn. Dh' ordaich
e am bocsa anns an robh Bedredin a bhith air a chur ann
an aite sabhailte, agus gun 'fhosgladh gus an d' thugadh
e fhein ordugh dhaibh.

Thug e mathair Bhedredin agus a nighean fhein a
steach do sheomar, agus thuirt e. " Moladh do Dhia, mo
nighean, gu'm bheil a nis cothrom agad air d' fhear posda
choinneachadh. Is cinnteach gu'm bhoil cuimhne agad
air an ordugh anns an robh do sheomar an oidhche 'pho-
thu. Bi falbh agus cuir gach ni anns a' cheart ordugh
anns an robh iad an oidhche ud. Ach mur 'eil lan
chuimhne agad air mar a bha gach ni, innsidh mise dhut
e. oir tha e agam ann an sgriobhadh. Cuiridh mi fhein
gach cuis eile ann an ordugh ceart gu leor."

Chaidh i gu toileach a chur an t-seomair air doigh mar
a dh' iarr a h-athair oirre. Bha esan aig a' cheart am a'
cur an talla anns a' cheart ordugh anns an robh e an
oidhche a phos Bedredin. Chuir e luchd-muinntir 'nan
aite fhein mar a bha iad an oidhche ud. A dh' aon
fhacal. chuir e a h-uile ni direach mar a bha iad oidhche
na bainnse. air chor 's gu'n saoileadh Bedredin. gur o
oidhche na bainnse fhein a bh' ann.

An uair a chuir e gach ni 'n a aite fhein, chaidh e
do 'n t-seomar-chadail anns an robh a nighean, agus chuir
e an t-aodach a bh' air Bedredin oidhche na bainnse. agus
am poca anns an robh 'n t-or anns a' cheart aite anns an
do chairich lamh Bhedredin fhein iad an uair a bha e
d'ol a laidhe. An sin thuirt e ri 'nighinn. " Cuir dhiot

agus rach do 'n leabaidh. Cho luath 's a thig Bedredin
a steach do 'n t-seomar, toisich ri gearain air a chionn e
bhith cho fada gun tilleadh a steach, agus abair ris, gu'n
robh ioghnadh ort nach d' fhuair thu e 'na laidhe ri d'
thaobh an uair a dhuisg thu. Abair ris e ghrad thilleadh
do 'n leabaidh. Agus innsidh tu dhuinn am maireach
ciod an comhradh a bhios eadraibh a' nochd." An uair a
thuirt e so dh' fhalbh e 'mach as an t-seomar.

Dh' ordaich Schemsedin anns a' mhionaid do na
seirbhisich falbh am mach as an talla, ach dithis no triuir.
Thug e aithne dhaibh so Bedredin a thoirt as a' bhocsa,
agus a h-uile ball aodaich a bha uime thoirt dheth ach
a leine 's a dhrathais, agus 'faghail anns an t-suidh-
eachadh sin anns an talla, agus an dorus a dhunadh.

O 'n a bha Bedredin air dhroch cadal iomadh oidhche
roimhe sid, chaidil e cho trom an oidhche ud 's gu'n
d' fhag iad anns an talla e mu 'n do dhuisg e. An uair a
dhuisg e 's sheall e mu'n cuairt dha, ciod a b' iongantaiche
leis na e fhein fhaotainn anns a' cheart thalla anns an
robh e an oidhche 'phos e. Thug na bha e 'faicinn mu'n
cuairt dha gu a chuimhne as ur na nithean a thachair an
oidhche ud, gu sonraichte am fear crotach a bha gus
nighean an ard-chomhairlich a phosadh. Chunnaic e
dorus leith-fhosgailte m' a choinneamh, agus an uair a
sheall e steach air, ciod a b' iongantaiche leis na 'n
t-aodach a bha uime an oidhche a phos e 'fhaicinn air
cathair direach mar a chuir e dheth e an oidhche a
phos e.

"Gu'n sealladh Dia orm," ars' esan, "am bheil mi
'nam chadal no 'nam dhusgadh?"

Bha 'bhean 'g a fhaicinn 's 'g a chluinntinn, agus
spors gu leor aice air. Chuir i a ceann am mach eadar
cuairtearan na leapadh, agus thuirt i ann am briathran
ciuin caoimhneil, "Mo thighearna, ciod a tha thu dean-

amh 'nad sheasamh an sin aig an dorus! Greas air ais do 'n leabaidh. Is fhad' o 'n a chaidh thu mach. An uair a dhuisg mi bha ioghnadh gu leor orm nach robh thu comhladh rium anns an leabaidh."

An uair a chuala Bedredin na briathran so, agus a chunnaic e a' bhean mhaiseach a phos e iomadh bliadhna roimhe sid, thainig atharrachadh air a ghnuis. Chaidh e steach do 'n t-seomar; ach an uair a smaoinich e air gach ni a thachair dha fad dheich bliadhna, agus o nach b' urrainn e 'thuigsinn cionnus a thachradh iad uile dha ann an aon oidhche, chaidh e dh' ionnsuidh an aite anns an robh a chuid aodaich agus am poca anns an robh am mile bonn oir, agus an uair a dh' fheuch e gu curamach iad, thuirt e, "Ni math a dh' amharc ormsa' cha 'n 'eil mi 'tuigsinn air an t-saoghal ciod is ciall do na nithean so!"

Thuirt a bhean 's i 'deanamh spors gu leor air 'na h-inntinn fhein, "Greas a laidhe; ciod a tha thu deanamh 'n ad sheasamh an sin?"

Ghabh e ceum thun na leapadh, agus thuirt e rithe. "Innis dhomh, tha mi 'guidhe ort, am bheil fad o 'n a chaidh mi mach?"

"Tha do chainnt a' cur ioghnaidh orm. Cha d rinn thu ach a dhol am mach o chionn tiotaidh," ars ise. "Feumaidh gu'm bheil d' inntinn gle mhor troimh a cheile."

"Gun teagamh sam bith cha 'n 'eil m' inntinn aig fois. Tha cuimhn' agam mar an ceudna gu'n robh mi o 'n uair sin a' fuireach fad dheich bliadhna ann an Damascus. A nis, ma bha mi anns an leabaidh comhladh riut air an oidhche so, cha 'n urrainn gu'n robh mi fad innte. Cha 'n 'eil na nithean so a' co-cordadh ri 'cheile. Innis an fhirinn dhomh. Am bheil mi posda riut? An robh, no nach robh, mi air falbh uat fad dheich bliadhna?"

" Tha thu posda rium gun teagamh," ars' ise. " Is e do cheann a bhith car troimh a cheile a tha 'toirt ort a bhith 'smaointean gu'n robh thu ann an Damascus."

An uair a chuala Bedredin so, rinn e glag mor gaire. agus thuirt e. " Nach neonach an ni a bhuail anns an inntinn agam ! Theid mi 'n urras gu'n toir am bruadar so cool spors dhut. Smaoinich fhein air. Ar leam gu'n robh mi aig geata Dhamascuis 's gun umam ach mo leine 's mo dhrathais. direach mar a tha mi 'n drasta ; gu'n deachaidh mi steach do 'n bhaile agus an sluagh 'gam leantuinn 's iad a' glaodhaich 's a' fanaid orm ; gu'n do theich mi do bhuth cocaire a ghabh rium mar a mhac fhein. a dh' ionnsaich a' cheird dhomh, agus a dh' fhag agam aig am a bhais gach ni a bhuineadh dha ; gu'n robh a' bhuth agam dhomh fhein 'na dhoigh sin. A dh' aon fhacal, ar leam gu'n deachaidh mi troimh mhoran de dhriodartan mu nach 'eil uine agam labhairt an drasta. Agus is math gu'n do dhuisg mi. oir bha iad a' dol g' am chrochadh.

" O Thighearna. c'ar son ?" ars' a bhean 's i 'leigeadh oirre gu'n robh ioghnadh oirre. " Cha 'n fhaod e bhith gu'n deanadh iad a leithid sin de dhroch dhiol ort. Feumaidh gu'n do chuir thu cionta ro mhor an gniomh."

" Cha do chuir gu dearbh," arsa Bedredin. " Cha robh do chionta ri chur as mo leith ach ni cho suarach 's cho lugha coltas 's a chualas riamh : 's o sin, gu'n robh mi 'reic phitheannan-uachdair anns nach robh mi 'cur srad pipir."

" Ma 's ann mar sin a bha." ars' a bhean 's i deanamh gaire cridheil, " bha iad air thuar eucoir mhor a dhean-amh ort."

" Ah ! cha b' sid uile e," ars esan. " Air son a' phithean mhollaicht' ud. bhrist is phrom iad gach ni a bh' anns a' bhuthaidh agam, cheangail iad mi, agus thilg iad ann am bocsa mi. Tha mi 'saoilsinn gu'm bheil mi ann fhathast. A bharrachd air so, fhuaradh saor, agus rinneadh croich gus mo chrochadh oirre. Ach taing do Dhia, cha robh anns na nithean so gu leir ach bruadar."

Cha robh Bedredin socair 'na inntinn fad na h-oidhche. Bha o o am gu am a' dusgadh, agus a cur na ceisd ris fhein, co dhiubh is e bruadar a chunnaic e, no nach e. Agus gus e fhein a dheanamh cinnteach as a chuis, bheireadh e na cuirtearan o cheile, agus shealladh e air feadh an t-seomair.

"Cha n urrainn gu'm bheil mi air mo mhealladh," theireadh e, "is e so a' cheart sheomar anns an do laidh mi comhladh ris a' mhnaoi uasail a phos mi."

Ann an soilleireachadh an latha thainig brathair 'athar, an t-ard-chomhairleach, a steach do 'n t-seomar a chur failte na maidne orra. Bha ioghnadh mor air Bedredin an uair a chunnaic e e; oir ghrad dh' aithnich e gu'm fac' e roimhe e, agus gur e a thug binn a bhais am mach.

"Ah! is tusa a thug gu h-eucorach binn mo bhais am mach," arsa Bedredin, "agus tha na bagraidhean a bha thu 'deanamh orm a' cur gairisinn ann am fheoil."

Thoisich an t-ard-chomhairleach ri gaireachdaich. Agus a chum fois a thoirt a dh' inntinn Bedredin, dh' innis e dha o thoiseach gu deireadh gach ni a thachair—mar a thug am fathach gu ruige Damascus e, mar a fhuair e fhein am mach m' a dheidhinn anns an leabhar a sgriobh Niuredin, mar a chaidh e air a thoir gu ruige Bal-ora, agus gach ni eile a rinneadh a chum sgeul fhaotainn air. An uair a chuir e crioch air gach ni a bh' aige ri inn-eadh dha, phog e e, agus thuirt e, Tha mi 'g iarraidh moran math-anais ort air son gach trioblaid cuirp is inntinn a thug mi dhuit o 'n latha fhuair mi fios far an robh thu. Bha toil agam do thoirt an so mu 'n innsinn dhut mu 'n staid sholasaich anns an robh thu gu bhith air do chur. Bidh tu nis na 's toilichte le do staid an deigh na dh' fhuiling

thu de thrioblaid.   Tha thu nis ann an cuideachd na
muinntir aig am bheil mor-ghradh dhut.   Fhad 's a' bhios
tu 'cur umad theid mise a dh' innseadh do d' mhathair
gu'm bheil thu air dusgadh.   Tha i air bhainidh gus
d' fhaicinn.   Bheir mi steach do mhac mar an ceudna.
Chunnaic tu e ann an Damascus, agus bha thu gle
chaoimhneil ris ged nach robh fhios agad co e."

Cha ghabh e innseadh an t-aoibhneas a bh' air Bedredin
an uair a chunnaic e 'mhathair agus a mhac.   Rinn a
mhathair agus a mhac fodhail mhor ris, agus rinn esan
fodhail mhor riuthasan.

Chaidh Schemsedin far an robh an righ, agus dh' innis
e a h-uile car mar a dh' eirich dha air a thurus, agus mar
a fhuair e greim air mac a bhrathar.   Chord an naigh-
eachd ris an righ anabarrach math, agus thug e fa near a
h-uile facal dhi a sgriobhadh sios gu curamach, agus a
tasgaidh am measg sgriobhaidhean luachmhor na riogh-
achd.

An uair a thill Schemsedin a luchairt an righ, shuidh
e fhein, a theaghlach, agus a chairdean aig fleadh mhoir
a mhair seachd latha, agus seachd oidhche.

An uair a chuir Giafar crioch air innseadh an naigh-
eachd so do righ Haroun Alraschid, dh' aontaich an righ
gu'n tugadh e mathanas do Rihan.   Agus a chum toil-
eachadh a thoirt do an duine og a chuir a bhean gu bas le
coire Rihain, thug an righ dha ri posadh aon de na
mnathan-coimhideachd a bh' anns an luchairt aige fhein,
agus thug e dha mar an ceudna de dh' or 's de dh' airgid
na chum suas e fhad 's bu bheo e.